浮光掠影

文龙文集

上海人民出版社

文龙近照

1996 年在扬州与表演艺术大师孙道临

21 世纪初在上海张文龙夫妇与越剧名家徐玉兰、王文娟

1996 年在上海与滑稽艺术家杨华生

20世纪80年代在上海与表演艺术家奚美娟在摄制现场讨论剧本

20世纪80年代在上海与相声名家侯耀文、石富宽、常贵田、著名导演郑可壮商讨“上海国际相声汇演”事宜

20 世纪 80 年代在上海与中国戏剧大师黄佐临、表演艺术家李家耀、著名主持人张培

20 世纪 90 年代在上海与原中国曲协主席骆玉笙

20 世纪 90 年在代上海与滑稽艺术家王汝刚

2003年12月在江西与九三学社中央副主席谢丽娟

2008在北京与京剧名家李世济

2006在上海与香港影帝梁家辉

2004年12月随全国政协常委王力平访希腊

2009年4月12日，张文龙夫妇在故乡南汇

2006年9月在上海家中

2007年12月在北京与全国人大副委员长、民进中央主席严隽琪

2007年12月在北京与中国文联副主席、著名作家冯骥才

2010年4月在广州与粤剧泰斗红线女

2006年7月随上海市文联访美

2006年1月在家与上海说唱艺术家黄永生

2005年5月在现场执导《爱心剧场》节目

目　录

随笔集

序

荣广润

记得半年之前，同为上海白玉兰戏剧表演艺术奖的评委，在上海话剧中心观赏一部参评话剧结束时，文龙赠给我一本他新近出版的《张文龙剧作选》。我当即向他表示了祝贺，但难免有些惊讶。我的惊讶，缘于我对文龙所从事的电视导演工作性质的了解——极其繁忙，很难静下心来写作。我与文龙认识，少说也有20多年了。身为上海电视台导演的他，曾多次因导演一些国内外大型文化艺术活动前来采访我。作为风风火火的电视人，他居然能放弃许多宝贵的休闲放松的业余时间，去从事艰苦、乏味、远离经济效益的“爬格子”劳作，我不得不刮目相看。半年之后，文龙又对我说，他已准备推出他的新书——《浮光掠影——文龙文集》，我更是惊讶不已。作为合作多年的好友，我欣然答应了文龙要我为他的新书作序的诚邀。

文龙的这本书，50多万字，其中有小说、剧本、诗歌、散文、小品、电影故事、学术论文，甚至还收录了他担任总导演的几个大型晚会的串联稿，展示了40年来，他对生活、社会的观察、理解和思索，用“浮光掠影”来概括、命名，我觉得还是贴切的。翻看这本书，有几点印象比较深刻。首先是文龙为文、为人的真诚和坦荡。他的有些文章，写于上世纪70年代末，有着明显的时代烙印。当时，“文革”刚刚结束，社会舆论的惯性依然存在。文龙对“文革”是深恶痛绝的，他对此的许多反思，发人深省，又令人唏嘘不已。但作为社会的一员，他的一些思考，也带有那个时代特有的语言标签。事过30多年，经历了改革开放和社会转型巨变的文龙，并不掩饰自己当年政治上的稚嫩，而是袒露心迹，仍然将这类文章收录其中，实属不易。文龙于1978年创作的短篇小说《要为真理而斗争》，以及叙事长诗《回来吧，我的布谷——寄给远方的他》等，就是这方面的例子。小说和诗歌有许多那个时代特有的故事和特有的语言。现在的青年，或许很难理解其中含义，但我以为，越是这样越有必要保留这样的文章。毕竟，对于“文革”的研究，我们做得还远远不够，而作为一个成熟的民族，我以为，这道历史之坎，是无论如何也不能被遗忘的。

其次，给我印象深刻的是，文龙每一篇作品，都饱含着比较强烈的感情色彩，也就是爱憎。正如我国美学先哲刘勰曾经指出的，在形象思维过程中，作者的感情发挥着不可或缺的作用，作者的感情、态度，总是与他艺术想象中的形象融合在一起的。即在进行艺术构思“神与物游”的过程中，始终是受着情感——欢乐、悲伤、热爱和憎恨——的有力驱动。作者一旦进入形象思维，那么不但万千的图像会接二连三地出现在他眼前，而且感情的波涛会同时涌上他心头。作者的感情越丰富、越饱满，思维中的形象就越鲜活，就会达到呼之欲出的境界。刘勰所言“登山则情满于山，观海则意溢于海”，说的就是这个道理。国学大师王国维也持有相似的观点，他说：“一切景语皆情语。”我们看到，在文龙创作的 14 篇中短篇小说中，有些作品渗透着浓烈的辛辣，比如《小业主宋青》、《大门内外》和《病》等，阅读之后，我感到自己的心灵受到某种震撼，许多地方令人扼腕；有些作品虽然比较理想和飘逸，比如《月夜》和《灵魂，应该像水晶》等，但在优雅、细腻的文字背后，却是对虚伪的鄙视和对真爱的憧憬；当然其中也有个别应景之作，比如上世纪 80 年代，文龙曾在《萌芽》文学期刊上发表过的短篇小说《烟》，该文讲述一对城市底层的小夫妻拮据的日常生活，女主人公福根嫂为了节约和丈夫的健康，略施小计，就达到了使福根戒烟的目的，虽然结构精巧，但还是留下了些许刀斧痕迹。然而瑕不掩瑜，就总体而言，文龙的作品一贯是感情充沛，爱憎分明。

我还观察到，文龙的作品往往包孕着较为深邃的哲理，如他在上世纪 80 年代中期创作的荒诞喜剧小品《空座的魔力》、《卫生之窗》和《滴水的悲剧》等即是。滑稽可笑的故事背后，是对小市民劣根性的善意挖苦和抨击，即便用现在的目光审视，这些篇章，还是属于小品中的佳作。在文龙的小说中，也常常不经意地流露出冷峻的黑色幽默。像《大门内外》中那个顶住大门的小伙的经历，令我忍俊不禁。我注意到，文龙几乎所有创作，都非常讲究故事的戏剧性结构，这点，在后来阅读了他撰写的《论〈红楼梦〉的立体结构》之后，得到了证实。原来，他对此早有研究和心得。

文龙的小品、相声，视角也比较独特。比如相声《劳模咏叹调》就是一个异类之作。以前，劳模这类题材比较敏感，容易擦枪走火，作者一般不敢去碰。但到了文龙笔下，却化作对当时劳模生存状况的深刻反思，既有对劳模吃苦在先，享乐在后的歌颂，又有对社会上一些人士不间断地压缩劳模合法权益做法的讽刺，实际上起到了提醒整个社会对劳模要热情保护的作用。

如果说，文龙早期创作的电影故事，偏重于对道德完善的呼唤，那么完成于近期的电影故事《城隍庙恩仇记》，则既有强烈的人文精神的追求，又具有历史的和世界的眼光，以及十分明显的商业大片的特质。我可以毫不夸张地说，此文一旦被中国电影导演界的高手相中，然后拍成电影，相信很有可能成为中国乃至世界的电影巨作！文龙告诉我，那是根据上海浦东流传于民间的几个故事，花了很多时间思索后编创而成。

纵观文集所收录的所有作品，无不体现出文龙的童心未泯与兴趣广泛。他甚至还花时间去创作童话作品（如童话小说《琪琪和他的小伙伴们》），出乎我的意料。他的许多作品不乏智慧的火花，显得很有灵气（比如古装戏剧小品《三秀才》和喜剧情景短剧《可怜天下父母心》等）。但我觉得最难能可贵的，还是文龙作品里时时洋溢着的强烈爱国主义情怀。比如 2008 年奥运会举办前夕，当奥运圣火在一些欧美发达国家传递过程中，发生了遭藏独分子哄抢、干扰的严重事件。文龙怀着强烈义愤，立即创作了多媒体情景话剧《忍无可忍》。在这部剧作中，海峡两岸和海外的炎黄子孙，由持不同政见，发展到同仇敌忾，共同用青春热血竭力维护中国的统一和尊严。读来正气凛然，令人热血沸腾。

文龙即将退休，我希望他能不辍笔耕，为文坛留下更多有价值的作品。

2010 年 5 月 4 日于上海

【作者简介】荣广润，戏剧教育家，上海戏剧学院教授，博士生导师。上海市政协委员。1996—2006 年任上海戏剧学院院长。1980 年代中期曾留学于英国伯明翰大学莎士比亚学院，1990 年代中期在美国纽约进行中西戏剧比较研究和参加国际交流。曾受邀于美国长滩加州州立大学、新加坡电视机构授课。

著作与译作有《当代戏剧论稿》、《当代世界名家剧作》、《地球村中的戏剧互动》。任《中国大百科全书》（第二版）戏剧学科主编，以及《世界文学金库・戏剧卷》、《上海 50 年文学创作丛书・话剧卷》、《外国戏剧名著选读》（合作）等书主编。曾主笔由英国 Routledge 出版社出版的 The World Encyclopedia of Contemporary Theatre 的中国戏剧专章，多篇论文在德国、加拿大、日本的学术杂志发表。现为中国戏剧家协会理事，中国话剧艺术研究会副会长，中国莎士比亚学会副会长.上海戏剧家协会副主席，教育部高等学校艺术专业教学指导委员会副主任，香港学术评审局艺术学科评审委员。曾获上海市哲学社会科学优秀学术成果论文奖。近年来写有《戏剧情境论》、《论现代戏剧的立体复合结构》等论文百余篇。

小说集

到底何求?

她想让自己的脸上带点微笑,但内心总有一丝苦涩在不断地涌出,就像以前住的别墅前面的那条小河,里面老是有气泡在冒出,"噗通,噗通"的。驾着普桑车,一路上,她不断地在向自己发问:"与赵振屏离婚,值吗? 我,到底何求?"

她叫雨燕丽,一个三十出头的女子。今天,她穿着一身灰色的呢料的新款裙装,领口处露出镶有花边的白色衣领,一条红色的玛瑙项链,非常显眼。虽然相貌平平,化的又是淡妆,但雨燕丽仍然给人打扮得体、气质高贵的感觉。显然,她是属于那种白领女性当中比较会打扮的那一类。

她现在要去的地方,就是那幢结婚后住了十年的别墅,它位于江南名镇九宝附近的农村,前夫赵振屏的家。她原先的公婆在那里建有两幢别墅,面积和外观都是由当地政府规定的,360平方米。一共分上下三层。他们那幢别墅,是结婚时公婆送给他们住的,装潢得相当豪华。红木家具,各种家用电器一应俱全,连乡下人几乎不太会买的几万元的按摩椅,都配备了。这幢别墅,按照现在的市价,应该在400万元以上。她和赵振屏的婚房在二楼的东南角,已经10岁的儿子赵量量,住在二楼的西房里。这儿,由于不是开发商建造的小区,所以没有请物业公司来管理,也没有经设计的绿化和其他公共设施,当然,也无需每月去缴纳物业费。对住户来说,居住社区虽属低档,却非常实惠。但是,现在已经物是人非,她的心里感到有点酸酸的。她把自己的座驾停在了镇上一家超市的门口,因为回家那段五、六分钟的路上,要经过两座很窄的无护栏的水泥桥。她担心自己现在的心境下,有可能会把车子开入河中。

根据两周之前与赵振屏达成的最终离婚协议,她只能每半个月去探望亲生儿子一次。她这次协议离婚,完全属于"裸离"。因为,离婚是她主动要求的,因此,她放弃了对男方家庭的任何经济要求。她唯一的精神要求就是,允许她一个月能够来探望儿子两次;每次探访的时间为六小时;地点,规定在九宝地区。她本以为,赵家对这个要求不会有异议。她担心被否定的是这样一项由她承诺的安排：她每月付 500 元抚养费给儿子。她预计，赵家会嫌给得太少。她想好了辩解的理由：我已辞去工作，仅靠积蓄过日子。然而，赵振屏并没有在此问题上跟她纠缠不清，只是指责："你是在婚前辞职的，根本没有征得我的同意！"婆婆则拒收这笔抚养费，她反问道："我们反对离婚，难道是为了钱吗？你清楚，自从嫁到我们赵家来后，我们没有向你要过一分钱！"是的，赵家是开过工厂的，不在乎这点小钱。而她，如果不去打麻将，私房钱的总额已远远超过 100 万元，但赵家也没有来追究。现在看来，付儿子抚养费的事，其实是多余的担心。她原本并不担心的探视权，却发生了麻烦。原先婆家的人，包括她的前夫赵振屏，都答应了她今后的探视要求。但是，不出几天工夫，他们就变卦了。他们提出，所有的探望，都不能跨出赵家的大门，也就是说，必须在他们的视线之内；而且探望的时间，不得超过三小时。她当时表示坚决反对，但是婆家的声音更大，若不答应设置这条底线，就不许离婚！赵振屏的伯伯，一个从来不对别人家庭发表任何意见的农夫，甚至指着她的鼻子骂："你这个不要脸的，你离开赵家就离开了，还要来探望儿子干吗？作为母亲，竟然舍弃下自己的儿子，你的心有多狠啊？现在，你还有脸回来？你不怕将来被长大以后的儿子痛骂，甚至殴打吗？还要带儿子出去六小时，你想把儿子拐走啊？不行！现在我们赵家摊明了说，可以允许你来探望，但不许你离开我们的视线！想要把我们赵家的根——量量带走，超出我们的视线，没门！"

这对雨燕丽来说，是没有料到的打击，触到了她内心的痛处。她当初提出离婚，根本没有想到离婚会这么复杂，连探望自己亲生儿子都会变得这么困难！原本，她仅仅是惦着小唐对自己的深爱；他的越来越强烈的催促；想到可以跟小唐能够顺利地步入再婚的殿堂；她和儿子可以跟小唐堂而皇之地出没于闹市的街头和所有好玩的地方；想到可以与有共同语言的小唐无拘无束地耳鬓厮磨、一辈子生活在一起……她最终还是坚定地在这样的离婚协议书上签了字。而之前由她草拟的离婚协议书，被当众撕毁了。

跨过了两座石桥，她听到了自己的心脏怦怦跳动的声音。她原来打算，今天到别墅的那三个小时这样安排——第一个小时，先陪儿子吃顿饭。这些菜是她早就烧好，特地带来的。之前，她明明会做饭，却从来没有踏进过厨房。婆婆爱护她，进赵家门后，她没有做过任何家务；第二个小时，她想给儿子补习一下英语，听说儿子现在的英语成绩直线下降；第三个小时，她想跟儿子进行一下思想沟通，因为，妈妈的许多真实的想法，儿子是不清楚的，所以，极其有必要让他了解一下妈妈的心怀。

她是十点钟赶到那幢别墅的，到了那里以后，她发现，赵家的人如临大敌。振屏的伯伯、伯母，还有那些有着叔伯关系的小姑、侄子，如同电视剧《潜伏》里面训练有素的特工，把别墅的四周都紧紧地围住了。他们有的拿了躺椅，坐在一边听 MP3；几个女的拿着小板凳，在别墅不远处的花园里、墙脚边，打着毛线，聊着家常；有几个男孩在庭院外的水泥凳上，下着象棋；婆婆干脆拿着一张靠椅，像卫兵一样地坐在门口，手里什么东西都没有拿，抱着胸、撅着个嘴，看着她进去。她进门的时候，说了一声，“妈妈，我回来了！”婆婆几乎没有反应。她注意到，婆婆的头发又长了出来，但是，颜色是灰白的。“怎么回事？”但她未去探究。她哪里知道，赵振屏的妈妈为了小两口的事，一年之前，急得一月之内几乎变成了秃头。不得不去买了个发套。然后，花了大价钱，去看名中医，吃了几十帖中药后，才逐步长出头发。但现在长出来的，全是灰白色的头发。看上去，人比先前老了十多岁！雨燕丽虽有点歉疚，但她也没有去细想。

以前，婆婆待她非常之好。只要她一回来，就给她递上茶水，还端来洗脸水，把许多糖果、水果放在他们客厅的茶几上。可现在呢，仅仅用眼角瞄了她一眼，鼻子里轻轻“嗯”了一声，再也没有往日的热情。听邻居讲，赵振屏开着车子也不知道到什么地方去了，显然他是不愿意与她照面。公公呢，在窗口看到她，只是冷冷地跟她打了一声招呼，“你回来啦？”她说，“回来了，爸爸。”然后，那老头就在不远处的一棵树下，开始靠着树抽烟，好像在思索着什么。

进了门以后，按照往常，儿子量量肯定会扑到她的怀里。尽管量量已经进了小学，却还是像小姑娘一样，会和妈妈撒撒娇，还热望着妈妈捧着他的脸蛋亲吻一下。可是今天呢，她推门进去，儿子居然不在！于是，她高声喊道：“量量，量量，妈妈回来了！”但是，还是没有听到量量的回音。她赶紧往楼上走，走之前，她把自己的皮鞋脱了下来，换了一双软底鞋，这样可以不把外面鞋子上的尘土带到楼上去。话又说回来了，以前她这样做，婆婆会把她的皮鞋擦亮后安放好。今天，婆婆坐在门外，看着这一切，却纹丝不动，雨燕丽顿时觉得心里面多了一分悲凉。她赶紧往上走，她没有走进自己原先的房间里去看一下，而是直接跨进儿子住的西房，看看他到底在干什么。结果，她发现儿子不在，床上的被子却叠得整整齐齐，不用问，那肯定是婆婆干的。然后她又赶到东房，以为儿子在那儿等他，结果发现房间里面也是空空荡荡，结婚时的那些摆设大多还在，而且整理得整整齐齐。只不过床上只放了一条被子，一个枕头。所有的婚纱照显然已经被打包了，而且也不知道藏到哪儿去了。梳妆台上的笔记本电脑也不知道放到哪儿去了。尽管她每次都小心翼翼地把聊天记录删掉，但是，说不定还有一些她和小唐的对话尚未被清除。因为，有几次，当她例假来的时候，由于小腹的剧烈疼痛，她没有关机，就去医院挂急诊。很有可能，那些不设防的聊天记录被储存了下来。今天，她赶过来的另一个原因，就是想把那些东西删掉。但是，看来，今天是没有时间去寻找那个笔记本电脑了。

她立即奔上三楼去，并大声呼喊："量量，量量！妈妈回来了。"

量量是找到了，他在三楼的书房里面，在做功课。看到妈妈回来了，他再也没有像往常那样的亲热，只是冷冷地说了一句："我早就听见你在叫我了。"

"那你为什么不回一声呀？你怎么这么没有规矩?!"

儿子继续用橡皮在擦笔记本上的字，轻轻地反问了一句："有这个必要吗?"

确实，中国有句俗话叫做"人一走，茶就凉"。但是她没有料到，儿子对养育自己十年的母亲的态度，竟然转变得这么快!

其实，这种迹象早就显露了出来了。记得，她离家出走的一两个月间，儿子还天天打她的手机，然后，向她哭诉对妈妈的思念之情。他哽咽道："我背着书包到学校去的时候，心里面老是在想妈妈，不当心被助动车撞了一下，幸亏只是擦破点皮"；"还有一次，由于在想妈妈，课间休息，我莫名其妙地走进了女厕所，之后招来了全班同学的嘲笑。幸亏班主任陈老师说了一下，'不许这样嘲笑量量，他不是故意的。知道吗，他的妈妈离家出走了！他在思念妈妈，所以才有这样的闪失。希望同学们能够谅解他！'"儿子量量说，他永远感谢陈老师，因为陈老师帮他解了围。陈老师是一个女老师，听说她也离过婚，所以，特别能理解个中的原因。电话这一头的她，听着听着，早已成了泪人。儿子的成绩本来在班上，属于中上。老师们都认为量量非常聪明。但是现在呢，自从雨燕丽离家出走，孩子的神情经常有些呆滞，脸上再也没有往日的笑容。雨燕丽想到这点，不无愧疚，但也没有办法，情感之路走到这一步，是无论如何都得跨过去的。

雨燕丽只得吞下被儿子抢白的这口恶气，她略显夸张地、亲热地抚摸了一下量量的头，说："量量，妈妈给你做了许多好吃的东西，我们一起到下面客厅里去吃饭吧。妈妈三个小时之后就要离开，所以我们赶紧先去吃饭。吃好饭以后，妈妈再来给你补习外语，好吗?"

儿子用冷峻的眼光瞥了一下妈妈："有这个必要吗?"

又是一句"有这个必要吗?"肯定是赵家的大人教的！雨燕丽本来想发作，但眼下自己势单力薄，她只得忍了。但眼角里面滞留了好久的泪水，还是不争气地流了下来。她用手绢抹了抹，清了清嗓子说："量量，这么不给妈妈面子吗?"

想不到这句话竟然遭到量量的反驳，这是从来没有过的！量量似乎因父母离婚一下子变成了大人。他说："那你给我什么面子？我苦苦哀求你不要离婚，不要让我成为没有妈妈的孩子，你听进去了吗？你让我在同学和邻居面前丢尽了脸，你难道不知道这一切吗?!"

听了这话，雨燕丽的泪水再也止不住了，像断了线的珠子跌落在桌面上。她赶紧用餐巾纸把这些泪水擦干。她说:“那好,妈妈看着你做功课。”

儿子不为所动,沉默了一下后说:“这样,影响我做功课了！我会写错字。你最好回到自己的房间里去。”

儿子的这句话,其实是说得有偏差的,那个东房,其实早已不属于她的了,根本谈不上“自己的房间”。

雨燕丽轻轻地说:“那妈妈在边上看一下吧,这个权利,你总不能剥夺我了吧?”

量量冷冷地说:“那你不要发出任何声音,我的功课要来不及做了!”

“好吧,我不影响你!”雨燕丽拿了一张靠椅,坐在离儿子两米左右的地方。

这个书房,以前儿子不常来。那是前夫赵振屏玩电脑的地方。振屏呢,是一个怪人,怪在什么地方呢?他毕业于体育学院,这在九宝当地的农村极为罕见。振屏人长得英俊,从小体育成绩特别出众,在当地学校,后来在县里,只要举行体育比赛,振屏都可以在100米、跳高、跳远、铅球等项目上拿第一、第二名。念完高中,振屏对读书似乎也不是特别感兴趣,于是和家人商讨之后,作出了在当地人看来很奇特的决定,就是去报考体育学院。结果呢,也居然考上了。

一般考体育学院的人,都被认为是那种四肢发达、头脑简单的人。但振屏怪就怪在他四肢发达,头脑却并不简单,他对计算机软硬件十分地精通。家里换过好多台电脑,都是振屏用父母给的零花钱,到数码广场买了很多零件来亲手组装的。他对电脑的熟悉程度,在体育学院的学生当中非常少见。而且,除了会组装电脑以外,他还掌握了一门特殊的本领,就是黑客技术。

有一次,他问雨燕丽:“你进公司比我早好几年,你说说看,老板待你好不好?”

燕丽告诉他,“还可以吧。你什么意思?”

“还可以,那就算了。如果你觉得老板待你不好,做过无端伤害你的事情,那你跟我说一声,我去把公司的网络黑掉！叫他花大价钱请人来修复!”

雨燕丽当初看中他的,就是觉得他太有才了,长得又英俊,太讨人喜欢了。于是,便跟已经谈了三年的姓倪的男友分手,与赵振屏好上了。她就是这样一个我行我素的女人!

见儿子埋头做功课,她便站起身来。在书房的墙壁上,挂着一张她从未见过的照片。这是赵振屏的半身像,大概是最近拍摄的,背景是黑的,轮廓的光打得很好,属于低调照。尽管一脸的严肃,但还是很英俊。老实讲,小唐的相貌要比他差一些。想当初雨燕丽爱上振屏的时候,在他们公司里面有很多姑娘在追赵振屏。但赵振屏对她们采取的是等距离的外交,若即若离。雨燕丽的年龄,其实要比振屏大两岁,她已经做到了那家外资企业的部门经理，英语特别好。她仅仅花了一年的时间，就把赵振屏追到了手。她谦卑地向他讨教电脑技术，讨好地教他英语，主动地找他聊天。振屏所说的一切，她都认为十分的美好。尤其听说赵振屏在大学期间，曾经荣获过“中国跆拳道大赛”的亚军，她钦佩得五体投地。所以，跟他在一起，她特别有安全感。

看到量量还是没有理睬她的意思，她坐到了写字台旁边的红木靠椅上。突然，古董架上的一个小摆设，又勾起了她的回忆。那是一只海螺，这种海螺出自南海，非常名贵，价值上千元，人称“鹦鹉螺”，因为它的造型有点像鹦鹉的头。

这个鹦鹉螺，是当年赵振屏从海南岛旅游回来特地送给她的。那天，振屏来到她家，向她的爸爸妈妈公开了他们之间的恋情，并发誓要娶她。振屏甚至当着她父母的面，单腿跪地，向她求爱。

他说：“燕丽，你嫁给我吧？”

燕丽的父母在边上默默地看着，非常激动，也非常感动。燕丽满心欢喜地允许他把戒指戴到了她的手上。然后扶他起来，他就从包里拿出了这个精美的鹦鹉螺。那天，他们就确定了结婚的信念。一连几个晚上，燕丽带着振屏走遍了她的主要亲戚的家。

燕丽的孃孃看到这个小伙子非常地喜欢，觉得他长得非常英俊。所以那天送他们出门的时候，孃孃说：“燕丽啊，你要珍惜这份爱情啊，说句难听的，这个小伙子亏了，你相貌平平，而振屏在男人当中，绝对可以打到90分的！”

自从嫁给了赵振屏之后，公婆对她特别地好。每天早上起来，她甚至还没有叠被子，她的婆婆就对她说，快去吃早饭吧，赶紧上班去吧，早饭已经烧好了，就在桌上，揭开盖就可以吃了。然后等到她到了客厅里，荷包蛋已经煎好了，公公每天一早到九宝镇上买来生煎馒头、糕团，点心天天不重样。但是她最喜欢喝的还是公婆用上好的大米熬成的粥。等她吃好早饭，婆婆已经把她的房间收拾得干干净净，被子也叠好了。另外，他们换下来的内衣内裤，甚至于小夫妻晚上做爱时所用的毛巾，她都一并扔到洗衣机里就开始洗起来。等到她拎着包出门，振屏已经开着车子在门口等她，然后一溜烟地送她去了公司。

振屏现在的工作是在华夏航空公司里面担任空中警察，而且还是教官。五年前，当华夏航空公司刚组建空警队伍的时候，在报纸上登了招聘广告，是雨燕丽力劝振屏去报考的。振屏一考，就立即被录用了。从此，小家庭收入一下子有了大幅提高，但是，情感的危机却慢慢地产生了，正应着了老子所言：“福兮祸所伏。”

振屏进了华夏航空公司以后，一开始，夫妻感情尚好。有好几次，两个人在做爱的时候，振屏说：“我真的是非常爱你的！说句掏心掏肺的话，在华航里面，有许多女孩子，经常过来骚扰我，在已经知道我有家室的情况下，还是不断地向我献媚，甚至于还有给我情书的。”

燕丽就不高兴了，说：“快拿给我看！”

振屏笑笑说：“都给我撕掉了，人家也没有什么错，只不过我会犯错。我不会伤害人家，所以，把这些东西都处理掉了。”

这时候，燕丽就把丈夫搂入自己的怀里，激动地哭出来了。

振屏就问她：“老婆，为什么哭啊？委屈了？”

雨燕丽回答：“哎，不是委屈，人家是在感动呢！”

可是很快，振屏由于工作出色，在华夏航空公司里当上了部门领导——空警的教头。美国911事件之后，反恐压倒一切，因此，振屏的工作十分繁忙。下班回来，往往都是下半夜。振屏稍微跟她亲热一下，就自顾自地睡着了。这使得等候了他大半天的雨燕丽十分不满。第二天，振屏一睡醒，大多数情况下，已经没有闲暇再将她送到公司去，而是驾着房车，一溜烟开往机场。她只得自己驾着夫家买的另一辆日产车去单位。周而复始，她觉得生活索然无味。

想到这些，她“唉”地叹了一口气，她低声下气地问儿子：“量量，我们说说话好吗？”

儿子又瞪了她一眼：“我不是跟你说过了吗？我在做功课，等我做好功课再说吧！”

雨燕丽心里又感到一阵悲哀。因为，儿子以前十分地孝顺，从来没有用过这种语气跟她说话。现在有什么办法？谁让她跟振屏闹翻，非要离开这个家庭不可呢？

雨燕丽自然很失望，一个人站起身来，在书房里面看了起来。记得书房里，本来每一个橱窗里面，都有雨燕丽和振屏的合照，或雨燕丽单人的一些非常美好的照片。有几张照片已经做成了小镜框，是儿子在不同时期拍的娃娃照，也有雨燕丽抱着儿子逗乐的照片。还有一张在比较昏暗的角落里照的，是雨燕丽给儿子喂奶的照片。这张照片现在也不见了。雨燕丽又叹了一口气，她觉得时间差不多了，又回到儿子身边。儿子仍然埋头做作业，雨燕丽轻声对儿子说：“量量，作业做得怎么样了？”

儿子说：“差不多做好了。”

“那行，我教教你外语吧，听说你的外语已经跌到了班级最后一名。”雨燕丽非常沉重地说。

想不到儿子忽然“哼”的一声，“哦？你也知道啦？”

“你为什么不来问问我呢？”雨燕丽嗔怪道。

儿子说：“我找不到你呀！你长期不回家，心中只有你自己，你又没有把我放在心上！”

雨燕丽无言以对，“那行，你把你的课本拿出来吧。”雨燕丽准备花点时间教儿子外语。

想不到儿子说：“我要去大便！”然后，头也不回地走进了洗手间。“砰”的一声，把门紧紧地闩上。

这孩子怎么了？这么没有良心！雨燕丽有点生气。她只得起身去看墙上那些以前未见过的照片。首先映入眼帘的是婆婆的大幅照片。说实话，她对婆婆绝对恨不起来。她甚至有某种失落。因为，现在的婆婆，也就是小唐的妈妈，其品性较之赵家父母，似乎有天壤之别，——唐家婆婆吝啬、精怪、冷漠，是个厉害的角色，从来没有将她燕丽放在眼里。而赵家的婆婆有点像雷锋，克己奉献，爱护小辈到了无微不至的境地。她有一次在门外隐隐约约地听到新的婆婆在对新的公公嚷道：“她还要拆散几个家庭？”这个“她”，一定指的是自己，吓得燕丽赶紧离去。

“天壤之别”还远没有到此为止，雨燕丽原先住的是360平方米的新别墅，而现在住的竟是：新的公婆用按揭贷款买给他俩的一房一厅的旧工房！这种房子建造于“文革”期间，绝无防震的可能！雨燕丽在这个30多平方米的屋檐下，开始自己料理起家务。“好在是嫁给小唐，而不是小唐的父母！”雨燕丽老是用这句话来安慰自己。

其实，跟小唐好上，也是很自然的事情。自从振屏考进了华夏航空公司之后，他总是早出晚归。有时，跑欧美航线，甚至几天不归。这简直是在折磨她！三十出头的她，内心承认自己感情特别旺盛，但哪个同龄的女人不是这样呢？如果家务忙乎一些，或许能分散一些注意力，而婆婆偏偏不让她干家务。下班回家，她天天无所事事，于是，她常常嘲讽自己：“守活寡！”

她实在耐不住这样的寂寞，她每天晚饭后，开始到邻居家去打麻将。后来，麻将越打越远，每局的赌资也越来越高。那段时间，她像吸毒的人那样，毒瘾越来越大。最后，输得太多了，她有点厌倦这种刺激了，于是，她选择了去交大读EMBA研究生（高级工商管理硕士），这也是他们公司愿意出资供她学习的课程，准备培养她。在交大学习的过程中，她认识了一个老是瞅着她看的同班同学。这个人姓唐，也就是现在的丈夫，叫唐峻。她的人生轨迹从此彻底改变。

开始，是在一个同学的派对上，两个人聊得很投机。后来他们觉得不满足，就去外面泡吧，越聊越起劲，有说不完的话，有合不拢嘴的欢笑。但是很可惜，唐峻其实也是有妻子的，这是她后来才知道的。

他们的第一次出轨，是随着班里的同学到了长山脚下的某一个温泉度假。那天晚上，两个人动了真情，趁着同学们到外面打麻将的时候，在唐峻的房间里面，有了第一次的亲密的肌肤接触。这次接触使得雨燕丽心花怒放,但是更多的是一种负罪的感觉。但是这种感觉,总是压不住那长期压抑在她内心深处的,追求个性解放,追求新的生活,追求新的刺激,追求甜言蜜语的火焰。而这一切,以前振屏给她确实很少、很少。

雨燕丽不敢再想下去,立即把心思转移到儿子身上,她想说:"怎么解手要解这么长时间?"

她就跑到厕所门口,"砰,砰,砰"敲了几下门,"好了吗?"

谁料儿子说:"没有!"

"哎呀,你怎么在洗手间要呆上这么长的时间啊?都快臭死了!"

不料儿子竟回答一句:"我臭吗?你做的事不是更臭吗?你做的,哪儿像妈妈应该做的事呢?"

这下,把雨燕丽本来想骂的几句话又噎住了。她轻轻地踢了踢门,"别瞎说!赶紧出来!"然后,悄悄地离开了。

她本来想到阳台上去看看外面的花园,其他人家的那些别墅,还有门前的这条小河,那涟漪微荡的美景。但她还是放弃了这样的想法。为什么呢?她怕走到阳台上被振屏的一些亲戚看到。她怕见到他们,因为他们对她抱有敌意,老是用眼睛瞄她。几个婶婶看到她还会嗤之以鼻,"哼,不要脸的!"她何必自讨没趣呢?她只能在走廊上踱步。问题确实很严重!现在,连儿子也认为妈妈做了丑事。肯定是婆婆把真相告诉了量量!

其实,早在三年之前,婆婆就已经看出了她红杏出墙的端倪,但是婆婆并没有把此事立即告诉振屏,更不要说,会告诉量量。她和小唐打得火热时,有时候甚至于几天不回家。当婆婆问及,她就借口说,到娘家去看望看望父母。她的娘家离开他们九宝的家,毕竟有50多公里,去看望自己的父母晚了,在自己的娘家过夜,不回来,这也是很正常的事情。

一开始,婆婆没有怀疑,但是后来,毕竟大家都是女人,有些东西便瞒不下去了。振屏外出几天后,燕丽都要往身上多洒些香水,甚至于出门都要戴上各色围巾,及佩戴其他花哨的装饰。这就使得婆婆用异样的眼光来扫描她,这时燕丽感到很心虚,而且躲躲闪闪,而这一切恰恰更加重了婆婆的疑心。不久呢,就像传染病一样,连公公都用异样的眼光来打量她。她自知理亏,所以也不去责怪他们,她不想把事态扩大。婆婆有时候会旁敲侧击地对她说:"燕丽啊,你要注意影响哦。千好万好,不如自家的狗窝好!"

往往这时候,燕丽就反问婆婆:"妈妈,我只是到朋友那里打打麻将,有什么地方做得不对吗?"

婆婆说:"没有没有,我只是人老了,自言自语罢了。"几乎与此同时,婆婆开始大把大把地掉头发。

一直到一年前,赵振屏终于觉察了她的离心倾向,于是夫妻之间的争执开始了。而每次,只要他们吵架的声音稍微大一些,婆婆和公公似乎24小时都在门外值班,立即会敲门进来阻止。有时,她会内心暗暗发笑,公婆俨然像西方拳击台上那个佩戴黑色领结,不断呵斥、制止双方的裁判……

她还没有来得及再想下去,儿子却摇摇晃晃地从洗手间里走了出来。雨燕丽看看墙上的电子钟,已经过去快两个小时了。"儿子啊,我也不教你外语了,我看得出你也是怕学习的,这样吧,我带来一些好吃的东西,我们一起吃午饭吧。"

"在什么地方吃啊?"儿子冷冷地问。

"就在这吧,省得他们见了我讨厌。"

儿子不置可否地坐下,也并没有去看自己的妈妈。

燕丽把写字台上的书本收到一边去,然后,把自己带来的几盒精美的小菜拿了出来。

第一个小菜是油爆虾,她亲手做的。其实,在婆家的时候,她是从来不做菜的,但这次不一样,是做给儿子吃的,所以她亲自去菜场,买了很大的活虾,亲手烹调,味道肯定不错。

第二个,是儿子喜欢吃的糖醋小排骨,这也是她特地去挑选的。这种排骨,骨小肉多,很酥,很嫩。她把酱料、糖醋之类都调得恰到好处,所以小排骨显得油光锃亮,非常好看。

第三个菜,是"拌双笋"。也就是莴笋拌竹笋,里面放了很多的葱。这个"拌双笋"也是当地的一道名菜,不断地散发着诱人的葱香。

第四道菜是儿子非常喜欢吃的海蜇皮,里面也放了很多的葱和胡椒粉等佐料。

第五道菜,是她到一家很有名的日本料理店"四季春"买的寿司。儿子自从吃了他老爸从飞机上带回来的日本寿司后,就喜欢上了这种用紫菜包裹,将糯米、墨鱼和芥末拌在一起的食品。

最后一道是甜点,桂花糖藕。这也是儿子非常喜欢吃的。

然后,雨燕丽拿出了两副筷子,两听粒粒橙的饮料。

"儿子吃吧。"雨燕丽恳切地对儿子说。

可是儿子仰望着天,对她做的菜不屑一顾。

她第二次对儿子央求道:"儿子,妈妈好不容易花了很多心思给你做的菜,你就尝一口吧!"

终于,儿子对着她咆哮道:"妈妈,你的事情,我气都气饱了!我不要吃你假情假意做的这些东西!就是山珍海味,我也不需要!你将来会为你的行为后悔的!实话实说吧,我不想再见到你！我要去玩了——”

说完，儿子就一溜烟地跑了出去。她像是遭到雷击，连呵斥儿子，或为自己辩解的机会都没有！

雨燕丽呆呆地看着这些自己精心准备的菜肴，委屈的泪水又像山间的瀑布一样直泻下来。“儿子是不会吃我做的菜了！”她一边把菜盒收拢到自己的包里面，一边在责怪自己怎么这么不争气，怎么这么不坚强！

她觉得自己仿佛是一个遍体鳞伤的重病人，缓缓地从楼上走下来，走到客厅里面，只见婆婆在拣菜，似乎并没有看到她的存在，而公公看见她，也就轻轻地说了一声：“走啦？”然后就直接进了厨房。还好，振屏仍没有出现，否则，必定更加难堪。他一定是彻底死心了：一年来，他无数次地请假，到雨燕丽娘家去请求丈人丈母来干预、挽回他们的感情危机，但是，多年来同样迷恋搓“小麻将”、每月都能拿到女儿两千元零用钱的丈人丈母，对此根本无能为力！为此，雨燕丽曾经有点可怜自己的前夫……

少顷，雨燕丽默默地走出了新别墅的门口。儿子也不知道到什么地方去玩了，她缓缓地向村口走去，一路上看到四周围的邻居也好，伯伯、婶婶也好，大家都用颇为鄙视的眼光瞥她。她非常地伤心，与其说她憎恨那些蔑视她的人，还不如说，儿子180度的大转变，是一支真正刺伤她心的毒刺。公婆和振屏到底对这个孩子怎么灌输的，他们为什么要在我们母子之间制造仇恨呢？但是，更加不妙的预感突然涌上她心头——

一年之前，她和小唐在外面悄悄租了一间房子，约好后，常常在那里同居。后来，唐峻终于跟自己的老婆离婚了，然后就动员她早日结束婚姻，跟他一起共筑爱巢。所以，她还没有跟赵振屏离婚，就铁了心要背弃他，跟着唐骏走。她和小唐同居几个月后，其实，理智告诉她，自己与小唐之间已有裂痕，生活习惯上的差异，远比想象的要多得多。但每次都是小唐认错，她就不去深究了。她已经输不起了。雨燕丽与赵振屏离婚后，她和唐峻如胶似漆的蜜月过后，他俩各自的心灵上，事实上已经出现了某种“审美疲劳”。以至于，今天一早，她推醒小唐，想与他商量探望儿子事宜，小唐竟不耐烦地嘟囔道：“我还在睡觉，等我醒了再说吧！”她听了，内心顿觉寒意。她本想发作：“我落到这等地步，还不是为了你吗？”但她还是忍了。

她轻轻地自言自语说：“难道我错了吗？”走到这一步难道还能够打住吗？反悔吗？人家姓唐的还在刚买的一房一厅的新房里等着她回去呢。

她苦思冥想，走了二十多步路，她回头看了看这栋非常漂亮的别墅。哎呀，这正印证了外面所传说的：“别墅，别墅，别人住的住所。”在上海话里“别墅”和“别人住”的音读起来差不多。哎，希望自己能够住进别墅，是多年以来的梦想。结果呢，这个别墅将来还是要给别人住了。她自己是不会再住进这栋别墅了，而是像普希金的《渔夫和金鱼的故事》中的那个作天作地的愚蠢的农妇，重新住进了棚户简屋。她甚至无数次地希望：赵振屏能够痛打自己一顿，这样，或许自己当初就吓得不敢闹离婚了。但是，这位跆拳道高手在婆婆的规劝、恳求和制止下，几年来，从来没有动过她一根毫毛！“杯具啊！”她仰天长叹，泪水又一次哗哗地流下来。

她忘了自己是怎么打开车门，坐上去的。离开吧，早点离开这片伤心之地，她的无聊之地。她在想，今后是否还要半个月回来看她儿子一次？然而，儿子毕竟是她的心头肉，十月怀胎，作为母亲的怎么可能不思念呢？可是，如果每次回来都要受到儿子这样的轻慢和斥责，那作为母亲的话，等于裸着身体任人鞭打，这种感觉令人太难以忍受了。而且，自己娘家的所有亲戚都不赞成她的抉择。她的孃孃甚至到她父母那里声明，从此断绝与雨燕丽的亲戚关系，除非今后赵振屏带着她来上门认错，孃孃才会相认。

所以一路上，她一直在慢吞吞地开着车，在思索这同一个问题：“到底何求？我到底这样做的目的是为何?”她觉得自己迷失了方向……

2010年5月26日

短篇小说

小业主宋青

这几天健德国际花苑在打桩，可是，有一处的桩子老是打不下去。于是惊动了循善房地产开发公司董事长陆嘉名。胖墩墩，穿着一身世界名牌休闲服的陆嘉名，是海都市房地产的十个大亨之一，这块地，又是他祖父的宅基地，他是花了大价钱才竞得了这块地的。晒了两年地皮，非但没有亏本，还涨了十几个亿。当地区政府眼红，扬言要按规定回收了，于是陆嘉名命令赶紧开工。正如俗话所言：性急吃不了热豆腐。这不，尽管这里是冲击砂形成的陆地，但在浅表层打桩都会卡住，简直不可思议。

有坐着宾利豪华座驾的陆嘉明压阵，有调来更大吨位的机器打桩，还是未奏效，漂亮的女秘书去电话问专家：这里是否遇到了浅土层的花岗岩？答曰：绝无可能。还是自称是当地老住户的一位年逾八十的老翁——刘子笺讲出了个中原因："这儿埋有冤魂呢！"陆嘉名问："是谁呢？""都是你祖上作的孽啊！你家老宅的后门上，曾经吊死过一个人！"刘老翁叹息道。陆嘉名急了："啊，有这事！？我怎么从未听说过！那怎么办？""按照旧社会里的做法，要摆几桌酒水，请一班和尚来做道场！试试看，很管用的！"刘老翁神秘兮兮地说。

酒席也摆了，和尚也请了，桩，居然也打了下去，之间是否有因果关系，陆嘉名并不感兴趣。作为海都市名人、市政协委员的他，想知道的是，祖上究竟作了什么孽？然而，亲戚中竟无人知道此事，可能是真不知道，也有可能为了有意隐瞒着什么。这不明不白之事，反倒成了陆嘉名的心病。

一个礼拜天的下午，陆嘉名终于在健德国际花苑附近的棋牌室门口，等到了永远穿着浅灰色中山装、满头白发的刘老翁。

"刘老伯，这点钱，您拿去买点补品吃。"陆嘉名诚恳地将一叠人民币塞进刘老翁的口袋里。

开始还有点吃惊，然后见四周几乎没有人注意，刘老翁这才缓过神，瞅着陆嘉名问："你这是干吗？无功不受禄嘛！我还要进去打麻将呢。"他执意要把钱还给陆嘉名，但手被陆嘉名按住了。

“别，别！推来推去多难看！您呢，是这儿的老长辈、老前辈，热心人！多亏了您的提醒，我才去工地做了一个道场，现在问题解决了，桩也能打下去了！所以，我呢，一定得当面好好谢谢您！麻将呢，今天就别打了。走，咱们到对面茶坊坐坐，好好聊聊！”

“其实，我讲个信息，也是举手之劳，你也太客气了！”说是这么说，刘子笺还是跟着陆嘉名进了茶坊。

陆嘉名叫了一壶上好的铁观音，让小姐端来了几碟水果、干点。然后，花了大半天时间，听了刘老翁的叙述，才搞清楚祖上搭上的那些麻烦。

原来，健德国际花苑所在的这块地方，以前叫炮台湾，因倚在江边，曾建过炮台而得名。陆嘉名的祖母叫杨彩玲，四十多年前，她被组织上从纺织厂调到炮台湾里弄，当上了党支部书记。她的丈夫，也就是陆嘉名的祖父，叫陆贾康，本来在香烟厂的包装车间当过党支部副书记，结果因为支气管老是发炎，所以，长病假在家。恰逢那时候，正在搞“文化大革命”。杨彩玲为落实中央文革小组布置的各项指示，真是忙得要命，于是，一直对人事关系比较在行的陆贾康，几乎每天都要到里委会，协助妻子杨彩玲搞“清理阶级队伍”的运动。

刘老翁提到的那个吊死在他家后门口的老头，叫宋青。解放前两年，在炮台湾街上盘下了一间街面房，开了一家米店。生意很好，曾经是炮台湾街上最富有的人家之一。而那间店铺的出让人，正是陆嘉名的祖父陆贾康。陆贾康不当老板，是因为身体不好，才经人介绍，进了英国人开的香烟厂做职员，收入竟然比街上当老板还好。到了20世纪60年代初的时候，“四清运动”来了，陆贾康的成分当然被里委党支部定性为“工人”，属于领导阶级。而宋青成了“小业主”，“文革”一开始，便被抄了家，而带造反队去抄家的，恰恰是陆贾康和杨彩玲，这就是命运！

“我是宋青的隔壁邻居，原先是中学老师，因为说了几句埋怨苏联老大哥的话，就被打成了右派。一直在小学里当代课老师。‘文革’开始后没多久，我被赶出了校门，彻底失业！不久，便和五十多岁的宋青，被作为‘四类分子’揪了出来，曾经被关在一个牛棚里。所以，我对宋青比较了解，他消瘦的中等身材，平时喜欢穿香云纱中式服装。戴了个同盟帽，整天笑嘻嘻的。他的所谓历史问题，也就是在解放前，参加过国民党领导下的青年组织——‘三青团’！几个月后，我们又被放了出来，接受监督劳动，被安排在街上的五金修理店里，靠帮助居民修理铝制的锅底、痰盂底、铅皮水桶等生活器皿，领取低廉的生活费。1969年，由珍宝岛冲突引发的与苏联的战争一触即发，于是，我们天天被勒令去挖防空洞。”刘老翁慢吞吞地在叙述。

陆嘉名有些不耐烦了:“但是这些事,大多与我们陆家关系不大!”

“别急嘛,你再耐心听下去,就知道这个宋青与你家的关系有多密切!”刘子笺说。宋青的老伴叫冯艳丽,育有五个子女。他的大儿子宋正豪,36岁,原来担任某工厂的副厂长,现在却因父亲在里弄被定位“四类分子”,他被贬到学校总务科里做勤杂。女友飞了不算,还经常被当作“狗崽子”,遭到学生的批判。他忍无可忍,开始憎恨自己的父亲。有一天,他竟然在自己的家门口,贴了自己老子一张大字报,揭发宋青在苏北乡下还养着一个相好,那时,可是大问题啊!

“你的祖母杨彩玲立即将此事作为典型,组织全里弄的革命群众来批判。这使宋青顿感很丢脸,也陷入了腹背受敌的窘境。妻子冯艳丽与他之间爆发了冷战。”刘老头点燃了一支香烟,陆嘉名去拿来了一个玻璃烟灰缸。

宋家的老二叫宋正凤,33岁,原是海都市话剧团的当家花旦,小有名气。“文革”开始后,因出身不好,很自卑,匆忙嫁给了剧团里的一个搞灯光的师傅。由于与那个工人无共同语言,已分居了好长时间。那个工人要来杀她。于是只能逃回娘家,便遇上了父亲正在被杨彩玲带来的一帮革命群众批斗。她顿时觉得无地自容,晚上见了剪成阴阳头的宋青,没有一句安慰的话,连“爸爸”都不叫一声,就扔下一句“我与你们一刀两断!”从此,她像陌生人一样,回到家里见了父母,不再叫人,只会对他们埋怨,甚至怒骂。这使宋青很伤心。

老三也是女儿,叫宋正娟,宋青很喜欢她。那年她已26岁。由于哥哥姐姐都在城里,杨彩玲便天天带着一批里弄干部,敲锣打鼓,动员她去插队落户。宋正娟经受不起这种锣鼓攻势,不久便报名到黑龙江军垦农场去战天斗地。也因为出身不好,又想逃避干重活,她只能暗地里做场长的情妇,结果连打几次胎,子宫也被切除。她含冤投河自尽。宋青伤痛欲绝,本来要去奔丧,但“泥菩萨过江——自身难保”,杨彩玲不予批准,于是,他只能以泪洗面。

老四叫宋正敏,20岁,因弱智,从未上过学,待在家里,可还是被一些不懂事的孩子拉到街上,戴上高帽批斗。他后来吓得病倒在床,靠父母侍候。

宋青内心深处最喜欢的是最小的女儿宋正慧,那年她才16岁,还是个中学生,长得如花似玉。那天,正好撞见杨彩玲带着一批里弄造反队来抄家。杨彩玲立即对已经吓得魂不附体的宋正慧进行了严肃的教育。宋正慧捂着哭脸,一扭身奔出家门。后来,听说她与几个男同学一起到南方串联去了。还有人说,她在缅甸参加了缅共发起的游击战争,现在生死不明。

即便如此,宋青的笑脸并未永远地消失,只不过,这种笑,往往很不自然,显得有些傻乎乎。更糟糕的是，宋青回到了家里，老婆冯艳丽不但对他恶言恶语，把他称作“丧门星”，还常常摔碗摔杯要他“滚出去”。更不要提还有什么夫妻生活！

“宋青常常对我说，还是你好啊，兄弟！然后便唉声叹气。”刘子笺接过陆嘉名递过来的中华烟，点燃后吸了一口，呷了一口喷香的铁观音，缓缓地继续他的叙述。

即使用现在的眼光来审视，杨彩玲在担任里委的党支部书记期间，你真的很难说出她有什么大的过错，她只是忠实地执行上级的各项指示而已。领导要求阶级斗争要“年年抓、月月抓、天天抓”，她当然不敢懈怠。只是，因为自我感觉过于良好，往往过分卖力，必然伤害他人的程度要厉害一些。她唯一遭到别人诟病的是，非常革命的她，其实像大多数女人一样，私心也很重。最明显的例子就是，1969年，“清理阶级队伍运动”开始，当地的银行的革委会向各里委提供了每家居民的存款数额。这样做，原本是法律所禁止的，但当时是“大破大立”的时代，只要对搞阶级斗争有利，哪会顾忌这些规矩！杨彩玲从银行提供的资料中了解到，陈纹禅家，居然是整个里弄最富裕的大户人家，于是，就想尽办法把自己的女儿陆丽娜，也就是陆嘉名的姑妈，硬嫁给了陈家。结果，杨彩玲的女儿进了夫家门后，以公主自居，好逸恶劳，不肯做一点点家务。经济上啃老，一毛不拔。有时对公婆爱理不理；有时甚至还颐指气使，对公婆指手画脚。终于，公婆忍无可忍，有一天，对陆丽娜大发雷霆，还要她从今往后，得向陈家付饭钱。

杨彩玲的丈夫陆贾康请的是长病假，不但帮助其妻在里弄里“清理阶级队伍”，担任专案组顾问，还参与了对四类分子的逼供讯，而且非常专业和卖力，这就埋下了祸根。

“平心而论，宋青干活是卖力的，不像我，一直装病。他挖土，做砖，修锅……样样在行，天天干得大汗淋漓。他想用劳动来取悦杨彩玲，然而，杨彩玲似乎并不领情，从未对这个‘四类分子’转变过看法。街道里只要有批斗地、富、反、坏的会议，宋青都要被叫去陪斗；遇上枪毙反革命分子的机会，他都被唤去观看，接受教育。每次回到牛棚，问他详情和感受，他都会摇头傻笑。”刘子笺又呷了一口铁观音。

“到了1970年的中秋节那天，宋青终于接到了从缅甸寄来的，他的小女儿的遗书和遗物。而那天，我正好跟他在一起。只见宋青是万念俱灰！他对我说，想不通啊，自己在外面挨批斗，回到家里也得不到任何温暖，常常受到妻子和儿女的欺凌。现在，连最疼爱的小女儿也魂归西天了，活着还有什么意义呢?！他一次次地长吁短叹，脸上再也没有像往常那种傻笑。有的，是从未有过的呆滞和阴沉！‘应该结束了！’‘应该结束了！’他不停地念叨着。他先是去挑来一大桶水擦洗身子，然后又去刮掉了参差不齐的胡子，我就有了某种担心。到了傍晚，他把以前借我的20块钱还给了我，我立即产生了不祥的预感。我想去报告,可我也是牛鬼蛇神啊,谁会听我的?!果然,那天子夜,趁我熟睡之际,宋青悄悄溜出牛棚,他将自己吊死在杨彩玲家院子后门的横梁上。是上早班的邻居首先看到了,敲响了杨彩玲家的门,杨家大惊。等大家叫来了救护车,人早已邦邦硬……”老刘黯然地说。

“这种事,中国人是最忌讳的!……”陆嘉名的手在颤抖,他紧锁双眉,有所领悟地说道。

刘子笺的眼睛也红了起来。一年多后,杨彩玲的老公陆贾康便被查出得了胃癌,不久便向全身扩散。两个月都不到,就撒手人寰。里弄里的居民大多有点幸灾乐祸,悄悄地在议论,陆贾康是给吓死的。因为,自从宋青吊死在他家后门后,陆贾康马上叫来木匠,把门锯了,烧了,最后封了。从此,他一直疑神疑鬼,常常被吓得魂不附体,整天躲在被窝里,不敢走出家门。杨彩玲也顾不得自己党支部书记的身份,悄悄请来了和尚、道士和跳大神的,驱了几天的鬼,还是不见作用。多少人送来补品、各种“特效药”,但似乎对陆贾康没有一点用处。只见陆贾康的身体江河日下,一个月后,竟滴水不进,本来一百八十斤的体重,后来差不多变成了六七十斤皮包骨头的骷髅。最后,在剧烈的疼痛中一命呜呼!于是,杨彩玲家里大哭小喊。

本来被人私底下称为骨感美人的杨彩玲,在死了丈夫后,很快辞去了公职,变成一个弱不禁风、瘦骨嶙峋的老女人。更加不幸的是,没有几年,她还得了严重的焦虑症,整天神神叨叨,惶惶不可终日!虽然天天烧香拜佛,但还是不见身体有所好转。

刘老翁继续回忆:“最后,你的祖母杨彩玲,炮台湾上曾经的父母官,抑郁而死。不久之后,宋青的儿女,在宋青的坟前燃放了一箱鞭炮,还洒掉了好几瓶茅台酒。”

“原来是这样!”陆嘉名喃喃地说,“还是您想得开啊,都八十多了吧?……”

“我嘛,因为有个死心塌地跟我要好的老婆。而宋青却没有。唉……”刘子笺叹了一口气,“但,不管怎样,作为陆贾康的后代,你们都是获益者啊,你看,你是房地产开发商,而且入道又那么早。而宋青一家,基本上都是你们小青年所说的‘蓝领’……”刘老头意味深长地说。

2009年10月

短篇小说

鼻梁上的月牙儿

晚饭后,谢文雷把瘫痪的母亲安顿好,服侍她睡下,自己才颓然地在一张竹藤椅上坐了下来。他面前的工作台上,是一尊即将完成的泥塑。

以往,母亲大抵在这个时候,开始发出轻微的鼾声。而谢文雷,就是在这鼾声的伴奏下,劲头十足地在这十平方米的亭子间里,干起自己认为是一生中最有意义的工作:时而绘画,时而雕塑;有时阅读精彩的小说,有时翻看生产管理、工业技术方面的书籍。现在,母亲没有发出一丁点声响,她分明在为自己担忧。这使谢文雷感到深深的内疚,他后悔终于没能把内心极大的痛苦掩饰好,吃饭时,让细心的母亲觉察到了。她当时放下筷子,端视着他良久,然后,轻轻地问:"雷雷,你气色不对,好像有心事,快告诉妈妈!"

"没有啊。"他强装笑容,低声否认道。

母亲还是不放心,又问:"美雯好久没上我们家来了,是不是你欺侮她了?"

他摇了摇头,解释说:"噢,妈妈,是这样的:她刚刚顶替她的母亲进了自行车厂。非常忙碌,什么事都得从头学起,所以……"

母亲也没再追问下去,但看得出,她是将信将疑的。然而,又有什么法子呢,下午,郝秀华告诉他的关于梁美雯的事,太使他感到意外了,太使他震惊、痛苦和愤怒了!——那个十年前,就跟自己海誓山盟过的女子——梁美雯,竟然在背弃他后,跟一个刚刚度过蜜月就把新娘逼得只好离婚的坏坯子打得火热。据说,梁美雯不但把自己的照片赠给那个男人,还约好今晚八点四十分,一起到光辉影剧场看电影……什么叫无耻?这就是!他简直搞不懂,她怎么会这么轻易地把那些庄严而又深情的誓言,连同无数次热烈的吻和拥抱忘记得干干净净?她图的,到底是什么呢?!

现在,手表的指针指在六点零五分上。谢文雷想到两个半小时之后,自己的心上人就要跟一个卑劣的家伙靠坐在一起时,他气得浑身发抖。过去,生产组的男青年都羡慕他,甚至嫉妒他有一个长得文静、柔美的女朋友,他也因此而自豪。眼下,他觉得自己被人欺骗了，暗算了。他得把这一切都弄个水落石出。失意的人对往事的回忆、探究，跟精密的雷达一样，不会放过任何一个疑点！

一个月前，他跟梁美雯是发生过一次争吵，可是，这事应当怪谁呢？

那是个周末的晚上。他俩依偎着，乘着梁美雯外祖母家的小艇（一种轻巧的小木船），在市郊一条幽静的小河上划行。新月，老是在厚厚的云堆后，躲躲闪闪，是在避开萧瑟的秋风？还是在含羞地窥视这对泛舟的情侣？……

“你对我奶奶说，路上车子抛锚了，肯定是在说谎。”梁美雯撅着嘴说，“当了副厂长，开始要手腕了。”

谢文雷笑了：“不那么说，你奶奶会认为我架子大。她为我们烧了一桌菜，空等了一场，会生气的。”他用肘轻轻碰了美雯两下，“嗳，以后别再那么称呼我了。我们算什么厂啊，一百多人挤在一百多平方米的棚子里折腾，还是叫生产组好，名副其实！”

“啰嗦！”她捶了一下他的手臂，“来晚的原因还没交代。”

“对不起，对不起，小姐同志！下午正好法院来，解决郝秀华跟韩庆九离婚的事情……已经同意他们离婚了。”

“他们结婚也不过个把月吧？这么快就离了，为了什么？”她圆睁着大眼，感到有点困惑。

“还不是因为郝秀华是街道生产组人员！”谢文雷气愤地向她讲了郝秀华进韩家门后，没几天就被新郎平白无故地打了。公婆及小叔、姑娘本来就看不起她，见她挨打也不来劝阻。他们把家务都推给她做。她做不了，他们就骂她是“懒虫”、“垃圾货”，说韩庆九娶她，是上了她的当。“其实，姓韩的才是垃圾货，从小我就认识他，偷鸡摸狗，流里流气的，肚皮上还有条五六寸长的刀疤，那是流氓帮派之间械斗后留下的！上当的倒是郝秀华。凭什么在街道生产组工作好像低人三分，就该受奴役？！”谢文雷已经忘记了划桨，小艇在小河上横了过来，头和尾都碰着了岸边的芦苇。

“干吗发那么大的火呢？”她的手在清凉的河水里划着。“他们离婚也不会是因为经济地位不同吧。我劝过秀华，不要太迁就他，没有平等就没有爱情。现在趁早离婚，对他俩或许是件好事。否则照这样一辈子生活在同一房顶之下，那寿命至少要缩短二十年！”

他本来想反驳说，生产组里大多数二十八岁以上的小伙子，至今还没有女朋友，难道不是因为经济地位低下造成的吗？至于组里绝大多数姑娘愿意在全民国营企业里找对象，原因难道还需要分析吗？很清楚，爱情是由经济地位决定的！……但是马上想到梁美雯现在也是“全民”的人了，话到嘴边，又不得不缩了回去。他感到很抑郁。

"别呆坐着，划桨啊，船都快成了桥了。"她笑着拉了拉他的袖子，两腮上那对浅浅的酒窝显了出来。

他马上将小艇驾正。

"文雷，这两天你还在临摹列维坦的风景画？"

"不，我在创作一个泥塑。"

"模特儿是谁？"

"还会是谁呢？"他放下桨，抚着她的肩膀。

"嗯——"她不满地晃了晃身子，"给你画得还嫌不够？你不是老叫忙吗，还去塑什么像呢？"

"因为……"谢文雷想屏住笑，"你的体形太像马约尔塑的那些像了！"

她大概回忆起了自己在街道图书馆工作时，在画册中看到过的马约尔的那些体态丰腴、饱满优雅的裸体像。她的脸微微泛起红晕。她双手擂着谢文雷的胸膛，撅起小嘴嘟哝道："好好，你嫌我长得不苗条，又粗又壮对吗？你快说啊！"她见他笑而不答，就说："女子过了二十八岁，还有几个是苗条的……对了，你的同事郝秀华是个例外，她苗条极了！"

"干吗往她身上扯呢？看我怎么拧你的嘴！"

她笑着往后仰，仍说下去："她对你一直有好感。否则，她是不会强烈要求离开图书馆，调到你们厂去的。上个礼拜，她还在我面前夸你呢……快住手，水漫进来了！"

谢文雷听了这种话，心里很不高兴：把一个离了婚的女人，硬推到他的跟前，是什么意思？……联系到刚才她说的"没有平等就没有爱情"，他觉得她的话，似乎有弦外之音。是啊，存在决定意识嘛，他们现在经济地位上的确不平等，那么，是不是意味着爱情应该……他不敢想下去。一种不祥的预感渐渐占据了他的头脑。他急忙握住她的双手，好像她快要逃走似的。他怯生生地问："雯雯，你会离开……噢，不，我们会分离吗？"

"会的。"她将头贴在他的胸膛上，低声说。

"你是个坏孩子，你在说谎！"他想拥抱她。

她甩开他的双手，坐正身子，瞅住他说："我说的是真话。"

"那我……"谢文雷握好桨，用力划了几下，小艇"嗖"地一窜老远。"我一定会狠狠地报复！"他又拼命划了几下，水溅湿了他的裤腿。"是的，一定会！"

"我是不怕你的！"她笑吟吟地，继续瞅着他。

"我会叫你怕的！"他又一次放下桨，揪住她双肩，凶狠地摇晃了几下。

"野蛮！"她尖叫道，眼泪一下子涌了出来："你没有权利这样对待我！我们是平等的。

我不需要奴役,永远不需要!"她拉住岸边几根枯黄的芦苇,小艇迅速靠岸。她纵身往岸上一跳,飞奔而去。随谢文雷怎么呼叫,她都不回头……

从那以后,他们再也没有见过面。哦,这是多么叫人难以忍受的三十三天啊! 漫长得简直让人觉得,像是过了好几年! 过去,他们也曾有过几次龃龉,多数情况下,是他主动找她澄清问题,然后,总是很容易地就重归于好。但是这一次不行,他们俩的经济地位已经不同了。没有必要去向她低三下四讨饶。如果她真的爱他,她完全可以找上门来。这一次必须使她明白:谢文雷尽管文质彬彬,却是一个坚强的人。

"然而,我是多么天真、愚蠢啊!"他觉得应该狠狠地嘲笑、挖苦自己一番。他把身子偏向藤椅的另一侧,从口袋里掏出消毒纱布,把右手中指重新包扎好。纱布,是为了不让母亲发现而取下的。

手指工伤就发生在下午。当时,他在缝纫机上顶班劳动。郝秀华跑来,把他叫到工场门外,告诉他一个消息:她的前夫韩庆九将自己买的《冷酷的心》的票子,塞给梁美雯一张,梁收下票不算,还递给他一张自己的照片。这是她的一个跟韩庆九和梁美雯在同一车间工作的邻居亲眼看到的。这消息如同雷击,差点使谢文雷晕倒在地。"好啊,怪不得她始终没来找我,原来我不去找她,正中她的下怀。不要脸的女人啊,你有一颗比影片中阿依曼更冷酷的心! 当你见到她的下场时,看你还能坐得住吗?!"他回到缝纫机前坐下,心跳得比机头上的针还快:就在他跟梁美雯不欢而散后的第五天,郝秀华悄悄告诉他,美雯的父母正在托人给自己女儿介绍对象,而梁美雯并没有反对这样做。郝秀华用自己的遭遇为例,警告说,不要太相信一个人,像梁美雯这样一个在全民单位工作,而且又长得如此漂亮的女子,是不会心甘情愿找小集体单位的人做终身伴侣的。当时,他粗暴地打断了她的话,还请她以后别再编造此类谣言;在以后那些日子里,有好几个夜晚,自己虽然没有去敲开梁美雯家的门,但站在她家附近,长时间地凝视她卧室的窗户……自作多情到完全丧失理智的地步,这使他悔恨至极。于是,一不小心,"嚓"一下,缝纫机头上的针在谢文雷的右手中指上进进出出了两次。人们惊恐地看到他的手上渗出的血。但是,他心头的伤口流出来的鲜血,别人能看得见吗?!

"文人们老是说:眼睛是心灵的窗户。我画了不少她的像,我倒要看看她的眼睛中有没有泄漏的'天机'。"他倏地站起身,拿起工作台上那叠作为塑像依据的画稿。

第一张,就是他的得意之作:《热望》。这幅油画,曾经在区里举办的一次画展中得到好评。这就是她么? 长着一张多么美丽而又纯真的脸,两弯淡淡的柳叶眉下,一对盈盈的杏核眼,放射着真诚、热情和希望之光。看见它,你如同置身在充满诗意的漓江之上,仰望岸上秀丽挺拔的山峰,你会感到自己沐浴在造化的圣光之中,灵魂得到了净化……唉,那就看看她的其他部位吧。鼻子,玲珑四正,骄傲地微微往上翘;最引人注目的是那对浅浅的酒窝,洋溢着令人陶醉的笑意……

不,不,文人们的话显然是片面的,这幅画就是明证,它几乎使人忘记了严酷的现实!

他看了看表,已经过了七点。"再过一个半小时,那两个人就要……唉呀呀,从七点到九点,不是我自己法定的美术时间吗?我怎么气量狭窄到差点把这样重要的事情忘了!让两个小人牵着鼻子跑,岂不是太没出息了吗?"

他马上穿上工作衣,拿出自制的各种塑刀、铲子和塑头发用的木梳,搬来了早上就踩熟的黄泥。脸部早已塑好,基本上用不着再修整了。就剩下头发和身体的某些部位再修补一下。一定要注意赋予每个局部的动态,又保证整个形体的统一美。他果断地拿起了塑刀,但是……中指又剧烈地疼痛起来。心灵再次被那件事猛地一刺,于是,整个思绪又紊乱了。

这样的心情是没法搞艺术创作的,还是想想别的事吧。但,一定不能再想那件伤心事。是的,一定!他又坐在藤椅上。

他首先想到的就是他所在的先锋服装厂——过去叫"长河街道先锋缝纫组"——正面临的生产危机。他们的顶头上司——国营孔雀针织厂已经通知他们,将从11月起,逐月缩减交给先锋厂的服装加工任务。理由是先锋厂"厂房"太挤、太脏,不适合加工出口产品。这个理由,明显地站不住脚,——先锋厂的产品在广交会上得到外商赞美的消息,正是从孔雀厂传来的。他派人打听到的情报是,孔雀厂的厂长准备把原来给先锋厂的加工任务,逐步交给他的小舅子所管辖的市郊一个生产队办的缝纫组去承接。据说,那儿的劳动力更便宜。可是这样一来,先锋厂可要倒霉了,没活干就没产值,那职工的工资就要发不出来了。两个月前,群众民主选举他担任副厂长时,他曾立下军令状,两年之内改变厂里生产的落后面貌。可现在,饭碗都快保不住了,以后怎么向工人们交代?为了能从一些大厂讨到比较多而稳定的加工任务,他跟厂长和采购员跑了好些地方,打肿脸充胖子请客送礼。可是到现在,还是一无所获。本街道的几个兄弟单位,也都碰到了类似的问题。他觉得应该向市委和市政府写信,反映这些情况。吁请有关方面制定法律条文,使大厂不能任意"解雇"其配角——街道小集体企业。另外,国家应该向小集体企业提供一定数量的平价的原材料和机电设备。否则,允许小集体搞自产自销就是一句空话。再有,目前对小集体的税收制度很不合理,没有体现多劳多得的分配原则。他们的收入本来就不多,却既要向国家上缴远远高于国营企业的所得税,又要向区和街道的三个上级单位交纳剩下的一半左右的奖金。那么,叫小集体企业拿什么去改变作坊式的落后面貌,扩大再生产呢？最后,在社会上百分之四十的职工增加了工资,不少物价在上涨的时候,决策机构应该考虑小集体职工的低工资问题了。现在,有些年龄大的小青年,常常围住几个厂长,一个劲地逼问:“我们,什么时候才能做家长?!”

谢文雷的心情非常沉重。他起身本想打开窗户,呼吸几口新鲜空气。但是,看了看睡着的母亲,他又坐了下来。他不是一个不看报纸的人,他知道国家收支上的巨大赤字及国家经济上所面临的其他困难。于是,他想,写信归写信,也得想办法打开其他的生财之路,使自己管理的小厂渡过难关,谋求发展。首先应该发动全厂职工献计献策,争取搞一些市场上急需,而自己经过努力是能够生产的商品,提供给市场。现在,漂亮的电视机罩得到群众欢迎,布绣的其他工艺美术品在新婚小家庭里,也很受宠爱……这些小笔生意当然也应该做起来……总之,要尽快在经济上自强起来,让生产组的职工,特别是男女青年,在短期内富裕起来,让他们全都获得作为一个人都应该获得的神圣的基本权利——爱情!

所有这些想法,非常之好。他打算明天就将这些想法告诉街道党委书记和李厂长。

他不由自主地看了看表,七点四十几分,离电影开场不到一小时了！他的心又颤抖了起来:唉,梁美雯,你为什么要离开我呢?

“女子在生活问题上总是要比男子思考得长远一些。”他心中有一个声音在为她辩护。

哦,这个问题以前自己虽然晓得,但在自己的爱情里,始终是将此排除在外的。

可是,排除掉的东西,不等于不存在啊。女子要求在婚后得到美满的生活,生了孩子后,家庭能够承担得起剧增的开支,能为母子的健康慷慨解囊。同时,作为一个现代人,即使成了家庭主妇,也需要丰富多彩的精神生活啊……这些,你谢文雷难道能认为是过分的吗？你能够满足得了这些吗？谢文雷啊,亏你还是副厂长呢,厂里有些小伙子在找到女朋友后,怎么一个个吹了,个中的缘由,你还不清楚吗？……

谢文雷因自己对她体谅太少而感到羞愧。但是他不是为自己辩解:“可她从未向我吐露过这方面的想法啊。记得她还嘲讽过郝秀华看中的是韩庆九的职业,而不是他这个人……而我当初之所以爱上她,不就是因为她重情而轻财吗?”

初恋,是人生中最珍贵、最美好、最难以忘怀的。他不由地抬起头来,看了看挂在对面墙上的米莱斯的油画《盲女》。

四年前,也就是1977年的夏天,他被街道党委叫去,在图书馆对面的会议室里,画迎接党的十一大的宣传画。那天午休时,他临摹完米莱斯的这幅画后,正在里面洗笔。这时,在街道图书馆工作的梁美雯和郝秀华又一起进来看画。他听到声音后，就躲在里面不出来。这几年生产组的经历，使他养成了一种怪脾气：待人接物十分消极、冷淡。加上这两天，郝秀华的肉麻的恭维，使他厌烦透了。

“哎呀，怎么画个瞎子?！太无聊了。”这是长得蜂腰削肩的郝秀华的声音。她可是看到他的画，像是见了故宫里的珍宝，会惊叹不已。“嘿，巧了，画它的人，正好是个目中无人的人。”她显然对他的不理不睬耿耿于怀，“雯雯，你说呢?”

“我很喜欢这幅画。”这个每次来看画，都含笑不语的梁美雯答道，“看了几天，这幅画要算画得最认真、最传神。”

“哦?”

“你看，盲女头顶上那道彩虹多美，她膝盖上的那叠书很可能是文学名著，可她却不能像正常人那样欣赏、阅读，这是多么不公平啊！”

“这能怪谁？要紧的，倒是画中人要长得美，这样人家才爱看。而瞎子，永远是不美的。”

“这幅画的意境是美的。它浸透着画家对盲女的深切同情。”

“我看小谢不过是练练笔法罢了。并不会同意你这位女思想家的话。”郝秀华笑道。

“我猜他一定懂得这幅画的含义的。他的人生道路肯定是不平坦的。因为一个生活中一帆风顺、养尊处优、感情麻木的人，是不会去临摹这种画的。即使临摹了，也决不会传神。我一直认为，情感是作品的灵魂！”

她的这种入木三分的剖析，触到了谢文雷心灵的痛处——他的父亲，一个普通的中学教员，几年前，在“隔离审查”中死去；作为“反革命家属”的母亲，一气之下，半身不遂……“真是一个知音！”他不禁对这个长着一对酒窝的姑娘产生了好感……

后来，他们常常进行交谈。她也很爱好美术。于是，石涛、沈周、列宾、毕加索等中外美术大师及其作品，成了激烈争论的对象。她告诉他，她的当干部的爸爸，在“文革”中也有过不幸的遭遇。在一段相当长的时期中，亲戚朋友，没人来理睬他们，唯有听不完的专政队的训斥……

第二年的5月1日，他们来到了群峰巍峨、如同仙境的黄山。他们依偎着，坐在一块巨石之上。

谢文雷突然觉得有一个问题眼下还来得及澄清：

“美雯，我很遗憾，我家里没有四十八只脚或其他值钱的东西。我只有几十支笔和……”

她连忙捂住他的嘴，学着他的声音说："我很遗憾，你说出这种话来！"然后大笑起来。那银铃般的笑声在群峰中回荡，引得四周的小鸟又欢唱起来……

他的那幅油画《热望》，绝妙地记录了当时她的脸部表情最动人的一瞬。画布上，时而细腻，时而粗犷，变化多端而又恰到好处的笔触和块面中，融进了他的全部的感情。他现在发狂似的吻着这幅画，泪水在坎坷不平的画面上流淌……

他又急切地看了一下表，啊！八点二十七分，离开上映时间不到一刻钟了！"不——我不能失去她！不能失去她！"他立即站起，朝门口走去。

"雷雷，哪儿去？"母亲忙问。她果然没有睡着。

"找梁美雯。"他竭力使自己的声音显得平静。

母亲听了，小声叮嘱道："早点回来。"

当他飞奔到光辉影剧场门口时，离开映时间只差四分钟。他一眼就瞥见站在马路边上的梁美雯。她今天打扮得多风流啊：上身穿一件雪青色的紧身绒线开衫，在路灯下格外显眼，底下是一条咖啡色哔叽喇叭裤；挽着的那只乳白色的小钱包和脚上那双锃亮的高跟皮鞋，大概都是新买的。她不停地踮起脚尖向马路对面眺望。不用说，是企图在人群中辨出她的新情人——韩庆九。

"薄情女人！冷酷的心！"谢文雷咬牙切齿地低声骂道。他的怒火又在胸中燃烧起来。他想往回走，这样可以避免看到那最使他痛心、嫉妒的一幕。但是，这样岂不是太便宜她了吗？应当教训教训她，不明不白地抛弃自己的男朋友，是不道德的！可耻的！他的右手中指，又痛起来，痛得钻心。

他强按住怒火，走到她跟前："你在等谁？"

她一惊，脸"唰"地一下红了。她侧过身，冷冰冰地说："不用你管！"

"你以为我不知道吗？！"他捏住了她的双臂，一字一句地说："你在等你的情人！然后一起进去看电影！"

"你疯啦？！放手！"她挣脱了出来，眼眶中，泪水在闪烁，"对！等情人，看电影，逛大街，又怎么样？与你有什么相干？——野蛮！"

"你还讲得出口啊？！"谢文雷全身都在颤抖，喘着粗气，从牙缝中吐出一句："我叫你永远记住这个教训！"说完他一个箭步冲上去，用力夹住她的头。没等她来得及呼救，就在她的鼻子上狠狠地咬了一口！他觉得这一口是替自己和生产组的那些失恋的小伙子咬的。

梁美雯的鼻子上鲜血如注。她的母亲从马路对面的厕所里走了出来，看到了这副惨状。她尖叫着，舞动着双臂，摇摇晃晃奔了过来，像是一头狂怒的母狮……

四周顿时围满了人。有的说，那姑娘肯定做了什么见不得人的事；也有的喊道："别让咬人的家伙溜走！"

谢文雷惊呆了。他没想到，梁美雯等待的是她的母亲……

深夜十一点。谢文雷家里挤满了人：谢文雷垂着脑袋，跪在母亲床前；母亲呼吸急促，脸色惨白，背着他躺着；梁美雯的父亲叉着腰，吹胡子瞪眼地站在他身后；梁美雯的两个弟弟在敲碎了谢家的好几块窗子玻璃后，才被附近的居民劝住；梁美雯所在车间的车间主任，因为住得不远，也被叫了来解决纠纷。

现在真相大白：梁美雯在姓韩的送给她的电影票时，把另一张也夺了过来；她把照片交给姓韩的，是因为托他买一张公交月票，因为韩的家离月票销售点很近。

谢文雷悔恨莫及，他听任人们的责骂。同时，恨透了那个搬弄是非的郝秀华。

梁美雯的父亲吼叫道："……简直是畜牲！走，跟我上派出所去！"他一把揪住谢文雷的衣领，往门口拖。

正在这时，一个鼻子上蒙着带血的纱布的女子出现在门口。人们在惊讶之余，认出来了，这是梁美雯！她走进来，平静地环顾了所有在场的人。然后，她说："这是我跟小谢之间的事！我们自己能解决。"她不顾父亲的激烈反对，把呆若木鸡的谢文雷拉到屋子的角落里，凑近他的耳朵说了些话。他耷拉着脑袋，仔细地听着。犹豫片刻后，用力点了点头。

梁美雯走过来，对大家宣布：明天他们就去登记结婚；并对打扰了这么多亲友邻居表示歉意。

"你发疯了！你居然要嫁给一个咬你鼻子的坏蛋?!"她的父亲暴跳如雷。

"每个人都会犯错误。"美雯满眸泪水，"他的行动，说明他爱得很深。"

"住嘴！"父亲咆哮了，"你要是嫁给这样一个残酷的人，……而且还是个生产组的。那从今以后，你就别再进我的家门！"

美雯泪水涔涔而下，她走到父亲跟前，恳切地说："爸爸，你知道我一向珍视自己清白的名誉，在爱情问题上，我不会再作别的选择！谢文雷在小集体工作，这不是他的罪过。我跟他在人格上，是平等的……"

"下得了这种毒手的人，你还能原谅他？哼！"父亲瞪了她一眼，怒气冲冲地走了……

谢文雷热泪纵横，要去找郝秀华评理。旁边许多人也愤怒地谴责郝秀华。

梁美雯拉住了他，小声对他说："别再鲁莽了！也怪我太任性啊！"

"不，应该怪我！我终于看清楚了，在我的头脑中，还保留着可怕的兽性！"他跪倒在梁美雯的面前，并狠狠地扇了自己两个耳光……

亲友们拖着梁美雯愤愤地离开了，邻居们在一旁唏嘘不已……

深夜。谢文雷看到母亲已经睡着，才悄悄来到外间，将泥雕的最后一些细部加以完成。这是一尊美女的塑像，气质非常高雅，跟梁美雯十分相像。他一边流着热泪，一边在塑像的鼻梁上刻下了一道月牙般的疤痕……

1979年6月

病

这个病房里，住着两个瘦子——小黄和老李，一个胖子——老耿。小黄年龄其实不小，三十七岁了。当然，跟四十五岁的老李和五十七岁的老耿相比，他还是个后生。他的身材的确是瘦小的，瘦小得像只猴。

这会儿，他从圆顶帐里钻出来，大声埋怨："真是鬼天气！热煞人！"他用干毛巾迅速擦去脸上、臂膀上的汗水，拿起一把蒲扇，"噼噼啪啪"地扇他那单薄的身体。他的胸前，挂着一个咖啡色的棉肚兜，——真是古怪的装束！

"声音轻一点，"老李热得打熬不住，也从帐子里钻了出来。他向小黄使了个颜色，"老耿他……"

小黄马上领悟了：老耿患有严重的心脏病，听到别人叫喊，手指有时都会剧烈地颤抖。他向老李吐了吐舌头。

"没关系，咳咳，没……没关系。"老耿赤膊躺在床席上，呆呆地望着悬在头顶之上那个打了结的圆顶帐子。

老李盘腿坐在床上，他点燃了一支烟。

"反正大家都睡不着，干脆，今天就聊它一个晚上。"小黄见他俩不反对，就下床，点了一盘蚊香。"老李，你什么时候出院？"

"你呢？"老李反问道。他有这样一种习惯，总是喜欢探明了别人的底之后，才决定自己该说些什么。

"我，还早着呢。我跟王医生说了，同意做胃切除手术。"看来小黄，还没有摸透老李的脾气，他又好奇地问："嗳，老李，你的肝病是怎么得的？你看，我到现在还不知道。"

"哦，小黄，这么着，先说说你的胃病史吧。"老李笑眯眯地说，"胃长在肝的上面，我们得顺着来，是吧？……所以，你快说吧。"

小黄有点不悦。但想想，这话题是自己引出来的，老李这么说，也合乎情理。于是，他擦掉脸上的汗，开始说了起来：

“我的这个病，完全是身不由己啊！1960年——就是那个所谓的‘自然灾害’的第二年，我在机器制造学校念书。那时候，我十七岁，正处在青春发育期，嘴馋得要命，一天到晚想吃东西。我的那个胃，简直是个无底洞，食物一到了里面，就立即无影无踪了。可是，食堂里给我们学生吃些什么呢？说起来，真叫人伤心！常常是一碗酱油汤。偶尔也供应一点菜，比如，烤花菜叶子、烤花菜根，或者，炒豆渣什么的。但里面都不放油，而且量也少得可怜。在我们这块号称鱼米之乡的地方，这些东西，过去都是用来喂猪的！现在，每月二十几斤的定量，虽然远远不够，却成了我免遭死神掳去的唯一的防御武器！上课时，经常因为肚子饿得疼痛难忍，我不得不将胃部拼命往课桌角上顶。到了夜晚，躺在床上，我净做一些大吃大喝的梦。有一会，我梦见自己闯进了一幢大楼，里面正在举行盛大的宴会。酒席上摆满了各种丰盛的菜肴。我目不转睛地看着，不停地咽着该死的口水。我也顾不上廉耻了。抓起一块肥肉就往嘴里塞。当我用力咬这块肉时，有人惊叫起来。我被吓醒了。这时，睡在床另一头的弟弟捂住小腿肚，在嚎啕大哭。我马上明白了，刚才自己咬在什么地方！……尽管如此，我还是绝不敢发半句牢骚。因为，我知道那样做，会被扣上‘攻击三面红旗’，‘右倾’的大帽子，然后，被押送到甘肃等地劳动改造。教师中，已经有好几个这样的例子了。

“我面黄肌瘦，身体一天比一天虚弱。每次从座位上站起来，往往会头晕，两眼一抹黑，要过一会，才能缓过来。我的胃，发生了一些奇怪的变化，不再一刻不停地感到饥饿，它似乎麻木了。但有时，会突然痛得像被几十根针猛扎。稍不留心，吃了点冷的、硬的东西，就会疼得在床上直打滚……医生诊断下来，我得的是胃溃疡！

“唉，要是那时候营养好些，我就不至于只有一米六十了。我们家的男性公民，除了我，身高都在一米八十以上。”

这时，老李插嘴了：“很懊恼，是不是？你至今还未娶媳妇，不会是因为身高这个缘故吧，啊？哈哈，哈哈。”

小黄的脸，顿时涨得通红：“老李，你别开玩笑！……也不是我一个人的问题。你去看吧，同我年纪相仿的那些人，差不多都长得不高……还是言归正传吧。1963年毕业，我被莫名其妙地分到市区一家剃头店里当会计。生意忙时，还得去帮助洗头、烫发。我原来学的机械制图等技术知识，这下子全泡汤了。不过，有件事还是值得庆幸的，随着市场供应的逐步改善，我的胃病开始有所好转。干了不满一年，作为中专生，我被选拔去农村搞‘四清’。我被派在贫农木根家里搞‘三同’（同吃、同住、同劳动）。木根和她妻子共有七个小孩，家境很穷，粮食终年不够。所以，一日三餐，顿顿吃粥！咸萝卜头是放在桌上的唯一的菜肴。我这个人饭吃不快，我吃下一碗粥，孩子们已经喝下三碗了。等我去添粥时，锅底早被孩子们刮得干干净净，干净得简直可以不必洗锅了。出于同木根搞好关系的愿望，每次我得装出吃得很饱的样子。为了不使胃病复发，我从家里带去一听糕点，结果，没几天，就被木根家那七个骨瘦如柴的小家伙，搜了个精光。于是，我的胃壁就像两块老得快要报废的磨盘，又空磨了起来。有一天，我突然两眼发黑，一下子晕倒了。我被送到县医院抢救。检查下来是胃穿孔，还引起了大量的出血。医生立即给我做了胃修补手术。两个月后，我又抱着满腔热诚，重返战斗岗位。你一定会问，为什么不多休息几天？嗐，你不知道，工作队里许多人在那儿得了肺炎、失眠症、高血压什么的，都在挺着，我可不敢落后。况且，那时运动已经到了白热化阶段，我所在的那个大队就揪出了几十个'四不清'干部和社员。各种类型的群众揭发、控诉大会，通宵达旦地在召开。工作队里，人人都认为，'四不清'分子揭出来越多越好！这样，可以为党为国除掉不少隐患！

"有一个现象是奇怪的，那些个被审查的'四不清'对象，除了个别人外，大多数都一个个病倒了，还有人自杀。就拿我负责搞的那个大队会计来说，当时，他交代出来的贪污金额，实际上远远超过了我们从账上查出来的数目。但是，我们不知道着了什么魔，硬逼着他交代新的问题。难怪，他私底下要对亲友说：'算来算去，没拿这么多呀！没拿这么多呀！'他开始吃不下饭，睡不着觉。据他说，胸口好像有东西梗着。不久，医生终于诊断出，他得的是食道癌。两三个月后，他就死了。他的父亲因为儿子的事情，气得眼睛瞎了！……唉，直到现在，我在梦中还常常被他们吓醒……真的，老李，这确实是我做下的一件亏心事！

"'文化大革命'开始以后，我手举着小红书，没日没夜地投入了这场运动。我相信领袖，胜过相信世间的一切。我在串联、大字报、打派仗中陷得愈深，我的胃溃疡就愈严重。每次胃出血，大便隐血化验，都在三只'十'以上。医生劝我开刀，可我怕万一……所以，只好长期吃流汁。喏，这个棉肚兜，我已经戴了七年。现在，居然拿不下来了。一拿掉，胃痛就随之而来……这次，我决心将胃切除。反正早晚要吃这一刀！"

他用毛巾擦去已经淌到下巴上的汗："老李，我就是这么回事，该你说了。"

老李又点了一支烟。沉吟片刻，才苦笑着说：

"你的病是身不由己，我的病呢，唉……可以说是自作自受……嗳，小黄，你看我瘦得像个瘪三，是不是？嘿，几十年之前，我可是一个体重一百六十几的大块头，厂足球队的后卫。比赛时，再棒的小伙子冲撞上来，我都能纹丝不动。毛病出在1968年秋天。那时，我被派到红卫中学担任工宣队队长。进校后，正好遇上有一批学生面临毕业分配。为了使上山下乡工作进行得更顺利一些，我们决定对学生进行一次忆苦思甜教育。事先，我们关照食堂准备几百个糠菜团子，好让学生吃一顿‘忆苦饭’。那天上午，我带了毕业班同学到了东方红公社礼堂，先听了三位贫农作的声泪俱下的忆苦思甜报告。然后，由贫农赵‘师傅’——当时，社会上流行这种称呼——领着，到各处参观。来到公社养猪场，他指着一个猪槽激动地说：‘同学们，过去地主心黑透了！只知道叫我们长工起早摸黑地干活，却不让我们吃饱肚子。我们饿坏了，只好悄悄跑进猪圈，偷吃猪食……’说着，他老泪纵横。突然，他抓起一大把猪食，大口大口地吃了下去。他说：‘今天，重新吃它几口，我更加痛恨万恶的旧社会，更加热爱幸福的新社会。’我听了，热血一下子沸腾起来，我振臂高呼：‘不忘阶级苦！牢记血泪仇！’师生们也大声跟着我呼喊。我趁热打铁，我说：‘同学们，为了表示我们对伟大领袖的一片忠心，紧跟他老人家上山下乡、反修防修，来，我们每个人也吃上一口。’说完，我先抓了一把，刚要塞进嘴巴，一股浓烈的酸臭味直冲鼻子。只见那黑乎乎的东西里面，好像有几张菜皮。我闭上眼睛，不管三七二十一，吞了下去。我见几个工宣队员、教师还愣在那儿，我就说：‘要注意影响啊……来来，你们先带个头，然后是同学……’看看他们那副熊相，我心里直冒火。几个教师先打哈哈，就是不肯朝前挪步；工宣队员更是不像话，假装没听见我的话，跑到队伍后面去训斥几个差生。这时，我只好沉下脸，说：‘忠不忠，看行动……这是思想感情、立场问题。向贫下中农学习不能老挂在嘴上，这是对我们每个人的一次考验！’想不到这番话立即发生了作用，教师们果然一个个走上去撮了点儿猪食，定了定神，然后吞了下去。他们用手绢抹过嘴后，皱着眉头，你看看我，我看看你，一脸苦相。那几个工宣队员见没法躲了，只好走了过来……”

小黄笑道：“看不出，老李，你当年够‘左’的了！”

老李笑着捻熄了烟：“那时候嘛，我们大家不都是彼此彼此嘛？我接着讲下去——

“事情坏在红卫兵团一团干部手里，他抓了一把后，马上大叫：‘哎唷！里面有蛆！’这下，工宣队员们个个像手里拿了烫土豆一样，立即把猪食摔在地上。我顿时感到一阵阵恶心，直想吐。但想到自己的身份，我硬是挺了下来。在大礼堂里吃‘忆苦饭’时，我拿了两个糠菜团子就往外走。我实在不敢再领教了。看看四周没人，我就把团子压扁，藏在裤子后袋里。刚要跨进礼堂，公社革委会主任一把拉住我，说附近一个粪池里，浮着几十只团子。他希望我狠狠抓一下这个‘阶级斗争新动向’！我当场就答应了。回去的路上，我的肚子一阵阵绞痛。到了家里，再也屏不住了，又是吐，又是泻。在昏昏沉沉之中，我被老婆送到医院看急诊。在急诊室里，我遇到了红卫中学的那几位教师。他们早已捷足先登，躺在那里吊盐水了。陪着他们的家属，正在痛骂那个‘混蛋工宣队长’。我被弄得哭笑不得，只得‘闭目恭听’……

“从此，我的体质每况愈下，一看到(噢，不，甚至一想到)脏东西，就要呕吐。我开始厌食，整天就感到疲倦乏力。医生在看了我的肝功能化验单后，说我得了急性肝炎，需要立即隔离治疗！后来，我的肝炎由急性转为慢性。现在，我的腹部静脉已经曲张，经过会诊，确定下来，是早期肝硬化。噢——当年力大无穷，而今长病假、半条命……人活在世界上真没意思！”

小黄见老李情绪很不好，就想法转移他的注意点。他对老耿说：“嗳嗳，老耿，轮到你谈了，你的心脏病是怎么得的？”

“嘿嘿……嘿嘿，我啊……”老耿喘着气，微笑着，“嘿嘿，别提了……”

老李对小黄说：“他不光是心脏病，还有高血压、哮喘、风湿性关节炎……老耿，我说得对吗？”他见老耿“嘿嘿”地在点着头，就继续说：“既然小黄想听听，你就慢慢说吧，不要推辞了！”

“嘿嘿，好好。我跟你们……不同，我的病……是……飞来横祸。‘文革’中，我是逍遥派。我……对雕刻象牙……有点懂。一个象牙球……少说也可以雕它四……四五十层。可对政治，嘿嘿……我一窍不通。”老耿的脸阴沉了下来，下巴微微在颤动。“那个倒霉的日子，我……我一辈子也忘不了。1970 年 5 月 3 日……上午，我吃了一碗……有点馊的泡饭……和一点黄……黄泥螺，拿了一个馒头，就出门。到了厂里，咳咳，就泻肚子。我忘了……带手纸，就用包馒头的……报纸……擦了屁股。万万没料到……过了十分钟，厂……厂‘文攻武卫’跑到车间里，不由分说，架……着我的双臂，就往防空洞里送……我责问他们，我犯了……什……什么罪？他们……说我‘恶毒攻击’红太阳，对……党中央有……刻骨的仇恨！我说，这是捏造！怎么可能呢？他们冷笑着，给我……给我看了从粪槽里……拾起来的……湿淋淋的报纸，那上面印着一个……很小的老……老人家的木刻头像。我被打得……皮开肉绽，批斗、游街、请罪、抄家……我什么味道没有……没有尝到过啊？……”老人抽泣起来。老李和小黄垂下头沉思。

少顷，老耿又接着说：“我坐了七年牢，落了一身病……我老太婆，气得死去活来，到厂里……求头头饶……饶了我，回家途中……摔了一跤……不久，便半身瘫痪……我那个插队落户的……女儿，得知家里的事，上吊没死成，就……就疯了……呜——”老人痛哭起来，他的手指在剧烈地抖动。

小黄想叫他别再说下去了，被老李用目光制止住。老李的意思是：你劝也没用！

“几天前，”老耿抹掉眼泪，“我到精神病院……去看女儿。她，她一会冲着我笑，一会儿……对着我哭……还有什么可说的？里面关着的，也……也不是她一个人。听人家介绍，相当一部分人，都是在‘文革’中……关进来的……嘿嘿……还有什么可说的！”

病房里，一片沉默。

老耿睁大眼睛望着帐顶。过了半晌，又说：“唉——那个去汇报厕所里……发生‘反革命事件’的小青年，后来，在……在一次武斗中，被弹瞎了一只……眼睛。还有一个打我的小伙子，有一拳……没打着我，击在墙上，手指骨折……现在，照顾他，在厂里看大门。……这些青年，冲啊，打啊，砸啊……难道能够全……全怪他们吗？”

大家又是一阵沉默。

“这么说，”小黄的眼睛陷得很深，“如果，这些年，没那么多人为的政治运动，我们恐怕都不会得病……”

“就是有病，嘿嘿，也不会……不会这么严重！”老耿深深地吸了一口气，然后，缓缓地呼出。“我过去，每年要为国家赚……好几万美元，可现在……却要单位派人来搀着走……而且，药，吃了大概……大概也有上百斤了吧……这人力……物力……财力……唉——”

“老耿，经济上的账，还是容易算清的，身体上的病，也许还治得好，”小黄愤愤地说，“可是这些年来，我们精神上的病呢？……”

“嗐！你们认为，”老李猛抽了一口烟，“在全国十亿人口中，由于政治原因，得各种疾病的人，就我们这些人？”

“是的，是的，”小黄想得入了神，蒲扇掉在地上，他也没有发觉，“这确实是我们民族，我们国家得的一场大病！”

“好在，会诊已经开始了。难道不是这样吗？……”老李看了看小黄和老耿。于是大家对视了一下，都露出了欣慰的笑容。

老耿：“看看，天已经蒙蒙亮了，大家快睡吧，待会儿，医生又要来查房了……”

1980 年 10 月 3 日

短篇小说

大门内外

每个人都是这样，最倒霉的事，总是难以忘却。我一想起好几年前发生的那件事，至今还会想到胳膊酸痛，头脑发胀。当然，也使我开了一点眼界。

1967 年，那时，还没有上山下乡，我作为“硬档”，初中毕业，就被分配进了厂。不久，有一天中午，我从厂里溜回家，躺在床上看手抄本。天气也真好，微微的秋风夹着芬芳从窗外吹进来，怪舒服的。突然，厂里来了电话，叫我立刻去参加紧急会议。

到了厂里，我才明白，原来是要抓一个投寄反革命匿名信的坏家伙。嗨！这几年现行反革命分子特别多，真是“树欲静而风不止”啊。好了，现在既然又冒出来一个，那我们就一定不能让他跑了！当我问起匿名信的内容时，我们民兵小分队的队长沉下脸，一本正经地说：“‘防扩散’的！不必问。”接着，他分配了任务。

我的埋伏地点，是泥溏支路邮筒对面的一家石库门房子里。据说，这儿的邮筒里，前几天也发现过反革命匿名信。和我作伴的是“小霸王”(他的真名叫刘虎根，因为待人很凶，老爱动武，所以一进厂，人家就给他起了这个绰号)，他显得很兴奋，老是在下意识地转动着腕关节和指关节。他说，好几天没有“开荤”(指打人)了，真憋气！我呢，就喜欢惊险的工作，可是，手抄本还只看了个开头，唉……

夜幕还未降临，我们在大门后面已经作好了准备：左边的那扇门反正是固定的。至于右边的那扇门，我们把生了锈的铁插销打开，让这扇门虚掩着，这样，一旦发现情况，就可以马上冲出去。我和“小霸王”轮流从门上的旧洋钉洞里，监视着对面邮筒附近的动静。

晚上九点钟过后，行人渐渐少了。除了匆匆赶路的人外，就是哪些阿飞了，他们唱着自己编的下流的歌子，尾随着几个姑娘，缓缓地走了过去。“小霸王”捋了捋袖子，狠狠地说道：“要是碰上老子今天巡逻，不把你们统统抓起来，敲一顿才怪呢！”我赶紧捂住他的嘴，要他别再发出声音来。

深夜十一点钟过后，街上几乎没有什么行人了，只有几只野猫在“喵，喵”地叫着春。

我和“小霸王”都感到腰酸、眼乏，累得直打哈欠。于是，我们俩就在天井那边屋檐底下的一张长凳上坐了下来。“小霸王”很快就在深蓝色的值班大衣里睡着了。我呢，也昏昏欲睡。正在这时候，突然传来了一阵杂乱的脚步声。我惊醒了，赶紧跑到门后，眼睛贴着小洞，紧张地搜索起来。

唷，有两个人站在邮筒那儿，鬼鬼祟祟地像是在争夺什么东西。我揉了揉眼睛，这才看清了，原来是一男一女。男的又矮又胖，女的是个瘦高个。那男的一边在说着什么，一边往那女的口袋里掏东西。女的一边躲闪，一边把他伸上来的手甩开。

奇怪，这么晚了，他们在这儿干什么？我不由地警觉起来。为了听清楚他们在说些什么，我把耳朵贴在那个小洞上。

“给我，把……给我……”仍然听不清他们的话。我定了定神，挖掉些耳屎，这才听清楚了——“把信给我，听到吗？给我！……娘的，你再不给我，我要打了！”那男的好像逼得很紧。

信?? ——匿名信!!! 我的心一下子就怦怦地跳了起来。好啊！总算没有白等！兴奋，一下子把我的睡意冲得无影无踪。事情很明显，那男的急于要投寄匿名信，女的则犹豫不决。哈哈！今天，我要是不抓住你们当中的一个，我就算白当了这几个月的上海民兵！

我正准备去叫醒“小霸王”，那女的竟朝我这个方向退了过来。“你敢动动看！”那女的叫道，“我就不给你！……还没结婚，就想打人……呜……”话没说完，一屁股坐在我守候的那扇门外的石阶上，哭了起来。

好！现在要抓你们，真是易如反掌。俗话说：“捉贼捉赃，捉奸捉双”。只要你们把匿名信一亮出来，我就立刻动手。不过，从现在起，我必须绝对不弄出声音来，不能打草惊蛇。抓阶级斗争嘛，可不是闹着玩的！

“珍珍，把信给我吧，”那男的追上来，竟然跪在那女的脚下苦苦哀求，“今后，我保证不再写信给她了。我跟她一刀两断！你可千万不要把信交到我厂里去，我求求你了……他们现在正在重用我呢！呜——”矮胖子竟哭了起来。

“唉——”那女的叹了口气，“你也不想想，那臭婊子长得没什么好看，已经四十多岁的人了，还拖着两个小赤佬，你到底图她点什么?!”

“珍珍，我不是人！你饶了我吧……”那男的哭着趁势把身子凑了上来。

哎唷！我不得不用双手推住门，对付这突如其来的作用力。可以肯定，是那男的压将过来，女的挣扎着把身子靠在我的门上。要不是我眼疾手快，准有一个摔进门来，不是摔碎脑壳，就是吓出个精神病。

天！看来他们不像是来寄什么匿名信的，而是在醋缸子里打闹的一对吧！

这两个活宝闹了一会儿后，就卿卿我我地交谈起来。我听得入了神，只觉得脸上一阵阵在发热。虽然，听人家悄悄话，总不太好，但，这不是我请来的。不过，你们讲的时间也别太长了，我的臂力毕竟是有限的。妈的，“小霸王”，你小子也不来帮个忙，睡得像头死猪似的，我真恨不得上去揪你的耳朵！……此时，我的心里翻腾得厉害。

那女的奶声奶气地说：“我的那只发夹做好了吗？”

“快了！就要做好了！”男的急忙说，“不锈钢的，保你满意。不过这些天，天天看牛棚，跑不开。要不然，早就做好了。”

“好，你又要骗我了，”女的嘟囔道，“上次，你不是说，防空洞里关着人，上交的上交，放出来监督的监督？怎么……”

“嗨，又揪出来三个现行反革命！”

“真的？”

“真的！谁还敢骗你？”

“他们都是些什么人？”

（这个瘦女人，刚才还哭哭啼啼，现在却好奇心十足！）

“真是巧得很，”那男的很得意，“一个牛棚关着‘三派’！”

“什么‘三派’？”

“一个是‘走资派’，就是厂里原来的党总支书记左忠明；另一个是‘造反派’李洪荣；还有一个是人事科干事曾老头——‘铁杆保皇派’！”

“嘻嘻，真有趣。他们为了什么事，关进来的？”

“‘防扩散’！不能讲。”男的煞有介事。

“嗯——”女的显然在撒娇。

“好，好，讲给你听，讲给你听。不过，你千万不要到外面去乱讲噢！”

“你讲呀，你……”

（我的手开始感到有些麻，但，我倒很想听听这“防扩散”到底是怎么回事。在这方面，我真的还是个门外汉呢。可是，你们这两个狗男女，也别没完没了。老子到底也是肉做的，不是木头门闩，怎能经得起你们这样折腾！）

“先说那个走资派——左老头子。算算解放他的时间也不怎么长，嘿，老毛病又犯了。那天他从市里开会回来，在他的老部下、原总支副书记肖坚面前大发牢骚。说什么：‘陈老总打仗时，那小子还不知道在哪儿，竟当着几千人的面讲陈毅只会下棋，不会打仗，是“黑大炮”,呸！放他娘的狗屁！老子跟陈老总几十年了,还不清楚他是个什么样的人……’你看看,这老家伙竟敢放肆攻击起张春桥和中央文革来了,真是反动透顶！结果,这些话给肖坚捅了出去,活该！还有那个老造反李洪荣,不知怎么的,老跟我们厂革会头头吴阿四过不去。你想想,当初他们俩是一起造左忠明反的,都被打成过反革命。按理说,应该很要好的。可是后来在批了资产阶级反动路线、获得解放后,他们开始各走各的道。吴阿四当了王洪文的保镖,‘一月革命’中夺了厂党总支的权;那李洪荣呢,去跟复旦的‘红革会’搞在一起,参加了两次‘炮打张春桥’的活动,说张春桥解放前当过叛徒,还说姚文元的老子也是叛徒。这些都是‘防扩散’的！这小子也不怕杀头。他还扬言要‘怀疑一切’、‘打倒一切’,这不是狗胆包天吗?!”

“那个保皇派怎么关进来的?”

“这老不死最蠢！几面不讨好。过去,因为保左忠明,被造反派揪过。到了中央号召批资反路线时,嘿嘿,他会跟造反派和肖坚他们一起上台,揭发批判左忠明的‘三反’罪行。本来,这下总可以太平些了吧,嘻,想不到这家伙吃了豹子胆了,写信检举揭发吴阿四的所谓‘投机造反罪行’,说吴阿四过去偷过厂里东西,还侮辱过四个妇女,不配当革委会主任。说主任肖坚喜欢搞阴谋诡计,在上山下乡运动中开后门,把自己的女儿塞进部队机关。还诬蔑咱们厂的革委会是个‘大杂烩’。珍珍,你看看,你看看,这不是要颠覆新生的红色政权吗?真是瞎子学游泳——找死!”

(这混蛋！唠叨个没完,我真受不了了！“小霸王”啊,“小霸王”,只要你现在能醒过来换换我的班,那我跪下来,叫你一声老子、舔你的臭脚趾都成!)

“哼,哼哼,真有意思。他们都是什么时候关进来的?”

“上个礼拜。厂里召开‘誓死保卫党中央,打击现行反革命大会’,当场把他们一个个揪上台。晚上,我们几个轮流抽了他们一顿。吴阿四说,把他们三个‘派’关在一起,好狗咬狗。肖坚要我注意偷听他们说些什么,以后好给他们定罪!”

“你听到他们说些什么?”女的问。

(上帝啊,您快下场大雨,把这对狗男女赶走吧！我哪能受得住他们的折磨哟！我后悔当初为什么不把门闩上！现在晚了,如果把门打开,弄不好,会把他们吓疯的。唉,我前世作了什么孽啊,我只能用下巴捋我疼痛难熬的肩膀!)

“开头几天,”那狗男子继续说,“他们谁也不理谁,冤家对头嘛。可到了昨天,那走资派憋不住了,以为我不在,对另外两个宝货讲:‘你们思考过没有,我们都以为自己是好人,都认为自己是革命的,但是,恰恰都成了现行反革命分子！而且,连为自己辩白的机会都没有。'这老混蛋还说:'过去,虽然我是当权派,你们是群众,但我们都是劳动人民中的一员。为什么,到了前一阵子变得那么敌对?我们是不是都太认真了?当然,我要向小李检讨,我开始时,以为文化大革命大概同1957年反右一样。所以,错伤了一些同志。这个,我至今后悔莫及……你们想想,我们搞这么一场轰轰烈烈的大革命,难道就是为了求得今天都被打倒,同时关在一间屋子里吗?我们难道不应该,从现在的处境中吸取一些有益的经验教训吗?还有,难道我们就这样永远互相残杀、仇恨下去吗?!'哼,这老坏蛋有意在搞反革命煽动!对了,他们后来还悄悄地商量,准备向毛主席写信告状呢!我一听,转身就跑去把情况汇报给了吴阿四、肖坚。于是,那三个坏料,随后就被我们吊打了一顿。嘻嘻……"

"你以后也会打我的!"那女人又在啰嗦。

"不会的,珍珍,我的小宝贝!"

妈呀!我不得不竭尽全力对付这新增加的激情的作用力。我用了我所知道的最下流的话,在心里反复诅咒他们,以麻痹我的神经中枢,忘记我的快痛断了的胳膊。我敢断定,即使世界上最强壮的人,也受不了这种虐待!

这两个狗男女把我折磨了半天,后来,终于走了。我,一下子瘫倒在地上。我的眼睛冒着金星,感到天旋地转,头上冷汗直流,手好像根本不是我的……

过了好长时间,我才晃晃悠悠地站了起来。我跑上去,对准睡的烂熟的"小霸王"就是一脚……

以后,那几个晚上,我们就关起门来,坐在长凳上,睡他个通宵。再也不去管他外面会发生什么屁事!

这,大概是我一生中最倒霉的一件事了。

1978年11月

短篇小说

灵魂，应该像水晶

这是她第一次踏进他家的门。这是20世纪70年代末期的某个秋晚。

他走在头里，老是回过头来朝她笑。这笑，掺和着胜利、甜蜜和俏皮。然而，她不愿意去看他——这个长得有点像王心刚，声音像孙道临，能说会道的师范大学的学生。她现在沉浸在全新的幸福感、神秘感和小小的恐惧感之中。这是热恋中的姑娘初次跨进男朋友家门时，大多都会有的感觉。也许，跟别人有点不同，她喜欢慢慢咀嚼、细心体察这新鲜的情感。

"请。"他温文尔雅地俯了一下身子，夸张地朝沙发摊了摊右手。

"哪里学来这一套?"她差一点笑出声来。

他的房间显得很狭小。然而麻雀虽小，五脏俱全：大衣柜、五斗橱、酒橱、落地电扇……三洋牌两喇叭录音机开始歌唱，热情得近乎疯狂。精美的壁灯放射着绿莹莹的光芒。她马上想起了十字路口亮着的绿灯。嗯？难道这是对未来的生活道路的某种暗示？

她在红丝绒沙发上坐下。她微笑着，朝室内五光十色的摆设努了努嘴："你的工资，全花在这上面了?"

这是他们经人介绍认识两个月以来，第一次涉及自身的经济问题。这个问题提得好刁！真是投了一石可测湖深。好在他毕竟在厂里跑过几年，世情是知道一些的，——有些姑娘是刺探小伙子的经济情报的能手，一听到对象在背债或要赡养老人的风声，就逃之夭夭。他觉得自己在这种事上是过得硬的，扫除她的疑虑完全不必多费心计。

"哪里，家里还会在乎这么一点点血汗钱?！抚养子女，是家长们神圣的使命嘛!"他从果盘里挑了一颗"人参糖"，剥开玻璃纸后，硬塞到她嘴里。"说实话，每月我那四十几只老'羊'都往银行里赶。嗯……你呢?"他反将她一军。

"我？我可没你这么好的福气。我都交给母亲!"她含着糖，折着糖纸，沉静地答道。

他见她吃了糖，眼睛越发亮了："不瞒你说，今天是我最高兴的日子。"

“为什么?”她瞅着茶几上的一束塑料花故意问。她感受到了从他眼睛里射来的灼热的光。孩提时代,那从窗口射进来,将她照醒的阳光,也是热乎乎的。她的美丽的长睫毛朝上一扬,一对水汪汪的丹凤眼弥漫着一层淡淡的红霞。心在丰满的胸膛里跳腾得厉害。

“这还用说,你的到来,意味着我们……”

她赶紧捂住了他的嘴。

他很机灵,抓住那温暖、柔软的小手,结结实实的盖上好几个吻。

“你!”她嗔怪道,脸颊上飞起两块红晕。她将手收回。

“你!”他模仿她的腔调。然后,指着她说:“你就是那个学法律的印度姑娘——丽达!”

她撑不住,笑出声来,忙掩上口。

他高兴地对门外喊:“喂!把东西端上来。”

低矮的阁楼上发出了一阵忙乱的脚步声。有人在外面慢吞吞地下了梯子。

“谁?”她小声问。

“老太婆。”他随口回答。

这时,一个老妇人推门进来。老人向她不自然地笑了笑,点点头,在铺着的确良桌布的方台上放下了四个冷盘后,颤颤巍巍地走了出去。

她立即问他,这个老太太是谁?为什么不作介绍。当他轻描淡写地说,这就是他母亲时,她轻轻地“噢”了一声。她顿时感到一阵寒冷。有一年夏天,她急匆匆地走进一家冷气开放的影院,连续打了几个寒噤不算,后来竟因此而病倒……

他从酒橱里拿出一瓶装潢考究的“嘉宾酒”,一瓶“橘子露”,笑眯眯地问:“你,爱喝哪一种?”

她直愣愣地看着两瓶酒,竟没有回答。眼前的一切似乎在晃动……

两年前,她从东北农村病退回H城。那天正好遇上刮风下雨,雪花直往脖子里灌。自从父亲去世后,她有一年多没回家了。想到快要见着自己日夜思念的母亲,并且从此以后,永远跟亲人们生活在一起时,她周身血液沸腾。她一点也不觉得寒冷,心里像渗进了长白山的野蜂蜜。

一进家门,她就喊道:“妈妈——”

没人回答。只见一张圆桌上放满了一道道菜。浓烈的烟、酒味直冲鼻子。沿桌坐满了人。这是哥哥设宴为即将出国访问演出的姐姐饯行。

这么多人中,唯独不见母亲。

“妈妈呢?”他走到哥哥姐姐跟前焦急地问。

哥哥侧过身子，看了看穿着盛装的姐姐，嘟哝道："嗯？老太婆好像出去了……"

姐姐以不屑的神情说："谁知道她！"

她睁大眼睛，惊呆了。妈妈竟被他俩轻蔑地称作"老太婆"！如果爸爸还健在、妈妈不是没有职业的家庭妇女，他们肯定不敢如此放肆！……这时，她感到天气多么寒冷啊！有一回，她在白雪皑皑的山里迷了路，夜幕降临，北风的呼啸声中夹杂着野兽的嗥叫，她的心在收缩、在颤抖……

"哈，我的百灵鸟，怎么发起呆来了？放心，快吃吧，呆会儿还有炒菜上来呢！"他用叉子，在她面前的细瓷碟上，堆起一座肉鸡腿、沙拉、香肠构成的小山。

现在，她一点也不爱听这种俏皮话。她盯住自己紧握的双手："请把你母亲叫来，跟我们一起吃吧。"

"她吃过了。"他十分肯定地说。

母亲一早起来，还没有吃过东西，就上菜场拾菜皮去了。这是邻居悄悄地告诉她的。他们还告诉她，每逢大月的最后一天——31日，她总是要去拾些菜皮什么的。至于什么道理，没人肯说。她向菜场奔去。前面围着一堆人。她挤进去一看，雪地上躺着的正是母亲。额角上在滴血，脚下是一只竹篮子和几张菜皮。

"妈妈——"她惊叫一声扑在母亲身上。她使劲地摇着母亲的身体，哭喊着。

救护车赶到，风驰电掣般的将母亲送往医院急救……

"你今天怎么了？不舒服？"他见她坐着一动不动，就凑上来，抚住她的肩膀，关切地问。他听别人说过，女孩子有时因为例假，神情显得有些反常，在这种时刻，男子应比平时更多地表现出体贴和关怀。

她站起身，漠然地走到窗口："唷，下雨了。"

他一惊："我的衣服还晾在院子里呢！"拔腿就往外奔。

"我跟你一起去！"她回过头来。

穿过灶间，她看到他母亲跟一个小女孩趴在桌上吃粥。这孩子，大概就是他提起过的侄女了。桌上只有一盘菜：萝卜干。离桌子不远处有个煤炉，那上面的菜锅子在冒着热气。一定是在烧热炒。她看到，当女孩贪馋地去看菜锅子时，祖母有力地拉了一下孙女的衣角，狠狠地白了小家伙一眼。

他拿起一竹竿衣服就往屋里跑。他挡住她说："快进去，当心身上淋湿！"

"你真粗心！看，那儿还有一竹竿衣服淋在雨里！"

"我哥哥嫂子的，随它去！淋湿了，也是个教训。谁叫他们尽想依赖别人！"

她可不管三七二十一，冲到院子里，操起那一竹竿衣服就往屋里奔来。

当他们重新在方台边坐下时，他尴尬地笑着说："你真好！"

"……"她觉得已没有什么话可说了。

这时，他的母亲毫无表情地端上来烧好的炒菜。她站起来，欠欠身子，对着他的母亲深情地叫了一声："伯母！"

老人家眼圈红了。她的脸红了。他的脸也跟着红了起来。

真是怪事！他觉得有点无趣。但他很快就找到一个新话题：最近在学校里看了苏联电影《教育访篇》，他很欣赏其中主人公马卡连柯在教育学和心理学方面所作的探索。但是，马卡连柯自身的学问并没给人留下深刻的印象。这大概就是他只能使小流氓改邪归正，而不能使他们成为举世闻名的科学家、文学家的原因了。时代在前进。他的目标当然要远远高出马卡连柯。他要使自己和自己将来的学生……

她听不清他后来说些什么。她家过去有只老式留声机，当发条松弛时，哼哧哼哧，天晓得在播放什么东西！而以往，她是极乐于谛听他那浑厚、优美的男中音的。她总能辨出其中智慧的火花在闪烁时发出的声响。

那天，她从医院回家，饯行的宴会刚刚结束。哥哥和姐姐靠在沙发上，高声谈论着道德问题。哥哥认为，道德是一种责任心。像他这样一个工会主席，为本厂工人谋福利，就是他义不容辞的责任。姐姐反驳说，这是对道德的误解。道德应该是一种义务，它不必像责任那样非履行不可。诚然，她是极愿意使自己的歌声起到美化听众灵魂的作用；她也愿意到国外后，想办法完成哥哥的嘱托——搞一架彩色电视机。但，这些都是义务，而不是责任。道德如果带有强制性，那就不道德了！

她站在门口，强压着怒火听了他们这些宏论。当时，她恶心得像是生吞了蟑螂。她从母亲那儿得知，正是他俩，在父亲死的当天晚上，把父母房间里的东西几乎分了个精光。而后，又很快赖掉了原先作的赡养母亲的保证。里弄干部实在看不下去了，就到他俩工作单位交涉。最后，他俩才不得不答应，对母亲的生活各负担一半：每月15日之前，母亲在哥哥家用餐；下半个月到姐姐家去。母亲在他俩家里吃些粗茶淡饭、当老仆人倒也罢了。轮到大月的31日，他俩互相推诿、斤斤计较到如此地步，竟然都不肯向母亲提供膳食。母亲没法子，只好去拾菜皮煮了吃……

她终于怒不可遏地闯进屋子，当着众酒客的面大声斥责他们："你们配谈论道德吗?！地球上有谁会相信你们能为群众谋利益、能美化人们的灵魂?！"她从来没有这么激动过……她眼眶里噙着泪花。

他以为自己的远大抱负打动了她的心，于是讲得更带劲了。

她打断了他，用发颤的声音说："你的想法很好。不过，人的灵魂应当像水晶一样，里里外外都清澈、透明。你说是吗？未来的教育家和科学家！"

他感到莫名其妙。

还没等他弄明白，她就站起身："对不起，我该回去了，妈妈还在等着我呢！"

他急忙上去阻拦："哎，你怎么？！……外面在下大雨呢！"

但是，她还是头也不回地走了。

他俯在窗口上，望着风雨中她远去的背影，陷入了沉思：为什么？她怎么了？

1981 年 3 月

短篇小说

抄 袭

一

虽然，两次吃了闭门羹，我还是希望，今晚能够找到他——我的文学（不，还包括人生）道路上的引路人沙士廉老师。我觉得自己有很多话要对他说。他要是知道，最近《江城日报》上，那篇引起轰动的小说《啊，人生》的作者艾山就是我时，一定会感到很欣慰吧。可是……他现在到底怎么样了？为什么要离开繁华的大城市，搬到瞿家湾这样远离公路的郊区小村居住呢？他为什么要求调到这儿的小镇上工作呢？

下了车，我沿着白龙河朝瞿家湾走去。月色真好，晚风裹着泥土的清香迎面吹来，使人感到非常的舒爽。河面上水波荡漾，浮光跃金，景色十分迷人。可是，从稻田里，飞出的大群饕蚊，却搅了我的雅兴。

我，又想到了自身。我想，如果当年沙老师不把我从抄袭的歧途上拉回来，也许，我就不可能走上文学创作的道路，我的生活、思想可能是另一个样子……

二

说起来，那已经是十八年前的事了。那时我在市区一所小学读五年级。我是班上的少先队中队主席。

有一天，第一节是语文课。预备铃打过，只听见小调皮马小胖叫了一声："新老师来了！"果然，教导主任笑眯眯地从教室外面带进一个人来。这个人，瘦长的身材，脸庞浮肿、苍白，好像刚刚睡醒。三道很深的抬头纹下面，长着一对又细又长的眼睛，笑的时候，成了两条线。目光慈祥、和蔼，一点也不吓人。从他往前梳的"小囡头"（我们这儿对男孩发型的称呼）当中夹着大量的白发和眼眶四周爬满的皱纹来判断，此人至少有四十岁（后来我才知道，他实际上只有二十几岁）。他的衣服的颜色很难看，黑的，上面还有一层油腻。“真是一个邋里邋遢的老书呆！”我暗暗评价道。这时，马小胖正捂住嘴在笑。

他一上来，就在黑板上写上了自己的名字：“沙士廉”。嚯，那字迹遒劲挺拔，气势磅礴。正式开始上课。他给我们讲解课文，并不断提出一些有趣的问题。他出口成章，成语、诗句信手拈来。他说自己是东北人。真的，他的普通话确实说得既流利，又标准，使我们这些听惯老师用“洋泾浜”普通话有气无力地讲课的南方学生，耳目为之一新。我和马小胖等几个同学满意地交换了一下眼色。

星期六，有一节作文评讲课。万万没料到，我的那篇《记一次暑假活动》会被沙老师誉为“班上写得最好的一篇作文”。他先把它朗读了一遍。念到有些句子时，他得意地眯缝着眼，头竟不由自主地晃动起来。然后，他从文章的立意、谋篇布局和词汇运用等几个方面，进行了详细的分析、评价。

我感到脸蛋在发热。我领略到了一种从未体会过的幸福。作文簿发下来后，我急忙打开。首先跳入眼帘的，就是第一页左上角的那个又红又大的“5”字。在它的旁边，还加着一个五角星，我猜想，这大概是最佳作文的记号。整篇作文上圈圈点点，每一个错别字，甚至连一个用错的标点符号都不放过。有的句子底下，划着一道浪线，仔细一看，正是他刚才摇头晃脑念的那些句子。作文的最后，还有一大篇精辟、热情的评语。哟，这样认真批改作文的老师，我还从来没有见到过。我打心底佩服他。

不久，我们又做了一次作文，老师让我们记叙国庆节的所见所闻。可是，10 月 1 号这天，我恰好跟着父母到小舅舅家喝喜酒去了，所以，文章该怎么写，我心里一点也没有谱。

那时候，我的床旁的板壁上，贴着好多张报纸。我有时候睡不着，常常去阅读。我突然记起来，好像其中有一篇专门描写国庆纪念活动的。我连忙去找，果然找到了这篇，题目叫《狂欢之夜》。顿时，我欣喜若狂，凭着自己的小聪明，很快就改成了一篇小学生的佳作。于是，我的这篇作文，又成了沙老师大加赞赏的好作文！

我的视点开始微微向上移，其高度，正好浮在同学们投射过来的钦羡的目光之上。

10 月中旬，老师把我们带到杨塑公园游览。那天，我这个孩儿头又大显身手。我把班上男生分成两个侦察班和一个“敌特”小组，玩起“抓特务”的游戏来。我是“司令员”，既负责指挥，又亲自参战。结果，忘了留心公园里各处景致和四周游客在玩些什么。

回校后，沙老师布置，每个同学都要写一篇杨塑公园的游记。

这下，我可傻了眼。写了几次，还涂不满半张白纸。怎么办？……难道从此，我就得把“作文全班第一”的宝座轻易地让了出去？难道我将要平心静气地去听沙老师带着满意的笑容，朗读别人的佳作？……不，我不甘心！可是……如何写呢？我绞尽脑汁。

虚荣心，是侥幸心理的推进器。我又一次在床旁的板壁上焦急地寻觅起来。唉——找了半天，还是找不到！我灰心丧气地在床上躺了下来……嗳，有了！我记得姐姐的书包里，有一本红封面的《高中生优秀作文选》，这里面或许有我所需要的文章！于是，我一骨碌从床上爬起来，把姐姐的那只书包里的东西全部倒了出来。哈哈，老天不负苦心人！——打开一找，游记竟有好几篇！这回，为了显示自己在作文上的突飞猛进，我特地挑了其中辞语最华美的那一篇，除了将文中提及的公园名改成“杨塑公园”外，其余一概不动……

两周一次的作文评讲课，好不容易又给我盼来了，我又可以听到沙老师的表扬了……我尽力抑制住内心的喜悦。没等上课铃声停下，我就严肃地喊道：“起立！”

突然，我发现沙老师用轻蔑的眼光扫了我一下，嘴角上挂着一种从未见过的高深莫测的笑容。怎么回事？今天，老师的神色不对呀，浮肿的脸紧绷着，目光中显然有怒火在燃烧。我有些忐忑不安。

片刻，他开始讲课：“这次批作文过程中，发生了一件我意想不到的事情。有一个同学，过去我误认为他的作文写得比较好，有培养前途。现在清楚了，原来是绣花枕头一包茅草（同学们前前后后搜寻起来，我赶紧低下头）。这次，他作文写不出来怎么办？就去抄袭！”他转身在黑板上写了两个斗大的字——“抄袭”。（说来也可悲，“抄袭”这个词，我就是此次掌握的。）“这种行为，同偷窃别人的财物，有什么两样呢？”

接着，他把我的作文从头到尾念了一遍。同学中不时发出一阵阵哄笑。我像个初次扒拿，就被警察逮住的小偷，脸上烫得要命，脑袋一个劲地往下垂。我干脆弯下腰，把鞋带解开，系上。系上，又解开。我可以肯定，此刻，班上同学已经把目光集中在我的脊背上！哎唷唷，上帝！快给我一个藏身的地洞吧，我怎么受得了这平生头一回遭到的莫大侮辱啊?！……

一下课，我背上书包，第一个冲出教室。我要迅速离开这个学校！

沙士廉啊，沙士廉，我这么尊敬你，爱戴你，而你，却小题大做，有意把我搞臭，使我无脸去见同学。你心肠这么坏！现在，我恨你，我恨透了你！

我刚要跨出校门，就被沙老师叫住：“到我办公室来一下。”去就去！反正我已没有什么可以感到难为情的事了。

在办公室里，沙老师好像已平静下来。他冷冷地问：“这篇作文，你是从哪儿抄来的？”

“是我自己写的！”我忿忿地说。我连看都不愿意去看他。

“你想欺骗老师吗？”他的声音响了起来。眼睛底下那两块肉在微微抖动。室内，其他老师都惊愕地转过脸来；窗外，马小胖和班上许多同学挤在那里。

“我没有欺骗谁！”我嚷道，“难道我不可以写出好作文吗？”我这时只能背水一战。在心中，我大声责问他：“你身为班主任，应懂得给手下的中队长留一点面子；作为一个大人，当众去挖苦、侮辱一个小孩，这对么？”

“好吧，那我问你，这‘拱桥’、‘拱门’的‘拱’字作何解释，嗯？”

“……”我答不上来。

“还有，‘玲珑剔透’是什么意思啊？”

“嗯……”我无言以对。现在，室内、室外许多人在盯着我。我耷拉着脑袋，狼狈极了。

“从小就不诚实，在学习上投机取巧、偷懒、抄近路，将来长大了，就会变成一块不可雕琢的朽木，还会犯大错误！”他的目光是那么锐利，简直要刺进我的心里。我赶紧垂下眼帘。

我默默地从办公室里走了出来。痛苦，无限的痛苦重压着我的心灵。本来，走回家要不了五分钟的路程，现在竟变得特别漫长。“不诚实……抄袭……朽木……”沙老师的话语不断地在我耳畔震响，他的那对细长的眼睛，好像依然在逼视着我……

一群少先队员排着队迎面走来。一个佩戴两道红杠臂章的中队长走在队伍旁边，威严地喊着口令：“1——1——1、2、1……”我立刻联想到自己。今后，当我鼓足勇气，喊出“起立！”或是“立正！向前看——齐！”口令时，马小胖等人一定会小声嘀咕：“哼！这种专门抄袭文章的人，绣花枕头，还配对我们发号施令？”

我不知道自己是怎么吃完午饭的。母亲见了，摸着我的额角，问：“宝贝，哪儿不舒服？”

我没有回答，我无法回答。爸爸妈妈过去常常夸我诚实，可是，现在……他们如果知道这件事，将会多么失望！……

我冲出家门，在马路上盲目地狂奔起来。悔恨，无穷的悔恨，像皮鞭一样抽打着我……

“应该向沙老师认错！”我对自己下了一道庄严的命令。我开始向学校走去。

“他会原谅我吗？而且……他的做法对吗？”我的脚步放慢了。

“假如你不去抄袭，那么，一切纠葛都不会发生。”我使出浑身的力气，终于一步跨入了校门。

我敲了他的宿舍门，里面传出了他的声音：“谁？”

“……我。”我好不容易才说出这个使自己羞愧万分的字。

他立即打开了门：“哦，岳林同学，找我有什么事啊？”他还是穿着那身油腻的衣服，看样子，他还没在午睡。

“……”我真恨自己，本来在路上想好的话，这会儿却忘得干干净净。鼻子酸得要命，胸脯在剧烈地起伏，像是得了哮喘病。我暗暗警告自己：别出丑啊，你可不是女孩子！但是，这种警告，此刻竟变得无济于事。

“快说吧，我等着你。”他亲切地扶住我的肩膀。

我再也控制不住自己，转身痛哭起来：“沙老师，我……我错了！作文，是……抄来的……”

说来也怪，当我道出真相后，心上压着的巨石，也一下子不翼而飞了。我反而感到很轻松。现在我变得非常虚心，不论何种批评、责备都乐意听……

出乎意料，沙老师的态度跟上午大不相同。他用手帕轻轻地擦去了我的泪水，诚恳而又有些激动地对我说：“我感到很宽慰……你是班干部，对你要求严格一些，相信你是能够理解的。在作文上，想夺第一，本来是好事，我喜欢有进取心的同学！而抄袭是一种最没有出息的行为，因为，它扼杀了人的最可贵、最美好的天赋——创造性！世界上，没有一个文学家、科学家，不是由他的独创性，赢得人们的公认和尊敬的！拿整个人类来说，今天之所以达到这样的文明，就在于世世代代辛勤的创造，这种创造永无止境！不进则退，抄袭，实际上就是倒退！”他勉励我，要学会独立思考问题；假使有志于文学，就要去多看一些中外文学名著。

我感到自己仿佛走进了一个圣洁静谧的宫殿。这儿，弥漫着春天的温馨；所有的器皿，都是用水晶制成的，透明、华美，气势非凡；从极远处传来了悠扬悦耳的音乐，使人隐隐约约地感觉到，好像每一个旋律中都富含着深刻的寓意。此刻，我的心灵，完全被一种高尚、美好的感情所充盈……

临走之前，我扫视了一下他的寝室。对面墙上，挂着一幅工笔国画：一只倦怠的老虎，眯着眼睛，静卧在草石之中。室内的陈设很简陋，窗户右边是一张板床；左边是一个竹制书架；窗户底下，是一张陈旧的写字台。台上，摊着一幅尚未完成的国画。嚯！画的又是虎。而且，这只虎样子非常可怕：瞪着一对凶神恶煞的大眼，张开血盆大口，侧着身子，伏崖长啸。我有些惊骇：“他干吗这么喜欢画虎？”……由画，我又联想起他的那身油腻的衣服。噢，怪不得……

沙老师见我注视着画，就问：“这两只老虎，你喜欢哪一只啊？”

凭良心说，哪一只我都不喜爱。但出于礼貌，我还是指了指墙上那一只。

“为什么？”

“它不凶。”

“可是,你见过,或者听说过,具有绵羊般脾气的老虎吗?”

是啊,天下哪有不凶的老虎。我怎么会说出这种蠢话?想想自己也觉得好笑。

沙老师接着对我说,墙上那幅画是临摹宋朝包贵的,没什么价值,练基本功而已。台上那幅画,才是他自己的作品。不过,他对这幅画还很不满意,他说,他还没有抓住老虎的神。

他肯定猜出了我为什么那么困惑不解。于是,他微笑着对我说,他画虎,是出于对老虎身上所体现出来的生机勃勃、勇敢无畏的精神的钦佩。一个人,要想有所作为,没有这种精神是不行的。

从此,我对文学越来越爱好。我在短短几个月里,读完了《青春之歌》、《红旗谱》、《钢铁是怎样炼成的》、《温泉》、《莫泊桑中短篇小说选》等十几本中外有名的中长篇小说。我还想方设法,看了许多种文学期刊。我摘录了其中许多优美的词句,并将它们尽可能多地融进自己的日记和习作中。现在,我做每一篇作文,都要经过反反复复的思考。倘使没有发掘出具有某种新意的题材和找到一种比较完美的表达方式,我就决不罢休。

我的作文,还是常常被沙老师放在课上朗读。然而,我没有再听到过“最佳作文”的赞誉;我也没有再见到他朗读学生作文时那副摇头晃脑的神情。为此,我总是感到有些隐痛和遗憾,唉……

第二年的秋天,沙老师突然被调到一所民办的南岭小学去工作。我当时既惊讶,又难过。后来才知道,这是因为他顶撞了学校的领导。

他临走的时候,郑重地赠给我一张漂亮的书签。书签后面的题字,至今仍然激励着我:“生命的价值,就在于创造;坐享其成,形同朽木。”我记得当时自己噙着热泪,但没有哭出来。

后来,我考进了一所市重点中学。每逢暑假,我总是去看望他。他现在是那所小学总务处里的采购员。(我真不明白,语文水平这样高的老师,为什么要叫他改行呢?)我向他汇报了自己学习和生活的情况,并把自己的作文簿交给他看,距离沙老师的要求还差很远。果然,他看了,几乎每一次都给我指出了被中学里老师忽略了的毛病。然后说:“嗯,写作技巧,有不少长进。但,属于自己的东西还不多。这样吧,放在这儿,我帮你改一下。”他就是这样一个热情、诚恳、正直的人。

正当我中学毕业的时候,“文化大革命”开始了。

当时,我们被组织起来,学习了中央下达的《关于文化大革命的宣传教育要点》。文件上的话真使人大吃一惊:赫鲁晓夫那样的资产阶级代表人物,已经混进了党里、政府里、军队里！如果不搞文化大革命，就要亡党、亡国！各国被压迫的人民不知要死多少人，世界革命的胜利又不知要推迟多少年！……问题竟然严重到这等地步，我作为一个受党培养教育多年的青年学生，当然应该挺身而出，捍卫党、捍卫革命成果！

但是，马上遇到了问题，“黑帮分子”如何批？党支部说，报上怎么批，你们也怎么批。啊呀，这不是明明要我们去抄袭吗？……党，当然是不会错的。于是，我艰难地拿起毛笔，战战兢兢地抄下了批判所谓“三家村”的文章。抄的时候，我感到自己好像在犯罪；但看看别人都在这么做，我又觉得自己在参加革命……

随着这场“大革命”的进一步开展，令人感到光怪陆离、头晕目眩的事情越来越多；今天，党支部书记号召革命师生去揭批一些“牛鬼蛇神”（其实是一些一向受人尊敬的老师）；明天，革命师生又把党支部书记——“走资派”押着戴高帽游街……

有一天，学校里批斗“走资派”和“牛鬼蛇神”（据大字报揭露：这些人，一直在“走资派”的“保护伞”下为非作歹）。因为我是校“三好学生”、团干部，属于“知情人”，所以，校“文革小组”通知我，一定得参加会议。

在震耳欲聋的口号声中，我和另外几名“知情人”被点名上台去作证。在主席台旁边的帷幕后面，“革命左派”们塞给我一张早就写好了的“揭发稿”。在这份稿子中，有一些必将激起公愤的“爆炸性”材料：“走资派”和“牛鬼”们在各个场合“疯狂”地攻击伟大领袖及其思想的反动言论记录。

“现在，看你想当革命群众呢？还是想充当保皇派、走狗？”一个革命小将趾高气扬地对我说。

“我是革命青年，当然要搞革命啰。”我心里有些紧张，但我力求不在脸上表露出来。

“好！那你到台上就照着这稿子念吧！”

“这……”我的头上冒出了热汗，“我没听他们说过这些反动的话呀。”

“你到底念不念！”另一个身材壮实的革命小将上来一把揪住我的衣领。

我的心怦怦乱跳。我定了定神，低声说道：“我、我不能去冤枉人家……”

“叭！”一根武装带抽了过来。我身子一闪，肩膀被揍了一下。我刚想喊：“你们干吗打人！”只见几根武装带同时向我抽来。我一摸脸，上面满是鲜红的血。

“怎么样？念不念?!”一个声音吼道。

我憋着满腔仇恨，摇了摇头。

万万没想到，他们立刻架起我的双手，把我押到台上。我还没来得及喘口气，一块写着“打倒团内走资派、黑标兵岳林！”的大木牌挂在了我的脖子上。群众愤怒的口号声惊天动地。坐在前排的几个小将，冲上来朝我吐口水和痰……

回到家里，抚摸着身上的伤痕，我的心中充满了痛苦和委屈："究竟是谁错了？"我马上想起了"活学活用，急用先学"的名言。打开"小红书"，那上面明明白白写着："群众是真正的英雄。"每个中国人只应该相信两点——群众和党。这时，我的眼前又浮现出上午批斗会上群情激愤的场面。啊呀！我为什么要违背伟大领袖的教导，跟广大革命群众过不去呢？这分明是在自讨苦吃嘛！我又记起了"文化大革命"的"副统帅"的另一条指示："理解的要执行，不理解的也要执行。"呵，这不是很清楚吗？照抄、照搬就行了，谁叫你去"创造"！谁要你恪守"诚实"、"独立思考"之类的信条！……沙老师，你的话大概是错的，它们跟革命好像是背道而驰的……但是，过去，沙老师的话，一直是对的啊……这到底是怎么回事啊？……我陷入了迷惘。

两个星期后的一天，作为将功补过的表示，我跟在同班的红卫兵的后面，上大街，扫"四旧"。正当我帮着用红纸贴掉旧的路牌，写上最革命的路名时，一个小学里的同窗把我拉到一旁："嗳，沙士廉的事，你知道吗？"

我摇了摇头。对他这种直呼老师名字的作为，我感到厌恶。

"他已经被揪出来了。是个罪大恶极的反党分子！他们学校里贴满了揭发他的大字报！"

我的头脑里"轰"的一声巨响。我嗫嚅地说："这确实么？"

"没错！批斗他的大会，我去看了。这家伙一贯用封、资、修的黑货毒害学生，还说黑话、画黑画，攻击社会主义……大家气坏了，勒令他在操场上爬了四圈！"

我马上想起那幅画着老虎的图画，原来，这老虎张开血盆大口，要想吞食社会主义！我又想起了那张长着一对又细又长的眼睛，苍白、浮肿的脸。真是知人知面不知心啊，他原来是一个凶恶的阶级敌人！……我的头有些晕了，眼前的天地、房屋、行人……在旋转。我感到自己要瘫倒了。我连忙抱住身旁的电线杆……

这天夜里，我的头脑里发生了海啸。噩梦一个接着一个。在这些梦里，我不断地被妖魔鬼怪争来抢去，差点被吞噬……

第二天上午，我浑身发烫，不断呕吐，并且说着胡话……父母后来告诉我，他们还叫来了救护车，把我送到了医院。可是，大夫啊，大夫，纵使你有再高明的医术，你能治好我的心病么？！

我一下子瘦掉了十几斤，像一个大病初愈的人，踏上了去拜谒领袖的路途。我要去亲耳聆听最高指示；亲眼感受华夏各地燃烧着的熊熊革命烈火；接受新思潮，脱胎换骨，跟上飞速发展的革命形势。

当我从北京回来时，我感到自己的世界观发生了根本的转变。我好像变成了另外一个人。

现在，一切革命行动，我看得都非常顺眼，再没有什么不理解的地方。我参加了一个红卫兵组织，并且以自己的言行博得了大家的信任。我担任了这个组织的副指挥。我把从各地大学、工厂里抄来的"宣言"、"通令"改成自己组织的文告，到处散发，以扩大自己那个组织的影响；在跟对立派组织冲突时，我能得心应手地把抄录来的最尖锐、最革命的语句，作为射向对方要害的子弹；后来，两派发生了武斗，我胸怀怒火，挥笔写下了战斗的檄文——《敦促"刺破青天革命造反司令部"投降书》……而我的部下也毫不逊色，他们很快就把社会上流传的长矛、匕首等制作术和大规模武斗的经验抄袭了过来……

好啊！抄袭吧，快抄袭！我们唱着："把旧世界打个落花流水……"的战歌，用角铁、棍棒，朝学校里的门窗、黑板、电灯砸去；我们高呼着"造反有理"，用我们的武器和拳头，向对立派师生的身上猛击……在抄袭中，我们感到自己成了最革命的马列主义者；在抄袭中，我们感到自己真正成了历史的主人……

毕业分配时，我和自己组织的十几个同学，仿照报上的"致敬电"，写下了立志到黑龙家插队落户，反修防修的《献忠心书》，文章的第一段中，当然少不了这样的句子："倾东海之水作墨，铺神州大地作纸，也抒不尽我们……"

黑龙江的严寒，费了好几年工夫，才冻却了我们的狂热之心。我们这些知青痛苦地发现，当发疯般的欢送锣鼓在耳畔消逝之后，我们实际上成了无人过问的社会弃儿。我们摆弄着大概从春秋战国以来就这样子的农具，承袭着悠久、古老的耕作法。我们看到，名为农村主人、对我们进行"再教育"的贫下中农，跟他们的世代祖先一样，生活在极度的穷困之中；而有些"公仆"，正在重享历代"土皇帝"的欢乐；在我国的政治舞台上，像是在表演武打角逐的折子戏，这批人刚上来，那批人就滚下去……这，难道就是我们当初投身这场"大革命"所要达到的革命目标吗？这就是我们所要建设的"千秋万代永不变色的红色江山"吗？……林副统帅"自我爆炸"后，我们如梦初醒，随即又陷入失望、空虚、苦闷、颓废的泥淖中。于是，知青中开始八仙过海，各显神通。贿赂、投机、拍马、卖身，无计不施，无奇不有……

在剩下的知青当中，我还算是幸运的。我被抽到公社唯一的那所中学当教员。这所中学的校舍破烂不堪，教室里没有电灯，课桌椅歪歪扭扭，有的还少条腿……在这儿当老师，跟小学里差不多，什么课都要教。至于教育质量好坏，你完全不必担心，——这儿的领导和学生都从不计较这个。其实，也无法计较，因为，这儿的学生的不学无术，简直到了令人难以置信的地步。

在给他们上的第一堂数学课上，为了摸底，我出了一道过去三、四年级的小学生都会做的计算题：$\frac{1}{2}+\frac{1}{2}=$？我要他们做在纸上；马上交上来。学生们开始慌乱起来，交头接耳、互相抄袭。只有个别同学在认真做。结果，除两三张纸上的答案正确以外，其余全错了，而且，错得几乎一模一样。有个叫“唐山妹”的学生，她做的那张纸，看了真叫人啼笑皆非。不仅题目抄错，连别人做错的答案也抄错。把“$\frac{2}{4}$”，抄成了“14”。对此，我当场进行了批评。可是，这个唐山妹毫不感到羞耻，她一边嗑着松子，一边“咯，咯”笑着对同伴说：“这个臭老九，他敢拿俺怎么着，咯咯，咯咯咯……”

接着是上语文课。我一开始就提了几个问题。我问：“屈原、司马迁、柳宗元是些什么样的人？知道的同学请举手。”同学们好像在听外语，目光呆滞，毫无反应。我又问：“除了鲁迅先生，你们还知道哪些人是我国的现代作家？”一问三不知，我感到震惊。

放学时，我布置每个同学回去写一篇作文，题目自由选择。我想，这几年，学生们、老师们都在搞大批判、大字报，作文的情况也许会比数、理、化妙一些吧？

然而，等作文簿收齐，我一看，事实并非如此，没有一篇作文不是从报上抄来的（其中只有几个同学在文章中加了两三句自己的话）。有一位同学的本领“最高”，他竟然把一张《鱼肝油服法》贴在交上来的簿子里，作为自己的作文。我注意到，在这张说明书的上方，曾经抄过几个字，但没有一个字是抄对了的。不是少“胳膊”，就是多条“腿”。我推测，这个同学识的字，大概不会超过三十个！我急忙翻看封面上的姓名。啊？又是这个唐山妹！

这天的午饭，我无论如何吃不下去。

如果说，我年少时，抄袭文章，是虚荣心的偶尔发作，那么现在像瘟疫一样在学生中心安理得地流行的抄袭，又说明了什么呢？这样长此以往，后果将会是怎样呢？……我苦苦地思索着。作为教师，一种强烈的责任感重压着我，使我呼吸局促，如坐针毡！

我决定，首先对唐山妹进行家访。马上就去！天阴沉沉的，像要下雨，但我顾不上这些了。

临行前，我向其他老师打听到了唐山妹的家世：她的父亲唐万忠，是个忠厚老实、苦大仇深的老贫农。解放前，本村恶霸地主唐大麻子的小舅子，在天津卫赌场里出了人命案子。唐大麻子知道唐万忠是个文盲，就哄他在一张《自首书》上按了手印。结果，唐万忠就成了替罪羊，被莫名其妙地抓去，坐了七年牢……既然是这样，那我更有必要去进行家访了。

我一跨进唐山妹家的门，就见她一个人站在炕前，急得满头大汗。我连忙问，出了什么事？她指了指躺在炕上的一个婴儿。我一看，不好！这孩子口吐白沫，正在一阵阵地痉挛。

“怎么回事？你给她吃过什么吗?”我立即盘问。

“鱼肝油啊，是俺嫂嫂叫俺喂的……她下地去了。”唐山妹睁大了困惑、焦急的眼睛。

“你去把药瓶拿来给我看看。”我大声命令道。

她递过来一个瓶子，我一把抓过来，赶紧看上面印着的字：“啊？敌敌畏!”

她吓得发抖了，一个踉跄，把一个瓦罐踢倒了，水泻了一地。

“快！赶快送卫生院!”我抱起小孩，就往外冲。唐山妹哭着，急匆匆地跟在我的后面。

屋外，已经在下雨，我脱下自己的外套，裹住小孩。我发狂似的在田埂上奔走，在崎岖的山路上猛攀……

雨下得更大了，瓢泼似的雨水，冲刷着我不断冒出来的汗珠。孩子的病情好像越来越重，我的臂膀几乎麻木了。然而，更感到无比沉重的，却是，我的心!

唐山妹啊唐山妹！你的父亲在旧社会里成了文盲，上当受骗，还情有可原。但是你呢？生在新社会，长在红旗下，在学校里呆了七八年，结果，却重蹈你父亲的覆辙，竟然连毒品和良药都分不清楚！以致使自己的晚辈生命垂危，你使我感到多么失望和痛心!

我又想到了我的那些学生，多么不幸啊！在我们的学校里，居然在造就一大批文盲、半文盲，和地地道道的科盲！他们只知道抄袭、背诵革命的词句，把它奉为圣经，却对我们中华民族几千年来所创造的光辉灿烂的文化一无所知，对世界上的一切优秀文化，尤其是当代先进的科学技术毫无概念。他们快要成了为地球上最愚昧无知的人！……把他们吹捧成“教育革命的闯将”、“最有希望的新一代”……目的究竟何在?!

中外历史上，统治者为了维护自己的统治，曾经几度疯狂地毁灭文化，大搞愚民政策。但是，哪一次能跟20世纪60年代在中国大地上开展的“文化大革命”相比啊。它冲击了几乎所有官员、知识分子，殃及了广大的人民群众；它把一大批中华民族的智慧之花——举世闻名的政治家、思想家、军事家、科学家、文学家……打入了十八层地狱；它把数以亿万计的各种书籍投进烈火和化为纸浆；它造就了一大批比唐山妹糟十倍、百倍的打砸抢者、青少年罪犯……这真是对历史上最黑暗的年代的“史无前例”的惊人的大抄袭!

整个唐山妹那样的青少年在沉沦，想到中华民族的多灾多难、想到中国文化将有可能无人继承、发展，我不禁失声痛哭!

雨下得更猛了，难道上苍也有同我一样的心情?!

……

在后来一段相当长的日子里，我的心情一直不能平息下来。我一想起沙老师和他的教诲，痛悔、内疚的蜇刺，就搅得我不得安宁……现在，回过头来看看，沙士廉老师当年说的话是多么正确……

还有什么可以犹豫、徘徊的，“生命的价值就在于创造”！必须从我做起，用创造去克服抄袭和无所作为；用创造的光辉去照亮愚昧和黑暗。

于是，我不顾冷嘲热讽，顶着各种压力，十分谨慎地，但又是从不间断地向我的学生灌输尽可能多的知识。用中外著名的科学家、文学家的故事，去激发同学们的事业心、好胜心，去催发他们的创造欲……

于是，我立下了进行文学创作的雄心。我要把自己这些年来的迷惘痛苦、愧悔、思索和醒悟全都写下来，作为一个永志不忘的教训，也作为对沙老师的教诲的具体实践。我开始了创作前的各项准备：广泛阅读古今中外的文学名著；回忆、搜集各个时期的多种多样的素材；捕捉每一个灵感。我争分夺秒，每天都要工作到深夜。每当倦怠时，在我的脑海中，总是能看到沙老师那对慈祥、和蔼的眼睛，于是，我便立即振作起来，挥笔疾书……

1976年的夏天，我回江城探亲。顺便，我想打听一下沙老师的下落。熟悉他的人告诉我，他犯下了“现行反革命罪”，曾被判了死刑缓期执行。林彪摔死后，又改判为无期徒刑，至今仍关在狱中。我急切地追问他具体的罪行，对方躲躲闪闪，不肯回答。经我反复盘问，他才小声告诉我，沙士廉犯的是“恶毒攻击罪”。在1969年，他诽谤了“三忠于”活动，还把食堂里养的一只猫的胡子全部剪去……我听后，不敢完全相信。不过我知道，现在什么事情都可能发生。我对有些同胞在罗织“大不敬”罪名方面的高超的本领，是一向“敬佩”得五体投地的！

三

一阵急促的狗叫，将我从回忆中惊醒。

前方，出现了一排排亮着电灯的房屋，这就是瞿家湾。我加快步伐，朝村口走去。

这时一间搭在人家房后的小茅屋。门板很破旧，从门缝里，漏出了忽明忽暗的光亮。“沙老师在里头！”我不由得暗暗庆幸。

我推开虚掩的门，走了进去。桌上亮着一盏油灯（我疑心，大概邻居不肯供电给他），灯的旁边的一个盛着米的碗里，插着许多根卫生香，所以，这儿烟雾缭绕，芳香扑鼻。桌前站起一个人来。我认出来了，他就是沙士廉老师。他现在是苍颜白发，瘦骨嶙峋，俨然成了一位耄耋老人，其实，他最多四十几岁吧！他穿着一身素色的老式布扣服装，显得非常干净，整洁，跟过去迥然不同。他见了我这个陌生的不速之客，似乎有些惊慌。突然他把油灯后的一样什么东西放进了桌旁的一只竹制碗橱(什么神秘的玩意儿？我在猜)。然后，他用微微有些颤抖的声音问:“你，你找……谁?”

“沙老师，您认不出我了吗？我是您的学生——岳林啊！”我内心非常激动。

他回忆起来了。眼睛微微一亮，招呼我坐下来。他问起我的近况。我简略地回答了他之后，就滔滔不绝地把这些年来自己的曲折的生活经历和思想演变，一五一十地告诉他。我的感情像海潮一样，涨落起伏……

但是，沙老师的表情始终平静，平静得让人感到冷漠。看得出，他对我的话并不感兴趣，仅仅是出于礼貌，才没有打断我。有几次，他下意识朝门口张望，但，又很快转过头来。听我讲完之后，他沉默了一阵，然后缓缓地对我说:“唉……我过去跟你说的那些话，很幼稚，你不要对它太认真，应该把它忘了，我那时只有二十多岁，懂得什么？……我劝你……以后不要再写任何东西！……若是，上面逼着要交，你就抄抄报上的……有句话，你听说过没有，——‘事非皆因多开口，烦恼全为强出头’？……”

我当然暗暗吃惊。我的心，好像一下子被人从赤道抛到了北极。但是，我毕竟没有怎么慌张。漫长的岁月，已经把我磨炼的很老成。我开始揣摩他现在的思想……

他接着跟我谈起佛教来。他讲到佛经中的许多辩证思想，他的人道主义本质。他说“无所贪求”、“安心无为”等经文，实际上道出了生活的真谛……我在惊讶不已之中，忽然心里一亮:刚进门时，他放进碗橱里的东西，会不会是佛像？……进而，我又揣测:他住到这偏僻的小村子里，莫非是为了隐居?

从他家里出来，夜已经很深了。月亮正在天穹的正中，沉思着俯视万籁俱寂的大地。陪伴着月亮的星星，一个个眨着困惑的眼睛……

我的心，久久不能平静。沙士廉老师这样一个原先提倡创造的热情、耿直的知识分子，仿照陶渊明、章太炎等古人，皈依了佛门，这中间，包含着多少血与泪啊！

我深深地同情他，并努力去理解他。但是，我决不去仿效他。因为，我正年轻……

1979 年 8 月

短篇小说

烟

福根嫂刚出月子，就一本正经地要爱人戒烟，这下，可把性情憨厚的福根惹火了。谁都知道，福根是有名的烟囱！

记得有一回，福根嫂站在百货大楼橱窗前，温柔地拉着福根的袖管说："瞧，里面那件咖啡色隐条西装，你穿了一定很帅！……你只要两个月不抽烟，我就能给你买了。"福根乜斜了她一眼："我呀，情愿抽烟！结过婚，再讲究打扮，惹出麻烦，你吃醋就来不及了！""啊呀，你！……"她的脸一下子红了，狠狠地在他的手背上拧了一把。

那时，他们结婚才两个月，多少还有些"浪漫"，现在呢，他们之间的关系就是"实"得多了。这不，福根将窗子"嘭"地关紧，铁青着脸，张开那像涂过柏油似的牙床嚷道："哪儿不能节约，干嘛老在香烟上打主意？嗯——"

"话得说说清楚！"福根嫂抱着襁褓，倏地在床上坐了起来，"谁在香烟上打主意？我们交朋友那阵子，你抽的烟，有几回不是我买的？现在啊你做爸爸了，能大手大脚?！省几个钱下来，你拿去买几本书啃啃，即使不去考电大，也要好好培养孩子……"

福根听到"爸爸"这个词，口气就软了："好好，以后我每顿吃萝卜干，省下来全部用在孩子身上。"

说完，他弯下腰，想去亲亲自己的小宝宝。福根嫂一把将他推开："去去！谁要你吃萝卜干了？你身子垮了，这么多家务谁做？反正啊，你得把烟戒了！"

福根的脸也跟着红了起来，他掏出烟来，点上："烟呢，我是无论如何不能戒的！你不是不知道，香烟是我的性命。"他示威似的朝天花板吐了一串烟圈。

"呸，你这个没良心的！咱们走着瞧，我就不信，戒不掉你的烟！"

走着瞧就走着瞧，福根心想，我可不是一个怕老婆的人！你呢，铁嘴棉花心，几天过去，准会偃旗息鼓。于是，两天之后，下班时他照旧到烟纸店买了一盒烟。进了家门，就见福根嫂一边结绒线，一边一块连一块的往嘴里塞糖果。福根放下又旧又破的拎包，指着床沿上那个装满花生牛轧糖的塑料袋,笑嘻嘻地问:“谁送的?”

“买的!”福根嫂板着脸回答,“我们生产包糖纸,可裹在里面的东西却很少尝过。”

“哎呀,又没客人,干嘛买这么多?!”说着,他也伸过手,打算拿一块尝尝。

“啪!”她一巴掌将他的手打得缩了回去。“别动,这四块钱糖果,没你的份!”她把糖果挪到自己身边,跷起二郎腿,继续边吃糖,边结她的绒线。

四块钱! 这比买一盒香烟还贵了几毛。他气得脑门上的筋都暴了出来。好哇,真的对着干了! 可你打不了持久战,你那副心肠,我还不了解?

可是一连五天,福根下班回来,就见妻子老是嚼着糖果做家务,从不肯分一块给他尝尝。虽说福根并不在乎几块钱的零食,但心里总觉得不是个滋味,唉,以前她可从来没有这般自私过!

到了星期六傍晚,福根嫂把刚刚下班回来的丈夫挡在门外:“喂,借点钱去。明天,牛奶、水电费、房租都得付了。另外再买些大米、煤球……”

“什么?!”福根发火了,“还没到月底,钱就用光了?”

“怎么,你不相信? 那你来当家!”

“那你干嘛还嘴馋,买那么多糖果?!”

“放屁! 只许州官放火,就不许百姓点灯啊?!”

“你看你,多吃甜的,身子都胖成啥样子了! 报上不是说了,妇女要健美,就不能……”

“报上! 报上!”她粗暴地打断了他的话,“报上说抽烟会得癌症,你听进去了? 少说废话,快给我去借钱!”

福根这才意识到问题的严重性:照这样下去,每月得多花四五十块钱,等于家里少了一个人赚钱! 以后的日子可怎么过……他也不想和妻子争吵,她刚出月子,身子还很虚弱。她现在脑子似乎也变糊涂了,竟然把属于正常开支的购烟,同买零食吃相提并论!

那天,他向工会借了五十元互助金,回到家里,他把刚买的两盒“劳动牌”香烟往桌上一放,态度和蔼地对女人说:“说实在的,以前这玩意儿,我可是从来不碰的。这样吧,往后我一星期只抽四包怎么样? 你呢,也别再吃零食了。咱们以后好好过日子。”

福根嫂白了他一眼:“少来这一套! 这会,我可是铁了心了,你哪天戒掉烟,我就哪天戒掉吃糖果!”

真叫秀才遇到兵,有理说不清。好吧,我就不信你多吃糖果不会败胃!

僵持,足足有两个月。这中间,小宝宝生了好几回病,福根嫂因为睡眠不好,身子瘦了下来，奶水也显得不足了。医生吩咐，要增加母子的营养，福根只得再向别人借了几十块钱，不久，有个朋友，上门讨债来了……

日子变得艰难起来。单位里虽然补助了福根一次，但是杯水车薪，解决不了大问题。朋友邀请喝喜酒什么的自然不敢去，福根现在一星期，难得去买包烟抽抽，尽等着别人送来“伸手牌”香烟。“谁叫我做爸爸啊！”他常常在无人之处叹息道。

终于，福根连最便宜的自卷烟也不抽了，抽过烟的人知道，戒烟不是一件好受的事儿。瞧，福根这个强壮的汉子这几天成了啥样子：一天到晚老是打哈欠，有时甚至还流眼泪鼻涕，站也不是，坐也不是，像是丢了魂；蜡黄发黑的手指，常常情不自禁地在各个衣袋里搜寻着什么；至于看到别人抽烟，他那个难受劲就别提了！

街道工厂的那几个爱开玩笑的“烟友”，见他这副模样，怎会放过？“福根啊，你那根烟囱，怎么不冒烟啦？是不是在缩紧银根啊？”“人家呀，存折上快满四位数了！”“唷，那好！将来哥儿们结婚就不必往别处借钱了。”“前一阵天气太潮湿，今天放晴，福根，赶快把‘大团结’拿去晒晒！”

福根涨红脸辩解：“别胡说，别胡说！我身体不好，医生让戒的。”

“哪个医生啊？”这些家伙就喜欢穷追猛打，“是床上那位吧！”

“哈哈哈……”

笑，总得让人家笑。福根到底把烟戒掉了。这会儿，你看他有多神气，抱着小把戏，哼着小曲，在街上逛店铺。到了百货大厦门口，正好碰到打里面出来的福根嫂。只见她嫣然一笑，打开旅行包叫他看。嗬，好漂亮的海军式童装啊，还有一双锃亮的小皮鞋。包的底部，放着一套咖啡色隐条西装。

“哪来的钱？……”福根诧异地问。

“看你紧张的！”她掩住口笑了起来，“你呀，真是个傻瓜！走，上书店去，我还有一笔钱留给你买书呢！人嘛，总得图个上进。”

福根哪里听得进去，他严肃而又焦急地抓住她的手，严厉地问道：“快告诉我，这钱到底是从哪儿弄来的?!”

“哎哟！死鬼，手骨要给你捏断了！”她抚摸着自己的手，娇嗔地瞪了他一眼。然后，不慌不忙地从口袋里掏出一块花生牛轧糖，剥去糖纸，塞入他的嘴：“你讨过好几回了，馋鬼！”

“嗯？淡的？”他吐出来一看，“啊？是面饼?!”

“嘻嘻……”

“以前吃的也是这个？”

“你呀你！嘻嘻!”

“哪来那么多糖纸?”

“你这个傻瓜啊!”她用手戳了一下他的鼻子,笑得眼泪都涌出来了。

噢——他终于想起来,她所在的那个街道厂专门印刷糖纸,印坏的糖纸满地皆是……

刊登于1986年5月《萌芽》杂志

要为真理而斗争

——致表姐的一封信

亲爱的琴姐,你好!

你的来信,我们已收到。你在信中还是那样关切地询问哥哥和我的近况,我不知道用什么语言,来向你表达我们全家对于你这种始终如一的关心的感激之情!今天,我要高兴地告知你,哥哥的冤案已经得到昭雪,我也在今年的高考中,被同济大学建筑系录取。我相信,听到这些消息后,你一定和我一样倍感欣喜!

关于大哥的事,过去大家都一直瞒住你,今天,是让你知道事情原委的时候了!

哥哥在1969年跟你不辞而别,被非法绑架到单位,隔离关押达三年之久!那仅仅是因为他在同事面前说了几句真情话"林彪吹捧毛主席像赫鲁晓夫吹捧斯大林一样";"张春桥这个资产阶级政客,是埋在我们党内的一颗定时炸弹"……就这样,共青团员一下子成了"现行反革命分子",革命青年竟成了"无产阶级专政的对象"!历史就这样被颠倒了!

记得有一次,母亲和我被叫到哥哥的单位,参加批斗他的大会。我们被侮辱性地安排在会场第一排座椅上。

那是一个寒冷的冬天,凛冽的北风裹着鹅毛大雪撞击着会场的玻璃门窗,场内坐满了穿着厚厚棉袄、大衣的职工。主席台上,坐着几个叼着香烟、趾高气扬的家伙。其中一个自称是革委会主任的人,在声嘶力竭地动员一番之后,突然一拍桌子,大吼一声:"把现行反革命分子章云隆揪出来示众!"

我和母亲的心揪紧着,瞪大了眼睛望着台上。我们已经有半年时间没有看到自己的亲人了,他现在到底怎么样了?

随着一阵"咚咚咚咚"的脚步声,哥哥被两个彪形大汉倒剪着双臂押上台来。他瘦得很厉害,两腮明显地凹陷了下去。他的脖颈上,挂着一块用铅丝绑扎的很厚的大木板,上面贴着的白纸上写着："打倒现行反革命分子章云隆！"在章云隆的名字上还打了红叉叉。大哥倔犟地抬起头来，立即又被那两个大汉按了下去……

我的眼睛被泪水模糊了，盯着哥哥一动不动。妈妈握着我的手一直在剧烈地颤抖。

批判大会开始了，一个接一个的人声嘶力竭地反复念着差不多意思的稿子，把哥哥几句谴责林彪、张春桥的话，上纲为"疯狂炮打无产阶级司令部"、"反对党中央"的严重罪行。他们是那样的心虚，竟不让哥哥说上一句话！他们还不时地对他拳打脚踢……

时间一分钟、一分钟地在过去，哥哥挂着木板，弯着腰，累得在左右摇晃，终于，摔倒在地。但他的身子，马上就被拎了起来，"看你还敢不老实！"那两个大汉竟然用粗粗的军用皮带抽起他来！我满腔怒火，想站起来吼："你们不可以这样摧残人啊！"可是，我的嘴和身体都被母亲使劲按着……母亲此时的心情啊，有谁能够理解啊？

会场外，雪下得更大了，风刮得更猛了。在场的人们用惊讶、疑惑的目光注视着台上正在发生的一切。我瞥见，几个坐在后排的老职工悄悄地在抹泪……

琴姐，他们明明知道女性容易脆弱，可在批斗会结束后，母亲和我还是被几个小头头叫去劝说哥哥。我们和哥哥在潮湿而又阴森森的防空洞里又相见了，这是哥哥单位"革委会"私设的牢房。在几个打手的监视下，妈妈除了流泪和抖动着下颌外，不说一句话。隔着一张破旧的桌子，遍体鳞伤的哥哥坦然地笑着说："妈妈、小妹，没事，我不过是在公开的场合，说了几句老百姓的心里话而已。你们回去吧，真理是不会永远被遮盖的！……""啪！"一个凶神恶煞的家伙狠狠地打了哥哥一个耳光，他粗声粗气地呵斥道："不许放毒！滚进去！"然后对我们厉声说道，"你们反革命家属也要老老实实，不许乱说乱动，可以走了！"

在回家的路上，我突然感到手臂很疼痛，原来，我那只被母亲捏过的手臂上，有好几处的皮都被她抓破了。母亲抽泣着轻声地说："告诉我，这是为什么?！啊？命苦吗!？……"琴姐啊，此时，我才第一次体悟到母亲的心灵受到的伤害有多深！我觉得自己一下子长大了。

1972年9月13日，林彪摔死在温都尔汗后不久，哥哥终于被释放了。但是，原来那顶"现行反革命"的帽子仍然没有去除。当我们全家人把哥哥从单位接出来时，悲喜之情实在难于言表。一个好端端的小伙，已经被折磨成骨瘦如柴、伤痕累累！唯独一对大眼依然炯炯有神，燃烧着不屈的、希望的火焰……

路上，哥哥脱开外衣叫我们看，在衣服的里子上，写着七个醒目的血字："要为真理而斗争！"

琴姐，当时，我的心顿时激动万分，一股崇敬的感情油然而生。我的头紧紧地贴在他胸口轻声地哭了起来……

在以后的五六年里，哥哥仍不间断地写信给党中央申诉冤情。但，结果，信件都被转回原单位处理。于是，他又被隔离审查了一次，大会批斗了十多次。他还是那样，始终不肯认错。为此，也没有少挨过恶打和辱骂。然而，无论在隔离室内外，他都坚持阅读马克思、列宁和毛泽东的著作，他坚信，真理定能战胜邪恶，人民必定会取得最终的胜利！

琴姐，就是这样一个从来没有屈服、从来没有流泪的硬汉，有一次竟然哭了，而且是放声痛哭。那是1976年1月8日中午，当我走过他的房间时，看到他呆呆地坐在床上。他手里那张印有周恩来相片的报纸，早被眼泪滴湿了。我靠着哥哥的后背，哽咽地说："周总理一走，中国完了！"哥哥拿出手绢，抹干了我的眼泪："不要悲观！现在，肯定是黎明前的黑暗！"

就在这一年的10月6号，从北京传来了特大喜讯，王、张、江、姚"四人帮"被抓了起来，所谓的"无产阶级文化大革命"终于结束了！不久，我们家收到了公安局寄来的《平反通知书》。那些天，从来不酗酒的我们家几个亲人，竟然喝掉了两箱啤酒！

母亲和我又被邀请，参加了哥哥单位举行的揭批"四人帮"大会。我们同样被安排坐在第一排。会上，单位党组织宣布为哥哥平反并恢复名誉，还号召全厂职工向他学习。哥哥也应邀上台，控诉了"四人帮"镇压群众的滔天罪行。当哥哥说到自己曾被"四人帮"的爪牙私底下打断过三根肋骨，并拿了两颗子弹要他预付枪决费用时，一向委曲求全、非常坚强的我那可怜的母亲，终于由惊骇转为放声痛哭，后来还晕了过去……此时，台上台下眼泪流在了一起，同仇敌忾的口号声交织在一起……

亲爱的琴姐，相信你听到这些消息后，一定会和我们一样苦尽甜来、感慨不已……是吧？现在，你该理解了，为什么九年前，哥哥拒绝了你向他表露的纯洁的爱情，——当时，他这样做，实在是出于无奈，他是怕连累、耽误你的一生啊！那天，你含泪离开我们家后，哥哥捶着墙壁，唉声叹气，一夜未睡，他的笔记本上写满了你的名字！当然，同为女孩，我深知，这对你的自尊心的伤害有多深啊！……其实，他是深爱你的，你给他的那本相册，他藏得是如此之好，几次抄家都给躲过了，你应该明白这是为什么！前些天，他终于让这本相册抖掉尘埃，重见天日。现在是，几乎每天都在爱不释手地翻阅！……作为他的妹妹，我希望你能够谅解他！而作为女性，我又为你感到幸福，因为，你竟被一个男人爱得如此之深！——宁愿委屈自己，不想让对方受到长期的牵连和伤害！我常常感叹：原来爱情是如此无私和伟大！真的，我甚至有些嫉妒了！我将来会碰到这样的男人吗？

亲爱的琴姐，到我们家来玩吧，妈妈说，她将亲自下厨，为你做你最爱吃的毛蟹年糕！来吧，让我们喝着热茶，剥着花生、瓜子，共话这风风雨雨的十年！

祝好！

你的表妹　章美韵

1978年×月×日

短篇小说

月 夜

这是梦吗？……一个锃亮的银盘，高悬在早春的寒穹中，把无穷无尽的碎银慷慨地抛向大地，……更使他心旌飘荡不已的是，身旁的那位姑娘袅袅婷婷，莫非嫦娥下凡？

记得孩提时代，他喜欢可以尽情玩耍的白天。他讨厌月亮，好多次拼命躲它，可逃得越快，它追得也越快……

呵，如今，他第一次发现，月亮竟是如此柔美，温情脉脉，百看不厌……这当然得益于她的提醒："这儿的空气太混浊了，走，到学校花园里去吧，那儿月色真美！"

当时，他们在师大的小礼堂。华尔兹舞曲在狂奏，这也是"文革"结束后迟到的时髦。高低不一的鞋跟有节奏地在敲击着僵硬的水泥地面，青年男女不同的气息在散发、交融……平时学习紧张的男女老夫子们，此时羞涩地搂着异性的腰，捏着异性的手，闻着异性的体味，都显得特别的兴奋、激动。交换礼物，结识学友，化装舞会——这是刚刚成立的学生会"智多星"们时尚、善良、讨巧的杰作！

他悄悄地对学生会一位熟悉的部长说："不好意思，请你把这份礼物，交给一个……你认为本校最美的女生。拜托了！"部长诡谲地一笑，引来了这位窈窕女子。

他又惊又喜，竟心拙口笨，说不出话来。还是她先开的口。于是，他们一起来到了远离教学大楼的那个叫"逸园"的地方。

风清月朗，阒无一人。树木婆娑相偎，敬仰地望着一株杆壮叶茂的雪松。呵，这是一个饱经风霜、沉默不语的老人。在它龟裂粗糙的皮肤里，应该埋藏着这所大学百年的峥嵘历史。由于地处近郊，所以附近"人民公社"的广播喇叭播放的歌曲，还可以听到。不再是"语录歌"等革命歌曲，而是在播放那些耳熟能详的老歌，"马儿啊，你慢些走啊，慢些走……"不过，这倒唤醒了他的骑士精神，他大胆地侧过脸去。哦——这是一张多么俏丽的脸啊，盈盈的杏核眼特别会说话，娇柔妩媚的嘴唇勾人心魄，一束鸡尾秀发泻在左胸。鲜红的紧身滑雪衫，曲线流溢……

“看什么呀?”又是她打破了沉寂。

“我怎么从来没有看到过你!”是啊,校园里的美女,哪一个能逃得过他的视线!

“哦?”她睁大了那对明亮的眼睛。“可我认识你啊——”她笑了,“两小时之前,在食堂,你……那个动作……妙极了……”

“是吗?”晚饭时,他为了早点“开始牙床运动”,所以排队时去加塞,很快就跟排在后面,上来制止的人打了起来,难道让她看见了? 喔——记起来了,在他往泔脚桶里吐痰时,他曾经避开过一对惊愕的眼睛……哼,这有什么?!“你们女同胞啊,就是仔细! 芝麻绿豆的事情,也难逃过你们锐利的双眼!”他用略带讥讽的口吻说。

“碰巧一个特写镜头!”她笑得弯下了腰,一串银铃般的笑声随即飞入了深邃的夜空。“好吧,说些大事。比方说,你们男生,就说你吧,平时,考虑最多的是什么呢?”

单刀直入,好厉害! 好在,他伶牙俐齿,具有快速应变能力,“我认为,现在的大学生太缺乏幽默感了! 他们死气沉沉,整天耷拉着脸,好像穷庙里的和尚、尼姑。不过,今晚的化装舞会是个良好的转机。”他当然不能剖述心曲,例如,对婚姻、对未来的职业的关注。

“那你在幽默上有何建树?”她围着的那条雪白的纱巾,叫人想起燕子胸前的白色羽毛。

“谈不上有什么建树,这样吧,如果你碰到这样的事,你如何处置?”

他得意地告诉她这样一则趣事:某日某君因有急事,在某路口闯了一次红灯。想不到从路旁商店里突然跳出来一个警察,一把将他揪住。

“没长眼呢! 红灯没看到啊?”警察呵斥道。

“哦,赶去上班,所以急了点!”某君解释道。

“不能早点出家门啊?”警察不依不饶。

……

他向红衣女孩狡黠地发问:“碰到这种责难,你如何作答?”

“我,想不出来!”她笑着耸耸肩膀,“大不了认个错呗!”

“你呀!”他咽下了“真笨!”两个字,“我当时回答他说,都怪我那宠坏的儿子! 一早出门就去荡马路逛商店,家务全压在老子身上! 所以,弄得我上班急了,闯红灯了!”说完,他得意地笑了。

她望着那棵庞大的雪松,“什么意思? 我没听懂……”想了片刻,终于明白过来,“你坏! 你至少在精神上胜利了。你讨了人家的便宜!”

又是一串银铃般的笑声,连松针也被震得微微颤动,他的心湖上泛起了层层涟漪。该轮到他进攻了,“毕业后,你想去中学当教师吗?”他整了整自己玫瑰红的领带,扯了扯米色的西装。俨然一副出征将领的气派。

她直视着他的眼睛:"你呢?"

"我不想! 我知道这种言论在师范大学是犯忌的。但我不怕,我有办法……"他就这么吞吞吐吐地说了出来,"不过,我是在问你。"

"我嘛,肯定去当教师! 因为……"她欲言又止。

"哦,为什么?"他有点惊愕,他也逼视她的眼睛。应该承认,即使在黑夜,她的眼睛也是那么明亮、纯净! 她身上散发的略带酸性的幽香,已经沁入他的心田,他有些陶醉。

沉默。只有深埋在时髦外衣底下的两颗心,"怦怦"在跳跃。不远处,一列客车开过,发出"哐、哐、哐、哐……"的声响,"呜——"一声汽笛将她带向遥远的过去……

十年前,她的父亲,新华大学的一位教授,因为提出"必须重视教育,实现科学、民主,中国才有希望"的论点,从而被多次批斗,最后惨死在潮湿的防空洞里。但她还是坚信,父亲的话一点没错。于是,她放弃了海外伯伯安排她去欧美留学的邀请,决意像父亲那样以站讲台为自己的终生职业……

他俩已经走到了校园中的一座桥上,下面是一条不大不小的河流,如同女人的一条漂亮的腰带,束缚在学校的腰间。

她凄然地仰望那皎洁的夜空,那轮光照万里的孤月。"但愿我能成为一座桥梁,将来让我的学生跨过它,步入科学、民主的彼岸……"

沉痛的自述、虔诚的祈祷,令他感到困惑、费解。他厌烦地瞥了她一眼,他发现她在颦眉犯愁时,另有一番勾魂摄魄的姿色。他贪婪地打开了视觉神经上的B门……

"你说,太空人存在吗? 飞碟,是不是某国的航天间谍飞机啊?"她把视线又一次射向恢弘的宇宙深处。

他惊慌地抬头仰望:"这纯粹是虚幻的宣传! 目的是转移人民大众的政治视线,吸引热血青年的剩余精力! 你居然也去相信?"

"哦,我可不这样认为,"她双手抱胸,一个手托着自己的下巴,继续深思着说,"我希望自己的学生,将是解开太空人、飞碟之谜的先驱!"

"多么幼稚啊!"走到礼堂的门前,他对她有些怜悯,"她的身姿如果在里面的舞台上轻歌曼舞多好? 为什么要去关心太空呢? 那些事,跟女人有何关系呢? ……所以,有一位欧美的大诗人曾经说过:女人永远是个猜不透的谜!"

"你不喜欢当教师,那你准备干什么呢?"她第一次认真地打量他。

他很开心,有人曾经称他为"英俊男",今天又穿着一件他最珍爱的西装,他潜意识里,这些就是让这等姿色的女子观摩的。不过，还是得开导开导这位头脑僵化的美女书呆子："除了你，这儿恐怕没有人真正愿意当老师！……我毕业后，将去外贸局。我老头子在那里当头……"他显得自豪和自信，他当然试图通过这种暗示，来博得她的依附感。

她似乎并不羡慕："说得有点绝对，难怪你用团徽盖掉了校徽上的'师范'二字……"

他有点吃惊，心里在说："女人就是细心！"

学校的无名湖上，波光粼粼，映着一轮被拉长的月亮，一缕缕乳白色的水汽，袅袅上升……在湖心的小岛上，有人在练小提琴。琴声如泣如诉，时而悠扬，时而激越……岛的西面，正在建一座拱桥，已经过了年余，仍未完工。他不由地暗暗嘲笑她那个"桥梁"的理想。

岛上的小提琴的乐曲戛然而止，他马上想起，晚饭之前，他在学生宿舍里换上西装，并悄悄借用了别人的鞋油，擦亮了自己的皮鞋。然后将一盆洗完脸的水从窗口倒下去，也曾使楼下的小提琴一下子变成了哑巴……真好笑！

笑得似乎太早。不远处，艺术系琴房里又传来"叮叮当当"的钢琴曲。

"多美啊，肖邦的曲子。"他的艺术细胞里，蓦然地蹦出"肖邦"这个词。他认为她或许并不懂西方音乐，这个东方的观音！

"肖邦，你知道他是哪国人呢？"她嫣然一笑。

"美国人！"他斩钉截铁地回答，似乎不容置疑。

这就引来了又一长串银铃般的笑声。这次她露出了一口皓齿，"据我所知，现在弹的是塔尔蒂尼的《魔鬼的颤音》的第二乐章，本来应该用小号吹的！"

这正是他的软肋！必须转移话题！"哦，那你为什么不去考艺术系呢？"

"你为什么不去当厨师呢？既然，你那么喜欢吃猪排。"她依然不依不饶，笑得前俯后仰。

暗指的又是食堂里打架之事！尖刻！但他还是欣赏她笑时扭动的如柳身姿。

"斜月沈沈藏海雾，碣石潇湘无限路……"

这次，他谨慎了："……好像是……一位名人的诗句。"

废话！她提出该分手了。

"何时再聚首？"他不无惆怅。

"当你成为一座桥梁的时候！"说完，她裹着一身水汽离开了。

"桥梁？"他陷入了沉思……

1981 年 11 月

琪琪和他的小伙伴们

天气很冷。妈妈上夜班去了。琪琪一个人睡在床上,心里有些害怕,他担心会突然出现什么妖魔鬼怪。还好,房间里静极了,只有五斗橱上的那只三五牌台钟,在"滴答、滴答"地自言自语。它老了,说话时难免让口水呛进气管。这不,到了九点正时,它便"当!当!当!……"地咳嗽起来。然后,又开始不停地唠叨。

"唉——疼死我了!"不知是谁呻吟了一声。

这下,把被窝里的琪琪吓得心在怦怦乱跳。他赶紧坐起身,搜寻了一下四周。可是,除了从窗户里无声地泻进来的月光,没有什么东西闯进屋内。他想,大概是自己听错了。于是,又躺下,缩进被窝里。

"唔——朋友们,我可痛坏了!"

这回,琪琪没听错,还是刚才那个声音!可是,奇怪呀——屋子里除了我琪琪外,没有旁人啊!会不会来了是那种青面獠牙的鬼?!听奶奶说,这种鬼非常爱吃淘气小孩的心!想到这里,琪琪吓得要死!他生怕会被鬼发觉,便蒙上被子,将身子缩成一团,一动都不敢动,呼吸也似乎停止了。

其实呢,哪儿会有什么妖魔鬼怪,刚才说话的,是被琪琪摔在门背后的玩具,——会敲木鼓的姑娘。

这会儿,桌上那个塑料老寿星拄着拐杖,在一个劲地向她摇手,压低嗓音警告说:"快别嚷嚷!新来的小伙伴!琪琪大概还没睡着呢,当心闯祸!"

"老寿星爷爷,我可不想活了!"小姑娘哭了起来,"我的右手和左腿,都让琪琪拧掉了!呜……"

老寿星朝小木床瞅了瞅,见没有动静,就小声对小姑娘说:"唉,怪可怜的!……孩子,可你不要轻生,你心里有委屈,就说出来吧,爷爷帮你做主。"

小姑娘哽咽着说:"今天中午,我正在玩具商店的玻璃柜台里,打量着来来往往的顾客。这时，一个小男孩赖在我跟前不走，哭闹着，一定要他妈妈将我买去。我想，这男孩既然这么喜欢我，跟他走，肯定不会吃亏！谁料到，到这个屋里还不满一个小时，他就把我玩厌了，一下子把我弄成了终身残废。琪琪太无情无义了！还不知道他什么时候把我杀死呢！……”它又呜呜地哭了。

话音刚落，房间的各个角落里，传来了一片同情的叹息声，其中还夹杂着陪哭的声音。是谁啊？哦，原来，是另外一些玩具朋友——踩扁了的小汽车，没有眼珠的小熊猫，剪破了的小皮球……老寿星紧皱着眉头说：“咳，琪琪是越来越不像话了！他自以为自己很聪明，什么事情都懂，可他哪里知道咱们这些玩具，要经过成千上万工人叔叔的辛勤劳动和制作啊！他仗着自己是独养儿子，爸爸妈妈的无比宠爱，死皮赖脸地要他父母给他买各种玩具，可是，对我们从不爱惜，一到手就破坏，甚至连我这个老头都没放过！你们看，我的脸上，尽是他用圆珠笔戳的麻子！”

“还不光你们玩具受罪呢！”咦，这是谁的声音？大家转过头去一看，原来是扔在床底下的小手绢在嚷嚷，她说：“琪琪是个小懒鬼，他从来不给我洗澡，都是叫他妈妈动手的！最近，他妈妈工作特别忙，将我忘记了。唉，我就一个多月没洗上澡，现在身上又脏又臭，痒得难受死了，都快出蛀虫了！”

“好了，好了！”搁在书包上的练习本有点不耐烦了，“你们虽说都受到了损害，可是至少心灵上还保持着纯洁的吧？可我呢，受琪琪唆使，当了骗子！琪琪差不多天天晚上玩游戏机，从来不肯好好做功课！老是在第二天上课前，抄别的同学的作业。老师终于发觉了，将我狠狠的往桌上一摔，气愤地骂道：‘简直是个小骗子！’唉，那时，我羞愧得无地自容……”

琪琪穿的那件米黄卡其外套，也终于忍不住了：“嗳，嗳，练习本老弟，比起我来，你说的还算不上什么！要说代人受过，我是首当其冲。琪琪没有礼貌，无论看见老人，还是小孩，从来不热忱地打招呼，却背后骂人家是‘老不死’、‘小浮尸’！……还给许多人起绰号。所以，好多人都说：‘那个穿米黄上衣的小家伙真坏！’不光这样，他老爱欺负比他小的孩子。大人们听到子女告状后，就连忙出来抓他，一边追，一边喊：‘捉住他！快捉住穿米黄衣服的小淘气！’嗐，你们看，我成什么了？简直成了小毛贼了！可要是我穿在别的好孩子身上，人家一定会夸我：‘哎，这件衣服真好看啊！太漂亮了！’可眼下的我，……唉——”

“琪琪真坏！琪琪是一个小坏蛋！”房间里响起了一片愤怒的呼喊声、咒骂声和声讨声。

大家异口同声地说:“咱们得想个法子教训教训他!”

“我们一起长征到红旗幼儿园去,躲开琪琪!”几辆小汽车嚷道。

“对!我们像电影《大篷车》一样,乘着车子,离开这个小坏蛋!”电视机前,一只有裂痕的小喇叭激动地说。

老寿星当机立断:“出发!”于是在小喇叭的进军号中,三轮童车、小汽车,载着一大批琪琪的玩具、用具浩浩荡荡地出发了,门锁赶紧开门,笑脸相送:“再见!——”

小木床说:“等等我,我跟你们一起去!”他砰地将蜷缩在热被窝里的琪琪甩在地上。

琪琪呢,听了刚才大伙的诉苦、谴责,早已难受、羞愧极了,这会儿,他坐在地上急得哭了起来:“别离开我!别离开我!原谅我,我以后再也不做对不起你们的事了!”

“你又要说谎了。”练习本训斥道。

“不,我不说谎,从今天起,我一定注意改正自己的缺点,请你们看我的实际行动吧!”琪琪诚恳地说。他的泪水像断了线的珠子。

“好吧。”老寿星对大伙说:“我们给他一个改正的机会吧!”于是,大家都回到原地。琪琪真的睡不着了,他在想,怎么医好所有玩具的伤痛?

1979年4月

微型小说

父亲的选择

上班后还不到十分钟，就接到父亲的电话，他放在家里的3 000块钱被人窃走了！我的心顿时像被人捅了一刀，要知道再过半年，我就要结婚了！而我登记的家具，明天也得去提货，偏偏在这种时候……唉！都怪他不听我的忠告……

我请了事假回去，一路上心海翻腾得厉害，如果我是个姑娘，肯定会大哭一场……我自小丧母，是父亲把我拉扯大的。为了我，他烟酒不沾，省吃俭用，连买一小袋味精，都认为是浪费。在我插队落户的半年中，他寄钱给我，还替我积蓄了好几千块钱，说是将来娶媳妇用。我劝他把钱存起来，他却认为把钱放在家中，既放心又方便。我知道，他这样做至少有一个原因是为了满足自己的唯一嗜好：爱数钞票。你瞧，每次数钱，他总是咧开嘴笑，那神情就像是在看自己儿子婚礼的记录影片。点好了票子，他就开始神情紧张地寻找存钱的安全窝。先是放进皮鞋，想想不对，又将钱塞进墙洞……哪晓得，就在我跟女朋友山盟海誓后不久，我家遭了火灾，于是，我们的“理想”也一起化为灰烬。

后来，政府出钱帮我们盖了新房。父亲趁退休之机，托人介绍，在街道工厂当了技术指导。我呢，也顶替进了他原来的厂。去年，父亲听说我又有了对象高兴得嘴都合不拢。他小声对我说，已经积下两千多元钱了。我说这次无论如何得吸取教训。他却摇摇头说：“都快办喜事了，存在银行麻烦！再说，天灾人祸不至于都降在我们的头上。”现在好了，钱又丢了！恐怕我和珊洁的婚事也会破灭！——她是民警，事情还能瞒过她？唉，生活为何总是这般折磨我？

我步履沉重地回到家，父亲垂头丧气地靠墙蹲着。居委会主任吴大妈亲切的劝慰他：“大哥，以后省下钱还是存银行好，利国利家。”说着，她拿出一叠10元钱的钞票，“这是我刚从银行取出的，看得起我，就请收下。”

正在这时，珊洁拿了个纸包急匆匆进来。不好！准是还情书来了！我的心一下凉了。

她说："小偷抓到了！早上，我把刚织好的毛衣送来，看见一个人从窗口跳进来，给我逮个正着……"大家都长长地吁了一口气。父亲把钱接过来，摸了又摸。然后郑重地放在我手里说："根发，留下买家具的钱，其余的，快去存银行！"

1977 年 12 月

我最尊敬的老师

去年夏天，我参加了市职工文化统考。我万万没想到，在讲台上监考的，竟是我中学时代的老师——夏闻雷！他变得多苍老：一脸皱纹，满头白发。只有那对眼睛，依然是那样的慈爱，炯炯有神！可以断定，他也认出了我。他微微一惊，随即脸上泛起了一丝凄惨的笑。我赶紧垂下头去。我的心绪完全乱了。试卷上的字也变得模模糊糊了。唉——这令人感到无限内疚和痛苦的笑啊……

那是1968年的事了。当时，我作为红卫兵团的头头，在校内外冲冲杀杀了近两年之后，又带头响应了伟大统帅的号召，组织了一支"赴黑龙江农村干革命的战斗队"。出发那天，我们十多个姑娘全打着羊角辫，头戴军帽，身穿军服，红袖章、武装带，别提有多神气！就在笑着跟亲友道别时，我突然发现班主任夏老师正在人群中匆匆朝我这儿挤来。我心想："他来干什么？这个'牛鬼'！"他来到我跟前，把我拉到一旁，吞吞吐吐对我说："小陈，以前你在小学里，一直是个品学兼优的好学生。进中学后，又年年被评为三好学生。我一直很……这儿有一套自学丛书，送给你。记住：'知识无论对自己，还是对祖国，总是有用的……'"我一听，火了：现在都什么时候了，还给我灌输封、资、修这一套！要不是看在他出于好心的分上，要不是他的目光仍像过去那样充满慈爱和真诚，哼，那么这一次，我准备狠狠心，发动些人把他批斗一番！由于"文革"前，我对他太尊敬了，所以，这两年，每逢批斗他，我总是借故避避开。有人看出来了，说我身上还存在着"小资产阶级的摇摆性"！可是天哪，此刻我的心就是硬不起来。我真恨自己！我把那套书往他怀里一抛，板了板脸说："别来这一套！我不需要资产阶级的知识！"他的脸一下子白得怕人，颧骨下面的肉在微微地抽搐，随后，他露出一丝凄惨的笑，摇摇头转身走了。他的步履是那样的沉重，仿佛已经年迈……

八年的塞外严寒，使我们恢复了冷静和理智。我因为蔑视当地权贵们的欲壑，所以失去了一次又一次招工、升学的机会。处在逆境中的人，常常会陷入往事的回忆。但是我怕回忆，特别是怕会想起夏老师那凄惨的一笑。然而越是怕，它越是时时浮上心头。它像一枚铜针，直刺我那早已在淌血的心灵。我内疚！我痛苦！我愤恨！……多少个失眠之夜，夏老师离别时的嘱咐，反复在我耳畔轰鸣；他热情、耐心教我们文化的情景，一幕幕地在我眼前映现。记得有一回，我因为参加乡下曾祖父的丧事，脱了一周课，夏老师便冒着鹅毛般的大雪，来我家补课……

在内疚和痛苦中，我开始发奋读书。但搞病退的"穿梭外交"，又使我浪费了整整一年半工夫。等到我欢欢喜喜回到上海，那种怕在大街上碰见夏老师的担心，又时时萦绕心头，——我是多么对不起这位值得尊敬的老师啊！

去年年初，厂里接到了市里要举行职工文化统考的通知，就组织我们进行突击性补习。每当我因为基础差，记忆力减退，想打退堂鼓时，夏老师的那丝笑容便浮现在我的眼前，使我在无限的内疚之余，感受到一种自新的冲动……

但是，我哪里会料到，竟然在考场中，师生重逢！而且，他又露出了那样的笑！……这次考试，我记不清自己在试卷上到底写了些什么。离开考场时，夏老师把我叫住。在操场上，他询问了我好多情况。他的目光还是那样慈爱、真诚。临别时，他抄了一张地址给我，要我上他家去补习。他说："对你、对我来说，这都是补课……"

我噙着热泪望着他远去的背影。我觉得即使用千言万语，也无法表达我对他的尊敬和感激之情！我只有用百倍、千倍，甚至万倍的努力，投入文化补习中去。去弥补自己的过失，我真诚地希望，在两年后，夏老师脸上那丝凄惨的笑将不复显现……

1979 年 11 月

被蹂躏的雪

一

今年三月初的一天晚上，洁白晶莹的雪在不停地下，电杆、房顶、树枝和窗台上，都已积了厚厚一层。那被雪覆盖的马路中间，是一道道弯弯曲曲、混乱交叉、宽窄不一的车辙。车辙的雪很脏，有的地方成了一条乌黑、细小的沟渠。静悄悄的马路，在暗淡的路灯的照耀下，泛射着清冷的光。

只有新华纺织厂大门对面的人行道上，脚印还在不断地增加。不过，脚印的样子老是那么四个，他们是由一双新的荷兰式皮鞋和一双车胎底皮鞋来回踩出来的。看得出，鞋子的主人正在这儿踱步。

穿荷兰式皮鞋的是个瘦高个，背有些驼，高高的颧骨，鼻梁上架着一副眼镜。他叫李晟辉，就在这个大城市——H市一家百货商店工作。现在，他正在焦急地等一个人，这个人曾用感情的塑刀在他的生命之树上，刻下深深的痕迹，曾是他凄苦的心灵中的一轮明月，——她叫许珊洁。据说一个月以前，顶替她的后母进了马路对面这家纺织厂工作，李晟辉在厂门口等了好几天，可是一直没有看到她的身影。此刻，他情不自禁地按了按放在胸袋里的许珊洁的木雕像，注视着厂门口的每一个动静。随着时间的流逝，他内心的羞愧和痛苦在不断地增加着。

那个穿着旧车胎底皮鞋的小伙子叫蔡友。他，中等个子，肩膀很宽，粗犷的脸上，长着一对虎眼。他是被李晟辉拉来作伴的，由于他过去跟李晟辉是同学，后来又一起在东北农村插队，所以，他对李晟辉跟许珊洁的关系有透彻的了解。此时，这个耿直的小伙子正裹在一件旧呢大衣里，站在刺骨的风雪中。

十点三十分，下班的时间到了。急促的电铃响后，一股人流从对面的大门里涌出来，有的穿着雨衣，有的打着伞，他们谈笑着，中间还夹杂着自行车清脆的铃声。李晟辉奔了上去，踮起脚尖，在人群中寻觅着许珊洁的身影。几百个人一会儿功夫就从他面前走了过去。现在，从大门里出来的人已经寥寥无几。他，有些绝望了。

正在这个时候，蔡友拉了拉他的袖子，轻声对他说："她来了！"果然，一个头上裹着洁白的围巾，身穿黑呢短大衣，戴着一副大红手套的年轻女子，匆匆从厂里出来，他顿时感到自己的心好像要跳出胸膛："珊洁——"他呼喊着奔了上去。

许珊洁听到这熟悉的喊声先是一惊，当她看清是李晟辉时，就缓缓地迎了上来。李晟辉一把握住了她的手，两眼直勾勾地凝视着她。

"珊洁，我，我……"他本来有千言万语要说，但此时，竟不知说什么好。他的鼻翼在微微翕动，泪水已经模糊了他的视线。过了一会儿，他长叹一声说："我真后悔啊，如果我再等你两个月，事情就不会……像现在这个样……"

"不，"她的长长的睫毛上也沾着泪珠，"事情就让它这样过去吧。"她轻轻地抽出自己的手，若有所思地说："爱情，只有当他是坚强的时候，才是永恒的！"

他们三个人默默地在马路上走着，往事又在他们的心头翻腾。

二

那是1970年的春天。李晟辉插队落户在这个长白山脚下的村子里，已经满一年了。

黄昏，太阳就在她到达西半球的瞬间，还没有忘记她对于东半球的责任。她把天空抹成朱红色，给紫蓝色的云彩镶上耀眼的金边，将赤色的余晖撒向群山、森林、江河、村落……景色是美丽迷人的。

离知青集体户那间房子不远，有一条小溪。那清澈的溪水在低垂的暮霭下缓缓流淌。小溪边上，一个青年正蹲着将一包东西塞进乱石底下。

"小李，你在干吗?"女知青许珊洁突然出现在那男青年的身后，她拎着一个水桶。这是一个五官端正，体态匀称的姑娘。她的前额正中有一颗黑痣，活像印度姑娘。衣服虽然陈旧，但很合身。

李晟辉一惊，见是她，就指指脚旁一个铝锅答道："我在淘米啊。"说老实话，对这个姑娘，他是有好感的，虽然他们还未交谈过。

"骗人！"她狡黠一笑，跳了过来，在乱石堆里掏了起来。

他急了："嗳，嗳，下面有蛇！"

她根本不理会他，随即从乱石下掏出一个牛皮纸包，打开一看，一堆鸡毛。她狠狠地瞪了他一眼，走了。

第二天，天刚亮，大队革委会主任怒气冲冲地来到了集体户边上那间小茅屋的门口。李晟辉就住在里面。他一走进烟雾腾腾的屋子，就朝正烧火煮饭的李晟辉吼道："站起来！嚯——咳！咳！昨天早上，你他妈的干什么去了？好主意啊，偷地主家的鸡，不用赔偿，不担心被批斗。哈，可你小子是个什么东西？咳！咳！别忘了，你老子是他妈的畏罪自杀的反革命，你是为他翻案的孝子贤孙！俺们啥时候想斗你，就啥时候斗！咳！……"

李晟辉的心怦怦乱跳，脸上的肌肉在抽搐，鼻子感到很酸。他结结巴巴地说："请……请您调查、调查，鸡不是我偷的！"

"那是谁偷的？"

李晟辉明明知道是谁，但他哪里敢讲。他只好说："我不知道。"

"你小子还想抵赖？操你祖宗——"主任"啪！啪！"给了他两记耳光，"把鸡毛塞在乱石底下的，不就是你吗？你今天不要出工了，给我写认罪书，挖挖反动思想的根子。写好后，加上十块钱退赔费，一起交到大队部来。你要是不老实，呃，咳！咳！这烟，真他娘的……"主任被烟呛得直咳嗽，他气呼呼地走了。隔壁知青新房子里爆发出一阵哄笑。在浓烈的烟雾中，几个男知青互相扮着鬼脸。

其中一个绰号叫"鬼灵精"的小伙子："嗳嗳，朋友们，你们知道大队主任为什么亲自出场吗？"

"那还不清楚，"另一个小伙子自信地说，"新官上任三把火嘛，不装得一本正经还行？"

"不——"鬼灵精诡谲地一笑，"告诉你们，这些鸡呀，是主任私下里叫地主婆喂养的。这是我刚刚从老乡那里打听来的。"

"这么说我们在太岁头上动土啰。"有个小伙子有点害怕了，"李晟辉那小子会不会咬出我们？"

"不会，"其中一个看上去为首的，把烟蒂猛地朝地上一扔，不以为然地说，"我敢打赌，他要是敢咬我们，你要什么我就给你什么！"

"要是我要个老婆呢？"不知是谁厚着脸皮问。

"给！"为首的那个斩钉截铁地答。

于是大家笑得前俯后仰。

知青蔡友，过去曾是李晟辉的同学，这时他开腔了："如果冤枉我，我就跟你们拼命了！"

女寝室跟男寝室只隔了一堵墙。正在补衣服的许珊洁听清楚了他们所说的话，开始蹙眉深思。她对坐在炕上绣花的女知青徐红说："昨晚大队主任找我们去谈话我真不该那么冒失地把鸡毛的事告诉他……”

徐红淡淡一笑：“那有什么关系？你不说我也会说的。让主任留个好印象，将来……”

“哎呀，你看你说些什么！我当时向他汇报，那是因为我恨那种乘人之危的人。这种人的品质比小偷还坏，还要卑鄙，可……我搞错了。”

……

这天傍晚，李晟辉战战兢兢地从大队主任家里出来，正好碰上许珊洁。她叫住了他：“把偷鸡的事，认下来了？”

李晟辉打心里讨厌她，哼，现在真是告密成风啊，像她这么一个看上去很文雅、很善良的姑娘，也学会干这种事了！现在，还有脸来打听，是想看笑话吗？好吧，让你去笑吧，你是有资格笑的，因为听说你老头子是H市的一个什么公司的头头，而我呢？反革命子弟，是被人踩在脚底下的渣滓。于是，他冷冷地回答说：“是的。”

许珊洁听了，用轻蔑的口吻说：“亏你还是个男子汉！”

他听了，只觉得头脑里“轰”的一声震响。

深夜，李晟辉辗转难眠，泪水把枕头沾湿了。他干脆坐起身来，点上油灯，从枕头底下拿出前几天刻好的母亲的半身雕像，仔细端详着。母亲慈祥地对他微笑。不过，那微笑很不自然，好像后面包藏着巨大的痛苦。此刻，他恨不能飞到母亲和哥哥的身旁，把受到的种种冤屈全部向他们倾诉……但仔细想想，他们的处境也许比他更糟。他有些怨恨父亲，要是他不自杀，恐怕事情不至于如此。但是，当他想到父亲的为人和对自己的关怀时，他又很快原谅了这位胆小怕事的老人。是的，父亲的死是迫不得已的。

父亲是个谢顶的、瘦弱矮小的老人。他识的字很少，几十年的店员生涯，使他养成了一种谨小慎微的性格。他老是爱用“小不忍，则乱大谋”这句话来告诫自己和孩子。“清理阶级队伍”运动一开始，由于他所在的那个柜台老是缺款，他被叫到公司参加学习班。在轮番严厉的审讯后，他被迫泄露了这样一个秘密：公司革委会头头许友发每到他这个柜台来蹲点，这儿总要缺掉几十元钱和几件容易携带的商品。有一次，他曾亲眼看到许友发将一张钞票偷偷塞进皮鞋里。他请求专案组的同志对他的揭发严加保密。可是，谁料到专案组成员当场斥责他有意“诬陷”好人。他们加紧对他进行“政策攻心”，告诉他：只要把贪污的情况全部交代清楚，那么赃款是可以免予退赔的，否则……这个老人起先哭丧着脸顶着，后来，在小黑房里，尝到了拳打脚踢的滋味后，就在许友发和专案组成员面前，“交代”了自己每月贪污五十元的“罪行”。并且，在审讯记录上按了手印。专案组人员总是认为他的交代不老实，不彻底，（要不，他的手干嘛老是抖呢？）他们设想了他从商店公私合营以来，贪污盗窃的一切可能性,果然,在他们的穷追猛打下,他招认的贪污金额从四百元上升到九百元、一千五百元,最后,竟然高达四千七百元。就在商业公司开大会,让他上台现身说法之前,他后悔了:万一勒令他退赔,他拿什么来交纳呢?他今后还有什么脸去见他的老婆、孩子和亲戚朋友……深重的忧虑使他神思恍惚,他终于从七楼的窗户里跳了下去。他没有摔死,他的躯体跌落在一个正在马路上行走的男孩身上。这个无辜的孩子当场头颅撞地,悲惨地死去。而他的手脚也断了。当天深夜,在医院的单人病房里,他乘看守人员熟睡之际,不知哪来那么大的力量,竟用打点滴的针头,挑破了自己的皮肉与血管……一个人,当他决心要自杀时,他总会找到办法和机会的。他用痛苦摆脱痛苦。但是,他哪里料到,这摆脱了的痛苦却会十倍、百倍地降临到他的亲人身上。果然,商业公司革委会把他定为"现行反革命分子",不仅开大会批判他的"畏罪自杀,无故杀人"的罪行,还抄了他的家。李晟辉当时才十九岁,他曾经赞成过父亲去冒认贪污,但当他看到父亲死得如此冤枉时,他连夜给 H 市革委会写了一封长信,为他父亲的问题申辩,并强烈要求市里马上派人来调查这个冤案。结果,他被当作搞翻案的"反革命孝子贤孙"揪上台批斗,不久,强令他去农村接受改造。他的母亲是个家庭妇女,从此,也受到了严厉的监督。在一家机械厂技校当教师的哥哥呢,则被调到厂里锅炉房烧大炉……

李晟辉到了农村之后,成了名副其实的"劣等公民"。他孤零零地住在知青集体户隔壁一间小茅屋里,这里原来是堆放柴火的。大队、生产队的头头除了批斗会、公审会叫他必须到场外,其余政治活动都不许他参加。并反复警告他不得乱说乱动。集体户里有几个知青常常当面侮辱他;在他的房门上、墙壁上写打油诗、画漫画讥讽他,他只好由他们去。对木雕的爱好,冲淡了他的痛苦和烦恼,否则,他真会被憋闷致死的!

如今,明明别人偷吃了鸡,却要他赔钱、写认罪书,他当然感到不胜冤屈。这时,许珊洁的声音又在他耳畔响起:"亏你还是个男子汉!"他顿时感到脸上发烫:"是的,我软弱,跟我父亲一样软弱。对此,我也恨自己,但,如果我的处境跟你一样,今天,就当场给你一个耳光!"可是,仔细想想,他又感到困惑了:她为什么反过来说这种话呢?

三

一转眼,冬天到了。这儿的山山水水、城镇、村落全都被雪封盖住,好一个银色的世界。

这天上午,李晟辉被大队革委会主任叫去,上山伐木。等到在主任院子里卸完木头,回到自己的小茅屋,已经是上灯的时候了。他听到集体户里蔡友在大声说话:"……光天化日之下，偷国家木料，坑害女青年。我写检举信，你们敢不敢签名……"他又累又乏，哪有心思再听下去，马马虎虎地吃了两个冷馒头，又往炕灶里塞了几根干柴，就上炕往被子里钻。谁料一掀被，"嗡——"一窝蜂从被子里飞了出来，他的脸上、脖上、手上被蜇得痛极了。他连奔带跳逃出了屋子。是谁这么缺德？把蜂窝放在人家的被子里！他顿时怒不可遏，对准隔壁集体户的门，一脚踢上去。门开了，几个知青有的叉腰，有的抱胸，忍住笑，站在里面。为首的一个带着嘲弄的口气问：

"你来干什么？又没人请你。"

李晟辉用力指了指自己的小茅屋，两眼喷着火：

"是谁放的？"

他感到喉干舌燥，心怦怦乱跳。他忽然想起了父亲的"小不忍，则乱大谋"的告诫。于是，有些后悔自己冒冒失失地闯了进来。

"放什么东西？"他们故作不解地问。

"放马屁精，放孬种！"在另一边洗脚的蔡友，冒出了这么一句话。于是，大家哄堂大笑。

骂得好刻毒啊！难道我是心甘情愿干那种"天晓得"的事的人吗？你们处在我的地位也会这样干的。想到这儿，李晟辉指着蔡友的鼻子喝道："你，你再说一遍！"他想，如果自己的老同学不再说什么，也就算了。

可蔡友偏偏不买账，把刚才说的又重复了一遍。这下，李晟辉再也忍耐不住，他拨开站在跟前的人，冲上去，使出浑身的力气，朝蔡友的胸口揍去。蔡友叫了一声"哎唷！"后，马上爬起来还手。旁边的几个知青喊着："打这个黑七类！打这个马屁精！打啊——"一拥而上。

等到李晟辉醒来时，他发现自己躺在自己的小茅屋里。稍一翻身，就疼痛难忍。好不容易摸到了头，那上面缠着厚厚的绷带。

"终于醒了……要喝水吗？"这是许珊洁的声音。他侧过头去，只见她放下他刻制的母亲的雕像，端来一碗水。他心里暗暗骂道："你来干什么？你这个跟他们一个鼻孔出气的女人！"

"欺侮弱者是不道德的！"她忿忿地说。随即从口袋里掏出两个小瓶子，"这是云南白药，吃了，伤会好的！"

李晟辉听了这温柔的话语，心里变得很委屈。他绝望地喊道："不，我不需要医治，我只需要死！……我为什么要活在这个世界上啊？！"

说着，眼泪从他乌青红肿的眼眶里流了出来。

许珊洁眼泪盈眶，微微俯下身子："别说傻话。你妈妈如果听到，会多难受？现在，她的安慰和希望都在你哥哥和你身上！……活下去，将来总有一天，你会快乐的，会赞美生活的！……只有懦夫，才会在碰到风浪时弃船投海，而不去化险为夷。"

李晟辉吞下了白药，喝下了滴入了她的眼泪的开水。

她看他吃完了药，微微一笑。然后，拿起那个木雕问：

"你雕刻的？"

她见李晟辉点了一下头，就满有把握地说："我知道你雕刻的是谁，你母亲，对吗？"

他有点吃惊："你怎么知道的？"

"因为……你最爱她。你每个月都要给她写信，一有钱就往家里寄……你干吗这么看人，难道我说得不对吗？"

李晟辉马上想起来了，跟她住在一起的那个徐红是队里的义务邮递员，怪不得，她消息这么灵通。

"你有一个好母亲，真是幸福啊！"她喃喃地说道。

李晟辉听了这话，心里很不是滋味，他立即想起了自己已故的父亲，她是在讽刺人吗？

他立即反唇相讥道："你不是也一样吗？而且，你有一个当官的好爸爸，当然更幸福咯！"

"不！在这个世界上，我没有亲人。"她的眼圈红了。

李晟辉万万没想到他会说出这种话，难道她的内心也蕴藏着巨大的痛苦？……他没有去追问。

她好像意识到了自己的唐突，抱歉地一笑："你看我，都说到哪儿去了……嗳，小李，你还有什么雕刻作品，拿出来给我欣赏欣赏好吗？"

李晟辉被她的热情感染了。他忍着身上的疼痛，把枕边一只小木箱递给她。她马上将它接住。等到她打开箱子，将一个个用手绢，布块包起来的木雕拿出来，仔细鉴赏时，他有些后悔了。对了，里面还有个维纳斯的半身像呢，她看了，会怎么想呢？……他感到自己的脸有些发烫。

"太精巧了！想不到你还会这么一手。"她显得又激动、又兴奋。

李晟辉听了，心里甜滋滋的："如果，你喜欢，我……也替你……雕一个。"他的心在怦怦直跳。

"嗯……"她有些羞怯了，不知怎么答复。

临走时，她说："原来，你并不像我所想象的那样……懦弱。不过，你今天确实做了一件触犯众人的事。”

她走了。屋里死一般的静寂。李晟辉在伤痛中反复咀嚼着她的话。哦,怪不得人家称她“女秀才”,果然说起话来文绉绉的,有时高深莫测。她临走时说的那句话,又是什么意思呢?……他又竭力回想她的面容:这是一张额头上长着一颗黑痣,端庄、慈善、有几分美的脸。好像在插队落户以前就见到过,否则,不会感到那么熟悉。但,这是可能的吗?……

四

三天之后,收工回村时,蔡友满心欢喜地接到许珊洁悄悄递给的一个小纸包。好,总算盼到回音了。他想马上打开看,但是周围都是人。躲开吧,不行,男子汉大丈夫做事可不能鬼鬼祟祟的。好吧,就到家里去看吧。他曾听到别人说过,当幸福来临时,你千万不要去抢、去夺,那样,幸福可能会逃走;你要让她走到你跟前,让她拥抱你,这样,你得到的幸福就更甜蜜、更长久。

回到家里,他放下了农具,跑到屋后。扯开信封,他念了起来。只见他的脸一阵白,一阵红。原来,信是这样写的:

蔡友同志:

正当我在考虑如何答复你寄给我的那些信时,你的英勇的行为,给了我莫大的启示。对此,我要感谢你,它使我避免了一次错误的抉择。过去,我一直认为你勇敢、坚强,有男子汉气魄。现在,才清楚,原来这一切都是用来对付弱者的,隐藏在这一切后面的,不过是残忍……对于盗窃国家木材以营私的头头,你敢碰吗?……你的九封信全在这儿,你自己去处理吧。我等着你的报复!

底下,连署名都没有。蔡友羞愧得无地自容,他猛地朝墙上擂了一拳,鲜血一滴、一滴渗进了洁白的雪地……

五

冬去春来。清明过后,天气开始转暖。这一天,村里所有的劳力都带着干粮,到离村十里外的熊瞎子湾搞农田基建去了。

真是天有不测之风云,早上天气还是好好的,这会儿,却忽然阴风怒号、沙土飞扬,天也很快暗了下来,眼看一场大雨将至。知青们想到晒在门前场地上的被褥,纷纷拔腿往回奔跑。生产队队长在后面一边跺脚，一边大声吼道："回来，都给我回来！他娘的，简直是无组织，无纪律！"

知青谁还有心思去理他，他们一个个像长跑运动员，争先恐后地直奔村子。

人们常说，山里的天气，一日三变。这话一点不假。他们才跑了一半路，天又放晴了，风和日丽，好像刚刚没发生过什么事。

老天真会捉弄人。现在反倒叫知青们为难起来，到底是回去干活？还是继续往村里跑？这时，绰号叫"鬼灵精"的那个小伙子提议：

"好马不吃回头草。干脆，咱们到镇上吃馆子去！去不去？谁不去，谁就是小狗！"

蔡友早就想到镇上去买几瓶烧酒了，他现在常常一个人喝闷酒。所以，他马上和大多数人一起表示赞成。几个心里不愿意去的，为了避免被众人嘲笑，也只好跟在他们屁股后面跑。

许珊洁望着这批小伙子远去的背影，感到又气又好笑。她一边往村里跑，一边在心里笑骂道："一批小孩子，糊涂虫！"

一进村，她远远看到晒在集体户屋前的被褥早就被收掉了。她心想：肯定是徐红干的，早上，她请假，说要上卫生院看病，大概还没去，或者去了之后已经回来了。

推开门，只见徐红躺在炕上。炕旁的一只痰盂里，吐得满满的，散发着一股难闻的味道。许珊洁皱了皱眉头，关切地问："小徐，大夫怎么说啊？开了点什么药？"

徐红的脸微微一红，眼眶里闪着泪花，她似笑非笑地说："我、我没有去卫生院。大概是吃了点脏东西，没关系，很快就会好的。"

许珊洁是个细心人。她感到徐红的神色不对。这些天来，徐红老往大队主任家走动，难道真会像人们传说的那样……她不敢想下去。作为一个姑娘家，对这类事，又怎么好刨根问底呢？她只是埋怨道：

"你身体不好，也不好好休息。咱俩的被子收了不算，还把男生的十几条被子收了进来，怪不得要累得呕吐！"

"男生的被子？"徐红眨巴眨巴眼睛，困惑地说，"我没动过啊。"

"外面一条被子都没有了，肯定是你收的。"

"真的不是我收的。"

"这就怪了……"

"对了！刚才，我在窗口看到一个人影，好像是李晟辉。"

"哦——"许珊洁明白过来了，"怪不得今天在农田里没有看到他。"

吃过午饭，许珊洁还是赶回干活地点。傍晚收工回来，那批吃得醉醺醺的酒徒也刚到家不久，只见他们一个个都在忙着收被褥，许珊洁立刻感到惊讶万分：被子不是早收掉了嘛，是谁又把它们重新晒出来的？大概又是李晟辉。可他为什么要这么做呢？是怕被子没晒透？还是……还是怕他们知道，他曾经帮他们收过被子？……看来是怕他们知道，他曾经帮过他们忙！唉，这个苦命人，每走一步，都要往回看三次。有一颗善良的心，但是，为了保持自己的最后一点尊严，又绝对不能让人家晓得。许珊洁立刻觉得自己过去看不起他，甚至为了私事有些恨他，是很不应该的。他是值得自己尊敬和接近的人……想到"接近"男青年，许珊洁的脸"唰"地一下红了起来。她噘嘴一笑，责备自己："傻丫头，看你都想到哪儿去了？"

六

五一节这天，全体知青和贫下中农代表都到公社里去了。在那儿，他们将参加表扬活学活用积极分子大会。会后，还将领到一份"忆苦思甜"饭。李晟辉和村里的四十几个"牛鬼"一样，照例是没有资格享受这种献忠心，吃糠菜的政治权利的。他偷偷溜出了村子，在这万物苏醒、芳馨扑鼻的季节里，想让他规规矩矩地呆在沉闷的屋里，办不到！

他爬上了村子附近的白云山，在森林边缘的一块空地上坐了下来。从这里，透过树林，可以眺望远处烟霞缭绕的群山、森林，可以谛听溪泉的琤琮鸣响和百鸟的啁啾歌唱。太阳透过白云，照射在葱葱郁郁的参天古松上，照射在它们根部那块由苔藓、青草、野花、蘑菇组织的绿地毯上。李晟辉在这块散发着清馨的地毯上躺了下来。自从插队以来，他的心情这么舒畅还是第一次。他想大声歌唱，可是唱什么呢？在他的生活里，有什么值得歌唱的呢？歌，唱给谁听呢？……他的好心境很快被这些问题搅乱了。无限的凄凉又涌上了他的心头，他不由自主地唱起这样一支俄罗斯老歌：

冰雪遮盖着伏尔加河，

冰河上跑着三套车。

有人在唱着忧郁的歌，

唱歌的是那赶车人

……

唱着，唱着，泪水模糊了他的双眼。父亲、母亲、哥哥又出现在脑海里……

突然，他听到身旁好像有人在哭泣。扭头一看，原来是许珊洁。她正在用洁白的手绢抹泪。在她的脚边，是一只装着蘑菇的塑料袋。他连忙站起身：

“小许，你没去开会？”

她点点头，从衣袋里掏出一本红塑料封面的《毛主席语录》。

“小蔡叫我带给你的。刚才群众专政队来找你，他打了个过门，说你跟他讲过，到镇上请宝书去了。实际上，他看见你上山的……”

“请你转告他，我不需要他的帮助!”李晟辉脸上的肌肉在抽搐，镜片后的那对眼睛怪怕人的。

“那你就准备挨批吧……你真会记仇。你以为上次都是你对吗？你先动手打了他……”

“请不要说了!”他打断了她的话，“我早就知道你跟他们是一鼻孔出气。去报告我偷鸡的，不就是你吗？两年多来，他们侮辱我，捉弄我，偷了东西，栽赃在我头上，一直发展到上次把蜂窝塞在我的被子里，几个人殴打我一个！可你还说是我错了。哼，你究竟在里面起什么作用？难道我是一块任人锯割的木头？难道我不是人？”

他越说越激动。但他看到她睁大眼睛，惊奇地看着自己时，他不再说下去了。

起风了，白云在奔驰，松树在吟啸，林荫深处，倏忽变化的光与影造成了不可捉摸的意境。

“说呀，说下去，”许珊洁的神情很严肃。见他不言语，她才说：“你知道，你上次为大队主任伐的木料是派什么用场的？是他用来给儿子打制家具的。他那个哑巴儿子要娶徐红了……”

李晟辉听了大吃一惊：那个跟许珊洁住在一起的女知青徐红，怎么会愿意嫁给一个小哑巴？

“她，为了能被县办的工厂招去……”许珊洁怀着怒火回答了他的问题。“而且，那个哑巴怕徐红反悔，已经将她……那个了。所以，你起劲地帮他们家偷木料，大家会不恨你吗？你说别人欺负你，我想一半责任在你自己身上。你一反抗，不是没有人再敢欺负你了？其实，那蜂窝又不是蔡友放的。事后，他见你吃了亏，心里也很懊悔。他跟我说，希望你能原谅他……”

李晟辉还有什么可以说的？他静静地听着。

“偷鸡的事……我是仇恨偷人家东西的人的，尤其是乘人之危。你要记仇，只好由你。”

“为什么我要记你的仇呢？”他喃喃地说道。太阳快升到正南方了。李晟辉开始为这位灵魂洁白无邪的姑娘着急。他用命令式的口吻说：“你快离开这儿吧！让人看见，对你很不利!”

“你要走,你先走好了!”她气呼呼地说完,就蹲下身子,摘起蘑菇来。

这时,他的青春热血也开始沸腾起来。他早已暗暗地爱上了她。他常常偷偷地观察她的脸部和身体的每一处特征。他打算发挥自己的全部水平,刻制一尊她的半身像,赠送给她,以表示自己的爱慕之情,可是,他又一直认为自己是没有资格去爱一位成分好的姑娘的。这两种矛盾的思想,最近一直困扰着他,使他发狂,使他颓唐。有时,正当他在设想如何找到机会,向她吐露衷肠时,头脑里马上响起另一个威严的声音:“停止你的胡思乱想吧,不想想自己的处境!”于是,一切作罢,生活又像老牛拖的水车轮子那样,慢吞吞地、乏味地照常转动。现在,高涨的感情像一阵狂风,吹得他的心在发颤。他犹豫再三,终于鼓足勇气,激动地握住了她的手:

“小许,我,深深地……感激你!”

唉,这个可怜的小伙子,他本来想说的,不是这三个字啊。莫非第一次爱情的表白都像是没有曝光启用的胶卷,一拉出来见了光,就变色了。

她的眼睛一下子变得异常明亮,盯住他的眼睛看了好一阵。然后,抽回了自己的手。

“我不知道,我曾经多么恨你,我们两家是冤家对头!”

“啊,这不可能。我和我家的人,从未损害过你呀。”

“你父亲跳楼压死的,就是我的亲弟弟!”她顿时捂住脸抽泣起来,“我的父亲,你一定认识,就是那个许友发。”

“天哪,竟有这样的事!”他用手捶着自己的胸口。这太离奇了,他惊呆了。噢,怪不得她的脸跟许友发那么像。

原来,许珊洁六岁时,她的母亲不幸死于一次医疗事故。几个月后,她的父亲就续了弦。俗话说:“有后母就必有后父。”果然,后母拖了自己的两个“油瓶”进许家门不久,许友发对她和弟弟的态度逐渐粗暴、恶劣起来。她和弟弟开始吃不饱,穿不暖,还常常遭打骂。那天,弟弟因为“偷”吃了碗橱里放着的食糖,被后母发现,就不准他吃饭。他饿得实在受不了,只好到父亲那儿去讨钱买饭吃。没想到竟飞来横祸,被李晟辉的父亲压死在马路上。事情就是这样的奇特:在此后的一个月中,许友发乘坐小汽车在游览名胜时,因翻车摔断了腿;他的手表也在住院期间被窃;出院后没几天,又因急性阑尾炎发作,重新入院动手术。他惊恐地对家里人说:“那个自杀的李老头的鬼魂附在他的身上了。早知如此,当初真不该把他往绝路上逼啊!”

不知什么时候,太阳藏到了乌云背后,那翻滚着的乌云,活像一头头面目狰狞的吃人猛兽在空中攒动。

此刻,他们的心中是苦?是辣?还是别的什么滋味?连他们自己都分辨不清。是啊,生活太复杂了,它对每个人都是一个深不可测的幽潭。

李晟辉擦干眼泪,猛然握住了她的手:“我们都是不幸的人,让我们建立……友谊吧!”

她哭着把头倚在他的肩上,然后,情感的火山突然迸发,如飓风,如岩浆……

从此,李晟辉好像成了世界上最强壮的人,感到浑身有使不完的劲。他只干了两个通宵,就把一尊许珊洁的黄杨木半身雕像刻制完毕。这尊雕像确实制作得惟妙惟肖:一看雕像前额上的那颗痣和那对温柔、慈善的眼睛,就立刻猜得出雕刻的是谁。李晟辉反复审看后,感到很满意。他高兴地亲吻了一下雕像,然后用一块洁白的手绢将它包好。他感到,还应该写一封信抒发自己的激情。于是,他让自己的火热的情感指引着钢笔尖在白纸上流畅地前进……

他们相爱了,考虑到自己的处境和两个人的前途,李晟辉执意要使他们的爱情成为一个秘密。许珊洁带着痛苦的心情,勉强同意了他的这个主张。是啊,作为一个女孩子,当她一旦和某个小伙子确立了爱情,那么,她是不愿意让这种关系保密的。这时候,她的羞怯的消逝之快和勇气的增加之迅速,甚至连她自己都不敢相信。但是出于对李晟辉的理解、对他人格的信赖,她同意了他的安排。集体户中,只有蔡友知道此事。其他几个小伙子,由于不知道底细。还在为取得许珊洁的青睐竞争呢。自然,他们都失败了。

蔡友从许珊洁那儿,得知她已经跟李晟辉相爱,就以赎罪的心情,自愿帮助他俩传递信息,并保守秘密。可是后来,知青们还是看出了其中的奥妙,他们把蔡友的名字故意倒过来叫,就这样他得到了“邮差”的绰号。

七

光阴似箭,七个寒暑很快就过去了。在这七年里,集体户的知青有的上大学,有的参军,有的进厂,剩下的人越来越少了。与此同时,公社、大队、生产队中,有些有实权的官,腰包里的钱、柜中的名酒、好烟、新衣……不断地在增多。许珊洁虽然没钱敬“佛”,但她有文化,所以,也被抽上去,当了县里中学的教员。她的父亲许友发几次想把她调回H市,但都被妻子坚决阻止。许珊洁对此根本不在乎。她的心现在是充实的。她在学校里一有空就写信给李晟辉,并且,差不多,每个星期天都要回村里看望他。她给他带来编织好的毛线衣、乡下不大容易吃到的荤菜,和纯真、炽热的爱。眼下,村里没有轮到上调的知青,除了李晟辉外，就是蔡友。李晟辉知道自己走不了，就定下心来学做木匠活。这当然遭到许珊洁的反对，她劝他进一步发展自己在雕刻上的特长，争取在这方面有所建树；另外，再学习一些文化知识。她说，她可以利用在职业上的方便，帮他借这方面的书籍。但是，李晟辉不同意她的意见。他说："现在搞文艺、科学的那些人的处境，是众所周知的。我不能让已经哭瞎了眼的母亲，再为我多操一份心思……"

至于蔡友之所以没有离开集体户，那是因为他曾写信到省里，揭露了所在的公社三级干部的许多丑事。这些人认为：既然他这么一本正经，那么就对他公事公办，决不让他上调，谁叫他多管闲事呢！

出乎人们的预料，李晟辉和蔡友成了一对好朋友，他们现在住在一起。戴着眼镜的李晟辉抡起了木匠斧子，样子像是"大老粗"的蔡友，却老是拿着书。不过，他看的是小说。据他说，是用来消遣解闷的。

1976 年 10 月，这儿雪已经下了好几回了。"四人帮"倒台的好消息，就如同雪花一样，飘进了千家万户的门窗。

事实总会升起在人们的眼前，即使全世界的泥土压住它也是枉然。过了一年半后，李晟辉父亲的冤案终于平反。那个许友发被撤销了一切职务，下放劳动。H 市商业公司党委决定让李晟辉回城，顶替他父亲原来的工作。

就这样，一对情人在长白山下，依依不舍地分离了。临别时，许珊洁把包着她的雕像的手绢放在他的手里，哽咽道："希望你永远记住她……"他听了，心都快碎了！

他赠给许珊洁的是：自己亲手做的两只放衣服的木箱子和一张写字台。给蔡友的礼物是一只床边柜。

八

三个月之后，蔡友也病退回到 H 市。他马上找到李晟辉，告诉他，现在许珊洁心情很抑郁，经常生病，人也瘦了下来。他大声问道：

"你们之间，到底发生了什么事？"

这时，李晟辉眼睛湿润了，难过地低下了头。他从抽屉里拿出一封信递给蔡友。

这封信的信笺已经捏得很皱，用纯蓝墨水写的字，好多处已化开。大概是掉上去的眼泪所致吧。上面有几段文字，特别使蔡友感动不已：

……亲爱的辉，这是我最后一次这样亲昵地叫你！——就让我们的爱情降格为友谊吧，就按你母亲的心愿办吧。确实，爱情的目的，不是为了使一个极需要照顾的双目失明的老人无依无靠，也不是为了使她倍受摧残的心灵再刺上一刀。……我饱尝了失去母亲的痛苦，因此，我更不该为了自己，而使一对相依为命的母子产生裂痕。不要说我们分处两地、相隔千里，单让她老人家知道我是谁时，结果就可以想象得到的，会是多么可怕！……你将来结婚后，如果能够，请寄一张你们的照片给我，好让我留作纪念……

蔡友感到自己好像在仰视巍峨的万里长城，他终于完全认识了一颗伟大的灵魂！

李晟辉把家里的情况告诉了蔡友：三年前，哥哥结婚了。嫂嫂是市郊的农民。他们的家也安在那里。当时，像哥哥这样一个反革命子弟，能找到一个农村姑娘已很不容易，嫂嫂生了孩子后，常常生病。哥哥又要照顾妻子，又要照顾孩子，哪儿还顾得上回家照顾老母。所以，当李晟辉回到家里，母亲高兴得嘴都合不拢。她的眼睛早已瞎了，只能用手在他身上抚摸。她反复叮咛，叫他快些在市区找个对象结婚。一来，好了结做娘的心事，二来，在生活上，也好得到照顾。她叫儿子仔仔细细地看看自己的母亲。啊，在她老人家的额上，颧骨上，还留着好几处伤疤，那一定是撞在什么东西上造成的。她的手上也有多处伤疤，最令人吃惊的是，她的左手食指少了一小截，难道是在家做饭时被自己的菜刀切掉的吗？……想到母亲这些年来受尽了人间的苦楚，李晟辉扑在她的怀里，叫了声："妈妈——"痛哭起来。

过了几天，母亲听自己的小儿子说，在东北农村已经有了女朋友，她又急，又气，心脏病复发了。李晟辉端去药，她坚决不吃。她淌着辛酸的眼泪，虚弱的声音里充满着绝望："好不容易盼到了你回来，结果，还是一场空！……你们都远走高飞吧，我这个瞎眼老婆子活在世上也没什么意思了，无依无靠，不如死了好！唉——养儿子，养儿子，养大了，又有什么用场？"

李晟辉早已哭成一个泪人，他跪在母亲床前，请求她的宽恕，并答应去说服乡下的女朋友，中断以往的爱情。

但是，当他真的要提笔写这封信时，他又感到伤痛欲绝，难以落笔了。在母亲的再三催促下，他终于将发生的情况告诉了许珊洁……

蔡友听到这里，瞪起他那对虎眼，吼道："你就心甘情愿跟她吹了？"

"最好，她能马上调回本市……我想等她一年。"

"一年后，如果她还回不来呢？或者，你母亲催你。到那时，你准备怎么办？"

"那……"李晟辉用中指抵了抵镜框，不知如何对答。

“你啊，还是老毛病……”蔡友不说下去了。沉默了好一阵，才感慨地说：“也许，你是对的。但我总觉得，你的损失太大了，实在是太大了！”

九

今年元旦，李晟辉结婚了。这次婚姻，可以说是速成的。从介绍两人相互认识，到举行婚礼，前后不满半年。

新娘子名叫董芝华，就住在李晟辉家附近。她是一个面容如花似月，身材袅娜纤巧的姑娘。按她的模样，应该去当演员，而不应该在煤球店里工作。她曾经为了她那不称心的工作，以及那个别人给取的“煤球西施”的绰号哭过好几回。幸好，她的美给她安慰，使她骄傲。否则，她真要愁死了。她每天都要在镜子前花个把钟头去装饰、欣赏自己的美，顺便模仿电影里女明星的各种美态、姿势。为了使自己十全十美，她忍耐着剧痛，让牙医把她那交叠在一块儿，有碍观瞻的两颗门牙拔掉，而装上洁白的假牙。这就结束了她的有意识抿嘴而笑的历史。如果不是工作单位差劲，她是决不会嫁给李晟辉的！

而李晟辉呢，每次跟她在一起，心里就有一种难以形容的滋味，好像自己在犯罪，又好像自己和一个仙女呆在一起。他的头脑开始有点昏昏然了。为了满足她的各种需要，这个插队十年，一贫如洗的人，不得不借了一千多元的债。她嫌他做的家具太土气，好，他就将它们卖了，重购一套；她说要个电视机，他就又去借钱，买了一架。只要母亲赞成，他还有什么怨言呢？李晟辉感到，现在自己仿佛在荡秋千，心里既有强刺激带来的快感，又有一种灾祸降临的危险感。

结婚那天，新娘子因为李晟辉没有兑现送给她一条项链的诺言，大为光火，横竖不肯跨上接她的小轿车。李晟辉当时真想一走了事，从此再也不要见这种女子。但想到母亲，他忍耐了下来。李晟辉是带着极为矛盾的心情进入“蜜月”的：当他和董芝华走在一起，到处受到男女老少投来的羡慕眼光时，他感到自豪，当他在洞房里，看着她的千媚百态，他又觉得心满意足；可是，一想到千里之外，孤苦伶仃的许珊洁时，他的心全凉了，开始感到疼痛、内疚。使他不快的事情，接二连三地发生了。进门才几天，董芝华就提出要另开炉灶，她嫌婆婆脏；可当她每天把换下来的衣服，扔给老人家洗时，却又不嫌婆婆脏了；她不相信李晟辉关于借债的说法，认为这不过是一种束缚她手脚的花招；她把他身上的钱搜个精光，并规定，以后拿了工资，必须如数交给她，由她做出安排。她说，不采取这样的措施，那么什么“亚米格”手表、两喇叭录音机、落地风扇从哪儿来呢？最要紧的是，她必须在衣着的时髦上，击败附近所有的对手。每天下班后，她一躺上沙发，就不想起来，要李晟辉操持一切……母亲又开始唉声叹气起来，是在埋怨媳妇？还是在埋怨自己呢？李晟辉的心更是愁苦萦绕。为了这些事，他多次说理给董芝华听。可是，她一点都不愿意听，不是扔枕头来堵他的嘴，就是摔杯碟来表示抗议。如果责怪她几句，她马上大吵大闹，赌气回娘家去。他只好向她赔礼道歉，然后才算完事。在她面前，他好像一道黄沙筑的堤坝，一冲即垮。他既恨她，又怕她……蜜月，原来并不是属于每对新婚夫妇的。

他开始失神苦思：他跟董芝华之间，究竟缺少了什么？……每当这种时候，他总是回想起长白山下那段美好的恋爱史，他的心灵顿时得到片刻的安宁。但，随之而来的却是无限的悔恨……

十

雪，还在下。夜，静极了，偶尔才听到远处传来的一两下汽车喇叭声。

李晟辉、许珊洁和蔡友仍在马路上并肩走着。许珊洁关切地问：

“小李，以后，你准备怎么办？”

“唉——”他叹了一口气，“只好做一天和尚撞一天钟了。”

“既然如此，你就不该来这儿。”一直缄默不语的蔡友开了口。

“我也不知道为什么那么强烈地想来。”

“小李，我说你实际上不懂得爱情。你叫我陪你，为的什么？为了对姓董的忠诚，可她会领情吗？依我看，为了你自己和你母亲，干脆，跟她一刀两断。”蔡友又瞪起了他那对虎眼。

“已经不可能了，”李晟辉又叹了一口气，“她已经有了。而且，我还背着一身债，不能想入非非了……现在，我唯一的希望就是：假使小许还没有男朋友，请允许我……”

她脸上微微泛红，打断了他的话：“不必了……如果我的木雕像带来的话，希望能够给我。”

刹那间，李晟辉觉得自己心灵中仅有的最美好、最光明的东西就要失去了，身上一阵阵发热。但马上又冷静了下来，他知道得很清楚：一切，都无可挽回了！他双手捧着用洁白的手绢包着的木雕像，来到许珊洁面前。

“等一等，”蔡友不知哪来那么大的勇气，他一把夺过木雕像，满脸通红地对许珊洁说：“让我将它珍藏起来，好吗？”

她身子微微一震，随后羞赧地低下头不语。

……

雪，下得更大了，像一朵朵棉花撒落下来。天和地成了白茫茫的一片。然而，这雪能填平每一道车辙，每一个脚印吗？它，能结成坚硬的、水晶般的冰吗？

1977 年 6 月

剧作集

·八场大型现代沪剧·

女人的眼睛*

人物表:

秦大钟——35岁,男,盲人。眼明时,是推拿保健医生。双目失明后,离开医院进福利工厂;后办推拿诊疗所复业

美　芳——31岁,女,秦大钟之妻,原为盲人,手术后复明

赵书记——36岁,男,街道党工委书记

月　琴——30岁,女,美芳小姐妹

小　芳——13岁,秦大钟之女

许　燕——30岁,女,美芳小姐妹,PP公司女秘书

吴　天——46岁,男,PP公司老板

吴　太——43岁,女,吴天之妻,侨居泰国

老　伯——61岁,男,里弄值勤员

第一场　小　别

【时间:20世纪90年代某秋日。

【地点:上海一户普通人家秦大钟的家里。

【布景:由于秦大钟和妻子美芳都是盲人,生活贫困,所以,他们的家具七拼八凑,十分陈旧、简陋。为了便于盲人读时,电钟是没有玻璃罩的,指针是裸露的。

---

* 本剧创作于1998年初,1998年5月完稿。1998年9月起由上海长宁沪剧团首演于上海,导演为著名表演艺术家杜冶秋先生。共公演150多场。1999年12月10日由中央电视台向全国直播。2000年获全国电视戏剧展播金奖。

【幕启，秦大钟在触摸电钟。

大钟　嗯，时间还早。

【小芳从外上。

小芳　（递给大钟大饼、油条）爸爸，妈妈的点心买来了！

大钟　（触摸点心后）小芳，你怎么买这个点心？

小芳　妈妈平时不是一直吃大饼、油条的吗？

大钟　今朝妈妈去动手术，要让她吃得好一点的！

小芳　我倒没有想到，那怎么办呢？

大钟　小芳，这样，昨天，月琴阿姨送给你一只奶油蛋糕，等一会拿给你妈妈吃。

小芳　好的，在冰箱里，我去拿。

大钟　轻一点，不要把妈妈吵醒，尽量让她多睡一会。

小芳　爸爸，妈妈的眼睛做了手术以后，过两天真的看得见我们啦?!

大钟　那当然咯，中美合资的医院，要两万元呢！

小芳　爸爸，人家都说，以前，妈妈眼睛亮的时候，比现在还要漂亮呢！

大钟　听说，那时追求她的人还很多呢。

小芳　那，妈妈怎么会和你结婚的呢？

大钟　后来，你妈妈出了工伤，眼睛瞎了，是隔壁王家姆妈介绍，我们就结婚了。

小芳　爸爸，你蛮好和妈妈一道去动手术的，这样我们一家人不是都看得见了吗？

大钟　爸爸不是早就对你说了吗，爸爸的眼睛，病根太深了，已经没有办法再挽回了！我们现在先把你妈妈的眼睛看好，你呢，也把书读好，我们一家人的生活就会越过越好！

小芳　爸爸，你放心，我一定好好读书，争取考第一名。

【美芳从里屋出。

美芳　时间不早了，你怎么还不去上学？

小芳　妈妈，你起来了。来，快坐，我去拿奶油蛋糕给你吃。（奔下）

美芳　啥个奶油蛋糕？

大钟　（关切地）美芳，你起来了。

美芳　起来了。

【小芳托着蛋糕上。

小芳　妈妈，给你。

美芳　这个是月琴阿姨给你吃的。

小芳　妈妈,爸爸讲,今朝,你要去动手术,要补补营养!

美芳　那你吃啥?

小芳　我吃大饼油条,妈妈!

（唱）祝妈妈,手术顺利又称心,
尽快出院报喜讯。
我和爸爸在家等,
等你眼亮见光明!

美芳　小芳,时间不早了,快读书去,不要迟到!（无限爱抚地把小芳搂在怀里）

大钟　小芳,路上当心点!

小芳　晓得了,爸爸、妈妈,我走了。（背起书包下）

大钟　美芳,昨天晚上你睡着吗?

美芳　我怎么睡得着呢?

大钟　不瞒你说,我一夜没睡着!

美芳　听到你翻过来翻过去的声音,我晓得你没有睡好!

大钟　美芳。

（唱）我也盲,你也盲。
唯有小芳眼亮堂;
我与你,把她当作亲生女,
孝顺聪明多欢畅。
倘若你这一次手术能成功,
又亮了你美芳的眼一双。
从今后,我们这个小家庭,
快乐温馨更风光。
我越思越想越开心,
迎来了曙光初照就起了床。

美芳　（唱）你是越想越开心,
我是越想越彷徨。
两万元,不寻常,
你为我东借西凑日夜忙。

何况我现在又下了岗，

这千斤重担压在你身上。

倒不如，借来的钞票去还人家，

自家的积蓄存银行。

大钟　(惊讶)啊？你不做复明手术了?!

美芳　不做了！我不是不想去做，可是想到这笔钞票，我真有点舍不得！

大钟　(急了)美芳！

(唱)　只要你双目复明见天光，

我再大的费用也承当。

你下岗还可再就业，

何况你眼亮就业路更广。

美芳啊，眼亮总比眼盲好，

你安心治疗休彷徨。

【月琴推门进来，上。

月琴　大钟，美芳准备好了吗？

美芳　我全准备好了，不过我早饭还没吃。

大钟　月琴，美芳早饭还没吃呢！(摸到蛋糕盒，递给美芳)

月琴　没关系，那就带去，反正到了医院，也要等很长时间的。

美芳　那我带着。

大钟　(大钟又递上一个旅行袋)你的生活用品，我已经全部放在这只包里了。

月琴　(赞赏)这种老公还有什么话说！(一把接过旅行袋，拿过蛋糕盒)大钟，我来拿。

大钟　月琴，拜托你了！

月琴　你放心好了。美芳，那我们走。

美芳　月琴，就这样走了？

月琴　(疑惑地)还有啥不放心的？

美芳　(感激地对大钟)大钟，你待我这样好，我不知哪能报答你?！……

大钟　一家人讲两家话了，去吧！

美芳　(难舍地)那我走了。大钟，我不在家，你自己要当心噢，小芳要照顾好！

大钟　你放心，小芳我会照顾好的！

美芳　小芳的头发，会梳吗？

大钟　美芳你忘记了，小芳原来梳小辫子的，现在是童花头，方便的。

美芳　看我忘记了。噢，大钟……

月琴　（嗔怪）又要大钟了！美芳，你到底有多少话要对大钟讲，索性统统讲讲清楚！

美芳　不是的，我讲，他走路不太方便，就不要再送了。

月琴　他没有跨出门口，现在你放心了吧，我们走吧。

美芳　好，走吧。

大钟　月琴，拜托你了！

月琴　别客气了！

【月琴拉着美芳就走。二人下。

大钟　再会——

（唱）　送爱妻，祝爱妻，

祝爱妻双目复明见天地。

人人都夸她美人貌，

可惜她不能对镜欣赏自容颜。

作为丈夫要拨亮爱妻一双眼，

为的是，明天的生活更美丽。

【赵书记扶着佩红袖章的老伯上。

书记　（亲切而焦急地）大钟兄弟，大钟兄弟……（对身边的老伯）李大伯，你当心。

大钟　（灵敏地）赵书记！

书记　李大伯在苏州河边值巡，被脚踏车撞倒了，腰也直不起来了！

老伯　（痛得直不起腰、走不得路）啊哟！……

大钟　快请他坐下来！

【赵书记将其扶进门，让老伯坐定。大钟上去拿捏诊断。

大钟　李大伯，伤在这里是吗？

老伯　嗯，嗯……

大钟　我开始了……（开始推拿）李大伯，让我试试看噢！

【大钟在其全身的几个穴位推拿了几下，老伯在大钟推拿下由苦脸转为笑脸。

老伯　（惊喜地）咦？好站起来了！大钟先生，你的推拿怎么这么好呀！

书记　（松了口气，向大钟跷起了大拇指）大钟，果然名不虚传，你真有一手啊！

大钟　可惜，没有用武之地啊！

【收光，落幕。

第二场　复　明

【半月后，出院回家途中。

【幕启。秦小芳拎着旅行包欢跳地上。

小芳　（唱）　妈妈出院眼睛亮，
东看西望喜洋洋。
已经走了老半天，
还在途中久徜徉。

（白）　妈妈，快走呀！

【月琴陪美芳上，美芳侧过身去用化妆镜照脸自赏。

美芳　（唱）　我双目复明映秋水，
秋水盈盈闪春晖；
我脸如三月桃花面，
眉是丹凤朝阳眉。
我从前眼盲不照镜，
不知道自己容貌美；
今朝眼亮看不够，
越看越迷越陶醉！

小芳　哎哟，妈妈不要再照镜子了，爸爸在家里一定等了急死了，我们还是快点回去吧！

月琴　小芳，你妈妈已经十几年没看到这么好的风光，你就让她多看看吧！

小芳　（抱怨）看风光，看风光，好好好，那我先回去，给爸爸报个讯。你们马上就回来！（下）

美芳　月琴啊，我今朝终于又看见自己了。另外，四周这十几年的变化怎么会是这么大啊？

（唱）　一座座高楼冲云天，
一家家商店开生面；
我一边走来一边看，
一个个男人向我展笑脸。
一双双男人的眼睛多可怕……

月琴　怕点啥?

美芳　(唱)　盯住我,又顾盼来又流连。

　　(白)　我真有点不习惯!……

月琴　你不去看他们就是了!

【花枝招展的许燕陪西装笔挺的吴天迎面而上。

许燕　哎,这不是美芳吗?

美芳　你是?……

许燕　我是许燕呀。

美芳　许燕?(打量)啊呀,原来你就是同我一起工作、一起下岗的许燕啊!许燕,我今朝总算看到你了!

许燕　美芳,你眼睛亮了,手术成功了,更加漂亮了!

美芳　(得意地,转而又有点不好意思)你瞎说点啥,你才年轻漂亮呢!

许燕　我来介绍一下。这位是我们PP公司的老板,吴天先生;这位是我小姊妹,美芳小姐。

吴天　(惊艳着迷地伸出手去)美芳小姐,萍水相逢,十分荣幸!

美芳　(腼腆地伸出手去)你好。(与他握手后又立刻把手抽回)许燕,你找到工作,重新上岗,真要祝贺你!

许燕　我是运气好啊!

　　(唱)　现在是下岗容易就业难,

　　　　幸亏我碰到这位大老板。

　　　　他聘我给他当秘书,

　　　　月薪奖金三千三。

　　　　以后公司生意好,

　　　　待遇提高决不来亏待!

　　　　我收入还要往上翻。

　　　　美芳啊,我时来运转推不开,

　　　　你现在不找工作哪能办?

美芳　(叹气)唉,就靠大钟一个人在街道福利工厂工作,我也不晓得哪能办?……

吴天　(殷勤地)美芳小姐!

　　(唱)　凭我与你初见面,

你重新上岗也不难。

如果你愿意到我公司来，

月薪奖金也不推板。

何况你又是许燕的小姊妹，

待遇等同不亏待！

美芳 （惊喜过望）吴老板，这是真的吗？

吴天 当然是真的！（掏出名片）美芳小姐！

（唱） 我有心，你有意，

你来我聘事好办。

请你收下我名片……

你就凭着这张名片，

我明天等你来上班！

美芳 （接过名片，感激不已）谢谢，谢谢！……

吴天 （大方地）小事一桩。我们还要去谈一笔大生意。许燕，我们走。

美芳 吴老板，再见。

吴天 我希望明天见！（与许燕扬长而去，下）

美芳 （激动地）月琴！

（唱） 我眼睛一亮面面开，

清风明月入我怀。

大老板的名片多难得，

半路之上会送上来。

月琴啊，明天我能进公司，

好运气今朝落到我身上来。

月琴 美芳，难道天下真会有这样意外的好事吗？

美芳 这样意外的好事偏让我碰到了！

月琴 这么说你真的要去啰？

美芳 有这么好的机会，我为什么不去呢？以前我是盲人，叫没办法，害得大钟，为了我，为了这个家庭，不知道吃了多少苦，受了多少累！今天我眼睛亮了，应该要报答他！

月琴 你这个想法倒也对的。

美芳 月琴，你想呀，现在小孩的读书费用也越来越贵了，光靠大钟一个人，这怎么行呢?!

现在有这么好的机会,我真想去试试。

月琴　你这个出发点倒是对的,可现在的社会很复杂的。

美芳　啊呀,我又不是小孩。

月琴　你又不是小孩子。你不要忘记,十多年前,你眼睛好的时候,追求你的人不要太多噢!

美芳　看你瞎说点什么,大钟等了急死了,我们快走吧!

月琴　对对对,快走吧!

美芳　走!

月琴　(若有所思地)美芳,名片,名片……

【二人齐下。

【收光,闭幕。

第三场　起　变

【秦大钟家。紧接前场。

【幕启。秦大钟等急了,放下手捧的一束鲜花,去摸电子钟。

大钟　(唱)　清早起来买鲜花,

欢迎我妻小芳妈。

时间已过十一点,

为啥她还不回家?

【小芳从外上。

小芳　爸爸,妈妈眼睛真的亮了!

大钟　是吗?好!好!

小芳　现在在路上,我到弄堂口去等。你再去休息一歇。

【大钟进里屋,下。小芳刚要出门,赵书记由外上。

小芳　赵书记,我妈妈的眼睛真的亮了。

书记　(惊喜)真的?

小芳　现在大概快到弄堂口了,我去等她。

书记　好好,小芳,你爸爸在吗?

小芳　在里面,你进来好了。

【大钟从里屋上。小芳下。

大钟　是赵书记?

书记　大钟,你好。哟,买这么多鲜花! 大钟,美芳要回来了吧?

大钟　是啊,我正在等她呢! 赵书记,李大伯的腰好点了吗?

书记　被你这位推拿高手一推拿,早就好了!

书记　大钟,美芳眼睛能够复明,是一大喜讯,今朝我还要告诉你一个喜讯!

大钟　啥个喜讯?

书记　我今天来,想请你出山!

大钟　请我出山?

书记　对,你不是经常埋怨自己没有用武之地吗?

大钟　赵书记,这个是讲讲罢了!

书记　(唱)　你练就一手推拿功,
为人除病在里弄。
先进事迹虽有传,
范围有限未成风。

(白)　你原来不就是一位推拿保健医生吗?

大钟　赵书记,那是很早以前的事了,现在我早已离开了医院,全忘记了。

书记　可是你功夫还在啊!

书记　(唱)　能不能办个推拿诊疗所,
面向社会为大众?
你身怀绝技难为用,
今逢改革求变通。
推拿所,办起来,
你发挥特长乐无穷。
美芳她,也在所里再上岗,
你夫唱妇随苦乐共。
大钟啊,我代表街道委托你,
请你出山见行动!

大钟　(唱)　书记啊,听你刚才一番话,
我越听心里越激动。

好比久渴的禾苗遇甘霖，

化雨的春风吹满胸。

书记 你都答应了？

大钟 （唱） 就是……我为了美芳眼复明，

全部积蓄都用空；

一时难筹开办费，

手头无钱难启动。

书记 这好解决，我们街道帮助你与银行签订贷款合同，马上就可启动！

大钟 那好，我就出山！

书记 大钟，明天上午9点钟，我派车子来接你，你到街道办事处来开会。研究这个事情。再见！

大钟 再见……

【赵书记与大钟握完手下。大钟激动不已。

大钟 （唱） 没想到我在患难中，

赵书记送来一阵风。

这真是，峰回路转见大道，

我重操旧业立新功！

（白） 我要做老本行了！

【小芳奔上。

小芳 爸爸，妈妈真的回来了！

【美芳由月琴陪同而上。

【大钟捧着鲜花站在门口等候。

美芳 这个就是我的家？（见到大钟，误会地）这位爷叔，你是来寻大钟的吧，里面请坐。

【大钟、小芳和月琴都顿觉惊讶。美芳进屋，看到墙上的钟。

美芳 这个钟，我摸了好多年，今朝终于看到了。咦？月琴，大钟呢？他不是晓得我今朝要回来的吗？怎么没看见他人。小芳，爸爸呢？

【大钟、小芳和月琴更觉惊讶。

小芳 妈妈，啥个爷叔啦，他是爸爸！

美芳 啊?！大钟？

大钟 美芳，你全看得见了，是吗！好！好！

美芳 （唱） 原来他如此相貌人老气，
不由我心潮难平口难言。
想不到我在盲人世界里，
与这样的男人成伉俪！

小芳 妈妈，爸爸为了欢迎你，一早就去买花啦！

大钟 （兴奋地举起鲜花）美芳！

美芳 （无精打采地）大钟……

大钟 （唱） 你亮了眼睛回家来，
我手捧鲜花欢迎你。
还有一个好消息，
为你喜上再加喜。
我就要开办推拿诊疗所，
你重新上岗定满意。

美芳 （唱） 我也向你报个喜，
明天上班到公司里。
月薪奖金一千多，
你说我该去哪里？

月琴 美芳，你真的要去吴老板那儿重新上岗吗？

美芳 我不去大公司赚大钱，难道跟着他到推拿所做帮工？

月琴 好，好，大钟，我受你之托，把美芳接到你家里了。我该走了。

大钟 谢谢你了，月琴！

美芳 月琴，吃了饭走！

月琴 别客气了。不过我总觉得那个吴老板不太正经……

美芳 怎么不太正经？

月琴 有句老话，叫“醉翁之意不在酒”。你慎重考虑考虑再决定，好吗？再会。（下）

大钟 美芳，吴老板是啥人？（手里的一束鲜花在发抖）

美芳 是刚刚在路上碰到的，许燕介绍的。他是PP公司总经理。许燕也在他那儿工作，蛮好嘛！啥格醉翁醉婆的，月琴的心眼也太多了！（照镜子）

大钟 （忍住气）美芳，你今朝哪能了？

美芳 （只顾照镜自赏）没啥哪能。

小芳　(为爸爸被冷落而难过,忍不住地)妈妈!

美芳　(一惊)做啥?

小芳　(责怪)爸爸向你献花,你怎么到现在还不接啊?!

美芳　(无奈地从大钟手里接过鲜花,不太情愿地感叹)对不起!谢谢。

大钟　你这么客气做啥,你真当我是外头人了!?

美芳　(唱)　花儿红,花儿艳,

人的青春似花年。

花年一过人要老,

人生能有几多年?

花儿一旦被人摘,

能够鲜活多少天?

既不能重把新枝攀,

也不能重新绽放迎春天。

花儿啊,不要看你多艳丽,

枯了青春谁可怜?(将花往桌上一放)

小芳　妈妈,这鲜花应该养在花瓶里的!

美芳　(不耐烦)叫你爸爸去养。

小芳　妈妈,你眼睛亮了,可爸爸还是个盲人啊!

美芳　(没好气)那你去把花瓶拿来!

小芳　喔。(进内,捧花瓶复出)

(唱)　手捧花瓶暗思量,

为什么妈妈对爸爸变了样?

美芳　(唱)　回头再把大钟看,

他与我老夫少妻像啥样?

大钟　(唱)　我满腔热忱恭喜她,

她为何冷得像冰一样?

【以下是三人重唱。

美芳　(重唱)　平日里,我是最爱花,

大钟　(重唱)　美芳她,是最爱花,

小芳　(重唱)　妈妈她,是最爱花,

美芳　（重唱）　今朝我，爱花无心把花养，

大钟　（重唱）　今朝她，爱花无心把花养，

小芳　（重唱）　今朝妈，爱花无心把花养，

美芳　（重唱）　谁知我，亮了眼睛苦了心！

小芳　（重唱）　莫非妈，亮了眼睛变了心？

大钟　（重唱）　难道她，亮了眼睛变了心？

美芳

大钟　（重唱）　不由人，相对无言好惆怅。

小芳

【小芳把花瓶放到桌上。美芳心不在焉地插花，连瓶带花翻倒落地。美芳失惊，大钟叹气，小芳欲哭。

小芳　啊呀，敲破了！

美芳　花瓶里怎么不放水的啦？

大钟　这样头重脚轻怎么撑得住呢？

小芳　都怪我心思不在……

大钟　蛮可惜的！

美芳　可惜啥？旧的不去，新的不来……

【收光。闭幕。

第四场　歧　途

【PP公司总经理室内外。

【幕启。室内。吴天踱着方步，得意洋洋。

吴天　（唱）　遇美芳，得美芳，

美芳来到我身旁。

女人爱穿爱打扮，

我该落落又大方。

今朝特差许燕去，

陪她上街买时装。

她好像天上掉下来，

掉进我怀抱岂肯放?

【电话铃响。

吴天　(抓起话筒)喂,啊?是你……(压低声音)

【门外。许燕把一身时装的美芳推上。

许燕　去吧,不用怕。

美芳　许燕,我今天第一天上班,老板就为我买衣服,这个算啥名堂?

许燕　讲不出啥个名堂。就是要穿得漂亮点,漂亮就得到男人欢喜,如果你能把老板的心花牢,你以后的日子不要太潇洒噢,去吧!

吴天　拜拜!(怨恨地)臭婆娘,想要圈牢我,想也不要想!

许燕　(叩门)吴老板!

【许燕推门而入,旋即拉进美芳。

许燕　(像介绍自己的作品)你看,我眼光怎样?漂亮伐?

吴天　(大为惊喜)啊!太漂亮了,太漂亮了!

(唱)　让我仔细来打量,

服饰新潮人变样。

顿时脱尽穷酸气,

换来一身富贵相。

美芳啊,你比我初见那天还要美,

既性感又漂亮。

你成了PP公司一枝花,

男人眼里是偶像!

美芳　(白)　老板你快点告诉我,

我到公司里做点啥?

吴天　(唱)　啥事体都不必做,

每天穿戴要翻花样!

进进出出笑眯眯,

吃吃喝喝白相相。

你是我,迎来送往的女财神,

帮助我在生意场上打胜仗!

许燕　吴老板,那她的工资是多少?

吴天　月薪四千。

许燕　四千？那么我呢？

吴天　许燕，你引进人才，应该加奖，也是四千！

许燕　谢谢老板，美芳，祝贺你！

吴天　美芳小姐，你初次上岗，也该亮亮相，今天我在海上夜总会，订了个包房，有笔大生意要谈，美芳小姐，这桩生意能否成功，要看你了！许燕，叫车。

许燕　哎！

美芳　（急了）许燕，我要回家一趟……

许燕　你疯了？这是公司的大事！老板抬举你，也是你美芳立功得奖的机会！还回家做啥？我去叫车。（下）

【吴天看美芳，色相初露。美芳看吴天，手足无措。

吴天　美芳小姐，这套衣服穿在你身上真漂亮啊！

美芳　是伐？

吴天　（伸出臂膀）美芳小姐，请——

美芳　（见状吃惊）做啥？

吴天　你把手伸进我臂膀，我为你壮胆啊！

美芳　（摇头）这样不好！（又摆手）这哪能可以……

吴天　（抓起她的手）有啥不可以？（又挽住她腰）走吧！

美芳　这，这，这不好。（把手抽回，又致歉）对不起，吴老板……我不习惯。

吴天　好吧，原谅你是头一次，这是公司规矩，下不为例，美芳小姐请——

美芳　啥？公司还有这样的规矩啊？

【吴天见她无所适从的模样，不禁狡黠地一笑。

【闭幕。

第五场　离　异

【黄昏。秦大钟家。

【幕启。屋内，大钟独自坐立不安，不时去摸电钟……

大钟　（唱）　等美芳，想美芳，

越等越想越感伤。

自从美芳进了公司后，

梳妆打扮日夜忙。

只道是公司招商到夜总会，

洽谈业务在跳舞场；

已有多天未回家，

不知她过夜在何方？

回家早成陌生人，

同床异梦无话讲。

想当初，

我眼瞎来她眼盲，

家庭温馨永难忘。

我和她亲亲热热两无猜，

她和我恩恩爱爱多欢畅。

到今天，

我眼盲来她眼亮，

她却对我冷淡如冰霜。

往日的温柔无踪影，

就连这家庭她也淡忘。

原以为让她双目复了明，

我一家生活转运添风光。

想不到，

美好的愿望成泡影，

换来的却是我孤独和迷惘！

难道她亮了眼睛辜负了我，

在外面寻欢作乐任放荡？

难道她亮了眼睛嫌弃了我，

背地里另有所爱变荒唐？

难道她亮了眼就背叛了我，

早就在他人的怀抱作妾房？

【小芳放学回家，上。

小芳　爸爸！

大钟　（没听见，仍在苦思）……

小芳　爸爸！

大钟　（猛然惊醒似地）啊？小芳回来了！

小芳　爸爸，妈妈今天还没有回来吗？

大钟　（无奈而沮丧地）唉，还不知道她在啥地方，现在在做点什么？

小芳　爸爸！

（唱）　我是天天想妈妈，

妈妈老是不回家。

妈妈回家我又怕，

怕她不理你爸爸。

妈妈本来对你好，

现在这样为的啥？

大钟　（唱）　小芳啊，你过去的妈妈是好妈妈，

爸爸我心里也在念着她。

现在的妈妈天晓得，

恐怕早已忘了家。

小芳　（哭呼）爸爸……

大钟　（搂她在怀）小芳，不要哭……（拭泪）

小芳　（哭得更伤心）爸爸……

大钟　不要哭。小芳你在这里做功课，要专心。天不早了，爸爸去烧夜饭。

小芳　（拭泪）嗯。

【大钟进灶房，下。小芳做起功课。

【门外。穿着入时的美芳步履沉重地上。

美芳　（唱）　走进弄堂避熟人，

遮遮掩掩到家门。

家门外面人未进，

往事今事齐上心。

我若没有秦大钟，

两只盲眼难复明。

我若不遇吴老板，

不成阔绰场里人。

欲称两个男人心，

我一身不能对半分。

但不过，当老板小蜜有钞票，

比瞎子的老婆要强三分。

前半生眼瞎嫁错人了，

后半生眼亮要图好前程！

富贵终比贫贱好，

我狠下心来要离婚！（临门想进，又徘徊犹豫）

【小芳做功课做不下去了。

小芳 （唱） 做了算术做作文，

题目要我写母亲。

母亲还是瞎眼好，

眼亮变了一个人。

这样的母亲哪能写？

我是越写越伤心！

【美芳下定决心地叩门。

美芳 小芳。

小芳 （惊喜地）妈妈?! 妈妈！你真的回来了。

【小芳开门。美芳进门。

小芳 妈妈——（扑入美芳怀里）

（唱） 妈妈妈妈连声叫，

我睡里梦里也将你等。

多少次好梦惊破夜沉沉，

我抱着枕头泪纷纷。

妈妈呀，我的好妈妈啊，

我终于等到你回家门啊。

美芳 （唱） 听小芳诉苦情，

不由我心碎泪涟涟。

【以下是重唱部分。

小芳　妈妈，

小芳　（重唱）　我牢牢抓住妈妈的手。

美芳　（重唱）　我牢牢抓住女儿的手。

小芳　（重唱）　我紧紧贴着妈妈的心，

美芳　（重唱）　我紧紧贴着女儿的心，

小芳　（重唱）　妈妈的手啊为啥冷冰冰？

美芳　（重唱）　女儿的手啊为啥冷冰冰？

小芳　（重唱）　妈妈的心啊为啥战兢兢？

美芳　（重唱）　女儿的心啊为啥战兢兢？

小芳　（唱）　妈妈呀，你先放开女儿的手，
我倒杯热茶让你暖暖心。

美芳　（唱）　我欲斩断夫妻情，
却难割舍母女亲！

小芳　（唱）　我欲留住妈妈心，
奉茶尽孝倍殷勤。

美芳　（唱）　我若带了女儿走，
吴老板一定难应允。

小芳　（唱）　我愿妈妈和爸爸，
像过去一样恩爱一样亲！

美芳　（唱）　女儿啊，妈妈只能舍下了你，
你长大了才会理解妈妈的心。

小芳　妈妈，你快喝口茶。

【大钟由内摸索出，上。

大钟　小芳，妈妈回来了。你快去对面小饭店买几只熟菜，我们一家人共进晚餐！

美芳　（阻止）小芳，用不着。

小芳　（惊讶）妈妈？

大钟　那你今夜回家，是另外有啥事体啰？

美芳　（从手提包里取出一叠现钞放在桌上）是的，大钟，这个是三万元钞票，还掉做我眼睛复明的手术费，其他么，你就和小芳两个，慢慢地用吧。

大钟　（惊觉地）你这个是啥意思？你这打的是啥主意?!

美芳　大钟！我知道你对我好，可我们夫妻的缘分……已经到了头，我们离婚吧！

大钟　（气得发抖，说不出话来）你，你……

美芳　我已经下定了决心，希望能得到你的理解……

大钟　（克制地）你要我理解你？那你理解我吗？

（唱）　美芳你，手摸胸口想一想，

你要我理解你是啥心肠？

我为你婚后幸福有照应，

把弃儿小芳来收养；

小芳虽非你亲生，

比亲生更会孝敬爹和娘。

我为你解脱盲人的苦，

勤俭积钱岁月长。

我劳苦过度熬瞎了眼，

才换来了你盲人不盲眼明亮。

我无私奉献我的爱，

为的是相敬如宾永久长，

我爱中蕴藏着神圣的情，

就是比作长江也难估量。

谁知你亮了眼睛瞎了心，

贪求富贵转了向。

不顾女儿不顾家，

逼我离婚丧天良！

人与人固然需要多理解，

理解就要为别人想。

我问你，

我情山义海对待你，

你绝情绝义是啥心肠?!

小芳　（哀求地）妈妈，留下吧，女儿我求你了！（泪如雨下，跪下）

美芳　（痛苦地）小芳，妈妈对勿起你，你长大了会理解妈妈的心情。小芳，不要哭，妈妈以后会来看你的。

小芳　妈妈，你不要走。

美芳　妈妈今朝不能不走，我只得走！

大钟　（怒不可遏）好！好！　你走吧！

（唱）　你做人做到了这地步，

我是无脸再做你丈夫！

你去享你老板的福，

我不挽留也不拦阻。

从今后，夫妻断关系，

女儿也不必劳你来照顾。

这三万元臭钱你拿走……（把现钞抛向门外）

我秦家门没有你的回头路！

大钟　（严厉地）你走吧！

小芳　（拉住美芳）妈妈，你不要走！妈妈！

美芳　（推开小芳）你原谅妈妈吧！（急下）

小芳　妈妈，妈妈！……爸爸，妈妈她真的走了！爸爸——

【小芳扑入大钟怀里。大钟默默流泪。

【闭幕。

第六场　被　　逐

【几个月后。PP公司总经理室。

【幕启。吴天在办公室里踱步、思索。

吴天　（唱）　秋风萧瑟落叶飘，

雨打窗棂惹烦恼。

自从美芳进了公司门，

迎来客商真不少。

我得了美人又进财，

好似一箭射双雕。

为美芳，我虽然破费三万元，

叫他们夫妻协议各分道。
谁料想，美芳从此无笑容，
双眉紧锁言语少。
今日她晨曦初露匆匆走，
到如今，万家灯火她未归巢。
我思绪不宁心焦躁，
还是出门将她找。（出门，下）

【许燕陪同吴太上。

许燕　（殷勤地）太太走好。

吴太　（没好气）我走得蛮好！

许燕　（吃惊，再讨好）太太请坐。

吴太　（早已坐在吴天的座位上）早已坐好了！

许燕　（紧张地）太太来上海，老板怎么不晓得……

吴太　我就是不让他晓得！你，就是女秘书许燕吧？

许燕　是的，太太有啥吩咐尽管讲。

吴太　你阿晓得这公司的董事长，名义上是你老板，实际上是我老板娘？

许燕　晓得。

吴太　你阿明白我人在泰国，心在上海，你老板有啥勿规矩的事体，是瞒勿过我老板娘的？

许燕　（惊疑地）喔……

吴太　你勿相信，这公司里没有我老板娘的耳目？！

许燕　（吃慌了）我相信……

吴太　你给我站好！

【许燕吓得赶紧像士兵那样站立。

吴太　（冷静而又严厉地）小鬼给我听好——

（唱）　既然晓得我是啥人，
你做人为啥拎勿清？
有一个瞎子女人叫美芳，
亮了眼睛骨头轻。
成了你老板的金丝鸟，
你是他俩的牵线人！

阿晓得我老板娘，

这种事体勿容情？

许燕　太太……真对不起！你大人不计小人过，你就原谅我吧！

吴太　你要我原谅你，是可以的，但这桩事体的来龙去脉，给我讲讲清楚！

许燕　好，事情的经过是……

吴太　慢！这种事体能在这里说吗！跟我进来！

许燕　噢。太太，太太，你走好，当心，请。

【许燕引吴太入内室，关门下。

【吴天挟着美芳的手臂由外上。

美芳　（愁眉苦脸）唉！

吴天　美芳，所有事情都给你摆平了，你为什么还唉声叹气的？稍微开心点！

美芳　你叫我哪能开心得了？

（唱）　自从我美芳跟上你，

你开心来我受气。

每当我路上遇熟人，

我只能避人目光把头低。

就是我在公司里，

背后也有人非议。

说我为了攀高枝，

忘大恩来负大义。

何况你外国还有太太在，

你我哪能称夫妻？

到现在，我里外都不是人，

没头没脑少主意。

跟着你，好像脚踏西瓜皮，

滑到哪里是哪里！

吴天　（唱）　美芳休要闹意气，

我的心中有主意。

我太太是个臭婆娘，

我从不把她放眼里。

只要我一封休书把她离，

美芳啊，你不是我元配也是妻！（搂美芳在怀）

【吴太气得从内室推开门走出来，上。

吴太　（大喝一声）够了吧！

吴天　（大惊失色）啊?!（连忙推开美芳）太太……你怎么会来的?

吴太　（反唇相讥）你最好我永远不要来，是吗? 好格呀！姓吴的——

（唱）　你把她钩得紧来抱得牢，

又为啥见我吓得不敢抱?

我问你，没有我"臭婆娘"来撑你腰，

你凭啥能到上海充阔佬?

我"臭婆娘"收回公司撤你职，

我看你身无分文要把饭讨！

吴天　（畏惧地）太太……（向惊若木鸡的美芳一瞥）

（唱）　我与她工作在一道。

搂搂抱抱当然不太好。

休你娶她的荒唐话，

是口说无凭开玩笑。

吴太　（唱）　他的话，你这女人可听到，

听到了心里啥味道?

告诉你，路归路来桥归桥……

你想取代我做他老婆吗?

这真是在白日做梦办不到！

【美芳无地自容，靠向吴天，吴天吓得不知所措……

吴太　（厉声地）吴天！

吴天　到！（甩开美芳）听太太吩咐！

吴太　公了还是私了?

吴天　私了，私了！

吴太　既然如此，那你现在马上就赶她跑！

吴天　（急呼）太太！太太……

美芳　（走投无路，跑到许燕跟前苦苦哀求）许燕，救救我……

许燕　我是泥菩萨过河，自身难保啊……我想不出办法来呀！

吴太　（怒指美芳）你这臭不要脸的坏女人，你现在眼睛不瞎，看不见滚出去的门在啥地方吗？（直指门）快给我滚！

美芳　（去求吴天）吴天，你讲我该怎么办？你讲呀！

吴天　太太，你看这桩事情怎么办？

吴太　（冷冷地）你看怎么办？

【在吴太如利箭般的目光逼迫下，吴天害怕得立即妥协。

吴天　美芳小姐，我吴天是在江湖上经常跑跑的人，生意场上逢场作戏是经常有的，我和你只不过萍水相逢，何必当真呢？这件事，我看，就照我太太的意见办！

美芳　（如遭雷击）你……你竟然！……

吴太　你给我滚！

美芳　天呀！……（奔下）

【炸雷，切光，闭幕。

第七场　投　　河

【紧接前场。苏州河畔。

【幕启。许燕打着雨伞急上。

许燕　（唱）　风呼啸，雨发狂，
美芳不知去何方？
倘若她，有家难归寻短见，
人命案子要追到我身上。
快到她街道办事处，
帮我一起找美芳！（过场下）

【风雨初歇，美芳漫无目标地上。

美芳　（唱）　雨过风停入黄昏，
苏州河水暗沉沉。
总以为前半生埋没我青春，
希望有托后半生。
明知大钟待我好，

偏要与他两离分。

总以为老板是棵穿天杨，

我像一根爬树藤。

藤爬大树上青云，

改变命运有前程。

谁知他，是粪坑边的芦苇秆，

梢头虽高根不深。

我未上青云跌粪坑，

落一个臭不可闻难见人。

【外滩钟声传来。美芳抬头遥望……

美芳 （唱） 外滩钟声响耳旁，

我路到尽头回首望。

大钟对我情义深，

却被我轻轻易易来埋葬。

悔已迟，人彷徨，

回首有脸也无处藏。

秦家门没有我回头路，

美芳我有何面目再活世上？（走向河边）

【云破月出。美芳泪流如雨。

美芳 （唱） 云破月来天放晴，

我只有遥对明月诉苦情。

女人的眼睛看上海，

难的是透过虚荣见真诚。

只因为金钱装饰的花世界，

虚荣比真诚更迷人。

女人的眼睛看男人，

苦的是多情后面有陷阱。

梦里身在温柔乡，

醒来已成千古恨。

女人的眼睛看自身，

悲的是误将美貌当资本。

把真情卖到交易场，

人品沦落成商品。

撞了南墙惊又醒。

真善美与假恶丑，

如泾水渭水分得明。

只是我回头见岸羞见人，

情天难补成遗恨。

大钟啊，今生对你犯下罪，

美芳我来世做牛做马来赎清！

【许燕带着月琴上。

许燕 （发现河边的美芳）那人好像是美芳？

月琴 （肯定地）是她！（大声喊）美芳——

【美芳听而不闻，纵身跳下河去了。

许燕 （跑来一看，大声疾呼）来人啊，有人跳河了！

月琴 快来人啊！

【赵书记和老伯闻声赶到。赵书记把手电筒交给老伯。

老伯 赵书记，你当心啊！

书记 救人要紧！

【赵书记甩掉雨衣，纵身跳下。

【闭幕。

第八场 回 归

【隔天，秦大钟家。

【幕启。屋内。月琴根据赵书记的安排，在重新摆弄房内的桌椅等摆设。尤其是将墙上的电钟换到另外较远的位置。

月琴 （唱） 书记救了美芳的命，

又托我帮助她回归重做人。

设下妙计等大钟，

与书记合作巧解铃。

【美芳神情颓废地由内走出。

美芳　月琴。

月琴　哎，你怎么出来了？

美芳　月琴，你这是干什么？

月琴　我这样一放，大钟他就摸不出来了！美芳你出来做啥？

美芳　（后悔地）月琴，大钟对我这样好，可我欠他的太多了！我再也没面孔见他，还是死了的好！

月琴　（开导）你讲什么？你怎么想得出来的！你这么一死，就算完成任务了，你欠了大钟的债就算还清了？赵书记救了你的命，你这样对得起他吗？等一歇，赵书记和大钟就要来了。你现在先进里屋去。叫你出来，你再出来。

【门外，赵书记携引着秦大钟上。

书记　大钟，当心，这条路你不太熟悉。慢走！

大钟　（唱）　听说有个重病号，

只有我推拿能医好。

书记　（唱）　为他夫妻能和好，

与月琴里应外合做"圈套"。

大钟　（唱）　重病号究竟住在何方地，

又为啥走来走去走不到？

书记　（唱）　我故意东转西弯穿弄堂，

要叫他到了家里还不晓得。

（白）　当心，上台阶了。

【大钟亦步亦趋地跟着赵书记走。

大钟　（摸门，敏感地）呀？哪能介像……

（唱）　这扇门好像我家的门？（再摸）

书记　（唱）　相像的家门多得很。（拉开他，继续走，带进秦大钟家里）

大钟　赵书记，怎么还没到？

书记　到了，到了。这里坐。

月琴　啊呀！赵书记，你把大钟领来了！

大钟　（自语）啊？月琴也在这里？（抚摸原来挂电钟的地方，未摸到）此地没有电钟，确实到了别人家里！

月琴　赵书记，你先到里面看看病人，此地由我来照应。

书记　大钟，你坐一会，我进去一次。

【赵书记会意地入内室，下。

大钟　（灵敏地）月琴?！是你吗？你怎么也来了？

月琴　不瞒你说，这位病人是我的亲戚！

大钟　那你的亲戚得的是啥病？

月琴　唉，因为做了对不起她丈夫的事情，心里虽然想回心转意，但是又怕她丈夫不肯原谅她。唉，真是走投无路啊！

（唱）　远房亲，年纪轻，
花花世界迷了心。
误入歧途回头迟，
竟然投河去自尽。

大钟　啊呀！她为什么要这样想不开呢！

（唱）　我劝你的远房亲，
断绝死念重做人。
死了孽债依然在，
活着才可债还清。
丈夫知道她回头，
也应该，通情达理表欢迎！

【赵书记由内室出，上。

书记　（唱）　大钟啊，
你讲话来她在听，
听了做人有信心。
现在她已起了床，
要你给她看毛病。

大钟　（兴奋地）好，好。月琴！那你好人好事做到底，快扶她出来。

月琴　噢！来了。

【赵书记招手，美芳由内出，上。

美芳　（唱）　听他言来我悔恨，

低头思过泪纷飞。

见他面，我又羞愧，

我不是病人是罪人！（在大钟面前的凳子上坐下）

大钟 月琴啊，病人哪能还没来？

月琴 大钟，她就坐在你面前了！

大钟 你什么地方不舒服？

月琴 （代答）她的毛病在腰眼里。

大钟 （摸美芳的腰）在腰眼里？我给你看看。是这里吗？

月琴 （再代答）大钟。我讲的腰眼不是在腰上，（见大钟摸到美芳的背脊）也不是在她背脊上，我讲的这个病啊是在她眼睛里，说穿了，是在她的心坎上！赵书记，你说对吗？

书记 对。对。

大钟 眼睛有病，要按摩太阳穴！我给你看看，太阳穴上眼睛没什么病？活血治心穴道在手掌上……我给你看看，（捏着美芳的手，突然猛醒）啊?！会不会是美芳?！月琴，此地究竟是啥地方？

月琴 此地就是你的家！

大钟 那赵书记救的是啥人？

月琴 赵书记，她，她……

书记 大钟！我救的是美芳！

美芳 （羞惭地去握大钟的手，深情地呼唤）大钟！……

大钟 （甩开美芳，怒火中烧）哼！

（唱） 你这个忘恩负义没良心，

弃我旧人觅新人；

亲手拿起无情刀，

斩断十年夫妻情。

你怀装一颗冷酷的心，

没有了为妻之道母女情！

秦家门没有你的回头路，

你有啥面目来见我?！

美芳 （悔泪直流）大钟！

大钟 （铁青着脸）哼！

美芳 (求饶)大钟,我对不起你!……是我亮了眼睛,迷了心窍!求你给我最后一次机会,收下我吧!让我回到你的身边!

【小芳背着书包赶来,见状惊住。

小芳 赵书记,月琴阿姨,你们怎么来了?!

月琴 小芳。

小芳 这个是做啥?

月琴 这一次是你妈妈在求你爸爸。

小芳 妈妈,你真的回来了吗?

小芳 妈妈!爸爸,我要妈妈,我要妈妈!(泪水涌出)

(唱) 爸爸你最知女儿心,

女儿我不可无娘亲。

我没日没夜想妈妈,

不见妈妈伤心痛。

伤心泪湿透被和枕,

女儿还不敢哭出声。

没娘的女儿孤单单,

没娘的女儿冷清清。

没娘的女儿怕见人啊,

没娘的女儿羞出门。

爸爸呀,今朝妈妈回家来,

女儿要把妈妈认!

(白) 爸爸!你就原谅妈妈吧,啊?!

【大钟余怒未消,不为所动。

美芳 (见此状,惭愧欲走)看来,今天我只能走了……

月琴 (阻止)美芳!

美芳 (唱) 月琴啊,感谢你领我回家来,

铭记你的姐妹情。(一鞠躬)

书记啊,不忘你是救命人,

下半生重新做人报你恩。(又鞠躬)

大钟啊,女儿只好拜托你,

我临别再向你把罪请！（三鞠躬，转身欲走）

【大钟泪流满面，但却站着一动不动。

小芳　（拦在门口哭呼）妈妈，你不能走！

书记　（大喝一声）大钟！

大钟　（浑身一震）啊？小芳。

小芳　爸爸，你就把妈妈留下来吧！

书记　（唱）　美芳她痛改前非诉衷情，

感悟人生有灵性。

女儿也苦苦将你求，

难道你铁石心肠无反应？

大钟啊，重温你俩的恩和爱，

化解心中怨和恨。

既往不咎开一径，

重建幸福新家庭。

小芳　爸爸，我跪下来求你了！……（欲跪下）

大钟　勿要，勿要！（赶紧扶住小芳，拭泪）小芳，叫你妈妈留下吧！（放声大哭）

美芳　（转身哭呼）大钟……快坐下来吧。

【夫妻相拥，美芳为大钟擦泪。

书记　好了，不要再哭哭啼啼了。今朝重新团圆，是桩好事情！今朝，我和月琴不走了，在你们家吃顿团圆酒。你们欢迎不欢迎啊？

小芳　（拍手）欢迎！爸爸你呢？

大钟　当然欢迎！平时请也请不到呢。

小芳　妈妈呢？

美芳　妈妈同月琴阿姨饭菜早就烧好啦。小菜全是你爸爸喜欢吃的！

书记　（从怀里摸出一瓶酒）看，我酒也带来了！

（唱）　我平生爱喝绍兴酒，

也用此酒广交友。

今朝乐在秦家门，

我要连敬三杯酒！

第一杯要敬大钟，

推拿所为民造福有成就。

第二杯要敬月琴，

胜过姐妹够朋友。

第三杯要敬美芳，

与家人共饮团圆酒。

小芳　还有我呢？

书记　（唱）　因为你是小朋友，

不能喝酒不敬酒。

【气氛由此松动，热闹起来了。

大钟　月琴上菜！月琴，好来！美芳快上！

【在大家扛桌排椅、分筷放杯等，忙得不亦乐乎中闭幕。

【全剧终。

1997年6月

·六幕大型滑稽戏·

光明使者*

题记：

谨以此剧，献给新中国的两代电业工人及干部，他们以勤奋的工作和默默的奉献，给我们的社会带来光明和温暖……

——作者

人物表：

耿大伟——男，30多岁，电业局基层干部

肖尔科——男，30多岁，某厂工人，耿大伟的邻居

曹厂长——男，30多岁，群英五金加工厂厂长

忻光明——男，60多岁，退休了的电业工人，盲人

李　静——女，30岁，曹厂长的妻子

运斯登——男，60多岁，美国旅游者

蒙蝶娇——女，50多岁，美国旅游者，运斯登的太太

莉　莉——女，20多岁，某单位团干部，忻光明的女儿

耿大妈——女，50多岁，里弄干部，耿大伟的母亲

张安平——男，30岁左右，群英五金加工厂工人

应　英——女，25岁左右，群英五金加工厂工人

陈　强——男，近30岁，群英五金加工厂工人

---

* 本剧创作于1990年4月，第二编剧为洪精卫。1991年8月由上海市青艺滑稽剧团首演于上海，导演姚明德、周艺凯。连演连满200多场后，又晋京演出，还应邀赴全国近20多个省会城市巡演至1995年，共上演了1 006场，获上海市文化局颁发的“演出超千场奖”。

第　一　幕

【20 世纪 90 年代初某晚。

【上海老式公房底层的三户居室(即忻家、耿家、肖家)的剖面。(注：肖家戏少，故布景可以小些。)

【幕启。只见肖家灯火明亮，彩灯闪烁，音响低唱。各种家用电器几乎一应俱全。而其余两家或许没有人在家，屋内幽黑无光。过道的墙上，有三个小火表，下面分别写着"忻"、"耿"、"肖"。旁边各有一个控制小火表的拉线开关。

【肖尔科拿着小本子，抄完火表，走向自己家里。从微波炉内取出咖啡，坐在沙发上，一边喝咖啡，一边掏出袖珍计算器结算各家电费。

肖尔科　(自语)这个月，三户人家共用电 150 度。根据各家小火表的读数，忻家用电 100 度，正好泡开水。耿家 37 度，属于体温正常。我肖家用电最省，13 度，幸运十三！

【这时曹厂长拎着大包小包的礼品上。

曹厂长　51 号，就是此地了。(见肖家灯亮着，敲门)耿大伟师傅阿住在此地?

肖尔科　(走到门口)你找耿大伟啊？在隔壁。

曹厂长　(欲走，又回转身)请问，你隔壁的这一位，阿是在电业局做小头头的?

肖尔科　(厌烦地)朋友，你阿是外星人是吗?

曹厂长　(不解地)什么意思?

肖尔科　这样不领市面？你要拜菩萨，总该烧烧香、买一捆蜡烛吧！

曹厂长　噢，是这样！(掏出一包"健牌"，撕开一角)请抽一支。

肖尔科　朋友，还算拎得清。(接过整包香烟，抽出一支。随即将整包香烟塞进自己的口袋)对的，我们这位姓耿的邻居确实是在电业局工作的！(指着耿家的大门)就住在这里，我帮你喊，大伟！大伟！有人给你送礼品来了！

曹厂长　(急忙制止)喂，送礼的事情，请你不要在这里哇啦哇啦叫好吗?

肖尔科　对不起。我拿了你的烟，总该卖力点！(推开耿家的门，拉开灯，看看没人，又关上灯和门)好了，好了，看样子他人不在，你去兜一圈再来。

曹厂长　(焦虑地)唉！真是急煞人！好，好，好，出去兜一圈！礼品暂时放你家里。

肖尔科　可以。(收下大包小包)不过寄放费，你是要考虑的！

曹厂长　碰得着的！你这个人哪能介小儿科！

肖尔科　（装糊涂）肖尔科？朋友你认识我？我确实叫肖尔科！不过，这个肖，是生肖的肖，不是小人的小。看在你认识我的面上，我今天就慷慨一次了。礼品放一放，回扣只收百分之五十算了！

曹厂长　回扣百分之五十？你胃口倒好来！（曹厂长夺回礼品，嘟嘟囔囔地下）

肖尔科　喂，你不要走呀！我开个价，你好还价的呀！啊？走脱了。作孽啊，碰着一个拎不清，一笔无本生意逃脱！不是怪我姓肖的有点小儿科，人家好靠山吃山，靠水吃水，㖸，他们（指着耿家）靠电吃电，我一样也靠不着，只好靠这种小来来，沾点小便宜！

【莉莉上。肖尔科热情亲切地打招呼。

肖尔科　呦，莉莉下班啦？

莉　莉　下班了。

肖尔科　你上班蛮辛苦的！来来，到我家里坐一歇，我微波炉里咖啡刚刚烧好！

莉　莉　我有空再来坐，现在我还要去照顾我爷爷吃夜饭呢！

肖尔科　（自语）噢，中国的姑娘总是被无数根绳索捆绑着，什么时候能够解放思想，对我这样的好人开放一点呢？

【肖尔科尾随莉莉而去。

【莉莉开门后，随手拉亮了灯。这才见到盲人忻光明正坐在竹椅上，慢悠悠地用蒲扇扇着单门冰箱后的网状散热器。

莉　莉　爷爷！你哪能灯也不开？

忻光明　我是个盲人，灯开不开，其实也无所谓的。

莉　莉　爷爷，你这样节约，会把人家吓坏的！（见忻光明还在扇冰箱的背部，又问）你这是在干嘛？

忻光明　反正没事情，扇扇，让冰箱风凉点，加快散热，可以节省点电费。

莉　莉　啊?！爷爷，这样节约，真是前无古人，后无来者！

肖尔科　讲起电费，你们千万不要忘记，是我一直在学雷锋，做好事。今年来，月月由我抄表收费。莉莉，这个月你总共用电一百度。方便的话，请付费！

莉　莉　（吃惊）啊?！这个月又要一百度？这个小火表准吗？我们家只有一个单门的小冰箱！平时，家里只开一盏灯！哪能会用这么多的电?！好，从现在起，我们干脆只点蜡烛！（拿出蜡烛点上）小火表也拉拉脱算了！

【莉莉跑出门，拉掉了忻家小火表旁边的开关。只见忻家尚有烛光，而肖家竟随之漆黑一片，音箱也随之成了哑巴。

忻光明 （生气地）莉莉，自说自话，关什么小火表?!

【忻光明三下两下，利索地去打开火表开关。顿时忻家灯亮，肖家又恢复了灯光明亮、音箱依旧吟唱的旧貌。莉莉开始有点惊讶和埋怨，但马上理解了爷爷的举动，显得有点内疚。

莉　莉 爷爷，原谅我的任性，小火表确实是不能关的！想想你一个人在家多么冷清！所以你喜欢听听收音机里的评弹，也欢喜开开这只没有图像、只有声音的电视机，我不能让你连这点乐趣都没有……（上去扶住爷爷，热泪涌出）

忻光明 莉莉，请原谅爷爷的自私……

肖尔科 忻大伯，你真有福气！你孙女这样孝顺、体贴你！我就喜欢这样善良、温柔的姑娘，大概，这就是我保持贞洁达三十年之久的主要原因！……莉莉，从今以后，你们电灯照用，我会每月贴你们两块钱电费。我这个人派头一向大来稀格！

莉　莉 这倒用不着。我一直想去问问大伟，电费介高，毛病究竟出在哪里？

肖尔科 用不着去问的。（悄悄对莉莉）你爷爷是盲人，有时白天即使开着灯，也是不知道的。以后，叫他注意关灯就行了。

【莉莉从包里掏出钱来，很不情愿地付清了电费。

【耿大妈兴冲冲地上。

肖尔科 （瞥见耿大妈）哦，耿大妈回来了，我要问她收电费去了。铜钿银子，性命交关！（走出忻家）耿大妈，收电费了，这个月你家用电度数和你体温一样。

耿大妈 啥意思？

肖尔科 正常——37度。

耿大妈 （付了钱）你不要走开，（喊）莉莉——你也来一趟！

莉　莉 （走出）耿大妈，啥事体？

耿大妈 我告诉你一个好消息，刚刚街道办事处通知我，讲有两个外国人明天要住进伲公房，讲是要来做一天上海人！

莉　莉 （转过身对忻光明嚷着）爷爷，你听听，改革开放了，外国友人提出来想做一天上海人了！

肖尔科 外国人真是吃饱饭没事体做！中国人艰苦得很，他们偏偏想来这里做一天上海人？有啥好白相？作为一个中国人，我倒是蛮想去做一天外国人的！

耿大妈　我对里委会已经讲好了，明天外国人来，就住在我家里。莉莉啊，你陪嫁的家什交关多，阿好借几样给我摆摆样子？让我有点面子。

莉　莉　这个应该的！走，肖尔科，你也一道相帮去搬！

肖尔科　是！

【进行曲响起，三人踏着音乐节奏，把莉莉的落地扇、洗衣机、酒橱等搬入耿家。

耿大妈　（欣赏着）崭崭，好看的！

肖尔科　莉莉，你的陪嫁啥辰光搬进我家里来就好了！

莉　莉　去！

耿大妈　肖尔科，现在轮到你了，你家中不是清一色的高档电器吗？

肖尔科　这个我是不借的！是留给我未来的太太享受的！

莉　莉　别小气，你借出来嘛！耿大妈的光彩，也是我们一栋房子的光彩。

肖尔科　好吧，我听你的！借点啥么事？

莉　莉　随便你愿意借点啥给大妈，反正不会弄坏脱你的！

肖尔科　啥闲话呢？老实讲，要么不借，借出来了，就是弄坏脱了，我也不会要你们赔的！你们对我还不够了解，其实，我这个人最大方！不信，我马上去搬只微波炉，来给你们风光风光！

【肖尔科三步并两步，去自己的家里搬来了微波炉。

耿大妈　崭的，崭的，让外国人也看看我们中国人现在也用起微波炉来了，而且将会越来越普及。好了，我抓紧出去买点瓜子、糖果。明天一早，外国人来，我好好招待招待。

肖尔科　莉莉啊，你陪嫁的东西，如果有那么一天，和我的东西合在一道，这就叫优势互补！就没有缺点了！

莉　莉　（不悦地）我有男朋友的，你不要乱开玩笑！

肖尔科　你有没有男朋友，我还会不晓得？我肖尔科保持童贞，等你介许多年了，难道你还没有看出来吗?！今天，我要大胆地说：莉莉我爱你！（闭上眼拥抱上去）

【其实莉莉早已溜走，肖尔科却拥抱住了背着大包小包上来的曹厂长。

肖尔科　（看清后大惊失色）啊?！怎么眼睛一眨，小母鸡变成雄鸭子了？是你啊！

曹厂长　肖尔科，这个不好瞎抱八抱的？（急切地问）耿师傅回来了吗？

【耿大伟上。

肖尔科　（见到耿，立刻高兴地）说到曹操，曹操就到！（对曹厂长）介绍一下，这位就是你刚

才急着要找的耿大伟！我走了。（回到自己的房中去了，却又伸出头窥视着）

耿大伟 你是？

曹厂长 我是群英五金加工厂厂长曹宏非，这是我名片。

耿大伟 （接过名片看了一下）噢，曹厂长，你好，请坐。（倒茶递上）

曹厂长 今天我上门来，我不讲，你也晓得我来求你啥事体的。我本来是个个体户，去年看到群英厂要倒闭，我是拿自己做生意赚来的十万块钱作抵押，冒着风险去承包的！

耿大伟 是啊，这并不是等于说，你们厂就可以大幅度超计划用电，不安全用电啊！

曹厂长 我们超标准用电，也是迫不得已啊。合同就要到期，真是火烧眉毛！不加班还行？用电呢，我们还是安全的。

耿大伟 我到你们厂去过，情况恐怕不完全是这样。别忘了，不久前，你们厂还发生过两起火警，都是由于乱拉电引起的。

曹厂长 过去的事情已经过去了，我们也在改进，不要老揭伤疤好不好？

耿大伟 我看你们厂对节约用电，安全用电，根本还未引起高度的重视。至今你们厂一些职工洗完工作服，喜欢用碘钨灯烤干。食堂里拖好地板，也用电扇吹干。好多车间、几乎所有的办公室都在用电热杯、电炉烧开水，热菜。最大一只电炉，竟有40公分直径……这样乱来，不整顿怎么行?!

曹厂长 （有些惊讶）这些呢，我会去处理。前天你到我们厂来，我正好在外地，所以，没有好好接待你，还望多多谅解！

耿大伟 这个没关系的，绝对不是因为你们没有接待我，才通知你们停电整顿的！我呢，才刚刚调到这里，负责这个地区的供电工作。要是早点来，就能早点督促你们厂改进用电状况。

曹厂长 （发急）你的话句句是对的！但是现实情况是，今天你停了我们的电，使我们厂生产停止了，瘫痪了，你真是要了我们的命！我们有几个巨额合同马上就要到期，如果我们完不成合同，就要赔偿外商大笔大笔的钱！就要倒闭！（说着说着跪倒在耿大伟面前）无论如何请你高抬贵手！

耿大伟 做啥啊?!（慌忙扶起曹厂长）不要这样！据我所知，你们厂并不跟外国人做生意，哪来什么“外商”？

曹厂长 噢噢，我一向拿外地商人简称为“外商”的，既然你有意见，那就改称为“内商”吧！

耿大伟 真会开玩笑。

曹厂长 （又急了起来）开玩笑？我现在哪有这种心思？我求你：立即恢复供电！

耿大伟 我想，你也清楚，停电不是我们的目的，而是为了引起你们对节电、安全用电的重视！假使，每个企业全像你们这样大手大脚地用电，那么上海市民的生活用电，就会得不到保障！

曹厂长 耿师傅，不是我倚老卖老，我也是闯过三关六码头的人！你刚才的话，与你那位前任的话，也没什么两样。后来，我学其他人的做法，满足了他经济上的一些要求，他就再也不来找我们的错，随便我们怎么用电！

耿大伟 你讲的那个电老虎，已经被"双规"了！这种人在我们供电行业毕竟是极个别的。我们拥有的电，那是为人民服务的！所以才派我来接管他的工作。

曹厂长 耿师傅，你嘛，不要介一本正经，我知道你们电业干部也清苦得很。我是粗人，欢喜讲实话：今朝我带了礼品，请你务必收下！恢复供电了，我马上再来上门酬谢！

耿大伟 （拍了一下桌子）你别来这一套！我提醒你一句，我是一个堂堂正正的共产党党员！

曹厂长 呀呀，共产党员也是人，也有各种需要嘛！有什么条件你尽管开嘛，别兜圈子。

耿大伟 我现在只有一个要求……

曹厂长 （一喜）讲讲看，什么要求？

耿大伟 就是：你可以走了，把东西统统带走！

曹厂长 这算什么要求，东西即使你不要，我也不会带走的！留在此地，你再送送他人也好嘛！

耿大伟 曹厂长，我告诉你，想用这些东西来搞定我，这是做梦！

曹厂长 嫌少吗？明天我再送来，我走了。（欲下）

耿大伟 回来，把东西带走！

曹厂长 （止步）我不会带走的！

耿大伟 你不带走，我扔出来了！

曹厂长 你扔出来吧，我也不会拿回去的，宁可掼脱！

肖尔科 （旁咕）你们掼脱，我正好候进！

【耿大伟把一件件礼品扔了出来，曹厂长面朝耿家左挡右拦。而在曹厂长背后，肖尔科把一件件礼品拾起，望自己家中扔去。耿大伟扔完了曹厂长送的所有礼品。

曹厂长 看样子，这个人的吃性，比前面那个人还要大！礼品我只好先拿回去再讲。（回头欲捡礼品)咦,眼睛一眨,东西飞光了?

耿大伟 (见家中莉莉的东西,误以为也是曹厂长送来的礼品)这个也不是我家的东西!(又将这些东西逐一扔出、搬出)

曹厂长 (喊)喂!你在扔自己家里的东西了!

【莉莉、忻光明闻声而出。

莉　莉 (见状)大伟,你在发神经病啊?

肖尔科 (幸灾乐祸)他掼出瘾头来了。

【莉莉只得一件一件传给忻光明,直至耿大伟将莉莉的东西全部扔出。莉莉接完所有东西后,已是气喘吁吁、香汗淋漓。

耿大伟 (见家中肖尔科的微波炉)还有这个!(也扔了出来)

肖尔科 (待察觉去接,为时已晚,微波炉已扔坏在地)要命啊!这个是我的微波炉呀!(哭丧状)这是一定要赔的!

【切光。

第　二　幕

【翌晨。

【景同第一幕。耿家已经布置了一番,莉莉陪嫁的东西仍醒目地放在耿家。

【耿大妈一身新装,喜气洋洋地带着运斯登、蒙蝶娇上。肖尔科、莉莉和忻光明迎出,列队鼓掌欢迎。

运斯登 哈罗,你们好!

蒙蝶娇 (环视一下四周)哦!典型的上海老住宅,万瑞够的!

耿大妈 我来介绍一下,这位就是美国友人运斯登先生,这位是他的夫人蒙蝶娇女士。

众　人 欢迎,欢迎。

耿大妈 他们二位,就是到我们的公房里来,做一天上海人的!

众　人 好哦!(鼓掌)

耿大妈 (对运斯登、蒙蝶娇)我替你们介绍一下,这位是我的邻居肖尔科先生。

运斯登 噢,他的职业是小儿科医生?

肖尔科 (洋泾浜)不不,我是肖尔科先生,不是小儿科医生!你们要做上海人,很好,那我教你们一句上海流行闲话："你们饭吃过吗？"

【两个外国人真的跟着说一遍，逗乐了大家。

耿大妈　这位是我的邻居莉莉小姐。

蒙蝶娇　哟！好漂亮的小姐！（上前拥抱亲吻了一下莉莉）

【莉莉被搞得有些窘迫。

运斯登　（见莉莉有些尴尬）噢，对不起，这是我们国家的风俗！

肖尔科　（羡慕地）外国风俗，蛮好，就是拿我忘记脱了！

蒙蝶娇　哦，肖尔科先生！（也上前拥抱亲吻了一下）

肖尔科　惬意啊！这个吻是正宗的进口货，不是国产的！

耿大妈　（继续介绍）这位是莉莉的爷爷，忻光明先生。

运斯登　忻先生你好！噢，看到你，总觉得格外的亲切！

耿大妈　可惜他是个盲人，刚解放时，在上海"二·六"轰炸中，他为了保护发电厂，被炸瞎了双眼！

运斯登　（震惊）"二·六"轰炸？……你们上海，曾经受过很大的损害，所以这次我来到这儿……考察投资的！

耿大妈　好极了！欢迎你来投资。运斯登先生，今天，你们二位到我们这儿来，就吃在我家，休息在我家。我一切都安排好了！我儿子今天也休息，他去处理点工作，马上就会回来的。

运斯登　不不，耿女士，我们外国人来做一天上海人，只是想来过一天普通上海人的真实的生活。恕我无礼，听你的口气，我知道你已经有所准备了，我们就不感兴趣了。

蒙蝶娇　而且，我们听说，你耿女士是国家干部，里委委员，委员是个了不起的大干部，委员长之下就数委员的官最大了。所以我们不想惊动你家，只想在一户寻常的人家，住上一天！

耿大妈　要命了！全中国所有的官员当中，就我级别最小了！现在，把我一个小小的里弄干部，说得赛过部长、局长也没我大，真会开玩笑！

运斯登　噢，我想起来了，刚才，你把我们的包拎到这里，我应该付小费给你！（拿出一张小额美钞）

耿大妈　用不着的，这在我们中国是很平常的事情！

运斯登　你劳动所得，理所当然的！

耿大妈　难道在你们美国，一个人帮另一个人做了点事情，最后都要以钞票酬谢、结算？

蒙蝶娇　当然！就是成年的儿子、女儿帮父母，或者是父母帮成年的儿子、女儿做些事情，我们的规矩是：都应该付账给对方的！

耿大妈　噢，的确跟我们不一样！在我们的社会里，义务地为他人做些好事，这是最起码的公德！

肖尔科　（对耿大妈）钱是不好收的，但留作纪念还是可以的！你收不收？

耿大妈　（态度坚决）我不会收的！

肖尔科　你不收，我去收了！运斯登先生，本来我们是坚决不收的，但为了尊重你们外国人的风俗习惯，我才不得不代表大家由我代收。（收下钱）

莉　莉　（气愤地对肖尔科）肖尔科！你？

肖尔科　这个，在外国行的！不收，他们要光火的！他们是外国人做一天上海人，让我上海人偶尔做一次外国人！

运斯登　谢谢！

肖尔科　（自语）外国人真是洋葱头！给了我钞票，还要对我"谢谢"！（注：这以后所有"谢谢"都用此洋人的话音讲）

耿大妈　运斯登先生，那就由你们挑好了，你要住在哪户人家就住哪户人家！

肖尔科　那你们就到我家里去吧，我对你们没其他要求，只要再来个十七八趟"谢谢"！

蒙蝶娇　（对运斯登）你看呢？

运斯登　我看还是住在忻先生的家里，他经历过"二·六"轰炸，兴许他能帮助我，寻到我所要找的人！

蒙蝶娇　好！

运斯登　忻先生，我们决定住到你家来，不知道你和你的孙女肯不肯赏脸？

忻光明　非常欢迎！

耿大妈　好，那就这样定了，运斯登先生和他的夫人，就住进忻大伯家，做一天上海人！

【大家立即鼓掌。

耿大妈　现在按照旅行社的安排，第一项活动内容，请运斯登先生和蒙蝶娇女士拎好小篮子，像上海人一样，一早到小菜场买小菜。

【莉莉拿了一只菜篮子递给蒙蝶娇，蒙蝶娇顿时觉得新奇而又快乐。

运斯登　我的菜篮呢？

肖尔科　我这儿有！

【忙去拿菜篮，郑重地交给运斯登。

运斯登　谢谢！

【又付出小费。

肖尔科　（想收又不敢）这样谢啊！我现在是上海人在做一天外国人，大家都按外国规矩，你高兴，我也开心！（迅速收下钱）

耿大妈　莉莉，我们两个人陪他们一道去，到小菜场首先学会排队，（见大家已排好队）好，出发！

【蒙蝶娇和运斯登各提着菜篮与耿大妈莉莉高高兴兴地排队而下。

肖尔科　（数钱）窝心窝心！借一只菜篮头，就给我50美金，真是碰到十十足足的洋葱头！

【曹厂长带着李静上。两人都捧着叠得高高的大包小包的礼品。

肖尔科　朋友，你送礼送出瘾头来了？

曹厂长　去去去，不管你啥事体！（朝耿家喊）耿师傅在家吗？

忻光明　你们找耿师傅？今朝他调休，但好像又忙他的工作去了。

肖尔科　（对曹厂长）朋友，（瞄了一下李静）阿是今朝特地带来的公关小姐？

曹厂长　去去，这个是我老婆！（对李静）李静，你看哪能办？

李　静　厂里再停电下去，是要闯大祸的！我看阿拉只好等了。

忻光明　你们是来送礼的吧？

曹厂长　咦，你哪能晓得？

忻光明　这就叫第六感觉，（指着礼品，一件件点穿）这只包里是一只火腿，这只包里是人参，这只包里是上等开洋……

曹厂长　啊？你哪能会猜得介准？

忻光明　作为盲人，眼睛不灵了，鼻头耳朵就特别灵！（抽动一下鼻子）这就叫跟着感觉走。不过我要告诉你们，你们讲的耿师傅，我是了解他的，他肯定不会收礼品的！如果他要收礼，他老早就发财了，不过也老早就进"提篮桥"了！

李　静　他不肯收，礼品呢，让他的爱人收下来吧！

曹厂长　对，曲线救国、夫人外交！真是东北风，西北风，都比不上女人的枕头风！

忻光明　他没有爱人的，他的爱人老早飞脱了！

曹厂长　这是哪能一桩事体？

忻光明　他搬家到此地来之前，有过一个女朋友的！当时他从电业学校毕业，他的女朋友待业在家，是他激励和资助女朋友上了大学。但人心叵测，女朋友毕业后，反嫌他是一个普普通通的工人，没花头，就抛弃了他，唉！

李　静　（恐慌地）他女朋友叫啥？

忻光明　听说叫李静！

李　静　（又惊又喜）啊！

曹厂长　（悄然对李静）此李静，非你那李静！（问忻光明）那么，这个李静，你晓得，后来嫁给哪个杀千刀的？

忻光明　嫁给一个做生意的老板，据说，最早他是卖假烟起家的！

曹厂长　（惊愕）啊？好像在讲我嘛！

李　静　喔？你过去卖过假烟的?！我怎么一点都不晓得？

曹厂长　你认识我的辰光，我已经是曹老板了，已经开了家鸡粥店，不断采用廉价的“白腊克”，做成功高价的“三黄鸡”，才有了今天！

忻光明　（醒悟）我大概故事讲了蛮精彩，是哦？引起了你们热烈的讨论，好像你们是认识这对男女的？

曹厂长　不认识，不认识的！像这种杀千刀女的，狼心狗肺的！

李　静　（推了一下曹厂长）你？

曹厂长　哦！这种杀千刀男的，也是黑心黑肺！

忻光明　好咪！听不听由你们。我家里外国人要来，我要回去准备准备了。（下）

肖尔科　（听后嘀咕）嗲！嗲！嗲！这个就叫：好有好报，恶有恶报！

曹厂长　好咪，钱是冤家，呒没戏唱了！

李　静　快走吧，我没面孔看到他！（捂住脸独自先下）

曹厂长　李静！李静！（追下）

肖尔科　（看着地上堆满着的礼品）看来他们跟大伟以前是冤家！跟我肖尔科倒是前世亲家，谢谢！谢谢！（把礼品全部搬进自己家里）

【曹厂长返回，上。

曹厂长　咦？哪能眼睛一眨，老婆鸡变鸭啦？礼品全部飞光！

【肖尔科站在家门口，频频向曹厂长招手示意，叫曹厂长过来。曹厂长勉强走进肖尔科家中。

肖尔科　你的东西统统在此地！你看你是拿微波炉来谢我呢？还是把这些送不脱的礼品，全部交给我，由我去全权处理？

曹厂长　（甩甩手）拿去，拿去吧！

肖尔科　谢谢，朋友上路的！不过我弄不懂，你对耿大伟礼品横送竖送，当然他是一点没拿到。但是，大家全知道，浪费是极大的犯罪！所以，由我照单全收！不过，那你到底要求他为你做点啥事体？

曹厂长 耿师傅下令将我们厂的电拉脱了，我承包的厂，已经停产两天了！如果合同不能如期完成，我们就要赔款，就要被人家告状，就要去打官司！

肖尔科 为啥要拉你们电？

曹厂长 讲我们用电大量浪费。其实我也晓得，我们厂是加工厂，厂里残疾青年不少，技术力量非常薄弱！

肖尔科 噢，停电……那你为啥不向我请教呢？

曹厂长 你来事？

肖尔科 你看看我家里，电磁灶、电冰箱、电饭煲、电暖锅、电视机、电唱机、电风扇、电熨斗、电吹风……统统加起来，我每月用电只有13度！

曹厂长 啊！介许多电器，你每月只用13度?！肖尔科啊，看不出，你倒是个节电专家！

肖尔科 （自语）我猜想，人只要一发急，大概就会变得傻乎乎的！你看，我每月用电13度，只有这种十三点（指曹厂长）会相信的！

曹厂长 你介许多电器会得介省电，当中是啥格诀窍呢？

肖尔科 这个天机，是不能泄露的，我正打算要申请节电专利呢！

曹厂长 好，正好对我胃口！对像你这样的节电专家，我一定会用高价聘请！

肖尔科 只要你钞票过来，用不着通过耿大伟，我马上好让你们厂开工！

曹厂长 你有介大本事？

肖尔科 灵不灵，我可以到你们厂里当场试验。效果当场见分晓，你当场付钞票！

曹厂长 只要能开工，钞票不成问题，那么节电专家，麻烦你现在就到我们厂里去跑一趟？

肖尔科 可以，让我带些袖珍设备去。（悄悄地拿了一段粗电线、老虎钳、螺丝刀、黑包布等）

曹厂长 节电专家请吧！请——

【肖尔科自鸣得意地随曹厂长下。

【耿大伟回来了，见家中无人，去找忻光明。

耿大伟 忻大伯，忻大伯！

【忻光明上。

忻光明 噢，大伟，你回来啦。

耿大伟 外国人来了吗？

忻光明　来了，现在他们拎了篮头到小菜场，买小菜去了，由你姆妈和莉莉陪去的。

耿大伟　刚才我回来时，顺便买了两套西菜餐具，(拿出刀和叉)万一外国人在我家吃饭，筷子用不来，就好用这两套餐具了。

忻光明　你确实是想得周到！哦，外国人讲，不住在你们家里了，点名要住进我的家中。

耿大伟　这一样的，忻大伯，那这两套餐具就放在你家中使用！

忻光明　好的。(收下)可能外国人对筷子用不惯，刀叉就好派大用场了。大伟，刚刚有人想给你送礼来，好像是为了你停了他厂里电的事情。

耿大伟　有这桩事情的，但曹厂长给我越送礼，我越反感！难道我们共产党员在他们心目中就是这种形象？他们是家加工厂，有许多残疾工人。光冲着这一点，我无论如何也应该尽早地解决这家厂的用电问题！今天一早，我就是带着这家厂的问题去几家工厂取经，可惜还没能够最终解决。

忻光明　只要你牢记"人民电业为人民，光明使者送光明"，我就放心了！

耿大伟　我记牢了！

忻光明　人民的电业，确实是来之不易的！记得上海刚解放时，国民党就派飞机来轰炸我们刚刚接管的发电厂，他们想让年轻的人民共和国重新陷入黑暗！"二·六"轰炸那天，我们多少电业工人，为了保护发电机而光荣牺牲。我也为了护厂，被弹片炸瞎了双眼……

耿大伟　(万分激动)忻大伯你放心，我们会得记得老一辈的光荣传统，为人民管好电，用好电的！

【残疾人张安平颠手晃脚地上。

张安平　哪一个是耿大伟？

耿大伟　我就是，请到我家坐。

张安平　(有点口吃)不……不要。告……告诉你，我是群英五金加工厂工人张安平，你……你不给我们饭吃，我就弄顿生活给你吃……吃！

忻光明　你要做啥？

张安平　你不要看我摆不平，我学过少林寺的迷踪拳，武大郎阿弟武松的醉蟹拳。

【张安平边说边一拳打在耿大伟身上，耿大伟不还手。又一拳打在耿大伟的脸上，耿大伟仍不还手。

耿大伟　张师傅，不是我打不过你，我是希望你不要误解我！

张安平　打得过？你来来看！告……告诉你，我还学过正宗的凤爪功！嘿！！

【张安平欲用手勾打耿大伟，几番打上去，却都给忻光明持盲人用的拐杖钩着。

张安平 咦？你迪个瞎子也蛮结棍的嘛？我凤爪功发功，你能够看……看得清清爽爽？

忻光明 这就叫作：跟着感觉走！

【切光。

第 三 幕

【紧接上场。

【群英五金加工厂厂长办公室，隔壁，是配电室。

【应英坐在正面写字桌后侧，在认真地看报纸。

【陈强歪着头上。

陈　强 应英，曹厂长回来了吗？

应　英 还没有，这哪能办啊？

陈　强 蛮好嘛！趁现在停工，曹厂长又不在，正好让我们俩加班谈恋爱。

应　英 你还介开心！我姆妈讲了，假如我们厂破产，姆妈就不会同意我们两人结婚！讲你是残疾青年，再没工作，以后我们日脚哪能过？

陈　强 我残疾青年啊？我又不缺啥！只不过（指着自己的头）这个部分，角度歪了一眼眼，六点十分，对不对？尤其我和你一道出去，人家根本看不出来的，还以为我是在专心致志谈恋爱，（指指头）存心靠在你身上。

应　英 （羞涩地）看你！瞎讲点啥！曹厂长来了——

【曹厂长上。

曹厂长 告诉大家一个好消息，我请来了一个节电专家，马上好解决我们厂的用电问题！

【陈强、应英拍手叫好。

曹厂长 肖尔科，不，专家同志！我替你介绍一下，（指陈强）这位是我们群英厂产品设计科科长。

陈　强 （上前握手）你好，请多多指教！

肖尔科 指教不敢当，倒想请教一个问题，你的这个角度（指指头）不准，设计产品阿会把地平线看歪脱吗？

曹厂长 噢，他这个（指指头），是因为昨夜睡觉，不小心落枕造成的！

陈　强　嘿嘿，落枕，落枕。

耿大伟　（介绍应英）这位应英同志是我们群英厂的财务科科长。

应　英　你好！

肖尔科　（握手）你好！（转身对曹厂长）这个人（指应英）卖相蛮好，阿好介绍给我轧朋友？

曹厂长　这不行，人家有朋友的，快要结婚了！

肖尔科　你不要骗人！

曹厂长　不骗人的，男朋友就是他！（指陈强）

肖尔科　噢，（对陈强）噢，你福气比我好，眼光比我准，服帖！

曹厂长　别开玩笑了！来，先弄包外烟给你提提神。（掏出一包香烟，送给了肖尔科）

肖尔科　（赶紧收下）你放心，我保险会让你开工的！

曹厂长　你真是我的救命菩萨！

肖尔科　一样的，我嘛，是你的救命菩萨！你嘛，是我的财神菩萨！好来，废话少讲，让我到现场去看一看，你们的总开关在哪里呢？

曹厂长　我们厂小，此地原来是间大房间，已经一隔为二了。总开关就在隔壁小间里。（指着隔壁不显眼的小间，只见墙上的总开关上贴着封条）

肖尔科　好了，我有数了，马上给你们施工！

曹厂长　需要叫几个人协助？

肖尔科　非但不要人，而且办事室里的人，包括你，统统出去！

曹厂长　这个为啥？

肖尔科　我的专利是保密的，你想在办公室里偷看啊？

曹厂长　我懂了，来来，办公室里的人统统给我出去！

【应英和陈强下。

曹厂长　（对肖尔科）看你的了！（说毕下）

肖尔科　好笑，好笑，我肖尔科有啥本事，说我是节电专家？其实，我是偷电专家！

【肖尔科踏进小间，拿出电线，黑包布，老虎钳，干了起来。

肖尔科　其实最便当了，只要用这一公尺的电线，跳过总开关，把外界电源接进来就可以了。

【肖尔科完工后，又随手拿起地上的塑料布，在上面遮饰了一番，随后走出了小间。

肖尔科　（喊）曹厂长，进来好了！

【曹厂长、应英、陈强上。

肖尔科　解决了。

曹厂长　介快？陈强，快，你马上到一车间去试试看。

陈　强　哎！（奔下）

【瞬息传来了隆隆的机器声。

曹厂长　有苗头！有苗头！应英，去通知其他所有的车间马上开工！

应　英　哎！（下）

曹厂长　（倒了杯咖啡，递给肖尔科）来来，专家同志，吃杯咖啡！

肖尔科　迪个粘头（钞票）呢？

曹厂长　有数的，拿二百元去。（掏钱）

肖尔科　只给我二百？奈不是我小儿科，你是小儿科了！

曹厂长　你要多少？

肖尔科　再翻一只半跟头——五百！

曹厂长　这也太……算了，五百就五百，不过窍门你要告诉我的。

肖尔科　钞票付清，马上教你！

曹厂长　一句闲话，拿去，五百元！（付了钱）那请问节电专家，你刚刚是用了啥格办法？

肖尔科　很简单，用一根一公尺的电线把外面的电，接进来就可以了。

曹厂长　啊?！你不是节电专家，是偷电专家吗！好极来？一根一公尺的电线竟卖给我五百块啊！

肖尔科　好来好来，不要派头小来稀，至少我现在让你的厂开工了！以后电业局恢复供电了，你再悄悄地拉拉脱，这就叫上有政策，下有对策！否则，厂里停工的损失，你吃得消哦？

曹厂长　（无奈地）迫不得已，也只好暂时混一记了！

肖尔科　好啦，我走了。以后，有生意再挑挑我！一趟生，二趟熟，以后我对你们对折优惠，一公尺电线卖你（用普通话讲）二百五！

曹厂长　去！你真的当我“二百五”了！

肖尔科　好来，好来，我有数的，你刚刚挑我发财，现在我来挑你上山，有两个外国人想到中国来投资，你晓得吗？

曹厂长　（感兴趣地）哦?！

肖尔科　只要你能拖他们到你厂里来投资，以后你日子就好过了！

曹厂长　人在啥地方？

肖尔科　现在这对外国人，拎着篮子在兜小菜场。他们讲，到此地，要过一天上海人的生活。他们把兜小菜场，当作是在白相大世界游乐场了！

曹厂长　我去请，他们肯来吗？

肖尔科　你放心，我苗头轧得出的！好像这两个外国人，对我们此地，特别有投资的兴趣！

曹厂长　（兴奋地）这太灵了，没闲话来。好，我马上去请！

肖尔科　如成功，别忘记，还要给我五百元信息提供费！

曹厂长　一句闲话！

肖尔科　曹厂长，祝你磨刀成功！

曹厂长　是马到成功！不是磨刀成功。

肖尔科　对对，马到成功，马到成功。我走了。（下）

曹厂长　好极来，这倒是一笔大生意。马上打只电话给李静，叫她也来配合攻关。（拿起桌上的电话，拨号后）喂，李静，厂里用电问题解决了……你马上赶到厂里来，我现在去请两个外国人，马上就到。

【张安平上。

曹厂长　小张，你刚刚啥地方去了？

张安平　我是请耿大伟吃生活去的！没料到……

曹厂长　你哪能做事体自说自话？耿大伟拉掉我们厂里的电，也不是没道理的！

张安平　其实，他一个人好掼我六个也不止！但我打了他，他既不还口，更不还手，我倒是有点不好意思了。说实在的，我是被感动了！

曹厂长　现在，你千万不要再去惹他了！不瞒你讲，厂里现在，在借电开工，被他晓得不得了！（跟张咬耳朵）

张安平　啊？！什么借电？分明是我们在偷电！不来事的！

曹厂长　马上还有外国人来参观，现在管不了介许多了！我现在去接外国人，你马上把办公室打扫打扫。（下）

张安平　哎！忻大伯啊——

（唱）　他第六感觉太厉害，

几招就拿我摆平！

原本还想教训我，

耿大伟连忙来解围。

大伟他真诚告诉我，

上海电力来得太不易！

看他态度多诚恳，

我当即认错表决心。

耿师傅啊，忻大伯，

我定会协助你们管好电！

（白） 现在曹厂长居然用偷电来开工，我应该马上把这情况告诉给他！（拿起电话机拨号）喂，请传呼告诉耿大伟一声，群英厂正在私自拉电开工。请他马上来解决！谢谢，请一定要传呼到！

【李静上。

李　静　小张，你在与啥人打电话？

张安平　噢，我……我是跟我女朋友在打电话。我是通知她约……约会。昨天人家帮我介绍了一个女朋友。我是右摆，她是左摆的，我们两人天生有缘分，只要一走起来我们就自然靠拢了，显得亲密无间。刚刚，我就是通知她约……会的事体。

李　静　小张，祝贺你，一个残缺青年要谈成功朋友也是件不容易的事体！有啥要求我和曹厂长帮忙的，我们肯定会帮助解决的！你尽管开口。

张安平　谢谢，以后我结婚，你家里的摄像机借来，帮忙拍拍录像。

李　静　不瞒你讲，为了调动资金，曹厂长已把他心爱的摄像机都卖脱了！

【应英上。

应　英　（喜悦地）外国人来了！外国人来了！

【曹厂长领着运斯登和蒙蝶娇上。

曹厂长　运斯登先生，原来我想，大概是请不到你们的，想不到一请就到。

运斯登　中国人的好客是世界闻名，我当然乐意接受邀请咯！

曹厂长　李静，泡咖啡！

运斯登　不，我和我的夫人都喜欢喝中国龙井茶，中国的茶叶在世界健康饮料中是名列榜首的。

李　静　那我就给两位泡中国龙井茶。

运斯登　万瑞格的！

曹厂长　两位请沙发上坐！（回头对张安平）你稍微回避一下好吗？

运斯登　不用不用，我欢迎他在场。

曹厂长　（指了指张安平）我只好替他说明一下了，前几年，由于意外情况，造就了现在他这副可爱的模样。

【陈强兴冲冲地上。

陈　强　曹厂长,听说你把外国人请来了?

曹厂长　(冒火了)你来干什么?我请的是外国人呀!我又没有邀请你呀!运斯登先生,我只好替你再说明一下,他这一位也是意外情况,暂时造就了这种可爱模样。

运斯登　又是意外情况?曹厂长,实不相瞒,这次我到中国来投资,就是冲着残疾人来的!

曹厂长　啊?你讲的是真话呢,还是客套话?

运斯登　当然是真话,外国真话!

曹厂长　(兴奋)这好极来!不瞒运斯登先生讲,像这样的工人,我们加工厂大大的有,陈强,快把全厂那些残疾工人统统召集到此地来,让运斯登先生一个一个交朋友!

蒙蝶娇　办公场所小,就不必麻烦了。否则就太热闹了!

运斯登　(沉痛地)我是战争过来的人,由于我的罪过,在战争中造成了许多无辜中国人的死亡和残疾,对此我至今内疚不已啊!

众　人　这是怎么回事?

运斯登　40年前,"二·六"轰炸时,我是一个被台湾空军雇用的美国飞行员,奉命轰炸的就是这地方。当飞机被击落,我跳伞落地后,是一个善良的中国人,制止了我的自杀,将我押送到军管会。从此我放下了屠刀,重新做人,服刑中我获得了中国政府的大赦。回国后,我总对中国心存感激,我觉得,欠中国人真是太多太多了!现在看到中国对外开放了,经济正在起飞,我马上就想到,我应该到中国,到上海来投资!

曹厂长　(自语)开心开心!老外喜欢的竟是残疾人,是我做梦也没有想到的!(对陈强、张安平)对不起,刚刚我对你们是有眼不识泰山!

蒙蝶娇　希望你们能接受我丈夫的一番苦心,相信我们的投资会使你们发财,我们也发财!

众　人　好!

【耿大伟上。

耿大伟　曹厂长在吗?

曹厂长　噢,耿师傅,我正在接待外国人。

耿大伟　那你出来一下。

【曹厂长随耿大伟至一旁。

曹厂长　啥事体?

耿大伟　你厂擅自偷接电源,经我们电业局决定,罚款三千,这是罚款单。(递上)

【耿大伟在张安平暗中指点下,去配电室的小间中取下了那根用来偷电的电线,机器声停顿。

耿大伟　(对曹厂长)其实我们也正在为你们……

曹厂长　好了,不要多讲了,嘿嘿,不要讲罚三千,现在哪怕是罚我三万,我已经不吓了!

耿大伟　那……我走了。(下)

运斯登　(迎上前)发生什么事情了?

曹厂长　没事体,没事体,电业局讲我们浪费电能,小事一桩!

运斯登　什么?你作为厂长,竟然认为浪费能源是小事一桩?曹厂长,世界上就是发达的国家,对于能源的节约,也是看得至关重要的!没有一个老板不搞经济核算、不节约能源的!而你却认为……

蒙蝶娇　(摇头)……

【李静上。

李　静　运斯登先生,食堂已为你们准备了些点心,请赏光!

蒙蝶娇　不不,我们不饿!(对运斯登)好像时间差不多了吧?

运斯登　请原谅,我们告辞了!(欲走)

曹厂长　那投资的事呢?

运斯登　对不起,让我再调查、思考一下……噢,(拿出一张美钞)这是一千元美金,算我对你们厂的小小的心意,拿去吧。

【静场。曹厂长无奈中欲收下,被应英挡住。

运斯登　拿着吧,就算我给大家买件衣服穿穿!

蒙蝶娇　或者是买些吃的东西吧!

应　英　运斯登先生,我们确实欢迎你们来投资的,但绝不是向你们讨饭的!

运斯登　(转向其他人)那你们收下吧!

陈　强　运斯登先生,我们残疾人如果想以乞讨为生的话,就用不着让你为我们操心了!我们可以到马路上整天跪着讨饭,也许我们早已经发财了!

张安平　你不相信的话,我……我们到马路上当场实验,由我来……来带队!可我们要用劳动养活我们自己,也想为社会作出贡献,哪怕这贡献是微不足道的,我们要享受人活着的价值和尊严!

运斯登　(尴尬)这一千美金我已经拿出了,怎么可以……?那你俩(对张安平)收下吧!

陈　强　(含泪)把钱收回吧!我们已经是残疾人了,我们不希望在心灵上再受伤残了!

运斯登　(噙着泪)我收回,原谅我损伤了你俩的自尊,对不起了!……(与蒙蝶娇下)

【静场。陈强和应英抱头痛哭,张安平抽泣着。

曹厂长　(呆立着流泪)大家不要哭了!通知各车间今天放假一天。(深情地)我希望你们回去好好休息,或者去痛痛快快地白相一番!!

【陈强、应英、张安平下。

曹厂长　哪能办?哪能办?

李　静　这全是你平时只注意抓生产,不抓节约用电的后果!

曹厂长　不!这完完全全是因为你的缘故。

李　静　我?

曹厂长　我猜得出的,耿大伟是在向我报——夺妻之仇!

李　静　没根据的!

曹厂长　哼,肯定如此!我曹某人可以家破人亡,但看在这些介好的工人面上,厂还是要办下去!

李　静　没电怎么开工?

曹厂长　(颓唐地)只有……只有你去求耿大伟了!

李　静　我怎么好意思再去见他?!

曹厂长　可他正等着你呢!你去了后,如果突然想到要跟我离婚,也是可以的!但希望你能配合我,把厂继续办下去。听闲话,不然我会去死的!

李　静　小曹!(上前拥抱曹,边哭边点着头)

【肖尔科上。

肖尔科　嗲煞了,嗲煞了,啧啧啧,办公室里还介要好?

曹厂长　你来做啥?

肖尔科　我躲在外面,看你把外国人领来了,(伸出手)介绍费?

曹厂长　(递上罚款单)给你!

肖尔科　你上路的,开了张支票来,(一看)啊?罚款单啊!要罚三千元啊?!

【切光。

第　四　幕

【接上场。

【景同第一幕。

【耿大妈和莉莉各拿着只装得满满的小菜篮上。

耿大妈　外国人也真是的，什么黄泥螺啊，臭冬瓜啊，龙头烤啊……一样都不懂！所以在菜场上老是问十万个为什么。他们正问得起劲，被一个叫曹厂长的人一请就请走了！

莉　莉　让他去参观参观工厂也好。

【两人走进忻家。

耿大妈　噢，我想起来了，外国人既然住到你家里，你陪嫁用的东西也应该统统搬回来了！

莉　莉　对！我应该再布置布置。走，马上去搬回来！

【一阵进行曲的音乐声中，莉莉和耿大妈以卡通般机械的动作，来回两次，搬还了莉莉的东西。摆好后，耿大妈巡视了一下。

耿大妈　忻大伯常用的竹椅子太陈旧了，这样吧，把大伟用的转椅搬到此地来，把竹椅子搬到我家里去，这样一来，此地好看点！

莉　莉　那说调就调。

【两个人把两家的椅子作了对调。

耿大妈　(欣赏)对，让外国人坐这把椅子可以休息得舒服点。走，莉莉，我们到厨房准备去。(两人下)

【忻光明买了一马甲袋饮料和麻油散子回来，上。

忻光明　(琢磨着)我接触的外国人不多，但这个外国人哪能口音有点耳熟？不晓得他们麻油散子喜欢吃哦？

【忻光明走到自己家中，坐上转椅后，发觉不对头。

忻光明　哎呀！今朝心事比较多，情绪搞乱脱了，跑错到隔壁人家屋里去了，真是！

【忻光明提着马甲袋和麻油散子，走出自己的家，走进了耿家，摸到了自己的竹椅，才泰然坐下。

忻光明　对，这个才是我的家里，刚刚跑错了，跑到隔壁人家去了！

【耿大伟上，走进自己的家。

耿大伟　忻大伯，你好！

忻光明　回来啦？麻烦你到隔壁你家看看，你姆妈回来了吗？哪能带外国人去买菜到现在还没回来？

耿大伟　好，我去看一看。(看到后又返回来)咦，我姆妈没回来，你家莉莉也没回来。

忻光明　我第六感觉一直好的，我回到此地家里头，只要鼻头一闻，就晓得莉莉没有回来！

大伟，既然你姆妈还没回来，那你就在我家里坐一歇好了，要吃茶，你自己倒。

耿大伟　忻大伯，在我这里，你也不用介客气的！

忻光明　你见外了，在我此地你也随便点！

耿大伟　（见放着的马甲袋）咦，这些东西啥地方来的？

忻光明　是用来招待外国人的，麻烦你帮我放进橱里去。

耿大伟　好。（立即送回隔壁橱内放好）

忻光明　喂！你哪能拿到你自己家里去？

耿大伟　是放在你自己家里了。

忻光明　我听得出的，你此地没放，放到隔壁去了！

耿大伟　是应该放到隔壁去。

忻光明　当然，送给你也是可以的。但是有一点一定要记牢。隔壁是你家里，此地，是我家里！

耿大伟　（笑）忻大伯，你搞错了，此地是我家里。

忻光明　啊？（急忙站起摸索了一下周围的家具）哎呀，我烧香赶走和尚了！对不起，对不起！

【忻大伯折回自己家中，坐下后发现是转椅，犟脾气又冒了出来。

忻光明　（喊）大伟！你搞错了，明明此地是你家里不是我家里！！你年纪这么轻，头脑反而比我糊涂！

【耿大伟走进忻家。

耿大伟　咦，我的转椅哪能会跑到你家里来了。哦，我晓得了，是姆妈为了接待外国人，把我的转椅和你的竹椅对调了一下！

忻光明　（不好意思）怪不得我会把你家，当成是我家里，我家里当成是你家里！

耿大伟　怪我姆妈不好，搞里弄工作时间长了，要面子，喜欢做表面文章。计划生育、灭四害、杀鸡杀鸭，样样要敲锣打鼓，喜欢闹猛！其实外国人来，还是实事求是为好！

忻光明　那么，快点调回来，我是跟着感觉走，感觉是跟着竹椅走。竹椅一摆错地方，感觉全部错了！

耿大伟　好好，我马上就调回来！

【耿大伟把两家的椅子调回。

忻光明　谢谢，谢谢。派派我第六感觉一直很好的，哪能今朝开关会突然失灵的？原来是……

【李静上。

李　静　(欲叫又止)有人吗？耿……耿大伟在吗？

忻光明　听，你有客人来了，快去接待吧！

【耿大伟走出忻家，跑到门口，正好撞见李静。

耿大伟　是你?！你来做啥？

李　静　路过此地，来看看你，不欢迎？那我回去了。

耿大伟　没这个意思，请进房内坐吧。

【耿大伟带李静入房内，随即用气压式热水瓶泡茶给李静喝。

【曹厂长悄悄地跟上。

曹厂长　(自语)到底是自己的老婆，叫她去与旧恋人搞夫人外交，她就服从了。不过，有句老话讲，旧情难断！怕就怕，夫人外交到后来变成枕头外交，那末完结！所以我一定要做好安全保卫工作。(想贴门偷听，又感到万一被发觉很难堪)做人也真难，——偷看，怕发现；偷听，耳朵又没介好？哪能办？哎，我正在作死哦！

忻光明　(走出门来)啥地方有窸窸窣窣声音？啥人!?

曹厂长　我。

忻光明　啥事体？贼头狗脑的。

曹厂长　刚刚我发现一个女人走进了耿大伟的房间。

忻光明　只要人家欢喜，关你啥事体？

曹厂长　这个小姑娘，是有男朋友的！

忻光明　有，怕啥？这叫恋爱竞争！现在不是都在提倡“竞争上岗”吗？

曹厂长　实不隐瞒，我就是她的男朋友！

忻光明　敲定了吗？

曹厂长　本来是敲定，目前是暂定。

忻光明　直截了当，到底结过婚吗？

曹厂长　结婚倒是没结，不过我蛮追求她的！

忻光明　(自语)看起来，这个属于婚前第三者！

曹厂长　我晓得，你是盲人，听觉特别好，所以我想请你隔墙探听。

忻光明　你当我窃听器啊?！(自语)怪头怪脑，不是好东西！蛮好，乘机会我正好撬脱他！(对曹厂长)可以，这个忙，我准定帮了。

曹厂长　就在此地听好啦，作兴我也能听清爽两句。

忻光明　此地听哪能来事？万一给你女朋友发现，成事不足，败事有余。我总归帮忙帮到底了，到我家里去听。

曹厂长　听得清爽吗？

忻光明　笃定！我听一句，对你讲一句，保你满意！

曹厂长　谢谢，谢谢！你真是个大好人，热心人。

忻光明　这趟，我是热心得来一塌糊涂！

【忻光明带曹厂长进入自己家中，开始隔墙探听。

耿大伟　（叹了口气）有啥事体就请说吧。

李　静　原谅我！好久没来看你了。

耿大伟　不用客套。

忻光明　（传达）女的说：原谅我，好久没来看你了。

李　静　但是，对过去的友谊我一直没忘记过！

耿大伟　谢谢。

忻光明　（传达）女的讲，她对过去的友谊一直没忘记过。男的表示，谢谢。看起来，他俩的友情是根深蒂固的！

李　静　十年前，我们在长风公园约会，在银锄湖里划船。

忻光明　（传达）十月份，我们在长风公园约会，在银锄湖里划船。

曹厂长　啊？上个月他们还一道在外面白相？

耿大伟　可是，山盟海誓是一派胡言！

忻光明　（传达）山盟海誓金玉良缘！

曹厂长　（恍然大悟）好啊！怪不得耿大伟扳我错头，原来他们已经重新和好了！

李　静　是的，我爱过你，但离开了你！

忻光明　（传达）我爱过你，也离不开你！

耿大伟　我恨过你，但已经原谅了你！

忻光明　（传达）我恨过你，但决不原谅你！（悟）哦，这句话我听错脱了，是我恨过你，但已经原谅了你！说明两个人有过矛盾，但已经一笔勾销了，这个男人派头大的！

曹厂长　喂！你听管听，不要发表评论文章好不好？

李　静　今天我是来向你求救的，希望你能答应我！

忻光明　（紧张地传达）今天我是来向你求爱的，希望你能答应我！

曹厂长　（跺脚）糟糕，你再讲一遍，女的讲，求点啥？！

忻光明　求爱。噢，对不起，对不起，我讲错脱了！她不是讲求爱。

曹厂长　（松了一口气）总算还好。求啥？

忻光明　她是讲求婚！

曹厂长　（惊呼）啊?！辣手的，看到我要破产的，她就真的要跑了?！

耿大伟　你的话我不理解？

忻光明　（传达）你的话我很理解。

李　静　有一件事我提出来，希望你能付诸行动！

忻光明　（传达）有一件事我提出来，希望你能立即行动！

曹厂长　（懊恼地）有一件事？你会有什么好事情?！

【由于李静不慎碰倒了茶杯，茶水从桌上流下，耿大伟忙用抹布去擦，李静让座。

耿大伟　你床上坐吧。

忻光明　（传达）你床上坐吧。

曹厂长　噢，不好！事态正在逐步升级！

李　静　谢谢，我不客气了。

忻光明　（传达）谢谢，我不客气了。

耿大伟　（擦干净桌子后，重新招呼李静坐转椅上）请吧。（又准备给李静再倒茶）

忻光明　（传达）请吧。

李　静　不用，我自己会动手的。

忻光明　（传达）不用，我自己会动手的。

【李静接过茶杯，用气压式热水瓶倒茶，由于热水瓶中水不多了，所以李静用力，频频压迫，气压式热水瓶发出了有节奏的声响。

忻光明　伊拉现在不讲闲话了，只有“呼哧、呼哧”的呼吸声了，不相信你自己静静地听？

曹厂长　（听到后极度痛苦，捶胸）啊！真的豁上了。有一句名言讲：世界上最会变化的是女人！哦，我么倒霉！碰上的就是这样的花女人！现在弄假成真，我要去拚了！

忻光明　喂。你介激动做啥？

曹厂长　不瞒你讲，这个女人，就是我的老婆李静！我是她的丈夫曹厂长！

忻光明　啊？（马上领悟）对不起对不起，刚刚我是在瞎讲！不是拥抱时的呼吸声，是按气压式热水瓶的声音！

曹厂长　我不相信的！

忻光明　刚刚的闲话统统送进废品回收站。我还以为你是婚姻第三者，所以，故意倒过来传达的！

曹厂长　好了，老伯伯。你用不着来安慰我！我心中早有预感。现在果然成事实，我要寻伊拉去！（欲冲耿家门）

忻光明　奈么完结，我越帮越忙了！（三步并作两步，娴熟地急忙拖牢曹厂长）

曹厂长　你不要拖牢我呀！

忻光明　你误会了。耐心听我讲……

【两人拖拖拉拉地到了耿家门外的一侧。

曹厂长　（奇怪）咦，门倒开了嗨？

忻光明　奈总好相信了！刚刚，是我瞎子在瞎讲！

【莉莉恰好上。

忻光明　（用手势示意）嘘！听好。

【三人门外旁听。

耿大伟　有啥事情直接讲，不要兜圈子了！

李　静　我向你求救的事情是……

忻光明　（对曹厂长）听清爽吗？是求救！不是求爱，更不是求婚！

李　静　群英厂是我丈夫押上所有家产，冒着风险承包的，希望你能高抬贵手！

耿大伟　啊？这么讲，群英厂的曹厂长，就是你丈夫？

李　静　是的。他不认识你，是无辜的，你千万不要把他当成冤家！

耿大伟　其实，我从来也没把他当作冤家过。至于过去你的何去何从，我管不着！（咬牙）当然，我尊重你的选择！

李　静　我是不忍心看到他破产，所以才上门来求你的！以前我确实对不起你，所以，你有啥要求尽管讲，只要是我能办到的！

耿大伟　我有要求的，希望群英厂能够协助我，管好电用好电。至于曹厂长为群英厂作出的很大贡献，我是由衷地钦佩他！

李　静　（欣喜）那你答应了？马上供电？还有，把罚款取消？

耿大伟　从心底来讲，我也并不想这样做，电力，不是我个人的私有财产，罚款也进不了我的腰包！但人民群众既然给了我这个权利，我就绝不会因为你是我过去的女朋友，就会滥用职权！

李　静　你不答应？

耿大伟　不答应！

李　静　（气愤）你就这样一本正经不讲情面？怪不得你至今还娶不到老婆，你这个戆大！（哭哭啼啼地奔下）

曹厂长　李静！李静！（边追边一个飞吻，下）

忻光明　原来是这样一桩事，大伟，我支持你的！

莉　莉　刚刚那个人，就是你过去的女朋友李静？

耿大伟　（苦笑）对的，骂我是戆大，娶不到老婆！

莉　莉　大伟，你不要难过，人家骂你戆大，我看是对的！

耿大伟　（惊讶）你也这么认为？

莉　莉　（含笑着，扭过身去）怎么不是呢？连有个姑娘在苦苦等着你，你还木知木觉的……

耿大伟　（思索）不可能的！……

莉　莉　可能的！

耿大伟　啥人？

莉　莉　远在天边，近在眼前！

耿大伟　（环顾四周）呒没人嘛？

莉　莉　你这个戆大！（含泪奔下）

耿大伟　奈我变双料的戆大了！（恍然大悟）啊？这个姑娘就是莉莉她自己！

忻光明　（感叹）服帖，服帖！现在小姑娘不得了，主动挑起“世界大战”！老早《白蛇传》里的白娘娘、小青青比起她们差远了，统统是十足的乡巴佬！

耿大伟　（不知所措）忻大伯，我是一点也没有思想准备！……

忻光明　不要尴尬，难为情算我的！以后要与我孙女谈恋爱，尽管上我家里来。我家最安全，你们尽管亲热，用不着羞答答，反正我一点也看不出的！即使听到，也等于是在听国外电视连续剧！

耿大伟　忻大伯，我还想与你商量一桩另外的事体。

忻光明　你讲好了。

耿大伟　停了群英厂的电，其实我从心底里比他们更急！他们资金不足，用的全是30年代的电气设备。要更新，短时间内又不可能。我想，是否可请你这个老法师去诊断一下，找出他们浪费电和不安全用电的根源来！

忻光明　哎，这桩事体，找我可能找对了！走，上你家里去，我们呢，一道列出一个可行的改造方案来！

【两人进入耿家研究了起来。

【肖尔科提着一瓶白酒，摇摇晃晃地边喝边上。

肖尔科　算啥名堂，拿进五百，罚款要三千，曹厂长讲坏点子是我出的，钞票要南北开，大家分担！（进自己的房间内，一人喝闷酒）

【运斯登和蒙蝶娇上，耿大妈迎上。

耿大妈　呦，外国朋友回来了！运斯登先生，你们怎么去了这么长时间？

运斯登　去了一家工厂，又去了警察局，不不，你们这儿，叫派出所。

蒙蝶娇　我们还吃了两串烤羊肉，四只烘山芋，味道是万瑞够的！

耿大妈　你们去派出所干什么？

运斯登　我想找一个40年前的恩人，可惜派出所也爱莫能助！唉——

耿大妈　是不是需要我们提供什么帮助？

运斯登　帮不了忙的，因为我根本不知道他姓什么叫什么，也不知道他家住在哪里，我只记得他左手上有一个大的伤疤！

耿大妈　你们不要急，下午，我叫里弄干部一起来商量、排查。然后，分头帮你去找找看。（喊）莉莉，外国朋友回来了，先让外国人尝尝中国点心。

【莉莉端着两碗面条上。

莉　莉　来来，到我家里慢慢吃，这是我拿手节目，上海式兰州拉面。

【众人进入忻家。

运斯登　什么叫拉面？

莉　莉　就是用手工把面粉团拉成很细很细的面条就叫拉面，拉面吃起来又糯又滑，你们吃吃看吧！（递上筷子）

蒙蝶娇　中国真是太好了。因为你们人口多，所以食物的品种，也是世界上最多的。这几天，我已经顾不上健美了，拼命享受这里的美味佳肴！

【运斯登和蒙蝶娇用拳头捏紧筷子。莉莉教了他们也没能学会。耿大妈发现有刀和叉，递给了他们。

莉　莉　亏我爷爷想得周到，刀叉也准备好了。

耿大妈　你们慢慢吃，我和她下厨房准备新的节目去了。

【莉莉随耿大妈下。

【运斯登和蒙蝶娇用刀叉挑拉面，高高地挑起，还没吃上口，拉面又很快地滑下了。

蒙蝶娇　（耸了下肩）真是没办法！简直像在抓泥鳅！

运斯登　味道好极了，不吃太可惜了！趁他们不在，我们用手抓着吃。

蒙蝶娇　对，这是个好主意！

【运斯登和蒙蝶娇用手撩起碗中的拉面，津津有味地吃完了。

【耿大妈端着放着五六碗馄饨的盘子上，先进入忻家。

耿大妈　拉面吃完啦？再尝尝我们上海的土产——馄饨。

蒙蝶娇　（对运斯登）手已经烫得受不了了，怎么还有吃的？

运斯登　（对蒙蝶娇）还是用手抓，味道怎么样？

蒙蝶娇　（对运斯登）味道万瑞够的！

运斯登　（对蒙蝶娇）那烫就烫吧。

耿大妈　（有点察觉）运斯登先生，吃馄饨可以用调羹。（分别递上调羹）

运斯登　（咕）真是上帝保佑，要不然一天吃下来，肚子是饱了，手也给吃成三度烧伤了！

耿大妈　你们慢慢吃，我还要到隔壁家去送馄饨。

运斯登　中国人还有这规矩，自家包馄饨，隔壁家都要送一份的？

耿大妈　这是我们这儿的风俗，邻里之间互敬互爱，有好吃的东西给大家都送上一份。

蒙蝶娇　哦，这在美国是不可想象的事情，邻里之间基本上不往来的，有的孤老死在家里，等人们发现，尸体都已经腐烂了！

耿大妈　噢，还有这种事情。好吧，你们慢慢吃！（端着放馄饨的盘子上肖尔科家里去了）

【肖尔科醉醺醺地倚在桌上。

耿大妈　哎呀！肖尔科，你怎么吃得酒气喷人？喏，快用馄饨压压酒！

肖尔科　谢谢你。

耿大妈　（喊）大伟！（进入房内）哎呀，你两个人都在此地啊，外国人回来了，你们两个人去陪陪他们一道吃馄饨！

忻光明　（对大伟）我们说干就干，下午就去现场。现在先到我家里去陪陪外国朋友。

【忻光明、耿大伟随耿大妈进入忻家。

运斯登　很不礼貌，我们先吃了。

忻光明　不不，只要你们吃得高兴，我们就更加高兴。

耿大妈　我来介绍一下，这位就是我的儿子耿大伟。

耿大伟　（上前……握手）见到你们非常高兴。

运斯登　（打量了一下耿大伟穿的电业工人的制服）你是做警察的吧？

耿大伟　不，这是我们电业工人的制服。

耿大妈　来来来，大家闲话少讲，先把馄饨吃了，后面吃饭时还有交关小菜了。

莉莉拖了一根电线上。欲去找大伟，见大伟家中没人，就找到了肖尔科处。

莉　莉　肖尔科，帮个忙，接根电线装只灯头，厨房里太暗，要加加亮！电线接在我家好了。

肖尔科　（昏沉沉地走出来）莉莉，奈你变小儿科了！我跟你啥格关系？电线从我家里接，马上帮你接好。（从家中拖出一根电线。由于喝酒后糊涂，在接电线时，不慎触电）啊——我触电了！快，关电门！

【莉莉慌忙奔进去关肖尔科家的小火表。不料，关了之后，肖尔科仍在触电，仿佛在跳霹雳舞。

肖尔科　莉莉，你关错了！

莉　莉　我没关错！是关脱你家里的电门了！

肖尔科　（无奈承认）你确实关错了！我家里的电门接在你的屋里！

【众人闻讯奔出，不知所措。唯有忻光明利索地去关掉了自己家中的小火表的电门。肖尔科停止触电，僵直地摔倒在地。

莉　莉　（醒悟）啊？肖尔科啊肖尔科，你一面想追求我，一面恰恰一直在挪用我家的电！……

忻光明　其实，我老早就晓得了，但想想肖尔科是个没爷没娘的孩子，这点小事也就随它去了！快，救人要紧！

莉　莉　我去叫救护车！（奔下）

【耿大伟已在压迫肖尔科的胸部，给他做人工呼吸。

运斯登　我也来帮忙！快做人工呼吸，心脏不能让它停下！（立即上前对肖尔科做口对口的人工呼吸）吃不消，他吐出的都是高粱酒！（但马上继续）现在，不是他在吃高粱酒，变成我在吃白酒了！没办法，救人要紧！（继续做人工呼吸）

蒙蝶娇　运斯登先生的酒量是不行的！（忙去端了碗馄饨放在地上）你吃几只馄饨压压酒！

运斯登　谢谢！（吃了两个馄饨，继续救人）

忻光明　（上前）让我来吧！

运斯登　有这个美味的食品（指馄饨），我还可以继续救人！

耿大妈　想不到馄饨的力道比巧克力还要厉害！

【忻光明撸起袖子，推开运斯登，对肖尔科做口对口人工呼吸。运斯登欲争，却意外发现了忻光明左手小指少了一截。

运斯登　啊！？他左手小指少了一截？这，这是我造成的！就是他！就是他！（由于喝了白

酒，竟走起醉步来了）

【外面传来呼啸的救护车声，刹车声。莉莉奔上。肖尔科也渐渐苏醒。

肖尔科　（蒙眬中睁开眼）发生啥事体？连救护车也来了？（见运斯登脚步飘忽，忙站了起来，扶住运斯登）快，老外吃醉了，快送救护车！

【众人惊喜。

【灯光渐暗。

第　五　幕

【当天下午。景同第三幕。

【张安平在办公室里来回踱步，和陈强、应英一起在焦急地等待。

【曹厂长和李静上。

众　人　事情解决得怎么样了？

曹厂长　（沮丧地）到底是共产党员，我浑身的解数都用上了，后门还是撬不开！这个耿大伟，我也算服了！

张安平　那你下一步打算怎么办？

李　静　曹厂长刚才跟我商量过了，准备向有关部门打报告，宣布承包失败，群英厂破产倒闭……

众　人　（惊慌）啊？破产倒闭?!

曹厂长　我会发给你们每个人三个月工资，让大家自找出路，各奔前程……

【众人听毕，抱头痛哭。

曹厂长　（噙着泪）不要哭！以后哭的机会有得多了。一些贷款单位会来逼债；合同单位来取赔款；我将倾家荡产、信誉扫地！……现在哭还早了点。再讲，哭就不能算是男子汉！（说着说着，自己按捺不住扑向李静痛哭起来）李静，我对不起你啊！……

李　静　你哭，我就偏不哭！（但屏住一会儿，也跟着呜咽起来）小曹……

【耿大伟扶着忻光明上。

耿大伟　（诧异地）你们都在干什么呀？

曹厂长　没啥没啥，大家哭哭白相相！眼睛被灰尘塞牢，需要冲洗冲洗！

耿大伟　哭哭白相相？曹厂长，你们可能误解我了！停了你们的电，以为是在刁难你们。

其实，你们应该晓得，国家建设需要越来越多的电能！人民生活不断改善，也需要越来越多的电！我们的电能空前紧张啊。

忻光明 我虽然不大出门，可是从广播里也听到，现在煤价在不断上涨。我们用的电，许多都是用议价煤发的！但电价依旧。市委市府领导为了确保上海人民的用电，多次不远千里，到煤矿产地去寻求支援！

耿大伟 所以，我们再大手大脚地浪费电，就很不应该了！作为一个电业干部，我如果不管好电、用好电，又怎么能对得起上海市民呢?！

曹厂长 （怀疑地）讲的比唱的还要好听！……

忻光明 （愤怒地）你这个人不知好歹！大伟为了帮助你们厂克服用电上的浪费，和其他不安全因素，几天来，四处奔走、请教，连我这个电业老工人也被他请来出谋划策！他还叫一个带电作业班，到你们厂来帮助更换那些老化了的电缆。并且在所有的机器上，安装一个节电器！

【耿大伟掏出步话机。

耿大伟 他们现在应该到了！（对着步话机）刘班长，刘班长，我是大伟。好吧，就按照原定方案施工，注意安全！（放好步话机）

【众人面面相觑，眼睛都明亮了许多。

曹厂长 （将信将疑地）耿大伟，你什么路子，我倒有点吃不准了!？……

李　静 （打断曹）还说这些干什么？（对忻光明）忻大伯，那么我们厂在用电方面的主要毛病在哪里呢？

忻光明 刚刚我和大伟到你们车间里去测试过，主要是设备老化。许多电都是空耗掉了，好比是一辆大卡车仅仅装了一篮小苹果。用上大伟他们研制的节能器，情况肯定会大有改善！

耿大伟 另外，曹厂长你应该马上下令，今后厂里一律不准私用电炉、电热杯、电风扇……总之，不准采用任何手段来浪费电。节电有奖，浪费重罚！

曹厂长 一定照办！（对陈强）陈强，快去叫宣教科起草相关文件，下达到各个车间，坚决执行！

【陈强下。

耿大伟 （掏出步话机）刘班长，节能器安装好了吗？啊？已经安装好了。那好，我要试车了。（收起步话机）

【耿大伟将总电门上的封条取下。

耿大伟　（对曹厂长）曹厂长，你们开车试试看！

曹厂长　（欣喜地）好，张安平，你赶快去通知各车间试车！

【张安平应声下。

【机器转动声响起。

【耿大伟观察了一下电表运行情况。

耿大伟　用电情况明显好转。曹厂长，我们正式同意你们重新开工！

【众人鼓掌，叫好。陈强、张安平上，和大家一起载歌载舞。

【耿大伟扶住忻大伯欲下，被曹厂长拉住。

曹厂长　（激动地）两位慢走！（他紧紧地握住耿大伟的手）大伟啊，我确实是误解了你！我是个生意人，习惯用小市民的眼光来看待一切人。尤其是你们电业干部，我总以为你们都是伸手派。加上李静以前与你有过感情纠葛，我想，这一次我彻底完了！……现在，我终于明白了，真正的瞎子不是忻大伯，而是我！……

耿大伟　（宽容地）曹厂长，你应该振作起来，将厂里的生产搞好，把节电和安全用电工作也抓好！

忻光明　想想你曹厂长也不容易，当初你把这个差不多倒闭的加工厂承包下来，为国家也分挑了重担，还解决了部分残疾人的就业问题。

【莉莉带着运斯登和蒙蝶娇上，他们默默地听着。

曹厂长　比起你们两位，我非常惭愧！

耿大伟　我做得还不够，要好好向忻大伯学习！他在“二·六”轰炸中，为保卫电厂，被炸瞎了双眼。现在，已年过花甲，本该在家里享享清福，却还到群英厂帮助解决用电浪费问题，真是了不起！

李　静　（对忻光明）忻大伯，太感谢您了！您请坐。（扶忻坐下）

莉　莉　爷爷，外国朋友来了。

忻光明　你让他们坐下。哎，说实在的，我们这个社会是非常温暖的！就拿我这个孙女来说，其实她与我并没有血缘关系。几年前，一次共青团组织的敬老活动中，她来照顾我，以后就主动要我搬到她家，把我当她的亲爷爷来服侍……（擦泪，有些哽咽）

莉　莉　爷爷，别说了……运斯登夫妇有事找您。

运斯登　忻先生！（握住忻的手，抬起来看了片刻）我想冒昧地问一下，1950年“二·六”轰炸时，你有没有抓过一个跳伞的外国人？

忻光明　(不解地)有过这件事。

运斯登　(激动地抱住忻)你就是我的救命恩人!

忻光明　你就是那个美国空军飞行员?! 你是怎么认出我的?

运斯登　刚才在抢救你的邻居肖尔科先生时,我意外地发现了你的左手小手指短了一截。我刚想认你,可是由于口对口人工呼吸时,喝下了不少二锅头酒,我醉倒了……

曹厂长　(丈二和尚摸不着头脑)到底怎么回事?

运斯登　那天我的飞机被击落,我跳伞落地后,想开枪自杀,被忻先生发觉,上来夺过我的枪。争斗中,我却狠狠地咬他的左手,把他的小指咬下来一截,他却忍着剧痛,将我押送到了军管会……(对忻)要不是你救我,我现在就不会在这个世界上了,我对不起你,更对不起中国人民! (跪下)你是恩人,我却是罪人。

忻光明　起来,起来! 多跪也挺吃力的。你后来在中国服过刑了,受过惩罚了。你要知道,宽容和向前看是我们中国人的秉性!

曹厂长　(也感慨地)确实,中国人中好多人啊,像大伟吧,也是不计前嫌,帮助我们群英厂解决了节电和安全用电的问题。

运斯登　那太好了! 我请大家今晚到希尔顿吃饭!

蒙蝶娇　(兴奋地)运斯登先生将有一个重大的决定告诉诸位。

莉　莉　不用破费,运斯登先生,你们不是要做一天上海人吗? 那就要做到底! 晚上,请一起到我们家来聚餐!

运斯登　说得对! 我想,今天的晚上,一定是美好和迷人的……

曹厂长　我听得出,讲的是投资的问题! 外国人在甩赤膊令子!

众　人　(眉飞色舞)开心……

【大家手拉手载歌载舞。

【灯光渐渐暗下。

第六幕

【当天傍晚。

【景同第一幕。

【舞台中央多了一只餐桌,桌上放着一瓶鲜花及饮料等。

【耿大妈端着冷盆上。

【肖尔科因触了电的缘故,头上似孕妇一般,用布条裹着。

耿大妈　肖尔科你好点了吗?

肖尔科　身体倒好了,就是心里想想难过,我一面在追求莉莉,把她当作心上人,一面又在偷莉莉家里的电。想想自己的做人,真是名副其实的小儿科!

耿大妈　一个人知错就改,大家会原谅你的,勿要七想八想了,以后啊,千万可要注意用电安全了!走,跟我端冷盆去。

【肖尔科随耿大妈下,随后,肖尔科已端冷盆上。他把冷盆放在桌上,又顺手牵羊地拿起冷盆中的鸡块,欲放进自己口中。

肖尔科　(突然醒悟)肖尔科啊,我不能再小儿科了!(又将鸡块放回原处)

【莉莉带着运斯登等所有人上。耿大妈闻声迎上。

莉　莉　耿大妈,你看,我带来介多客人。

耿大妈　欢迎欢迎!大家随便坐。

运斯登　耿女士,我告诉你一个好消息,我已经找到40年前救我命的恩人,他就是忻光明先生!(对忻光明)忻先生,为了报答您的恩情,我和我的夫人打算邀请你到美国住上一段日子!

忻光明　我一个盲老头,到美国能看到什么?倒不如留在上海。俗话讲:乡音最亲!我乐意听阿拉上海人的上海闲话。

运斯登　那我在上海买一套高层的公寓送给你!

忻光明　运斯登先生,你又在折腾我了,万一电梯坏了,我要找到哪一层才是我的家?

运斯登　那我替你……

忻光明　不要多说了,我心领了。但我作为个人拒绝一切酬谢!

肖尔科　(拿出了两张美钞)运斯登先生,我肖尔科也不再是小儿科了,请收回吧!(见运斯登拒收)我也是中国人,中国人要有中国人的骨气!

运斯登　……(收下)

肖尔科　(用洋泾浜普通话讲)谢谢!

运斯登　我今天请大家来,是想告诉大家,虽然今天我只做了一天的上海人,但我看到了忻先生和耿先生两位高尚的职业道德,也看到了中国残疾人的美德,更看到了中国人的热情和宽容,和人与人之间的真诚!所以,跟太太商量后决定,曹厂长,我将对你们群英厂进行巨额投资!

众　人　好！（鼓掌）

曹厂长　谢谢运斯登先生和夫人！（握手以后又与耿大伟紧紧握手）也亏得有你们电业局的帮忙！

耿大伟　为了人民送光明，这是我们电业职工应该做的！看，外滩的灯光亮了！

【天幕上亮起上海滩灯火辉煌的全景。

忻光明　另外，我也告诉大家一个好消息，我的孙女莉莉与耿大伟已经正式建立恋爱级外交关系！

【众人鼓掌。

曹厂长　这真是，电业工人为人民，人民热爱电业工人。

【众人又鼓掌。

李　静　（对耿大伟）大伟，我祝贺你！（伸出手来）

耿大伟　（握手）谢谢。

曹厂长　我不会吃醋的，你笃定握手！

忻光明　莉莉，快去叫大伟的娘。

莉　莉　（羞涩上前叫耿大妈）姆妈。

【众人又鼓掌。

耿大妈　（喜悦地）哎！（对忻光明）忻大伯，那我与你是亲家了，大伟，过来叫人！

耿大伟　忻大伯。

莉　莉　戆大，称呼也要改一改来！

耿大伟　爷爷！

【众人笑而鼓掌。

耿大妈　（对忻光明）亲家公啊！（忙止口）哎？辈分好像搞错了，我也应该叫你一声——（鞠躬）阿爸！

【众人开怀大笑。

【帷幕徐徐合拢。

【全剧终。

1990 年 2 月

·七场都市情感沪剧·

血　谜

人物表:

凌玉清——女,30岁左右,医生。简称"凌"

高诗德——男,30岁左右,工程师,凌玉清的丈夫。简称"高"

高　母——女,50多岁,高诗德的母亲,退休教师。简称"母"

高　兴——男,3岁,凌玉清的儿子。简称"兴"

沙　洲——男,20多岁,职员。简称"沙"

潘　洁——女,20多岁,幼儿园教师,沙的妻子。简称"潘"

典狱长,简称"典"

几个监狱警官

第一场　血　　疑

【时间:当代某天下午。

【地点:高家客厅。

【幕启,高家客厅挂满了气球彩带,墙上还张贴着一个"寿"字。门口,高诗德和搀着儿子的凌玉清含笑迎客,高母也笑得合不拢嘴。客人们提着烟酒、鲜花等各种礼品鱼贯而入。女客们则围着凌的儿子抱看不已。

高　欢迎,欢迎!

凌　你们来喝阿拉伲子的3岁生日酒,我们已经很高兴了,何必带礼品来呢?里面坐,里面坐!

甲　要格,要格。(唱)　生日酒,生日酒,高家添丁有苗头。
你们这对好夫妻，
从此天伦永享受。

甲　高诗德先生，（唱）　你是才华震四方，
你妻她，
花容玉貌冠群芳。
你们俩，
青梅竹马结良缘，
幸福美满家兴旺。

丙　（阻止）哎，哎，讲了半天，高工，凌医生，你们的宝贝儿子叫啥名字还没告诉大家。

高　名字不是我想出来的，还是让我太太告诉你们吧！

凌　（幸福满面）其实啊，不要看我们俩都是大学生，想了交关名字，总觉得不合适。最后，还是诗德回国后叫阿拉婆阿妈起的。姆妈，侬讲是吧？

【高母撸着孙子的脑袋，眉开眼笑。

母　是的，是的。伲孙子的名字是我起的。伊叫"高兴"！

众　"高兴"？！哇，起得好！起得好！

甲　（拿起酒杯）我提议，大家为高兴3岁生日而干杯！

众　（举杯，唱）　高兴高兴真高兴，
高家有了接班人。
财源随之滚滚来，
人丁兴旺万事兴。

高　谢谢大家的一番吉言！来来，快坐下，快坐下！酒席马上就开始。

【厨师开始上菜。高、凌为客人斟酒、倒茶。高母抱着孙子与客人逗乐。

【沙洲扛着一个大箱子上。他按了一下门铃。凌立即起身前去开门，见沙吃了一惊。

凌　（紧张地）你哪能晓得我住在这里？

沙　（放下纸箱，笑道）玉清姐，只要功夫深，铁棒磨成针！实际上，我早就知道你的住址了。

凌　（压低嗓门责怪）你哪能可以这样！我一再关照过你，千万不要到这里来！

沙　（委屈地）今朝你儿子3岁生日，我来送个礼，表表心意！

凌　心意我领了，你快回去吧！

高　（中断了与客人的交谈，大声地）哪位客人来了？请进来！

凌　(紧张地)一位以前的朋友路过,他不进来了!

沙　(不为所动,高声回答)好格,我来了!(对凌)礼品既然拿来了,就不想再带回去了!我一定要把它送给你儿子!(搬起大纸箱进入屋内)

【凌相当尴尬。

高　(过来迎客,因为不认识沙)这位是……

沙　我叫沙洲。是凌医生的病人。听讲你儿子3岁生日,我特地来表表心意!

【沙洲打开纸箱,拎出一辆塑料电动摩托。客人们眼睛一亮,惊叫起来。

众　哎呀!要千把块来!奈么高兴真要高兴了!

高　(摇手)谢谢,不过,这样贵重的东西,我们不能要!你留着自己用。

沙　我哪里用得上啊!我还没有成家呢!

乙　不要弄僵人家,以后还敬人家就是了……

凌　礼物,我们就收下了,我会退给你钱。以后万万不可以这样!

甲　来来,让我教他玩!

【客甲拉着小孩,拿着摩托出门。凌医生不放心地跟下。

高　(客气地)小沙,请坐,请坐。

【沙入座。高给他倒酒,随即站起身来举杯。

高　来来,我提议,为各位来宾的健康和幸福,干杯!

沙　(阻止)不不,今天是小主人的生日,让我们为他的幸福和辉煌未来而干杯!

【众人纷纷起身举杯,向高家表示祝贺。

众　干杯!干杯!

【突然,门外传来一声尖利的刹车声,接着是几个人在叫救命。众人大惊失色。高飞身往门口奔去。高母也颤颤巍巍地紧随其后。客甲惊恐万状地奔进门来。

甲　小高兴被一辆出租车撞伤了,血流了一大摊!

【高母听毕晕了过去,被客人扶住,把她安置在一个躺椅上。高急匆匆要奔出去,被客甲拉住。

甲　不要去追了,你儿子已经被司机和你太太送医院去了。

高　(焦急、气愤地)天啊!我哪能介倒霉啊!

(唱)　出国归来得儿子,

　　全家欣喜乐陶陶,

　　岂料乐极必生悲,

生日酒宴惹祸殃。

老天啊，

高兴是我高家根，

请高抬贵手保佑他！

帮我灭灾度难关，

高兴平安早康复！

【众人都非常同情地劝慰他。

【这时，又传来急速的停车声。接着，脸色惨白的凌急速地进了门。众人关切又急切地看着她。

凌　(对高，急促地)儿子需要马上输血！化验下来他是O型血，而我是A型，不能输给他。所以必须用你的血，快去！

高　好！(匆匆而下，汽车开走的声音。)

凌　(责怪沙)都是你！你不送这部摩托，就一点没事体！

沙　(脸色惨白地辩解)照你这么说，好像是我特意去买辆摩托，来谋杀这个小孩似的……

众　(规劝)别激动，别激动。他也是一番好意，这个是不能怪他的！

【高母醒过来，一客人将她扶起。

母　(焦急地)我的小孙孙怎么样了？

凌　(上来安慰)姆妈，现在正在输血抢救，伤得不是太严重。

母　(不满地)他哪能会受伤的？

凌　都怪我不好！我看他玩得高兴，就一松手，让他一个人骑，想不到一辆出租车刚好急转弯撞了过来……

母　唉！你怎么搞的?！母亲的职责，就是保护好小孩！而你……

沙　(为凌开脱)高家姆妈，你媳妇已经很难过了，你就别……

母　(对沙)你是啥人?！用不着你来帮腔！

【这时，又传来急速的停车声。接着，满脸激愤的高走进了门。众人又急切地围了上去。

高　(激愤地挥动双手)这是为什么！为什么啊！荒唐！荒唐啊！

【众人面面相觑。凌怯生生地走上去。

凌　怎么了？……

高　(愤怒)你是医生！你还来问我?！你跟儿子的血不一样，这是天数，没办法！而我的血，化验下来竟然不是O型血，也就是说，我不是孩子的父亲！（冲着凌）这是为什么?！为什么啊?！

众　（震惊又疑惑）……啊？这怎么会呢！怎么可能呢!？……

【凌泪流满面地哭泣起来，无言以对。

母　（上前严肃地质问）媳妇，你要说实话！我儿子出国深造这一年，你到底干了些什么？

凌　（痛哭）我不知道，我也不知道！……

【沙洲知趣地悄悄溜走了。

高　（一把扯住妻的衣领，吼叫）告诉我，告诉我！谁是高兴的父亲!？高兴是谁的儿子!？

【众人大骇。

【切光。落幕。

第二场　决　　裂

【时间：几周后的一个晚上。

【地点：公园凉亭。

【高诗德缓缓走进凉亭内。

高　（唱）　秋夜秋月秋风寒，

心悲心碎心孤单。

亲子鉴定已揭晓，

非我所生成笑谈。

玉清她，

躲到娘家怕羞惭。

留下我，

爹娘重任一肩担。

三年绿帽应摘掉，

电话约她来面谈。

这凉亭，

曾是我俩定情地，

（从颈上解下一枚玉兔挂件）

这玉兔，
是她含情赠与我。
她说道，
玉兔就是当空月，
千里相思共婵娟。
盟誓过后结良缘，
新婚燕尔情意绵。
不久我被派出国，
留学生涯苦孤单。
异性诱惑常袭来，
心中有她苦当甜。
玉兔伴我度长夜，
玷污爱情实不敢。
谁料到，
赠兔人儿杏出墙，
诚信两字抛天边。
到如今，
凉亭依旧心已变，
离婚协议这里签。

(白) 约好7点钟准时在这里碰头，怎么又不讲诚信，到现在还不见她的人影，让我到路口去找找看。(下)

【凌玉清身着风衣，脸色憔悴，步履艰难地来到凉亭附近。

凌 (沮丧地唱) 秋风肃杀百木凋，
秋寒阵阵实难熬。
尽管青梅又竹马，
风吹草动毁爱巢。
虽说是
一夜夫妻百夜恩，
却像是，
断线鹞子随风飘。

我一时糊涂闯大祸，
爱情沉没陷浪涛。

【高诗德见到凌玉清就叫住她。

高　你终于来了！

凌　（哀求地）诗德，你听我讲——

（唱）　我晓得，
自己做错了事，
对不起家庭对不起你！
看在夫妻的情分上，
请你将我来原谅！

高　（厌恶地唱）　暂且不谈原谅事，
你要老实告诉我，
在我出国的这段辰光，
到底做了哪些亏心事？

凌　（后悔地唱道）　你走之后我寂寞，
思你想你来此地。
那是一个明月夜，
举头望月忆往事。
突然来了不速客，
呆望河水神异常。
不久他就投了河，
我呼天喊地将他救，
从此他把我当恩人。
从早到晚追求我。
我讲已经有家庭，
劝他死了这颗心。
但他还是死纠缠，
要我认他为弟弟。
怪我同情失恋的他，
所以来往很密切。

那一夜我们喝醉了酒，

稀里糊涂睡一起，

酿成大祸对不起你。

辜负了你对我的一片爱。

高 （愤怒地唱） 你做下这等肮脏事，

还有脸请我来原谅。

快快告我他是谁？

我要找他去算账！

凌 （为难地唱） 不要怪他都怪我，

我是长他几岁为人妇。

高 （愤慨地唱） 到现在你还要包庇他，

那就谈谈何时离婚吧！

凌 离婚！？（惊恐地唱） 犹如晴天霹雳震我心，

恰似坠入冰河浑身冷……

高 （激动地从口袋里掏出一张纸，唱） 离婚协议已写好，

请你在上面签个字。

凌 （委屈地）我不想签这个字……

高 那我们只能到法庭上见了。到那时，你的丑行将公之于世。

凌 法庭！诗德，你晓得我是一个要面子的人，法庭，我是万万不想去的！

高 既然如此，我们就关起门来解决。你就签字吧。

凌 （横下心来）看来，这个字今天我非签不可了……（凌玉清抹泪在协议书上签字）

（唱） 说时容易做时痛，

落笔倒有千斤重。

早知他是铁石心，

宁愿守字在闺中。

今夜签下这个字，

家庭离散万事空！

【凌签下字，高将纸收下。

高 （掏出玉兔扔在地上）这个玉兔还有什么意义，渣土一块。

【凌捡起玉兔，珠泪飞落，双手颤抖不已。

【这时，高母带着小高兴匆匆赶到。小高兴扑到母亲的怀里。

母　（伤心地）诗德，玉清，常言道：家丑不可外扬，还是回到家里去好好谈吧！

高　（不满地）姆妈，这是大是大非问题，你不要捣糨糊好不好！

兴　妈妈，我好想你啊！你跟我们一起回家吧。

凌　（痛哭）你爸爸不要我了……

兴　爸爸，你为什么不要妈妈？

高　（气愤地从凌怀里抱过儿子）是你妈妈抛弃了爸爸，抛弃了你！（对高母和儿子）我们走吧。

凌　（发急）把孩子留下！把孩子给我留下！

【高母抹泪。

高　（不屑地）别再装腔作势了，你身边有个小孩，对你再嫁人，有点碍手碍脚。再说，这个孩子虽然不是我生的，但是，决不能把他交给你这种不讲诚信的人把他教坏！

【高抱子疾下，小高兴哭喊着："妈妈，我要妈妈！"母追随下。凌捂脸恸哭。

凌　（悲哀地唱）　夜已深，更寒冷，

落叶飘，心已碎。

丈夫和儿子离我去，

一个好端端的家，

就这样活生生拆散了，拆散了……

【沙洲悄悄来到亭子边。

沙　玉清姐，你又是电话，又是短消息，急急忙忙叫我来，有什么事啊？

凌　（抹干泪）我们的事，我老公已经全部知道了！我只好在离婚协议书上签了字。

沙　（惊骇）啊！？你把我的名字告诉他了！？

凌　（鄙夷地）你居然先想到自己！为了保护你，我没有把你说出来！

沙　（如释重负地）这样比较妥当！……你俩，离婚了？！

凌　（冷冷地）是的。你的目的终于达到了！告诉我，什么时候娶我？

沙　（为难地）娶你！？你的小囡拖在身边……

凌　（又抹泪）我料到你不喜欢，所以，由他带，我没有跟他争……请你正面回答我提的问题！

沙　这个嘛……属于人生大事，总应该让我回去好好想一想……

凌　（激愤地）三年以来，你三天两头动员我跟老公离婚！现在我离了婚，你却郑重其事地要回去好好想一想！你是男人吗?!

沙 （委屈地）这个事情来得太突然了！我连个思想准备都没有！……

凌 （谴责地唱） 当初你死皮赖脸追求我，

千方百计想占有我。

你一再信誓旦旦对我讲，

此生只爱我一人。

如今我家庭已拆散，

为何不马上娶走我？

沙 （发急，唱） 我的诺言永不改，

我的爱心永不变。

但是父母全不知，

总要容我去告白。

凌 （无可奈何地唱） 你快去把事情办妥了，

我俩尽快去登记结婚。

我已不能再犯错，

你千万不要毁了我！

沙 （勉强地点点头）好吧……

【灯光渐暗。落幕。

第三场 毁 约

【时间：一个月后某天黄昏。

【地点：沙洲家门口。

【高母携高兴路过此处。高母忧心忡忡，而小高兴则郁郁寡欢。

母 （唱） 自从媳妇离婚后，

家如冰窟冷飕飕。

儿子整天不讲话，

孙子全托离家走。

今日领回度周末，

又是欢喜又是愁！

（白） 小高兴啊，阿奶突然感到肚子不舒服，要去上厕所，你等在这里，千万别走开！

兴 （懂事地点点头）好的。你快点回来。

【高母颔首下。

【两个男孩上。走到高兴跟前，挑衅地打量他。

甲 哎，这是谁家的小子吗？怎么长得像个小姑娘？

乙 我知道他是谁！这个家伙没有妈妈，连爸爸都是假的……

甲 （大笑）啊?！哈哈……没有妈妈，爸爸是假的，那么，他是从石头里迸出来的?！

兴 （抗议地）我有妈妈！我的爸爸是真的！

乙 骗人！怎么从来没见过你妈妈来接过你呢？你爸爸的血也跟你对不上号，大人们都说你是个小杂种！

甲 是吗？那就应该给他点教训！

【于是，两个男孩开始对高兴拳脚相加。

兴 （一面反抗，一面喊着）我有妈妈！我有妈妈！……

【潘洁上。

潘 （见此情景大声阻止）不许打人！（疾步冲上前揪住两个男孩）你们是谁家的孩子？为什么要打人?！

【两个男孩挣脱逃下。潘洁将小高兴扶起来。高母急上。

母 （激愤地）怎么了?！谁在欺侮你？

兴 （扑在奶奶怀里大哭）呜……是两个男孩！他们打我，说我没有妈妈，爸爸也是假的，说我是小杂种！……

母 （抹泪）作孽啊！小孩子又有什么罪?！（既而质问潘）那两个男孩，是你家的？

潘 不是。我暂时还没有孩子……

兴 奶奶，她是我们幼儿园新来的潘老师！刚才，是她赶走了那两个男孩……

母 谢谢潘老师！你看我，差点错怪你……

潘 不用谢，保护孩子是我们的天职！我会去寻到那两个男孩的家长。（问高母）他妈妈呢？

母 （叹气）唉——别提她了！……

潘 那么……快回去吧，以后要当心！

【高母携孙子下。潘洁若有所思走到沙家门口，开门进入，下。

【夜幕降临。凌玉清上。

凌　（唱）　寒冷夜空挂月亮，

孤苦伶仃多凄凉。

是否它在嘲弄我，

离开亲人守空房。

或许也是命注定，

我与诗德各一方。

今日重把沙洲找，

兑现诺言不能忘。

那天与他分手后，

他在躲我把身藏。

我天天寻来日日找，

终于找到这地方。

不知他是否有良心？

想到这里心发慌，

忆当年，

我似白雪公主多高傲，

到如今，

我是感情乞丐太悲凉！

【凌玉清走到沙家门口，敲门。沙洲开门见是凌玉清，大吃一惊。赶紧走出门来，并立即把门拉上。

沙　（惊恐地）玉清姐，你怎么找到这里来了?!

凌　（焦急地）不要再叫我什么“阿姐”了！请你告诉我，我们什么时候去办结婚证?!

沙　不要介急吼吼好不好！

凌　（愤怒地）急吼吼？已经拖了几个月了，你居然埋怨我急吼吼。我问你，你以前的誓言还算不算数?!

沙　（为难地）这个么……人生大事，慎重一点，总归没错……

凌　慎重?!（火冒三丈地唱）　事到如今你还假正经，

用虚伪的辞藻来搪塞我。

为了你，

我家庭破裂离了婚，
为了你，
我忍痛将儿子来抛弃！
你要为我想一想，
以后怎么面对亲友们？
下半辈子日子如何过？
你不能
见死不救看冷铺，
你不能
恩将仇报伤我心。
看在当初我救过你，
看在委身于你的情分上，
我求求你，
赶快与我结连理！

沙 （后悔地）这个……（唱） 当初只怪我太年轻，
一时冲动犯了错。
现在不能再犯错，
把我俩前途来葬送！

【这时，传来潘洁的叫声："来了客人是吗？外面太冷，请他进来坐坐！"

凌 （警觉地）她是谁？

沙 （吞吞吐吐）她……她……她是我妻子……

凌 你们啥辰光办的事体？

沙 几天前刚刚办完……

凌 （咬牙切齿）原来如此！算我眼睛瞎脱！（给了沙一记响亮的耳光）你非但不是男人，而且还是坏人！我要你为此付出代价！

【凌玉清头也不回地下。沙洲捂住自己的脸。潘洁上。

潘 啥人啊？

沙 一个上门搞推销的人。

潘 （拉开沙的手，关切地）你脸上怎么回事？

沙 我不要她的东西，她打了我一个耳光！

潘　（惊讶地）啊，碰到泼妇了！为什么不报警？

沙　好男不跟女斗嘛……

【切光。落幕。

第四场　路　　窄

【时间：几个月后的某雨夜。

【地点：某医院急诊室。

【幕启。旁边有一扇门，上书："手术室"。

【身着白大褂的凌玉清脸色阴郁地在踱步。

凌　（百无聊赖地唱道）　夜深深，雨密密，
值班等人来就医。
调到市郊已半年，
无限悲怆泛心底。
叹只叹，
我已招致众人嫌，
世人眼里坏女人！
为了淫乐叛丈夫，
不守妇道弃儿子。
悲只悲，
农夫暖蛇遭蛇咬，
东郭救狼被狼欺。
深爱丈夫无人信，
喜欢儿子成谎言！
怕只怕，
四周议论如鞭抽，
众人鄙视似毒箭。
只能落荒逃郊区，
隐名埋姓避风险。

我已是，

一失足成千古恨，

孤苦伶仃度余生。

如此命运未曾料，

这般结局太残忍！

不由我，

满腹委屈变怒火，

复仇烈焰陡然升。（见有病人来就医，拿出口罩。）

暂且不想屈辱事，

拼命工作忘伤痕。（戴上口罩。）

【沙洲搀着生病的潘洁匆匆赶来就医。

沙 （急切地询问）洁洁，肚皮现在痛得哪能？

潘 （痛苦地）从来没这样子痛过，哎哟……

沙 急诊室到了，你再屏一屏……

潘 哎哟……我实在屏不住了，快叫医生，哎哟……

【凌玉清见是沙洲，顿时怒火中烧。

凌 啊？是姓沙的！（唱） 真是伤口上面偏撒盐，

冤家路窄无法避……

沙 （大声地）医生！医生！这儿有个重病人！

凌 （强压怒火，说普通话，以下同）这儿不许大声喧哗！请坐，什么地方不舒服？

沙 （将潘洁置于方凳上）医生，伊肚皮痛得不得了。

凌 让我检查一下。

【凌医生对潘洁作病因检查，潘一边作答，一边呻吟。沙开始打量凌。

沙 （顿生疑心地唱） 这个医生好面熟，

太像那个凌玉清。

不过天下世界巧事多，

也许是

我心中有愧多疑心……

凌 （结束检查，平静地对沙）需要马上动手术。

沙 慢！请问，你贵姓？

凌　作为医生，无需回答此类问题。

潘　（责怪沙）有毛病！问人家姓名做啥？（问凌）医生，我得了什么病？

凌　急性阑尾炎，已经穿孔！

潘　马上动手术？

凌　马上动手术，否则有生命危险！

沙　（自语地唱）　不能怪我有心病，
尽管她，
戴着口罩开国语，
但一举手来一投足，
分明就是凌玉清！
真是冤家碰头路太窄，
赶快逃难换地方！
又无法与潘洁讲明白，
找个借口离此地！

（白）　既然需要马上动手术，我们去找家大医院！否则，容易出事！

潘　（边呻吟边责怪）你阿是要我的命！哎呀……我吃不消了，这种小手术就在这儿做了，出了事体我自己负责！

凌　（对沙）她是你什么人？

沙　（无奈地）我妻子。

潘　（急切央求）快点给我动手术，我痛得受不了了！

凌　（从抽屉里拿出一张纸）这是医疗合同，请在"家属"上面签个字。

沙　（接过纸，拿笔的手在颤抖，唱）　我是哑巴吃黄连，
心里有苦说不出。
秘密当然不能露，
维系家庭最要紧！

潘　快点签呀！哪能介慢？阿是想害死我是吗？快点签呀！

沙　（唱）　真是明知山有虎，
我是偏向虎山行。
但愿她，
职业道德未忘记，

一夜夫妻恩情在！（勉为其难地签了字）

凌　（接过纸，放进口袋）请你到走廊里去坐一会儿。

【沙下。凌玉清将潘搀入手术室后，复上。

凌　（思想斗争激烈，拉下口罩，唱）外面坐着是仇敌，

里厢睡着是情敌。

虽然她是无辜人，

断我情路不应该。

老天有心帮助我，

飞蛾扑火怪自己！

不，不，不，

医生天职不能忘，

职业道德不允许。

但是啊，

奇耻大辱怎能忘，

家破之仇岂算数？

俗话道，

无毒不是大丈夫，

报复才是真女人！

罢罢罢，

天赐良机勿放过

就在今天雪耻辱！

【暗场。落幕。

第五场　窝　斗

【时间：两年后夏季的某个雨夜。

【地点：高家卧房。

【窗外雷声隆隆。高兴的头和手上几处被绷带所裹，睡在床上，高母在边上给孙子打扇。

【凌玉清上，匆匆来到儿子身边。

凌　(焦急地)我儿子怎么啦？姆妈。

母　(抹泪)他不小心跌到窨井里去，有人把他救了起来，这个小囡真是多灾多难！

凌　(激动地摸了摸高兴的额角)谢天谢地！儿子，你让妈妈想得好苦好苦！……

母　他睡着了，不要去碰他。

凌　(恳求)姆妈，让我单独跟儿子呆几分钟好吗？

母　你时间不要呆得太长，等一歇，他父亲就要回来了。我不希望你们当着孩子的面再吵架！(不情愿地下。)

【凌玉清回到床边。

兴　(睁开眼)妈妈！你终于来了……

【一声闷雷。

凌　来了，你一定恨妈妈，是吗？

兴　(摇摇头，茫然地)妈妈，这一切，到底是为了啥？……

凌　(热泪纵横地唱)　儿啊儿，

千错万错是我错，
为娘羞愧躲郊外。
亲戚朋友不愿见，
下班就往家里藏。
时时刻刻想你们，
恨不得飞到你身旁。
娘想你，
太阳东出月落西，
娘想你，
睁开眼睛到天明。
母子咫尺两分离，
病床跟前来相见。
妈妈欠你实在多，
你要什么尽管提！

兴　(哭着唱)　妈妈啊，

金银财宝我不要，

只要父母在身边！

凌 （也哭着唱） 但你爹爹不要我，

我无法回到你身边！

兴 （唱） 母子既然永远两分离，

所以我，

也不想活在这世间！

【又是一声响雷。

凌 （大惊并恍然大悟）这样讲起来，你是故意跳到井里去的！

兴 正好也没盖头……

凌 （双手捶头）天啊！都是我作的孽啊！兴儿啊——

（唱） 你小小年纪为啥要自尽？

听罢为娘痛断肠。

离异家庭儿受罪，

妈妈轻佻儿遭殃！

兴 （冷冷地唱） 因为，

每天跟我在一起的，

不是我的亲爹爹！

【一声炸雷。大雨疾下。

凌 （大惊）这是啥人告诉你的？

兴 同学们都这样说。

凌 （激动地自责）天啊！小人完全是无辜的，为啥要把他卷进来呢！

【高母带沙洲上后复下。凌玉清惊怒交加。

沙 不出我的预料，果然在这里！

凌 请你滚开！这儿不需要你！

沙 （严厉地责问）我问你，为什么要害我？！

凌 我救过你，但从未伤过你一根毫毛！

沙 是的。但你使我太太患了不孕症！恶毒啊！我费尽周折才查清爽，是你趁割阑尾之机，替我太太做了绝育手术！

【又是一声炸雷。大雨滂沱。

凌 （咬牙切齿地）因为……是你切断了我们夫妻关系、母子关系！我是被你逼出来的！

沙　随你怎么说。过去的事，毕竟只是你我之间的事，为什么要去报复我的妻子？

凌　因为她的出现，断了我的一切希望！

沙　可你哪里知道，她是一个大好人！

凌　（冷笑）好人？

沙　你还不相信?！今天把你儿子从窨井里救起来的就是她！

【雷声又起。

凌　（吃惊）啊？是潘洁？

沙　以前，你儿子遭人殴打，也是潘洁多次将他解救！

【雷雨交加。

沙　（一把抓住凌的虎领）你跟我到公安局去，你犯了罪！

兴　（愤怒地）请你把手放开，不许碰我妈妈！

沙　大人的事，不用你管！

兴　（怒不可遏地坐起身来）请你把手放开！

【雷声滚滚。

沙　假使我不放开呢?！

【高兴从床上一跃而起，用头猛地把沙洲撞倒在地。沙晕了过去。

凌　（流泪责怪）儿子，你触犯天条了！你知道他是谁？

兴　他是谁？

凌　他是你的亲生父亲！

【雷声大作。大雨如注。

兴　（大惊失色）啊?！不是的！不会的!!（奔跑出去）

凌　儿子！儿子——（发疯般地追下）

【切光。落幕。

第六场　呼　唤

【时间：半年后冬天的某夜晚。

【地点：女牢中。

【牢房外，大雪纷飞。身着囚袄的凌玉清坐在床沿。举头凝望，无限悲伤。

凌 （唱） 大雪纷飞透心凉，

铁门铁窗铁皮床。

如今方知牢狱苦，

悔恨泪水任流淌。

想当年，

我自恃优雅多高傲，

家庭美满常自豪。

到现在，

“故意伤人”坐监牢，

孤苦伶仃受煎熬。

这三年长夜如何过，

不如一了百了将命了。

离世之前写遗书，

（从垫被下拿出纸和钢笔）

无限悔恨诉衷肠。

（挥笔疾书）

诗德啊，

失去的东西才觉贵，

失去了自由才珍惜。

悔啊悔，

离婚之后方感悟，

你的真情如水晶。

你的人品比天高。

天下难找

你这样的好男人，

只怪我，

目光短浅太无知。

恨啊恨，

我耐不住寂寞忘道德，

放纵自己出了格，

落得个，

夫离子散大悲剧，

身败名裂好下场！

此时此刻多希望，

时光能够倒回流，

重新做你的妻子，

共同来把儿护养。

诗德啊，

我走后，

望你珍惜身体多保重，

找个自尊自爱好女人。

一同善待我的儿，

把他培养成栋梁。

婆婆也要服侍好，

让她长寿又安康。

最后一事求帮忙，

代向潘洁谢声罪。

找个专家治她病，

试管婴儿成全她。

写罢遗书更惆怅，

泪水湿透我衣裳。

（白） 好，我走了……（凌玉清用钢笔割腕，血流满地，她躺倒在床上）

【一女管教上。

女 （开门）106，李管教要找你谈谈，跟我来。（见状惊呼）啊！自杀！快来人——

【切光，落幕。

第七场 团 圆

【时间：几天后的一个下午。

【地点：典狱长会客厅。

【现代、气派的装潢，阳光从窗纱中泻下，形成光束。两个大沙发上，各坐着典狱长和凌玉清。后者身着囚服，手上裹着绷带。

典　你那份“绝命书”，我已经派专人送到你爱人手里。并邀请他来跟你会会面。

凌　（无望地）谢谢领导一番好意！

（唱）　他是不会来此地，

因为他

被我伤害得太厉害，

他心中

我是寡廉鲜耻坏女人！

典　（唱）　千万不要这样想，

人心都是肉来做，

再讲，

你的悔改之意如此深……

凌　（打断他，唱）　他是不会原谅我，

秉性高傲不饶人！

典　是吗？（唱）　如果这次他不来，

以后我就亲自去。

铁棒总能磨成针，

我愿把鞋底来走穿！

凌　（热泪盈眶，唱）　我是一个犯罪人，

想不到，

党和政府这样关心我，

治病救人到永远，

破镜即便不能圆，

我还要，

争取进步重新做人！

典　（欣慰地）有这样的认识就好！

【电话铃响，典狱长赶紧接。

典　好好，请他马上进来！（挂机）你猜猜，谁来了？

凌　会是他？

【暗场。

【李管教在前引路，高诗德提着一大包东西，带着母亲和儿子一起上。

高 （唱） 看罢遗书心震颤，

翻山越岭把路赶。

救人要紧忘耻辱，

暂将积怨搁一边。

母 （唱） 一夜夫妻百夜恩，

望你们快快和好重团圆。

兴 哪能还没到啊？

李 到了，到了。（推开会客厅大门）请进——

【高诗德和凌玉清由于太激动，竟泪眼相对，不说一言。高兴扑向妈妈。高母抹泪。

兴 （哭喊）妈妈，妈妈……

凌 （跪下紧紧地抱着儿子，痛哭着唱） 妈妈是个犯罪人，

对不起你爸爸，

对不起你，

也向婆婆来赔礼！

【高母感动地将媳妇扶起。

高 （将包裹交给凌玉清，真诚地唱） 过去的事情让它过，

今后的日子还很长。

你就放心来改造，

积极进步重做人。

我会经常看望你

我等你出狱把家归。

凌 （从口袋里掏出那枚玉兔，唱） 诗德啊，

请再收下这玉兔，

忏悔泪水将它洗。

我将万倍来珍惜，

望君把它贴身藏。

高 （接过玉兔，挂在胸口，唱） 玉兔重挂我心旁，

我会细心珍爱它。

儿子现在很懂事，

母亲与我会关爱。

典　（大喜）好好，祝贺，祝贺！祝贺你们全家破镜重圆！也省得我亲自出马。老李啊，通知大菜师傅，可以开席了！今朝，我请你们全家吃团圆饭！先放点音乐！

【欢快的音乐播放着。高和凌向典狱长连声道谢。

【众警官搬来一桌酒菜，大家向高家举杯庆贺。

【全剧终。

2004年12月

·新编六场古装越剧·

圣　爱*

人物表：

白凤婷——女，18岁，父母双亡，寄养在舅妈家。简称“婷”

欧阳志昂——男，40多岁，盐商之子。后娶白凤婷为妻。简称“欧”

李尧芳——皇帝的独生女儿，是欧阳志昂的妻子，患精神病。简称“芳”

李尧光——皇帝之子，李尧芳的亲弟。简称“光”

杜　氏——白凤婷的舅妈。简称“杜”

朱俊才——杜氏家请来的私塾老师。简称“朱”

杜富豪——杜氏之子，白凤婷的表兄。简称“豪”

杜富珍——杜氏之女，白凤婷的表妹。简称“珍”

肖娇娇——欧阳志昂的养女。简称“肖”

张淑兰——欧阳志昂的奶妈，帮助管家。简称“张”

郭亚男——欧阳志昂家的女佣，看管李尧芳。简称“郭”

邱国香——当地美女，欧阳志昂的女友。简称“香”

邱金康——当地富商，邱国香的父亲。简称“康”

胡　姨——杜家的女佣。简称“胡”

司仪、女佣、男仆

第一场　寄　　居

【我国古代某朝某年的秋季，江南水乡杜镇的富裕人家杜氏家的客厅内外。

---

* 本剧根据世界名著、小说《简·爱》改编。

【音乐起，幕后有人唱道：

荷盘减翠菊花黄，
西风吹落枫叶霜。
人生最悲失双亲，
如今谁怜白姑娘？

【幕启，杜家花园里，白凤婷服饰素旧，正在凛冽的寒风中清扫落叶。杜家典雅、豪华的客厅里，朱俊才正在给杜富豪和杜富珍上课。

朱　我教了你们一上午的算术，不知你们是否听懂？

豪
珍　（故意拉长声音）听懂了——

朱　（拿出两份卷子放在兄妹两人桌上）这两份考卷各不相同，我当场来考考你们。

豪　老师，（唱）　人间最尊君、亲、师，
　　　　　　　　年老更需好服侍。
　　　　　　　　时辰不早快充饥，
　　　　　　　　不能饿坏我恩师。

朱　（自言自语）平时一向不把我放在眼里，今朝话语何等甜蜜。

珍　是啊！（唱）　哥哥所言甚有理，
　　　　　　　　你只管放心回家去。
　　　　　　　　作业我俩即刻做，
　　　　　　　　肯定答得你满意。

朱　既然如此，那我再相信你们一次。

豪
珍　（推搡着老师）放心走吧——（朱俊才下）

豪　（兴高采烈地唱）好，好，好，老师终于被骗跑。

珍　（同样高兴地唱）妙，妙，妙，穷书生上当回家了。

豪　（唱）　几位小开叫我去，
　　　　　重会青楼风流女。

珍　（唱）　三个姊妹邀我赌，
　　　　　再赚白银几十两。

豪　（唱）　来，来，来，（招手叫白凤婷过来）

表妹帮助做答卷，

做完赏你红番薯。

珍　(拖豪离去)走，走，走，事不宜迟快点溜！

【两人欢天喜地携手下。白凤婷放下扫帚，进客厅后专心致志地快速解题。

婷　(唱)　满天秋意西风紧，

白草红叶雁飞尽。

伏案疾书忘孤单，

泛舟学海暖我心。

【白凤婷做完卷子，刚要走出客厅，被杜氏撞见。

杜　(见白凤婷居然在客厅里，呵斥道)死丫头，你在客厅里干吗？

婷　(怯生生地)舅妈，我只是路过。

杜　谁知道你在打什么坏主意?！你的表兄、表妹呢？快去把他们找来！

婷　是。(下)

【朱俊才倒背着手，摇头晃脑，优哉游哉地朝客厅踱去。

朱　(唱)　秀才饱学一肚皮，

落魄只得教调皮。

戴一顶半新不旧乌纱帽，

穿一领半长不短黄麻罩，

系一条半连不断皂环绦，

教一双半学不专现世宝。

【朱俊才走进客厅，杜氏虎着脸上前。

杜　(质问)朱秀才，我的两个宝宝呢？

朱　夫人，怕是歇息一会儿去了。

杜　(拿起两份考卷)这是你布置给他们做的考卷？

朱　(拿过卷子查看)是的。

杜　卷子都做对了？

朱　(狡黠地一笑)都做对了。

杜　是他俩做的？

【杜家兄妹上，白凤婷跟随上，她又清扫起庭院来。

豪
珍　(异口同声)是我俩做的,母亲!

杜　好,好,很好!(唱)　常言道,

鸭子吃谷牛吃草,

杜家儿女吉星照。

豪儿聪明学问好,

将来官位定能高。

珍女知书又美貌,

命中注定嫁阔佬。

只有这种穷活宝,(指婷)

不学无术把地扫!

豪　(责怪)啊呀,母亲,我们要读书了,你快回房吧!

杜　(笑着)好,好,我不影响你们了。(示意朱)快教书吧,我可是花大钱请你来的!(下)

朱　算术做得很好,下面跟我念《诗经》。

珍　(打断朱)先生!这"丝巾"是不是我脖子上围的这一种?只要围上就是,为何念呢?

朱　(责怪)无知,无知!这《诗经》是文章,怎么跟围脖的丝巾混为一谈?!

豪　(冷笑)哎,老头,你不是说古代文章是写在丝绸上面的吗?丝巾就是用丝绸做的,妹妹的说法何错之有?

朱　(不耐烦)好了,好了,不跟你们争了,跟我念,"硕鼠,硕鼠,无食我黍!三岁贯汝,莫我肯顾。"富豪,跟着念!

【此时,白凤婷悄然来到窗口,认真听课并做着笔记。而杜富豪从怀里掏出一条小狗来玩,杜富珍则对着小铜镜在画眉毛。

豪　(喂一块牛肉给狗吃,学念书状)"小狗,小狗,快吃牛肉。三顿喂你,哪里肯溜!"

【杜富珍听后笑得前俯后仰。

朱　(愤怒)真正是岂有此理!

(唱)　令母花钱请我来,

授业解惑教成材。

可你们,

心不在焉只想玩,

拒绝教育难成材。

你们看——

苦命姑娘白凤婷，

多想读书窗外站。

这真是，

富家子弟脑不富，

穷人女儿腹有才。

豪 （恼羞成怒地唱） 叫声老头别放屁，

你太糊涂不知趣！

她本应扫清庭院地，

偷懒竟敢拿书笔。

【杜富豪走到白凤婷跟前，打了她一记耳光，白凤婷手里的本子和笔散落在地。他拿起本子就撕，并把笔也折断。

豪 （不屑地）不知好歹的东西，叫你做几张卷子，你就以为自己中了状元？呸！

【白凤婷怒不可遏，手指着杜富豪的脸斥责。

婷 （唱） 舅妈心肠冷如铁，

表哥凶恶赛蛇蝎。

欺我穷困沦落女，

毁书如把伤口揭！

（婷）杜富豪，你欺人太甚！我跟你拼了！（说毕将头撞向杜富豪，却被杜富豪闪过，而自己的头恰巧撞在桌角上，顿时血溅书桌和地砖，白凤婷晕倒在地）

珍 （惊叫）不好了！造反啦！妈呀，白凤婷要打哥哥啦！她要打人啦！

【杜氏心急火燎地匆匆上场。

杜 （歇斯底里）谁打我的儿子，谁敢打我的儿子?!

【白凤婷被吓醒了，被朱俊才扶起来。她血流满面。

豪 （指着白凤婷）是她先打我的！

杜 （震怒，指着白凤婷训斥地唱） 你这忘恩负义小妖精，

敢打表兄不留情。

你吃我住我不记情，

恩将仇报昧良心！

婷 （反驳，唱） 舅妈啊，

表哥诬告不应该，

他欺侮我多得数不清。

杜 （唱） 小贱人还想来抵赖，

女儿快来作证明。

珍 （唱） 是凤婷姐姐先动手，

我亲眼所见呼你救！

婷 （绝望地唱） 你们一家都说谎！

我羊落虎口难抵挡。

朱 （鼓足勇气唱） 我对天发誓来作证，

是你儿子先动的手！

杜 （斥责朱俊才，唱） 你秀才不要瞎起哄，

见了少女淫心动。

告诉你吧，

凤婷有点像其母，

我先夫的妹妹扫帚星！

嫁了一个穷秀才，

生下她（指婷）后丈夫死。

她不久也染上伤寒病，

一命呜呼离人世。

留下这个讨债鬼，

我丈夫死前托给我。

我养凤婷已数载，

不记恩来专记仇。

真想把她送窑子，

我不想再见扫帚星。

朱 （急得直摇手，唱） 夫人万万使不得，

老夫我把她带回家。

她日后之事我来管，

眼不见为净称你心。

杜 那也好。今天算是便宜她了。你赶快把她给我带离这儿！（对其儿女）来，宝贝儿女，

我们吃饭去。山珍海味早就烧好了，等着你们去尝呢！

【娘仨走后，朱俊才端来一盆水，帮助白凤婷洗净伤口，包扎起来。

婷 （噙着泪水，深情地唱） 谢谢先生一番情，

我不想久活于人世。

朱 （劝慰地唱） 姑娘不要这样想，

美好青春勿沦丧。

常言道，

留得青山有柴烧，

发奋学习定自强。

婷 （感激地）我一定牢记您的话！

【渐暗，落幕。

第二场　入　　庄

【一年之后，欧阳志昂家的豪华卧房，四周的花园里姹紫嫣红，白凤婷提着花篮兴冲冲上。

婷 （唱） 夜来春雨洒芳郊，

轻轻绿遍江南草。

来摘鲜花青山下，

迎接今日主人到。

多谢秀才良心好，

四书五经将我教。

介绍我到欧阳家，

授课照料肖娇娇。

适才来到古驿道，

将一坐骑吓坏了。

摔下一个陌生客，

幸未重伤把事肇。

赶紧回家催娇娇，

她该起床听课了。

【白凤婷来到欧阳家卧房门口，被欧阳志昂的奶妈兼管家婆张淑兰叫住。

张　(兴奋地)白小姐，我们家老爷回来了！

婷　喔？我来到这儿快半年了，从来没有见到过这位欧阳志昂先生。有乡亲告诉我，他是皇亲国戚……

张　(打断)不是告诉过你吗，老爷的身世不要去打听、去传。他这个人平时不回家，但是说来就来。

婷　他在外面到底做的是什么生意？

张　(责怪)再跟你说一遍，有关老爷的身世，千万不要打听。唉，他这个人，富有是别人无法比的，就是老是会遇到不幸。

婷　(好奇地)欧阳志昂先生又遇到什么了啊？

张　喏，刚才他快到家时，马被一个不速之客惊吓了一下，老爷从马背上摔了下来！

婷　(惊慌地)啊?! 摔伤了没有？

张　还算好，你去见了他，就知道了。

【张淑兰将白凤婷带进欧阳志昂的卧房。

张　(呼叫)老爷，白小姐来看望你了。

【欧阳志昂披着衣服，拿着一本书，一瘸一拐地从里屋出来。见白凤婷先是一愣，然后在红木躺椅上坐下。

张　(介绍)老爷——

(唱)　这位就是白凤婷，

教育娇娇很尽心。

欧　(笑唱)　其实早晨就认识，

马儿见她就受惊！

【张淑兰吓得连忙掩口。

婷　(坦然地唱)　雨后路滑马摔倒，

坐骑哪会怕凤婷？

【肖娇娇风风火火上，拉着欧阳志昂的手。

肖　(焦急地)老爷，老爷，你这次回府，带给我什么礼品？

欧　(不满地拿出一个礼盒)知道你这个德性，拿去吧，到自己书房里拆开看，我要跟你的教书先生说几句话。(见肖娇娇欢天喜地下，嘀咕道)跟她母亲一样，只认东西不认人。

【张淑兰也知趣地退下。

婷 （善解人意地）小孩么，天性大多这样。

欧 那么你呢？你是否喜欢礼物？

婷 （诚实地）老爷，我说不清楚，因为——

（唱） 凤婷少年丧父母，

很少有幸收礼物。

欧 （唱） 白老师啊——

你讲话总是太刻板，

不像少女像老太。

请你坐到我身旁，

我俩好好把话谈。

【白凤婷在一张离欧阳志昂较远的椅子上坐下。

欧 （招招手）来，来，来，靠近点！

婷 （不满地唱） 老爷！

我是受雇教小童，

并非做妾来争宠。

如若此处无他事，

我带娇娇诗背诵。

欧 （笑唱） 看来凤婷非寻常，

性格倔强志如钢。

待人处世欠圆滑，

不顾尊卑太鲁莽。

婷 （感到委屈地唱） 老爷既然看不惯，

明天我就往外搬。

欧 （笑唱） 初次见面把脸翻，

书生恐怕不应该。

来，来，来，

换个话题继续谈，

我是伤员需照看。

【白凤婷勉强搬椅在离欧阳志昂不远处坐下。

【欧阳志昂拿起身边茶几上的一壶酒倒入酒杯，然后一饮而尽。

欧　嗯——好酒！白小姐，我想问你，你看到过自己的尊容吗？

婷　（平静地）从铜镜中看到过。

欧　你觉得自己美丽吗？

婷　长得不美，很普通。

欧　那你认为我长得英俊吗？

婷　只能说，非常一般。

欧　（笑）好，说得痛快！我第一次听到这样的评价。以前，几乎所有的人都把我誉为“美男子”。

婷　（冷笑后唱）　那是因为你富有，
奉承马屁拍不休。
从此一览众山小，
傲慢粗鲁无药救。

欧　（大笑后真诚地唱）　小姐说话虽尖刻，
不无道理受启发。
我本是个温柔人，
如今蛮横又古怪。
自从受到打击后，
心肠硬得像铁石。

（白）　好了，好了，你回房休息去吧。

【白凤婷困惑地走出欧阳志昂的卧室，遇到在门口等待多时的张淑兰。

张　（关切地）你没事吧？

婷　没事。

张　我担心你会受不了他的脾气，一气之下就辞职走了。

婷　那还不至于，不过他给我的印象是脾气很古怪，喜欢挖苦人。

张　你也领教过了？其实，他的脾气情有可原，部分是因为他生性如此，部分是因为……家庭纠纷。

婷　但是他没有家室啊？……

张　却有不愉快的往事。不提也罢，快去睡吧。

【婷、张二人下。渐暗，欧阳志昂在躺椅上鼾声渐起。

【这时，房里响起一阵阵狂笑，狂笑渐响，在欧阳志昂的房间里，一个飘逸的身影伴着狂笑时左时右地出现。然后，这个影子用烛台点着了欧阳志昂身边的床单，火红一片。

【白凤婷披衣来到了欧阳志昂卧室外的走廊上。

婷 （唱） 夜深心烦难入眠，

忽听怪笑出门看。

（大声问）谁在笑？你是谁？几个月前怪笑的大概也是你?！快站出来！

【怪影飘走，但火势渐大，烟雾开始弥漫。白凤婷用力推开了欧阳志昂卧室的门，推搡着他。

婷 （大叫）老爷，醒醒！欧阳志昂先生，快醒醒！

【欧阳志昂睡得很死，白凤婷只得将花瓶里的水朝他泼去，他大惊而醒，起身后，两人奋力将火扑灭。

欧 刚才你见到什么了？

婷 没什么，我只听到一阵怪笑，然后闻到一股烟味，我就撞开了你的房门。

欧 （感悟）好个郭亚男，我去找她算账！（把衣服披在白凤婷的肩上，自己一瘸一拐地往外走，转身关照白凤婷）你留在这儿，关上门，谁敲门都不要开，别动！（下）

【白凤婷关上门。透过窗子，她听到远处传来这样的声音："郭亚男，开门！郭亚男……"还有镣铐声、怪叫声。白凤婷披着欧阳志昂的衣服，有些害怕，这时传来了敲门声。

欧 开门，是我，欧阳志昂！

婷 （打开门）怎么样？

【欧阳志昂故作轻松地苦笑了一下。

欧 果然不出我之所料。

婷 （困惑地）是郭亚男?！

欧 是的，今天她又喝醉了酒，所以……

婷 （唱） 这种佣人应赶走！

尽闯穷祸怎可留?！

欧 （唱） 已教训她别酗酒，

她也认错苦哀求。

有些难事托她做，

得理让人将人救！

今夜事情莫泄露，

只当没见万事休！

婷 (脱下披衣还给欧阳志昂,充满柔情地唱)

老爷身湿快更衣,

夜深我得回转去。

【欧阳志昂同样深情地注视着她。

欧 (感激地唱) 如此就走太荒唐!

未谢救命不应当。

让我握握恩人手,

从此无憾心坦荡。

婷 (害羞地唱) 老爷已经言过实,

恩人一词不敢当。

欧 (唱) 求你让我握你手,

即使离世也无妨。

【白凤婷羞怯地将手递给凑近的欧阳志昂。欧阳志昂抓住她的手,无限幸福之情溢于脸上。

欧 (唱) 天啊!

老天有眼降仙女,

派她帮助我欧阳。

婷 (有些痴醉,故作平淡状,唱) 我是碰巧醒过来,

区区小事何挂齿。

欧 (关切地)你在发抖?!

婷 我觉得有点冷。

欧 哎哟! 看我糊涂的,其实你身上也湿着呢,快回去睡吧!

婷 再见,老爷。

欧 不要再叫我老爷。

婷 那让我叫什么呢?

【切光,落幕。

第三场 择 妻

【数日后,初冬时节,欧阳志昂家客厅内外。豪华的客厅中央的案几之上,"寿"字条幅

高挂。张妈正指挥着佣人们搬桌、备酒、备菜，忙得不亦乐乎。白凤婷兴冲冲地一手携肖娇娇，一手拿着一个算盘经过客厅。

婷 （唱） 觉来红日上窗纱，
赶紧催醒娇娇娃。
芳心萌动精神爽，
强掩笑容看小丫。

【张妈把白凤婷叫住。

张 白姑娘！（唱） 今日老爷要请客，
四十寿宴场面大。
请你也来帮帮忙，
娇娇放她一天假。

婷 好吧。

肖 （欢呼）谢谢张妈！今天可以不读书了！（高兴地奔下）

婷 那么，叫我做点啥呢？

张 （唱） 老爷是，
双喜临门乐开怀，
你就帮助搞接待。
摆摆碗筷沏沏茶，
是否愿意来补台？

婷 （唱） 区区小事自幼做，
我将袖管卷起来。
不过有事要请教，
另外一喜为哪般？

张 啥？你不晓得？你听我讲——
（唱） 客中有个大富商，
名字叫做邱金康。
今天他带女儿来，
订婚事儿办妥当。

婷 （强掩惊慌，故作平静）张妈——
（继续唱） 老爷素有高傲心，

是否会爱这千金？

张　（笑）爱的，爱的。（唱）　每当邱家千金来，

老爷暴躁脾气改。

邱家女儿叫国香，

万里挑一人人爱。

【白凤婷听到这里，浑身冰冷，脸煞白，差点晕倒，张妈赶紧扶住她。

张　（不解地）怎么好好的，一下子要晕倒？

婷　没事的，到外面吸点新鲜空气便好了。

张　（叮嘱）你可要小心，不要走远，有事尽管叫我。

婷　好的。

【白凤婷走出客厅，踉踉跄跄地来到花园。像发了一场大病一样，精疲力竭。

婷　（哀婉地唱）　北风萧萧冬日寒，

飞燕声声叹孤单。

冷霜裹盖鸳鸯瓦，

凄窗幽咽心浪翻。

猛听欧阳要订婚，

五雷轰顶天地暗。

我是世上第一傻，

痴心想把月摘下。

欧阳早已另有爱，

我却是，

自作多情嫁娘盼。

罢，罢，罢，

冰水顿将炭火灭，

贫家女子心扉关。

【正巧肖娇娇欢天喜地奔上，见白凤婷一人在院中拭泪，便问。

肖　老师，你在流泪？

婷　没有，我是被寒风中的沙子吹进了眼睛。

【此时鼓乐齐鸣，欧阳志昂热情相邀，一批客人从她俩身边走过，陆续进入大厅，寒暄声、问候声不绝于耳。

肖　(高兴地)我要到客人中间去玩,看看他们送给我什么礼品?

【白凤婷一把将她拉住。

婷　娇娇别走,我想教你几首唐诗。

肖　(不满)不是讲好今天放假吗?白老师,你知道欧阳先生今天要跟邱小姐订婚吗?

婷　小孩子不应该问这类事情。

肖　为什么小孩子就不能问这类事情?

婷　因为这不关我们的事!

肖　他们结婚,就关我们的事。听说那个邱小姐看中的不是欧阳先生,而是他箱子里装满的银子!

婷　(惊讶)你是怎么知道的?

肖　乡里人都在这么传说,我当然听到。

婷　小孩子家不要乱说!跟我念唐诗吧。(两人在画廊短墙上坐下)

【欧阳志昂招呼客人们入席。

欧　(兴高采烈)来来,我请诸位举杯。

(唱)　感谢诸位肯赏光,
寒舍里厢走一趟。
粗粥淡饭可不食,
手中村醪要喝光!

【邱金康和众客人听毕大笑。

康　(唱)　寿星休要讲客套,
住在豪宅乐陶陶。
今日不来拼海量,
都来对诗好不好?

香　(唱)　父亲说的是正道,
对诗主意就是高。
志昂若是喝醉了,
客人只能吓得逃。

【众人听了都叫好。

欧　那好,主随客便。对得出,就过关,对不出,就罚白银一两。谁来起第一句?

【肖娇娇此时蹿进厅内,高声叫唤。

肖　我来说第一句！“鹅，鹅，鹅，曲项向天歌……”

【众人又大笑。

香　（不屑地）又是这个小东西，特别爱逞能。她是从哪里捡来的？

欧　我没有去捡，是有人将她送给了我。

香　应该把她送给哪家不会生育的夫妇！

欧　我舍不得。

香　你亲自照料她怎么吃得消？

欧　当然，我给她请好了一个女老师。

香　（冷笑）哦，大概就是刚才在院子中看到的那位相貌有点丑的女子。这种教书先生，我见得多了，有点小学问，专门动坏脑筋，当心她把小孩带坏了。

康　（附和）别提私塾老师了！这种人穷酸刁钻，看到就烦！

香　（摇手示意）父亲，轻点，轻点，她就在客厅窗外。

康　怕什么？我们这么多富人，难道还会怕一个穷女子不成?！好吧，欧阳，开始对诗，当然是老寿星先吟第一句。

欧　好，我先来上句。（吟诗）“城阙辅三秦”，谁对下句？

众　那还用问？当然是杜镇才女邱国香小姐啰！

香　这首诗读到过，不太熟。噢，有了，“风烟望五津”。

欧　（唱）　敢问才女邱小姐，
　　　　　　此诗中，
　　　　　　最有名是哪两句？

香　（唱）　这个哪能难倒我，
　　　　　　腹中少说诗千首。
　　　　　　是——
　　　　　　“海内存知己，
　　　　　　天涯若比邻。”

欧　（唱）　这首诗是谁写的？
　　　　　　千古传诵令人敬。

【众人面面相觑，邱国香也搔首翻眼，好不狼狈。

香　（唱）　我说过，
　　　　　　此诗我也不太熟，

忘记作者只记词。

【肖娇娇钻进人丛，笑着举臂说话。

肖 （唱） 老师教过这首诗，

诗的作者叫王勃。

【众人恍然而鼓掌。

众 这个小孩不简单，脑子好！有出息！

康 （勃然大怒）有出息什么？！这个孩子太没规矩，以后长大了踏上社会，必吃大亏无疑。

香 孩子毕竟还小，坏就坏在背后教唆她的那种人。也不想想自己是什么身份！将来说不定哪天会爬到主人头上的。

【屋外的白凤婷听了此言呆若木鸡。

欧 （不悦地）好了，好了！我们就开始饮酒吧，请大家随意。

【于是，客厅里众人举觞痛饮，热闹非凡。

【而此时，白凤婷顿觉委屈之至，抹泪低唱。

婷 （唱） 霜天如同白沙漠，

残杀万物太刻薄。

我本柔弱一小花，

缘何反复受折磨？

【白凤婷拭泪，欧阳志昂悄悄走到了她的身边。

欧 （关切地）白小姐，你哭过了？

婷 没有。（扭过头去）我想，我还是离开此地为好。

欧 别说傻话！我决不允许你走！快回客厅里去，外面很冷。

婷 不，我回房去。我很……疲倦。（速下）

【欧阳志昂摇头自叹，复回客厅，继续与客人饮宴。

【这时，一陌生男子敲响院门，张妈去开门。

张 你找谁？

男 我找欧阳志昂先生，当然主要来看看我姐姐。张妈，你连我都不认识了？

张 （认出，脱口而出）李尧光！（呼叫）玲珍！

【丫环玲珍上。

张 快去把老爷叫来，千万不要声张！

【玲珍进入客厅，悄悄将欧阳志昂拉出客厅，欧阳志昂一眼认出李尧光。

欧　尧光，你怎么来了？

光　我特意来看看她。

欧　我劝你别去看她。

光　我已经有十年未见她了，所以我一定要看到她！

欧　也罢。玲珍，你带他去看吧，否则还以为我已杀了她。

【李尧光随玲珍速下。欧阳志昂回到客厅里，依然是杯箸交错，划拳敬酒声不绝于耳。突然有人撕心裂肺地惊叫一声。所有客人大惊。

欧　（面带笑容）别慌，没事的，你们继续用餐，我去看看。（奔下，继而复上，大笑起来）

众　出了什么事？

欧　（笑唱）　有个男佣傻乎乎，
偷吃老酒打呼噜。
突然梦见一巨魔，
抢走他的家主婆。
所以大叫要去追，
撞门倒地又打呼。

【众人大笑。

欧　来来，不去管他，继续喝酒！

【众人又推杯换盏，大吃大喝起来。欧阳志昂速下，将白凤婷叫到院子里。

欧　（压低嗓门）求你帮个忙，快去叫辆马车来。

【白凤婷点头答应，出了院门。欧阳志昂向里屋招了招手，两个男仆抬了李尧光出来，只见他浑身是血，脖子被纱布缠着，上面还在渗血。

欧　（低声责怪）叫你别去看她，你偏不听！

光　我没料到她会咬我的脖子！

欧　好了，别说了！现在送你到一个老太医那儿去养伤，痊愈后赶快回京城去吧！

光　请你对她好一点！

【这时马车的铃声渐近。

欧　我会的。都是你们家的错！你们先走吧，我跟客人打个招呼就赶来。（进客厅）

【二仆人抬着李尧光出了院门，马车铃声渐远。

【暗转。深夜，天上下起了雪，白凤婷披衣倚墙等待。

婷　（唱）　月儿隐，雪乱舞，

朱门空院人影无。

公鸡啼，心儿突，

期盼老爷身影出。

【欧阳志昂上，见白凤婷大惊。

欧　你怎么站在这儿？会冻坏的。

婷　路远又滑，我怕你会出事。

欧　谢谢你的关心。

婷　李先生怎么样了？

欧　他养一两个月的伤就会好的。我担心这个不速之客会毁了我的前程。

婷　那怎么办？

欧　只能听天由命了。

婷　你为什么不把咬他的女佣郭亚男辞退？

欧　（吞吞吐吐）这个……我别无办法，里面有许多原因。唉，白小姐——

（唱）　有个自负男子汉，

自幼就被父宠坏。

犯下一个天大错，

为避现实逍遥外。

走南闯北二十年，

终于遇上他所爱。

他重新点燃生命火，

盼望淑女能理解。

婷　（唱）　命运都是苍天定，

托人把握不应该。

欧　（唱）　我相信，

只要我能娶了她，

她会铸造幸福家。

（白）　白小姐，我想得可对？

婷　既然你问我，那我就实话实说。我认为邱小姐不会带给你幸福！因为我觉得她不善良……

欧　（微笑）那么自信?！那么谁对我合适呢？你有什么人可以向我推荐推荐？

【白凤婷无言以答。

欧　你在这儿住得习惯吗?

婷　习惯了。

欧　你会想离开这儿吗?

婷　离开这儿?

欧　结婚以后,我想不住在这儿,娇娇我将她安排到一个远亲家里去住。

婷　(委屈)当然,我可以回舅妈家去。(带哭音)我要回房去,我冷!(欲走)

欧　别走,白小姐!(抓住白凤婷的双肩)

婷　(怒唱)　快快放我回卧房,

我才不管——

邱小姐与你怎么样!

老爷啊!

人穷感情并非穷,

情爱无时不在胸。

老天若赐我财、貌,

我定能让你心动。

欧　(激动地唱)　白小姐,

打开天窗说亮话,

我爱的就是白凤婷!

婷　(不信)别拿我来取笑了……

欧　(认真地)没有取笑!邱家小姐算什么?她看中的,仅仅是我的财富。我要的是你,白小姐,嫁给我吧!

婷　(也认真起来)此话当真?

欧　绝对是肺腑之言。我可以对天发誓!不知你是否愿意?

婷　(哭道)我愿意……

【两人相拥。

欧　(抬头)苍天啊,帮助我吧,别让任何人来阻碍我!白凤婷是我的!我的!我的!

【渐暗,落幕。

第四场　毁　婚

【数月后，初春时节。欧阳家的客厅与白凤婷的卧房一角，虽一墙之隔，但都装饰得喜气洋洋。要当嫁娘的白凤婷被几个女仆围着打扮，嬉笑声不绝于耳。张妈在一旁也乐得合不拢嘴。

【幕后众女唱道：姹紫嫣红春光闹，

柳丝舞困小蛮腰。

凤婷即刻成新娘，

羞羞答答多娇娆。

张　（抹泪，唱）　我不知道说啥好，

为你高兴睡不好觉！

婷　（唱）　谢谢张妈多关照。

张　（唱）　但我提心又胆吊。

婷　（问）　为什么？

张　（唱）　有句老话可记得？

“败絮外面金玉包”。

婷　（不解地唱）　难道他爱我不真心？

难道欧阳还有婚外情？

张　（辩解）　我说的并非是这个……

婷　那又是什么呢？

【旁边那些女仆立即制止。

众　今天是欧阳先生和白小姐的大喜日子，你怎么尽说些不吉利的话！

张　（猛醒）是的，是的，我是老糊涂了！

【玲珍上，来催众人。

玲　老爷在催呢，客人都到齐了，已经等候多时了！

张　好！好！我们即刻就来。

【此时，鼓乐齐鸣。张妈为白凤婷盖上了红头盖，然后扶起婷小姐进入客厅。这时，客厅里金碧辉煌，高朋满座，一个双“喜”字高悬，红烛吐苗。欧阳志昂走上前来，拉住连结他和白姑娘的红绸带。司仪宣布婚礼开始。

司　诸位亲朋好友，（唱）　今晚花好月又圆，

志昂、凤婷结良缘。

但愿上苍来保佑，

白头偕老情意绵。

（白）　好，先请新郎新娘拜天地——

【欧阳志昂和白凤婷刚刚跪下，只听得马蹄声如雷贯耳，一声马嘶，举座皆惊。李尧光心急火燎地闯入大厅，来到两位新人面前。

光　（大叫）且慢！此婚礼触犯王法，不得举行！

欧　（强压怒火，字字千钧地对司仪）不必理睬，继续进行！

光　大胆！我说不能举行，就不准举行！

司　（惊讶又愤慨）你是什么人？你凭什么阻止欧阳先生的婚礼?!

【白凤婷也撩开头盖，圆睁杏眼。

光　（傲慢而坚定地）我是谁并不重要，而欧阳先生是先帝之驸马，难道当了驸马还能再娶民女吗？

司　如果公主去世了，再娶又何妨？

光　（斩钉截铁）李尧芳公主恰恰还活着，我是她的弟弟，两个月前我亲眼见过她。别忘了，我的哥哥是当今皇上！

司　欧阳先生，他说的都是真的吗？

【欧阳志昂气愤得浑身发抖。

欧　（从牙缝中迸出）是真的！是真的！

（唱）　我是先帝之驸马，

先帝女儿还活着。

诸位一个不能走，

看看我的好夫人！

（白）　跟我走，今天她就在隔壁！

【欧阳志昂拉着凤婷和司仪来到隔壁，众人尾随在后。门口坐着强壮的女佣郭亚男。

欧　（呼喊）郭亚男！快将门打开，让大家看个明白！

郭　是，老爷！

【隔壁房门被看管疯女李尧芳的女佣郭亚男打开，顿时亮堂了，房间里家俱破碎，陈旧不堪。在女佣郭亚男的身后，躲着一个披头散发、身穿纱衣的中年妇女。她满脸污垢，

目光呆滞。众人见状目瞪口呆。李尧光想溜走，被欧阳志昂一把拉住。

欧　休想溜走！（唱）　既然窗纸已捅破，

当众把话说清爽。

这位就是他姐姐，

先帝之女李尧芳。

她家素有疯癫史，

其母年青也癫狂。

先帝为了冲冲喜，

将我招去做东床。

怪我父亲鬼迷心，

攀龙附凤做巨商。

就在结婚第一天，

我被她砍倒在洞房。

不久先帝驾崩后，

为避风波躲南方。

廿年养着此疯女，

如此驸马谁愿当？

如今你来谈王法，

我要你，

赔我青春好时光！

【此时，李尧芳尖叫一声，跳将过来，欲咬欧阳志昂的脖子，被欧阳志昂挣开，李尧光趁机溜下。郭亚男将李尧芳按倒在地，被欧阳志昂劝开。他安抚着李尧芳，李僵坐于地，一动不动。

欧　小姑娘，安静点，你喜欢吃的糕点待会儿就给你送来，乖——

【众人恍然大悟，悄悄退出房间。白凤婷也随众来到大厅，欧阳志昂立即悄然退出门外，让郭亚男看管。白凤婷在大厅里卸下凤冠和首饰，众宾客知趣而下。

欧　（央求唱道）　凤婷不要离开我，

受骗驸马没有错。

婷　（痛苦委屈）　只要公主还活着，

岂能违法再娶我。

冒犯先帝要报应，

凤婷此事不糊涂。

欧 （唱） 如此说来我最倒霉！

要我承担所有苦？

婷 （冷静地唱） 许多事情无法改，

日出东海西山落。

你的身世我同情，

当今王法不能破。

欧 那你说怎么办？

婷 我要回舅妈家去。前几天，她托人带来口信，说她得了重病。

欧 那你看完她就回转来。

婷 不会了，我们就此分手吧！（转过身，泪如雨下）

欧 不行！你一定要回来，我等着你！

婷 不可以的，望多保重！（扭头而下）

欧 （绝望而叫）凤婷！——

【渐暗，落幕。

第五场　感　　悟

【一个月后，暮春之夜，白凤婷的舅妈家，房屋内外。舅妈杜氏正躺在床上，不断呻吟。女仆胡姨在一旁照料。白凤婷提着一个包袱上，她首先来到院子里。

婷 （唱） 棠梨落花风飞去，

庭院故枝依旧鲜。

月缺终须有再圆，

月圆为何人未圆？

只叹人生多变幻，

朱颜变后福能还？

步履蹒跚回乡转，

不见舅妈屋冒烟。

（敲门，白） 屋里有人吗？

杜　（吃力地）有人在敲门，快去。

胡　（起身开门）是，夫人。（开门见是白凤婷，作揖道）凤婷小姐，原来是你。请进来，夫人已等你多日了。

【白凤婷来到杜氏病榻前。

婷　舅妈，我回来了。

杜　（微睁双眼）凤婷，终于盼到你了。

婷　（关切地）你身体好点了吗？

杜　怕是活不长了……看上去，你也在生病？

婷　我也生了一场病，不过会好的。表妹富珍呢？

杜　（愤恨）别提她了，简直是个母夜叉！

【杜富珍风风火火地从内屋冲将出来，怒不可遏。

珍　啊？（唱）　你居然，
外人面前骂我人，
我也让你不安宁！
家道衰落你造成，
你是我家扫帚星！

婷　（规劝，唱）　表妹千万要息怒，
舅妈毕竟是你母。

珍　（唱）　表姐啊，
你不知家里已经遭大难，
哥哥已被砍脑袋。

婷　（大惊）啊？
（唱）　他犯了什么罪孽什么法，
为何受到大处罚？

珍　（唱）　都是这个老不死，
给他钱财贩毒忙。
杀人越货赌棍当，
五毒俱全理该亡。
临死还要吃口奶，
这个不要脸的，（指着其母）

撩衣袒胸上他当。

被他咬下一奶头，

千古笑柄臭名扬。

她从此伤口腐烂苦果尝，

偏心换来好下场！

杜　（唱）　你，你——

我人之将死你还欺辱，

良心安在恩全忘。

快快与我滚出去，

我不想见你这黑心狼！

珍　（冷笑）你只要把剩下的银子交给我，我就走。

杜　要银子没有，要命一条！

婷　富珍妹妹，我求求你，不要再去惹她生气，她病得不轻！

珍　好，好，看在凤婷姐姐面上，不再与你啰嗦。告诉你，你的银子藏得再好也没用，早晚我会找到！这就叫做"生不带来，死不带走"。好了，再见！（下）

【杜氏几乎气晕，白凤婷给她捶背，胡姨喂她几口水，她才缓了过来。

婷　舅妈，你好些了吗？

杜　（流泪，唱）　凤婷，

我曾做下两件事，

对不起先夫对不起你。

不知你能否宽恕我？

否则我，

长眠地下也不安。

婷　（真诚地）舅妈，我一直在盼望，我们和解吧——

（唱）　过去事情已过去，

恩恩怨怨随风吹。

从今后，

我会常来服侍你，

让你晚年过得美。

杜　（唱）　谢谢你宽容又心善，

我不该再把真情瞒。
一是违背先夫志，
视你为己出给温暖。
二是你父母遗产我隐瞒，
临终嘱托我背叛。
我想把财产留子女，
伤天害理目光浅。
快快趁我还活着，
床下隔层取文案。
银票遗信还给你，
死前总算遂心愿。

【胡姨将床下隔层里藏着的一包东西取出，交给白凤婷，示意她藏入怀中，白凤婷只得听从。

婷 （激动地唱） 多谢舅妈一片情，
凤婷也非贪财人。
我用遗产治你病，
我用孝心慰你心。

【此时杜富珍上。

珍 （怀疑地扫视三人）你们鬼鬼祟祟在说什么？凤婷姐，她若有什么重要东西交给你，你可不能自说自话拿走，否则我会告你！

杜 （欲坐起，怒斥）你，你这小畜生！……你！……

【杜氏气噎而绝，白凤婷和胡姨扑上去痛哭，杜富珍冷笑而下。

【这时，一阵马蹄声由远而近，一驿差推门而入。

差 白小姐是否住此？

婷 （擦干眼泪）本人正是，有何贵干？

差 欧阳家张妈要我告诉你，欧阳家遇到大难。公主李尧芳放火烧了家，她自己也被活活烧死，而欧阳先生为了救她，被烧着的梁木砸伤。喏，这是张妈给你的信。

婷 （看了信，身体摇晃）欧阳先生！志昂！（晕倒在地）

【渐暗，落幕。

第六场　复　　归

【数日后，欧阳家，残垣断壁。白凤婷匆匆赶到，见此情景百感交集。

婷　（唱）　孤村落日伴残霞，
　　轻烟老树剩寒鸦。
　　急急忙忙往此赶，
　　不知志昂安康吗？
　　一日不见三秋隔，
　　凤婷心如万针扎。

【饱经沧桑的张妈一下子老了许多，她颤颤巍巍地上。

张　这是谁啊？

婷　张妈，我是凤婷。我回来了！

张　果然是你！我早就说过白姑娘是个有良心之人，她接到信后定会回来的！

婷　（紧张地）欧阳先生呢？他在哪里？

张　（哀叹）他呀，在里屋呢。

【此时，欧阳志昂拄着拐杖上。他显然已经瞎了。

欧　（手向前摸索）张妈，你在跟谁说话？

【张妈摇头叹息，白凤婷已明白欧阳志昂瞎了，泪水涌出。她迎了上去，扶住欧阳志昂。

婷　志昂，是我，我回来了！

欧　（激动万分）啊？是凤婷?!（双手抚摸白凤婷的肩和脸）

婷　是的，是的，我是凤婷。志昂，我已回到了你的身边！

欧　（唱）　如今我已成瞎子，
　　人不像样太丑陋。
　　想必你将回娘家，
　　愿你过上好日子。

婷　（唱）　此次回来再不走，
　　此生永远照顾你。
　　我曾是仆人你不嫌，
　　滴水之恩当涌泉。

我要治好你眼疾，

望你不要将我弃。

欧 （唱） 不忍如此耽误你，

志昂不应太自私。

婷 （唱） 我意已决跟随你，

纵然石枯海见底！

欧 （唱） 多亏当初我眼明，

找到一个贤惠女。

可惜财产大半废，

跟我受穷没道理！

婷 （唱） 志昂啊，

老天有眼降福气，

父母遗产来荫庇。

舅妈临终还给我，

幸福生活在后面。

【众乡亲赶来，无不感慨万千，纷纷跷起大拇指赞叹。

张 （感动地唱） 志昂你前世修的福，

善良姑娘降身边。

来年养个小宝宝，

让我老太抱抱伊。

欧、婷 （同唱） 善有善报谢谢你，

以沫相濡两相依！

【众人欢笑，霞光万道。喜乐高奏，落幕。

【全剧终。

2002 年 7 月

·独幕话剧·

荷 花 泪*

人物表：

刘稚辉——32 岁，刘家的儿子，上海某机械厂的工人，卢蓓珠的同事，卢蓓玉的恋人。简称“辉”

卢大山——35 岁，刘家对门卢家长子，上海某厂工人。简称“山”

卢蓓珠——32 岁，卢大山的大妹，上海某机械厂党总支委员，组织组组长。与刘稚辉是同事。简称“珠”

卢蓓玉——29 岁，卢大山的二妹，在上海某街道生产组工作，刘稚辉的恋人。简称“玉”

卢荣虎——21 岁，卢大山的弟弟，失业青年。简称“虎”

【时间：1976 年夏季某日下午。

【地点：上海市区某弄堂里的一个石库门小院。

【布景：院子的正中，有两扇黑色的门通弄堂。从这门及围墙顶上，可以看到弄堂对过的简陋的住房；墙上有铁皮已锈烂不堪的水落管；石灰严重剥落的墙壁；墙上隐约可见用红漆画的大半个鸡心，里面写着一个“忠”字。院子左侧，是刘家的厢房，有一门一窗通院子，门上挂着一把铁皮锁；院子的右侧，是卢家，款式同刘家一样，只是在门楣上有一盏电灯，门和窗之间空白的旧墙上，“最高指示”的红漆字迹还依稀可辨。院子中

---

* 本剧创作于 1979 年 4 月，获上海师范学院剧本创作比赛一等奖。

央有一只用砖砌的水泥台子，周围放着两三把竹椅。卢家屋檐下，挂着一只用布遮裹着的鸟笼，地上放着好几只玻璃金鱼缸。院子中有几棵小树，围墙边放着一些盆花。

【幕启：卢荣虎垂头丧气地从院门上。他，矮小，精瘦的身材。头上歪戴着一顶"文革"前的海员大檐帽，蓬乱的头发从帽子底下横七竖八地钻了出来。他蓄着胡子，脸上布满了污垢，整个脸显得黑乎乎的。一件紫绛色紧身尼龙短袖汗衫的衣领的一角，夹在脖颈里，又脏又皱的黑卡其长裤上，围着一根白帆布腰带。一双破旧的皮鞋的上方，鲜红的袜子很耀眼。他嘴里叼着一支烟，走起路来歪歪扭扭，脊椎骨好像是一根晃荡不定的弹簧。他的文化水平极差，说话时往往用错字，或乱造字眼。

虎　(自语)今天真是活见鬼，一下子输了一百多块。唉——叫我拿什么还？赖掉罢，是要被人打，甚至吃刀子的……妈的，真是急死人！唉——(一屁股坐在竹椅上叹气。过了片刻，他环顾四周，看到刘家门上的锁)哎，有了。人家讲"兔子不吃窝边草"，老子今天就顾不上这些了！刘家的老太婆病重住院，她那个反革命儿子刘稚辉肯定陪着。偷这种人家的东西，不用担心有人来破案，真是好极了！(用上海方言)有拿不拿猪头三！

【卢荣虎跳起身，把院门关上。然后蹑手蹑脚地跑到自己家门口，听听没动静，就直奔刘家门口。他从裤袋里掏出一大串钥匙。

虎　我的万能钥匙开这种铁皮锁，真是轻而易举！

【卢荣虎试了几把钥匙，很快打开了锁。进门，把门关上。过了一会儿，卢荣虎从里面挟了一个半导体收音机，慌里慌张出来，仍迅速锁上门。跑到院子中央，摸出裤袋里的存折，看毕向刘家啐了一口唾沫。

虎　呸！穷鬼！冒这次风险，存折上只有 80 块。总算这只半导体还能充充数……(听到院门口有声响，马上把半导体放在水泥台上，用大檐帽罩住。然后坐着竹椅上，跷起了二郎腿，装作无事一般)

【卢蓓珠上。她是一个身材匀称的女人。短发，脸容娇美。嘴角总是带着一丝冷笑。上身，穿着一件裁剪得体的白衬衫，下身，穿着一条改小过的军裤。右手撑着一把皮柄黑伞，左手拿着一把精致的檀香折扇。她走起路来昂头挺胸，很神气，这是因为，她始终意识到自己在本单位里，是一个可以主宰别人命运的人。

珠　(放下伞)荣虎，大山哥哥在吗？

虎　(抹掉惊汗，放松地吐了口气)他啊？鬼才知道他在哪里？(趁蓓珠不留意，把大檐帽戴到头上，开始摆弄起半导体来）阿姐，你怎么回来这么早啊?!

珠　啊呀，我有急事要找他呢，真不巧！（看看手表）都四点多钟了，他也该下班了！（在水泥台旁坐了下来，摇扇）

虎　（开了半导体，听声音很轻，摇摇，然后开启后盖，自语）大概电池用完了，妈的！

珠　（漫不经心）这只半导体收音机，谁的？我在家里怎么从未见过……（伸手要去拿来看看）

虎　（拨开她的手，冷冷地）反正不是你的！（打开了后盖，从半导体里掉出了一叠折过的纸）嘿，半导体里哪来这么多废纸？（看都不看，甩到地上）真的给我猜中，这电池已经烂了。

【卢蓓珠顺手从脚旁捡起那叠纸，一看，大吃一惊。连翻几页，手瑟瑟发抖。但马上眼珠一转，镇静了下来。

珠　这只半导体，到底是谁的？

虎　（打量了蓓珠一下，然后把盖子重新盖好）关你什么事！

珠　你知道里边掉下来的是什么东西吗？一封信，而且是一封……（欲言又止，然后一把夺过半导体）快老老实实告诉我，这只半导体到底从哪儿弄来的？

虎　（生气，但毕竟心虚）我的一个朋友放在我这儿的！快还给我！

珠　你的这个朋友是谁？

虎　（无言以对，尴尬地）是……（但马上眼珠一瞪）我的东西，关你屁事？

珠　（冷笑）哼哼，你这是偷来的，对不对？

虎　（站起身，头用力一甩）你想审问我啊？呸！弹开三公尺。也不看看人头！你那套训人、整人的习惯，厂里用得不够，还要到家里来做大王，吓唬人！睬你?!

珠　（口气转软）荣虎弟弟，我是真心诚意为你好！做姐姐的，总希望自己的弟弟成为一个好人。对不对？

虎　好人？我怎么不是好人？有个叫张铁生的，考试交了白卷，成了好人，英雄！我是交惯白卷的，我也是好人，比他更加好！

珠　谁跟你开玩笑？你是好人，为什么被民兵指挥部、公安局"请"进去的次数这么多？弟弟，应该好好吸取教训了！

虎　我进庙，全是因为你们造成的！大山和你都是"全民单位"职工，蓓玉现在也病退回了上海。我最触霉头，不能分配工作，失业在家！唉——还是趁早享受享受，也对得起自己这一生！

珠 怎么是我们造成的？人家小青年安分守己，呆在家里的多得很！荣虎，你结交了坏朋友，被阶级敌人利用了！

虎 （极不耐烦）算了吧，算了吧！你这套大道理，还是到厂里去吹吧！要说我的那帮朋友，还不是公安局帮我介绍的？我现在的朋友遍天下，路路通！我讨厌别人来管我，我要自由自在地过日子。

珠 荣虎！你这样不但会毁了自己，也会害别人！

虎 害得你这几年升官升不成是不是？嘿嘿，我想起来了，前几年，大山哥不小心敲碎毛泽东瓷像，被打成反革命分子，你也说过这样的话。你只想到你自己！我就比你讲义气，小兄弟叫我去开刀子，我总是勇往直前！

珠 你，你在说些什么？！大山出事情，如果没有我和你姐夫帮忙，把他从隔离室里放了出来……

虎 （打断了她的话）好了，别在我面前摆谱了。你想升官发财，这是明摆着的嘛！你不是常说，如果大山不出事，现在你早抽调到市委工作了？！

珠 （恼火）是我教训你，还是你教训我？！我当了革命干部，对家庭有什么不好？要不是我，你早就被判刑了！你一天到晚嚷着要自由，（指指刘家）对门这个刘稚辉就是因为太自由了，今天怀疑这个中央首长，明天炮打那个中央领导人。结果怎么样？吃了官司，戴了反革命帽子，受管制，丧失了自由！现在，他提出要趁他母亲活着跟……跟一个人结婚，我们都不批准。你要向他看齐，没你的好处！

虎 吃官司，进"庙"，我不怕！嘿嘿，现在你讲刘稚辉不好，十年前，写了两次情书，叫我交给他的，不就是你吗？谁知，他当场把信退回，你就哭着发誓要报复。现在，你神气了，当了党总支委员，又是组织组组长，要怎么整他，就怎么整他！还可以捞个"对敌斗争坚决"的好名声！

珠 （发急）啊呀！你真是不知好歹！你这个小偷，把我们家的面子都丢光了！害得父母在外地，整天为你提心吊胆！

虎 （狂笑）小偷，哈哈……唉，可惜啊，这个世界上只有"小偷"这个名称，而没有"大偷"这种叫法！真的，做大偷，又安全，又风光。大批东西偷到手，可不用担心公安局、民兵指挥部来找麻烦！

珠 在说谁？

虎 谁，你还不清楚？你现在住的那幢新造的小楼房怎么来的？你们家的彩色电视机、落地电扇、机器脚踏车等等，都是从哪儿弄来的？记住，你们每月只有八十几块的总收入！

珠　住嘴！这些都是光明正大添置起来的！

虎　别发火，镇静，镇静，小姐！当然，你那时还没嫁过去，这些跟你是“风马牛不相及”。可是作为市轻工业局领导，文攻武卫指挥部头头的姐夫，那时早就在准备终身大事了！我有几个小兄弟，曾经跟他到人防工地上大摇大摆地装了十几卡车的钢筋、水泥、砖头拿去盖自己家的房子。我还有几个小兄弟，为了能从文攻武卫的囚禁处放出来，送给他一块高档手表。当然，这一切够“光明正大”的了！还有……

珠　（愤怒地站起身）够了！够了！你出口伤人，恩将仇报！我不跟你多说了。现在，我只想要你回答，半导体哪儿来的？

虎　不知道。

珠　你知道刚才从里面掉出来的是什么吗？

虎　什么？

珠　一封写给毛主席、党中央，恶毒攻击江青、张春桥两位首长的反革命匿名信！好了，现在，你总该说清楚了吧？

虎　哦——可我，我有什么可以告诉你的，（愣了片刻）走啰！（出院门，扬长而去）

珠　回来！（见叫不住荣虎，掏出信又紧张地看了一遍，沉思片刻）我得把这事跟我丈夫商量商量。这个半导体——（拿起半导体，走了几步想放到自己屋里）不，不不，那样，事情会讲不清楚的。（看见几个花盆，灵机一动）嗳，先放在这里。（见四周无人，将半导体放在花盆间，然后从院门下）

【卢蓓玉从院门上。她，身材略高，长得较饱满。肤色微黑，两条又黑又长的辫子在身体的一前一后微微晃动。脸圆而带方，修长的眉毛下，长着一对慈善而又含蓄的大眼，嘴唇略厚，整个脸庞给人一种纯朴而又秀美的感觉。一件嫩黄色的短袖衬衫的胸口上，绣着两朵素淡的小莲花。下身穿着一条银灰色的隐条长裤。她举止娴雅，稳重，表情文静得近乎抑郁。好几年的农村插队的生活，和对社会的日益深入的了解，显然对她的性格产生了决定性的影响。她提着一个装了西瓜的尼龙网袋。

玉　（深情地自语）　如同黑夜里升起了明月，

好似远洋轮看到了海港，

我和稚辉的爱情，

将冲出秘密的堡垒，

来到世人注目的地方。

但愿她像巍巍昆仑，

经得起风暴的涤荡。

(沉思，轻声地)稚辉也该下班了，我多么希望马上就能见到他……(到屋内放好网袋，端了一只面盆出来。刚要给花浇水，刘稚辉上)

【刘稚辉上。他中等身材。四方脸，五官端正，两道剑眉又浓又密，目光深邃。长得英俊威严。白色的短袖衬衫的胸袋里，别着两支钢笔，肩上背了一只军包，下身穿了一条咖啡色的长裤。他的步履看上去很沉重。他和卢蓓玉两人默默地相视片刻。卢蓓玉放下脸盆，迎上前去。

玉　(羞怯地)稚辉，证明开好了？

【刘稚辉环顾了一下院子。卢蓓玉会意，去关好院门。

玉　(认真地)哥哥他们都不在，反正我们俩的事要公开了，就是有人来也不怕！

辉　(沉重地)不，蓓玉，看来，我母亲的心愿怕是不能实现了……

玉　(一惊)怎么？他们没开给你结婚证明？

辉　是的。他们说，是不能准许一个反革命分子谈恋爱结婚的！

玉　(痛苦地)什么？怎么可以这样?!……

辉　(愤怒)多少人响应革命领导们的号召，积极投入这场文化大革命，可是在“打倒一切”的过程中，自己也成了现行反革命分子，也成了被打倒的对象，也成了任人宰割的牲口！……从而丧失了恋爱、结婚等一切权利，这是一场多大的历史误会啊！

玉　(焦虑地)你没有说，开结婚证明是你病危中的母亲的嘱咐吗？

辉　就是说了又有什么用?!我不会向他们苦苦哀求的！

玉　(激动地)他们难道没有母亲？难道不懂得世间除了阶级斗争外，还有母子之情？

辉　人性啊、良知啊……恐怕都不存在了……

玉　我姐姐当时在场吗？

辉　(沉吟片刻)她是组织组组长，在场。麻烦就在这里，她好像跟我有……这次，我如果不是考虑到要顺从母亲的心，我是决计不会在现在就公开我们的关系的！(激动)你知道，这些年来，母亲为了我担惊受怕，被人骂作“狗母”！她受尽了屈辱，得了一身毛病……上个月，她的心脏病又复发了，现在命在旦夕……我对不起她老人家啊！(抹眼泪)

玉　(哭，伏在刘稚辉身上)稚辉——

辉　(握住蓓玉的手)蓓玉，看来我们的事要耽搁一阵了！

玉　(抽泣了一会儿，缓慢地抬起头来)辉，我去跟姐姐说说……

辉　不必了，你姐姐现在是局里正在重点培养的年轻干部！如果我真的是坏人，我倒很钦佩她穷追猛打的办案劲头！虽然，我不赞成他们所采用的严刑逼供的做法。她，很恨我！……原谅我，在你面前议论你姐姐。

玉　(噙着泪水)辉(凝视稚辉)我，我等着你。

辉　蓓玉，先别这样说。我上次已经跟你谈过，天安门广场事件发生后，当局对人民的镇压加紧了；最近市里通知各单位，要他们全力追查两封所谓的反革命匿名信和政治谣言。而我，一直是他们重点注意的对象之一。现在我们的事公开之后，你肯定会受到巨大的压力、屈辱！……而像你这样一个善良的女子，本来应该活得很幸福的。

玉　辉，你以为我是一个胆小鬼吗？你以为，我是一个吃不起苦的人吗？

辉　不，我从来没有这样认为。但是……今天在中国，尽管报纸上一直在鼓励反潮流，实际情况是，探索真理、独立思考社会问题是不允许的，是会招来坐牢、杀头的……

玉　(打断稚辉，哽咽着)辉！这些你都跟我说过……我觉得，你的观点都是对的……不管发生什么情况，我都不会变心！

辉　(严肃认真的)不，我和许许多多红卫兵小将都走了很长一段弯路。我现在唯一可以暗自庆幸的是，我已经不再那么容易在政治上上当受骗了。谁也不能阻止我们去追求真理！但是，(停顿了一下)蓓玉，我实在不愿意让你跟着我一起受罪！……

玉　(坚决地)不要再说了，稚辉，我不可能再作别的抉择！我只属于你……

辉　(激动地拥抱蓓玉)玉……(过了一会儿)你最好快些把这一切跟你父母和大山讲明白，免得被动。还有一件事，我想托付给你。

玉　嗯。

辉　(递给蓓玉一把钥匙)这是我家门上那把锁的钥匙。唉，也怪我们对中央内部的政治斗争的复杂性、严重性估计不足，以为……唉！

玉　这么说，你跟当局正在追查的匿名信等事件有瓜葛？

辉　别问，有些事情牵扯面很广……如果我一旦发生情况，你就用这把钥匙开门进去，把我书桌最下面的抽屉里的一包东西，连同我床上的一架半导体一起拿出来，放在安全可靠的地方，这些东西都很重要。注意，拿的时候，当心被别人看见！

玉　(轻声重复)书桌最下面的抽屉里的一包东西和一架半导体……还有什么吗？

辉　还有一样东西，母亲叫我送给你。(开自己家门，拿了一包东西，复上。深情地)这是她老人家的一点心意！

【蓓玉打开一看，原来是一对枕套。洁白的面子上绣着一大一小两朵荷花，荷花下，有几片圆滚滚的绿叶衬托，几只蜻蜓正绕花嬉戏。蓓玉翻来覆去看了好几遍，然后把枕套贴在胸口，显得很激动。

辉　喜欢吗？

玉　（用力点点头）真好，这是母亲的一番心意啊！……

辉　是啊……玉，这荷花“出淤泥而不染，濯清涟而不妖，中通外直，不蔓不枝，香远益清，亭亭净植”，我想，这正是我们爱情的象征！

玉　（依偎在稚辉身上，看着荷花）多么美丽啊……辉——

辉　是的，玉——

玉　辉——

【两人依偎得更紧了。少顷——

辉　时间不早了，我还要去买个西瓜给妈妈送去，她想吃。

玉　（把枕套放在水泥台上）我已经买好了，正想带给她。我去拿给你！（跑进屋子，拿出西瓜，双手捧给稚辉）给。

辉　玉，我去了。

玉　不，你再陪我一会儿好吗？

辉　妈妈在等着……

玉　（含泪，依依不舍）你，去吧，要保重！……（转身抹泪）

【刘稚辉从院门下。蓓玉默默地端着脸盆去给花浇水。突然，发现花盆间歪倒着的半导体收音机。

玉　奇怪！稚辉的半导体怎么放在这儿？粗心？不可能！这就奇怪了……先把它放好再说。

【于是，蓓玉拿了半导体，迅速打开了刘家的门。放好半导体后，立即出来。刚刚锁上门，卢大山从院门上。卢大山，个子不高，身材壮实。头有点秃，白发不少。高高的前额上。有几道抬头皱纹组成了一个“三”字。小眼睛，厚嘴唇。脸上毫无表情，显得麻木不仁。一件“老头衫”，又黄又脏；西装短裤的屁股上，两块补丁特别显眼。他还没有结婚。这些年的经历，使他十分厌世。他把大量的时间花在养金鱼、养鸟上。这会儿，他提了一只小铁桶，拿了一个捕鱼虫的小网袋慢吞吞地走进来。

山　蓓玉，你在干什么？

玉　没干什么。（看看表）哎呀，都6点了，哥哥，你今天回来晚了。

山　厂里开会。追查什么匿名信和政治谣言，叫每个人看着照片上零里零碎的字。真他妈的混账！关我什么屁事，唉，害得我那几条金鱼妈妈，足足饿了一个小时，它们正在产子呢！（大山连忙蹲着，把鱼虫投放在几个缸里。自语）哎，珍珠鱼，这下，你放开喉咙吃吧。看你高兴得摇头摆尾，记住，给我多生些孩子，我可不对你实行计划生育！你们这几条额顶红别撒野，鱼虫多着呢，抢什么呀……

玉　（忍不住笑）哥哥，看你，它们不懂你的话！

山　怎么会不懂，给它们当了几年保姆，还会不懂我的话？喂，"水泡眼"，你说我对吗？你看，你看它在点头呢！

【这时，院门外传来邮递员的叫声。（内声）"喂，十一号，报纸！"

玉　邮递员来了！（连忙跑到院门外，拿报纸）

山　这日报，天天这么晚才送来，以后干脆叫晚报好了。我算是看穿了，还不是每天要修改谎言，耽误了大半天功夫。哼！

玉　（边看报，边走进来，讽刺）又是批"总纲"、批"条例"，一天到晚喊着要掀起什么新高潮！

山　（站起来，小心地去关好院门）这是在兴风作浪！说它们是大毒草，可是把这两个文件一公布，我们厂里谁不暗暗叫好。都说，如果按那上面说的去办，我们工人的日子就好过多了，我们国家就有希望了。不过，说这些干吗？还是那句老话："莫论国事"，小百姓参与政治是要倒霉的！唉，我算是看穿了。

玉　哥哥，你真是"一朝被蛇咬，十年怕井绳"啊！国家的事情，我本来也不大懂，前几年，我在外地农村插队的经历，使我不得不留心起国家大事来。农民生活真是痛苦啊！直到现在，他们每天还只能吃上两顿地瓜面、地瓜糊，住在破烂不堪的草棚里。稍遇天灾，就只好外出讨饭。而有些干部，则天天花天酒地，在招工、上大学和知青上调等事情上敲诈勒索、营私舞弊，甚至还诱奸女知青。农民的意见可大了！

山　那是在农村！城市里还不至于这样。

玉　城市里当然没有农村那么苦，但是市场供应每况愈下，什么事情都要开后门，凭路子，百姓的经济状况长期得不到改善，政治上，人人自危。革命，本来是解放生产力，推动生产的发展的，可是，十年来，人们看到的是什么呢？所以，上海出现两次严打，外地发生天安门广场事件、南京事件等等，还有现在正在追查的所谓政治谣言、匿名信，是毫不奇怪的，很能说明人心的向背。

山　（紧张地环顾四周）隔墙有耳！隔墙有耳！蓓玉，你哪来的这么多政治观点？老百姓闹事，有个屁用！天安门广场事件，死伤多少人，可中国还不是老样子？（看到蓓玉要反驳，马上摆了摆手）好了，好了，我不和你争。我对政治不感兴趣，我怕政治！我要给我的鹦鹉送晚餐了，它对主人谈政治最反感了。（走到水泥台前，看到一包东西，打开一看是枕套）荷花枕套！　啊——真好看。（对蓓玉）你的？

玉　（羞怯地笑着，侧过身）嗯。

山　妹妹，爸爸妈妈都在外地三线工作，常常来信嘱咐我，关心关心你的婚事和管好弟弟。你看，我光顾揍荣虎这个小赤佬，把你的事忘记得干干净净。你，不埋怨我吧？

玉　（假装生气）我怨死你了！

山　（瞅见蓓玉的神情，笑了）妹妹，告诉我，你和沈明远的事到底怎么样了？哎，我好像好长时间没看到他上这儿来了。

玉　（克制住愤怒）以后，不要再提这个人了。

山　（焦急）为什么？你们吹了？

【蓓玉肯定地点了一下头，眼中含泪。

山　什么时候？

玉　前年秋天。他通过他的在市革会工作的舅舅帮忙，调回上海，进了大工厂后，就把我忘了！

山　（义愤）啊？！你没有找他讲理？

玉　找了。去年，我得了肝炎，退回上海。有一天晚上，我找到了他，让他把事情讲清楚。可是，他根本否认曾经跟我谈过恋爱！

山　这个混蛋！

玉　我们在一条偏僻的马路上默默无言地走着，突然上来两个流氓。其中一个对他说（用上海方言）识相点，跑跑开。否则，当心脑袋。

山　他听后怎么样？

玉　溜了，撇下我一个人。（眼泪扑簌簌地掉下来）

山　呸！这个孬种！

玉　两个流氓把我按在地上，就在这时，上来一个人，大喝一声："捉贼！"紧接着跟他们搏斗开了。正好有一辆手扶拖拉机开过来，流氓们用匕首把那个人捅倒在地，然后仓皇逃走。我连忙拦住车子，把他送到医院。

山　这真是一个好人，真是一个好人啊！后来呢？

玉　他流了很多血，还好，伤口不深。我在医院里陪了好几天。（此刻，羞怯、幸福、崇敬、自信交织在一起。眼睛里放射出熠熠的光芒）我们本来就互相尊敬，而从那时起，我们渐渐有了感情……

山　这个人，你原来就认识？

玉　认识。还在上小学时，他就是我校的三好学生！很有才华。我对他……一向有好感。去年，我回城后进了生产组。好几次下班后在街上，看到他上前阻止小青年抢农民菜车上的瓜果。

山　那么，这个人看来就住在附近啰？

玉　（笑）嗯。他的品质的高尚，知识的渊博，和感情的真挚都是沈明远所无法相比的！但，我最感激他的是，他使我懂得了今天这个社会的本质，和什么是真正的爱情！

山　这对枕套是他送给你的？

玉　是他母亲送给我的。

山　啊呀！你为什么不把这事早点告诉我？

玉　你从来没问过我嘛。

山　妹妹，说了半天，快告诉我这人是谁，我得去谢谢他！

玉　用不着。他的名字……（含羞）过几天，我再告诉你。不过……他在文化大革命中受过冲击。

山　那……有什么关系?！我不是也喝过几口凉水。当然，最好是……但是，我赞成这门婚事！不过，你总得先把人带来，给我们看看。

玉　嗯。（沉默片刻）哥哥，你都35岁的人了，也该考虑考虑成家的事了。

山　（颓唐地）唉，谁肯嫁给一个政治上失过足的人啊……算了，别提这种事了！

【卢蓓玉只好不问下去了，拿了枕套进屋去。卢大山从口袋里拿出鸟食，放在水泥台下的一只盒子里，然后起身去喂鸟。卢蓓珠背了一个军用包从院门急匆匆地进来。

珠　（见大山）大山哥，我正要找你！（突然想起那只半导体，就连忙到花盆间寻找）哎？半导体呢？

【卢蓓玉上。

山　那儿哪会有什么半导体！哎，当心！别把我的金鱼缸踢翻了。

玉　半导体，早拿走了。

珠　（紧张地）被谁拿走了？

玉　刘家的半导体，当然被他家人拿……（知道失言）哎，你问这干吗？

珠　（恍然大悟，愁眉舒展。冷笑）哼哼，这就对了！真是“踏破铁鞋无觅处，得来全不费工夫”。蓓玉，谢谢你！不过……

山　你这是什么意思？

珠　我想，用不了几个钟头，你就知道是怎么回事了！来，大山，我先跟你讲一件事。

山　什么事？

【蓓珠一把将卢大山拉到一边，咬牙切齿地跟他嘀咕了一阵。只见大山听了，惊慌得连手上的鸟食盒也掉到地上。蓓玉开始不安起来。她坐在竹椅上，头脑里活动开了。

玉　（自语）蓓珠在跟大山说些什么？她怎么知道花盆那儿有半导体？"踏破铁鞋无觅处……"什么意思？对了，这半导体是她从刘稚辉家里拿出来的！不对，不对，她本来好像并不知道这半导体是谁的，可我告诉他是刘家的，哎呀！事情不好，有危险。我得马上去把刘稚辉的东西取出来。（起身，看到蓓珠和大山，又坐了下来）哦，不能。我得去医院通知稚辉！（起身要走出院门）

【卢大山用拳头狠狠捶一下自己的胸口。

山　唉，只有这样了！（见蓓玉要走，马上拦住）蓓玉，你站住，我有话要问你！

玉　有事，以后再谈。让我出去。

山　不！你给我回到那儿坐下。

玉　为什么啊，哥哥？

山　什么事。你干的好事！你给我坐下。

【蓓玉只好坐下。蓓珠神情严肃地站在大山坐的椅子后面。

山　蓓玉，我跟你直说了吧，为了你和我的全家，我劝你马上断绝跟刘稚辉的一切来往！

玉　（愤怒地瞪了蓓珠一眼，痛苦地）不，我不能够，我不能！哥哥，你是知道的……

山　（打断了她）我知道，他是你的恩人。但是，我想，你或许不知道，他是一个现行反革命！

玉　（含泪）哥哥！你也相信他是一个现行反革命？天底下会有舍己救人、跟流氓殊死搏斗的现行反革命？会有数年来一直刻苦学习马列毛著的现行反革命？这不是我瞎说，你也亲眼看到过的！

山　情人眼里出西施啊……

玉　哥哥，刘稚辉出于对领袖的热爱，文化大革命开始后，他积极地投入了这场运动。这十年来，他一直在实践着领袖的教导，一直在研究社会，探索真理。虽然，文革初期，对革命的狂热，使他也参加了许多过火的社会活动，犯了不少错误。但是，他的罪名，恰恰不是由这些狂热的行为构成的，而是由他后来的冷静思考时的一些见解构成的。谁都知道，人的思想是在不断变化的，怎么能够根据一个人一时的见解来定他的罪呢？

山　看来，私人的感情，使你不顾大多数人的意见！

玉　大多数人的意见就一定对吗？而且，这个大多数是否真的是大多数呢？哥哥！你忘了，几年前，你把领袖瓷像敲碎后，当场被打成了反革命。单位领导说，这是绝大多数人的意见。可你心里是清楚的，那件事的发生，恰好是由于你出自对领袖的热爱，去揩掉宝像上的灰尘时，不小心造成的。你难道同意当时"大多数人"对你的看法？同意他们对你采取的那些残酷的"革命行动"?!

【卢大山沉思起来。

珠　大山和姓刘的完全是两码事。刘稚辉一贯反对中央领导人，最近，还在厂里散布政治谣言，而且，还写……总之，他是一个证据确凿的现行反革命分子。蓓玉！你不要饥不择食，认为自己在生产组工作，找到一个大工矿的男朋友就得意忘形了！要知道，大工矿的男人中，也是分阶级的。

玉　（气愤）权势、金钱，也许是你和姐夫结合的基础吧？所以，你用这种观念来类推别人。你既然插进来谈论刘稚辉的问题，我倒要问问你，你们在审查刘稚辉过程中，哪一件事是符合马列主义的？过去，你们给他定的罪是恶毒攻击林彪，后来林彪倒台了，你们又抓住了他反对张春桥的事。那么，如果以后历史证明还是他对呢？你们还会罗织新的罪名！反正，你们是始终正确的。即使有时难于自圆其说，你们也可以用"路线斗争觉悟有时不够高"之类的话搪塞过去！

珠　蓓玉，你的思想很危险！

玉　你们的行为才危险呢！你们在厂里私设公堂，制造了老虎凳等刑具，小小七百人的厂子，先后揪出了一百多个"阶级敌人"！蓓珠，你是管组织的，你考虑过吗，你负责处理的这些事，能保证将来看起来也是完全正确的吗?!

珠　（激动地）住口！你作为一个共青团员，完全丧失了阶级立场。你被反革命分子迷住了心窍，甘愿充当他的殉葬品！

玉　谩骂，正好证明你手中没有真理！我还要问你，你为了报你的那个私仇，为了显示你这个组织组组长对敌斗争一贯坚决，以便得以晋升。你打算把刘稚辉折磨到什么程度？你说呀！

珠　好啊，你"狗咬吕洞宾，不识好人心"！告诉你，到时候尝到无产阶级专政的滋味，不要哭鼻子！

山　蓓珠！姊妹之间何必说这种气话！

珠　不！我没有她这个妹妹！反正我是嫁出去的人，她出事，牵连不上我！

玉　你可以六亲不认。

山　好了，好了！你们俩的看法，我都不同意！我讨厌你们谈政治。现在父母不在，我做主。从我家的利益和实际出发。蓓玉，我不许你再跟刘稚辉来往！请你碰到他，立即宣布跟他一刀两断。听见吗？

玉　（哭）哥哥！……我，我不能这样做。

山　（勃然大怒）你，必须这样做！哼，真是目中无人，太不像话！你如果不愿意这样做，那你就不是卢家的人！

【蓓玉大惊，热泪滚滚。一转身，冲出院门。

【天色已经全暗，狂风阵阵，乌云疾驰，远处传来声声闷雷。

珠　大山，你以前不对她进行教育，她现在变成了这样！……阶级斗争，确实需要天天讲啊！

山　（烦恼极了）好了，好了，你别跟我啰嗦这些了！唉——

珠　（突然想到）她可能会给刘稚辉通风报信！我得赶快去处理。

山　慢着！（跑到屋门口，打开了门楣上的那盏灯）我看半导体里那封信的事遮掉算了。否则，会连累我们家里的人！

珠　这个，我有办法使它不连累谁。我刚才对蓓玉的那些话，也是气头上说说的，胳膊是不会往外歪的，放心！至于那封信，遮是遮不掉的。现在遮掉了，以后败露了，这个罪，谁担当得起?！信，已经被我丈夫带到了市民兵指挥部。你是知道的，他这个人办什么事都是雷厉风行的。

山　啊呀！你们怎么可以这样？

珠　我得走了。（正好看到刘稚辉从院门进来）哦，他倒来了！妹妹的事，你跟他说。

【大山沉思一下，转身进屋。刘稚辉低着头，沮丧地走到自己家门口。他左臂上别了一块黑纱，右手挟着一只装满衣物的大包袱。他抬头仰望苍天，热泪纵横。

辉　（自语）妈妈，我的妈妈，是我害死了您啊！您为什么走得这么急啊？您的儿子现在已懂得了怎样孝顺您，可您……（他伏在门上，抽泣片刻。然后，缓缓地抬起头，开门进屋）

【卢蓓珠远远地观察着刘稚辉的举动，嘴上浮着一丝冷笑。卢荣虎吹着口琴上。他显得既高兴又轻松，走路像个醉汉。卢大山拿了一包东西和一张照片从屋里出来。

珠　荣虎，过来！告诉你，下午你拿的那个半导体（指指刘家）是从他家里弄出来的?！

虎　（一惊）你怎么知道的？

珠　好了，这更清楚了！（走向大山，对大山）你把刘稚辉叫出来。（见照片）噢，还有刘稚辉的照片，好！这次一定要来个快刀斩乱麻！

山 也好(走到刘家门口，犹豫一下，然后敲门)小刘，刘稚辉！

【刘稚辉开门，面容憔悴。

辉 大山，你找我？

山 稚辉，来。(指指水泥台旁的竹椅)到那儿坐下，我有几句话要对你说。

【刘稚辉走到水泥台旁，坐了下来。他用锐利的目光扫了一下卢蓓珠，卢蓓珠把视线避开了。大山在另一边的竹椅上坐了下来。荣虎远远地看着，显得很不自在。

山 (看见稚辉佩着黑纱，一怔)你的母亲过世了？

【刘稚辉痛苦地点了点头。

山 啊呀，真可惜！年纪还不算大啊！

【两人默坐片刻。

山 我和你是多年的老邻居了，小时候也是好朋友。尽管，这十年来，由于政治上的原因，我们很少理睬，但是，我对你是有很好的印象的。我要谢谢你救了我妹妹！可是……

【刘稚辉转过脸，盯住卢大山，目光是严厉的。卢大山不由得身子往后一缩。

山 可，可是，我请你看在邻居和儿时交情的分上，不要跟我妹妹谈朋友……明白人面前不说假话嘛，我怕政治问题来纠缠我们全家人！另外，蓓玉是个生过肝炎的人，我请你帮个忙……

辉 原来为的是这件事！大山，我理解你的苦衷。不过，现时的政治，就好像如来佛的手掌，不是你我能够摆脱得了的！政治斗争，本来是不可怕的。可怕的是政治陷害，大山，你怕的是这个。

珠 刘稚辉，别在这儿放毒！别忘了，你是一个现行反革命分子！你是没有资格谈恋爱、结婚的。

辉 (对蓓珠)哼，气势汹汹，正好说明你手中没有真理！而且，我又不是在跟你说话。(对大山)我还有事，我得走了。(欲走)

山 (阻止稚辉)唉，别走，稚辉，别走！(责备蓓珠)这是在家里，别这样。反革命分子也是人，为啥就不能结婚了？当然，我这个摘帽反革命分子这辈子不想结婚。(重新对稚辉)稚辉，我求求你。请你不要跟我妹妹来往！可以吗？

辉 这……(思考片刻)为了不连累你们，我可以考虑你的要求。不过，这不是一个人的事，蓓玉她知道吗？

山 她，她当然知道，她是同意的！(拿起包着的枕套)这对荷花枕套，就是蓓玉叫我还给你的！(把枕套交给刘稚辉)还有你的这张照片。

辉　(刷地从竹椅上站了起来)这，这不可能！蓓玉呢？叫她自己来说！

珠　她到亲戚家里去了。哈哈，姓刘的，不要痴心妄想了！蓓玉，早就跟你划清界限了。这不，你半导体里装着的东西，她已经向组织汇报了。不信，你自己到屋里去看看，半导体里还有没有东西。

【这时，闪电划破漆黑的夜空，雷声隆隆。刘稚辉惊呆了。卢荣虎吓得躲在院子的一角。卢大山手里的枕套一下子落在地上。卢蓓珠背着手在冷笑。

【刘稚辉用愤怒的目光扫了卢蓓珠和卢大山一眼，然后颓然坐在竹椅上。用一只手撑着头。少顷——

辉　(一把拎起枕套，起身)唉——事已如此，就这么办吧！(对卢大山)请你帮我转告她几句话：我衷心地希望她幸福，健康！并请她原谅，我差点把她带入阶级斗争的漩涡！(说毕，大踏步走进自己家门。片刻后，从屋里出来。在门口呆立了一会。然后，把两只枕套撕碎，丢在地上)让这枕套，连同我们的爱情见鬼去吧！这儿，我已经没有什么再可以留恋的了！(一下子冲进自己家门，并关上房门)

珠　我马上到单位去。匿名信的作者看来也不一定是他一个人。在我们的人没来之前，你们别让他跑了！

虎　(痛苦地)蓓珠，上路点，放他一步吧！你不能借我这把刀子去杀他啊！

珠　嘿！你们这些人糊涂啊，阶级斗争——你死我活！你们到底愿意不愿意看住他？哼！反正他"逃得了和尚逃不了庙"！(一扭身，奔出院门)

【刘稚辉从窗户里看见卢蓓珠走了。马上背了一个军包匆匆出门去，换了一把锁，把门锁上。然后，环顾一下院子。卢大山示意刘稚辉快走，然后，动作别扭地捣腾他的金鱼缸。卢荣虎破天荒地拿起扫把扫地。他把花盆都扫翻了。刘稚辉走到院门口。

辉　(深情。轻声地)再见了，家——(下)

【过了一会儿。卢蓓玉从院门上。她气喘吁吁，汗流满面地上。

玉　(看到卢大山)大山哥，大山哥，刘稚辉回来过吗？

山　(站起身，迟缓地)来过，又，又走了。

玉　(安静下来)还算好，但愿他这几天别回家。我总担心今晚上会出事。(凝思片刻，泪水在眼眶中闪烁)他一生中为什么要经历这么多苦难？和他相依为命的慈母刚死，政治上的妖魔又威胁着他……

【荣虎悔恨地偷看着姐姐。大山不敢去看妹妹。

虎　（走上前）姐姐，我对不起你啊！（羞愧的眼睛里也噙着泪水）我不知道你跟刘稚辉的关系……

玉　（一惊）你说下去。

虎　（抹泪）半导体是我偷出来的。可我不晓得里面有信。结果掉在地上，被蓓珠拿去邀功领赏去了。

【蓓玉双手抓住荣虎的肩膀，瞪大了眼睛，震惊得半晌说不出话来。

玉　你！原来是你！……啊？还有我！是我告诉蓓珠，半导体是稚辉的！啊——这多么可怕呀，我害了稚辉，我害了稚辉！（放下荣虎，奔到刘家门口，看到了门上的新锁，一愣。突然，又看到了地上撕碎的枕套。捧起来）这是怎么回事？！荷花枕套？（盯住枕套，泪水洒落在枕套上）

【卢大山沉重地走过来，悔恨，使他把手里的捕鱼虫网的竹竿折断了。荣虎哭丧着脸，走到蓓玉面前。

虎　大山哥把枕套和刘稚辉的照片还给了稚辉！……

山　（沉痛地）蓓玉，我也是为了你和我们全家好啊！……我们老百姓，不应该去管国家的事情，那是要掉脑袋的！……（用手轻轻地按在蓓玉肩上。）

玉　（惊呆了，顿脚）你们……你们……都是这样的人！叫我，叫我还有什么脸去见稚辉！（甩掉卢大山的手，扑到水泥台上，放声痛哭起来。过了一阵，她毅然昂起头，仰视苍天）

【大山和荣虎羞赧同情地走到她的身旁。

玉　（捧着撕碎的枕套）稚辉啊稚辉，你的蓓玉是清白的，她永远不会去玷污这纯洁的荷花的！我发誓，你就是到天涯海角，我也要找到你，因为，荷花的纯洁是永恒的！

【这时道道闪电仿佛要撕裂苍穹，阵阵的雷声响彻寰宇。大雨倾盆。

【落幕。

【剧终。

·四幕多媒体科普滑稽戏·

橘子熟了*

人物表：

吴专万——男，50岁，农民。简称“万”

田孝丹——女，45岁，农民，吴专万之妻。简称“丹”

吴 冰——女，23岁，吴专万之女。简称“冰”

李达庆——男，24岁，村信息员、科普员。简称“庆”

罗志盛——男，26岁，运输专业户。简称“罗”

郑开明——男，40多岁，村支书。简称“明”

张善、李司、王舞、赵禄等男女村民若干。简称“张”、“李”、“王”、“赵”

时间：当代，某个秋季。

地点：上海远郊远大村。

第一幕 飞来横祸

【时间：秋季一天下午。

【地点：上海远郊远大村吴家客厅。

【一幢普通农民别墅里的客厅。朴实、大方。墙上有大幅刘欢和周杰伦的明星海报。另一侧花架上，有一尊大卫的石膏裸像。如果不是因为厨房的门未关上，露出了供有灶神老爷的大灶一角，确实与城里人的别墅无异。宽大的窗户外，是硕果累累的橘树。橘子熟了，远大村一派喜气洋洋的景象。

窗户其实是LED大屏幕，既可以用来做电视机和笔记本电脑的屏幕，也可以用做投影

* 本剧于2009年9月起由上海滑稽剧团公演，导演徐世利。

机的大屏幕。总之,起到多媒体的展现、诠释的作用。所以,幕启后首先便是滑稽戏名,然后是编导和演职人员表,最后是橘子生长过程的动漫片。四个硕大的橘子演变成片名四个大字。

【幕启。身着呢中山装的吴专万,提了一个环保袋,走进门来。

万 (大叫)冰冰娘!冰冰娘——(见未有应答,自语)咦?娘两个到哪里去了?(见墙上明星像)要死啊,全部挂着男人的相片!我晓得的呀,女儿已经到了嫁出去的年龄,所以欢喜男人了!错也是没错,但是要挑挑准确。刘欢这种朋友,头颈都没有的,(学唱)"我和你——"要死啊,像是睡觉打呼噜,不晓得好听在哪里?(对观众)你们讲对伐?现在我要请他下来,到应该去的地方,下次烧饭辰光当引火柴。(将墙上的刘欢像,取下卷起,放入厨房。又顺手从环保袋中拿出福禄寿的剪纸,贴了上去)这种地方要贴这样的东西才对头!

【突然,吴专万又看到了大卫的裸像,大惊,差点摔倒。

【田孝丹从下场门上,又气又好笑地看着老伴的一举一动。

万 (一边跺脚,一边骂骂咧咧)要死啊,拿一个脱得精精光光的男人,居然放在花架上!女儿啊,女儿,你什么时候变成焖烧锅了,啊?你们女人不觉得难为情,我老头子看了都觉着难为情呀!(对台下)男性观众们,你们讲是伐?有伤风化,像啥样子?我要砸了它!

丹 (大声阻止)你敢?!

万 (笑嘻嘻、羞怯地将石膏像放下)啊?冰冰娘你在家啊?没什么事的,我帮它抖掉点灰尘……

丹 (气呼呼地)我如果不在家,一家一当的东西都要被你砸坏了!

万 (嬉皮笑脸地)这个我也不敢的。喏,秋天到了,天气凉了,我想给他穿件衣服,预防伤风感冒。

【吴专万边说,边给石膏像围了一条红白格子布的小裙子。

丹 (责怪)这个死老头子,你肚皮里厢有点什么,瞒得牢我?改革开放都30年了,你的脑子还是介保守、介顽固、介封建!这种裸体塑像放放有什么关系?噢,只许你们男人在街头、公园到处摆放我们女人的裸体雕塑,不许我们女人安放这种大卫的塑像?!

万 (打断)刹车!好了,我向你认错,总归可以了哦?(嘀咕)哦,算算我的老太婆早已老更,居然还喜欢欣赏这种东西!真是不可理解!其实,这种石膏像对我们男人来讲,就像看到人家晒着的咸肉,毫无美感,毫无刺激!你们说是哦?

丹 你嘴巴里不清不爽在嘀咕什么？

万 噢，没有没有，我在讲还是老婆伟大、伟大！

丹 现在，你这只嘴巴倒是学得蛮甜的。以后，一定要做到口服心服，不许阳奉阴违！听到哦？

万 是的是的，一定一定！（侧过身，忿忿地嘀咕）现在的女人，个个要骑到男人头上！你们说是哦？

丹 你又在说什么?!

万 我在背最高指示，"理解的要执行，不理解的也要执行！"

丹 哎，老头子，你有完没完？我问你，刚才到哪去了？

万 我刚刚走了5里路，跑到了镇上，到果品交易所去领领行情。

丹 （紧张地）老头子，问下来怎么样？我们十亩橘子可以卖多少钱？

万 （高兴而又神秘地）老太婆啊，讲出来吓你一跳，今年的收购价是每担200元，是历年来最高的！去掉各种成本，毛估估，我们可以净赚30万元！

丹 （眉开眼笑）哇，介高啊！老头子，今年我们要发财了！女儿整天吵着买电脑、汽车，这样一来总算有着落了！

万 这些钱，是不能动的！嫁女儿要用！女儿都是给你宠坏的，哪能会想到要去买这种乱七八糟的东西回来，派得着什么用场？

丹 唉！你这个死老头子，脑子就是太保守，阿是进水了是哦？电脑、轿车都是现代人生活的必需品！懂吗?!

万 瞎三话四，我们都是年过半百的人，没有电脑、轿车，不是照样活得好好的?!对于女儿的无礼的要求，千万不要去迁就她！我的太太，有一段小学老师必讲的历史故事，不晓得你阿记得？

丹 啥格故事？

万 喏，就是讲一个强盗，被判了死刑，临刑前，还想着问他的娘要口奶吃。啊呀，这个对他百依百顺的娘，居然也真的会答应他的要求，结果，这个娘身上什么零件被儿子咬下来，我也讲不出口……

丹 要死啊！我变成强盗娘了！这只故事哪能好用在我身上，我真的是非常生气！看来，不给你点生活吃吃，你身上阿是又发痒了，又要胡说八道了，是哦？

【田孝丹去追打老公。追了几圈之后，两人气喘吁吁，这一切都让推门进来的郑开明看在眼里。

明　冰冰的爷娘，你们在做啥？

万　哦，是郑书记啊，我们在练跑步太极拳……

丹　（尴尬）以前是老头追我，现在是我追老头，我变成花痴了！

明　好啊，锻炼身体总归好的！不过，老吴啊，现在政府出资搞的“千村万户农村信息化培训普及工程”，是为我们农民兄弟进行的免费教学，你也一定要去参加哦！

万　（敷衍地）晓得来，晓得来。（见郑开明告辞，走了）哼，我60岁了，去学吹打，有空哦?!（见田孝丹还在生气，讨饶）好了，我比喻不当，向你认错！（90度鞠躬）但是，我们辛辛苦苦赚的钱，绝对不能让女儿乱花的！你看，我还没给她钱用呢，她就把一个赤膊男人搬回来。我要是给了她大笔的钱，那今天搬10个赤膊男人，明天搬100个，要死啊，我们家里要变肉庄店了！

丹　（发火）老头子越讲越不像话了！你把女儿也想象成花痴了！

【只听见摩托车声由远到近，最后戛然而止。

万　好了，刹车！毛脚女婿——罗志盛来了！

丹　什么毛脚女婿？还没得到我同意呢！呆头呆脑的，我是不要的。

万　又不是你嫁给他！讲人家呆头呆脑？人家是老实囡！老太婆实在是不识货，罗志盛这个男孩好得很，又能开摩托，可以帮我们家跑跑运输。谁叫我们只有一个女儿！你没听过这么一句话，招个女婿进门，等于不出钱养了个儿子，好省掉多少钱?!这种出外快的好事情，怎么可以轻易放弃呢?!

丹　这种外快我不要赚的！我是个有原则的人，我们女儿只嫁两种人。

万　哪两种人？以前我只听说过“三种人”。

丹　要么有财，就是财产的财。就是说，要嫁就嫁给有钱人，老板之类的；要么有才，就是才子佳人的才。我女儿，要嫁，就嫁个硕士、博士之类的有学问的人！

万　老太婆，这样讲起来，你是双料的“财迷”啰?!

丹　讲讲就不入调了！阿是又要弄几记生活得得?!

万　刹车！女儿快要进门了！

【吴冰从前门进入，身后跟着罗志盛，手里拎着一个大纸板箱。

冰　爹爹！姆妈——

万　（面带愠色）嗯，你回来了啊?!

冰　是啊！咦，爹爹，我贴在墙上的明星海报，放到哪里去了啊？

万　噢，我看中秋已过，再过段时间就是农历新年了，所以，挂点剪纸之类的，图个喜庆呀！

【吴专万边说边往大卫雕塑前移动，试图遮住女儿的视线。女儿迎上前去，试图将父亲拉开。

冰　爹，你在做啥？遮什么东西？（拉开雕塑前面的父亲，看到身穿苏格兰围裙的大卫，女儿觉得又气又好笑）爹爹！你怎么把大卫打扮成小沈阳了！

丹　女儿呀，这个顽固不化的老头子既不是为了搞笑，也不是因为天气冷了，给大卫穿条裙子挡挡风寒。他是为了扫黄，怕你脑子中毒！

万　常言道，"白露身不露"，现在已经过了白露，所以我给他穿条裙子！

【众人笑得前俯后仰，眼泪都出来了！

冰　爹爹，这个是艺术，不懂不要瞎弄好伐！（边说边脱去大卫身上的裙子）

【父亲立马用双手捂住双眼。

万　要死啊，思想介开放！我倒反成了常常要脸红的学龄前儿童了！

（突然发现罗志盛手里拎的一个大纸板箱）咦，冰冰，这是啥东西啊？

冰　（轻描淡写地）噢，是我刚买的笔记本电脑。

万　（两眼死盯着纸箱，刚才羞涩的脸色立马显出几份怒火）你哪里来的钱？买这么个破东西，派什么用场？

冰　爹爹！电脑是好东西，不能再远离它了！现在政府正在推进"千村万户农村信息化培训普及工程"，我作为村里的团支部书记，哪能可以落后呢？！

万　大道理，我不要听！几千年来，没电脑，中国人民活得蛮好，小孩养了几个亿！

冰　有了电脑，生活质量更高！它既可以上网看看新闻，又可以派各种各样的用场。我们现代人的生活离不开它的。我看今年我们家橘子大丰收，收益肯定高，所以先问小罗借了五千块钱买的。

万　（火冒三丈）啥？问小罗借的钱？（回头看着站在门口的小罗）罗志盛啊罗志盛，你这个粗胚！介没脑子？！啥人同意你借钱给她……

罗　（语塞）爷叔，冰冰要，我也没有办法……

万　又不是生活必需品！你看我都快60岁的人了，没有它，不照样活得好好的？

罗　是是是，爷叔说得对，我看那东西也没有什么作用！

冰　（冲着小罗）小罗呀小罗，原来你是个这样的人啊！在我面前你还说这个电脑千好万好呢，现在到了我的爸爸面前，你又讲另外一套话了！

罗　噢，我没有办法，总得尊敬老人吧！

丹　好了，你们也别吵了，买都买好了，说不定还真派得上用场呢！

万　（指着冰和罗）不行，这个东西帮我去退掉！

冰　（拿过罗手中的电脑抱住，赌气地）爹爹，这么好的东西怎么能退掉啊？我是不退的！

万　还没嫁人，就不听闲话了是伐？（顿时火冒三丈）好，你造反是伐？好，我让你造反！（顺势上前夺过女儿手里的电脑，重重地扔在地上）

冰　爹爹！你也发老吏了！电脑肯定被你扔坏了！

【吴冰边说边上前拾起电脑纸板箱，像怀抱摔着的婴儿那样轻轻拍打。

丹　老头子，你今天阿是在发毛病，准备拆人家了是伐？看不顺眼的东西就要扔，刚刚么想摔坏那个石膏像，现在不对嘞，连电脑也摔起来了！再下去，你哪天看我们母女不顺眼，也要扔掉，是伐？

万　（转而有点不好意思）那，我是舍不得的！（去拉太太的袖子，轻轻地）老太婆，你一点也不照顾我的威信啊！

丹　要我照顾你的威信？那你有话好好说嘛，为什么把那么贵重的东西随便摔？你真的是昏头了！

冰　还是妈妈讲得对，电脑肯定被爸爸扔坏了，（边说边向田孝丹走去，抱着电脑哭）我要爹爹赔。

丹　对！这件事情我要帮女儿撑腰的，你爸爸犯下了反科学罪！

万　结棍！这顶帽子一戴，我好判无期徒刑了！

罗　冰冰，快点打开来看看，电脑坏了没有？（冰将纸箱中取出的电脑递给罗，罗插上电源，嘀咕）这个怎么弄呀？在冰冰面前不能坍台，这记要打肿脸充胖子了！（边嘀咕边瞎按）介西多按钮，要我按哪个啊？要么像压路机那样，来回全部压一遍？

冰　罗志盛，快点打开来看看，你还磨磨蹭蹭地干什么呀？我先把连接电脑的大屏幕放下来。

【冰用遥控器操纵大屏幕。作为窗子的大屏幕就用动漫演绎成大屏幕缓缓放下来的状况。见罗还未将电脑打开，就将他推开。

冰　怪不得你的名字叫罗志盛，听上去像是“鲁智深”！老古董一个！还是让我看看这个电脑到底坏了没有？开机好像是按这个吧！

【冰犹豫地按上开机键，大屏幕闪了一下就暗了（此乃事先做好的动漫效果）。

冰　完了，爹爹把我的电脑摔坏了！

【众人看着大屏幕急得团团转。田孝丹指着吴专万责备痛骂，吴专万像犯了错误的小孩，蜷缩在角落里。

罗 （手足无措）那，怎么办啊？

冰 我有办法了！（拨通手机）喂，是李达庆先生吗？我新买的电脑被爸爸摔过了，开不了机，请你来帮我修一修好吗？

丹 你个死老头子，再下去，看来我要休了你！

罗 现在要紧的是修理电脑，不是修理爷叔！

万 （愁眉苦脸）惨了惨了，要做好最坏的思想准备——夜里跪搓板……

【敲门声，闹哄哄的场面顿时安静。吴专万赶紧去开门，进来的是李达庆。

万 哎哟，怎么又是你李达庆啊！现在我们家里有点事情，不方便外人进来。我晓得的呀，你又要来宣传什么"千村万户农村信息化培训普及工程"了！

庆 （欲解释）今天我不是来……

万 好了，你不要解释了！李达庆啊李达庆，听你的名字，照例应该"拎得清"，但是你偏偏拎不清！我都快60岁的人了，不学电脑，照样活得好好的。你看，房子住得不推板哦？（欲推其出门）

庆 等等，今天确实不是来宣传学电脑的，是您的女儿吴冰小姐，邀请我来帮忙修理电脑的啊！

冰 爹爹，你干什么呢？他是我请来修电脑的。（推开万，对庆）快请进！

万 （自语）看看看，小姑娘还没出嫁呢，看到个男人就急吼吼，把我这个老爸挤到一边去了！

罗 （悄悄地）冰冰啊，他会不会是你新交的男朋友？我怎么没听爷叔提起过这桩事体呀？

冰 你瞎说点什么呀！你应该晓得，他是我们村的信息员、科普员，修修电脑，是他的拿手好戏！

【李走到电脑前，轻轻松松摆弄了一会儿。大屏幕上便出现了所有的界面。

冰 （雀跃）有了有了，屏幕亮了，电脑好了！李达庆你太厉害了！

【众人喜形于色。

庆 电脑没坏，只是死机了！

万 （拍拍胸脯，松了口气）哎哟，乖乖！还好这个东西没坏掉，否则娘两个人对付我，我的命运肯定比萨达姆好不了多少！（对吴冰和罗志盛）不过，电脑这个东西，没什么大的用处，你们还是退了它算了！

庆 吴叔叔，这个东西的用处可大呢。不但能够打字，更重要的它能够指导我们科学种田、不用去医院就可以寻医问药、不出家门在网上办理银行手续、炒股、购物……

万　好了好了好了，又要来了?！现在电脑修好了，你可以回家了！

庆　可以。啊呀，这个电脑配置蛮高级的，上边还装有无线上网卡，我教会你们收看电视再走！好伐?

冰　(拍手)好好！爸爸，你先让他试试看，否则我们都弄不来的。

丹　这个家我做主，小李啊，我和我们老头子都是老花眼，如果在那么大的屏幕上看电视，我们两个人是求之不得！

庆　好的，说来就来。

【李达庆击打键盘几下之后，就出现了某电视台主持人播新闻的画面。

万　这个小鬼头有点小聪明，我晓得的呀，他存心在我女儿面前露两手，我倒要防他一脚。女儿的心，我准备把它交给罗志盛的，是不能让姓李的随随便便偷得去的！

【画面正好播出新闻："近日某省某县的橘林里发现有较大面积的严重病虫害现象，经有关专家研究后认定，这种病虫叫：橘大实蝇，这是一种主产我国的柑橘类的重要害虫。如不扑灭，估计会给橘农带来严重损失……"

万　橘子……哎呦，不好！快去看看我家田里的橘子，有没有问题?

罗　爷叔不要急，我帮你到橘田里去看看！(即下)

万　(嘀咕)好好好，小鬼头马屁功夫不错！其实你这只股票我是一直看好的。

丹　我看，他这只股票属于ST垃圾股。真正好的股票，必须符合我说的两种人的标准：要么有"财"，要么有"才"！

万　要死，听上去怎么像是绕口令。

冰　好了，你们俩全不要争了！我喜欢的股票我做主！

【罗志盛冲进大门，拿着几只橘子惊恐万状。

罗　不好了！不好了！爷叔你看！你们家的橘子里面也有虫！

万　(接过橘子一看，沮丧万分)这下完了！30万钱看来要泡汤了！

冰　怎么办?我还借了罗志盛五千块钱买电脑，这下欠他债头了！

罗　没关系的，这五千块就当是感情投资吧！将来说不定还能免单！作为男人，这点耐心和派头，我还是有的。

丹　你这个是乘人之危！你不属于我说的两种人……(沮丧)这下完结了，女儿的出嫁钱又成问题了！

庆　(上前把橘子拿过来细看)不要急，好像是另外一种虫。至于到底是哪种虫，让我到网上查清楚后再告诉你们。我要想尽一切办法，不要让你们的十亩橘子跌进熊市！

众　啊？有这个可能哦？

【切光。落幕。

第二幕　雪上加霜

【时间：五天以后的某个下午。

【地点：远大村村委会会议室。

【村委会的会议室里，布置朴实。墙上分别贴着：远大村播种表、计划生育表、爱国卫生措施表、助学帮困表、外出留言板等。一块已放下来的大屏幕，大屏幕前面是个讲解台，讲解台前面整齐地摆放着四排桌椅。

【李达庆正在用电脑和大屏幕，准备给村民们上课。

庆　好，我们准备上计算机操作课了。

张　李达庆老师啊，我们准备撤退了。

庆　为啥？

张　我家橘子熟了，还没有卖出去一只，儿子念大学的学费还没着落了！唉，我心急如焚！

王　（怀抱小孩）我还要倒霉，老公在住院开刀，我还要带这个小孩。橘子卖不出去，以后的日子怎么过？

庆　哎，可惜啊可惜。为啥？我到人家别的村去上课，教室里坐满格人！因为他们明白，这是政府出资搞的“千村万户农村信息化培训普及工程”，为我们农民兄弟进行免费教学。我们如果再不学会电脑，将成为新时代的瞎子、戆大，将来寸步难行！

张　啊？我们成瞎子、戆大啦?！我看不学电脑，不会死人！李达庆，你应该拎得清，让我们轻松点！今天来的人那么少，才4个，刚好凑成一桌麻将呀！

王　（怀里抱着一个小孩）什么4个人呀，我手里抱着的小孩不是人?！

李　（讥讽）王大姐，你也太卖力，介小的宝宝也抱来听课！

赵　听啥个课？有空格！我们打打麻将算了，大家说是哦？

众　对对对，上课没劲，白相有劲！

庆　唉，可惜啊可惜！连吃奶的孩子都来听课，而吃饭的大人却有那么多人逃课，他们是害怕科学，拒绝科学！

赵　哎，李老师，不要责怪他们，人家都在忙呀！橘子熟了，大家全在找销路！

张　就是不种橘子的，像我的弟弟，一大早就去股市了，除非股神巴菲特来此地上课或者股市休市,否则他是不会来这里的。他骑自行车去证交所,每天来回得花两个小时。

庆 哎,可惜啊可惜——

赵 怎么了？李老师!

庆 其实巴菲特就在我们身边!

张 我们村里或许有戆得不转弯的巴子,但是姓巴的人却是没有的,哪里来的巴菲特呀？

庆 我说的巴菲特是款炒股软件,叫“包侬赢”。有了它,装在一台可以上网的电脑上,就可以轻轻松松在家里炒股。赢得来人家看不懂,赚得来自己都不相信效果介好。

李 真有那么神奇的东西？给我们演示一下吧!

庆 好,反正我电脑里面正好有这个软件,会议室也能上网,我们就来演示一遍。看,这个是最新股票彩虹桥,我们来看看这个股票的走势。我们来进行一下模拟炒股——

【李达庆演示电脑炒股。

众 哇,只有短短几分钟,就赚了几万！太神奇了!

王 哎,你弟弟要是有了这一只软件,呆在家里做做股票就可以了,每天要少走多少路啊!

张 王大姐,你也够有远见的,抱着孩子来上课,(学四川话)你真是——炒股从娃娃抓起呀!

王 瞎说啥呀！我们是新上海人,孩子没人带,又不想错过李老师的课,学习点抚养孩子的常识。

赵 养么要养格,带么不会带格？也要混到这里来出外快。

众 这个闲话不对！人家来学点知识没错。

王 上海的地方就是讲道理！我想问李老师两个问题,我孩子现在应该以什么食物为主？到多大可以断奶了？

张 (严肃地)常言道:菜是铁,饭是钢。两样都有长得胖！断奶么你要尊重一下孩子的意见,他没意见就可以断了!

李 老张,你瞎讲点啥啦！人家这个小孩才3个月呐!

庆 哎,可惜呀可惜呀,其实告诉大家,网上有个“天天营养网”就是三个“W”加点51ttyy加点com,就可以进入国内大型的营养保健行业门户。关于饮食营养、食疗大全,都可以在上面找到!

【李达庆在电脑上的点击,由大屏幕显现出来(这是事先做好的VTR),两个问题的回答及其相匹配的婴儿及食物画面一目了然。

王 哎呀,原来那么方便！从此以后,有关抚养小孩的所有问题,我都去网上寻找。我们宝宝一定会养得白白胖胖的！

赵 噢？买台电脑等于把老师请到家里，王大姐，你现在的房子是租的，还是买的？

王 我老公是高级白领，钞票虽然不算多，但在远郊买房子还是绰绰有余的。

赵 唉，这下我没指望了！

张 咦？你什么意思？是想把自己的房子推销给人家，是哦？

赵 就是呀！你想我们老两口退休在家，钞票又不多，住300多平方，有点铺张，想把一个楼面借出去赚点外快。

张 这个很正常，很合理啊。

赵 你们知道的呀！我有痛风毛病的，出去贴房屋招租的小广告，既没这点体力，又不文明。房子空关到现在，我是肉痛得不得了。

庆 可惜呀（众人跟着一齐学）可惜！

众 哪能又来了？

庆 哪能不可惜，这种事情我们上海有个房屋租售网完全可以帮你解决难题！你们看好哦，跟着我点击（众人跟着一起大声念）http://www.houseshanghai.com，看到么？看到么？你可以将你要出租的房屋信息上传到网上，有租房需求的人就会自行联系你的。

【大屏幕上出现相关网页（VTR）。李达庆的手机铃声响。

庆 （拿着手机）喂，你要我们这间房子是吗（递给赵），你要他什么时候来看房？

赵 （欣喜若狂）你最好马上就来啊，我们家有人接待的！（关机）李老师啊，你帮我解决了一个生活大难题！房子借掉，马上请你上馆子！

众 我们可不可以跟进？

赵 一定一定。啊呀，这样看来，电脑真是我们共同的良师益友！李老师，我向你表忠心（举起握拳的右手），你以后上电脑课，我一定来！

众 （纷纷举起右手）对！我们一定来！（说罢，众人鼓掌）

张 现在看来，这个电脑、网络太神奇了！有得浪费时间搓麻将，还不如花点时间学电脑！参加信息化培训普及工程！

李 是啊，我想为我外甥在网上找一个对象，李老师，你说行吗?!

庆 行，你外甥今年几岁了？

赵 45岁呀！你外甥住在我隔壁的，一家三口和和睦睦，没离婚的迹象……

王 （领悟）45岁?! 正好是你的岁数，阿是为你自己找个二奶吧？

赵　王大姐，你们女人样样都好，就是疑心病重！人家丧偶都10年了……

王　哦哟，对不起，对不起。当我放屁！

李　（昂头流泪，哽咽着）人家这个10年，容易么?!……

庆　（众人跟进）可惜啊可惜——，（自语）要命，看样学样！（对大家）其实我话也没讲错，假使老早会得用电脑，这个问题早就解决了！

赵　是啊，我倒是在担心，你们想呀，就是自来水龙头嘛，放着10年不用，也要锈牢了！

【大屏幕上出现10多个中年美女像（VTR）。

庆　好了，玩笑开够了，让老李在"老男人求婚网"上认认真真挑一个……

众　老李，不要看花眼呦！

【老李像个害羞的少男一样捂起脸，扭捏作态。

李　难为情咪——

王　李老师，你自己的感情生活怎么样？要不要我给你介绍一个？

赵　人家李老师要你介绍？就李老师这种条件，只要宣布一下征集女友，马上对他有意思的女孩子可以将整个会议室坐满！

庆　你们来嘲我好了！再嘲我要罢工了！

众　（学京剧一齐吼）"老九不能走——"

李　李老师，听说最近这段时间，你每天跑吴专万家是哦？

庆　是啊，我是信息员、科普员，为了普及、推广电脑技术！

王　那也没见你来过我家推广呀，呵呵，李老师别狡辩了，很多人都看到你们在一起了！

庆　啊?!（脸上露出羞涩的神情）连我的私生活也被你们共享了！

【此时，吴冰进入了会议室。

张　说曹操，曹操就到！

冰　怎么人那么少呀？

庆　是呀，你也迟到了，作为团支书，不应该呀。

冰　嗯，家里有点事，我老爸生病了……

赵　铜钿银子触心经，十亩田的橘子一得病，你爸也生病了。

庆　现在他在医院里？

冰　医院远，还没去过。现在躺在床上，我安顿好他，连电脑都没关上，就跑来上课了。

庆　那就好了！

冰　李达庆啊李达庆，我爸生病了，你居然还说好？

庆　不是，我说还好电脑没关，我们可以进行网上视频连线！

众　有那么神奇?！李老师快给我们演示一下吧！

庆　好！

【李达庆和吴专万的电脑进行连线(已做好的 VTR)，大屏幕上出现躺在病床上的吴专万从全景到近景的图像。

众　老吴，生病了啊？哪里不舒服呀？

万　我感觉胸闷！

赵　老吴，你这个橘子的病虫害已经被小李他们医好了么？怎么心还放不下来？你名字叫“不转弯”，现在可以转转弯了！

庆　爷叔，别急，我马上给你找个医生！

【(VTR)大屏幕上出现两个画面，一个穿白色大马褂的大夫，还有一个视频聊天的窗口。

万　医生，我感觉胸闷，有气无力。

医　把舌头伸出来给我看看。

万　啊——

【(VTR)大屏幕上一根舌头充满一半画面。

赵　(嘀咕)要死味，老吴的舌头伸得长得来，跟我家的狗一样！

李　喂，严肃点！人家在生病，不要乱开玩笑！

医　不要紧，没什么大问题，我给你开十帖中药，煎好后，两个小时以内叫快递送到你家里。

万　谢谢，谢谢！(嘀咕)这个电脑哪能像如来佛一样，神通广大！

众　老吴，没什么大事了，你好好休息！

【李达庆做点击电脑的动作。(VTR)回到界面，大屏幕上显示李达庆和吴专万的电脑视频连线。

庆　爷叔，不要急，休息一下，吃好药，病很快就会好的！

万　嗯。(嘀咕)小鬼头规矩倒有点的。

【(VTR)大屏幕上田孝丹飞跑入画面，紧随其后跟着同样慌张的罗志盛。

丹　老头子，不好了，不好了！

万　医生刚给我看完病，怎么又来吓我？阿是要把我弄死为止?！

丹　不是呀，我们家的橘子又出问题了！

万　虫不是灭了么？

丹 虫是没有了，但橘子表面长了许多斑点，而且很多都掉在地上了。

万 啊——（瘫倒在床上）

罗 爷叔，是不是李达庆用药过了头造成的？

冰 （发怒）罗志盛！没根据不要乱说！哼——

罗 （看着镜头）啊？！冰冰你也在现场啊？

冰 冰冰，冰冰的，我的小名不要乱叫！我还没授权给你呢！

众 可惜啊可惜，看来小罗没戏好唱了！

庆 （对众人）你们正经点好么？（对着大屏幕）冰冰妈妈，不要急，你能拿个橘子，给我看看仔细。

丹 我手上正好有一个，你看看。

【（VTR）大屏幕上出现一个橘子。

庆 爷叔，阿姨，你们不要急，我们和农科所的专家进行连线咨询。

丹 谢谢，真是麻烦你了！

【李达庆操作电脑后，大屏幕上的（VTR），一边是一个问题橘子，一边是农科所的专家。

专 看样子，你家的橘子是生了炭疽病！

众 啊——

专 不要急，我们有治疗炭疽病的方法——

【（VTR）大屏幕上出现如下字幕："可喷0.5%等量式波尔多液，或75%百菌清可湿性粉剂800倍液，或70%甲基托布津可湿性粉剂800倍液，或50%多菌灵可湿性粉剂600倍液等，隔15天左右喷药一次，连喷2—3次。"

【（VTR）大屏幕上出现两个画面：吴专万家三人；农科所专家。

万 噢，真是太感谢农科所专家了！

专 我们还有个农业网，如果有农业方面的问题，可以上网去查查！

众 （鼓掌）啊，又为我们农民解决了一大难题！

【李庆达做点击电脑的动作，（VTR）回到与吴专万的电脑视频连线。

众 李老师，你太有才了！

丹 是啊，小李真是个才子啊，符合我选女婿的两个标准之一。

冰 （嗔怪）妈妈！——你又为女儿瞎操心了！

众 可惜啊可惜……

庆　你们起什么哄?

王　可惜的是,我们这么多人在场,害得你们俩无法交流各自的感情!

冰　(假装发怒)呸——你们完全在瞎起劲!

众　可惜啊可惜……

庆　你们还有完没完了? 又有什么值得可惜的?

赵　我们的意思是,农科所专家教给了你们技术,再不到橘子地里去喷药,损失就更大了!

王　嫁女儿的钱又要没着落了!

庆　这句话倒讲在点子上!

万　(冲着丹和罗)朋友,你们两个呆愣愣站着干吗? 快去喷药呀!

【众人会心大笑。

【切光。落幕。

第三幕　再遭厄运

【时间:十天之后的某个下午。

【地点:远郊某果品批发市场交易大厅。

【幕启,从交易大厅的窗口,可以看到,堆积如山的一箱箱待售的橘子。屋内,也堆放着不同橘子的样品箱,靠墙,还有一把扫帚。上方有大屏幕,上面不断在翻滚着货的批次、数量、总价、货主名和联系方式等供货信息,但在成交栏里,一切为零。大厅内,放着几张洽谈用的长桌和靠椅。由于几乎没有采购车和采购商的到来和光顾,吴专万和七八个橘农急得团团转。他们不停地抽烟、打电话、发火、骂街……大厅内嘈杂一片、乌烟瘴气。

万　(焦急地对橘农张)奈么完结! 已经等了三天了,一箱橘子也没有卖出去! 眼看30万块要泡汤!(唱)　橘子啊,橘子,

为了你,

花了我几万块票子,

化肥用脱几车子,

请客已经几桌子,

纸箱堆满几房子,

运输又要花巨资,

我快变成一痴子！

张　(沮丧地)我也一样，从来没有碰到过这种情况！以前，每到这个季节，车子来了交交关关，买主也来了交交关关！今年怎么没人来采购的！

王　怪伐、怪伐，此地的橘子又没有闹虫灾，怎么也会受牵连?！一听到病虫灾，就认为全世界的橘子都不能吃了！现在的人，神经哪能介脆弱？听到风，就是雨！

赵　(故作平静地)我的神经已经麻木了！开始我想想，还是死了好！现在我已经想穿了，跨过了自杀期，对勿啦，大不了卖掉房子，重新过苦日子，重新创业！

李　(驳斥)苦经有什么多叹的啊！关键的问题——我们要像人家温州人一样，抱成一团，打遍天下无敌手！

众　(跷起拇指，排成一排，动作划一)对对对对！我们一定要心往一处想，劲往一处使！

【汽车的驶入声。进来了一位中年男子。

男　(大声地)我是来采购的……

【众人像猛虎下山，纷纷扑将而去。

张　(急吼吼)我先到，我先到，先和我谈，我有蜜橘10吨……

李　(拉掉张)我的橘子质量好！请先和我谈……

赵　(把李的脑袋按下去)我的价格最优惠，你先和我谈……

王　(大声喝斥)刚刚说要像温州人一样抱成团，现在个个像索马里海盗，哪能个个介触气！

万　丑陋的中国人啊！啥辰光才能改掉一盘散沙这种坏毛病！我是年纪老了，没有你们这点力气！……

男　(推开众人，闯出重围)好了，好了！快告诉我，谁的价格最低?

李　(拍着胸脯)去年我卖2元一斤，今年我准备亏本了，血本价1元一斤总可以了吧!?

男　高了，高了！

张　(不屑一顾)让开让开！我跳楼价，8毛一斤！(得意地)你们没这点魄力吧！

男　还是高了，高了！

赵　滚开，滚开！我自杀价5毛！

众　你不是刚刚说过不自杀的吗?

赵　(反驳)我的生命我做主！你们哪能介烦啦！

王　(掩面哭泣)你们是男人吗？怎么那么缩货的啦！讲好团结一心，一致对外，现在拿价钱杀得那么低！

众　这个女人的嘴巴老的，你报的价格呢?

王 (哭着说)与其让橘子在地里烂掉,还不如便宜点卖掉!我的价钱——2毛!

众 晕啊!雷啊!囧啊!实在是囧啊!

万 你们讲的话,我怎么一点也听不懂啊?

男 好了好了,我忙得要死,我不和你们搞了,此地的货,我通吃了,5分钱一斤!卖不卖?不卖我走了!

【众人齐声大哭——

万 这个时候怎么心又齐了?(拿起靠墙的一把扫帚柄,像指挥合唱那样,指挥他们抑扬顿挫地哭)要死啊!我哪能变成哭死人合唱队指挥了?

赵 哪能不要哭?辛辛苦苦种了一年的橘子,现在居然只卖5分一斤!就是50多年前,工资只有10块的辰光,橘子也没卖到过这个价钱!

张 哪能不是啊!卖这种价钱,我们统统只能——和我一起(发口令)立正,向西看齐!

【众人按照指挥排好队,面向下场门。

张 (继续指挥)大家给我张开嘴巴,深呼吸……

众 (不解地)做啥,做啥?

张 我想通过这个动作,告诉这位先生:如果卖5分钱一斤,我们只能喝西北风了!

【众人恍然大悟,恢复常态。

男 哪能介嘲啦?5分一斤肯卖伐?不肯卖,我走了!(嘀咕)哼,我才不想被套牢呢!什么地方不能投资啊!

万 (气得站立不稳)你,你你给我滚,再不滚我要请你吃生活了!

男 介凶啊?!我像跑错地方,跑进龙华某家治疗脑子的医院了!

众 5分钱一斤,真的太不把我们当人看了!这样吧,我们万炮齐轰!

【众人打开一橘子纸箱,拿出橘子向那个采购商砸去,采购商抱头急下。

王 不要掼了,这些橘子还能卖呢!

张 反正只有5分钱一斤,掼掉几箱橘子解解气!

【摩托声由远及近,刹车声。罗志盛和吴冰上场。

罗 爷叔,我来换你回家休息去。

万 (感动地)我眼睛没有看错,阿拉毛脚女婿素质就是好!

冰 (责怪)爹爹!你3天多没有回家了,妈妈担心得不得了!你看你面色已经黄得像橘子了。

万 面孔怎么不要发黄?你是知道的,橘子卖不掉,我不敢离开寸步。现在是,有一顿没一顿，嘴巴干了吃橘子，闭上眼睛还是看到橘子，做梦梦里也都是橘子，再下去我人也真的快要变成橘子了！

冰　爹爹这样下去也不是办法啊！你先回家休息休息，我在这里想想办法！

万　不行！橘子在哪里，我就在哪里，死也要和橘子死在一起！我一定要在这里！你想想看：这些东西本来可以卖30万块，现在眼看颗粒无收，嫁你的准备金要打水漂，我急得来真想跳黄河！

罗　爷叔，黄河离得太远，近一点应该是黄浦江！

冰　你哪能介十三点，这个时候你还出噱头！

罗　爷叔，你先回家休息吧，给我5天的时间，我保证用我的摩托车，把您的橘子运到各个超市大卖场去卖掉！

冰　我们家有十亩地的橘子，靠你这部摩托车运，一个月都运不完！最后的结局必然是，橘子不是卖光的，而是统统烂光！算了，我还是打电话把李达庆叫来，看看他有什么好办法！

罗　（捶胸，丧气）要命唻！冰冰心里面只有这个姓李的！

【冰拿出手机，打电话给庆；庆一手拿着手机，一手拿着笔记本电脑包上场。

冰　喂，李达庆啊，现在我们村的橘子都卖不出去，许多乡亲们都在交易大厅里急得焦头烂额，你有啥办法吗？

庆　（听着手机）办法总归有的，你现在在哪里啊？

冰　我在果品交易大厅啊！（此时，吴冰和李达庆已在舞台上背靠背站着）

庆　我也在交易大厅里，怎么没看到你啊？

【吴冰和李达庆转过身，互相看到，十分惊喜。

庆　（回头）怪不得！今天手机那么清晰，我还以为今天手机信号特别好呢！

万　（不满地）哎，朋友，你怎么又来推销电脑、教电脑知识了！真是东方不败，阴魂不散！去去去，没看到我们正着急呢！你又不种橘子的，还是走开点吧！

冰　爹爹，你干什么呀？今天李达庆是来帮我们出主意、解决问题的！

罗　（挤到冰和庆中间）好了，不要说这些大道理，还有那些无关紧要的话了！你这位电脑老师还是太太平平到电脑专卖店里去吧！这里没你的事体！

庆　（一边拿出笔记本电脑，一边自信地说）假使今天我不来，就对不起各位父老乡亲了！在我和你们解释之前，先让我把这块大屏幕和我的电脑连线连好。然后就知道我今天为啥而来。

万　这个人怎么口气比力气大啊！小青年啊，不是我说你，你好好地向我未来的毛脚（指了指罗志盛）学习了！做事情要踏踏实实，嘴巴上花头花脑是没用的！

冰　爹爹！你的名字起得真好：吴专万，我看啊，你是戆得"不转弯"！人家有好多的主意还没来得及说，你就封住人家的口。你什么时候能"转弯"？

万　哟，你看你，急死了急死了！我还没同意，你已经对他保护得这么道地，连老爸也不要了！

冰　爹爹，这个搭不上界的嘛！

庆　不要紧，不要紧，之前，我看了看果品交易大厅交易记录，此地的橘子一共有 2 400 多吨！我为了这个事情啊，也好几天没睡好觉了，不过办法终于想出来了！

罗　（冷言冷语）吹牛！我倒要看看他会有什么好办法！

庆　我已经想出了五条锦囊妙计。

众　第一条是？

庆　（自信地）这第一条：我已经到百度上搜索到了好多果品销售网站，现在提供给诸位看。我已经在网上，用发帖子的方法推销我们的橘子，我给你们看看我的帖子原文——

【（VTR）大屏幕上用 PPT 的形式加以展示：先显示桌面，桌面上有个文档，文档的名字叫：远大村橘子营销。庆用鼠标加以点击。显示"橘子购销网"，网页上出现帖子的内容："上海远大村现有优质蜜橘 2 400 吨，价格优惠，有意者请速留言及联系。"

庆　看到吗？其实，我们只要掌握好电脑和上网技术，就可以足不出户，联系到全国乃至全世界愿意买我们的橘子的企业和个人。

众　（摇头晃脑）佩服啊，佩服！但是我们要看的是效果！

冰　（突然发现，兴奋地）看，好像下面有人回复了呢！

赵　（大声念）宁夏解馋水果批发市场需要 5 吨，请联系单图水。

王　啊？！这个人的名字叫单图水？怪不得要叫"解馋水果批发市场"，这个名字对应得好的！馋了是要流口水的！

庆　好，现在我通过网络赶紧和他联系落实购销合同！（做点击电脑动作）

【（VTR）电脑里面有相应的购销合同确认页面。

罗　（捶了一下胸）又给这个家伙出风头了！

众　那么第二条计策呢？

庆　第二条：就是联系各个政府网站，在已找到的领导留言信箱中留言："请领导在特殊的时候用特殊的办法解决我们的困难，利用权力请各部门购买爱心橘，发给职工。去年的价格是 2 元一斤，今年就便宜些，一块五一斤！”

王　啊？才一块五一斤！那么便宜啊！

李　你前面不是 5 分钱都肯卖的吗？现在还觉得一块五一斤便宜？

王　（低头认错）我，我，我错了……

【突然，李达庆的手机响起。

庆　喂？是郝局长啊？（点头）好好好……要 30 吨！作为爱心橘，买去发给员工，好好，谢谢哦，谢谢你——郝局长！

冰　（点头）怪不得姓“郝”，原来良心也是介好！一买就买了我们 30 吨，这个局倒是不小的！这样看来，解决全部橘子问题，还是有希望的！

众　（摇头晃脑）佩服啊，佩服！

冰　小李，以后这类电话你就呼叫转移到我的手机上，我来帮你接。

万　（嫉妒地）我的女儿怜惜小李，胜过怜惜我这个老爸！

罗　（捶胸两下）打击啊，打击！看来这下我越来越没希望了！

众　那么第三条妙计呢？

庆　这条我就不在电脑上展现了，请你们回家联系亲朋好友，发动发动他们，看看有什么渠道能够帮助推销我们的橘子！

罗　呦呦呦，脑筋动到我们亲朋好友头上啦！

冰　你也真是的！人家好心得不到好报，小李帮我们出了这么好的主意，你一条也想不出来！当然要发动大家共同努力咯！你想坐享其成啊?！这个办法就叫“众人拾柴火焰高”！

万　你看我的女儿，还没经过我同意呢，已经成了李达庆的粉丝了！时时处处维护他！

众　（摇头晃脑）佩服啊，佩服！

罗　（捶胸三下）打击啊，打击！我的希望指数几乎为零！

众　那第四条妙计又是什么呢？

庆　这个第四条妙计啊，我已经通过 QQ，联系上了全国所有的果品加工厂，他们会很快给我回音……

【(VTR)庆边说边打开 QQ 软件，这时，出现“滴滴滴”QQ 聊天提示的声音。庆点击后，出现 QQ 对话框，对方名字显示为“吃不够果品公司”，留言内容为：“我们需要 50 吨橘子做果汁和陈皮，请速与我们签订购销合同！”

李　这样下去，我们的心里阴影越来越少了！（高唱）“远大村的天是明亮的天，远大村的人民好喜欢”!

【众人跟着一起唱。

万 (终于有些佩服,嘀咕)这个小子,脑子倒是灵光的呀!

众 (摇头晃脑)佩服啊,佩服!

罗 (捶胸四下)打击啊,打击!这样看来,我在冰冰的心目中已经变成ST股票了!

众 那么第五条计策呢?

庆 最后一条我不是通过网络,而是通过多媒体来展示一个我的idea。

赵 什么鸭蛋?鸡蛋可以哦?

冰 哎呦,你这个文盲!idea就是他的一个创意和一个构思!

庆 我想请我们远大村的村民一起出钱合资,共建一个股份制企业。那就是:远大村蔬果加工厂。大家请看大屏幕!

【(VTR)大屏幕上出现一排排现代化的厂房的三维图像。可以具体到车间、流水线和各类蔬果的瓶、袋、盒的包装。

庆 我想,今后有了这个加工厂,我们就再也不用靠天吃饭了!因为我们经常会遇到各种天灾虫祸,如果不建立一个蔬果加工厂,我们经常会急得团团转。今后,不管是黄瓜、茄子、番茄,还是苹果、生梨、桃子。卖得出去就卖,卖不出去,或者有多余的,就让它们进加工厂里做成各种果汁、食品,远销各个省市的大卖场,甚至推销到全世界!

众 (鼓掌欢呼)好!佩服啊,佩服!

万 (激动地跑上去抱住了李达庆,吻了一下)小子,你脑子哪能介灵啊?!

王 喂!这个动作的专利权不属于你!是属于你女儿的!

冰 (羞得捂上脸)你们不要介潮,好哦!

罗 (捶胸五下)打击啊,打击!

【众人跟着一起数:“一、二、三、四、五”。

赵 好了,你不要再打了,再打下去心脏要爆掉了!

罗 奇耻大辱啊,奇耻大辱!作为一个顶天立地的男子汉,我记得有句世界名言,“不在沉默中爆发,就在沉默中灭亡!”

众 那么你选择哪种呢?

罗 我选择前者:决定跟他决斗!

众 决斗要有武器的呀!

罗 武器来了!

【边说便从衣服里拔出一把彩色的手枪。

众 (惊慌)啊?手枪啊!这个不行的,要违法的!

【吴专万欲上前夺枪。吴冰用身躯挡住李达庆。

罗 违法的事情我是不会做的,这是一把水枪!

众 (恍然大悟)哦哟!原来如此!

【切光,落幕。

第四幕 苦尽甜来

【时间:半个月之后。

【地点:远大村文化活动中心。

【幕启,是远大村文化活动中心。这里其实是一个礼堂,扁窄的舞台上有大屏幕。大屏幕上播放着一个做成网页的彩色固定画面,上书:"远大果蔬股份有限公司的内部股票集资缴费处"。大屏幕两旁,有一些剧场的固有配置。如,立式话筒、定音鼓、音箱等。台底下,放着两个缴费用的写字台。

【此时,村支书郑开明和张善、李司、王舞和赵禄等一批村民正在欢快地跳着迪斯科。吴冰陪着父亲吴专万乐呵呵地在一旁鼓掌观看。

明 (笑嘻嘻地对吴冰招招手)我们吴冰小姐怎么不来跳舞啊?

张 (调侃)书记啊,现在人家是名花有主,哪能好让别人去碰?!

万 (不悦地)吃不到橘子勿要讲橘子酸!我女儿愿意不愿意跳舞,跟谁跳舞,全由她自己作主,我都管不着!

赵 这么说来,吴专万,开始转弯了!罗志盛这个毛脚女婿准备放弃了?

万 (硬撑)我讲过要放弃吗?!

冰 (猛地拉了拉父亲的衣服,嗔怪)爹爹!

万 (慈爱地看了看女儿)当然,我也不是包办婚姻的老封建!

【众人大笑。

王 (笑)老爷叔终于准备割肉,换股票了!

冰 (走上台)好了,我们不开玩笑了!还是让村支书郑开明先生宣布公司的重要事体吧!

明 (站到舞台上的话筒架后面)好,乡亲们!为了以后我们这里产的粮食、蔬菜、水产、猪肉等等,生产过剩后找到出路,同时也可以加工来自长三角的农产品,我宣布,远大果蔬股份有限公司筹备组今天正式成立了!

【众人鼓掌、欢呼。

明　接下来,我们先易后难。我代表村里面,宣布几个临时决定,远大果蔬股份有限公司的内部股票集资财会组,由王舞和赵禄分别担任会计和出纳。大家是否同意,请举手表决!

【众人一致举手。

明　(高兴地)好!一致通过!远大果蔬股份有限公司的筹备组,由本村信息员、科普员李达庆先生担任召集人!大家是否同意,请举手表决!

【众人一致举手。只有吴专万一人举起了双手。众人大笑。

明　(高兴地)好!又是一致通过!由小李按照国家的有关法律去筹组公司的董事会,充分发挥信息化的优势,把乡亲们带上共同富裕的道路!顺便问一下,老吴啊,别人都只举一只手,你为什么要举双臂呢?!

万　(兴奋地)为点啥么?冰冰啊,帮记忙,你给我把门外的景象搬到这块大屏幕上,答案清清爽爽!

【吴冰一按笔记本电脑,(VTR、动漫)大屏幕上立即播映一辆辆装满橘子纸箱的卡车和集装箱开出村子。

【众人鼓掌、欢呼。

万　这个我服帖格!讲句老实话,没这个小李,没政府的"千村万户农村信息化培训普及工程",我们这个村这次就要颗粒无收,完了!大家讲,对哦?!

众　老吴讲得对!

赵　在小李的动员下,我们大家都买了电脑!连我这样的老头子也都在学电脑!没想到,这个东西这么好!这么管用!

王　(调侃)老爷叔啊,看来在你女儿的婚事上,你终于转弯了!

万　我听女儿的!

【众人会心一笑。

明　我祝贺天下有情人终成眷属!(众人鼓掌、欢呼。)下面,我宣布,远大果蔬股份有限公司的内部股票集资认购现在正式开始!

【众人鼓掌、欢呼。众人马上开始排队。

张　原始股,我要一定多买点!想当年,发行第一次股票认购证的时候,我还错认为要搜刮民脂民膏,结果坐失良机!这次,是为我们大家谋利益,所以,我要多认购点股票!

众　对！对！

【(VTR)大屏幕上立即播映字幕："远大果蔬股份有限公司的内部股票集资缴费处"。

【罗志盛急上。

罗　(焦急地制止)停！停——请大家头脑一定要冷静！我要告诉大家一桩意想不到的事情，有人揭发，李达庆从村民的几百台电脑中拿到了巨额回扣！所以，这种人办的公司，只能是山寨版的！如果去投资，还不是肉包子打狗，有去无回啊！所以，我不愿意投资了。

张　啊?！李达庆竟然敢做这样的事?！叫他来，要跟大家讲讲清楚！

李　对对！介雷人的事情！不讲清楚哪能来山?！

【众人面面相觑。吴专万也坐立不安起来。

万　(严肃地对女儿)冰冰啊，这桩事体，李达庆可不能跟大家躲猫猫！一定要把来龙去脉交待清楚！

众　(惊讶地)老爷叔连"躲猫猫"也学会讲了！

明　小罗啊，你讲话要有证据哦，不能道听途说的哦！

冰　(铁青着脸，不屑地)卑鄙！

罗　(委屈地)哎哎，别骂人，好不好！我知道，你不肯嫁给我！但是，我讲的事，与我们俩的关系是无关的！是电脑公司的老板刚才亲口告诉我的！

众　(惊讶)啊?！

万　(也起了疑心)李达庆组建果蔬公司是不是为了想捞个横档，一夜暴富！

冰　(愤怒地质问罗志盛)我问你，你妈妈现在在哪里?

罗　在医院里抢救啊。她的髋关节摔断了……

冰　但是要做换人工关节手术签字时，我问你，你们兄弟三个没有一个肯出钱，都到哪里去了！

罗　(语塞)我们确实缺钱，所以只好暂时将老人安置在医院里……

冰　李达庆将本来要缴公的这笔钱，为你妈妈付清了账。因为再不做手术，你妈妈就会有生命的危险！而你……哼！……

众　(恍然大悟)啊?！原来是这样啊！罗志盛，你囧不囧啊?

【这些话令罗志盛羞愧难当！他抱头蹲了下来。

【这时，李达庆赶来。罗志盛见了赶紧溜走。

【吴专万跑过去与李达庆热烈握手，其他村民也排队仿效。

庆　(一头雾水)今天怎么啦,弄得我像是奥运冠军一样?

万　李老师,你与奥运冠军也差不了多少!(跷起拇指)伟大!伟大!从此,我向你保证,从此以后,我一定急起直追,认真学习电脑!

庆　(激动地)谢谢!谢谢对我们"千村万户农村信息化培训普及工程"工作的大力支持!

王　那么,当着这么多人的面,老爷叔,你要表个态,你到底想将你女儿的终身大事,托付给谁呢?

众　(跟着起哄)对啊!对啊!

【此时,田孝丹已经站在了众人身后。

万　这个已经铁板钉钉,明明白白了,不需要再进行"人肉搜索"了,对哦?!当然是——(一眼瞥见田孝丹,马上改口)这桩事体,当然要请冰冰的娘来宣布!

丹　我早就说过了,我的女儿一定要嫁给两种人!女儿,是哦?

冰　(害羞)啊呀!姆妈!

王　那么到底是啥人啦?

丹　(把李达庆拉到身旁,像拳击场上的裁判那样将其一只手高高举起)当然是李老师了!

【众人鼓掌、欢呼。

明　不过,小李,你也要改正错误……

庆　(不解地)请开明书记给我点明——

明　既然冰冰的父母已经接纳了你,你今天也要当着大家的面,叫两声好听的称呼给我们听听!大家讲,对哦?

【众人鼓掌、欢呼。

庆　(不好意思地)阿爸——

万　(得意地)哎——

庆　姆妈!

丹　(甜蜜、陶醉地)哎——

【众人鼓掌、欢呼。

明　好啦,好啦!我们开始认购股票……(突见怪异情况)

【罗志盛垂腰背了一棵树枝急上。

明　(吃惊)罗志盛,你这是做啥?

罗　(羞愧)我这是负荆请罪!做错事,躲猫猫是躲不过的!

明　欢迎!欢迎!(将树枝扔掉)

庆　(真诚地上去与罗握手)认识、改正了就好!

罗　我不但嘴上这么讲讲,还有实际行动!

明　我们倒要听听!

罗　(从口袋里拿出一张碟片)不瞒大家讲,这些天来,我也是每天晚上躲在家里,叫来一个大学生教我电脑技术。现在,我拿自己做的FLASH作业,向大家作个汇报,也是对小李和小吴未来生活的一份真心祝愿!

明　(跷起拇指)好!有腔调!真正的男子汉就应该摔得下,爬得起!

【众人鼓掌、欢呼。

明　你做的啥个作品,放出来给大家看看。大家讲,要不要?

众　(众人鼓掌、欢呼)要——

【(VTR)大屏幕上立即播映动漫《橘树下的婚礼》。将用喜剧的形式来调侃、演绎李、吴的中式婚礼。有交杯酒,接吻,拜天地……

【众人鼓掌、欢呼。庆和冰商量。

庆　谢谢罗志盛!谢谢各位乡亲!我和冰冰经过商量,让我宣布:真心欢迎大家来参加我俩的婚礼!但有个请求,来参加仪式者,不许送礼,如果一定要送,就送个U盘给我们,可以是电子贺信、贺卡、动漫,也可以是电子订单、未来果蔬公司的Logo、吉祥物,等等,来汇报你们参加"千村万户农村信息化培训普及工程"的学习成果。大家说,好不好啊?!

众　好——我们顶啦!

明　好啦,股票认购,现在正式开始!——

众　(一边重新排队,一边齐声高喊)买原始股啰!——

【众人鼓掌、欢呼、翩翩起舞。

【全剧终。

2009年3月

·五幕大型滑稽戏·

出 洋 相[*]

人物表:

卓鸣——30岁,硕士研究生

艾虹——25岁,卓鸣的女友,后与他人相爱

卓林——26岁,卓鸣的弟弟,某仓库工人

柳琴——25岁,卓林的女友,"玫瑰酒吧"业主,后成为卓鸣的恋人

卓父——65岁左右,卓鸣兄弟之父

大真——40多岁,办理出国留学的掮客、骗子

沙沙——男,34岁,欲出国者

李立——40岁,卓家女婿

卓凤——38岁,卓家长女,李立原妻

莉莎——60多岁,香港阔太太,卓父年轻时的恋人,后嫁李立

小红——沙沙之妻,出国打工归来者

小李——男,户籍警

×国领事馆门前闲杂人员甲、乙、丙

老华侨A、B、C

领事馆工作人员一名

机场工作人员

女行人一名

---

* 本剧创作于1990年8月,第二编剧为李树民。1990年起由上海青艺滑稽剧团公演185场,导演为姚明德。

酒吧顾客三名

海滨游客若干名

第　一　幕

【时间：当代。

【地点：×国领事馆门前。

【沙沙、甲、乙、丙等在×国领事馆门前排着队。旁边有一片小绿地，有石桌、石椅。

甲　排在我们前头进去的那批人，怎么到现在还没有出来？

乙　算算办签证么，简单得不得了格，怎么要花这么长时间？看来外国人也应该提高办事效率。

沙沙　（白了甲乙一眼，嗲声嗲气地）哎唷，你们急啥呀？进领事馆办签证呀，又不是进医院打针啰，坐上去，裤子一脱，眼睛一眨，问题解决。（边说边拿出一面小圆镜照一照脸，然后立即拿出一块红手绢擦了擦嘴角）缺少涵养功夫，触气！

【甲乙见此情景，对视一下，苦笑着摇了摇头。丙抬头闭眼，口中念念有词，在背诵着什么东西。

沙沙　什么地方来了个年轻和尚？（朝丙瞅了瞅）他会不会跑错地方？不去玉佛寺，却来找领事！派派和尚不会出国打工去呀？（问丙，声音有些颤抖）喂——小伙子，你在做啥？

甲　（自语）啥地方来了一只羊妈妈？

沙沙　我明明是男的嘛，为啥讲我是羊妈妈？触气！

丙　哦，那我叫你羊爸爸！听我来解释，进去办签证，外国人肯定会向我们提一些问题。现在，我们自己先进行模拟口试，一问就回答，做到有备无患。

乙　这个办法好。请你先帮帮我，你现在就算办理签证的真的外国人，向我提点问题，要我回答，让我也先练一下兵。好不好？

丙　可以的。但是，中国有句古话你知道否？

乙　（学丙口）“知道否？”怎么像在看古装戏？

丙　阿是不知道。告诉你，叫做“天机不可泄露”。我们之间非亲非故，要我透点风声，你总该有所表示。

乙　（讨好，求饶地）嘿嘿，我是打工的，钞票有限。这样吧，我豁出去了，叫你一声……“阿爸”！总行了吧？

【众捧腹，丙颇得意。

丙　哎，哎！听好，第一句：（学洋腔）朋友，你饭吃过吗？

乙　腔调倒蛮像外国人的，讲的却是中国话。

丙　你要听外文是吗？好的，听好——“好赌要赌，罚脱是姚家奶妈”（这是丙在捉弄乙，英文原文是 How do you do? What's your name？意思是：“你好，叫什么名字？”）

乙　外国人闲话怎么如此怪的！赌钞票，罚款，全有的。

丙　阿是听不懂？要不要我翻译一下？

乙　当然要的，否则我“阿爸”不是白叫了？

丙　（故意瞎说）外文的意思是：“你有毛病吗？你有移民倾向吗？”

【沙沙等听得笑弯了腰，但少顷，沙沙恢复了严肃的神态。

沙沙　（右手支着腰）死腔！外国人问的第一句话应该是你的姓名、性别、年龄、文化程度、婚姻状况……

丙　像你这样的人，倒是首先要问问清爽你是男是女？

沙沙　触气！我拒绝回答这种低档的问题！

乙　要命，办签证赛过在派出所里报户口嘛，介麻烦格！

甲　（问沙沙）哎，朋友，你怎么知道得这么详细？

沙沙　（恢复得意之态）不瞒你说，我亲爱的，也就是我的达令，就是你们平常讲的老婆，北方人叫“屋里的”、“做饭的”，已经去国外留学了。

甲　啊？！像你这样的人，居然有三妻四妾？她们比你先出去了？

沙沙　什么“她们”？！只有一个人——我的爱人！

乙　你爱人那边情况怎么样？

沙沙　（拿出一封信）讲出来，你也许不相信。读一封我达令的来信，你们就知道了。（读信）亲爱的沙沙（拖长颤音）……

甲　再听下去，我要发痧了！

乙　哎，沙沙是谁？

沙沙　当然是我啰。听我读下去……（突然醒悟）我今天什么地方的筋搭错了，怎么会把我爱人的来信读给你们听？

乙　快读下去，怎么个好法？

沙沙　总而言之，一句话，扒得到分。

甲　(自语)留学是去学习国外先进科技，眼光不能光盯在钱上。

乙　(问沙沙)那你办签证是为了……

沙沙　出国，与我达令团聚，离开这种戆地方！你想，呆在这种戆地方多没劲！你要涂点胭脂，就有人在你背后点点戳戳；你要穿一件女式衣服，就有人当众刮你老面皮；最恶毒的是，明明我是男的，有人偏偏要骂我“娘娘腔”！这种触心触肺的闲话简直要我昏过去！(做昏倒状)野蛮人！

【卓鸣拿着一只小公文包上，见沙沙跌跌撞撞走路，忙上去搀扶。

卓鸣　当心！你这样走路要掼跟斗的。

沙沙　谢谢。(见卓鸣欲进领事馆)先生！(手指领事馆)你到这里去？

卓鸣　不错。

沙沙　你是他们国家的人？

卓鸣　不，我是中国人。(欲进领事馆)

沙沙　(朝卓鸣的方向)喔唷，中国人，稀奇煞了。老实讲，物以稀为贵，眼镜蛇总比黄鳝值铜钿，对哦？

甲　(问沙沙)喂，你是哪个国家的人？

沙沙　(脱口而出)我当然是中国人啰……

甲　我还以为你是外国人呢！

沙沙　(咕)这记霉头触到哈尔滨！

【这时领事馆里走出了一个西装笔挺的外国青年，似认出卓鸣。

青年　先生，如果我没猜错的话，您是卓鸣硕士？

卓鸣　正是。

青年　好，欢迎您。领事先生正恭候您呢！(欠身作了一个欢迎的手势)卓鸣先生，请——

【在场的人大惊大羡。卓鸣随那青年进了领事馆。

沙沙　要死！他是硕士研究生啊？！看不出。这样讲，最推板的是我们啰……

甲　看来，人还是要有点学问。你看，我们排队排了半天，他一来，就被人家鞠躬请了进去。

【大真上，他走到沙沙面前，鬼头鬼脑地凑上去轻声问事。

大真　朋友，办签证哦？

沙沙　(尖叫道)死开！十三点！满嘴巴大蒜头味道，凑上来做啥？(自语)要命，他只讲了六七个字，唾沫星子弄了我一面孔！（忙从手提包里掏出香水往脸上及身上喷，然后掏出小镜子，用梳子梳头发。）

大真　喔哟哟，要命，什么腔调啊?！你懂什么？含有大蒜头成分的唾沫星子值铜钿的，它有杀菌防病的作用。唾沫星子溅了你身上，等于打了一次消毒药水。老实讲，有几位朋友约我去打，我还不肯呢。再讲，我为你打了消毒药水，又不问你收费，你还要怎么样？

沙沙　（哭笑不得）这么说，我还挞了一个便宜货！

【乙打喷嚏。

大真　（指着乙说）看见吗？我这个药水力道足伐？（对甲）朋友，办签证是哦？

甲　（很不情愿地回答）嗯。

大真　（越说越往甲面前凑近）你随便想到哪个国家去留学、定居，或者劳务输出，我都可以为你办理好相关手续。不是掼浪头，在我手里出去的人至少有一个连，一百多人了！

甲　真的？

大真　啥？不瞒你说，我姑父在美国，阿姨在日本，嫂嫂在澳大利亚，舅舅在加拿大，妈妈在美国，过房娘在泰国，爸爸在白茅岭，哥哥在新疆，弟弟在青海……（自语）要命，最后的这三个人，是不能讲出来的！（重新口出大言）我这些在国外的亲人，随时准备做你的经济担保人。你不信，我可以给你看他们从世界各地的来信。（掏出一叠信，凑向甲，欲递给甲）

甲　站住！（用手捂住鼻子）谢谢你，请与我保持三公尺距离！

大真　（又掏出一叠信）看，这些信，都是由我帮着办手续才出去的。这是他们从国外寄来的感谢信。不信，我随意抽一封念给你们听听，（抽出一信读）“我花了 60 元从你手里买的药，拿回去吃了以后，对狐臭非但没有作用，反而更加强了。现在谈女朋友，谈一个，吹一个……”

甲　（笑）原来是一个卖假药的朋友！

大真　谁是卖假药的?！这是别人的信，混进了我的口袋。（将信放进口袋。摸出）看见哦，上面全是外国字……

【沙沙和甲、乙、丙重新回到领事馆门前。

大真　（看手表）咦，卓凤他们怎么还不回来？（下）

【卓凤上。

卓凤　（朝侧幕）来，快走啊！

【李立很不情愿地上。

卓凤　要命，怎么像只蟹在爬一样的。

李立　（苦涩）卓凤，你把我介绍给一个香港小姐，我想来想去总觉得不合适。

卓凤　有什么不合适？

李立　不要忘记，你是我妻子，我俩是结发夫妻！

卓凤　只要你今天与那位香港小姐搭上，我俩明天就离婚！老实讲，只要达到我们全家人出国的目的，叫我干什么都行！

李立　我真不能理解，为了出国，你居然将自己的丈夫介绍给香港小姐！

卓凤　我先与你假离婚后，你再和香港小姐结婚，等你在香港立稳脚跟，再与香港小姐离婚，我俩再复婚。然后，你再接我们母子俩出去！这就叫："曲线出国"。

李立　真是世界之大，无奇不有！这件事如果让人看出来，多少坍台！

卓凤　看出来怕啥？有句名言：不看不知道，世界真奇妙。

李立　胃口好的，还有心思学电视台主持人的腔调！

卓凤　噢，对了，等会儿介绍人大真来了之后，你不要暴露我俩的真实身份。另外，我们再商定一下联络暗号和接头地点……

李立　（打断她）哎呀，弄得像搞地下工作！阿凤，我看算了，我们回去吧。我们不要去香港了，还是回老家松江去吧。

卓凤　（拉住李立）这怎么行?!"不入虎穴，焉得虎子"……看，介绍人大真来了。

【大真鬼鬼祟祟地上，看到了卓凤夫妇。

大真　哟，卓凤师傅，你们怎么才来呀？

卓凤　大真，对不起，路上车子太挤。（对李立）来，我来介绍一下，这位是大真先生，过去是我单位里的同事。（对大真）这位是李立，我的丈……（发觉说漏嘴，忙改口）丈，我的丈人的儿子。

大真　啊哟，你是女的。哪能会有丈人？

卓凤　说错了，是我兄弟的丈人的儿子。

大真　看来，你要重新到幼儿园去读书了，话都讲不清楚了。他就是你兄弟的阿舅！

卓凤　（拍手）对对！我脑子有点进水。大真，麻烦你了，香港小姐来了没有？

大真　来了，我去对面咖啡馆叫她过来。（下）

卓凤　（不安地叮嘱）李立，和年轻貌美的香港小姐认识后，千万不能变心啊！

李立　（信誓旦旦）阿凤，你放心，她就是再漂亮，再年轻，我也决不会心动！……

【大真引香港老太莉莎上。

卓凤　李立，香港小姐对婚姻问题倒也十分重视，初次碰头，连自己的阿奶也请来当参谋了！

大真　我来介绍一下，这位是李立先生，这位是香港来的莉莎小姐。

李立　哦，（仍在四下搜寻）那么，你要介绍的那个人呢？

大真　（指了指香港老太莉莎）就是这位——莉莎小姐！

李立　（吃惊得差点晕倒）啊?!（自语）我不是在讨新的老婆，而是在寻老巫婆啊！

卓凤　（将大真拉到一旁）大真，不是讲好是香港小姐的，怎么一会儿变成了香港老太了呢？

大真　你懂什么呢？大陆以外，单身的女性都称"小姐"的！

卓凤　年龄也太大了！

大真　（自语）年龄小的，我自己也别不着了，会轮得到他（指李立）!?（不耐烦地）怎么样？不行的话，就算了。老实讲，后面还有十几个人排着队，等着这位富婆的接见呢！我是看在老同事的面上，才让他和你兄弟的阿舅先见面的！

卓凤　（灵机一动，自语）老太也有老太的好处，一是我不用担心李立会变心，老太跟他绝对不会产生爱情的结晶；二是老太年事已高，又没有吃过长生不老药，万一……李立还能得到一笔可观的遗产！好了，事情到了这个地步，也只能到啥山，砍啥柴了。（走到李立跟前）你看怎么样？

李立　（沮丧地）我赛过做了一场噩梦！

卓凤　噩梦醒来是早晨！李立，你横竖横是与她假夫妻一场，为了我们全家的幸福，豁上了，阿米尔，冲！

【莉莎嗲兮兮地走到李立面前。

莉莎　（嗲声嗲气地）李先生！（伸出手，欲与李立握手）

李立　（自语）要死，怎么像走进了冷库！（一副被冻着的样子，怯生生地伸过手去）

卓凤　（抢先上去与莉莎握手）你好，莉莎师傅！噢，不对，应该叫莉莎阿姨。

莉莎　不对，叫我莉莎小姐吧！

大真　（自语）这把年纪，倒还挺时髦！（对卓凤）卓凤，我看还是让李先生与莉莎小姐自己谈谈吧！

莉莎　（对李立）好啊，请——

卓凤　（凝望李立）去吧。（见李立欲走）慢！（凑近他悄悄地）你千万不能变心啊！

李立　请放心！

卓凤 李立，去吧！……慢！你讲话要算数啊！

李立 一定算数！

卓凤 （欲离开）我走了……慢！你心里可要装着我们母子俩啊！

李立 记住了！

卓凤 我走了……慢！（激动地伸出双手）李立！（紧紧地握住了李立的手，似有千言万语）

莉莎 （问大真）这个女人是他的什么人？李先生到底和谁谈恋爱？！

大真 没事体的，他们是车间里的好同事，总有些难舍难分。（自语）他俩阿会是老相好？！

卓凤 （推开李立）去吧……（黯然地一转身，急下）

大真 咦！她怎么走了！李先生，莉莎小姐，你们谈，我去一下。（自语）原来讲好，由她（指卓凤）支付给我介绍费的，她怎么可以一走了之呢！（追下）

莉莎 李先生，请！

【李立怯生生地点点头，与莉莎下。

【卓林推着自行车上。他将自行车停在一边。

卓林 （问沙沙）朋友，想不到这里人还是这样多，人家以为在买什么便宜货！

沙沙 （不屑地）不买任何东西！（自语）聪明面孔笨肚肠！连这儿是什么地方都不晓得，傻气！

卓林 现在的人真是好白相！几十年前，从托儿所学会排队后，赛过怕忘记，连不买东西也去排排队！

甲 （听后觉得荒唐）今天，怎么脑子进水的人蛮多的！告诉你，我们排队是为了搞到签证，好出国。

卓林 啊？原来出国那么容易，那我也在这儿排队。（忙去占位）

【卓父手佩“纠察”袖章，拿着小旗上，发现卓林的车子。

卓父 这车子是谁的？（边从工作用的小提包里掏出罚款单，撕下一张）

卓林 这是我的车子。

卓父 乱停乱放，罚款 2 元！

卓林 老师傅，高抬贵手……咦，阿爸，是你啊！你怎么会到这儿来的？

卓父 在家里附近立马路，要给邻居笑话。所以特地申请到这么远的地方来，结果还是穿帮！卓林，虽然你是我儿子，但罚款还是照样要罚的，否则要犯错误的！

卓林 （眼睛骨碌碌一转）我身边没带钱。

卓父 我先借给你 2 元。（他从口袋里掏出 2 元钱递给卓林，然后从卓林手里接过这点钱放进小提包里。）

卓林 （揶揄道）忙倒蛮忙的！

卓父 罚款单拿去。卓林，你在干什么？

卓林 排队出国。

卓父 开什么国际玩笑？出国哪会这么便当，听说至少要付两万块钱，国内需要有介绍人，国外也需要有经济担保人，还要懂外文，排个队就能够出国，简直是异想天开，快回去。（突然发现情况）哎，那儿不准停车！（跑下）

卓林 （自语）两万元，介绍人……现在，两万元到哪里去想办法凑齐？另外到哪儿去找介绍人呢？

【大真边点钱边上。

大真 有些介绍人喜欢吃 18 只蹄髈的，我这个介绍人喜欢现钞的。

卓林 （自语）到哪儿去寻这个介绍人呢？

大真 （听到卓林的话）这个小青年要寻介绍人，生意又来了。（急靠近卓林）朋友，你要寻对象？

卓林 （闻到大蒜味，别转头）谁要找对象啦？

大真 你刚才不是讲，要寻介绍人吗？

卓林 我是想寻找能够介绍我出国的介绍人。

大真 （大叫一声）朋友，好眼力！

卓林 （吓了一跳）你干什么啊？！

大真 （将卓林拉到一张石桌旁）我就是这种介绍人，来来，坐下来谈谈。

卓林 （惊喜）你就是——“真是天上掉下个林妹妹”！（自语）不唱了，为了能出国，大蒜味道也只好行一记了。

【两人坐下来谈。卓凤上场门上。

卓凤 （自语）不知李立与那个香港老太谈得怎么样了？要是李立身上安装一只窃听器就好了，可惜成本太高！好吧，让我继续跟踪侦察。（下场门下）

卓林 这是我女朋友开的酒吧地址。（将一纸交给大真）

大真 好，改日我一定登门拜访，我们再详细谈。

卓林 一言为定！（自语）让我先把自行车停到小弄堂里去，然后再来摸摸情况。（发现地上有钱，忙停车捡起）壹角？也好的，积少成多嘛。（将钱放进口袋）

【卓林推车下。艾虹从另一侧幕上，被大真瞅见。

大真 喔唷,这个妹妹长得挺刮的!

艾虹 (自语)刚刚卓鸣打电话给我,要我在这里等他。他人呢?

大真 小姐,你长得真漂亮!

【艾虹不理大真,继续找人,大真紧跟着艾虹。

大真 (死皮赖脸)小姐,赏个脸,我们一起去跳舞……那么,一起去吃饭怎么样?

艾虹 (不屑地)有毛病!

大真 小姐,毛病我是没有的。不过,我这个人蛮作孽的,出国手续都办好了,到美国去继承我姑妈的遗产。可我想在国内找一个姑娘,跟我一起去分享,就是找来找去找不到合适的……

艾虹 噢,你想找个姑娘,带她一起出国?

大真 一点也不错! 小姐,你阿有兴趣? ……

【艾虹见卓鸣从领事馆里出来,便撇下大真,迎了上去。

艾虹 (亲热地)卓鸣!

大真 (自语)要命,这个朋友早不来,晚不来,偏偏在紧要关头冒出来。算我触霉头!(下)

艾虹 卓鸣,你在领事馆里?

卓鸣 事情是这样的……来,你这只包比较大,让我这只小公文包放在里面,哎,你这只包新的,谁送给你的?

艾虹 (嗔怪)你又想不到为我买包,是我自己买的! 漂亮吗?

卓鸣 (看也没看一眼,随口应道)漂亮,漂亮。(将小公文包交给艾虹,艾将它放进新包。两人在石椅上就坐,艾随手将包放在石椅上)一直没空与你碰头,真对不起你。

艾虹 (讥讽地)我是一个小老百姓,而你是一个硕士研究生,你完全用不着向我道歉!

卓鸣 (辩解)不要这么说嘛,我实在忙得不亦乐乎!

我的毕业论文刚刚写好,内容是,我发明了一种新型的安全、廉价的燃料。来取代煤和石油。最近的几次试验,取得了重大的进展。我的导师桑永建教授与×国领事馆的二等秘书汤姆先生,是剑桥大学的老同学。汤姆先生听说我的研究课题后,极感兴趣,特地邀请我来领事馆面谈一次。

艾虹 (喜出望外)汤姆先生对你说什么?

卓鸣 他希望我能够将论文及其有关数据提供给他们。这样,他们将邀请我到他们国家去讲学,定居,进一步搞科研。

艾虹 (拍手)真的? 太好了!

卓鸣　汤姆先生甚至说，只要我们同意，可以同时邀请你去陪读。

艾虹　是吗？这不是做梦吧！（紧抓住卓鸣的手）卓鸣，你一定答应他了?!

卓鸣　（淡然一笑）没有。

艾虹　（惊讶）啊?！为什么？

卓鸣　我对他说，我的这项科研，虽然目前在国内，最终还缺少一些实验手段。但是，我决不会为出国做这些实验，将这项科研成果首先让外国人享用。因为，像我们这样的人口大国，更需要应用这项科研成果！

艾虹　傻子！戆大！十三点！曲希！有多少人想出国而无机会。可你倒好，人家请你出国，你倒搭架子！科学发明归谁所有，关你一个小百姓什么事？

卓鸣　以前，人家只知道男人当中会有吴三桂、汪精卫这样的人！现在看来，女同胞中也有类似的遗传基因！

艾虹　（振振有词）这有什么奇怪的！有道是人往高处走，水往低处流。谁不想过舒适富裕的生活。就拿你自己来说吧，写了一本学术方面的书想出版，可人家要你自筹资金几万元，否则就排不上号。

卓鸣　（不耐烦）你还有完没完？

艾虹　还有呢，你这个硕士研究生，下个月就要毕业了，可到现在还没有一家单位要录用你。看起来，你只能蹲在家里待业！想想看，一个硕士研究生将成为一名待业青年，还谈什么爱国主义?！卓鸣，凡事要实际点！听我话，马上再进去找汤姆先生，说你同意他的意见，出国定居！

卓鸣　（愤怒地）够了！真是头发长，见识短！我的事不用你管！

艾虹　那也好，人各有志！从今后，我俩桥归桥，路归路，大家不搭界！（猛地跺地）戆大！（奔下）

卓鸣　（自语）我到底是研究生，还是戆大?！（发现艾虹已离开，去追）艾虹，艾虹……（下）

【卓林上。

卓林　自行车已停好。现在可以笃笃定定摸清情况。（见石椅上艾虹的包）包?！反正没人在，有捞不捞猪头三，（拿过包）明天再来摸清情况。（下）

【艾虹、卓鸣急忙奔上。

艾虹　不好！包没有了。

卓鸣　（惊呼）不好，出大事体了！我的科研论文刚刚放进你的包里的！

艾虹　这么重要的东西，你怎么能带在身边?！

卓鸣　今天是论文答辩，所以一直将稿子带在身边！（急得搓手不止）

【一女行人背着一只差不多的挎包上。

卓鸣　（见女行人的挎包）哎，这只包倒蛮像的。（于是箭步上前，拉过挎包辨认）

女行人　（大叫）救命！捉强盗啊！

【幕急落。

第　二　幕

【时间：紧接前场。

【地点：小巧典雅的“玫瑰酒吧”内外。

【柳琴在做营业前的准备工作：擦擦桌子之类。卓林夹着艾虹的挎包上。他悄悄躲到柳琴的背后，双手蒙住了柳的眼睛，柳挣扎。

柳琴　（叫嚷）啥人啊？快放手！

卓林　（松开手）柳琴，你“被捕”了。

柳琴　（埋怨）人家在做生意，开啥个玩笑?！下次不要这样，给人看见像什么样子！

卓林　你算是这儿的女老板，一本正经煞了！

柳琴　你呀，总是讲怪话。唉，你怎么今朝想到要来的？

卓林　想你呀。

柳琴　（高兴地）谁相信你的话？（见卓林夹着的包）但是，我相信，这只包是你为我买的！

卓林　（尴尬）这个……

柳琴　让我看看，咦，这个包的式样怎么与我前几天买的包一样的。卓林，新买来的包，里面有这么多东西？

卓林　柳琴，这只包是我捡到的。

柳琴　（笑道）怎么好东西总是遗失在你的脚下。记得一年前，我不小心将装有两万块存折的一件风衣丢失在马路上，亏得你追上来还给我，否则，我怎么开得了酒吧。

卓林　从此以后，我们俩一见钟情。（自卑地）但是我是个看看仓库的小工人，没啥花头，看来早晚会给你这个女老板一脚踢开！

柳琴　（捂住卓林的嘴）不要瞎讲！当然，从我内心讲，我希望你能自学成才，不希望你整天稀里糊涂过日子。就说这只包吧，应该像上次那样交还失主，免得让人家急死！

卓林　(脱口而出)上次是因为看你长得漂亮,又不知道口袋里还有两万块存折,否则……

柳琴　你讲什么?

卓林　我讲……像你这样的个体户倒也少的,一把刀钝得不得了。明天,你的店改成国营的算了!

柳琴　不要开玩笑。包里是什么东西,看过伐?

卓林　看是看过的,但也看不懂,厚厚一叠稿纸,写的全是外文。刚刚上厕所,要不是看厕所的人硬劲卖给我草纸,说不定我还要用脱其中几张稿子。

柳琴　这怎么可以呢?! 待会儿就去交到派出所。

【卓林摇摇头表示无奈,随手将包扔在椅子边上。

卓林　(自语)世界上怎么有这种个体户的?像雷锋一样!(对柳琴)好了,听你的,现在嘴巴干煞了,弄点什么给我喝喝。

柳琴　放心,到酒吧来,总有东西让你喝的。(倒了一杯水)给,白开水一杯。

卓林　(不满地)什么?你这个酒店女老板,居然请自己的男朋友喝白开水?!

柳琴　(笑道)啊呀,你真笨,喝白开水最解渴。然后,你想喝什么,就自己去挑。

卓林　这么说,还差不多!

柳琴　(拿出两本书)谢谢你帮我到区图书馆跑一趟,把这两本书还掉。否则要过期了。

卓林　其他饮料还没尝,就差我跑腿了!

柳琴　你先去还书,回来吃晚饭时,再补吃饮料,好吗?

卓林　好的。(接过书)《营销心理学》、《政治经济学》。真弄不懂,当了老板还看什么书?

柳琴　去吧,快去快回!

【卓林出其不意地在柳琴面孔上吻了一下。

柳琴　(摇摇头)真想不到,寻来寻去,寻了个小脑发达,大脑简单的人做男朋友!大概就是命运!

【柳琴将价目表牌放在门外。卓鸣跌跌撞撞地上。

柳琴　(有些奇怪)卓林的哥哥怎么会到这儿来的?(上前招呼)卓鸣阿哥,你来了,来来,快请进来喝杯茶!在忙什么呢?

卓鸣　我的一件重要的东西丢了。

柳琴　真的?什么东西?

卓鸣　是我的……唉,对你一下子也讲不清。再会,我只能去派出所报案了。

柳琴　(同情地)阿哥,先进来揩把脸,喝杯茶,仔细回忆一下,吃准情况再去报案。

柳琴　这……也好。(双手撸头)头胀煞了!

【卓鸣随柳琴进了酒吧。柳琴去倒杯水。

【卓鸣打量了一下环境,脚被地上艾虹的那只包绊了一下。卓鸣拿起包。

卓鸣　地上怎么会有包的?一定是哪位顾客丢的,等一会儿便会来取的。(将包放在椅子上)

柳琴　(端来茶)卓鸣阿哥,先喝口水,我去端盆水来。(下)

卓鸣　谢谢。(往椅子上坐)下面是什么东西?(从臀部底下拿出艾虹的包)又是这只断命的现世包!(将包往桌上一扔)嘿,不知道那篇论文在哪里?几年来的全部心血啊!如果你能够出现在眼前就好了!

【柳琴端着一盆水上。

柳琴　阿哥,请你把桌上的那只包移开。

卓鸣　这只包真讨厌!(将包扔在一边)

柳琴　(绞了把毛巾递给卓鸣)这只包是你弟弟拾来的。

卓鸣　我弟弟这个人,从小就喜欢拾东西……(自觉失言,停住)好好,不谈了,如果包里有重要的东西,主人岂不像我一样急死!?

柳琴　那我们将包打开看看,里面有没有重要的东西?

卓鸣　(忙制止)不要打开,看上去像女同志的包。有些东西,是不能让我们男人看的。这样吧,我现在去派出所报案,顺便将这只包带过去。

柳琴　这样也好,我确实走不开。

卓鸣　再会,麻烦你了。

【卓鸣拿着包欲离开,卓林上。

卓林　阿哥,你怎么来了?

卓鸣　你来得正好,我问你,这只包是从哪里来的?

卓林　(支吾)……拾来的。

卓鸣　我对你说过多少次了,一个人要诚实,不是自己的东西不要拿。我问你,这只包是在什么地方拾到的?

卓林　(沮丧地)×国领事馆门前。

卓鸣　蛮好,拾包拾到外国人的门前去了……(突然醒悟,紧张地)你再讲一遍,这只包,是在哪儿拾到的?

卓林　×国领事馆门前。

【卓鸣迫不及待地打开包，翻出稿子，无比欣喜。放下包，拥抱并吻了一下卓林，卓林茫然。

柳琴　现在倒不怕翻看属于女人的东西!?

卓鸣　（激动地）卓林，我的好弟弟！谢谢你了！总算找到了！

卓林　（莫名其妙，问柳琴）今朝我阿哥的哪根神经短路了？他谢我做啥？

【柳琴不知怎么回事，陪着笑笑。

卓鸣　你这次顺手牵羊，真是太好了！

卓林　你不是在骂我吧？

卓鸣　非但不会骂，而且要表扬你！

卓林　（自语）这到底是怎么一回事？

卓鸣　这只包是艾虹的，我寻到现在了。

柳琴　太好了，不瞒你讲，艾虹姐姐的这个包与我的包竟然一式一样！

卓鸣　不要提艾虹了……

卓林　为什么？

卓鸣　×国要我到他们的国家里去定居，搞科研。

卓林　真的？你什么时候动身？

卓鸣　我没答应。

柳琴　为什么？

卓鸣　他们提出的条件我不能接受。

柳琴　什么条件？

卓鸣　要我将搞了好几年的科研成果，全部交给他们！

柳琴　卓鸣阿哥，你搞的科研成果是关于哪一方面的？

卓鸣　我发现了一种完全可以取代煤炭、石油的新型燃料，这种燃料，既取之不竭又安全价廉。我在想，中国人自己用得着炮仗，为什么要让外国人去放呢？

柳琴　有道理。

卓林　有什么道理?!（自语）碰到我，只要能出国，哪怕叫我地上爬三圈，钻几次人家的裤裆也行。

卓鸣　（对柳琴）刚才汤姆先生等人，千方百计想叫我拿出论文给他们看。

柳琴　你拿给他们看了没有？

卓鸣　怎么可以给他们看！我说，没带来。

柳琴　做得对!

卓林　对点啥? 科研成果最后属于谁,关我们小百姓什么事?! 论文,不就几张纸吗? 给人家看看有什么关系,调了我,只要能出国,脱光给他们仔细看,甚至剥去一块皮也无所谓。

柳琴　(埋怨卓林)不怕难为情,怎么讲得出口的!?(对卓鸣)这样看来,你那篇论文倒蛮重要的,一定要藏藏好啊!

卓鸣　(指了指桌上的稿子)喏,就是这篇论文。今天,幸亏卓林帮忙,否则后果不堪设想!

卓林　(大惊)什么? 就是这叠稿子!

卓鸣　对。

卓林　刚刚就放在这只包里?

卓鸣　不错。

卓林　(狠狠地扇了一记自己的耳光)要命,早知道这样,我将这篇论文直接交给领事馆了。说不定现在已经登上国际航班了。

【柳琴听了鄙夷地摇摇头。

卓鸣　艾虹知道了这件事后,与我大吵大闹,骂我是戆大。

卓林　你戆得来不是一点点!

柳琴　(反唇相讥)有的人自以为很聪明,实际上最戆! 有的人看上去戆,实际上最聪明!

卓林　(嘲讽)你怎么又变得来像个哲学家?!

柳琴　(先不理卓林,对卓鸣)阿哥,你就留在这儿吃饭吧! (对卓林)你快去买点熟小菜来。

卓林　(不太情愿地)噢。

【卓林双眼紧盯着桌上的稿子,下。卓鸣将稿子放进包里。

卓鸣　对了,包既然找到,打个电话告诉艾虹,也可以消消她的气。(大声地)柳琴妹妹,我去给艾虹打个电话。

【柳琴在侧幕里面答道:"知道了,你快点回来吃晚饭!"

【卓鸣下。

【大真上。

大真　噢,这儿就是玫瑰吧,倒还蛮雅的。(叫嚷)卓林——(见艾的包)包! 今天额角头碰到天花板了。(从衣袋里掏出一只尼龙拎包,将艾虹的包放入尼龙包内,迅速拉好拉链。)

【柳琴上。

柳琴 先生，您用点什么？

大真 （自语）哟，好漂亮的妹妹。（对柳琴很热情地）我是卓林的朋友。

柳琴 卓林出去了。

大真 没关系，我等他一会儿。（坐下）

【柳琴递给大真一杯饮料。大真点燃一支烟。

柳琴 请用。

大真 谢谢！（自语）这个妹妹大概是陪酒的。让我花花她。（对柳琴）小姐，你好漂亮啊！我俩一起去吃晚饭怎么样？然后，我再请你去跳舞。

【柳琴递上一只烟缸，大真将香烟搁在缸上，一把抓住柳琴的手。

大真 啊，小姐，你的手长得太美了。你要知道，我已经办好了出国的手续，到美国继承我姑妈的遗产。如果你看得中我，我可以带你一起出国。我姑妈在美国开了一家珠宝店，两家百货店，三家饭店，四家电影院，五家殡仪馆……

【柳琴厌恶地抽回手。

大真 我姑妈有好几辆高级轿车：有奔驰、林肯、尼桑、标致、良友、健牌、万宝路……

柳琴 （旁白）他姑妈大概是在美国马路上贩香烟的。

大真 我姑妈在美国拥有豪华别墅，配有游泳池、高尔夫球场、网球场、人民广场……

柳琴 还有天安门广场！

大真 对，还有天安……（咕）在触我霉头嘛！（对柳琴）小姐，你跟我好，我是不会亏待你的！我的财产多得来自己有数，可以讲，我们家的人都把钞票当作橘子皮，把金条当油条！

柳琴 （故意地）噢，你真的这样有钱？

大真 （得意地自话）女人就像胖头鱼一样，最容易上钩。（对柳）好，让你开开眼界，老实讲，袋袋里的人民币、兑换券、英镑、美金、港币、牛皮……多得不得了！

柳琴 （笑道）牛皮也有的？那么，你摸出来让我见识见识。否则就是吹牛皮！

大真 （摸了半天，将一枚枚分币放在柳琴的手上）哎哟，今天钞票让小偷摸去了，怎么摸来摸去全是分币？

柳琴 一共才九分钱。等会儿你回去，乘电车最起码也要一角钱，好吧，我给你一分。

大真 （被带进）谢谢，谢谢阿姨……（发觉不对）我怎么弄得来像讨饭一样。不对，刚才卓风给我的劳务费哪里去了？哎，小姐，你不要走呀！装什么正经？你们这些陪酒女郎老吃老做了……

【大真追逐柳琴，柳琴躲闪。大真一把抱住柳琴，欲强行接吻。柳琴急中生智，拿起搁在香烟缸上的香烟……

大真 小姐，给我一个热烈的吻吧！（闭着眼睛，嘴凑上去，柳琴拿着冒烟的半截烟蒂迎了上去。被烫，大叫）哎哟！你的嘴唇怎么这么烫？（睁眼一看）啊，香烟头啊！

【柳琴趁机挣脱，逃进内房，下。沙沙上，大真未察觉，还在寻觅他的"情爱猎物"。

大真 好，你不肯，我倒偏要接吻！（他一把抱住刚进酒吧的沙沙，就吻。沙沙吓得浑身发抖，不知所措）一会儿工夫，怎么腰身粗了交关？啊？是"娘娘腔"呀！（松开手）

沙沙 （大叫）救命！有人想要强奸我——（昏倒在座位上）

大真 （鄙夷地）半途当中杀出个程咬金！也太自作多情了，竟然激动得昏了过去。（叫嚷）小姐，快端盆冷水，有人昏过去了！

【柳琴拿了一把菜刀，从内房里出来。

柳琴 你再敢无礼?!

【大真吓得东躲西藏。

大真 （讨饶）小姐，小姐，有话好好讲，刚才是同你开开玩笑的！（指着沙沙）你看，有人昏过去了，现在救人要紧！

【柳琴放下刀，扶起沙沙，沙沙醒来。

沙沙 （对大真）朋友，搞同性恋，要生艾滋病的（摸摸自己的脸，嗅了嗅手）要死，全是大蒜头臭气，像被粪水溅了一脸！

大真 对不起，误会，我看错人了。

沙沙 以后眼睛张张开，死腔！（对柳琴，马上换成一副笑脸）小姐，来一杯鸡尾酒。

【柳琴端酒给沙沙。卓林拿着几包熟菜上。

卓林 （一眼瞅见大真）哎哟，大真！你什么时候来的？

大真 （有些尴尬）卓林，我刚刚到，刚刚到。

卓林 来来来，我介绍一下。这位是我的朋友大真先生，这位是我的女朋友，柳琴。

大真 （更尴尬）啊？她是你女朋友？

柳琴 （将卓林拉开几步，抱怨道）你怎么能跟这种人交朋友?!

卓林 我准备出国留学，请他做介绍人。

柳琴 （惊奇）什么，你要出国留学？

卓林 不要小看人！等会儿，我再详细和你谈。（自语）哎，我阿哥的那只包，怎么不见了？柳琴，阿是被他拿走了？

柳琴　我也没留意。他是打电话去的。

卓林　(自语)包,一定被他拿走了。咦,菜刀怎么会在这儿?

柳琴　(轻声地)我正要告诉你这件事呢,你的朋友……

卓林　(打断她)我的朋友不推板,阿是……

柳琴　(忿忿地)不推板,哼!

【柳琴气呼呼地下。

大真　(如释重负)你出国留学,她同意吗?

卓林　我想搞点苗头给她看看,唉,世界之大,真是无奇不有。就说出国吧,想出国的人,没有机会;能出国的人,又不愿去。

大真　不可能!现在有谁能出国而自己不肯去的?

卓林　有!我阿哥。×国要我哥哥去他们国家定居,而我哥哥却死抱住他的科学发明留在国内。为这件事啊,我未来的嫂嫂还与我哥哥闹矛盾呢。

大真　你哥哥,就是刚才在×国领事馆门口门前丢掉包的那个?

卓林　对。

大真　听旁边人讲,你哥哥有一篇论文,外国人很感兴趣!

卓林　这篇论文刚才还在我手里。

大真　现在呢?

卓林　我还给他了。

大真　(惊呼)啊呀!你真戆!现成的出国护照!有了这篇论文,我可以包你出国不花一分钱!

大真　(规劝)不要紧,这桩事包在我身上。不过,需要你配合一下,你情愿伐?

卓林　只要出国,怎么配合?

大真　(鬼鬼祟祟地)把耳朵伸过来。

【大真与卓林耳语。

卓林　好,一言为定。我这就去找哥哥。

【卓林下,大真也忘了拿走尼龙包尾随而下。

【莉莎进酒吧,李立跟上。

莉莎　李先生,我们进去喝一点,休息一会儿。

李立　(像个小孩似的点点头)嗯,(突然看清四周,自语)不好,这是卓凤弟弟的女朋友开的店,这下糟了!

莉莎　（见李立站着不动）快走呀！不要怕。不会要你花钱的。

【李立无可奈何地跟莉莎进酒吧。柳琴上，招呼莉莎、李立。

柳琴　两位想用点什么？

【柳琴认出李立，李立示意其不要出声，并将其拉到一旁。

李立　（轻）我国外的过房娘来了，你假装不认识我就行了。

柳琴　为什么？

李立　人家刚来，怕麻烦，以后再告诉你详情。

【李立坐到座位上。

莉莎　（从精美的手提包里掏出一张一百元）李先生，想喝点什么？

李立　（脱口而出）来一杯大麦茶。

柳琴　阿哥，这儿是咖吧，是不卖大麦茶的！

莉莎　（不解地）她叫你阿哥？

李立　她这是在跟我们拉关系，这是生意经呀！（示意柳琴说话注意）

莉莎　（笑对柳琴）他呢，想为我节约钱。其实，我从来不在乎钱的！来两杯椰子汁吧。

柳琴　好。（自语）李立他今朝脑子怎么也短路了。噢，海外过房娘来了，太激动了。

莉莎　（接过柳琴端上的杯子）李先生，直率地说，通过刚才的介绍，我对你挺满意的。不知你对我的印象如何？

李立　（为难地）这个……怎么说呢？

莉莎　心里想说什么，就说什么。

李立　我……

【卓凤上，从外面朝里窥看，李立见到了卓凤。

李立　（自语）她怎么来了？会不会她反悔了？（对莉莎）莉莎小姐，您坐一会儿，我出去一下！

莉莎　阿是洗手间？

李立　正是。

柳琴　不用出去，我们里面有。

李立　不，我想去买包香烟。

莉莎　你刚才不是说你戒烟了吗？

李立　（发急）我现在想吃，可以吗？

莉莎　（像哄小孩一样）可以，可以！不要说吃香烟，你就是想吃鸦片，我也同意。喏，钱拿去。(掏钱给李)买包最好的。

【李立接过钱,神气地走出酒吧。

莉莎　(关切地)小李子,穿马路当心!……

柳琴　(鄙夷地自语)冷来!

莉莎　走路要走人行道,穿马路要走横道线,宁停三分,不抢一秒,要一慢、二看、三通过!

柳琴　(自语)老妈妈在外面大概也当过交通协管员。

【李立跑到酒吧门口与卓凤碰头。

卓凤　你出来干什么?

李立　你有话要对我说?

卓凤　没有。

李立　那你来干什么?

卓凤　没干什么,我……没什么,你快进去,快去跟莉莎谈谈。

【李立欲走,又被卓凤叫住。

卓凤　哎,你们什么地方不好去,偏偏要到我们未来的弟媳妇开的店里来做啥?

李立　是她要我进去的,我有什么办法?不过,没关系,我叫柳琴什么也不要问,什么也不要说!

卓凤　那你快进去吧!

李立　(边说边进酒吧)你这样监视着,叫我怎么谈?

莉莎　(见李立进来)怎么,香烟买好了。(见李立摇摇头)啊呀,你又要为我节约铜钿了。大陆人就是喜欢死节约!一只牙膏壳子也舍不得扔掉,非要卖到废品站去。

李立　(像小孩似的,规规矩矩地掏出钱交给莉莎)请点一下!

莉莎　(将钱还给李立)拿去用吧。不够,再问我拿!

【李立藏好钱,坐下。

莉莎　(打量李立)小李子,你怎么一副苦恼人的样子?是不是认为我俩的年龄相差大了一点?请放心,我会真心爱你的,我会使你幸福的……

柳琴　(大惊,手中杯子掉地,自语)过房娘怎么向儿子求起爱来了?

莉莎　(朝柳琴白了一眼)要她这样激动干什么?小李子,你真是我梦中的白马王子!

【莉莎激动地握住李立的双手。卓凤在门外见此情景,情不自禁地大声咳嗽一声。

【李立听见咳嗽声,忙抽回双手。莉莎朝门外看去。卓凤忙闪开……

莉莎　(关切地追问)怎么了,身体阿是在抽筋?

李立　（喃喃地）我小时候就有这个习惯，一听到咳嗽，就要抽筋……（自语）要命，这种场面也只有我能够碰得到！

沙沙　（自怜地）只有我，没人关心、爱护。总是放单档。打扮得再漂亮，也没有人欣赏……

【三位顾客进酒吧。柳琴上前招待。她又端了一杯酒给沙沙。

沙沙　（站起）各位小姐、各位先生。今天是鄙人的生日。大家的开销，我包了。不过讲清楚，每人只提供一瓶正广和橘子水。

【有人鼓掌，也有人嘲讽。卓凤复上，朝店里张望。卓鸣上。

卓鸣　（自语）艾虹不肯接电话，怎么办？唉，真讨厌！（见到卓凤）咦，阿姐，你刚刚出过眼泪了！为什么啊？你怎么会到这儿来的？

卓凤　卓鸣啊！我……（指酒吧内的李立）他……

卓鸣　（朝里张望）咦，是姐夫在里面嘛。走，一起进去坐坐！

卓凤　（面有难色）不能啊。

卓鸣　为什么？（再次朝里望）在姐夫旁边，还坐着一个打扮得很时髦的妇女，噢，我明白了，现在他开始花擦擦了，是伐？阿姐，你在这儿别走，我进去教训教训姐夫，让他回心转意！

卓凤　你不能进去！

卓鸣　不用怕！我进去后，不但要批评姐夫，还有规劝那个妇女，叫她不要充当第三者！

【卓凤欲阻止已晚。卓鸣闯进了酒吧。

卓鸣　（指着李立的鼻子，气愤地）你！

李立　（惊讶）卓鸣兄弟，你怎么在这儿？

卓鸣　（轻声地责问）姐夫，你怎么能做这种事？

李立　（无可奈何地）我也是没有办法啊！

卓鸣　没有办法？你多少开心，和一个漂亮女人一起喝喝酒，可是门外……（看清莉莎的脸，自语）啊，是一个老太啊？（对莉莎）你知道吗？他是有家庭的人，他的儿子已经10岁了。

莉莎　他刚才已经告诉我了，我正好没有子女，他有个孩子真是太好了！

卓鸣　（指门外）那是他的老婆……

莉莎　（接口）已经死掉了，真是太不幸了！

卓鸣　我阿姐死掉了？（朝门外望了望）那门外立着的，难道是鬼吗？

卓凤　（跺了跺脚）我再不进去将卓鸣支开，事体就要弄僵了！（忙闯进酒吧，将卓鸣拉到一旁)卓鸣,我谢谢你好伐,快离开这儿!

卓鸣　(固执地)我不怕结冤家的!

卓凤　(急得几乎要哭)你发啥个毛病?

李立　(对莉莎指着卓鸣悄声地介绍)他是我死掉那个妻子的兄弟,是个精神病患者!

莉莎　(惊恐地)是吗?那我们快走吧!

【两人飞也似地逃出酒吧。

卓鸣　咦,阿姐,你怎么让他俩跑了?

卓凤　他俩跑得越快越好!

卓鸣　阿姐,你一定是气疯了。阿姐,你不要生气。坐会儿吧,当心身体。

卓凤　好,不对,不坐了。我要去继续侦察,再见!(急匆匆下)

卓鸣　姐夫像是在搞婚外恋,可阿姐还会这样开心,真是不可思议!

【后来的三位顾客及沙沙离座。柳琴上,从沙沙手里接过钱。

柳琴　一共30元,收你50元,找你20元。

沙沙　不用找了。大出血一趟了!

柳琴　谢谢。下次请再来!

【三顾客及沙沙下。

柳琴　卓鸣哥哥,你来啦?刚才姐夫与一个海外阔太太来过了。我是故意不收他们的费用!不过,你知道他俩是怎么一回事啊?

卓鸣　我也搞不懂是怎么一回事。

柳琴　等卓林回来,我们就吃饭。

卓鸣　好。

【柳琴收拾杯子,进内屋厨房。

卓鸣　咦,艾虹的包呢?大概被柳琴妹妹收起来了,让我问问看。

【这时,卓林和大真上。

卓林　阿哥,你已经回来了,找得我好苦啊!大真,来,我来介绍一下,这位是我的哥哥卓鸣,这位是我的老朋友大真,他目前在哈尔滨一个研究所里担任所长。

卓鸣　是吗?请问,贵所主要研究哪方面的课题?

大真　我们所主要研究新型燃料。

卓鸣　(激动地站起来)是吗?

大真　听你弟弟说,你的工作去向还没有定。在改革开放时代,我们就要支持新生事物。

如果你愿意，我们欢迎你来。我们愿意为你继续搞实验，提供一切方便！

卓鸣 太好了。我卓鸣有用武之地了！

大真 为了便于我回去向组织汇报，请把你的科学论文及有关文字材料交给我，让我们过过目。

卓鸣 可以。我这就交给你。但请你务必保存好，千万不可泄密。（欲进去问柳琴）

【这时，卓凤上。

卓凤 （欣喜与吃醋交织在一起）卓鸣啊，他俩终于敲定了！（似笑似哭地正好瞧见大真，问他）咦！大真，你也在这儿？

卓鸣 姐姐，你也认识他？

卓凤 这个人，我哪能会不认识！我俩过去是同事，（朝卓鸣，轻声地）他在白茅岭蹲了几年监狱。他现在辞职在家，专门做各种各样的投机中介。

卓鸣 （问大真）哦？你不是研究所所长！原来你在骗我，你是一个骗子，想骗我的论文?!你帮我滚出去！（问卓林）你跟他串通好，来骗我？

卓林 这不关我的事，我上他的当了！

大真 （朝卓凤望望）你来得正是时候！（欲下）

卓鸣 慢！台子上的这只尼龙包是谁的？

大真 我的。

卓鸣 告诉你，你休想得到我的论文！

【将包扔给大真，大真接过包，下。卓林跟下。

卓鸣 阿姐，谢谢你，你如果再晚来一步，后果不堪设想。

【柳琴上。

卓鸣 柳琴妹妹，把艾虹的包给我，我要走了。

柳琴 我没有拿过艾虹的包咯，刚才不是还在吗？

卓鸣 （大叫道）大事不好，论文又不见了！

【幕急落。

第　三　幕

【时间：紧接前场。

【地点：卓家内外。

【卓鸣情绪低落，双手托脸呆坐在椅子上，卓父在一旁安慰卓鸣。

卓父 你既然已经去派出所报了案，相信他们会查出偷包人的。哟，7点钟到了我得去居委会开会了。（下）

【卓鸣站起，打开大衣橱的门，从里面拿出几条外烟，放进一只包中，关了灯，下。

【少顷，卓林与大真上。大真手里拎着那只尼龙包。

卓林 家里灯关着，没有人。大真，我哥哥大概还没有回来，不用进去了。

大真 不，进去。

卓林 我哥哥还没有回来，论文在他身上的。屋里又没有论文，进去拿什么？

大真 既然来了，还是进去。万一你哥哥回来过了，论文就放在书桌上，我们拿到后，不就大功告成了吗？

卓林 那就进去看看。

【卓林开门，拧灯亮。大真进屋。卓林关上门。

大真 快，抓紧时间，快点找论文。（将手中的尼龙包往墙角一放）要死，今天忙得连这个包里是什么都没机会看。反正是我的，呆会儿再仔细看看。

【俩人翻箱倒柜，找论文。

大真 （大叫道）找到了！……（翻看手中的稿子）手抄本——《少女的心》。（扔掉）

卓林 不要乱扔！那是我的。（捡起，放回原处，继续翻找）

【卓父上。

卓父 人去开会，发言稿忘记拿了。（敲门）

卓林 （慌）一定是我哥哥回来了。

大真 怎么办？

卓林 不能让他见到你，否则要坏大事！快，你去躲一躲！

【大真欲往床下钻。

卓林 不行。快躲到大衣橱里去！

大真 我躲在大衣橱里，不要被闷死的啊？

卓林 不会的，我会马上支开我哥哥的，叫他上别处去玩。

大真 今天算我触霉头！

【大真躲进衣橱，关上橱门，但衣服的一角露在衣橱的外面。卓林去开房门，卓父进屋。

卓林 （自语）啊？不是卓鸣。

卓父　怎么这么长时间才开门?

卓林　我……我有点头晕。

卓父　我问你,你刚才干了什么坏事?

卓林　没有。

卓父　没有?

卓林　真的没有。爸爸,我已经不小了,你老是盯着我干什么?

卓父　我不盯你的话,你就要被警察盯上了!

卓林　帮帮忙!你不要吓我,警察找我干什么?

卓父　你与一个骗子串通起来,想骗你哥哥的论文,是伐?!警察会不找你?

卓林　(旁白)看样子刚才的事体哥哥已经告诉爸爸了!

卓父　你一天到晚轧些不三不四的朋友,还经常混在外面过夜!小鬼啊,你要老老实实做人,千万不要做坏事体!否则,你怎么对得起你那早已死去的妈妈?!(哭泣)小张啊……

卓林　爸爸,小张是谁?

卓父　你头昏掉了是吗?小张是谁也不知道,小张,就是你的娘呀!(哭)小张啊!……

卓林　不对呀,我妈妈如果活着,要60岁了,你怎么可以叫她“小张”,应该叫姆妈为“老张”!

卓父　你姆妈39岁的时候就去世了,所以我一直称她“小张”的,(自语)咳,我的命真苦!年轻时,我与富家女萍萍相亲相爱,可她父母嫌我太穷,坚决反对这门亲事,把她送到了国外。后来,我与小张组成了家庭,可小张她……(哭)小张啊……卓林,你把你姆妈的照片拿出来。

卓林　噢,在什么地方?

卓父　在大橱里。

卓林　(慌)啊!

卓父　(见大真露在衣橱外的一角)咦,衣橱里的衣服怎么夹在外面了?

卓林　我拿东西时不当心露出来的。

卓父　你拿了什么东西?

卓林　我的衣服。

卓父　你的衣服?!从来不放在这个衣橱里的,你拿什么衣服?(朝衣橱走去)

卓林　(拦住父)要干什么?

卓父 我去把衣橱门关关好。

卓林 还是我来吧。

【卓林打开橱门，刚欲将大真的衣角塞进去，突然，大真的头探了出来。

大真 闷煞我了。

【卓林赶紧把大真的头塞进橱里，并慌慌张张的将身体靠在橱门上。

卓父 谁在喊叫？

卓林 我呀。啊呀，今天的天气真闷热，气都透不过来了……

【大真在衣橱里想顶开橱门透气，卓林用背顶住门，不让其开门……

卓林 （随着橱门的一关一开，身体一冲一仰）你看，我在深呼吸。

【大真用力一顶，衣橱门打开，大真探出头来，卓林用背一推，大真的头颈被橱门夹住。

大真 啊哟哇！

卓林 （自语）这样下去，事体要弄僵，得想个办法把老头子骗出去。（捂肚子）啊哟哇！

卓父 怎么啦？

卓林 我头痛得不得了，像劈开来一样的。

卓父 头痛？怎么捂着肚子？

卓林 我是神经病！第一声"啊哟哇"，是头痛；刚刚第二声"啊哟哇"，已经痛到肚皮了；啊哟哇，现在已经痛到脚指头了。爸爸，快陪我去医院。（离开橱门）

卓父 好，我到大衣橱里去拿点钞票。（欲返身去大衣橱）

卓林 （大吼一声）站住！

卓父 （吓了一跳）做啥？

卓林 我——身上有钱。

【户籍警小李上，敲门。

卓林 （自语）要命，一个还没有走，又来了一个。

【卓父从窗口向门外张望。

卓父 （惊呼）是户籍警小李！（对卓林）小鬼啊，果然警察盯上你了！

卓林 我又没有做过什么坏事体！

卓父 不要再摆噱头了，门口站着的警察，不是纠察！

卓林 我对天罚咒：到目前为止我真的没有干过坏事！

卓父 （脱口而出）那你明天会做坏事体吗？

卓林　（接口）讲不定。

卓父　对了，（指门外）警察肯定是提前捉你的，这叫预防为主！

小李　（敲门）快开门！

卓父　来了！

小李　（向侧幕命令道）卓鸣，过来！

【卓鸣犟头倔脑地上。

小李　（对卓鸣）态度好点！不要以为贩卖外烟是小事体！

【卓父开门，小李、卓鸣进屋。

小李　卓师傅，你知道你儿子来外面贩卖外烟的事吗？

卓父　啊呀，不瞒你小李同志讲，这个儿子我算得教育了，天天敲木鱼。（对卓林，小声地）小鬼，你什么时候开始贩外烟的？

卓林　我没有贩过外烟啊！

小李　卓师傅，鉴于你儿子的行为及态度，我们要依法给予他罚款处理。

卓父　我看罚款不解决问题，我认为现在有些部门只知道罚款，而忽视思想教育。

小李　卓师傅，请继续讲下去。

卓父　小李同志，根据我儿子目前的态度，你应该带他进去教育教育，饭钱我付。不然的话，他今天去贩外烟，明天贩科研论文，到那时候，他想进派出所的资格也没有了。

小李　他要贩谁写的科研论文？

卓父　（指立在墙角的卓鸣）是我大儿子的。小李同志，不瞒你讲，他们兄弟倒真是一个天，一个地。老大卓鸣多少有出息！多少有前途！多少听我的话！多少……

小李　这么说，他在外面贩外烟的事你是知道的咯？

卓父　（脱口而出）当然，我不但知道，我还帮他一起卖呢……（发觉不对）小李同志，我讲错了，（手指卓林）他卖外烟，我一点也不知道。不相信，我可以叫我的大儿子作证！

小李　贩卖外烟的，就是你大儿子卓鸣。你要他证明什么？

卓父　是卓鸣？！（手指卓林）那他贩不贩外烟？

卓林　喂，阿爸，你怎么硬劲要把我弄进派出所啦？

卓父　你去比较合适，打打预防针。我这是为你好！

卓林　我谢谢你啊！

小李　卓鸣，你还有的外烟放在什么地方？

卓鸣　在大衣橱里。

卓林　(大吃一惊)啊!?

小李　(对卓鸣)去拿出来!

卓林　(拦住卓鸣)慢！你不要去拿了。大衣橱里的外烟已经被我"放"掉了。

卓父　(自语)香烟又不是鸽子咯,可以放的?

小李　你把外烟给谁了?

卓林　我的"毛脚丈人"了。

卓父　(自语)他有女朋友了!?

卓鸣　(对卓林发急)你！这几条外烟是我用读书获得奖学金和零花钱积存下来买的。我不能再向爸爸开口了。我爸爸把我培养成一个硕士研究生已经不容易了。如今他退休了,可他为了每天能赚到一元两角,去立马路,协助管交通,晴天一身灰,雨天一身泥,我怎么忍心再加重爸爸的负担呢？为了能让我写的那本书顺利出版。我决心自己去筹集7千块钱。所以,就上街……

卓林　我又不晓得啰!

卓鸣　爸爸!

【父子俩抱成一团抽泣。

小李　卓鸣同志！我对你目前的处境,深表同情。(与卓鸣握手)

卓鸣　理解万岁!

小李　你的这些外烟是从什么地方买来的?

卓鸣　这5条万宝路,是我从马路边上专门卖外烟的一个老太那儿买来的。

小李　多少钱一条?

卓鸣　100元。

小李　你被人家斩冲头了！现在市面上整条万宝路只买60元8角,零卖每包7元。对了,怪不得你刚才要卖13元一包。

卓林　崇明人阿爹才要呢。

卓鸣　那我去卖给崇明人阿爹好了!

【众笑卓鸣。

小李　我是说,你上别人的当了！买外烟,你怎么可以去找马路上的烟贩子买呢？他是二道贩子,你就是三道贩子,还赚什么钱？告诉你,买外烟,你要去火车站门口,问南方来的人买,这样,你就是二道贩子了。如果你能亲自去南方带外烟回来,你就是一道贩子……(一想不对,自语)不对,我怎么向他传授贩卖外烟的途径了？(对卓鸣)

卓鸣，你虽然有具体困难，但也不能做扰乱市场、破坏秩序的事！

卓鸣　有数了。

小李　鉴于你的实际情况，以及你还没有开张就被我们抓获的事实，决定不对你罚款了。

卓父　谢谢你对我的宽大处理……不，对我儿子的宽大处理！

小李　（对卓鸣）我还有事体要去办，30分钟后你到派出所找我，填张表，写份认识。

卓鸣　好吧。

【小李下。片刻，卓凤上。

卓凤　爸爸，卓鸣，卓林。

卓林
卓鸣　姐姐。

卓父　你今天怎么来了？

卓凤　来望望你。

卓鸣　姐姐，姐夫与那个海外老太太到底是怎么一回事？

卓凤　从30分钟以前开始，李立不再是你俩的姐夫了！

卓鸣　为什么？

卓凤　我和他办了离婚手续了！

卓林　经办人是李立的老同学。

卓父　你和李立离婚了。这是为什么？

卓凤　为了全家能出国呀。

卓鸣　全家出国？（恍然大悟）噢，你是想与李立离婚后，让李立与那个海外老太结婚，等李立在国外立住脚，再与海外老太离婚，把你们母子俩接出去?!

卓凤　今天书呆子总算拎清了！

卓父　我听了半天，一点也没有拎清！

卓凤　卓鸣，我这个办法高明吗？

卓鸣　高明你死脱！当心李立弄假成真。爸爸，姐姐与姐夫是在闹假离婚，目的是想出国！

卓父　我真弄不懂，国外有这么好？值得做出这么大的牺牲？

卓林　当然咯，国外的生活水平比我们高得多！

卓鸣　可国外的穷人、瘪三也不少。

卓凤　只有去了国外，李立业务上的才能才有可能得到发挥！

卓鸣　有道是只怕没有本事，不怕没有机会。我真弄不懂你俩，一个为了出国，情愿与丈夫离婚。

卓父 真正在热昏!

卓凤 我这是没有办法的办法。

卓鸣 一个为了出国,竟伙同骗子来骗我的论文!

卓凤 (问卓林)什么?有了他的论文就能出国?

卓林 嗯。

卓凤 卓鸣,这话你怎么不早说,早知这样,我和李立就不离婚了!

卓鸣 论文和你离婚有什么关系?

卓凤 怎么没关系,只要在你的论文上,加上你姐夫的名字,对别人说起来,论文是你和姐夫写的不能就出国了吗?

卓鸣 (自语)怎么有点自说自话的。

卓凤 看在姐弟的分上,你答应我吧。对,我这就去找你姐夫,马上与他复婚(边走边说)卓鸣,就这样定了!(下)

卓鸣 想出国都想昏头了! 爸爸,我去派出所了。(下)

【卓父见卓林点上一支香烟,突然想起。

卓父 卓林,你怎么可以将你哥哥的香烟送人呢?

卓林 爸爸,香烟还在大橱里呀。

卓父 你不是说,香烟已经送"毛脚丈人"了吗?

卓林 不这样说,弄得不好,这些香烟不是全部被没收了吗?

卓父 你怎么可以说谎呢?……不过,香烟被没收的话,也要破财几百元呢!(欲去开大衣橱的门)让我看看香烟在吗?

卓林 (拦住父亲)慢! 不能看。万一小李同志折回来怎么办?

卓父 有道理。卓林,你有了女朋友,怎么不告诉我?过几天,叫她到我家来,让我看看。

卓林 她已经来过我家了。

卓父 (自语)不知道他找了一个什么样的女朋友?老实讲,正派的姑娘,也不大会看上他的。哟! 我把开会的事忘了,我得走了。(卓父从桌上拿了发言稿,下)

卓林 (自语)大真先生蹲在里面要闷死了,让我叫他出来。(喊)大真先生……

【大真从大衣橱里探出头。

大真 总算解放了!(探出半个身体,欲举起双臂)

【柳琴上,敲门。

柳琴　卓林。

卓林　谁？我不在……

柳琴　卓林，寻什么开心，快开门！

卓林　（对大真）朋友，你再委屈一下吧！（欲将大真的头塞进衣橱）

大真　不要把门完全关上！否则，我要闷死的！

【大真躲进衣橱，橱门掩上。卓林开房门，柳琴进屋。

柳琴　你的神色为什么这样慌张？

卓林　因为看到了你的缘故呀。

柳琴　那你一定在做什么亏心事了！

卓林　没有。我从来没有做过亏心事！

柳琴　哼，从来没做过亏心事。那你刚才伙同那个骗子，骗你哥哥的论文，然后打算把论文弄到国外去，这算不算亏心事？

卓林　这种事怎么能说是亏心事呢？现在是什么年代，连国家的政策都在讲对外开放，我们把先进的科研成果介绍到国外去，就是以实际行动响应国家的号召嘛！

柳琴　还振振有词呢！我看你这样做，和过去抗战时期的汉奸没有两样！

卓林　一会儿工夫我就变成汉奸啦？

柳琴　你看看你哥哥，多少好！他事业心多少强，你呢？你看看你哥哥，多少好！为人真诚，你呢！你看看你哥哥……

卓林　好了！不要再看下去了，再看下去，我要喊你“阿嫂”了！

柳琴　（气急）你？你怎么能说这种话！（哭）

卓林　（自语）哼！想当初我追求她，完全是看在她是酒吧老板娘的面上！她手中有些钱，我用钱好找牌头。可她是个先进个体户，有钱不肯借给我用！她今天送钱给孤老太，明天将钱送给残疾人！弄到现在，成为个体户中最穷的一个。现在，我准备出国了，一个小小的酒吧老板娘算得了什么啊？咦，她怎么坐下来了，得打发她走，如果让她知道大真在衣橱里的话，“汉奸”要升级到“卖国贼”了！（对柳琴）好了，不要哭了，你左一个我哥哥好，右一个我哥哥好，可你知道吗？刚才户籍警来过了。

柳琴　（抹泪）你又在外面闯祸了？

卓林　是有人在外面闯祸！但这次不是我，而是我哥哥——卓鸣。

柳琴　这不可能！

卓林　卓鸣他也不想想，自己是个书呆子，怎么能去做生意，你知道吗？他从二道贩子买进5条万宝路，没想到，他一包还没有脱手，人倒先被派出所里的人捉住了！想不到吧，我哥哥也会闯祸的！

柳琴 真想不到！

卓林 （接口）这下你相信了吧！总不会再说他好了吧？

柳琴 你哥哥这个人真是太好了！

卓林 又来了！连派出所的人都找上门了，还好啊？

柳琴 你知道，你哥哥为什么要去卖外烟？他是想减轻家中经济负担，自己想办法解决出书的7千元钱！

卓林 （旁白）反正在她眼里，卓鸣从头好到脚了！

柳琴 你哥哥人呢？（自语）不知道他的论文找到了没有？

卓林 他到派出所写检查去了。对了，你快去派出所看看他吧。

柳琴 我去派出所看看他？

卓林 对，不但要去看看他，而且还要劝劝他。

柳琴 那你为什么自己不去劝劝他？

卓林 我们兄弟俩碰在一起，讲不满三句话！从小就是这样。再说，等会儿我还有点事。

柳琴 我到什么地方去劝你哥哥？

卓林 等他从派出所出来，你去陪他上公园走走，或者是上咖啡厅喝点饮料，要不，陪他去看场电影。

柳琴 这合适吗？

卓林 有什么不合适，都是自己人，再说，是我要你去的！

柳琴 那好吧！

【柳琴欲下，突然，从衣橱里传来大真的呼噜声。

卓林 （自语）他怎么在里面睡着了？

柳琴 什么声音？

卓林 是……野猫叫。（急忙去敲衣橱的门）

柳琴 好像是屋里的声音嘛。

卓林 大概野猫跳到家里来了。你快走吧，我去把野猫赶走！

柳琴 倒蛮好白相的，这只野猫叫得有点像人睡着了发出的呼噜声。

卓林 这是一只懒猫呀。

柳琴 那我走了。

卓林　（自语）你老早就可以走了。

【柳琴下。

卓林　哈哈，总算被我打发走了。（打开橱门）喂，你怎么睡着了？

【艾虹上，敲门。卓林将刚滑出橱门的大真重新推进橱内。

卓林　你再睡一会儿吧。甜蜜的梦继续做下去！

大真　（微醒）不要把门完全关上！

【卓林开房门，艾虹进屋。

卓林　是你？噢，阿姐，你的包找到了。

艾虹　谁找到的？

卓林　是我在领事馆门口捡到的。

艾虹　你去领事馆干什么？

卓林　准备出国留学呀！

艾虹　什么，你准备出国留学？出国留学，能带女朋友出国吗？

卓林　听别人说，女朋友可以去的，这叫——陪读。

艾虹　真是太好了！

卓林　噢，我哥哥他……

艾虹　（打断卓林的话）不提他了，我和他的情分早已结束了！

卓林　既然这样，你现在来干什么？

艾虹　（向卓林频送秋波）为了你呀！

卓林　为我？

艾虹　对。在我心目中，你比你哥哥强多了！你比你哥哥，更具有男性的魅力！你比你哥哥长得更帅！……

卓林　（大喜）啊！今天碰到识货的朋友了！

艾虹　老实说，我从来没有爱过你哥哥！

卓林　那你为什么和他谈朋友？

艾虹　还不是看在他是硕士研究生的面上嘛！当时，研究生吃香，现在留学生吃香！

卓林　想不到，我现在比哥哥吃香了！

艾虹　（撒娇地）我现在真的爱你呀！

卓林　（自语）一个姑娘首先向一个男子表露爱慕之心，这需要有多大的勇气！我要珍惜。（问）我有什么地方值得你爱呢？

艾虹 （脱口而出）你能带我出国……不，我爱你……是因为你更像我要寻找的真正的男子汉啊！

卓林 是吗？你说你爱我，拿什么证明呢？（色迷迷地望着艾虹）

艾虹 （自语）看样子他想打我的主意！我还是顺水推舟，让他尝点甜头，到时候他就休想将我甩开！卓林，你要什么，我都可以给！

卓林 （自语）送上来的便宜不占，我变傻子了！是她，不再爱我的哥哥了，不可能做我的阿嫂了！我没有什么对不起卓鸣的！（问艾）姐姐，你说话当真？

艾虹 你好改改口了！不要再喊我姐姐了。

【卓林去关灯。黑暗中，大真从大橱里跌出来，艾虹误以为是卓林，与他拥抱。大真搞不清，欲逃，又被卓林拥抱住。艾虹忙去开了灯。屋里复亮。

三人 （面面相觑）啊？怎么是你？

【幕急落。

第　四　幕

【时间：第二天中午。

【地点：海滨浴场。

【舞台上帐篷的剖面，太阳伞林立，游人众多。沙沙穿着泳装，坐在帐篷旁。柳琴背着一只和艾虹一样款式的包上。

柳琴 （问沙沙）请问海滨水产批发部在哪儿？

沙沙 是你，酒吧的老板。你是来买海鲜的？

柳琴 对。

沙沙 （指路）这儿朝前，拐弯那幢房子便是水产批发部。

柳琴 谢谢。欢迎你常来我酒吧做客！

【沙沙下。大真、艾虹穿着泳衣上。

柳琴 （自语）咦，大真与艾虹，他俩怎么会在一起？艾虹与卓鸣哥哥不是早就明确关系了吗？对，观察观察！（躲到帐篷后）

【大真、艾虹走进帐篷，穿上浴衣。帐篷内，挂着大真、艾虹的衣裤及艾虹的包。柳琴在帐篷外偷听。

艾虹　大真先生，我俩快去换衣服吧。

大真　上哪儿去？

艾虹　咦，昨晚上你我一见倾心，临睡前不是说好的，今天下午你替我去办出国签证的。

大真　我昨晚说过这话？

艾虹　你亲口说的。

大真　不会吧？

艾虹　我料到你过了一夜会赖账的！幸亏做好了准备工作。（从自己的包里拿出微型录音机）

【录音机传出大真的声音："艾小姐，只要你答应我这个要求，明天下午我就替你去办理出国签证。"艾虹的声音："真的？"大真的声音："不骗你，你快来呀！"艾虹的叫声："啊——"

大真　什么地方在杀猪猡啦？

艾虹　（关上录音机）什么杀猪猡?！这是昨晚你像饿狼一样扑过来，我发出的惨叫声。你现在还有什么话可说？

大真　我这话是随便说说的。

艾虹　随便说说？我昨晚将自己的贞操都给你了！

柳琴　（大惊）什么?！艾虹与大真昨晚上已经……真不要脸！

大真　贞操，有什么稀奇？互相白相相嘛！

艾虹　（气愤地）白相相？你难道这样不看重我的贞操！

大真　你自己都不看重，叫我怎么看重?！

艾虹　这……（自语）流氓！（羞得无地自容地对大真）那你说，这事怎么解决？

大真　嗯，论你的长相，以及你昨晚上的表现，给你一百元足够了吧？

艾虹　你当我妓女啊？不行，你一定要送我出国，否则的话，我……

大真　你准备怎么样？

艾虹　我马上把包里的论文还给卓鸣！

柳琴　什么？论文在艾虹的包里？

大真　什么？闹了半天，论文在你包里？（扑向艾虹，欲抢论文）

艾虹　是我在卓鸣家里找到的！

大真　（夺下包掏出论文看）啊，昨日赛过在唱《三岔口》，我梦寐以求的宝贝！

艾虹　怎么样？

大真 哼，现在论文在我手里，你休想开条件。

艾虹 就算到你手里，如果你现在不陪我去办签证，我马上去公安局报案，就说你偷了国家的绝密文件。

大真 这……（换一副笑脸）艾小姐，别发火，有道是：一夜夫妻百日恩嘛。是你硬要搭牢我的！

艾虹 不要摆噱头。

大真 好，我俩现在就去办理签证。

艾虹 真的？

大真 不骗你。

艾虹 你再说一遍！（说起拿起微型录音机，按下按钮）

大真 你怎么弄得来像女特务啦。放心，这次决不骗你。哎，你这论文从哪里弄来的？

艾虹 昨晚上，在卓鸣家里的墙角处的一只尼龙包里。

大真 （打一下自己的耳光）我是一个十足的戆大。

艾虹 我去一次洗手间，你等我一会儿。（拿了自己的衣裤，下）

【柳琴从帐篷的门口朝里望。

大真 哼，等你一会儿，我变戆大了。横竖外快出着了，其他的几笔钱也到手了，最重要的是论文搞到手了，我可以远走高飞了！

【大真将论文放回艾的包中，忙穿上衣服，拎起包，走出帐篷。柳琴在帐篷门口拦住大真。

柳琴 大真，你让我找得好苦啊！

大真 是你？（自语）她来干什么？上次想跟她好，她死活不肯，现在却自己找上门来，奇怪！我阿是交上桃花运了！？

柳琴 大真先生，我有件急事想托你！

大真 （自语）她一定有什么事要托我办，可能她也想出国。老天爷睁眼，让我临走前再捞上一票！

柳琴 我们进去说吧！

【柳琴挽住大真的手走进帐篷，顺手将自己的包与艾虹的包放在一起。

大真 这两只包，式样倒一样的嘛。

柳琴 是的。（调转话题）大真先生，听说你代办出国手续很有办法，所以，我想请你帮忙！

大真 啊呀，现在办出国留学不容易啊！

柳琴　(拉住大真的手,嗲声嗲气地)只要你大真先生肯帮忙,有什么办不到的事?

大真　(自语)啊哈,想不到她真的自动送上门来了。这两天,我真是艳福不浅啊!

【大真往柳琴脸上捏了一把,大真欲拥抱柳琴,柳琴一闪,大真抱了个空。

柳琴　急什么呀!这里不是地方。今天晚上,你来我的酒吧,我俩好好谈谈。

大真　好,好,一言为定!

柳琴　我先走了。(柳琴拿起艾虹的那只包,从容地下)

大真　一块肥肉差不多又到手了!……咦,我蹲在这里干什么?走!

【大真背起柳琴的包,刚走出帐篷,艾虹上。

艾虹　你怎么一个人准备走了?

大真　没有,我出来看看你来了没有?

艾虹　你少给我耍花招,走吧!

【艾虹、大真手挽手,正准备离开,卓鸣急匆匆地上。艾虹、大真马上松开手。

艾虹　你怎么来了?

卓鸣　刚才去你家,你妈妈说你跟一个男人来海滨了。(对大真)又是你?!

大真　我……哎,你们谈,你们谈。艾小姐,我在前面小卖部等你。(欲下)

艾虹　慢!把包给我!

大真　(很不情愿地把包递给艾虹,自语)早知道这样呢,刚才蛮好把论文拿出来,藏在身上的。(下)

卓鸣　(盯住艾虹的包)你的包,找到了?我的论文呢?

艾虹　你的!?……搞什么呀,原来的那只包不是在领事馆门前被人拿走了吗?这是我新买的!

卓鸣　艾虹,你怎么和这种人在一起?!

艾虹　我的事不用你管!

卓鸣　你是我的女朋友呀!

艾虹　现在不是了。你走吧,去爱国吧!

卓鸣　(气愤地)好吧,既然这样,晚分手不如早分手!(下)

艾虹　(冲着卓鸣地背影)书呆子,超级戆大!

【卓林上。

卓林　哎,你在骂谁呢?

艾虹　除了你哥哥,还能有谁?

卓林　大真呢？

艾虹　找大真，怎么来问我？

卓林　好了，别演戏了。昨晚你和大真一起离开我家，你难道就没有向他表示一点爱，奉献点什么？

艾虹　爱？（笑）哈……我怎么会爱上他这种丑八怪！大蒜头加工厂！老实说，等办好了出国手续，我就和他"拜拜"。咳，如果我俩能在一起出国就好了……（在卓林的脸上抚了一下）

卓林　嗲是嗲来！说正经的，我俩一起出去，哪来那么多钱？！

艾虹　钱么，可以想办法的嘛……（自语）那篇论文的价值，要牢牢掌握在我自己手里。出去的钱要靠在他身上。对了，你在单位里不是管仓库的吗？

卓林　对。

艾虹　你把仓库里的东西弄出来不就变成钱了吗？

卓林　万一查出来怎么办？

艾虹　咳，等查出来，你早就在国外了！这种先例多得很。

卓林　有道理。你真行！（伸开双臂，抱住艾虹）

【两人抱在一起狂吻。艾虹肩上的包掉在地上，柳琴上。

柳琴　卓鸣的论文虽然到手了。可我那只包里有两千元现金呢！得想办法把包再换回来。（摸了摸上衣的口袋）论文不能再丢了。（见艾虹与人拥抱）艾虹她怎么在大庭广众面前与大真拥抱呢？真丢人现眼！

【卓林与艾虹松开手，卓林一转身，与柳琴四目相对。

柳琴　（大吃一惊）是你！（肩上的包一下子滑下，正巧掉在艾虹掉下的包旁边）你？

卓林　别激动！实不相瞒，你这个先进个体户我配不上，你不是说我哥哥怎么好，怎么好吗？告诉你，他刚走开，你快去找他吧！

柳琴　算我瞎了眼！（欲下）

卓林　慢！别忘了你的包。（从地上捡起柳琴的那只包，递给柳琴）再见！阿嫂。

柳琴　你……（看一下手中的包）是我的。（无意中，手碰到放有论文的那只衣袋）找卓鸣去！（下）

卓林　（望艾虹）啊！你真美！如果你化一下妆，肯定会胜过西施，气死林黛玉。

艾虹　是吗？我现在就化妆。（捡起包，打开，大叫道）啊，我的论文呢？

卓林　开什么玩笑，你哪里写得出论文！

艾虹　是你哥哥的那篇论文。

卓林　怎么会在你手里？好啊，你有了这么值钱的论文，还要我去偷单位里的东西！

艾虹　别讲了，跟我一起去追大真这个枪毙鬼！

【卓林、艾虹急下。莉莎和李立穿着浴衣从另一方向上。

莉莎　小李子，我吃力煞了。两只小腿胀得不得了。

李立　那你快坐下，我来帮你敲腿。

【莉莎坐下，李立敲其小腿。卓凤上。

卓凤　（见此景醋性大发）喔哟，卖力啊！李立与我结婚近十年，他从来没有帮我敲过腿啊！

莉莎　小李子，我要洗澡去了，你等我一会儿。（下）

卓凤　（走近李立）李立！

李立　（大惊）是你？

卓凤　昨晚我找了你一晚上，你哪里去了？

李立　去宾馆，找莉莎小姐去了！

卓凤　（斩钉截铁地）从现在起，你不要再和莉莎在一起了！

李立　为什么？

卓凤　我已经找到全家出国的新办法了。我让卓鸣在他的论文上加上你的名字，你就能出国了！

李立　异想天开！卓鸣是个爱国朋友，他不出去，我怎么能出去呢?!

卓凤　跟我走，马上与我去办复婚手续！

李立　我刚才已经和莉莎小姐办好了结婚手续。现在，她是我的爱人了！

卓凤　你真的爱上她了？

李立　别激动，这些不都是按照你的意思进行的吗？

卓凤　那你准备什么时候带我们母子俩出国？

李立　等着吧！5年，10年，20年也有可能办不成。

卓凤　（拉住李立的手）你不能说话不算数啊！

【莉莎换好衣服上。

莉莎　（对卓凤）放手，你和我丈夫拉拉扯扯成何体统。

卓凤　（神情恍惚）什么，他是你丈夫？

莉莎　嚎伐？他是我的丈夫，总不见得他是你的丈夫?！碰见鬼了，小李子，我们走！（下）

李立　哎。（边走边对卓凤说）不要再跟着我！否则！我要去喊110了！莉莎小姐，我来

了！（下）

卓凤 我自己在作死！完了，完了。一切都完了。我活在这世界上，还有什么意思？（哭着奔下）

柳琴 咦，卓鸣上哪儿去了？卓林会不会在骗我？对，到他家里去。

【柳琴从上衣口袋拿出论文，放入包中。

【这时，从侧幕里传来叫喊声："不好啦！有人跳海了！"沙沙从另一侧奔上。

沙沙 谁跳海了？

柳琴 我去救人，麻烦你代管一下包，里面有重要的东西，不要遗失了！

【柳琴将包塞在沙沙手中，奔下。

沙沙 重要的东西？让我看看。

【沙沙打开包，一不小心，将论文掉在地上，没有察觉。只拿起钱包。

沙沙 啊！？这么多钱！

【幕急落。

第 五 幕

【时间：数日后的一天上午。

【地点：机场候机大厅角。

【幕启，飞机起飞降落的声音，时有所闻。李立兴高采烈地手提行李箱上。莉莎吃力地跟在他后面。

莉莎 慢点，慢点！还没有到香港，就已经兴奋成这种模样！

李立 想不到，像我这样的人，也能跨出国境！

莉莎 小李子！

李立 喳！

莉莎 快去行李房，把这些行李托运掉！

李立 好的。怎样托运？

莉莎 笨是真笨啊！连托运都不会的！嘴巴长着派什么用场？去问呀！

李立 好的！

【李立拿着行李下。卓凤从相反方向上，辛酸地望着李立的背影。

莉莎 怎么，又是你?！

卓凤 哪能会不是我……(哭)

莉莎 (关切地)你好像有什么话要对我讲?

卓凤 是的……不，不是的！

莉莎 来，我们去隔壁休息室坐坐。

【卓凤犹豫了一阵，便随莉莎下。大真、艾虹、卓林手提行李箱上。

大真 怎么样，我没骗你们吧，今天，你们的理想就要实现了！

卓林 朋友，你这把刀凶格！快得不得了，我们俩被你一共斩去四万元。

大真 我早就对你说了，你如果把你哥哥的论文弄来给我，我分文不收。话又得说回来，四万块算什么？你想，几天里我帮你们把所有的手续都办好了。四万元中有一万元是加急费。

艾虹 加急费？只好被他宰冲头了！不过呢，卓林和我内心还是对你感激不尽的！今后会谢你的。

卓林 艾虹说得对！反正就像你告诉我们的那样，到了×国，工作一星期，就可以赚回这些钱！

艾虹 大真先生，你在国内生意不错，干吗今天也急着要走?

大真 不瞒你们说，我的事早晚要被公安局察觉。三十六计，走还是上策。离飞机起飞不到一小时了，我们先去把行李托了。

【大真、卓林、艾虹下。卓鸣、柳琴、卓父上。

卓鸣 柳琴，我这次公派出国深造，要离开很长一段时间，我爸爸就请你多照应了！

柳琴 放心去吧。我等着你学成回来！……(扭头黯然)

卓鸣 (抚住柳琴的肩膀)放心，我决不会忘记你！不会忘记父亲，更不会忘记我们的祖国！所以，我把论文中的数据部分的稿子，全都藏在你那儿，也藏在我的脑海里。

柳琴 是应该细心些，卓鸣！

卓鸣 很好！

卓父 唷，差点忘了。(将手里一袋东西交给卓鸣)这是我特地为你烧的 40 只茶叶蛋。路上吃。

卓鸣 (深情地)阿爸，你……

柳琴 卓鸣，等上了飞机，你千万不能把外衣脱下，你可要一直把这件外衣穿在身上啊！

卓鸣 知道了。

【沙沙背着行李上。

沙沙 喔哟,吃力煞了。我怎么没有其他男人有力气?

柳琴 咦,是沙沙……先生。

沙沙 柳小姐。

柳琴 怎么,你也上飞机?

沙沙 被你猜对了,总算出头了,我要步入天堂,去和妻子团圆了。

柳琴 (笑着摇摇头,自语)像他这样的人,老婆有存在的必要吗?(对沙沙)来,我来介绍一下,这位是卓鸣先生。这是卓鸣的父亲。卓鸣,上次在海滨,多亏了他,代我保管了这只包,

沙沙 别说了,我这人太冒失了,差点丢了包中的论文稿。

【这时,大厅里传来广播声:"女士们、先生们,从香港飞来的106航班,已经安全降落,请有关工作人员做好接待、服务工作。"

【三位老华侨上。

A (激动地抱住大厅里的柱子)祖国母亲,我回来了!(老泪纵横)

B (冲大厅的花盆里掏了点土,深情地嗅嗅)这是故乡的泥土!海外游子闻闻她,脚里就有劲道啦!

C (兴奋地坐在地上转了三圈,躺下又坐起)我总算叶落归根了!

【老华侨们在机场工作人员的引导下,下。

【双手绷着纱布的小红吃力地手提行李箱上。她一眼认出了自己的丈夫沙沙。

小红 沙沙——

沙沙 (惊讶)谁?你是?

小红 我是小红呀!

沙沙 亲爱的,达令,你怎么瘦成这样?我要认不出你了!(掏出手绢抹泪,也不时地去擦小红的眼泪。)你的手是怎么回事?

小红 咳——

卓鸣 (问沙沙)她是你爱人?

沙沙 是的。(急急地追问小红)啊呀,快告诉我,你的手怎么了?

小红 (含着眼泪)到了国外的几个月里,一直在洗碗,被洗洁精腐蚀感染,皮肤和指甲都烂掉了!

【沙沙听到这里又差点昏过去,被卓鸣等扶住。沙沙重新睁开眼。

沙沙　你怎么不打一声招呼就回来了呢?

小红　我因为发高烧住进当地的医院,一看价钱太贵了,马上买了机票回国治疗!

沙沙　我前两天给你的电报收到了吗?

小红　我经常在换地方工作,所以没收到。

沙沙　(懊恼)你看,我的出国手续都办妥了,马上要乘飞机去你那儿了!可你倒回来了!现在怎么办?

小红　沙沙,不要以为外国全是人间天堂!可以告诉你,多数出去的人在做苦力!虽然钱赚到不少,但是心灵都是空虚的!大家空下来,坐在一起,思念家人,思念祖国,经常有人放声大哭。决不骗你,情况就是这样!

沙沙　(沮丧地)那我怎么办?

【李立上。他在寻找莉莎小姐。

李立　莉莎小姐——

卓父　(见李立)李立。

李立　啊,卓同志,你也来了。

卓父　我已经变卓同志了!

卓鸣　(对父)他和那个海外老太可能也乘这个航班。你看他那副得意的样子!

沙沙　(朝李立望望)哼,恶心,触气!

【莉莎扶着哭泣的卓凤上。

李立　莉莎小姐,你让我找得好苦啊!(见卓凤)咦,你怎么没有……死?

卓凤　(惊愕)啊?!

莉莎　李立,你和卓凤的事,我都知道了,你带她回去吧!我想找个人,到我公司去当个秘书,国外人全靠大不住。

李立　这……那我的机票,护照怎么办?

莉莎　只能如此了!(掏出机票、护照、撕得粉碎)

李立　(捡起碎片,声嘶力竭)碎了!我那出国的美梦,也碎了!天哪!(狂奔下)

卓凤　(抹着泪,追)李立!李立!(下)

父、鸣　卓凤!卓凤!

【卓父、莉莎等望着卓凤下。莉莎一转身,与卓父四目相对。

莉莎　你是……小狗子!

卓父　你是……萍萍!

莉莎　小狗子！

卓父　萍萍！

【卓父与莉莎激动得欲拥抱，卓父突然刹车。

卓父　（沉下脸）慢！你和李立到底是怎么一回事？

莉莎　我在半年前回到大陆，一来是为了投资的问题；二来是为了找你。可我找了你半年，一点眉目也没有！无奈，经人介绍认识了李立。

卓鸣　真是洋迷心窍！

【大真、卓林、艾虹上。

卓林　你们看，我爸爸送我来了。（走到卓父面前）爸爸！我总算和哥哥一样有出息了吧？（朝卓鸣瞅瞅）哼，出国的机会不是只给你一个人的！

【户籍警小李上。

小李　卓林。

卓林　（慌）找我有什么事？

小李　你真的不知道？你为了筹集出国费用，在单位仓库里监守自盗，跟我走吧！

卓父　（咬牙切齿）唉，逆子！你想出国，魂断蓝桥，结果，先叫你进入提篮桥！真是个没出息的东西！

小李　（严厉地）走吧！

卓鸣　（责怪道）卓林，你为了出国，怎么可以做出这种伤天害理的事儿！

【卓林垂头丧气地跟小李下。

【大厅里广播声："女士们，先生们，113次国际航班，现在可以登机了。"

大真　（对艾虹）还愣着干吗？可以去签票上飞机了。老实说我又不比卓林差啰！你不要再三心二意了！

【大真、艾虹来到入口处。将有关签票证交给工作人员检查、工作人员仔细辨认。

工作人员　你俩的护照和签证都是假的，请跟我来一下。

艾虹　（怒对大真）什么?！是你伪造的？

大真　（厚着脸皮）真的话，能办得这么快吗？

艾虹　（咬牙切齿）你这个骗子！杀千刀！

大真　我们俩半斤和二百五十克，一样的。

工作人员　走！

【大真、艾虹随工作人员下。

卓鸣 （安慰父亲）爸爸，想开些！我走了，我会为你争气的，你老一定要多保重！过段时间我会来接你！

卓父 （热泪盈眶）哎，哎。

沙沙 卓鸣啊，你的论文一定要藏藏好，可不能再丢了。

卓鸣 对对。让我再一看，稿子在吗？（打开密码箱，大叫道）不好！稿子没有了！

众人 啊？！

柳琴 （对卓鸣笑道）看你急的！论文稿，我不是早就帮你缝在衣服里面了吗？

卓鸣 （解开上衣扣子，摸稿子）这下丢不了，因为它紧贴着一颗火热的心！好，朋友们再见！

【幕落。

【全剧终。

·六场大型滑稽戏·

自寻烦恼*

人物表:

袁小毛——男,30岁,某市不锈钢器皿厂工人

苏丽娜——女,28岁,某市不锈钢器皿厂幼儿园老师,小毛妻子

苏阿木——男,50多岁,不锈钢器皿厂供销科长,苏丽娜父亲

杨金花——女,49岁,不锈钢器皿厂食堂会计,苏丽娜母亲

徐文杰——男,40岁,不锈钢器皿厂厂长

吴大姐——女,40岁,不锈钢器皿厂行管科干部

于飞翔——男,30多岁,松花江市轧钢厂供销科长

丹顶鹤大饭店男服务员(50来岁)一人

丹顶鹤公园舞场女招待两人

舞会红男绿女及乐队数人

马路口的弹吉他年青人

青年公安警员一人

序　幕

【时间:20世纪80年代初期某个夏夜。

【地点:某市马路一角。

【场景:树阴、路灯、花坛。旁边为一幢居民楼。

---

* 本剧创作于1986年,另一编剧为张宇清。1986年起由上海滑稽剧团公演185场。

【幕启，有三个小青年在弹吉他，唱流行曲，气氛热烈。

【袁小毛肩扛一只大号蛇皮袋，吃力地放下。

袁小毛 （揩汗，看表）走了一个钟头，吃力得来。（看看大楼）还要爬六层楼……

【青年歌声使袁小毛烦躁不安。

袁小毛 （对青年人大叫）勿要唱了！唱啥断命歌，烦来！

【雅兴被袁小毛打断，弹吉他的一青年上前讽刺他。

青年甲 袁小毛，火气勿要介大！（踢踢蛇皮袋）你又去弄来一百斤大蒜头是伐？回去剥吧！

袁小毛 我剥大蒜头，是为了补贴物价上涨的费用。不关你们什么事？

青年甲 味道介大，还讲不关我们的事？那么我们唱歌也勿关你的事！

青年乙 老朋友，自己女人管管好吧，她天天野在外头，当心被别人花脱！

袁小毛 （伸手欲揪青年乙的衣服与之理论）你！

【小青年一哄而散。下。

袁小毛 今朝又弄到一百斤大蒜头，替外贸公司剥，剥一斤二角，一百斤……唉——赚点外快，还不是为了这个家！（看手表）八点多钟了，今朝我要立在此地，坚决不放老婆野出去！免得人家说三道四。

【苏丽娜爽朗的笑声由远而近。

袁小毛 好极！她从楼上窜出来了。今朝，我要发扬"一不怕苦，二不怕死"的精神，拦住她！（叉开腿立在路当中，大吼）不许野出去！

【苏丽娜哈哈大笑继续往前走。

袁小毛 苏丽娜，严肃点！我是你丈夫！

苏丽娜 我说丈夫同志，有何贵干？

袁小毛 有何贵干？跟我回去剥大蒜头！看，又是一百斤。

苏丽娜 这种臭烘烘的东西，非但我勿剥，你也勿要剥！

袁小毛 蔬菜肉类又涨价了，带鱼卖到四元一斤，勿寻点外快，日子难过，你的工资又分文不交。

苏丽娜 实在要剥，你一个人回去剥吧，我要出去了。

袁小毛 不行！今天是礼拜六，你已经五天夜里野在外头了！礼拜一，篷擦擦；礼拜二，游泳池；礼拜三，听交响乐；礼拜四，健美操；昨天去玩花样滑冰，今朝想野到啥地方去？

苏丽娜　(拍拍背上的牛津包)时装表演。

袁小毛　啊？你居然要去当时装模特儿？(学动作)这样，这样，扭法扭法给其他男人看？

苏丽娜　你越是管我，我越是要出去！告诉你，我明天还要到美术学院去当模特儿。

袁小毛　我的天！那种地方是你好去的？要死了！要死了！那么请问，你准备穿衣服吗？

苏丽娜　一丝不挂！

【两条腿一软，挣扎起来，又一软。

袁小毛　勿得了哉！你要开"青青健美展览会了"！我？我怎能容你。(欲打)

苏丽娜　(将头送上)你敢打伐？

袁小毛　只敢伸出去勿敢落下去。(甩甩手臂)不过，今朝一定要跟我回去。

苏丽娜　假使我不回去呢？

袁小毛　无啥哪能。但是，今朝勿给你走！(拦住)

【袁小毛拉住她的包。

苏丽娜　叫你一声袁小毛，我和你越来越没有共同语言了！

袁小毛　没共同语言？吃饭吃粥总是一样的讲法吧？

苏丽娜　放开！

袁小毛　不放！

苏丽娜　放开！

袁小毛　坚决不放！

苏丽娜　那就勿要怪我不客气。

苏丽娜　(灵机一动)人民警察！有人拦路抢劫……

袁小毛　啊？你当我强盗？勿许喊！

苏丽娜　(见他还不放)快来人啊，有人抢东西！

【幕后传来吆喝声，哨子声，袁小毛一放手。

苏丽娜　(哈哈大笑)拜拜！

【袁小毛摔了一跤，爬不起来。

袁小毛　你这个风流女人啊！回来寻你总算账！

【切光。

【落幕。

第一场　十 万 告 急

【时间：同上。夏天的早晨。

【地点：某市不锈钢器皿厂厂部办公室。

【幕启，厂部办公室桌子上，红白两部电话同时响个不停。

【供销科科长苏阿木推门而进。

苏阿木　厂长刚刚在这里，一歇歇工夫，人影子勿见了！

【接电话。左右开弓。

【电话中的声音用扩音器放出。

苏阿木　喂，哪里？我是苏阿木。（对电话乙）请等一等！

电话甲　我是“开心大戏院”，我们最近上演滑稽戏“自寻烦恼”，你们厂是老关系，是否来包一场……

苏阿木　我说同志，我们厂目前原材料奇缺，面临倒闭，就要停工停产，不要说是看戏，看西洋镜的心思也没有！……

电话甲　关于资金问题，可以商量。打八折……

苏阿木　谢谢同志关心，打八折是非常友好的，可是我们厂几百个职工，一只只面孔像办丧事一样，就是免费剧场，也笑勿出来！谢谢，谢谢！（放下电话）

【甲电话放下，乙电话速响。

苏阿木　喂，啥地方？

电话乙　我们是防止艾滋病办公室……

苏阿木　要死了，市面大哉，防止艾滋病现在也成立了办公室。我说同志，我们厂目前没有人生艾滋病。

电话乙　你们厂有个姓苏的男人吗？

苏阿木　（一吓）有啊，有……只有一个……

电话乙　有就对了嘛！你们是器皿厂吗？

苏阿木　是啊！

电话乙　是就好了嘛！你们厂有个五十岁左右的男人，叫苏阿木是伐？

苏阿木　是的。（摇摇欲坠）就是我？我啥辰光生艾滋病？

电话乙　一个礼拜前，他去医院看病，经过化验，他可能得了艾滋病！要作进一步检查。

苏阿木　（一跳）我说同志，人吓人是要吓煞人咯！据我所知，这个苏阿木既没有出过国，也不是同性恋者，男女关系十分正常，而且已经有半年没有进医院看病了。你们阿会搞错？

电话乙　绝对不错，苏阿木！喂，你是啥人？

苏阿木　（理直气壮）我就是苏阿木！

电话乙　苏阿木同志，不要难为情！我们要为全人类着想。你得了艾滋病，原因就不要追究了，快点来治疗吧！

苏阿木　（大怒）我绝对不可能得艾滋病！就连我的气管炎也正在好转……喂，你到底找哪个单位？讲讲清爽。

电话乙　玻璃器皿厂。

苏阿木　我说你个断命女人，混账！触霉头朋友！我们这里是不锈钢器皿厂，不是玻璃器皿厂！谢谢你，艾滋病让你男人去生吧！（放下电话）触霉头！老清老早冤枉我生艾滋病！

【他的老婆杨金花上。

杨金花　（大声）苏阿木！

苏阿木　到！喔……是夫人来了？有何吩咐？

杨金花　（一手叉腰，一手指丈夫）你今天早晨做了啥见不得人的事？

苏阿木　（十分畏惧）我说夫人，我的一行一言一举一动，都在你X光的监视范围内，总共三个钟头，有啥花头经可以瞒你老人家？！

杨金花　你给我从头到尾背一遍！

苏阿木　（为难地张望）此地是厂部办公室，等歇有人要进来的！有话回到屋里讲好哦？

杨金花　说！

苏阿木　我四点三刻起来生煤炉，因为贪省力，多用去五块柴；然后就烧开水，然后就去小菜场买菜，然后就回来烧粥，然后到弄堂口排队买油条，然后就拣菜，然后就洗衣裳，然后就吃早饭，再然后就上班……

杨金花　不对！

苏阿木　按照规定，我多呼了一根香烟。属于多吃多占。

杨金花　还有！

苏阿木　没有了！

杨金花　没有了？说，今朝买的什么菜？什么价钱？

苏阿木　一斤排骨，一元九角八分，两斤四两西瓜，二角四分，一斤一两鸡毛菜，两角两分。

杨金花　我昨日夜里给你多少钞票？

苏阿木　三元。

杨金花　应该找还我多少？

苏阿木　（脱口而出）五角六分。

杨金花　（拿出找头）可是你放在台上为啥只有五角一分？说，还有五分洋钿藏到啥地方去瞎用了？

苏阿木　这个……那个……

杨金花　一天揩油五分，一个月就是一元五角，一年就是 18 元。我和你结婚 27 年，27 年就是 486 元；看来，你有小金库，必定还有外插花！

苏阿木　天理良心，我看见你就像老鼠看见波斯猫……

杨金花　什么叫波斯猫？

苏阿木　一只眼睛黑，一只眼睛绿，比较吓人！我怎么敢有胆量？（忽然摸到口袋）有了！

杨金花　什么有了？

苏阿木　（摸出一块生姜）还有五分洋钿买的生姜，忘记拿出来了。

【苏阿木揩汗。徐厂长已立在门口，笑眯眯地看着。

杨金花　（一笑）好，审查通过！现在我总算放心了。委屈你啦！今朝夜里批准你咪一眼老酒。（下）

苏阿木　今生今世寻到这种女人，也算是触……（赶紧捂上嘴巴）

徐文杰　也算福气！（上）

苏阿木　厂长！呒没办法啊！非但杨金花凶，连她的宝贝女儿也看不起我，拿我“萝卜不当菜”！我在家里的地位属于第三世界……厂长，这种现象勿晓得联合国是否掌握？

徐文杰　世界流行“气管炎”，研究了几百年，研究勿好了！你就发扬大无畏的牺牲精神，在屋里委屈一下，在厂里多威风威风吧。

苏阿木　可是，我现在在厂里也威风不起来了呀！

（可怜巴巴地唱“小草”）

没有钢材，断了原料，

两个供销一个辞职一个跑掉，

没有前门，没有后门，

你我两人下个礼拜只好上吊，

钢材啊钢材你在哪里？

一年的计划半年吃勿饱，

小厂啊小厂困难重重，

厂长啊厂长啊你把我辞掉。

徐文杰 （唱）

钢材奇缺，供销跑掉，

全厂工人焦急万分正在双脚跳，

小厂有困难，大厂各顾各，

这种形势逼得我们脑子要开窍。

老苏你勿要哭出呜啦，

振作精神去把办法找，

只要你首先解放思想，

阳光总会把小厂照耀。

苏阿木 你也勿要来安慰我了！厂里的不锈钢库存，只有十天的生产量！这十天里，要叫阳光一下子照到我头上来，我这个供销科长就是钻天打洞也没有办法！

徐文杰 可是啥人叫你让两个有门路的供销商跑了？

苏阿木 你问你自己呀！又是双增双节；控制奖金；控制外勤人员自主权；有时还在大会上宣布，阿拉小厂人穷志勿穷，今后一律不许请客送礼！

徐文杰 这……唉……

【电话急响。

徐文杰 快，听听是谁打来的？

苏阿木 （接电话）厂长，南京长途……

【徐文杰冲过去抢住电话。

徐文杰 是我挂出去的！我的老朋友帮忙来了……（接电话）喂，是老同学吗？对，我是徐文杰，啊是有办法……啊……啊……

【放下电话。

苏阿木 哪能说法？

徐文杰 扬子江轧钢厂不肯支援我们！

【他突然一个虎跳，翻身倒立在墙上练功夫。

苏阿木　做啥做啥？

徐文杰　我这个人，一急，脑子就贫血，现在是倒立充血法。

苏阿木　伲厂长要倒立，我只好去跳河。

【电话急响。

徐文杰　快，快接！

苏阿木　（接电话）是上海打来的……

【徐文杰迅速立正，冲向电话。

徐文杰　我有个远房亲戚在上海，一定有办法了！（接电话）

苏阿木　天理良心，这种巴结的厂长也少有，为了一爿厂已经像电平车一样充电过日脚了。

徐文杰　（放下电话）苏阿木！

苏阿木　（大声）解决了？几吨？

徐文杰　一斤也没有！

苏阿木　啊？亲戚朋友都不肯想办法帮忙？那……只好满足那两个供销员的条件，重新去社办厂把他们请回来！

徐文杰　条件是多少？

苏阿木　一万元一个人，少一分不回来！

徐文杰　让他们滚！

苏阿木　那么内蒙古有爿厂答应帮忙，不过，要送点东西。

徐文杰　多少尺寸？

苏阿木　送只原装进口彩电，外加一台录像机。

徐文杰　顶多，送四只老母鸡！

苏阿木　那么厂长！请您收下这个！（递上一纸）

徐文杰　辞职报告？你也要辞职？不批！（扔下纸，快速倒立）

苏阿木　你要逼死我了！你好倒立充电。我手臂膊没力气，只好学京剧演员，一只脚练练功了！（苏阿木将左腿搁在办公桌上）看啥人屏得牢?!

【行管科吴大姐上，见状大惊！

吴大姐　救命啊！

（两人恢复原样。

两男人　啥事体？

吴大姐　你们……打相打还是练武术？

苏阿木　我们在准备集体自杀！

吴大姐　自杀?！(大惊，急跑到门口)快来人啊！快……

【徐文杰一把将她拉进，关上门。

徐文杰　你一张嘴巴要贴封条了！人家烦煞，你又来轧闹猛。有啥事体?

吴大姐　啥事体？事体多来。(看手表)可以给我两个钟头汇报汇报伐?

徐文杰　两个钟头？我说大姐，你的胃口也太大哉，样样事体都要管，样样事体都要汇报，我吃得消咯？快点，拣顶顶重要的事体汇报，两分钟。

吴大姐　顶顶要紧的事体就是那张人才招贤榜。

苏阿木　招贤榜？什么招贤榜?

吴大姐　刚才不知啥人代表厂部贴出一张招贤榜，说啥人能为厂里搞到十吨不锈钢，工资可以浮动半级。现在，起码有一百人在看……

苏阿木　啊，这还了得？啥人开玩笑？我去撕！

徐文杰　不必了，这件事我和王副厂长研究过，是我亲手贴的，死马当作活马医嘛！试试看。吴大姐，汇报结束，请吧——(打开门)改日再碰头。

吴大姐　(只好告退)明朝会。(下)

苏阿木　厂长，这招贤榜一贴，会有用场伐?

徐文杰　就是没一个人去揭榜，我估计，至少也有人会帮我们想办法……

【吴大姐又轧进门来。

吴大姐　我想来想去还有一件事体要汇报……

徐文杰　唉！轧闹猛……快说！

吴大姐　托儿所里要添6只痰盂，财务科长不签字！(报告递上去)说双增双节……

徐文杰　混账！再节约，也不能节约到小人头上！就去说，我同意了！买10只！(签字)

吴大姐　好！谢谢你。你们忙吧，我保证不来了！(下)

苏阿木　你这个女同志，买痰盂也要来汇报！

【吴大姐又推门。

吴大姐　我想来想去还有一件顶顶重要的事体也要汇报！

苏阿木　你再汇报，工厂要关门了！

吴大姐　工厂要关门，这件事也要汇报！是有关你女儿女婿的事体！

苏阿木　啊？又打相打了?

吴大姐　打相打早成隔夜账了！现在发展到要闹离婚了！

两男人　闹离婚？

吴大姐　（对苏阿木）你的女儿苏丽娜，日里在幼儿园弹弹电子琴，唱唱小人歌，天天夜里不归家，不是跳舞，就是健美操，前几天又……

徐文杰　停！停停！这个问题不必汇报，对于苏丽娜这个女同志，我已派人去调查过，作风正派，为人爽直，喜欢交际，酷爱打扮，不是坏事体。我找个机会和她谈谈。

吴大姐　这就好了！我这下子决定走了！（欲下）不过还有一句话要说。

徐文杰　啧！快点哪！

吴大姐　无论如何关照苏丽娜，不要天天野在外头，要给袁小毛一点温暖！（下）

徐文杰　吴大姐是一个热心人！不过，太啰嗦了。

苏阿木　老徐，我们商量工作吧……

【袁小毛急上。

袁小毛　（推开大门）岳父大人在，厂长大人在，我袁小毛千不该万不该在这种辰光打扰你们！可是，中华民族已到了最危险的关头！我不得不来了！

徐文杰　你的情况我们刚刚还在谈起，请你先回车间去。午休时间，我一定找你们夫妻俩谈谈！

袁小毛　已经到了刻不容缓的地步了！苏丽娜的心已经飞走了，不属于我了！你们看昨天的电视了吗？

徐和苏　没有。

袁小毛　事情已经严重到公有制私有制的问题了，已发展到吃大锅饭的问题了。

徐文杰　（感兴趣）喔？那你说说看。

袁小毛　请问，苏丽娜是我妻子哦？

徐文杰　当然是的，是人民政府批准的！

袁小毛　那么她应该属于我的哦？是我一个人承包的伐？

徐文杰　可以这么比喻。

袁小毛　可是，她昨天在电视里跳健美操，百分之九十五的部位都无条件地贡献给大家看，属于吃大锅饭平均主义哦？我能不肉痛哦？

徐文杰　袁小毛，你太封建了吧？这健美操……

袁小毛　就算跳健美操可以，那么，她还在文化宫小舞台上表演时装短裙，走起路来（表演）迪能，迪能，屁股扭法扭法！我都吃勿消，别的男人会吃得消哦？

苏阿木　唉，这……

徐文杰　关于这个问题，我看你也不必认真，这是可以的。

袁小毛　就算可以的，那么，我看她除了跳舞，还出去跳花样滑冰，一只腰，请看，一只腰，百分之百被别的男人钩牢，还要托过来扭过去，你说说看，当自己的老婆像一块发好的面粉，被做大饼的师傅捏过来捏过去，我的损失巨大哦？

苏阿木　确实巨大的！

袁小毛　爹爹，你同情我啊！我的好爹爹……(哭)

徐文杰　也用勿着哭啊？

袁小毛　用勿着哭？厂长，这种事体你叫没有碰着，没有体会！我的女人出去搭三搭四，我心里好过啊？

徐文杰　说了半天，她到底搭着点啥人？

袁小毛　凡是交际场合，她是无孔不入，别人送给她的名片，多得像我小辰光白相的扑克牌！起码二三百张！

徐文杰　格末里厢到底是啥人？

袁小毛　啥人？都是好人！！电影厂的导演，体育场的教练，海运局的处长，服装厂的设计，百货公司的经理，个体户老板，炼钢厂的技术员，轧钢厂的供销科长……

徐文杰　停，停，好极了，好极了！

袁小毛　什么？好极了！我说厂长，你思想解放，也不能解放到不分青红皂白的地步！

徐文杰　想不到，柳暗花明又一村！我怎么就没有想到苏丽娜这个人才呢？

袁小毛　人才？她天天野在外头，算人才？我日日上班，夜里剥大蒜头，算什么才？蠢材？

徐文杰　你勿要急，我马上就找她谈话。

袁小毛　帮我做工作？

徐文杰　也是为厂里做工作！

袁小毛　上路咯！不过，一定要杀杀扑扑弄两记！请注意，中华民族已到了最危险的关头！要教训教训她！

【开门，不料苏丽娜已站在门口。

袁小毛　(一见妻子，也就软了)你，嘿嘿，哪能立在此地？

苏丽娜　我寻厂长有事体！

袁小毛　好，正好！不过夜里早点回来，不要再出去了。

苏丽娜　不出去是不可能的，今天夜里，我还有一场工作舞会。

袁小毛　啊？只听见说有工作午餐，没听说有工作舞会。(对厂长)听听，拿跳舞比作工作了，一份人家还像腔伐？会不会被篷嚓嚓拆光？

苏丽娜　跟了你这个剥剥大蒜头、吃吃芋艿头的丈夫，也算是我触霉头！

袁小毛　你们听见伐？完全是第三者插足后的语言！我只好去寻死！（气下）

徐文杰　老苏，去做做工作！

苏阿木　我说女儿，你心也不要太野了！

苏丽娜　你这个丈人阿爸和女婿一样窝囊，只配哭出呜啦！见到姆妈像只偎灶猫。

苏阿木　你……有其母必有其女！……（赶紧去追女婿）阿毛，阿毛……（下）

徐文杰　小苏同志，你找我，有什么事体？

苏丽娜　厂里的供销员跑到社办厂去的事，我知道了。

徐文杰　（迫切地）说下去！

苏丽娜　厂里还有十天的原料，我知道了。

徐文杰　（倒茶）说下去！

苏丽娜　现在急需搞到十吨计划外不锈钢。

徐文杰　快点说下去！

苏丽娜　招贤榜……我揭了！

徐文杰　（拍办公桌）好一个风流女子！

苏丽娜　这么说，你同意我一个女同志出去闯世界？

徐文杰　你有办法使小厂转危为安，我本来要找你！

苏丽娜　那么工资浮动半级？

徐文杰　浮动半级。

苏丽娜　半级太少，只有四元洋钿，需浮，浮一级，八元！

徐文杰　一句话！如果有可能，我还要调你到供销科发挥特长。

苏丽娜　什么特长？

徐文杰　外交！厂里的外交部长！

苏丽娜　可是，我爱我的孩子们，暂时不想调工作。

徐文杰　也可以。只不过，有句话我要提醒你，和袁小毛不要搞得太僵，要多给他温暖。听说，你们吵架离婚？

苏丽娜　不！你以为，所有和丈夫没有共同语言的女人，唯一的出路是离婚吗？

徐文杰　你准备走哪条路？

苏丽娜　袁小毛是一个没有文化、没有抱负、没有胆识、没有理想的70年代老式男人，但是，我仍旧爱他。

徐文杰 请等一等！让我记下来。（速记）你刚才这句话，属于警句范围。请说下去——

苏丽娜 我不想和他离婚，因为他是一个老实得可爱的男人。但是，我需要快乐，需要走出家门寻找生活的美，来弥补我心灵上的创伤。所以，我爱吃、爱穿、爱交际、轧男朋友活动。但决不会越轨。只有这样，我的心态才能得以平衡，永远不和袁小毛离婚！

徐文杰 请等一等……（速记）刚才一段话，可以和莎士比亚的台词比一比：精彩，精彩！请说下去。

苏丽娜 所以，我现在考虑的根本不是家庭问题，而是厂里的十吨钢材，我有希望搞到！

徐文杰 好极了！请你谈谈，有什么根据？

苏丽娜 我的根据是，世界上好人比坏人多！

徐文杰 这句话，有三四十年没有听见了。那么，你本人有什么要求？

苏丽娜 要求只有一个，希望你能使袁小毛真正爱他的妻子，用80年代的爱，去爱一个80年代的风流女子。

徐文杰 （速记）请等一等，这句话，我要一字不漏地在全厂传达，那么，请告诉我，你要出差到哪里去？哪个厂会来支持我们？

苏丽娜 我要到松花江市轧钢厂去，那里有一个供销员叫于飞翔，出差到江南，多次在舞场上与我跳舞，彼此熟悉，我昨天发了电报去，他今天电报来，约我去面议……（交出电报）

徐文杰 （看电报）好，好！（突然想到一个问题）不过，我有点弄不懂，你一不带礼物，二不带条件，人家会白白支持你？

苏丽娜 厂长！照你这种想法。世界末日就要来了？（唱“万水千山总是情”）

莫说青山多障碍，
风也急风也劲，
白云过山峰也可传情。
莫说水中多变幻，
水也清水也静，
友谊长存能共永，
四海浩荡千帆竞相争，
万水千山总有情，

莫说小厂困难重，

不怨天不怨命，

信心百倍柳暗会花明。

徐文杰　好，好！我相信你会成功！

苏丽娜　（摸出一叠名片，足有十几张）这是我在交际场合中结交的朋友，送给你吧，可能今后有用。

徐文杰　（看名片）有工厂企业，有财贸经济，有文艺团体，有物资外贸，有法律顾问，有公安交警……苏丽娜同志，太好了！你是我们厂里的有心人！

苏丽娜　那么这件事就这样定了？

【袁小毛正好走进来。

苏丽娜　关于细节问题，我等一下再向你交待！请你保密！（下）

【徐文杰欣喜若狂；苏丽娜白了丈夫一眼。（下）袁小毛手拿一张白纸，呆若木鸡，望着妻子出去。

袁小毛　（疑心）"关于细节问题，等一歇再交待？"什么意思？（走进门）厂长，我是来交"十三份家庭动乱报告的！"

徐文杰　（看名片）问题解决了。

袁小毛　阿是苏丽娜基本上说清楚了！

徐文杰　说清楚了？

袁小毛　有多少男人？

徐文杰　（扬扬手中一叠名片）起码五六十个！

袁小毛　（一个晕眩）我的天！这第十三份家庭动乱报告不必上交了！我的妻子已经有五六十个丈夫了！我的巨大损失，比当年日本挨原子弹还要结棍！厂长，交给我！（上前抢下名片）我要到法院去告她！

徐文杰　勿许你动她一根汗毛！我正要派她用场！

袁小毛　为了一个托儿所，你包庇她！我要去捉牢她！

【袁小毛去追赶。徐厂长也去追他，却不料抱住进门汇报的吴大姐。

吴大姐　我来汇报工作的，不是来接受拥抱接吻！

徐文杰　（推开吴大姐）关键的辰光，你总是来捣乱！我是一生一世认得你！

吴大姐　一生一世?！啊？原来我在你心里介有地位啊！

【切光。

【落幕。

第二场　后院失火

【时间：当天傍晚。

【地点：苏阿木家小天井。

【场景：小巧玲珑的小天井，葡萄架下，小方桌一张；另一侧为厨房间。

【幕启：杨金花托一只方盘上。方盘里是熟菜，酒杯，酒瓶等，将东西一样样放在小桌上。

杨金花　老老头，老老头，出来吃夜饭！

【苏阿木穿着短裤汗衫背心，戴着老花镜，手里拿一份夜报，边看边上。

杨金花　吃夜饭了，还看什么报？有啥看头？

苏阿木　今朝的报有看头！头版上面有篇报道："谋杀亲夫！"

杨金花　谋杀亲夫？这个女人辣手咯！哪能杀法？

苏阿木　拿"敌杀死"和"来灵福"拌在中药里让男人吃。

杨金花　死快了，迪个女人像潘金莲！她叫什么名字？

苏阿木　（脱口而出）杨金花！（自知闯祸）

【杨金花气得两手叉腰，怒不可遏。

杨金花　再说一遍！

苏阿木　我刚刚是滑出来的，勿是说出来的……

杨金花　好哇！我对你稍微严肃点，你就拿报纸上的消息来套在我头上！

苏阿木　本人绝对不可能拥有这样的胆量！

杨金花　你给我死进去！勿许吃夜饭！省得我拿"敌杀死"加上"来福灵"谋杀亲夫！滚！

苏阿木　真的要滚啊？可以欠一次哦？

杨金花　滚滚滚！

苏阿木　格末我就滚！不过我再说句话；报纸上的杨金花，不是杨柳树的杨，是羊癫疯的羊，外加那个金字也不是金戒指的金，是一口井的井……再会了……（欲进）

杨金花　回来！你为啥早点勿讲清爽？

苏阿木　你没有机会给我抽空当解释。再说，你那个姿势（两手叉腰）一摆，二十多年来，我一如既往地怕。

杨金花　啥啥啥啥！委屈你了！快坐，今天答应你可以咪几口老酒！

苏阿木　那么请问，今朝批准我吃红的还是白的？

杨金花　红的可以喝一大杯，假使喝白的，只好一小杯，两样随你拣一样。

苏阿木　我吃白的。

杨金花　好，今朝让你开心开心——

【杨从袋袋里摸出一只酒盅，将白酒启封，倒入酒盅，酒盅只有半只乒乓球大。

苏阿木　这只杯子亏你买得到，像出土文物，一两老酒可以分 8 次倒……一斤老酒可以吃 80 次。

杨金花　要吃伐？要吃就吃，勿吃拉倒！

苏阿木　吃，吃！（“吱”了一记）啊，一条线……啊……（又灵机一动）勿好，炉子上有味道！

杨金花　泡饭潽出来了。（急忙奔进厨房）

【苏阿木拎起酒瓶，偷吃了几大口，刚刚塞好盖头，杨金花已出来。

杨金花　炉子上没有潽！你的鼻头、耳朵有点失灵……喂，你手里拿酒瓶做啥？

苏阿木　看看商标，阿会是冒牌货，当心吃瞎眼睛。

杨金花　对！商标是要看看清。现在的酒，少吃为妙。（指指盘子）今朝委屈了你两次，冰箱里的东西都拿出来了，可以随便吃。

苏阿木　这条鱼，烧得蛮好看。请问，我吃哪个部位？

杨金花　（一笑）你说呢？

苏阿木　（讨好地）继承优良传统，先吃头，后吃尾巴，当中归你。

杨金花　真是，没话找话讲！

苏阿木　（指指肉）那么干脆问问清爽。这盘肉，我吃什么部位？

杨金花　这还用问吗？

苏阿木　对对对，我人瘦，吃肥肉，你人胖，吃瘦肉……不过，我是不是对肥肉的主权可以放弃？

杨金花　（搛上一块大肥肉上去）不可以！一定要滑它下去。

苏阿木　假使实在滑不下去呢？

杨金花　教你一个诀窍，吃肥肉的辰光，一边吃一边讲：“这块豆腐好吃”，你就吃得下去了。

苏阿木　喔，当它豆腐吃，好咯！（开始吃肥肉）我要吃豆腐……（脖子一伸，滑了下去）灵咯，灵咯！

杨金花　今后就这么办！

苏阿木　我专门吃豆腐，到厂里也去吃豆腐！

杨金花　什么东西？吃豆腐？你想吃豆腐？

苏阿木　不不不，我这句话颠倒了。当豆腐吃，不是吃豆腐……

杨金花　这就对了！我去看看泡饭。（下）

苏阿木　勿像是吃夜饭了，有点像吃官司。寻着这种女人，胖子变瘦子，瘦子要变木乃伊……

【怯生生地拿过酒瓶，又偷吃起来。

【杨金花双手叉腰，立在门口瞪着眼看。

【苏阿木吃昏了头，没有发现她。

苏阿木　（自语）断命女人，你凶啊！你硬，我软！你软，我硬！这就叫上面有政策，下面有对策！你有杀手，我有回马枪；你有关门计，我有跳墙法，你有……（突然发现杨金花，一只酒瓶拿在手里不会动了。）

杨金花　（冷笑）吃啊？

苏阿木　这个……

杨金花　我有政策，你有对策！嘿嘿嘿，跳墙法朋友，多吃点！

苏阿木　娘子，念小人27年来早出晚归，缝补浆洗，万里长征，雪山草地，没有功劳也有苦劳，就宽大一次吧？

杨金花　今朝决不饶你！你居然敢骂我断命女人！好，我成全你，让你无法无天，逍遥快乐！（从袋袋里捞出一张餐巾纸，一支圆珠笔）我讲一句，你写一句。

苏阿木　保证书啊！老规矩！请娘子开金口。

杨金花　我，苏阿木，从今天起，戒烟……

苏阿木　这……

杨金花　写不写？

苏阿木　写写……

杨金花　戒烟，戒酒……

苏阿木　乖乖……

杨金花　啥？

苏阿木　戒，戒烟，戒酒，戒茶、戒瓜子、戒看电视，戒……（跳起来）你索性戒了我的饭，戒了我的水，然后让我死脱拉倒，这种日脚，没法过了！我……住到我女儿屋里去！

【苏阿木逃，杨金花追，此时，袁小毛正好呼喊着上。

袁小毛　丈人阿爸哎，丈母娘——

【由于苏阿木将袁小毛当作挡箭牌，所以三人在台上追来追去，到后来乱成一团。乱中出错，杨金花在袁小毛屁股上用力拧了一记。

杨金花　有话勿讲，逃出去，勿算人！

袁小毛　啊唷哇！丈母娘！

杨金花　是你？你来轧啥闹猛？

袁小毛　你们这里太闹猛，我的屋里太冷静！我的岳父岳母大人，你们可怜可怜我这个被爱情遗忘的男人吧？

苏阿木　丽娜又出去了？

袁小毛　平常辰光，还回家吃饭，吃了夜饭再野出去。今朝连夜饭也勿回来吃了！我一个人在家里，好孤独，好伤心啊！（哭）

杨金花　一个大男人，哭什么东西?！眼泪介勿值铜钿啊?！

袁小毛　趁现在自来水暂时还没有涨价，让我多淌一点。

杨金花　眼泪水和自来水有啥关系？

袁小毛　眼睛里自动流出来的水，也叫自来水！我说丈母娘，你要帮我管管啊！

杨金花　我的女儿，做娘的最了解，你放心，她不会做对不起你的事体！

袁小毛　她天天出去篷嚓嚓！

杨金花　你也可以一道去呀？

袁小毛　我要剥大蒜头！

杨金花　既然如此，你就不要自寻烦恼！

袁小毛　她打扮得像个电影明星！

杨金花　打扮得越漂亮，做丈夫的越有面子，越光荣！

苏阿木　啥？你现在的话和刚才的话，好像远开一百多年……

杨金花　苏阿木！你想插手这桩事体吗？

苏阿木　想……喔……不，插不上……

袁小毛　看来，丈人阿爸，你的处境和我差勿多。

苏阿木　我比你略微好一点，你姆妈天天夜里是不出门的。

杨金花　勿一定，我可能要去参加老年迪斯科训练班。

苏阿木　啥？你也要去跳迪斯科？

袁小毛　（学动作）你也要迪能，迪能……扭法……扭法扭法？

杨金花　可以伐？

袁小毛　自己是可以，不过……嘿嘿，不讲了。

杨金花　自己人，讲讲没有啥关系。

袁小毛　嘿嘿、嘿嘿……

苏阿木　讲好了！丈母娘对女婿总归客气咯。

袁小毛　格末我讲了？

杨金花　讲好了！

袁小毛　姆妈，你要是出去跳迪斯科，最好拣楼下的舞厅。假使到楼上跳……嘿嘿……

杨金花　哪能？

袁小毛　围观的人比较多，楼板会得吃勿消……

杨金花　（大怒）好哇？弄了半天，你们两人一搭一档在讽刺我？叫你一声袁小毛。我女儿的事，我不管了，你的自来水，只管放开龙头淌吧！

袁小毛　既然如此，发展下去，只有一条路可走！

杨金花　什么路？死路！

袁小毛　我袁小毛配不上你的风流女儿，只好离婚！到辰光，你的面子也会丢得精光！再会！（欲走）

【吴大姐上。

吴大姐　袁小毛！

袁小毛　吴大姐？啊是苏丽娜出事体了？

吴大姐　出了大事体！

众　什么大事体？

吴大姐　风流女子闯江湖，她到松花江边上跑供销去了。

众　啊？！

袁小毛　这是啥人批准的？

吴大姐　厂长徐文杰。

袁小毛　这个活宝厂长，只晓得钢材，勿晓得我袁小毛多少难过？

苏阿木　不过，既然厂长已批准，事情也只好如此了。

杨金花　不！我女儿平时吃吃穿穿、白相相，我不反对，要她一个人赶到松花江跑供销。坚决反对！

袁小毛　丈母娘，你到底是个好姆妈！走，一道去拦住她！

吴大姐　不必反对了，刚才徐厂长已经叫我将苏丽娜送上了火车。

袁小毛　啊？已经远走高飞了？奈末完结！一只鸽子飞出去，没人管了，不知要风流到何等地步了？吴大姐，她讲了点啥？

吴大姐　她留给你一张条子。

【袁小毛看条子，丈人丈母围上来看。

苏丽娜　（画外音）“小毛，你这个并不了解我的丈夫；为了厂里的生产，我决定闯一次江湖。来不及道别了，请相信我是一个清白坦荡的女人。吻……吻，吻你。”

袁小毛　吻……吻，吻你！（对纸头吻了一下，突然又颓丧地）我还吻个屁！一个标致女人飞出去，危险得勿得了啊！

杨金花　苏阿木！

苏阿木　到！

杨金花　你这个供销科长，哪能一点也不知道内情？告诉你，假使女儿这一次出了意外……

苏阿木　哪能？

杨金花　哪能？你老婆勿许你回家门！

袁小毛　啊？

苏阿木　啊？

袁小毛　爹爹，我们两个一老一小，都要做单身汉了！

苏阿木　天哪！想想伤心啊！来，让我们一道开自来水。

【苏和袁二人准备抱头痛哭。

吴大姐　（急忙制止）慢！还有一张条子交给你！（掏出一张纸条）

袁小毛　啥人写的？

吴大姐　厂长徐文杰！

袁小毛　我勿要他来安慰我。

吴大姐　他勿是安慰你，而是叫你后天中午乘飞机到松花江去！住到丹顶鹤饭店。

袁小毛　叫我也出差？（看条子）

厂长　（画外音）小毛，今由吴大姐送上机票一张，大洋五百，介绍信两份，你的任务是到松花江市，暗中保护苏丽娜，另外，真正考察一下你的妻子，对你是否忠诚……这样，我也放心了。她后天到达……

吴大姐　（交出机票）给你。

袁小毛　这不是跟踪追击吗？好办法！原来是改革年代改革人，厂长是个的的刮刮的改革厂长！好极了，这就叫正式的一箭双雕！（猛地抱住苏阿木）爹爹！我放心了！让我也吻吻你！（在他面孔上吻了三下）

苏阿木　（大叫）轻点！肋排骨断脱哉！

【切光。

【幕落。

第三场　跟 踪 追 击

【时间：第三天的傍晚。

【地点：松花江市丹顶鹤门厅。

【场景：富丽堂皇的四星级饭店的大堂。

【幕启，袁小毛西装笔挺，戴一副墨镜，贴一片胡子上。他在看表，四处打量。

袁小毛　六点差三分，火车是五点三刻到。看来，苏丽娜快要来了！嘿嘿，她做梦也不会想到，我们的厂长会派我来暗中保护她、暗中考察她！（感到浑身不舒服）有生以来第一次穿笔挺的西装，还戴上墨镜，贴上胡子，真正死要面子活受罪，让我放松放松。（于是，取下墨镜，撕下胡子，松开领带）啊，这下舒服了……

【一个年长的酒店服务员，警惕地走到他面前。

服务员　同志，你是啥地方人啊？

袁小毛　中国人。

服务员　中国人为何要这样神秘？还要搞什么化装?!

袁小毛　我在执行任务，等歇要暗中保护一个女同志。

服务员　这么说，你是便衣同志了？有证件吗？

袁小毛　（递上工作证，介绍信）南方来的。

服务员　（看）喔，我明白了，你是贵厂的保卫干部！

袁小毛　注意保密。

服务员　一定，一定！有什么要求，尽管吩咐……（走到一边去）

袁小毛　（窃笑）我变成保卫干部了……

【正在这时,打扮得雍容华贵,珠光宝气的苏丽娜袅袅婷婷地走进门厅。

【袁小毛赶紧重新化装,埋头坐在一角的小沙发里。

苏丽娜　(走到服务台)哈啰!

服务员　哈啰!小姐,很高兴为你服务。

苏丽娜　我要在这里住一个晚上。(递上有关证件)

服务员　(一看,明白了她是谁,朝袁小毛打手势)好,好……

苏丽娜　老同志,你在和谁打招呼?

服务员　没有,没有!(继续朝袁小毛打招呼。)

【袁小毛急忙摇手。

【苏丽娜转过身打量,袁小毛低头抽烟。

苏丽娜　老同志,你心不在焉?这里可是四星级饭店啊!

服务员　当然,当然!我们的宗旨是将顾客当作上帝!请问,您住套件还是单间?住高一点,还是低一点?

袁小毛　(自言自语)这个女人,准备大肆挥霍国家财产哉!

服务员　(背流水账)豪华套间,有闭路电视,有空调浴室,有对讲电话,一天85元;一等套间,少一只闭路电视,但是有彩电,每天65元;二等套间,卫生设备及空调齐全,35元,三等30元,四等25元;双人房间,一等每人20元;二等每人15元。四人房间,也就是大众客房,每人每天8元。小姐,您是住每位85元的,还是住65元的?

苏丽娜　(不假思索)我住8元一夜的统铺!

服务员　好,好……

【回身看住牌。

服务员　我们这里不是一般的旅馆,低档客房为数极少,特别是女同志统铺,一共只有两间,现在都住满了!

苏丽娜　那好,我就住到别处去吧。

【袁小毛朝该服务员示意,将她留下。

服务员　那么请问,你为何不住规格高一点的呢?

苏丽娜　因为,这是为工厂办事体!如果和我的丈夫出来旅游,我要他开85元的套间!

袁小毛　断命女人!85元,我剥大蒜头要剥两个月啊!

服务员　(感动地)这么说,你在为工厂节约?

苏丽娜　你说呢?

服务员 你这样的同志，我已经好几年没有碰到了。请等一等！（打电话）

【这时，门口又进来一个男子，坐在另一边角落看报纸，他在报纸中间挖了个洞。

服务员 401 吗？姓王的女同志几点钟上火车？啥？七点半？好，七点结账！（放下电话，对苏丽娜）有一个女采购员，还有一小时会来结账，你愿意等伐？

苏丽娜 愿意，愿意！

服务员 （递过去住宿登记单）那么，我可以提前为你登记。

【苏丽娜开始填单子，老同志走到袁小毛面前。

服务员 保卫科同志，这个女同志不像是……

袁小毛 嘘……快走开！（服务员知趣地走回去）

袁小毛 看来，这个女人老练极了！到底不是一天两天的工夫，晓得在四星级宾馆没啥花头好搞，干脆住统铺，到外面去寻欢作乐！我的任务，更加艰巨哉！

苏丽娜 老同志，单子填好了！

服务员 你一只大包可以寄存在这里，先到餐厅吃夜饭，餐券在这里买，有 3 元一份的，也有 5 元一份的。

苏丽娜 （苏丽娜留下小包，交上大包。取过存包单）晚饭，吃 5 元头，我太累了！需要坐一歇。

服务员 那就坐到那个男同志旁边的沙发上去，保证你舒适、安全！

苏丽娜 谢谢！（走向袁小毛，袁小毛连忙转过脸，看天花板）

服务员 到底是一笔什么账，我也糊涂了！社会复杂！（看画报）

【苏丽娜走到袁小毛身边，很有礼貌。

苏丽娜 先生，坐这里，方便吗？

袁小毛 （变声）你的，坐的，可以。

苏丽娜 喔，你是日本客人，谢谢。（坐下）

袁小毛 （走到一边）日本客人？她倒是提醒了我。对，中国人和日本人皮肤一样，块头相仿，我今朝这身行头，也勿比东洋人推板，今朝我学一次日本人！（重新坐下抽烟。）

【苏丽娜疲乏极了，接连打了几次哈欠。

袁小毛 （心疼地自语）一个女人长途跋涉几千里，勿容易啊！

【苏丽娜用手帕擦汗，长长地舒了一口气，取出自带的小塑料杯，在茶几上的气压热水瓶压出水来，慢慢地喝。吃着吃着她流泪了，呜咽了一声。袁小毛一惊。

袁小毛 小姐，你的。心里不痛快的？不舒服的？

苏丽娜 （立即恢复常态，一笑）不不，先生，我很好！

袁小毛 那你刚才呜咽一声，是什么意思？

苏丽娜 我咬痛了舌头……

袁小毛 喔……那你的舌头不要再咬第二口了！

【苏丽娜在吃点心，袁小毛悄悄地走到一边。

袁小毛 一个单身女人，人地生疏，来到遥远的北国，我做丈夫的想想也肉痛！可是，今天的她，无论如何也与平时对不上号呀！对，不能被她的假象迷惑，不能放松警惕。

【苏丽娜在吃巧克力，翻看通讯录，查电话簿。袁小毛灵机一动。

袁小毛 （下定决心）我们的好厂长，不是要我考察一下妻子是真爱我还是假爱我吗？何不趁现在，我就来考察一番呢？对……就这样。（回到位子上）

袁小毛 小姐，看你这身打扮，和你们传说中的嫦娥一模一样，你的容貌在我们日本可以胜过山口百惠、栗原小卷和田中裕子……

苏丽娜 （一惊，相继发笑）喔？你也这么认为？

【苏丽娜立起身，真的走到落地镜前左顾右盼。

袁小毛 果然是个轻骨头！（大声）小姐，你的，过来。

苏丽娜 先生，你过奖了。

袁小毛 不不不，你的身材可以和舞蹈明星相媲美。不知，你的丈夫，是否也像高仓健那样威风，像大岛茂那样漂亮？

苏丽娜 你说错了！我的丈夫既不威风也不漂亮，非常的难看。

袁小毛 （差点跳起来）……大大的气死我了！

苏丽娜 先生，我的丈夫难看，要你大大的生气干什么？

袁小毛 我在为你感到委屈，你是一朵鲜花插在……

苏丽娜 中国成语，一朵鲜花插在牛粪上？

袁小毛 不，一朵鲜花插在海绵上。

苏丽娜 （一愣）这……喔，对！我的丈夫确实是一块海绵，软得没有一点男子汉气味，但他是干净的。

袁小毛 这么说，你和他两个人，是马马虎虎的一对了？

苏丽娜 先生，你好像到我们厂去过？

袁小毛 （连忙起来）不不不，日本人和中国人差不多，再说，我是经常出现在电视上的，你一定看见过。(不让对方回答,突然袭击)小姐,那你愿意到日本国去工作吗?

苏丽娜 到日本去?我去干什么?

袁小毛 可以去拍电影。

苏丽娜 你有这个把握?你是什么人?

袁小毛 果然上钩了!一只标标准准的野白鸽!我说小姐,你的美丽容貌和迷人身材,只有到日本国去,才能得到充分的发挥;我是日本国鼎鼎有名的北海道渔业公司董事长,我可以帮助你!

(唱日本歌曲“拉网小调”)

呀列恩,索兰、索兰、索兰、索兰。

(咳,咳咳!)

你若问我在日本拥有多少财产,

电子计算机要用三个钟头算出来,

巧依呀沙啦哩呀沙,

算也算出来!咳咳。

呀列恩,索兰、索兰、索兰、索兰。(无限地拖)

(咳,咳咳!)

你若问你到了日本有多少情趣,

洋房汽车金银财宝眼睛一眨就会来,

巧依呀沙啦哩呀沙

飞也飞出来,咳咳……

苏丽娜 啥啥啥啥……

袁小毛 开始动摇哉!让我再唱!呀列恩索兰索兰……(拖)

苏丽娜 停!

袁小毛 你答应了?

苏丽娜 勿答应。

袁小毛 小姐……

苏丽娜 日本虽发达,中国也不落后。请问你的汽车洋房金银财宝可以买到我们中国的一样东西吗?

袁小毛 只要有,我都可以买到。什么东西?

苏丽娜 空气。

袁小毛　什么？空气？空气要买？日本的空气要问中国买？

苏丽娜　哈哈哈，不谈这个了！不要伤了我们彼此间的和气！来，请抽烟！（取出一支三五牌，递给袁，袁谢绝，于是苏将烟塞进自己的嘴巴，然后用打火机熟练地将烟点着）

【苏丽娜急促地一边抽烟一边查看电话簿，袁小毛大为不解。

袁小毛　这个女人，是个怪人！吃吃巧克力，呼呼外国烟，穿得花枝招展，住的却是大统铺。看上去轻骨头，实际上又勿上钩。我的老天爷，阿会是一个情报工作人员？复杂味！复杂啊！

【苏丽娜开始打电话。

袁小毛　看她打给啥人？

苏丽娜　（嗲声嗲气）喂，是轧钢厂于飞翔吗？喔，你就是，我就是你的老朋友，丽丽……嘿嘿嘿嘿……

袁小毛　（恍然大悟）骨头没四两重，嗲味！（学）老朋友……丽丽……我和她谈恋爱两年到结婚一年，也没有享受过如此软熟、勾魂的味道！看来，她出国去是不敢，在国内，老朋友多得勿得了！（上前细听）

苏丽娜　我说小于啊，你经常牵记我，我也想你呀！

袁小毛　（自语）怪勿得，对我像块硬邦邦的棒冰！

苏丽娜　我已经到了，住在丹顶鹤！什么房间？当然是最最适意的房间了！

袁小毛　（自语）还要吹牛皮！

苏丽娜　你到我这里来……不必了！还是重寻地方碰头……

袁小毛　（自语）一切不出所料。老鬼！

苏丽娜　迪能。今朝夜里八点整，我请客，请你在丹顶鹤公园露天舞厅吃西餐！另外，几个月勿见了，跳跳舞，啊好？

袁小毛　（自语）看来，关系已经不时一眼眼了！我要跟牢她！假使有问题，当场捉牢！

苏丽娜　（呼一口烟，吐出三个烟圈）不过，你来归来，答应我的钢材的单子一定别忘了带来……喔好，嘿嘿嘿嘿，好极了！一言为定！……

袁小毛　（自语）我的天哪！厂长！全厂职工！你们有钢材了，有饭吃了！可是你们知道，我袁小毛遭受了惨重损失！这是剥一生一世大蒜头也补不回来的！我的妻子，作了巨大的贡献！

苏丽娜　拜拜！（放下电话）

【见她四周望望，走进女厕所。

【袁小毛急忙冲向服务台，拉出那个老服务员。

袁小毛 请问，那只女厕所有后门伐？

服务员 有一扇门通向后面走廊！

袁小毛 不好，她要金蝉脱壳！请老伯伯到女厕所去一趟！勿许放她走！

服务员 我老归老，也算是个男人，我有什么权利和胆量走进女厕所？

袁小毛 你去打扫卫生！

服务员 打扫卫生，勿关我的事！这种光荣的工作不属于我分工范围。

袁小毛 你一定要帮帮我忙，帮帮忙。（硬劲推老者进女厕所）

服务员 快来人啊！这里有个花痴！

【切光。幕落。

第四场 甜 酸 苦 辣

【时间：当天晚上。

【地点：丹顶鹤露天舞厅。

【场景：迷幻的灯光，撩人的轻音乐，年轻的歌手在唱流行歌曲。乐队现场伴奏，五彩、流动的灯光不时地扫过舞池，几对舞伴在旋转。舞台上放三张小圆桌，一角为酒吧吧柜，一个美丽的吧女和另一个招待正在窃窃交谈。舞会还没到高潮，光临者并不多。

【苏丽娜又换了一身迷人、得体的晚礼服上。

女招待 小姐，怎么为您服务？

苏丽娜 我在等个人，先在这里坐一歇。这是入场券。

女招待 非常欢迎你的光临。要什么点心？

苏丽娜 我……给我一杯酸奶吧。

女招待 就这些？

苏丽娜 是的。

女招待 好，马上来。

【苏丽娜看看四周的环境，入座，女招待端上酸奶。

【苏丽娜渴了，一饮而尽。

【于飞翔风流倜傥，匆匆而上。

【另一个男子也匆匆上，但不是袁小毛，只见他坐在一角，看报纸，报纸当中又挖有一个瞭望洞。

于飞翔 苏丽娜同志！

苏丽娜 于飞翔同志！

【两人热烈握手，完全是同志式的热情与友好。

苏丽娜 （招呼女招待）请来两份价格最高的点心与饮料。

于飞翔 您太客气了！

苏丽娜 小意思！我们好好谈谈。

【女招待端上饮料点心，他们坐在最后面一张台子旁。

苏丽娜 原谅我的焦急，十吨钢材，帮我解决了吗？

于飞翔 不锈钢紧张啊！我们厂实在挤不出那么多数量……

苏丽娜 这么说，你帮不了我的忙？

于飞翔 请别急，我一定要帮你的！（拿出一份电报单子）请看这个。

苏丽娜 电报？湖北轧钢厂的电报……啊，同意以高出市价10%的价格，卖出十吨不锈钢！好，太好了！

于飞翔 这下满意了吧？

苏丽娜 （一把捉住于飞翔的手）小于同志，我……我不知如何感谢你……（哭出来了）

于飞翔 不要哭，不要难过，在我们中国，有些事情办起来是很难的。比如说你们厂，两个采购员釜底抽薪，带了关系图溜了！在危难之际，你们厂长坚持了自己的原则，又派出一个女同志出来闯江湖，这本身就是一次艰难的起飞。

苏丽娜 我代表全厂五百多个职工，谢谢你的救命之恩！

于飞翔 不必谢我，这是一点小事件。下次我出差江南，可能还有求于你，上次，你不是帮我搞了一批冰箱吗？

苏丽娜 那，下次我一定再帮你的忙！来，飞翔，我们进去跳一支舞！

【两人步入舞池，翩翩起舞。

【袁小毛满头大汗，化装上场，贼头贼脑往里走，被女招待拦住。

女招待 请问，你有舞票吗？

袁小毛 我不跳舞，买什么票！（一只头探来探去）

女招待 像个小流氓。喂，不跳舞请自便，不能立在此地。

袁小毛　那我买票好了。几角一张?

女招待　七元。

袁小毛　(吃惊)七元啊!乖乖,我剥大蒜头要剥一个礼拜。我说同志,我不跳舞,只是看看,啊好便宜点哦?

女招待　一样价钱!

袁小毛　硬要敲我一记竹杠!买票子在啥地方?

女招待　这里也可以补。

【袁小毛艰难地掏出钱,十分心痛,女招待接过去。

袁小毛　点点看,多一张一元头伐?

女招待　七张一元头!你这个人,跳得起就跳,跳勿起拉倒,肉痛就勿要来。

袁小毛　女同志,请你态度好一点好吧?!勿瞒你说,我不会跳舞,也不喜欢跳,我是来监视我老婆的!

女招待　(醒悟)哦,你反对她与别的男人共舞?(见袁小毛点头承认)可进了这里,每一个人都是自由的,拥有平等的权利!

袁小毛　可老婆是我的私有财产!

女招待　进了舞厅,她就不属于你一个人了,属于大家的!

袁小毛　阿弥陀佛!苍天在上!这个女人在胡说八道!

女招待　(一笑)没有本事的男人,都是这副下场!

(袁小毛走了进去,一眼看到远处的妻子。

袁小毛　不得了啦!(他紧紧地捏住了拳头)星星月亮之下,我的老婆被一个男人紧紧搂住,面对面,只有几公分距离,正在产生静电感应……天啊,断命一只男人的大手,像狗皮膏药一样,贴牢在我老婆的背上……还在讲话,这属于窃窃私语,卿卿我我……我袁小毛从来没有享受过这种待遇,现在,别人享受到了,她成了公共财产……简直是惨不忍睹!

【袁小毛一拳击在台子上,坐下。旁边那个看报人,从报洞中打量他。

女招待　(和另一个女招待商量后,拿起电话)喂,派出所哦?我是舞场。这里来了一个男人,可能精神有点勿正常,对……样子也勿三勿四!可能要聚众闹事……好,我们密切注意,等你们来……

【苏丽娜和于飞翔两人从舞池走出来,十分开心。

于飞翔　看来,现在你心定了,所以,今天的舞跳得特别好!

苏丽娜　都是因为你，才使我身心愉快！

【两人入座。

袁小毛　（捶胸自语）听听，多少肉麻！两人开始身心愉快了！那么我呢?！等一歇，他俩还不知要愉快到什么程度?！

【那边，于苏两人谈的声音很低；这边，袁小毛背朝着他们，用心偷听，动作极怪。

女招待　（上来敲了敲袁的手臂）正派点！不许偷听别人讲话！

袁小毛　（瞪了她一眼，无可奈何地自语）天下最毒妇人心！我现在连听老婆讲话的权利也被剥夺了。

【苏丽娜和于飞翔开始抽烟。

袁小毛　吃香烟的女人，总归不大正经！

【苏丽娜摸出手帕，替于飞翔擦了擦汗。

袁小毛　（再次捶胸）要死了！连揩汗也不分你我！这种待遇，我也没有享受过！只有一次开盲肠炎，她替我揩过一次面，手脚重得像擦地板！唉，看来，和这个女人勿能生活下去了！今朝，一定要在他们住宿的地方，当场捕捉了。

【袁小毛颓唐地走到酒吧柜，买了一瓶鲜橘水，慢慢地喝着。

【苏丽娜和于飞翔喝了点饮料，又入舞池。

袁小毛　社会复杂啊！十年浩劫，拨乱反正，艰难啊！还是60年代好！我说徐厂长，你挑了我，也害了我。我要感谢你给我这一次实地考察的机会，但是，我又经受了巨大的精神打击！

【女招待带了一个公安人员上。

女招待　（指指袁小毛）就是他！

【公安人员站在一边观察，只见袁小毛行动诡秘，又叹气，又拍台子，又捶胸。

公安员　可以断定，此人有各种犯罪的可能性。（走到袁小毛身边）跟我来一下。

袁小毛　（一愣）我？我没有找你啊？

公安员　你不找我，我要找你！（出示证件）请走吧。

袁小毛　我又没犯罪，你有什么理由带我走？

【那边的看报人立起来，欲上前阻止。

公安员　我没说你犯罪，只是请你到办公室里去谈谈。

袁小毛　我有任务在身！（摸出证件）喏，有介绍信。

公安员　（看完）这不能说明什么问题。这里是公共场所，不能详细交谈。请到办公室去。

袁小毛　同志，现在已经是80年代了，不作兴再制造冤假错案啦！

公安员　少啰嗦，走！

袁小毛　不过，只好一歇歇。我在执行任务，生死攸关啊！

公安员　只要你说清楚，时间的长短取决于你。请吧。

【袁小毛一步三回头，跟了公安下。

【看报人思索了一下，只好坐下。

袁小毛　天有不测风云，人有旦夕祸福！真是越来越倒霉！

【两人刚下去。那边二人从舞池中走出。

于飞翔　这样吧，为了保证你十吨钢材顺利到手，我亲自陪你乘今晚十点钟的班机到湖北去。

苏丽娜　太好了！（看手表）我们立即去宾馆取行李。

于飞翔　现在是九点整。

苏丽娜　我们快走吧！快去拦出租车！

【二人下，看报人也跟着下。

苏丽娜　（对女招待）拜拜！

女招待　拜拜！

【三人下后，先后有汽车发动声。

【袁小毛不服气地从另一边上，满脸委屈。

袁小毛　碰着这样的警察，也算触霉头！平白无故怀疑我有作案动机。动什么机？要么来只三黄鸡。

【仔细朝里看，忽然不见了苏丽娜，大惊，奔进去，复而又出，问女招待。

袁小毛　妻子！妻子！老婆！

女招待　（大怒）嘴巴清爽点！啥人是你老婆？

袁小毛　对不起，我少说了几个字。请问，我的老婆到哪里去了？

女招待　哪一位是你的宝贝老婆？你又没带给我看过。

袁小毛　这个……倒也是。那么请问，刚才有个男人陪一个披肩长发的女人一道出去哦？

【两个女招待交换了一下眼色，嘀咕了几句。

女招待　那个时髦女郎居然是你的老婆？

袁小毛　这还有啥个好冒充咯？我们是人民政府批准的，合法的，有执照的正式夫妻！

【两个女招待对视会意一笑："此人肯定不正常！"

女招待甲　好了好了！不管你是在做梦，还是想入非非，告诉你吧！他们两分钟前打的走了。

女招待乙　听说要上飞机了。

袁小毛　啊！乘飞机，这就叫插翅而逃！我袁小毛这下子僵脱了！

女招待　有本事，快去追啊？

袁小毛　我肯定要追击的，这是原则问题！

【往后退三步。

袁小毛　让一让，让一让，我要一千米冲刺了！

【袁小毛冲到舞台角上，又急刹车。

袁小毛　我一瓶鲜橘水还没吃光！一元洋钿买的，要剥三个钟头大蒜头唻。

【袁真的返回，咕嘟嘟地抓起鲜橘水喝个精光。

【两个女招待捧腹大笑。

【幕落。

第五场　一刀两断

【时间：几天后的清晨。

【地点：袁小毛的家。

【闹钟叮铃铃地响了，袁小毛从沙发上一跃而起。

袁小毛　断命闹钟，吵点啥？现在只有5点钟……喔，不对！（走到日历前，撕下一张）我昨天早晨开始睡，已足足睡了24个钟头！正正式式睡扁了头！（发现地上一篮大蒜头，拎起来）大蒜头啊大蒜头，我天天回来剥，你成了我的好朋友！你过去是我的朋友，现在是我的朋友，今后看来更加要做我的朋友了！因为，这里的女主人，像只小鸟一样飞走了！她已经不爱我了，已经滑到泥坑里去了！我的苏丽娜同志啊！

（唱《月亮代表我的心》歌曲）

你问我爱你有多深，

我爱你有几分，

你去看一看，你去想一想，

月亮代表我的心，

我问你爱我有多深，

你爱我有几分，

你也看一看你也想一想，

月亮可否来作证？

过去一个吻，

已成了梦中景，

匆匆的一段情，

忍痛割爱到如今，

你说我和你不相配，

说我是活死人。

你要想一想，我剥大蒜头，

吃过夜饭剥到天明，

你说我是80年代的人，

是60年代的心，

你也没心肝，你呀太残忍，

不该外出去搭男人……

【唱着唱着，袁小毛哭了起来。当一个老实而又固执的男人，认为自己受到莫大委屈的时候，眼泪也会哗哗地流淌。

袁小毛 （伏案痛哭，不小心将大蒜头打翻，他很心痛）对勿起，大蒜头，我不是有意打翻你的，是女主人，不，那个姓苏的女人迫害我的！

【袁小毛拾好大蒜头，又捧住篮子。

袁小毛 七八年来，我为外贸公司剥了几千斤大蒜头，可算得上剥大蒜冠军了！就是你，帮助我买到了一只14英寸彩电。因为，苏丽娜的工资奖金，统统在篷嚓嚓上擦光了，用在奥琪增白蜜，大宝香粉蜜，夏士莲美容蜜上蜜光哉！这14英寸彩电中的每一个螺丝钉，包括插扑，都是我剥大蒜头剥出来的。可是她还要说我臭烘烘！臭烘烘有什么不好？自从天天剥了大蒜头，我已经七八年不伤风感冒了！……啊彩……可是，一个礼拜勿剥，细菌又来了！我60年代的抵抗力，打勿过这个断命女人身上90年代的香风怪味啊！

【袁小毛放下大蒜头篮，一眼看到墙上的结婚照，他从小镜框中取出照片，拿起台上一把大剪刀。

袁小毛　我已没工夫唱咏叹调！我日里要上班，夜里要剥大蒜头，今朝和你一刀两……（又勿舍得）促狭得来，勿知是啥人，发明了"一刀两断"这个成语，现在市面上男女老少流行得勿得了。动勿动一刀两断，弄得法院门口要排队，好像排队买不凭票的带鱼……不过，不管如何，我的情况与别人不同，我已亲眼目睹了自己女人犯下的滔天罪行，这是一个男人，一个生理功能正常的男人，所不能允许的！（准备下剪刀）苏丽娜，你漂亮是有点漂亮咯，面孔上一笑，有四只酒瘪塘，两只眼睛花哨得让男人心里扑扑跳。想当初，我出仔 80 元洋钿搭你一道到照相馆去拍这张照，因为我高兴，笑的幅度比较大，口水也淌了出来，你在我大腿上用足力气，拧了像只乒乓球大的乌青块。不过，尽管有这么大的一块乌青块，我还是很开心的。现在，这种待遇，不属于我了，属于松花江市轧钢厂的那位老兄了……所以，今朝……我要……和你……一刀两……一刀两断！

【袁小毛一剪刀下去，手在抖，没剪成，反而碰伤了手指头，痛得含在嘴里，然后呜咽一声。

袁小毛　让我再杀杀卜卜哭脱一场后，再剪照片！（吸足一口气）我好伤心呀，我……

袁小毛　啥人？

【门外一个女人的声音："是我。"

袁小毛　（忘记了一切）是丽娜回来了！

【袁开门，他呆住了，原来是吴大姐。

吴大姐　小毛，你做啥哭？（进屋，关门）

袁小毛　我没哭！在剥大蒜头，辣得眼睛有点出汗。

吴大姐　小毛，我也是过来之人，你的心情，我是完全了解的，不要太伤心了。

袁小毛　我一点不伤心，我心里笃笃定定！

吴大姐　（取出一电报）我在值夜班，收到一封加急电报，一看，事体大了。

袁小毛　阿是苏丽娜出事体了？

吴大姐　我读给你听听！（读电报）我是松花江轧钢厂于飞翔的妻子，我的丈夫和你厂的一个叫苏丽娜的女人，三天前夜里失踪，下落不明，请贵厂协助我寻找……

袁小毛　不要读了，我都知道……

吴大姐　你知道他们的下落？

袁小毛　乘飞机飞脱了，勿晓得现在到了广州，还是深圳！吴大姐哎，我要找厂长算账！

吴大姐　厂长外出开会去了。

袁小毛　我……我……我忍无可忍，只好（指指电灯泡）触电！

吴大姐　小毛，要了解一个人并不容易，看来，苏丽娜同志确实有缺点的，我们一道把她拉回来。

袁小毛　她已经失足了！就是拉回来，我也勿要了！

吴大姐　帮助一个同志，回头是岸，这是我们党的优良传统！

袁小毛　（更加光火）在此地，请你勿要讲大道理！我决定，写离婚书！

吴大姐　千万别写！你就是写了，我们也是阻止的，还是要调解的！

袁小毛　调解归调解！调解无效就可以离！

吴大姐　小毛，苏丽娜犯了错误，你难道也要犯错误?！

袁小毛　（被火上浇了油）啥？我写离婚书就是犯错误？我今朝一定要写！

【袁小毛拉开抽屉，摸出纸笔，疾书。

袁小毛　要死快了，哪能开头法？

吴大姐　勿会开头就勿要写了！书本上或许会有，不懂，可以去查查。

袁小毛　书本上？对，作兴会有。

【袁小毛翻“字典”，“家庭日用大全”、“法律咨询”、“民主与法制”，忙得不亦乐乎。

袁小毛　要死快了！别的东西都有样板，唯独这离婚书没有样板，断命出版社太促狭！

吴大姐　人家勿提倡离婚呀！

袁小毛　我不管它有啥规矩了！决定照自己的想法写。吴大姐，你看看我被折腾得多少作孽！你一定要教育全厂妇女，牢记结婚甜，不忘离婚苦啊！

吴大姐　（不知不觉被感染）我一定……广泛……宣传……

袁小毛　谢谢你，我十二万分谢谢你。

【袁写得飞快。

吴大姐　你哪能写得介重，当心台子啄出一个洞。

袁小毛　这叫怒发冲冠！怒发冲冠懂哦？

吴大姐　（揩眼泪水）我不太懂，是不是一个叫“怒发”的人，一发火，就要去冲冲痰盂罐？

袁小毛　你一直记得的就是痰盂罐！不对的！意思就是讲，发火的辰光，头发根根竖起来。

吴大姐　（看袁小毛的头）可是你的头发还没有竖起来，还可以调解伐？

袁小毛　这是形容词。是关老爷大战梁山泊辰光发明的。

吴大姐　喔，关公和宋江打过仗？

袁小毛　瞎！就是这种意思，和打仗差勿多。喏，写好了，你可以先看看。

吴大姐　（读）我叫袁小毛，妻子叫吴桂香……啊！吴桂香是我呀！我又勿搭你离婚？搞来！

袁小毛　我气伤心了！拿来改一改……（改写）这下好了！

吴大姐　（读）我叫吴大姐，丈夫袁小毛……

吴大姐　混账！你硬劲要搭我做夫妻啊！

袁小毛　确实混账！我气昏了。再改。（重改）好了！

吴大姐　（读）我叫袁小毛，妻子苏丽娜……（放下稿子）这下子对了！（重读）袁小毛和苏丽娜于去年春节结婚，一年多来，苏丽娜老老实实本本分分，袁小毛七搭八搭，搞七捻三……

袁小毛　勿对，勿对，我又写倒脱了！（再改）

吴大姐　（叹了口气，看）马马虎虎，写对了，不过，我告诉你啊，厂里是勿会同意你草率离婚的！（下）

袁小毛　总算走脱了！谢天谢地！

【吴大姐复上。

吴大姐　告诉你啊，这件事，正好归我管！（下）

袁小毛　权大还是法大？芝麻绿豆官！

【吴大姐又上。

吴大姐　不管多大的官，县官不如现管。印我勿盖的。（下）

【袁小毛不关门，立马在门口看了一会。

袁小毛　这下子终于走掉了！

【袁关门，环顾四周，好不伤心，发疯似地冲上前去，将照片一撕两半。

袁小毛　男人不容易当啊！

【有人敲门。

袁小毛　是谁？

【门外一个女人声音："是我！"

袁小毛　吴大姐啊，还有啥事体！

【开门，原来是苏丽娜，袁呆住了，见到风尘仆仆的妻子，他妒火中烧。苏丽娜进门，顺势关门。回身，抱住丈夫肩头。

苏丽娜　原谅我的不告而别，问题都解决了！（吻了他一下）

袁小毛　严肃点！

【苏丽娜一愣。

苏丽娜　你说啥？

袁小毛　勿要装模作样！你是一条美女蛇！

苏丽娜　啊？我吃辛吃苦长途跋涉几千里，回来变成了一条美女蛇？

袁小毛　比美女蛇还要厉害！叫你一声苏丽娜同志！我们是分手的时候了。

苏丽娜　（沉重地放下包，坐下，发现撕碎的照片）你……你……你这是逼我走那条路啊！

袁小毛　你这个人还要逼？勿逼已经成了风流女人、摩托女郎满天飞！再要逼，你还要下作！

苏丽娜　下作？我下作？我的天啦。这是哪能一桩事体？（推开窗，遥望黎明中的星斗）（唱台湾电影《搭错车》插曲"是否"）

是否记得天上这对小星星，
是否记得星光下的湖。
是否记得我们唱过的那支歌，
是否记得那条铺满记忆的路？
大海声声呼喊撕碎我的心，
现实逼使我向自己屈服，
我曾一千次地原谅自己原谅你，
默默承担了无限痛苦。
面对天空无数可爱的小星星，
它像我流过的无数颗泪珠，
我曾一千次地解救自己解救你，
谁能想到无限的痛楚。
朝霞升起是在向我默默微笑，
月亮西沉是对我理解无数，
多少次想离别多少次想分手，
星星今天在为我祝福，
默默祝福！

【苏丽娜擦拭泪水。

袁小毛　不要哭了，这是鳄鱼的眼泪。

苏丽娜　(终于下了决心)袁小毛!

袁小毛　到！你想哪能!

苏丽娜　不允许你玷污我,玷污我的清白！你绝对不像80年代的男人!

袁小毛　我不像,格末你像！就封你做90年代的摩登女郎！我甘拜下风。

苏丽娜　既然如此！离就离;不过,请你说说明白。

袁小毛　还要说说明白？瞎子吃馄饨,肚皮里没数？

苏丽娜　我不是瞎子！我的眼睛视力1.5！你才是老花眼。

袁小毛　那么告诉你！我这个老式男人也有现代化的卫星传播可以看见！我看到,有一个女人在丹顶鹤饭店故意开8元的统铺,却在电话里和别的男人打情骂俏,我还看见,有一个女人在跳舞场上非但和一个年轻男人眉来眼去跳舞,用手帕帮人家擦汗,请人家吃西餐,还和他一同乘飞机远走高飞。

苏丽娜　(将小镜框砸个粉碎)好一个袁小毛,你居然跟踪追击自己的老婆！你有眼无珠,不辨是非,不明真相,你一点男子汉的味道也没有了！本来,我不想走离婚那条被中国人认为不光彩的路,我也看到你纯朴、忠厚的一面,所以,一直爱侬！只不过由于双方没有共同语言,我只好出门去积极寻找业余生活中的乐趣,来安抚一颗寂寞的心！现在,你一派胡言乱语,我也忍无可忍了！离就离!

袁小毛　8点钟,区政府门口碰头。你有种去哦？

苏丽娜　不去不是人！(哭着下)

袁小毛　(追上)不过,还可以商……

【大门被苏丽娜重重关上。袁小毛一只鼻头被重重地敲了一记。

袁小毛　啊唷哇！勿晓得我一只鼻头还在面孔上哦？

【先照照镜子,然后面朝观众,亮出一只红鼻头。

袁小毛　(指鼻子,普通话)这也是“血染的风采”!

【切光。落幕。

第六场　走 投 无 路

【时间:当天上午

【地点:区人民政府花园一角。一侧为办公大楼,挂有民政科牌子。

【幕启，杨金花一把胸脯拉住苏阿木上。

杨金花　走！今朝女儿要离婚，我也和你离脱拉倒！

苏阿木　放手！放手！（挣脱，逃到一边）你在屋里凶勿算，还要到我外头来凶啊？老实告诉你，真要弄得我光火起来，嘿嘿……

杨金花　准备哪能啊？

苏阿木　（嬉皮笑脸地开软档）我在家主婆面前，还敢哪能啊？

杨金花　这样才对头！告诉你，阿拉屋里只能一言堂！你，一定要劝这对小夫妻勿许离婚！要勿然，他们一刀两断，我们也一刀两断。

苏阿木　小青年弄白相，搞离婚，我有什么办法挽救？

杨金花　挽救？啥人叫你没本事搞钢材！你这个供销科长啊，看来也只配剥剥大蒜头！

苏阿木　格末，我又勿曾叫女儿出去，都是厂长玩的花头！

杨金花　根子在于你的失职！这下好了，女儿没人管了，像一朵路边的野花。于是，男人们像一群蜜蜂，你来采，我来闻。闯祸了吧？所以啊，你们男人都不是好东西！

苏阿木　首先申明，我绝对没有采花的特殊功能。

杨金花　勿搭你啰嗦。讲，今朝是我们离？还是你想办法不许他们离？

苏阿木　不许他们离不可能，因为有婚姻法。唉——再讲，是阿拉女儿出事体，人家袁小毛又没错，他因为伤心，要出这口恶气！你怎么阻止得牢?！唉，都怪你平时包庇丽丽太结棍……

杨金花　啥东西？弄了半天，都怪到我头上来了！走，干脆点，我们先离！（拉住苏阿木欲走）

苏阿木　什么理由？

杨金花　没有共同语言！

苏阿木　这句话像烧菜的味之素，对对夫妻通用的？

杨金花　走！

苏阿木　走是可以的，不过，允许我作临别纪念，讲句话哦？

杨金花　讲！

苏阿木　假使我们离婚，你还准备和我复婚哦？

杨金花　哪能意思？

苏阿木　假使，还准备恢复外交关系，房子家具存折，仍旧放在我这里，你到娘家住一阵，我们再登记一次，办一次喜酒，倒也可以收不少礼……

杨金花 你胃口好来！做你的梦！离定了。

苏阿木 离定了？那么请问，你目前有人订货哦？

杨金花 这勿关你啥事体！走！

苏阿木 我勿走！

杨金花 哪能没男人气？

苏阿木 男人的一半本来就是女人嘛。

杨金花 你假使勿走，今朝我和你对打！打也要打到离脱为止！

苏阿木 你有这个把握？

杨金花 因为，中国的法律基本上是保护妇女的！

苏阿木 格末，我今朝先开口……啊唷哇，救命啊！……

杨金花 做啥做啥？还没有打就叫救命了？

苏阿木 等你的老虎脚爪一敲上来，再叫就来勿及了！

杨金花 要死了，你今朝胆子大起来了，我倒要领教领教！

【杨追打丈夫，袁小毛上，脑袋被杨金花打了一记。

袁小毛 救命啊！

杨金花 我气伤心了，眼睛看不清了！

袁小毛 今天这一记，总要给个说法？

杨金花 给个说法？还要丈母娘向女婿赔礼道歉啊？

袁小毛 杨金花！你现在是我的丈母娘，再过一歇歇，你就不是了！我要讨还血债的！

杨金花 小赤佬，今朝介凶做啥？

袁小毛 介凶？这是逼出来的！是你的女儿逼我自卫反击的！少啰嗦，交出苏丽娜！

杨金花 她在屋里哭了两个钟头，一句话也没有说，就走了。

袁小毛 （本能地）哭了两个钟头？哭到哪能样子？

杨金花 （哭哭啼啼地）她眼睛哭得……红彤彤……眼泪水……哭脱……一铅桶……呜呜呜……

袁小毛 （本能地）格是作孽的，可怜的，我也要哭哉！

苏阿木 我们一道来好哦？一、二、三，预备哭！

袁小毛 （突然清醒）停！我哭什么东西？一条美女蛇、鳄鱼的眼泪，都是假的！

苏阿木 我看得出，你还是对她有感情的，讲的都是气话，对哦？

袁小毛 不。不是！

苏阿木　不管哪能，我有一句金玉良言，不知你要听，勿要听？

袁小毛　现在讲，我们还是翁婿关系，讲吧！

苏阿木　我女儿就算犯了错误，请你看在过去的情分上，再原谅她一次，这样，反而显得你形象高大！

袁小毛　要死了，我这种形象还高大得起来？面子呢，夹里呢？

苏阿木　男人的面子和夹里，现在讲究浮动价，可大可小。

杨金花　这句话上路咯！

袁小毛　不！我不做这样的人，请你们告诉我，苏丽娜为啥勿敢来？

杨金花　勿晓得！

袁小毛　被你藏起来了！

杨金花　啥？我把女儿藏起来了！好呀！矛头对准我了？好极了！当初，我就反对这门亲事，都是死老头子硬劲说你人老实，又是人缘好，又是技术好，女儿才被你骗去！今天既然你无法无天，好，我也解脱了！允许你们离！

苏阿木　小两口离掉以后，我们呢？

杨金花　你也不是个东西，一份人家拆光算数。

苏阿木　袁小毛同志，不，阿毛，听听，这种味道有点像大兴安岭着火的辰光飘过来的哦？请看在安定团结的原则上，再考虑考虑。

袁小毛　勿考虑了！

【摩托车由远到近的响声，刹车，苏丽娜上。

苏丽娜　你们不必劝他！袁小毛，走，进去办理手续。

袁小毛　走就走！

【苏丽娜在前，袁小毛在后，往前走。

杨金花　介干脆，也好！

苏阿木　要慎重考虑、考虑！

【苏丽娜走到民政局门口，要进去了。

袁小毛　（忽然停住）等一等。

苏丽娜　做啥？

袁小毛　你没什么话啦？

苏丽娜　有话里面讲！

袁小毛　请问一桩事体。

苏丽娜　什么事?

袁小毛　你怀孕了哦?

苏丽娜　怀孕两个半月了!

袁小毛　啊?这……怀孕期间是不可以离的。缓期执行吧!

苏丽娜　刚才我已经去打胎打掉了!

袁小毛　(双脚一跳)啊?这怎么可以?没我的同意,你有什么权利去打胎!(抱住苏阿木)伲子!我的伲子!

苏阿木　呸——我是你的老子!小赤佬,眼睛花脱了!

【袁小毛像只小老虫扑扑跳!手舞足蹈。

袁小毛　早晓得我还有七个月要当爷,我就勿会离婚了!我辛辛苦苦剥大蒜头,就是为了做好向90年代进军的准备!因为,我既不想去当贩子,又不想去赌博。工资勿多,我只好剥剥大蒜头,赚点外贸公司外发生活的小钞票!

苏阿木　(对杨金花)有点作孽咯!

杨金花　看来,他对丽丽还有感情……

袁小毛　不,今朝我彻底下决心了,苏丽娜,进去!

【袁小毛欲进民政科,徐厂长满头大汗追上来。

徐文杰　慢!

【众人奇怪。

众　　厂长?

袁小毛　你拆了一泡烂污,事到如今还要来做啥?啊,是吴大姐叫你来调解的,是伐?

徐文杰　(坐在石凳上,喘着气)让我……等一等……详细说明。

【吴大姐上。她也是跑得上气不接下气,身体已经跑不动了。

吴大姐　我……我五分钟……跑了两站路。

【两人一起一伏喘气。

袁小毛　你们不必做思想工作了!为了离婚,她已经打胎了!

徐文杰　她是……骗骗你的……

吴大姐　我一直在劝她……

袁小毛　到底搞啥百叶结?

徐文杰　(走上前)袁小毛,恭喜你,有一个美丽、善良、热情、大方的好妻子!

袁小毛　你知道还是我知道?

徐文杰　现在我比你知道。

袁小毛　你勿知道！你要到松花江去一趟，就知道了！

徐文杰　正因为我也去了松花江，而且一直跟在苏丽娜同志后面，所以，我敢打包票。（取出车票）这是我的一切车票，机票，包括丹顶鹤舞厅的门票。

众　啊？

吴大姐　我们的厂长是个开拓型，头子活络，来了个跟踪追击中的追击！

袁小毛　这么说，你……

徐文杰　在丹顶鹤宾馆，有一个男人坐在角落看报，有哦？

袁小毛　有的！（苏丽娜激动万分）

徐文杰　在舞厅，也有一个男人在一边看报，是哦？

袁小毛　是的！

徐文杰　喏，报纸还在这里。（取出，展开，当中一个洞）那个人，就是我。

袁小毛　厂长，你为什么要这样？

徐文杰　说实在的，我既不放心苏丽娜女同志出远门，又担心你会瞎来，所以，就一直跟牢你们。

袁小毛　你看到点啥？

徐文杰　我看到苏丽娜在松花江落落大方，看到她在湖北武汉清清白白。她的一言一行，我都可以作保。当然，我还看到另一个人，四肢发达，头脑简单，既像日本人，又被人家当作小偷叫去谈话……

袁小毛　这么说，厂长，我又搞错了？

徐文杰　你说呢？

袁小毛　厂长，吴大姐，丈人阿爸，丈母娘，丽娜……

苏丽娜　走，进去办手续！

杨金花　哼！活该！

徐文杰　现在，轮到你拿出态度啦！

袁小毛　（对众人）同志们，你们可以避一避哦？

杨金花　做啥？

袁小毛　我有几只动作要表演，这种动作一般人勿大好看的……

苏阿木　我有数哉！那几只动作，我也会……

杨金花　男人的老花头！

徐文杰　小毛，要做一个人不容易，要认识一个人，也不容易啊！特别不能只看表面。好吧，我们走吧。

【众下。

袁小毛　（四下看看）丽娜……

【几次要走到妻子面前，都没看到她的面孔。

袁小毛　我知道，今朝勿要说跪下来，就是学狗熊吹喇叭，你也勿会笑了。

苏丽娜　既然如此，还有啥话好说。进去，办手续。

袁小毛　好，看来只好像杨白劳那样，按一只手印了。不过，请看在夫妻一场的情分上，拜托你一件事。

苏丽娜　什么事？

袁小毛　教我跳一只舞。

苏丽娜　（本能地，摸他额角头）你生病了？

袁小毛　不！我十分正常，我要告别大蒜头，走向新生活。请叫我一只花鞋子！

苏丽娜　不是花鞋子，是华尔兹！

袁小毛　再教我一只“短舌头讲话”——结巴。

苏丽娜　（一笑）不是结巴，是伦巴！

袁小毛　干脆，跟你跳会迪斯科！

【袁小毛可怜地、真诚地、惭愧地、作孽地跳舞。

【苏丽娜一把挡住他。发现丈夫满眶的泪水。

苏丽娜　阿毛！你真的变了？

袁小毛　忠不忠，看行动！

【苏丽娜一把拉过他的双手，慢慢地跳起来。

【老人们探出脑袋偷看。

【强烈的音乐起。

【在《让世界充满爱》的乐曲声中，徐徐落幕。

【全剧终。

·独幕话剧·

未名剧*

人物表：

谢云，"金妮"的扮演者——女，25岁，某大学中文系三年级学生

于峰，"让·阿尔诺"的扮演者——男，33岁，同校中文系四年级学生

李奎之，"李哲文"的扮演者——男，30岁，谢云的同班同学

吴素英——女，28岁，山村姑娘

文兴——男，45岁，同校中文系党总支书记

小徐——女，20岁，中文系学生，报幕员

【时间：1981年6月

【地点：××大学礼堂的舞台上

【布景：金妮家的小花园。舞台右侧，是奶黄色小洋房的一角。它通向花园的门口，有平石和几步台阶。舞台左侧，有一棵婀娜多姿的大树。台中，有张别致的石桌，上面放着一台四喇叭录音机和几瓶酒、酒杯。桌两旁有两把藤条靠椅。一堵顶端镂花的围墙横贯舞台深处。墙内，鲜花盛开。墙外，新楼幢幢。

【幕启，报幕员小徐上场。

小　徐　下面请欣赏话剧——噢，对了，剧名还未定下来呢！编导说，还是请大家看完演出，一起帮着取个好听的剧名。谢谢诸位！（下）

【乐起。大幕徐徐拉开。

---

* 本剧创作于1980年10月，张文龙执笔，第二编剧为饶明华。1981年起由上海海运学院大学生话剧团在"大世界"及各高校公演20多场。

【金妮低着头在园中踱步。她不时焦急地看看手表。围墙外传来小轿车刹车的声响和喇叭声。

金　妮　(亲切地)呵,他来了!

【阿尔诺拿着一束鲜花,兴高采烈地奔上。

阿尔诺　哦,我的小金雀!非常抱歉,让你久等了!(递花给金妮)紫罗兰,喜欢吗?

金　妮　(接过花,满怀深情地闻着)喜欢!十二万分地喜欢!亲爱的,我深为骄傲的是,你的审美能力,跟你的其他才能一样的出类拔萃,为一般人所望尘莫及!

阿尔诺　哈哈,过奖,过奖!你们中国有句名言,叫做"情人眼里出西施"!其实,我在剑桥大学念书时,美学成绩一直是全班最差的。不过,也难怪,谁叫我们在度蜜月呢!

金　妮　(娇嗔地)嗬——亲爱的夫君,你的话幽默极了!可是,最要紧的事,你还没有告诉我呢——飞机票……

阿尔诺　已经买好了,今晚 8 点起飞,后天就可以抵达巴黎!

金　妮　是吗?那太好了!就是说,后天,我们就可以并肩站在埃菲尔铁塔上,领略塞纳河两岸美丽的风光了!……

阿尔诺　(愁眉)坦率地说,我的金妮,如果不是你的催促,我真想延长在这里的任教期。真的,我很不愿意马上离开中国——这个伟大而古老的国家……

金　妮　(嗔怪地)哼,"伟大"那是它的过去。一听到"古老"这个字眼,就使人想起年老色衰、虚弱、老态龙钟、贫穷和凄惨……

阿尔诺　太悲观了,我的小松鼠!你至少应该庆幸中国当代的进步……

金　妮　(愤然打断他)我应该庆幸!在"史无前例"的年代中,我的父母都被戴上叛徒、走资派的帽子!(泣然)多么沉重的帽子啊……两位世界上最疼爱我的亲人,就这样被活活整死了!……而我,居然在断绝生计、备受屈辱的情况下,奇迹般地活了下来!这,难道不值得庆幸吗?!

阿尔诺　(同情地)亲爱的金,我完全理解你!你的命运,使《悲惨世界》里的柯赛特也黯然失色……(上前替她擦泪)

金　妮　所以,这儿的一切,再也唤不起我的热情,我的心已经冻成了一块坚冰!

阿尔诺　你这块坚冰该融化了!你们国家的"四人帮"被粉碎后,你受了益,进了大学念书……

金　妮　(不以为然地)那是我的天分给我带来的好处!

阿尔诺　不,不,金妮,你是受益的!否则,我们怎么可能结识?并且都被爱神之箭射中呢?

金　妮　(奔上去,双手钩住他的颈项,快乐地)是的,阿尔诺,嫁给你,是我一生中唯一的,最大的幸福!

阿尔诺　(笑着将她抱起旋转一圈)这么说,唯有我能够让你融化。是吗?我的冰激凌!

【金妮笑着挣脱开,跑到石桌旁,斟了两杯酒。

金　妮　(递给阿尔诺)来,亲爱的,为我跟着你离开中国,为我们永远相亲相爱,干杯!

阿尔诺　干!

【金妮放下空杯,打开录音机,顿时响起节奏感极强的舞曲。

金　妮　(多情地)来啊,我的雄鹰!"迪斯科",怎么样?

阿尔诺　(兴奋地)好主意!(随节拍,跟金妮跳了起来。)

【李哲文上。

【金妮惊慌地停止跳舞,关上录音机。

阿尔诺　(疑惑地问金妮)这位先生是……

金　妮　(强作镇定地)哦,我来介绍一下,他是华山大学物理系的研究生,我的朋友李哲文先生!(对李哲文)这位是我校的外籍教授让·阿尔诺先生!

阿尔诺　(热情地伸出手)见到你很高兴!

李哲文　(没有伸手去握,冷冷地)我也是。

阿尔诺　(不悦地对金妮)亲爱的,我还要去学校向同事、同学们辞别。恕不奉陪,再见!(下)

李哲文　(极力抑制住愤怒)有人曾经多次告诉我:你为了挤进欧美社会,竟狂热地去追求一个外国教授,不择手段地把他当作跳板!……当时,我把传这些话的人臭骂了一顿。但是,现在看来,是我错了,天啊!我们五年前在农村插队时的海誓山盟,原来不过是一场骗局!

【远处,传来沉闷的雷声。灯光转暗。

金　妮　(轻蔑地一笑)深感遗憾,一个头脑发达的研究生,竟会听信长舌妇的谣言。怪不得戈培尔会说,谣言重复一千次,就变成真理了!

李哲文　谣言?你都快成了一部写情书的机器了!每天,你都要寄厚厚的两封信给那个外国人,这是谣言吗?你把一瓶瓶的香水当佐料,浇在这些信上,这是谣言吗?一有机会,你就缠住他,卿卿我我地兜风、跳舞、上馆子,这也是谣言吗?

金　妮　跟外国人交朋友,不触犯什么法律,何必大惊小怪!

李哲文　有这样交朋友的吗?可耻呀!你不仅对我毁约,还打算背弃哺育你成为大学生的祖国和人民！对于你的这种忘恩负义的行为，人们难道还能够容忍吗？很清楚，在你美丽的躯体里，藏着一颗肮脏的心！记住，爱情对于忠实于她的人来说，是甜蜜的醇醪；对玩弄她的人，则是致命的烈焰！

【一道闪电。紧接着是一声震耳欲聋的霹雳。金妮吓得双手掩耳。

李哲文　啊，雷声和闪电，来得更猛烈些吧！让一切卑鄙的小人在你们面前发抖吧！

金　妮　（全身痉挛，继而痛哭流涕）哲文！真叫人不敢相信……嫉妒竟使你说出这样可怕的话来！怎么可能呢？阿尔诺先生要比我大 20 多岁，差不多可以做我的父亲了！封建礼教和因袭的偏见，使你跟许多人一样，带上了有色眼镜。是的，我追求无拘无束的自由，令人陶醉的快乐和刺激，那是因为我曾一度沦为“会说话的工具”！天性不应扭曲，懂吗？但是在我心灵深处，我是始终不渝地爱你的……（一步步逼迫李哲文，然后猛地拥抱李哲文）

【农民装束的吴素英，从舞台底下的走道，踏梯登上台。她匆匆地走到他俩跟前，惊恐地揉了几次眼睛盯着李哲文。

【报幕员从舞台一侧急上，欲阻止吴素英，又不敢走到舞台中央，急得直跺脚。

吴素英　（呆呆地）小李，你……你怎么没有死啊，你不会是鬼吧？……

【李哲文扮演者李奎之，见了吴素英，惊吓得面如土色。

【金妮饰者谢云，先是瞠目结舌，尔后，便愤怒地去撵吴素英。

谢　云　快下去！我们在这儿演话剧呢！

吴素英　（无动于衷，直愣愣地看着李奎之）你不是死了吗？你不会是鬼吧？……

谢　云　（气急败坏地对报幕员）快落幕！快！

【落幕。灯暗。报幕员上。

报幕员　（尴尬地笑着）各位观众，非常抱歉！发生了一件意想不到的事情。趁他们还在大幕后面纠缠不清，我不妨将知道的一些情况告诉大家。刚刚闯到台上来的山村姑娘，自称是那个男演员李奎之的妻子。而据我所知，李奎之进大学后就和金妮的扮演者谢云谈恋爱，现已堕入情网。我想，诸位一定悟出了问题的严重性了吧！不仅如此，那个扮演外国人的于峰，又恰是李奎之的姐夫，可想而知，他的处境是何等尴尬！……（转身，头探进幕布。后又转向观众）哈，里面吵得可凶了！（灵机一动状）对了，我去把系党总支书记找来，问题总得解决啊。为了不使大家干等着，我去把幕布拉开，让大家瞧瞧，究竟是怎么回事。不过，大家得为我这事保密。多谢啦，多谢！（鞠躬，下）

【大幕重启。

【吴素英拉住李奎之的领口，掩面啜泣。李奎之试图挣脱。谢云不知所措。

【于峰急上。

于　峰　（扯扯吴素英的袖）大嫂，你是从哪儿来的？（拿了一把藤椅给她）有话坐下来好好说嘛。（转身对李奎之）这到底是怎么回事啊？

李奎之　（干咳了一声，咽了口唾沫）我跟她根本就不认识！快放开我！

谢　云　（激动地指着吴素英）这个人大概有神经病！快叫几个身强力壮的人来，把她送到那种医院去！

于　峰　慢！（抹去脸上的胡子，对吴素英）请放心，我不是外国教授。告诉我，你跟他到底是什么关系？

吴素英　（严厉地）他是我丈夫！我叫吴素英。七年前，他来我们村插队落户，我们相爱了。后来，我们……同居了两年……

谢　云　（震惊，连连后退）啊?！李奎之，你，你……

李奎之　（猛地挣脱开，发疯似地吼道）胡说！完全是胡说！

于　峰　（严肃地）李奎之，谢云！你们别嚷嚷，让她先把话说完。

吴素英　（缓缓地）在那段日子里，我给他缝衣做饭。为了让他安心复习迎考，我不让他下地干活，我自己却没日没夜地挣钱供养他。不久，他考上了大学，我高兴得一连几个晚上没睡着觉……

于　峰　哦，那你们办过结婚手续吗？

吴素英　（悔恨地）没有……可村里人都知道！

【谢云背过身，伏在树干上伤心地哭起来。

李奎之　（暴怒）纯粹是污蔑！天方夜谭！西游记！

于　峰　（对李奎之）你是大学生，要有涵养！

李奎之　我的事，用不着你管！

于　峰　（理直气壮地）作为你姐夫，我更应该管！

李奎之　（冷笑）姐夫?！哼！

于　峰　（对吴素英）你现在来找他干吗？

吴素英　（抽泣）我是来取他的遗物的。可万万没想到，他还活着！

于　峰　（吃惊地）什么？你说清楚点！是气糊涂了吧？慢慢地说嘛。

吴素英　没有，我没糊涂！我以为他死了，想不到他却在这儿跟这个女人亲热！

于　峰　（耐心地）你慢慢说下去。到底是怎么回事？

吴素英　（仰起头，若有所思地）昨天夜里……

【灯全暗。

【强烈的风声、雨声、流水声交织在一起。

【追光。光束中，李奎之打着伞，携着吴素英上。

吴素英　（害怕地）奎之，这地方怎么这么黑，这么冷啊？！你说好带我去医院，看你受伤的姐姐的，怎么跑到这儿来了？这是什么地方啊？

李奎之　（忧郁地）这是有名的跳虎崖。下面就是丽江。

吴素英　（紧张地）到这儿来干吗？

李奎之　（哽咽地）我不愿意再活在这个世界上了！我父母坚决反对我们结婚，还扬言要把我赶出家门……可你已经怀了身孕，叫我怎么办？叫我以后怎么在大学里做人呢？

吴素英　（呜咽着）你如果死了，我活着就没有一点意思了。不久，我也会去死的！奎之，我求求你，千万别去死！我们明天就去办结婚手续，别人也就不会说什么了！

李奎之　（红肿着双眼）晚了！……我决定今晚就死。我已经把绝命书寄给了父亲和姐姐！（摘下手表，放在她手里）给你留作纪念吧！

吴素英　（把手表还给他。焦急万分地抱住他）好人！我不愿意看着你死去……要死，我们一块去死！

李奎之　（悲恸地）天啊！……（突然地对吴素英）可你，绝命书还没写呢……

吴素英　不用写了……人死了，跟世界就没有啥瓜葛了……将来等父母也入了土，再向他们诉说也来得及！

李奎之　（拉着她的手，欲跳状）上帝！保佑我们的在天之灵吧！——

【"嘭！嘭！"两声落水巨响。

【乐起。少顷，灯全亮。

【李奎之垂头丧气、无地自容。谢云坐在藤椅上掩面啜泣。于峰紧锁双眉，义愤填膺。

吴素英　（泣不成声）后来，我被人救起来。我以为他死了，心里感到万分对不起他！……谁料到他欺骗了我，想把我害死！我……（气得晕过去了）

【于峰正要上去扶她，报幕员急上，一把将她扶住。

报幕员　（对于峰）文书记等会儿就到。（指指吴）她怎么啦？

于　峰　(朝李奎之努了一下嘴)喏,这是他干的好事!(转向李)卑鄙,你大概压根儿就没投河吧?

李奎之　(辩解)不、不!我跳下去的!可是……我会游泳……在走向地狱时,我尝到了死的真味道,我一下子明白了生的价值!于是……我游了回来,爬上了岸。

于　峰　(逼视李奎之)好了,待会儿,再来跟你算账!(对报幕员)小徐,来,我们赶快把她送到医务室去!

【于峰和小徐挟住吴素英下。

李奎之　(沉重地走到谢云跟前)云,我知道自己很对不起你!……

谢　云　(怒目而视)多么令人难以置信啊,你竟然干出这种事!……我怎么没有看出你是个伪君子啊!

李奎之　(跪在她面前)我……我是个罪人!但是希望你能原谅我——伟大的思想家卢梭就曾经说过:"没有可憎的缺点的人是没有的"!你应该相信我,我对你的爱是真诚的!自从认识了你,我觉得自己的灵魂变得纯洁了,就像一块肮脏的石子投进清澈的溪流,我受到了爱情的洗礼!……

谢　云　够了!如果在昨天,听到这些抒情诗,也许,我又会傻乎乎地投入……你的怀抱!可是,现在我看清了,在你魁梧的躯体里,藏着一颗肮脏的心!记住,爱情对于忠实于她的人来说,是甜蜜的醇醪!对玩弄她的人,则是致命的烈焰!让一切卑鄙的小人,在你熊熊的烈焰面前发抖吧!

李奎之　(颓然倒在藤椅上)这不就是刚才我在戏里痛斥金妮的话吗!演戏和现实生活是两码子事嘛!……

【于峰急上。

谢　云　(焦急地问于峰)吴素英怎么样了?

于　峰　还在抢救。她现在神志恍惚……

谢　云　(委屈地)于峰,我多么恨自己!——在爱情上,我竟是一个瞎子!

于　峰　这说明,爱情并不像有人说的那样,只要彼此吸引就够了,她还需要扎实的道德基础!谢云,记取这个教训吧!(对李奎之)由于你的丑行,我们那个戏中断了。你大概认为,演戏归演戏,在生活中不必追求"真、善、美"。所以,在戏中,你作为受害者谴责了别人虚假的爱情;而在现实生活中,你恰恰是用虚假的爱情损害别人的凶手!

李奎之　(色厉内荏地)你这是对我的污蔑!存在决定意识,这是马克思的观点。生活环境变了，价值观必然会起相应的变化，对爱情的理解和要求也就不同了。这有什么可以值得大惊小怪的！难道初恋竟是牢笼，一旦跳进去后，就永远失去了追求更崇高的爱情的自由了？

谢　云　（冷笑，讥讽地）哈哈，我懂得了你所谓的崇高爱情！在你得知了我的父亲是教授，有几十万元稿费后，你就找了个机会，跪着向我求爱！……这，就是促使你的价值观念质变的原因吧?!

于　峰　（厌恶地）一个常常炫耀自己没有政治信仰的人，却用马克思的观点来为自己朝三暮四的卑劣行径辩解，真是无耻之徒！其实，你懂得什么是存在决定意识!？懂得什么是爱情!？你是大学生中的败类！作为你的姐夫，我为你感到羞愧！

李奎之　（恶狠狠地）你根本没有资格来教训我！我压根儿就不承认你是我姐夫！人嘛，都是自私的，都讲究实惠，包括你这位道貌岸然的正人君子在内！

于　峰　（冷静地）你这是什么意思？

谢　云　（仇恨地）李奎之！不许你诬陷好人，倒打一耙！

李奎之　（得意地讽刺）既然他没有胆量把自己的丑恶嘴脸公诸于世，那只好由我来代劳！我姐姐在不久前的特大水灾中，为抢救厂里的仪器设备，失去了一条手臂，脸上缝了70多针。前几天，我去医院看望，无意中在姐姐的枕头底下，发现了一封递交法院的离婚申请书！如果不是你于峰的逼迫，她会在自己最需要照料、体贴的时候，写这种东西吗?!……所以，别一本正经了！最多，我们也是彼此彼此！……

【在李奎之说话时，文书记上。此刻，他走向他们。

于峰、谢云　（听到声音转过头）文书记！

文书记　（点头致意）情况我都知道了。（对李奎之）你讲的，不符合事实。法院的同志已经来过了，离婚书是你姐姐忍着极大的痛苦，违心写成的。她是一个具有高尚情操的人！为了在生活上不拖累于峰，以利于他将来在事业上取得更大的成就，你姐姐宁愿牺牲自己！因为她知道，于峰自从他的两篇论文引起国内外学术界重视后，多么需要时间啊！可是于峰怎么也不答应，他反而更深地爱你姐姐了，一有空就到医院里去陪你姐姐！还到法院讨回了离婚申请书。于峰以他的行动证明，他的心灵是纯洁的、美丽的！

于　峰　（诚恳地）文书记，我做得还很不够。李奎之的事，我也有责任。我很少去关心他，同他交流思想……

文书记 同学们，在我们培养社会主义优秀建设者人才的大学生中，出了像李奎之这样的问题，我们感到非常痛心！尽管这种事发生在极少数人身上，但足以说明，在大学里加强政治思想教育的重要性和迫切性。

【报幕员小徐上。

报幕员 文书记，吴素英醒过来了。她嘴里老是叨念着："李奎之到底是人还是鬼？是人还是鬼……"

文书记 （严肃地）这是一个惨痛的教训。同学们，生活和艺术应该是统一的，它们都需要真、善、美。生活是个大舞台，我们每一个人都在不知不觉地表演着，我们都应该成为一个党和人民所欢迎的角色！

【乐起。

报幕员 戏演完了，总得取个剧名吧。我想，还是定名为《在人生的舞台上》吧！谢谢大家，再见——

【幕落。

【全剧终。

情景喜剧

《开心公寓》之可怜天下父母心

人物：王小帅、贾淑贞、乔　光、肖百搭、甜　甜、节逸石(50岁)、崔爱珠(45岁)、节希宝、玲　玲、朱罗兰(50岁)、姚尼鸣(30岁)、范　兵、尤　佳、严　华

一、 大堂前台

尤　佳　贾经理，最近客人来得少，生意一直不大好……

贾淑贞　(打断她)你们要查查自身原因啊！开心公寓嘛，就是要开开心心！像侬这样，一天到晚绷着脸怎么行？人家还以为，这里不是宾馆，是殡仪馆呢！笑给我看看……

尤　佳　(装笑)哈哈——

贾淑贞　哎哟，笑得来介夸张，像个花痴！(瞅见门口有人来)侬看，灵哦？侬只要动情笑一笑，客人立刻就来到！

【十八九岁的节希宝，西装笔挺，趾高气扬地来到了开心公寓。推着装有大包、小包的行李车的范兵满脸堆笑，跟着他来到服务台前。

范　兵　先生请——

【贾淑贞和尤佳在前台热情相迎。

尤　佳　(笑嘻嘻)先生贵姓？

节希宝　哦，我姓节，节约的节，名希宝。

范　兵　(嘀咕)名字起得好！希宝，希宝，爷娘希望伊成为家中的宝贝！好，好！

贾淑贞　(制止范兵)阿拉与客人讲闲话的辰光，请侬不要插嘴！

范　兵　是，是。

尤　佳　(笑嘻嘻)节希宝先生，侬想要哪一种房间？

节希宝　豪华一点的。

范　兵　豪华房！（嘀咕）乖乖！年纪轻轻，派头大咯！

贾淑贞　（制止范兵）刚刚跟侬讲过，又忘记了？阿拉与客人讲话的辰光，请侬不要插嘴！

范　兵　是，是。

尤　佳　（笑嘻嘻）节希宝先生，侬想住多少日子？

节希宝　一年两年都有可能。反正，我想无限期，一直住下去！

范　兵　（因惊喜而拍手）乖乖！是笔大生意嘛！

贾淑贞　（瞪了范兵一眼）哪能又忘记了？侬的脑子，阿是死机啦？

范　兵　是，是。

尤　佳　（嘀咕）真像山芮哥哥！（笑嘻嘻地对节希宝）那就请侬先交纳两万块押金行吗？

节希宝　（不屑地）什么行吗！（从包里拿出一大沓钱）凑个整数给侬——10万块！

【三人吐舌头。欣喜地互换眼色。尤佳将门卡等交给了节希宝。

范　兵　（对节希宝）先生请（节希宝随范兵下。）

尤　佳　（拍手大笑）贾经理，侬真是阿拉开心公寓里的福将！侬一开金口，叫我笑一笑，钞票立刻到！

贾淑贞　严肃点！上班的辰光不要拍马屁！（见尤佳一脸沮丧）看侬，嘴巴上好挂油瓶了！不可以的，要笑嘻嘻的。

（尤佳又笑嘻嘻了。见又有人进来）侬看，真是和气生财，客人又来！

【的士司机节逸石拿着一个饭盒上，路过前台。

贾淑贞　（见是节逸石，嘀咕）要死，这记喇叭腔，来的不是客人，是佣人！不对，是佣人的老公。（对节逸石）节师傅，带点什么好东西给崔阿姨吃？

节逸石　（埋怨）我的老太婆也真是的！我给伊买的红烧肉就是不吃，每天只带一块乳腐下饭，这样下去身体要垮掉的！

贾淑贞　是的，崔阿姨太节约了！侬去劝劝伊。伊现在大概在经理室做生活。

节逸石　嗯。（下）

尤　佳　贾经理，迭个是啥人？

贾淑贞　伊叫节逸石，差头司机。听讲，伊每天要工作18小时以上。

尤　佳　伊拉哪能介想不穿，一面拼命赚钞票，一面又介节约，为点啥？

贾淑贞　我也不清楚，伊格老婆崔阿姨呢，就是那个前几天街道办事处介绍过来做清洁工的老阿姨。

尤　佳　（恍然）哦，那个卖力得不得了的老阿姨，就是伊老婆啊！

二、客房走廊

【肖百搭端着装有人头马XO洋酒、燕窝羹、哈根达斯和匹萨饼等高档食品的托盘来到豪华房门口。

肖百搭 （摇头叹息）人比人阿要气煞人？一个20岁不到的小赤佬，一顿早点心要吃掉近千块！而我，要比伊大10岁，早饭只好买副大饼油条咬咬！……唉，下辈子啊，一定要寻个有钱的爷娘！（边按门铃，边嘀咕）小赤佬，你爷给你送XO洋酒来了！

三、豪华房

【听到门铃声，相拥在一起的节希宝和玲玲只得松开。

节希宝 请进。（对进门的肖百搭）东西放下，快点走吧！（嘀咕）迭个矮胖子促狭啊！来的时机选得非常到位！伤阴节的！

肖百搭 （才走几步，又回转身来）节老板，还有什么吩咐？

节希宝 （不耐烦）哎唷！我叫侬爷好伐？侬给我快点走吧！

肖百搭 （嘀咕）我刚刚讲过，侬爷给侬送XO洋酒来了！没想到，伊果然叫我爷！（还想回转身来）

【节希宝做出想揍肖百搭的样子，肖百搭赶紧夺门溜走。

【玲玲微笑着伸开双臂，等待节希宝的拥抱。

节希宝 （打开洋酒瓶，倒了两杯）来来，先为阿拉分别两个月后在这儿重逢干杯！（递酒杯给玲玲）

玲　玲 （接过酒杯，并未迎上前去碰杯，盯住节的眼睛）慢！要老实坦白，这次侬去加拿大两个多月，有没有到过红灯区？

节希宝 我怎么会去那种地方?！我对天发誓：我是去留学的，不是去嫖娼的！来来，为阿拉纯洁的爱情干杯！

玲　玲 （还是未去碰杯）慢，还有一个问题……

节希宝 （不耐烦）哪能介烦啦！还有啥问题快一道提出来！

玲　玲 在加拿大，有没有喜欢上其他的女孩子？

节希宝 （狡黠一笑）有啊！

玲　玲　（紧张地追问）啊！？离开我才两个月就水性杨花啦？

节希宝　水性杨花？迭个是用在女人身上的字眼！男人叫拈花惹草！

玲　玲　（打断）对对，叫拈花惹草！

节希宝　什么呀！我怎么会拈花惹草呢？我是吓唬吓唬侬这个小醋坛子的！

玲　玲　（撒娇地捶了他几下）侬坏！侬坏透了！（扑入节的怀中）怎么这么快就回国了呢？

节希宝　（推开玲玲）想侬啊！最主要的，侬又不是不知道，我 English 不行，怎么学也学不进去。与其像戆大一样，每天闷在加拿大借的房子里，还不如回国来，住进酒店跟侬呆在一起！

玲　玲　（大惊）这么说，你爸爸妈妈不晓得侬回国的事？！

节希宝　这有什么大惊小怪的？爸妈给了我 30 万块钱，与其为外国人增加 GDP，还不如我把钱带回祖国来消费，促进阿拉国家市场的繁荣！

玲　玲　（愤怒）啊？侬在糟蹋你父母一生的积蓄啊？！

【这时，节希宝的手机响了。

节希宝　（做了一个让玲玲禁声的动作，然后按接听键）爸爸，是我，希宝！对，我在加拿大多伦多，一切都很好！现在这儿是晚上，大家都睡着了，所以，讲闲话一定要轻。对对，我学习很好啊，懂了 ABCDEFGHI……我不念了，念了侬也不懂。钞票嘛，我晓得侬赚得不多，我呢，暂时也能对付，等不够用了，再叫侬寄吧。

四、 经理办公室

【王小帅在伏案写东西，接电话。崔爱珠在一旁擦桌，整理书报。

王小帅　（指着角落里一大捆报纸）崔阿姨，这些报纸，侬就拿去卖掉吧！

崔爱珠　好的，卖掉的钞票交给啥人呢？

王小帅　几块小铜钿嘛，侬就拿去用吧。

崔爱珠　好，谢谢王经理！

王小帅　这有什么好谢的？崔阿姨，侬快 60 岁了吧？

崔爱珠　（很紧张地恭立、解释）没有，没有，才 40 多岁！

王小帅　哦，那侬是太辛苦了！所以容易见老。

崔爱珠　（担心地）但我身体很好啊，王经理，我没做错什么事吧？

王小帅　（解释）我没有其他意思，侬做得蛮好。事实上，我的父母跟您侬年龄也差不多，不过他们早就退休在家，搓搓麻将、遛遛狗、种种花草。我就是搞不懂，侬这么大年纪了，为什么不去享清福，还要来做清洁工？

崔爱珠 王经理，不瞒侬讲，是为了供儿子出国留学，让伊来改变阿拉的命运！唉——阿拉这些老三届，什么倒霉的事都遇上了！——自然灾害、文革，插队落户……没读过几年书。现在所以，苦点累点也是应该的！

王小帅 真是可怜天下父母心啊！

崔爱珠 谢谢王经理的关心！

王小帅 （突然想起）哦，这是刚刚你先生拿来一只杯子，装了几块肉。伊要给侬补补营养。伊说，侬每顿饭，只吃一块乳腐下饭。崔阿姨啊，毕竟是上了年纪，还是要注重营养，当心身体！不要太节约了……（把杯子交给崔）

【崔爱珠接过杯子，掀开盖子看了一下，笑了笑，放入自己的一个旧包。

崔爱珠 我屋里迭个老头子闲话太多！其实，伊比我还要节约。为了孩子留学，伊给自己规定了新的“七不”。

王小帅 （感兴趣）哦，新的“七不”？蛮新鲜格，讲给我听听！

崔爱珠 伊的“七不”是迪能咯，一不抽烟；二不喝酒；三不上饭店；四不买新衣；五不打的；六不上影院；七不用空调。

王小帅 （大笑）怪勿得！侬先生叫节逸石。节逸石，就是节衣缩食！不过，还是要当心身体噢！（见崔爱珠听着听着，就在沙发上睡着了，只能摇头苦笑）严重营养不良！作孽啊！

五、豪华房

【打扮得洋气十足的中年妇女朱罗兰推门进来，节希宝和玲玲赶紧松开拥抱。

朱罗兰 不用松开，这样很浪漫，也很好看！

节希宝 （一眼认出）啊？是朱罗兰！朱妈咪！（冲上去拥抱朱）

玲　玲 （跺脚埋怨）要命啊！自从雅典奥运会以来，现在，男人和女人拥抱变得随随便便，一文不值了！

朱罗兰 （松开，点了一支烟）希宝，这位美丽的小姐，一定是侬女朋友吧？

节希宝 是的，妈咪。伊，就是我跟侬讲起过的玲玲。

朱罗兰 噢——从伊嫉妒的目光中，我看出了伊对侬的深深的爱！

节希宝　对对。

【玲玲把节希宝拉到一边。

玲　玲　迭个是啥人?

节希宝　妈咪呀!我和伊是在飞机上认识的。伊认我为干儿子。

玲　玲　啊?!是这样的……

朱罗兰　(吐了一个烟圈)要注意礼仪,不要开小差嘛。我今天有个天大的好事,要来告诉我的干儿子!

节希宝　妈咪!什么好事啊?

朱罗兰　想不想发大财?

节希宝　当然想喽。

朱罗兰　想不想做房地产生意?

节希宝　不想。

玲　玲　(不屑地)我当是什么大买卖!房地产生意早就过时啦,现在啥人做,啥人就套牢!

朱罗兰　讲得对,但是请耐心听下去。我讲的房地产不是在地球上做,而是做到木星上去!

节希宝　啊?!是木星上的房地产啊!

朱罗兰　没听说过吧。大家晓得,木星,其实离我们地球并不远。所以,现在美国正在发明一种叫磁悬浮的飞船,将来到木星上去,也不过个把小时的事体,相当于到松江去了一次。

节希宝　介快啊!

朱罗兰　所以啊,这种房地产搞起来,前途一片光明,投资是一本万利的!

玲　玲　有这样的好事?听都没听到过!

朱罗兰　好事体呢,只有当大家都不知道的时候才是好事体,等到大家都明白过来,就是坏事体了。

节希宝　说得对啊!以前第一批买股票认购证的人,都成了百万富翁!等到后来全民炒股了,再进去的人,全部套牢。再后来,房地产的情况也同样如此。

玲　玲　那么木星上的房地产有什么实际意义呢?

朱罗兰　玲玲啊,我不得不讲,阿拉女人就是有着天生的弱点……

玲　玲　什么弱点?

朱罗兰　就是头发长,见识短!

【玲玲哑然。

朱罗兰　全世界的读书人都知道，地球早晚都要毁灭的，到时候阿拉都会搬到木星上去住，就像当年房地产行情一样，老早，浦东的房子，一平方米还卖不到 1 000 块，现在侬看，都要卖到两万元以上。

节希宝　对啊，对啊！

朱罗兰　所以说，阿拉要先下手为强，在木星上先占一块地盘，然后再卖给全中国乃至全世界的买主。

节希宝　（兴奋地打断）干妈，侬要我做什么事体快讲吧！

朱罗兰　我要注册一家木星房地产开发总公司。我任董事长，侬当总经理，阿拉各出资 10 万块。

玲　玲　（惊叫）10 万块啊！

朱罗兰　10 万块算什么？几个月后，就可以变为 100 万，1 000 万了。早入股，早控股，以后，钞票麦克麦克来，到时候，笑也笑不动了！

玲　玲　（有些疑惑）有这样的好事？

朱罗兰　机不可失，时不再来！阿拉说干就干！干儿子，侬把身边的 10 万元交给我，我马上就去注册一个公司。晚了，让人家抢注了，就没戏了！

节希宝　这倒也是！你们看，本来是阿拉国家的端午节，现在就给人家韩国人抢注了！（于是，就从自己包里拿出一大沓钱交给朱。）

【朱罗兰接过钱，笑逐颜开。

玲　玲　（不好意思地夺过钱）干妈，先请侬写张收据。

朱罗兰　（冷笑）怎么？你们不相信我这个干妈?!

节希宝　玲玲！（夺过钱重新交给朱罗兰）自家人，要啥格收据?!

【玲玲无言以对，愕然。

六、休息室

【崔爱珠从沙发上醒来，揉揉眼，便又开始打扫卫生。

甜　甜　（倒了杯开水给她，关切地）崔阿姨，不要紧吧？

崔爱珠　（谦恭地）不要紧的，年纪大了，有的辰光会出点洋相，实在抱歉！

甜　甜　想穿点，在家里享享清福多好？不能要钱不要命啊……

崔爱珠　（无奈地）我也是没办法，儿子在外国留学，每年都要寄过去二三十万，还要还债头，唉……

甜　甜　(同情地)唉……真是可怜天下父母心啊！

崔爱珠　应该的，应该的，迭个叫教育投资。

甜　甜　闲话是没错，不过，身体实在吃不消，还是要请假回去休息的……

崔爱珠　(柔弱地)我没问题，吃得消的……(闭上眼，又晕倒了)

甜　甜　(赶紧将她抱住，惊叫)快来人啊！

【乔光推门进来。

乔　光　啥个事体?

七、豪华房

【节希宝、玲玲和另外两个男女同学一起打麻将。一盘下来，和牌时，节希宝付给男同学500元。玲玲伸了伸舌头。

玲　玲　节希宝，我发现侬现在手脚越来越大了……我总是有点担心，侬介爽气拿10万块交给朱罗兰，万一上当受骗怎么办?

节希宝　(不耐烦)伊是我干妈！像侬这样疑神疑鬼，赚不到大钞票的！

【玲玲想辩解，这时，有人在按门铃。

节希宝　请进！

【姚尼鸣笑容可掬地推门进来。姚尼鸣想跟节希宝说话，见那两个同学在场，就打住了。那两个同学知趣地离开，下。

姚尼鸣　希宝兄，我们又见面了！(冲上去热情拥抱节希宝，松开后，又想拥抱玲玲，玲玲躲开)怎么样，生意不错吧?

节希宝　刚刚开始在做一笔大生意。

姚尼鸣　(诚恳地)当心碰到骗子！

玲　玲　(小声地问)迭个又是啥人?

节希宝　伊叫姚尼鸣，是香港大老板！我在飞机上认识伊的。

玲　玲　姚尼鸣，要你命！哪能介难听的名字……不要真的要了侬格命！

节希宝　侬都快成小作家！越来越不像话了！

姚尼鸣　(坐在沙发上)想不想发大财?!

节希宝　我想得都快发疯了！侬想啊，我父母拿出30万，供我留学，无非就是想让我改变全家的命运。

姚尼鸣　循规蹈矩固然好，但是不会发财！真正发财的，都是暴发户，侬看看陈天桥、李宇春，哪个不是？

节希宝　倒也是，都是一两年里，一下子拥有几千万甚至上亿的财产。

姚尼鸣　明白就好。我想挑侬做一笔大生意。

节希宝　（紧张地）什么生意？！我身边现在只剩下10万不到了……

姚尼鸣　（有些吃惊）啊？！侬不是说好有30万吗？

节希宝　已经与我干妈合伙办公司花掉10万。入住开心公寓，又花去10万，所以就……

姚尼鸣　（无奈）好好，几万也行。我最近到手一批有特效的保健产品……

节希宝　是什么呢？

姚尼鸣　（把节希宝拉到身边，神秘地）晃脑片！

玲　玲　（大惊）是不是与摇头丸功效一样的东西？那可是毒品啊！

姚尼鸣　别紧张！别紧张！哪能是毒品呢？是特效药，由缅甸权威部门认定的！

玲　玲　会不会是用铜钿把人家搞定的？

节希宝　（埋怨）侬哪能可以这样子跟我朋友讲话呢？

姚尼鸣　（大度地）没关系啦，发财之前，提一些问题很正常。

节希宝　迭种晃脑片卖给啥人呢？

姚尼鸣　卖给一切感到工作压力大的人！现在大家都有危机感，长久下去容易得心理疾病。所以，一吃这种晃脑片，就如同灵魂张开了翅膀，特别愉快。当然。也可以供给那些唱卡拉OK、跳舞、打游戏机的人。吃了它以后，会感到无限惬意，无比刺激。我卖给侬批发价，每盒50元，侬可以卖到200元，碰到朋友要打点折，100元一盒。

节希宝　乖乖！要赚到百分之一两百！

玲　玲　天下有这样好的事体吗？

八、 经理办公室

【乔光和肖百搭悄悄地在议论。

乔　光　听说了吗？

肖百搭　全听说啦。

乔　光　侬想搏一记？

肖百搭　我想搏一记。花个20万元，买个200平方米木星的土地。侬想想，在地球上，买200平方米的地要花多少钱？表哥，侬呢？

乔　光　让我想一想……哎呀，一平方才1 000块，便宜到极点！会不会是骗局？

肖百搭　绝对不会，有地产证的！机不可失啊！您想想，当年股票、买房子，还不都是早介入、早发财！

乔　光　是的，是的！

肖百搭　不过，我劝侬还是去买晃脑片！

乔　光　啥咯叫晃脑片？

肖百搭　这种药呢，专门治疗像侬这样的老光棍的！

乔　光　触气！

【王小帅和贾淑贞匆匆走了进来。乔光和肖百搭立即闭口不说了。

王小帅　刚刚公安部门来电话。问阿拉，有没有两个形迹可疑的中年男女到过阿拉开心公寓？

贾淑贞　没听到过。但是，阿拉要加强管理，千万不要出事，不要让开心公寓出现不开心的事！

乔　光　那么，这两个中年男女都长什么模样？

肖百搭　有没有这两个人的照片？

王小帅　暂时还没有。反正，我们要多长一只眼睛，不能让犯罪分子在阿拉开心公寓得逞！

乔　光　王经理，有一桩事情，我不知道该说不该说？

王小帅　（打量了一下乔光，猜测道）阿是崔阿姨的事情？

乔　光　王经理真聪明。确实是崔阿姨的事情。我看伊这么大年纪，做也做不动了，还要耍耍小聪明，来得格喜欢偷懒，我看把她辞退算了，否则，阿拉这里干脆改名叫福利院算了！

贾淑贞　我讲乔经理，侬不要瞎撬人家好伐？人家不是懒，而是营养不良，又到了更年期，你们男人不懂的！

王小帅　贾经理说得对，人家是街道办事处介绍过来的，不能随便辞退的！再说，人家屋里也是有具体困难的。伊的儿子在加拿大留学，等着钞票用！所以，上了年纪还在打工，作孽啊！

【门突然被推开，崔爱珠冲进来，跪在地上。

崔爱珠　（哭述）各位领导，千万行行好。不要辞退我！我做得动，我身体很好，以后我再也不偷懒了！

【王小帅、乔光、贾淑贞面面相觑。

乔　光　啊，伊在听壁角？！

【跪着的崔爱珠突然晕倒。王小帅和贾淑贞赶紧去扶她。

王小帅　赶快打120叫救护车！另外，快把伊的老公叫来！

九、大堂

【节希宝送玲玲到门口时，互相依偎，恋恋不舍。肖百搭上来打断他们。

肖百搭　节先生，节先生。

节希宝　（由相拥松开）侬怎么总是挑这种时候来找我？！迭趟，我又没有叫侬来送XO！

肖百搭　有件事情，我想麻烦侬一下……

节希宝　（不耐烦）快点说！我还有事情呢！

肖百搭　我听说，侬在做房地产生意？

节希宝　消息倒是蛮灵咯。

肖百搭　谁让我是肖百搭，百搭百搭，一百件事情都和我搭界。

节希宝　快快快！不要再啰嗦了！

肖百搭　我想买你们木星上的地皮。不过最好优惠点，打个对折怎样？！

节希宝　优惠可以考虑，对折是不可能的。

【正说着，节逸石匆匆进门来。玲玲见了，赶紧拉着节希宝就走。肖百搭刚刚感到纳闷，就被节逸石拉着问。

节逸石　（焦急地）肖师傅，我老婆现在在哪里？！

肖百搭　伊在总经理办公室。（见节逸石下）前几次发财机会都是没抓住，这次机会再也不能让它从指缝里溜走了。

【节希宝和玲玲复上。

节希宝　我刚才看到我阿爸了！伊怎么会到这儿来的？

玲　玲　侬应该向伊说清楚，请求伊的原谅！

节希宝　不行，伊会气死的。伊花了那么大的价钱供我留学，如果知道我住在开心公寓里花天酒地，伊肯定要打死我！可我实在不喜欢外语，我无法融入外国的社会，我看到ABCD就像健康人见到了艾滋病，唯恐躲之不及！

玲　玲　侬总不见的老是这样瞎混下去！

节希宝　怎么会呢？我现在不是在做生意吗？我要通过自己的努力，赚一大笔钱，交给父母，让他们去还债，并过上好日子。

【甜甜走过来。

甜　甜　哎哎，节先生，我听肖百搭讲，伊想买木星上的地皮，侬告诉我，到底是哪能一桩事体？

节希宝　（心不在焉）好好，等歇我会详细告诉侬咯。

【这时，王小帅和节逸石抬着担架。担架边上跟着贾淑贞、乔光和民警严华。节希宝赶紧将甜甜作为屏障挡住这些人的视线。

王小帅　快快，前面的人让开！

【节希宝、玲玲、甜甜等让开了。

节逸石　（责怪）我叫她多吃点有营养的东西，可她偏偏听不进去，这不……

贾淑贞　不要再埋怨了，快点到家里去拿点钞票，以备急用。

节逸石　我现在家里哪有钞票？！可以卖的东西都卖完了，连电视机、洗衣机都卖得精光，讲句老实话，我已经有好几个月不吃肉了！

【节希宝躲在别人背后，不断地擂胸膛。肖百搭来找甜甜，见他们这种状况，有些纳闷。

肖百搭　你们在干吗？

甜　甜　不晓得，好像是在捉迷藏，发毛病！

【这时，姚尼鸣也来找节希宝。正要说话，见民警严华正在朝自己走来，赶紧把肖百搭做"挡箭牌"。

肖百搭　（惊讶）咦？今天，这里的人怎么了？都发神经啦？

【救护车开来，警笛在鸣叫警灯在闪烁。

王小帅　节先生，看来侬太太不行了，怎么连脉搏都没有？！

节逸石　（扒在崔爱珠身上哭）希宝娘啊，看在我和希宝的面上，侬千万不能走啊！

甜　甜　（转过身看到节希宝在流泪，就问）侬怎么哭了？

肖百搭　（转过身看到姚尼鸣）哎，你怎么在发抖啊？

十、大堂前台

【尤佳送走一个办完手续的客人，就见的士司机节逸石正向她走来。

尤　佳　节师傅，崔阿姨现在怎么样了？

节逸石　已经醒过来了，还在打点滴。

尤　佳　医生讲，伊得的是啥咯病？

节逸石　还没有完全查清楚，低血糖、贫血是肯定的。哎，小尤，现在经理办公室里有人吗？

尤　佳　王经理在啊。

节逸石　唉，我老太婆醒过来第一句话就是……哎哟，不好意思讲！

尤　佳　哎呀，有什么不好意思啊，侬尽管讲呀！

节逸石　伊还惦记着我带给伊的那几块猪肉呢！说忘在经理办公室里了……

尤　佳　作孽啊！都病成这样了，还惦记着这几块猪肉！

节逸石　不好意思，节约惯了！

尤　佳　那我打电话叫王经理送下来。

节逸石　不，不能麻烦领导送几块猪肉，我自己去拿吧。

尤　佳　侬客气什么，不必上去了。我来打电话。（拿起电话就打）

【节希宝和玲玲从大堂的另一边出现，他们俩边走边交谈。他们根本就没有看见节逸石，以至于到了后来，说着说着父子俩就渐渐走近，中间仅隔着一棵盆景树。

玲　玲　侬妈妈病成这样，侬就别躲在开心公寓，直接回到家里，先去认个错，然后去照料她算了。

节希宝　哪能可以？我爸爸知道我不去留学，躲在国内宾馆里，花伊的血汗钱，伊会吐血的！

玲　玲　但像现在这样躲避下去，也总不是一个办法！

节希宝　（焦急地）是的，是的，毕竟是我妈妈，伊是死是活，我总该知道……（掏出手机就打）

【节逸石手机响了，他马上从口袋里拿出手机接听。

节希宝　是爸爸吗？

节逸石　（激动地）哎，希宝，宝宝，我是爸爸！

节希宝　妈妈身体怎么样了？

节逸石　宝宝，侬妈妈……身体很好啊！

节希宝　侬在骗我吧？

节逸石　没有，真的，宝宝，一点没事……真的……我没骗侬……

节希宝　（哽咽）爸爸，我想侬，也想妈妈！……

节逸石　(强作欢笑)嗨嗨,爸爸、妈妈也永远爱侬!宝宝,侬就安心地在加拿大读书吧。另外,交朋友呢,一定要小心……对对。

节希宝　爸爸,侬也要注意休息,注意营养。

节逸石　放心,爸爸身体棒极了!宝宝,早点挂机吧,话费很贵的!

节希宝　(噙泪)侬一定要保重啊!

节逸石　好好,宝宝,挂了!

玲　玲　(在一边,边哭边抹泪,边嘀咕)唉!明明希宝妈妈生病了,还硬说没得病,做大人的,真是用心良苦啊!

节逸石　(嘀咕)以前,儿子手机的声音总是不太清楚,今朝哪能介清爽,好像就在身边讲话,科技真是越来越发达了!

【父子俩背部几乎要碰到一起。节希宝突然发现后赶紧溜走,下。玲玲一愣,正准备尾随而去,却被节逸石瞅见。

节逸石　哎,这不是玲玲小姐吗?!

玲　玲　(转过身,大惊)哦?!是希宝爸爸!……侬在这儿!

节逸石　侬怎么也会在这里?

玲　玲　我……我与这里的一家公司有些业务联系,侬呢?

节逸石　(吞吞吐吐)我……我是来拿一点东西的……玲玲啊,有件事情……我想麻烦侬……

玲　玲　有什么事,侬尽管说,看我能不能帮上忙。

【节逸石将玲玲拉倒大堂的僻静处。

节逸石　希宝的妈妈突然得病了,要动手术,需要花一大笔钱。阿拉屋里厢,你也知道的,因为送希宝去留学,积蓄都花光了……

玲　玲　我明白侬的意思了,侬是想问我借点钱。可我还在实习阶段啊。

节逸石　实在不好意思,侬还没有过门呢……如果有可能的话,能否想办法帮我去借点钱?因为,我面上的人,差不多都借遍了……

玲　玲　伯父,侬从来没跟我开过这种口,也是为了希宝,这个忙我一定要想办法帮的!

节逸石　(感动地)太……太……太谢谢侬了!

玲　玲　既然希宝妈妈病成这样,你们干脆让希宝回会来算了,也可以节约一大笔钱!

节逸石　不行啊,我们节家所有的希望,都押宝都压在希宝身上。(几乎哽咽)所以,我给伊起的名字叫希宝,就是希望他能够成为阿拉屋里厢的宝贝!希望伊能够改变阿拉屋里厢的命运！

玲　玲　噢，怪不得！

节逸石　是的是的，所以啊，侬千万不能将伊妈妈生病的事，告诉希宝。拜托了，千万！千万！

玲　玲　（感动地背过身抹泪，抽泣地）可怜天下父母心啊……

【王小帅拿了崔爱珠的旧包，走上前来，贾淑贞也跟了过来。

王小帅　节师傅，侬太太的包在这里，里面的那些猪肉可以扔掉了，可能已经变质了！

节逸石　谢谢，不会有问题的！

王小帅　（打量了一下节逸石和玲玲）你们原来认识的？

节逸石　玲玲呢，伊是我儿子的……

玲　玲　（立即打断他）老朋友，对对对，阿拉是老朋友。仅仅是认得而已。

节逸石　王经理……我……

王小帅　哎……节师傅，爽快点，有什么事情尽管讲。

【玲玲似乎领悟了其中的奥妙，知趣地告辞。

玲　玲　你们有事，你们谈吧，我还有事情要处理，我先走了。（下）

王小帅　侬太太得了什么病啊？

节逸石　我太太伊得的是急性胰腺炎，一定要做手术，急需要支付两万元，而阿拉屋里厢现在只剩下千把块钱了，我想问你们公司借个两万块急用，行吗？

王小帅　（毫不犹豫）好好好，公司的钞票借出来，手续比较麻烦，我马上去银行，拿出我个人的存款给侬。

【贾淑贞开始想阻止他，但又被王小帅高尚的举动所感动，在边上一个劲地点头。

节逸石　（感动得跪了下来）我实在是太感谢侬了！

王小帅　（急忙抱住了节逸石）千万不要这样！千万不要这样！

【节逸石想用袖子抹泪，贾淑贞忙拿出纸巾递了上去。

贾淑贞　刚才那个女孩是侬的什么亲戚？

节逸石　伊是阿拉屋里厢的毛脚，就是我儿子的女朋友。

【贾淑贞和王小帅惊讶地面面相觑。

十一、酒吧

【朱罗兰一人在喝洋酒。肖百搭用托盘将一些点心和水果送上去。甜甜紧随其后。

朱罗兰　(不屑一顾地)大概是没受过正规的培训,做起生活一点没有腔调。

肖百搭　(巴结地)批评得对! 我确实是靠我表哥的路子,在这里混腔势咯。

甜　甜　(一把将其拉开,不满地)伊确实有许多小毛病,作为伊的女朋友,我向侬表示歉意!

朱罗兰　不是看死伊,这种料,就是侬,也未必调教得好!

【肖百搭气愤得想要发作,但眼珠一转,笑脸相向。

肖百搭　朱老板,侬是大人不计小人过。我以后改进,总可以了吧?

朱罗兰　这还差不多!

肖百搭　(巴结地)朱老板,听说侬在搞木星房地产是吗?

朱罗兰　(惊讶地)哦? 这种事情侬也感兴趣? 侬又没有多少钞票的,100万拿得出哦?

肖百搭　(觉得有些受辱,拼命摆阔)侬不要小看人好哦,我肖百搭,这10万,20万的,我还是拿得出的。不过,侬不要斩阿拉冲头!

甜　甜　(也一脸的同情)只要是好东西,钞票,阿拉总是有办法弄得到的。

朱罗兰　两个人口气比力气大。要我怎么能相信你们是有经济实力的?!

肖百搭　朱老板,到时候阿拉拿钱来,侬总该相信了吧!

甜　甜　(谄媚地)第一次看到侬,我还以为是碰到观音娘娘呢!

朱罗兰　(边笑边嘀咕)小赤佬嘴巴倒挺甜的! 两个木噱噱的人,才会对木星感兴趣!

【酒吧的另一张桌,姚尼鸣跟乔光在交谈。

乔　光　姚先生,有件事情想向您请教,我经常晚上睡不着觉,听说您有办法解决啊?

姚尼鸣　在侬这个年龄,晚上失眠,一点都不奇怪。

乔　光　怎么讲?

姚尼鸣　过去,有一本外国名著叫做《少年维特之烦恼》,讲的就是像侬这样的少男少女,一天到晚地烦恼。

乔　光　(生气)我要声明,首先,我不是少女! 我年纪也不小了。其次,我从来没听说过有这样一本书。

姚尼鸣　(嘀咕)没听到过才好呢。(对乔光)侬想要不失眠吧,我这里有好东西。

乔　光　我就是听说侬这里有好东西,才来找侬的呀。

姚尼鸣　啊,侬阿晓得我有晃脑片啊!

乔　光　不久前,有个小姐妹告诉我,吃了侬这个晃脑片啊,灵魂像出窍一样,特别地爽!

姚尼鸣　对对对，还能滋补身体呢，特别适合女孩子！

乔　光　（抗议）我要再次郑重声明，我不是女孩子！

姚尼鸣　对不起！我经常把别人的性别、年龄搞错！

乔　光　我也想要买晃脑片，多少价位一盒呢？

姚尼鸣　我迪个人，心肠特别软，卖给别人200块一盒，侬嘛，特别可爱，就100块好了。

乔　光　（拍手）谢谢，谢谢，那我先买一盒试试吧。

【乔光掏钱。肖百搭听到拍手，走了过来。

肖百搭　表哥，啥好事情啊，侬拍手拍脚的？

【乔光对其耳语。肖百搭大惊，把乔光拖到室外。下。

甜　甜　（埋怨）哎，你们事情还没有谈好，怎么就走了？（尾随而下。）

【朱罗兰看到了姚尼鸣，站起身，走到了他的身边。姚尼鸣见了朱罗兰，有些吃惊。

朱罗兰　小鬼，侬今朝白相到老娘的地盘上来了，胆子不小啊！

姚尼鸣　（讥讽地）侬的胆子更大啊，才从笼子里放出来一两个月，又重操旧业，这回搞的是什么骗局啊？

朱罗兰　小赤佬，没大没小的，我毕竟是侬亲娘，有这样跟自己姆妈讲话的吗？！

姚尼鸣　别再来这套！阿拉两个早就断脱了母子关系。我现在没钞票用，侬肯给我用吗？

朱罗兰　（恳切地）侬是我的亲生儿子，我求求侬了，千万不要去贩毒，贩毒是要枪毙的！侬就跟着我一起炒木星上的买卖吧！

姚尼鸣　我不希望侬来给我汏脑子！就本质而言，阿拉两个人是彼此彼此！至于，木星上的房地产嘛，天大的笑话！只有木噱噱的戆大，才会相信！

【节希宝失魂落魄地走到他们跟前。见了熟人，一惊。

姚尼鸣　（嘀咕）戆大来了！

节希宝　啊，你们认识？！

朱罗兰　阿拉不认识，不过是萍水相逢罢了。

姚尼鸣　对对，萍水相逢。

节希宝　既然你们不认识，那好，姚先生，请侬先回避一下，有重要的事情，我要跟妈咪讲。

姚尼鸣　（惊讶）妈咪！什么时候伊又成了侬的妈咪了？！

朱罗兰　这不关侬什么事！

【姚尼鸣摇摇头下。

节希宝　（焦急地）妈咪，我妈妈生了重病！现在马上要动手术，急着要用钱，侬把上次我给依的 10 万块钱给我吧!

朱罗兰　(脸色铁青)我说希宝啊,依简直不像个男人! 怎么可以出尔反尔的?!

节希宝　这,依又不能怪我的,我老娘生病等着要用钞票啊!

朱罗兰　可那些钱,已经交给工商管理所了,正在注册公司呢! 怎么拿得出来?!

节希宝　拿得出来也要拿,拿不出来也要拿,我得救我老娘的命啊!

朱罗兰　依迭个"啃老族",现在开始孝敬爷娘了? 不再乱花他们的血汗钱了? 可我也是依的妈咪啊,依不是要了我的老命吗?!

【这时,王小帅带着民警严华上场。朱罗兰一见,马上起身开溜。下。

节希宝　哎,话还没讲完哪! 伊怎么慌慌张张走了呢?!

十二、豪华房

【三个男女青年陪着节希宝打麻将,节希宝心事重重,垂头丧气。

节希宝　(他把麻将一推)不打了,不打了!

男生甲　(愤怒)哎,节希宝,想不到依牌品这么差! 看到要输了,就要赖皮啦!

男生乙　(鄙视地)以为自己钞票多,就可以耍大牌啊? 不过是啃老族而已!

节希宝　(恼羞成怒)啥人是啃老族?! 我母亲在生大病,我没心思打牌!

一女生　(冷冷地)既然没心思打牌,干吗发短信把阿拉叫来? 神经病啊?

【节希宝大怒,欲上去打。

节希宝　依出口伤人! 我要依晓得拳头的厉害!

【被两个男生拦住。

男生甲　哎哎,好男不跟女斗!

男生乙　节希宝,依如果敢动伊一根寒毛,我就跟依拼了!

【节希宝刚要跟男生乙打架,突然想起一事,马上住手。

节希宝　算依运气好,我不跟依 PK 了! 我老爸马上就要打电话给我……

十三、走廊

【玲玲带着节逸石上。

节逸石　(纳闷)玲玲,依带我去见谁呢?

玲　玲　伯父，现在是侬跟节希宝通电话的时间，侬先给节希宝打个电话，打完电话，我再跟侬说。

【节逸石拿出手机打了起来。

节逸石　宝宝！我是侬爸爸！侬现在好吗？……钞票够用吧？……侬妈妈身体很好！没骗侬……听侬讲，侬考试成绩很好，我非常高兴！……

【玲玲在边上一个劲地摇头、叹息。她按了按门铃。

十四、豪华房

【节希宝在接手机电话。三个男女青年在节希宝边上说着话。

节希宝　我已经适应加拿大的生活了，对对，现在是半夜，……我正与几个中国留学生在一家中餐馆吃夜宵呢！

【听到门铃声，节希宝就边打电话，边去开门。也未朝节逸石和玲玲看一下。三个男女青年对节希宝公然在电话中说谎，颇为不满，他们在指指点点。

【节逸石也一边跟着玲玲进门，一边在继续打电话。

节逸石　夜宵，一要吃好，更要吃饱！

【节希宝几乎靠着节逸石的背部在打电话，还装出在吃的声音，节逸石突然发现了，在"欣赏"儿子的演技。

节希宝　（没有觉察）这儿的牛排……（学咀嚼声）㖿……特别香……特别嫩……（突然看见节逸石，大惊）

节逸石　（气得发抖，讥讽地）牛排再吃下去啊！牛皮再吹下去啊！

【节逸石举起一把椅子，就望儿子的身上砸去，被玲玲拦住。这时，王小帅带着民警严华、贾淑贞推门进来。三个男女青年知趣地溜走。

节逸石　我要打死侬这个逆子！侬母亲在生大病，而侬在这儿花天酒地！在骗人！让我杀忒迭个不争气的败类，阿拉同归于尽！

【众人拦住愤恨不已的节逸石。

节希宝　（恸哭）我该死！我是行尸走肉！

玲　玲　节希宝！侬确实太不像话了！侬怎么可以欺骗自己的爷娘？

节希宝　我并不想去留学，是爷娘逼着我去的！可我外语一窍不通，在那里实在没法混下去，才逃回国内的！

【众人皆唏嘘不已。

节逸石　(略有所悟)那么,侬把剩下的20多万钱还给我,我要拿去给侬妈妈治病!

节希宝　(沮丧地)一大半都给人家骗走了……

【节逸石听完气得竟晕了过去。众人立即抢救。

节希宝　爸爸!爸爸!侬醒醒!

【严华把了把脉,镇静地站起身。

严　华　不要紧的,过会儿就会醒的。

节希宝　(痛不欲生)我无脸见江东父老啊!

王小帅　节希宝、玲玲,你们的事情,阿拉大致都了解了。

贾淑贞　(对玲玲)其实,侬男朋友一到阿拉开心公寓,我就起疑心了。

严　华　现在,需要你们的配合,将犯罪分子吸引过来,一网打尽!

玲　玲　(对节希宝)侬应该振作起来,!将功补过

节逸石　(醒过来)快把钞票要回来!

十五、经理办公室

【民警严华和王小帅将贾淑贞、乔光、肖百搭、甜甜、节希宝、玲玲召拢来开会。

王小帅　(看了看手表,严肃地)时间快到了!任务都已经交待明确了,接下来大家开始分头行动。

严　华　此次行动,只许成功,不许失败!同时要注意保护好自己!

乔　光　(担心地)假使坏人狗急跳墙,拔出刀枪怎么办?

肖百搭　(讽刺地)表哥,根据侬的性格,我觉得,侬最好是投降!

乔　光　(恼怒地)侬狗眼乌子看人低!我学过武功的!

王小帅　啥个武功?

乔　光　我会打木兰拳!

肖百搭　(大笑)哎呀!那是女人的拳,其实是健身操呀!

十六、酒吧

【节希宝坐在圆桌前,一边喝着咖啡,一边在看报。化过装,戴着墨镜的朱罗兰在

他边上坐下，警惕地环顾四周。

朱罗兰　（故作镇静地点了一支烟）儿子，还想讨回那笔钱？

节希宝　（显得很高兴）妈咪！侬想到哪里去了！之前，我已经说服另外两个人，他们各带来几十万，准备买侬木星上的地皮！

朱罗兰　（将信将疑）此话当真？

节希宝　侬看他们来了。

【乔光、肖百搭各提一个似乎是装着一沓沓钞票的马甲袋上。

肖百搭　（欣喜地）朱总，阿拉铁了心了！我已动员阿拉全家，拿出所有积蓄，买下40平米木星土地！

朱罗兰　嗯嗯，有眼光！有魄力！

乔　光　（鄙视地）木乃伊脑子！僵化！（不顾肖百搭的白眼）投资嘛，怎么可以盯死一个品种？

朱罗兰　那侬如何理财？

乔　光　我除了准备买20平米木星土地外，（神秘地）还准备花10万元去买另一样的好东西……晃脑片！

节希宝　可是……今天姚尼鸣先生没来……

乔　光　那我去做另外的投资！

朱罗兰　（嘀咕）这种不男不女的东西最黏！最难对付！（对乔光）好吧，我今天成全侬！

节希宝　（欣喜）妈咪，侬能找到姚尼鸣？

朱罗兰　（自信地）妈咪是无所不能的！（掏出手机就打）小赤佬，快来开心公寓酒吧，老娘挑侬一笔生意！……不骗侬，我以脑袋担保！（对肖百搭）侬先办手续！

肖百搭　（挠头）我得好好想想……这样吧，我也不要吊死在一棵树上……

朱罗兰　（焦急）哎哎，传染病发作了？像男人吗？怎么可以又出乎尔，反乎尔了！

【姚尼鸣提着包匆匆上。

姚尼鸣　谁要货？快付钱！我还有急事呢！

乔　光　我是不见猎物不撒鹰！晃脑片呢？

姚尼鸣　（从包里拿出一盒药）货在这里了！快给钱！

【严华和王小帅、贾淑贞、节逸石、玲玲、甜甜上

王小帅　（庄严、坚决地）好了！表演可以收场了！

【朱罗兰、姚尼鸣惊骇。姚尼鸣立即拿出匕首对着大家晃动。

姚尼鸣　(凶神恶煞地)啥人敢上来?! 全部给我退出去!

【严华趁姚尼鸣不备,一个箭步将他的匕首踢掉。众人立即一哄而上,迅速将朱罗兰、姚尼鸣制服。

【节希宝和节逸石紧紧拥抱。玲玲见此高兴地抹泪。

节希宝　(激动地指了指乔和肖的马甲袋)爸爸! 我们快拿这些钱去给妈妈治病!

乔和肖　(打开马甲袋)这里面全是废纸!

王小帅　(指着朱罗兰、姚尼鸣)钞票,要问伊拉去拿!

【全剧完。

2004 年 2 月

电视古装系列短剧

三　秀　才

1. 竹杠与快刀

人物:赵秀才、钱秀才、林秀才

野竹酒家邱老板及老板娘邱太太

地点:甲——野竹酒店门口

乙——快刀裁缝铺

【野竹酒家门口。邱老板和邱太太站在门口拉客。赵秀才和钱秀才正好路过。

钱秀才　赵兄,你和林秀才开办服装铺之事,我举双手赞成,不知我能否加盟助威,打打工?

赵秀才　贤弟,此等区区小事何足挂齿。衣铺只要一开张,就会请贤弟帮忙,酬劳自然不在话下。

钱秀才　既然大哥如此想着愚弟,请大哥喝上两杯,略表心意!

赵秀才　自己兄弟,犯不着破费!

【邱氏夫妇见二秀才走近,便扯开嗓门叫嚷起来。

邱老板　来来来,诸位客人,要吃山珍海味,请来野竹酒店!

邱太太　快快快,走过路过不要错过,这里价廉物美,老少无欺!

【邱氏夫妇见二秀才将信将疑,便抡起倚靠在门口的两根竹棒,有板有眼敲打起来,甚至还带有明显的舞蹈动作。

【二秀才见此景象甚奇,便迎上去发问。

赵秀才　老板,人家都讲我赵秀才见多识广。可是像你们这样,在酒店门口手舞足蹈,我倒是第一次见识。想请教一下,你们这种做派,叫什么名堂?

邱老板　今朝碰到的到底是识货朋友!有学问的,一看就看出来,我们与众不同!我们刚才的舞蹈名叫“敲竹杠”。

钱秀才　(大惊)啊?!原来这个就是所谓的“敲竹杠”?!那我们赶快去换家酒店!看到敲竹杠,我们吓的!

邱老板　咳……你说到哪里去了。我们刚才跳的“敲竹杠”,是一种表示欢迎的风俗习惯!

赵秀才　我活介大年纪了,从来没见过这种风俗。你们是什么民族?怎么会有这种风俗的?

邱太太　我们是鸟族。(学鸟叫及鸟飞状)

钱秀才　从来没听过有这种民族。那你们都是鸟人喽?

邱老板　是的,我们都是鸟人。(也学鸟叫及鸟飞状)祖先欢喜像鸟一样,停在竹头上,故而得名。所以我们特别崇拜竹子。(然后说话的口气越来越像卖拳头的小贩)所以我们必须在门口摆两根竹棒,所以我们看到来吃饭的客人,必须敲竹杠表示欢迎!所以……

钱秀才　(学此口吻)所以,我们必须到其他地方去吃饭。好来!像卖拳头一样叫啥个么事?嘲来!赵兄,我们走吧……

【邱氏夫妇马上拦住。满脸堆笑。邱太太拉住赵秀才袖子。

邱太太　客官,客官,千万不要走,在我们这个地方吃饭,包你满意!如果不满意,我们一个铜板也不收。

赵秀才　(面有难色)既然这么说,我们……

钱秀才　不行,我们怕被人家敲竹杠,我们走吧!

邱老板　不能走!要走,也要等我们给你们准备的欢迎仪式结束以后才能走!

【于是,也不管两个秀才是否同意,就把他俩推搡到门口,然后邱氏夫妇蹲着用竹棒有节奏地敲打起来,两位秀才像跳橡皮筋似的在两根竹棒上不停地跳。最后,赵秀才跳得上气不接下气,终于跳不动,脚被竹棒夹痛。

赵秀才　(发火)喔唷哇!脚被你们夹痛了!

邱老板　好!停!这个说明,你们在暗示我们,要吃一只红烧脚爪。

钱秀才　(也发火)啥人要吃脚爪?!肚子本来不饿格,这样子一跳,肚皮饿得要命!

邱太太　我们就是要你们肚皮饿,越饿吃东西味道越好!这个叫“好未事不给饱人吃”!请进去吃饭!

钱秀才　(对赵秀才)肚皮饿煞了,看来只好在这里吃饭了!

赵秀才　贤弟,我也被他们弄得精疲力竭,肚皮饿得要命,那进去吧!但是,(对邱老板夫妇)你们不能宰客噢!

邱老板　怎么会呢!来来,客官请进……

邱太太　(窃喜自语)真正的"敲竹杠"还在后头呢!

【暗转。

【还是野竹酒店门口。

【两个秀才吃得半醉半醒,似要逃走。被追出来的邱氏夫妇截住。

邱老板　法网恢恢,你们往哪里逃!

钱秀才　我们不是逃,而是躲。因为你们竹杠敲得太厉害了!

赵秀才　一顿饭居然要收我们二十两银子!这些银两,穷人用它们好过一年!真正岂有此理!骗人往陷阱里跳。罪过!罪过!

邱老板　两位秀才,此言差矣!我们怎么是骗呢?我们一上来就有言在先,开门见山,讲清我们是要"敲竹杠"的!

邱太太　还是秀才呢?!你们俩笨,不接翎子,怪啥人?!快把银子放下来,否则不要怪我们不客气!(说毕邱氏夫妇已操起竹棒,在赵、钱两人的头上晃动)

赵秀才　要死啊,碰到强盗了!

钱秀才　看来今朝逃不走了。(掏出银子查点)赵兄,我身边只有十五两银子,这可如何是好?!

邱老板　(一把夺过银子)不足部分,脱下衣服抵偿!

邱太太　反正你们这种胖子脱光了也是没人要看的!

二秀才　啊?!好,脱就脱,相信恶有恶报!

【出于无奈,两人只好脱下衣服至赤膊。

【暗转。

【"快刀裁缝铺"内,赵、钱两位秀才向林秀才讲述完挨斩之事,唉声叹气,林秀才听得义愤填膺。

赵秀才　(摇头)真是人心不古,竟然会有这样的无耻之徒!我以为,他敲竹杠是讲讲白相相的,想不到来真的!唉……

林秀才　赵兄,也不必生闷气了!下趟这两个鸟人如果来我的店里,我也要教他们知道我们的厉害!

钱秀才　他们住得老远老远,不可能到我们这里来做衣服的。所以,你这种风凉闲话呢,也只能当补药吃,消消气。(见远处走来邱氏夫妇,大惊)哎哟,不好,说到曹操曹操就到，这两个坏人来了！

林秀才　（胸有成竹，微微一笑）两位兄长快去化化装，不要让他们认出来，本人自有办法对付。

【赵、钱二秀才下，邱氏夫妇上。

邱老板　刚刚接到请帖，后天县太爷的孙子结婚，要我们赴宴。这个面子大格！

邱太太　（揶揄）骨头轻来！啥格请吃喜酒，分明是打秋风，敲竹杠！

邱老板　（呵斥）讲闲话轻点，万一传到县太爷耳里，我们就要吃不了，兜着走。竹杠只好给他敲敲，我们不是也天天在敲人家竹杠么？

【林秀才上，笑对他俩。

林秀才　二位客人，阿是到我们店里做衣裳？

邱老板　我听人家讲这里有一家"快刀裁缝铺"，做起衣裳来速度快，质量好，阿是此地？

林秀才　正是此处。有何见教？

邱太太　我们正好要做衣裳，等着要穿，所以就大老远赶来了。

林秀才　（颔首微笑）知道了，知道了。那你们要做些什么衣服呢？

邱老板　我要做一套吃酒水穿的外套，明朝就要，我太太呢，要……

邱太太　（抢过话头）我要做十三套各种季节穿的服装，其中有一套吃酒水要穿的，明朝就要来取。

林秀才　好说好说，我们先来量体吧。（跑到邱老板面前）先把双手举起来，要举得高，举得直。这样做出来的衣服才有样子。

【邱老板双手高举。林秀才不去理他，跑到了邱太太面前，对她反面看看。

林秀才　你是雌的！我们这儿的量衣邪气有讲究。你想衣服做得有样子吗？

邱太太　当然想。哪一个女人不想衣裳穿得大方、得体、漂亮。

林秀才　那好！你给我弯下腰来，你的肚子太凸出。只有这样才能收脱点。裁出来才漂亮。

邱老板　（高举着手）我的手举得酸煞了，快点来量衣呀！

林秀才　坚持一下，坚持一下，现在这是在做第一道工序，叫做整衣架，懂不懂，这个衣裳架子不摆好，做出来的衣裳就会没样子的。（对外面）老大老二，拿尺子来。

【化装成伙计的赵秀才和钱秀才拿着两根麻绳上。

邱老板　（惊讶）拿麻绳来做啥？

林秀才　这是第二步，叫做绑猪猡。

邱太太　啊?! 你拿我们当猪猡?

林秀才　这是我们做裁缝的术语,你们不要胡思乱想。你们如果不想做衣裳,那你们回去吧!

邱氏夫妇　我们不讲了,我们愿意被你绑猪猡。

林秀才　那好! 老大老二,先把猪猡绑了再说。

【赵、钱二秀才将邱氏夫妇两人五花大绑。

邱老板　(求饶)轻点轻点!

林秀才　一定要绑紧点! 否则量出来不标准的,就像扎大闸蟹,一定要扎得紧!

【赵、钱递上竹尺子,林秀才给他们量起来,并不时用尺子去挠他们俩的痒痒,弄得邱氏夫妇笑个不停,跳个不停。

邱老板　要死! 这哪像是在量衣服,这是在用蟋蟀丝草斗蟋蟀!

林秀才　你们没做过衣裳是吗? 哪能介烦格! 接下来是第三道工序,叫烫衣架。来来! 老大老二,拿熨斗来!

邱老板　(急叫)慢! 这样不要把我们烫死的!

林秀才　不会的,把你们的旧衣服烫烫平,以后做出来的衣服合身,挺括。你们如果要省掉这道工序,做出来的衣裳七高八低,我们不管格!

邱太太　(求饶)好好,那就烫吧,不过要轻一点!

【赵、钱二秀才从炉子上拿下熨斗,在他们身上各烫了一下,两人痛得大叫。

林秀才　好了,松绑。尺寸已经量好。

【赵、钱给两人松了绑。

邱老板　(抚着百般疼痛的身体)明天一定要把新衣服做好。

赵秀才　(对林秀才)林老板,明天是你母亲的周年,你不是讲好要去上坟的吗?

林秀才　对对! 古人云"天地君亲师",明天不去上坟就是大逆不道。这笔裁缝铜钿我也不想赚了,上坟要紧。

邱太太　我们给你双倍工钿! 你一定要帮忙的!

林秀才　不行,不行。我母亲的在天之灵要责怪我的!

邱老板　那我们给你三倍工钿。

林秀才　不行,太少。

邱老板　五倍?

林秀才　太少,太少。

邱老板　十倍？

林秀才　这才马马虎虎。

邱老板　怪不得你们这家店叫“快刀裁缝店”，你们的刀头比我快多了。

林秀才　闲话多是吧？那我不做了！

邱太太　做呀，做呀，我们心甘情愿被你这把快刀斩！

三秀才　（放声大笑）这就叫“山外有山楼外楼，强中更有强中手”，哈哈！

1999年2月

2. 虚荣自误

人物：赵秀才、林秀才、铁匠李胖、阿伯

地点：赵秀才家门前

【赵秀才门前，赵秀才、林秀才在各自读书。

赵秀才　（念书，摇头晃脑、有滋有味）言之有理，要读书好，书中的知识像源泉一样，取之不尽，用之不完，正是“书卷多情似故人，晨昏忧乐每相亲。……”

林秀才　（用扇子扇扇赵）我来接下句，（夸张地连比划带唱，最后戏剧亮相）“眼前直下三千字，胸次全无一点尘。”

赵秀才　好了，林兄啊，晓得你学问大得不得了，你是读书还是要把戏啊？

林秀才　赵兄，你有所不知，无怪乎古人云：书中自有黄金屋，书中自有颜如玉。如今这世道，读书人越来越吃香了。你听说了吧，前街裁缝店，老板出大价钱请了个秀才，这个人能写会画，脑子活络得很，还会设计衣服，这家店越办越红火，老板笑死了。

赵秀才　最近咱们竹家庄兴起一股风气，做生意的无论生意大小，有条件的，总归弄个读书人放在旁边，听说草药铺老板也找了个读书的人做徒弟。病人来求医一看，这种地方看病，肯定不是大兴的江湖郎中。所以，病人对草药铺很相信，生意一下子好得不得了。

林秀才　这就叫：虾有虾道，蟹有蟹路。

【阿伯，铁匠李胖上

阿伯　（哀求地）李老板，我在你铺子里干了几十年了，论手艺，在竹家庄我是数一数二

的，这些年我勤勤恳恳，认认真真，铁匠生活做得最好。你今天说不要我就不要我了，你让我一个孤老头，投奔谁去？求你留下我吧！

李胖　（不耐烦地）阿伯，我跟你说了几遍了，不是你生活做得不好，是你光有肌肉没有学问！

阿伯　（不解地）咱们打铁的要那么大学问做啥？打铁只要举得动榔头，拉得动风箱，要的是力气，讲的是技术，和多年积累的经验……

李胖　（更不耐烦）好了，好了，不要讲了。我还有事，你不要哭哭啼啼，一直跟着我！（见赵、林两秀才，立即换上一副笑脸，双手作揖）两位秀才，久未碰面，一向可好？

赵秀才　找我们有何事？

李胖　是这样，近来我店里要招新师傅，不知二位秀才是否肯到我店里屈就？我一定重金聘请，绝不亏待两位秀才！

赵秀才　李老板，要开学堂请先生，你来找我们，不用重金，我们也会当仁不让，可你不是开铁匠铺的吗？我们打不来刀枪棍棒，锻不了镂耙锄犁，到你铺子去作啥？养着白吃饭哪？

林秀才　再说，我们刚才都听见了，真是弄不懂你，放着阿伯这么好的师傅，你弃之不用，却要重金聘两位一点也干不来的生手，是何道理？

李胖　哎呀，这都不懂，如今咱竹家庄，不是时兴用读书读得多的人吗？你看看左右这些做生意的老板，谁不弄两个读书人在身边撑撑门面？有没有用，管它呢，这是档次！档次懂吗？档次上去了，生意自然会好的。噢，人家请得起，我李胖输给谁了？我也请得起。

林秀才　人家中药店，裁缝店请读书人，多少都有点道理，你这打铁的有啥必要？吟诗作画跟这个不搭界的！

李胖　闲话不要多，两位秀才若是不肯，我还会另请别人！咱们竹家庄秀才又不是只有两位，我有的是银子！三只脚的青蛙不好找，两只脚的读书人，有的是！

赵秀才　（对林秀才）这李胖哪里是尊重读书人，分明是虚荣心作怪，想拿我们撑门面呢！你不要做声，看我来治他一治。啊，李老板，你愿意重金聘请，我们恭敬不如从命。只是有些话要说在前面。第一，工钱要付在先，也就是没干活要先拿钱！

林秀才　对的，请秀才，要有规矩。

赵秀才　第二，既然请秀才是为了给你撑门面，扎台型，我们打铁技术肯定不懂，干好干坏责任你自负，一切与我们无关！

李胖　(喜笑颜开)一切都依两位秀才。(掏出银票,递给两秀才)这个月的工钱奉上,恭候两位到来!(下)

赵秀才　(把银票交给阿伯)这件事交给我们处理,阿伯你放心吧!

【铁匠铺门前彩旗飘扬,上书:"本铺已重金聘用两位秀才";"本铺成员知书达理,学问盖世,产品一流!"

【赵秀才卷袖提襟,抱着柴火跑上跑下。林秀才拉着风箱,时常脱把,显得毫无章法。而李胖则被烟火熏得垢面蓬头,围着炉子瞎转。

李胖　林秀才,加块碳,火再大点,哎呀,不是这样,算了,我来……

林秀才　(在炉边喊)李老板,这一块太红了,要化了!

李胖　快夹出来,拿榔头来,使劲砸呀!

赵、林　(慢腾腾地)砸方的还是扁的?

李胖　当然是扁的,

赵秀才　宽的还是窄的?

李胖　(不耐烦)窄的!

赵秀才　直的还是弯的?

李胖　好了,等你问清楚,铁已经凉了。我自己来吧!

赵、林　(分别拿着两柄小榔头)来了,来哉!

李胖　这么小的榔头做啥。太小了!

【两人东一下西一下,一会儿砸在李手上,一会儿砸在李的榔头上。

李胖　(怒叫一声)好啦!别砸啦!乱七八糟瞎乌搞,这是砸的什么呀!

赵、林　(忍俊不禁)本来就是瞎乌搞吗!

李胖　(忍气吞声)好、好、算我倒霉,再夹一块出来,这次林秀才换把榔头帮我砸,赵秀才拉风箱烧火。

赵、林　好哉!

【林杠了一把特大榔头跑上。

李胖　(吓了一跳)这么大?

林秀才　大点好,省的砸不到。

李胖　你砸铁块时,不要砸死人哪!

赵秀才　(夹了铁块过来)烧红的铁块来了!

林秀才　来吧。

【林抡起铆头，闭眼砸下，几次差一点砸在李胖手上、身上，李吓得乱躲，林秀才追着他砸。

李胖　好了，好了，求求你别砸了！

林秀才　对不起，我停不下来，（见赵秀才又夹了铁块过来）哎呀，又来了！

赵秀才　李老板，不得了，火太大了，炉子里几块铁马上要化了！

李胖　（边躲林秀才边喊）快泼水、快泼水！

赵秀才　（拎起一桶水倒扣在李胖头上）遵命！

李胖　啊呀！作死啊！我让你浇炉子，谁让你浇人了？哎呀，冻死我了。

赵秀才　（强忍住笑）对不起，我没弄懂你的意思。

林秀才　哎呀，李老板，我们累得这个样子，事情也没做好，还把你砸了一身乌青块，浇了个落汤鸡，真不好意思！

赵秀才　我们早就说过了，你请来秀才，并不是真正尊重秀才，对不？打铁铺嘛，要的是阿伯那样的铁匠！你非要学人家别的店，弄两个读书人来当摆设，东施效颦，搞的鸡飞蛋打，这是何苦？听我们的忠言，应该把阿伯重新请回来才是！

李胖　（垂头丧气）唉，是啊，我是虚荣心，死要面子活受罪，结果自己害自己！

1999年2月

3. 劝　　懒

人物：钱秀才、赵秀才、林秀才、地保、大懒、二懒

地点：竹家庄村口

【地保手提一面大铜锣，边敲锣边大声喊着话上。

地保　各位老少爷们听了……县太爷有令，奉旨修河，各乡各村……各家各户……凡年满十六岁以上，六十岁以下，除伤病残疾、妇人女子，所有男丁一律上河岸挑土筑堤，防洪排涝哇……

【地保把县太爷硃笔圈勾的“告示”贴在墙壁上。

【地保边敲锣，大声吆喝着下场。

【大懒，二懒闻讯赶来。

大懒　快看看，县太爷的告示上写着什么？是不是赈灾放粮，救济难民？（把身上一件小褂解下，展开竟是一只麻袋）……每家每户发多少救济米？

二懒　我这两天肝火旺，满眼睛都是眼屎！看不清楚，你读给我听……

大懒　（不好意思）我……从小就懒得读书，识不了几个字。你眼睛不好没关系，走近点看。

二懒　（凑近告示看了半天，悄悄对大懒）老实对你大懒说，我……也不识字！

【林秀才一身短衣衫裤，手提扁担竹筐经过。

林秀才　大懒，二懒，你们站在这里做什么？

大懒　读县太爷的告示。

林秀才　告示上写得明白……十六岁以上，六十岁以下，除伤残、妇女，所有男丁一律上河岸挑土筑堤！

大懒　我们不去！

二懒　我们不识字……（拉了大懒想溜）

林秀才　别走，你们听着……（指着告示用红笔勾画部分）"有敢徇私偷懒、逃避误工者，概以违抗朝廷旨意论罪，从严惩处！"

【二个懒人惊呆。

【林秀才轻蔑地看了他们一眼，匆匆赶赴挖河工地。

二懒　大懒，三十六计，走为上计！

大懒　太爷下令，奉旨修河，方圆百里，不走也罢，这一走不是丢人现眼。

【二懒仔细看告示。

大懒　你又不识字，多看……看什么东西？

二懒　刚才秀才说"年满十六岁以上，六十岁以下……"

大懒　你二十，我二十五，没戏！

二懒　（从怀里摸出表演双簧的辫子，扣在头顶上，装扮小孩子）"天皇皇地皇皇，我家有个夜啼郎……"（哭）哇……

大懒　（受到启发，在地上拣一块煤核，往嘴唇上画胡子，又找到一根竹竿当拐杖，走路一瘸一拐，作风瘫病哆嗦状）嗬……嗬……

二懒　（又哭又闹）哇……哇……

大懒　（又抖又晃）嗬……嗬……

二懒　不行，哭不上一个时辰，嗓子就哑了。

大懒　(擦去满脸胡子)这样抖下去,说不定就真成了风瘫了。

二懒　(灵机一动,脱掉外衣,里面竟是描金绣花大襟女袄)怎么样?

大懒　什么地方弄来了?上个月王寡妇家遭窃,莫不是你小子干的好事?

二懒　轻点轻点!我怎么能干那缺德事?(压低嗓门)我用两只蟋蟀从瘪三阿七那里换来的!

大懒　(十分羡慕,有点猥亵地摸着女袄)不错啊!

二懒　(呵斥)干嘛?把我当王寡妇啦?

大懒　值!四只蟋蟀也值,换给我也要。

【二懒又从兜里掏出一块花头巾。

大懒　这是几只蟋蟀换的?

二懒　去!这是我家三代祖传,我妈留下的遗产。

大懒　你妈怎么光留一条头巾给你?

二懒　(把头巾包在头上)这不关你的事!

大懒　但,怎么看都不像啊!

二懒　那请帮帮忙,甩我两个大嘴巴!

大懒　你说什么?让我打你耳光?

二懒　我要是装女人,肯定比女人还女人!可惜没有胭脂,打了嘴巴可给脸上添点血色。

【大懒举手要打。

二懒　慢!你可不能太重,把我的脸打肿了?!

大懒　行!我就碰那么一下!

二懒　(把左腮凑到大懒面前,见大懒伸手过来,忙朝边上闪开)慢!

大懒　你倒是让我打,还是不让我打?

二懒　要是打不出血色,不是白挨了一个耳光?

【大懒不耐烦地一个大巴掌摔过去,没等二懒反应过来,反手又是一个脆巴掌。

二懒　唉哟——疼死我了,你怎么这么狠,还真打呀?(从嘴里吐出一颗牙来)我的牙!我的牙都掉下来了,你得赔我……

大懒　不错,两腮边都红了。

二懒　(捂着脸坐到一边,边哼哼边哭)好疼……疼死我了,我的妈也……

大懒　(也想出一个主意)来!你也帮个忙,把我的手捆在身上。做成断手的样子。

二懒　(从地上一跃而起)我来……(将大懒像捆猪似的把他捆了起来,并使劲勒紧绳子)

大懒　(杀猪般地大叫起来)噢……你留神,看我不整死你!……

【大懒一只右手被捆在身上,披上外衣,竟然与断臂丝毫无异。

【一个装女人,一个装断臂,两个懒人越看越得意。

【赵秀才,钱秀才扛一重担上。

赵秀才　这不是大懒、二懒?(放下担子)别人都在忙着筑堤修河,你俩变什么戏法?

大懒　我不是大懒!我是独臂金刚……江湖上称"白吃太岁"!

钱秀才　你明明是大懒,昨天你的手还好好的,在大饼摊偷了一块芝麻大饼,藏在袖子里,被老山东发现,差点吃耳光。

【小懒下意识地捂住被打肿的脸。

大懒　昨天是好好的,今天起来跌……跌断……

【二懒趁着两人说话想溜之大吉。

赵秀才　(挡住二懒去路)你这是想到哪里去?

二懒　啊呀,休要靠近!

赵秀才　(盯着二懒仔细看)你是村上哪户人家的?姓甚名谁?

二懒　奴家小翠是也,今年一十八岁,黄花闺女,还未曾婚配呢……

赵秀才　(怀疑地)我怎么从未见过你呢?

二懒　家门不幸,惨遭水灾,昨天刚从苏北逃难来到此地。不知哪位仁兄有心收留,自愿卖身为妾……(走上前来拉拉扯扯)

赵秀才　去去——光天化日之下,男女应授受不清!……不对,你说你从苏北逃难来到这里,我怎么瞧着你好面熟?你莫不是……(仔细回忆)

二懒　大哥既然无意,怎地光天化日之下盯着小女子看个不休?是你应该授受不清,还是我授受不清?

大懒　可怜难妇无家可归,也罢,如不嫌俺残疾人,就请到我家暂住几日,待洪水过去,再作打算。

二懒　大哥救苦救难,小女子自愿做牛做马,报答收留之恩!

【二懒人装模作样,一心想溜。

钱秀才　(略施小计)这里一块碎银子,是谁掉下的?

大懒　是我的!

二懒　是我的!

【两人一下子原形毕露,挤作一团拼命争夺银子。

赵秀才　我说早就知道是你们两个懒虫！别说是扮妇人做手脚，两位就是烧成灰，也懒性不变，叫人一眼就认得出来！

钱秀才　抗旨违令，二位就不怕吃官司么？

大懒　(死猪不怕开水烫)吃官司有房子住，每天还有三顿囚饭端到你面前，有什么不好？

小懒　不管是站木笼，还是蹲大狱，都不用干活，吃吃睡睡，不是神仙过的日子吗？

钱秀才　我把你们这两个懒虫送衙门先打一百大板，看你们再懒！

【赵秀才想了个治懒的办法。

赵秀才　(出面劝说)二弟息怒，这大懒二懒是不争气，可是，同在乡里住着，抬头不见低头见，送官查办，与你我又有什么好处？

大懒　到底姜是老的辣，赵大哥有学问，说话句句都在理上，我从小就听赵大哥的！

钱秀才　少废话，干活去，把这担子挑到河滩上！

赵秀才　这就算了，我们都挑到一半了。二位总还是乡亲嘛，土地庙那里有一担馒头，正要往河滩上送……

【二懒一听说是馒头，一下子从地上蹦起来。

大懒　我去……

二懒　我也去……不就一担馒头么？什么大不了的事？(两人一下子就跑得不见踪影，下)

钱秀才　(埋怨赵秀才)大哥真是糊涂，怎么能让他俩去挑馒头，不是肉包子打狗——有去无回吗？只是便宜了这两个懒虫！

赵秀才　他俩确实也饿了，不吃点，也干不了活。

钱秀才　只怕吃饱了又不想干活了！

赵秀才　我有办法治他们。

【二人挑担下。

【两个懒人吆喝着担馒头上。

大懒　累死我了，赶紧歇一下。

【二人放下担子，见四下里没人。

二懒　两天没吃东西，真饿死我了！

【二人不由分说，取出担子里的馒头就吃起来。

大懒　可惜没有酒……

二懒　要来点猪肉，加上八角茴香，燉得烂烂的，一咬，满嘴都是油渣香，打耳光都不肯放！

【三个秀才从不同方向上，林秀才挑着担子。

林秀才　二位怎么吃上了？

大懒　(拍拍满嘴满身的馒头屑)没吃，反正不是我吃的！

二懒　我就吃了又怎么样？干活，总得让人吃饱，是吧？

赵秀才　坏了，坏了，你们怎么把祭河神的供品给吃了？这是请张天师念过咒的，吃下去可不得了？

大懒　你们怎么不早说？这……这……我们可不知道呀……

钱秀才　吃了河神的供品，河神怪罪下来，这洪水几时治得了？

二懒　我们赔，我们赔还不成吗？

林秀才　这可不是几个馒头，值几个钱的事，对河神不敬，犯下众怒，二位就不好交代了？

【二懒想寻机溜走。

钱秀才　现在还想走？你们能逃到哪里去？

大懒　大不了吃官司，蹲大狱去。

赵秀才　吃了祭神的供品，吃官司还有什么用?！按照旧例，只有把你俩代替供品，沉到河里去祭河神！

林秀才　也只有这个法子，二位请自便吧，换上件干净点衣服，弄点猪肉，加上茴香八角，燉得烂烂的，再来半斤绍兴老陈酒，喝了好去见河神，若有什么话，自己跟河神讲清楚去！

钱秀才　去吧。这回一了百了，也省得装扮成什么怪模样，变着法子偷懒。

大懒　我不去！

二懒　我也不去！

赵秀才　去不去不关我们的事，自有人会让你们去！您二位瞧瞧河滩上，那么多民工在拼死拼活，要知道是二位偷吃供品得罪河神爷，有你们的好！

大懒　三位秀才行行好，千万想个法子，别把我俩当供品给沉了……

赵秀才　我有什么法子？谁让你们把供品吃了？

【大懒，二懒给每个秀才作揖，请求宽恕。

钱秀才　求我没用，我是秀才，不是河神，救不了你的命！

林秀才　没我的事，我还得干活去，要是偷懒，说不定也把我沉河里去！

【三个秀才准备离开。

大懒　别走，千万别走！三位都是读书人，有学问，乡里大小事都听三位的……我俩再不敢偷懒了，只要不拿我们当供品沉江祭神，从今往后一定好好干活，用力气赎罪！

二懒　一定卖力，拼死拼活，三位做个见证，我们再也不敢好吃懒做！

【大懒抢过林秀才的担子。

二懒　这哪是你们秀才干的活，这担子归我了。

大懒　谁说归你啦？我早和林哥说好了，我来挑！

二懒　你比我大，你怎么也不让让我？

大懒　你比我小，就不能听听我？

【大懒抢先一步，挑起担子就走。

【小懒在后面紧追不舍。

林秀才　……那是我的担子，你们怎么抢我的担子？

钱秀才　看你们往哪儿跑？

【三个秀才目送两个懒人远去，不由得露出会心的微笑。

赵秀才　连懒人都这么卖力，咱们是不是更不该歇着？

钱秀才　走吧，上河滩干活去！

【剧终。

1999 年 3 月

4. 智　劝

人物：大懒、小懒、四个挑夫、钱秀才

地点：陋室；挖河工地

【四个挑夫抬着两个竹榻，竹榻上躺着大懒、小懒，一路吆喝着上场。还有几个挑夫，挑着竹担紧随其后。

【竹榻被抬进一间凌乱不堪的居室。

挑夫　嗨！这是你们的家吗？

【大懒、小懒懒得开口说话，懒洋洋地做了一个手势，表示这就到“家”了。

【竹榻还没放到地上，二懒的鼾声又起。

挑夫 （从竹榻上搬下扁担、土方）嗨嗨……先醒醒！这是二位的土方，歇够了，还上河滩干活去，听见没有？

【二懒依旧鼾声如雷。

【众挑夫无可奈何下场。

【屋外起风，大懒被凉风吹醒。

大懒 咱俩现在在什么地方？刚才，不还在河滩上干活？

小懒 管它什么地方，反正我是不干了，让我挑土方？这是人干的活吗？

大懒 你真懒，你瞧你，睡觉也不把门关上……去！要养成随手关门的好习惯！

小懒 干嘛得我去关门？谁离门近，谁去关门。

大懒 我也不知道谁离门近，我视力不好，看不清。

小懒 你懒得连头都不想抬一下？还好意思让我起来关门？

【把身子蜷缩在破被中，瑟瑟发抖。

大懒 说什么皇恩浩荡，我家几时沾过朝廷半点好处？还说什么太平盛世，我家几时有过太平日子？要吃的没吃的，要喝的没喝的……穷得连根上吊的绳子都买不起！还让人上河滩疏浚河道做苦力？

小懒 这是人住的地方么？没桌没凳，没门没窗！夏天，蛇虫百脚爬满一地；冬天，西北风来去自由……冷还能忍着，可肚子饿起来，肠胃里咕咕叫个不停，真是要命！

大懒 昨天表哥不是来过？

小懒 你说钱秀才？

大懒 还送来一挂面条？我记得就放在那边篮子里，你够不够得着？

小懒 离我是远了一点，离你近点。你若用竹竿一挑，不就拿过来了？

【两人谁都不愿起来，最后，还是大懒用竹竿试了几次，终于把篮子勾到竹榻前。

大懒 面条是生的，谁来煮面条呢？你不是饿么？只有先劳驾你动动手，我晚点吃没关系！

小懒 刚才确实有点饿，现在望梅止渴，见了面条又不觉得饿了！这样吧，等谁饿了再说吧！

大懒 这个主意不错，反正我是一点都不饿……（看着面条，禁不住诱惑，拿起一条生面，放在鼻子前闻闻）有钱人家上馆子，海鲜都生吃的，据说味道还特别鲜美！

【把生面放进嘴里嚼。

小懒　面条又不是海鲜，你怎么吃上了？多不卫生啊！当心肚子里长出虫子！

大懒　我哪是吃？我是尝！

小懒　（眼看着大懒吃得津津有味）那我也尝尝……嗯！好吃，有生猛海鲜的感觉！

大懒　（遗憾地）就是没有芥末这样的佐料！

小懒　有酱油，要不要？

大懒　（警惕地）是不是要我起来去拿？

小懒　就在你那边，一伸手就可以拿到！

大懒　我觉得，还是离你近点，你看，是你先伸手呢，还是我先伸手？

小懒　既然你这么斤斤计较，还是咱俩一齐伸手吧，反正大家不吃亏！

【大懒和小懒同时伸手拿到酱油瓶。

大懒　我从来不拔瓶塞，那太费劲！宁可不蘸酱油也别想让我拔瓶塞。

小懒　（用力一砸，瓶碎了，酱油流了一地）你瞧？这叫简易措施！

大懒　还真有你的！（连忙拿面条蘸着淌在地上的酱油吃）味道好极了！

小懒　这下面还有个板鸭，表哥倒是有点意思！

大懒　板鸭？好家伙，差不多有一百年没闻到板鸭的香味了，快拿过来我看看。

【小懒一听到要自己动手拿，就躺倒不干了。

大懒　（只好自己伸手拿过板鸭。贪婪地闻着，情不自禁把板鸭凑到嘴前咬了一口）硬点，另有一种风味！

小懒　板鸭也能生吃？别一个人吃完了，给我留点！（赶紧从大懒手里接过板鸭，也咬了口）好吃！……哇！（疼得龇牙咧嘴）

大懒　怎么啦？

小懒　我的牙……你瞧我的牙……（吐出满口鲜血）

大懒　（看都懒得看一眼）一般我在吃饭的时候，眼睛不看别的东西！

【钱秀才正好来看望他俩。

钱秀才　村里所有的壮劳力都在挖河，就你俩让人抬回来睡觉……（看着吃剩的面条和板鸭）这是怎么回事？

【钱秀才穿着一件裘皮袄，顺手就把裘皮袄脱在竹榻边上。

大懒　表哥来了，没啥招待，这里还剩个鸭屁股……

钱秀才　你俩是大灰狼还是金钱豹？怎么过起茹毛饮血的日子来了？

小懒　穷，没有灶头，没有柴火，你让我们怎么办？

钱秀才　我瞧你俩也老大不小了，总得有点正经事干，怎么能整天在家睡懒觉呢？

大懒　我们也想找点正事干干，就是想不出来。

小懒　要不您提个方案，省得我们自己动脑筋。

钱秀才　读书，俗话不是说，“万般皆下品，唯有读书高”么？

大懒　我们也知道读书好，书中自有黄金屋，书中自有颜如玉，书中自有千钟粟……可就是……就是木板书印的字太小，我眼神不好，看不清楚。

小懒　就是，我有青光眼，一拿起书，两眼都冒青光……要不您天天上我家，给我们念书怎么样，我们还这么躺着，又长学问，又不耽误睡觉。

钱秀才　我每天上这儿念书，伺候两位？是二位得了半身不遂的毛病？还是我吃饱了没事干，撑得难受？

大懒　那就怪不得我兄弟俩不用功了，你说是不是？小懒。

钱秀才　不用功可以，可你们得干活养活自己啊！

小懒　我也想干活，除了挑不动河泥，我什么都能干，也乐意去干。

大懒　干什么好呢？你也给参谋参谋？

钱秀才　你们不是还有几亩祖传的良田？总不能让它荒了，随便种点什么都能养活自己？

小懒　哪有这么容易？种田要懂得节气，要施肥、耕耘、收获……大懒，你懂不懂？反正我是不懂的！

大懒　要不表哥，你给请个老农当我俩的师傅，一则帮着指点指点，干点农活，二则也能帮我们料理家务，每天上集市买菜、烧饭、打扫庭院……一般过得去就成，我和小懒都不会挑剔。

钱秀才　你这是请师傅呀？还是给自己找个仆人？

小懒　种田反正不合适，别的活，好说。

钱秀才　读书不行，种田不会，那就去戍边。官府正在招募壮丁，不管怎么样，总有一碗饭吃。

大懒　当兵戍边是好事，保家卫国，喋血疆场，哪怕黄沙盖身，马革裹尸，好男儿虽死无怨，就是整天穿着那么重的铠甲，怎么受得了？

小懒　尤其还不能睡懒觉，每天鸡啼就得出操，你说如今天下太平，万邦来朝，又不打仗，整天折腾个不休干嘛？

钱秀才　那就学点手艺活，混口力气饭吃？

大懒　手艺活好，我也是这么想的，你说干什么我们就干什么！

小懒　只要你提个醒，我干不好，我不是你表弟，是你孙子！

钱秀才　打铁怎么样，集市铁匠的生意特火，一个拉风箱，一个砸铁？

大懒　一个拉风箱，一个砸铁？别的倒没什么，就是哐当哐当……声音太响，震得耳朵难受？

小懒　最好谁发明一种方法，打铁时的声音像江南丝竹一样悦耳，那就准定去试试！大懒从小就喜欢听梅花三弄是不?!

钱秀才　去菜场卖葱姜，如此便没有声音！

大懒　小本生意，又能赚多少钱呢？

钱秀才　夫子庙卖烘山芋，这生意不错。

小懒　我手怕烫。

钱秀才　卖水果，水果不烫手？

大懒　卖水果得吆喝，不会吆喝没生意，可我们没那么多力气去喊。

钱秀才　我也甭说了，干脆二位自己说吧，想做什么？

小懒　顶好呢……不用四处奔走，不用风餐露宿……

大懒　坐在客厅里会会客，喝喝茶，说说话，聊聊天……一边有个仆人打扇，一边有个丫环捶腿……

小懒　出门有轿子，三餐有鱼肉，隔三差五弄个饭局，也不要太好，有鸿运楼的档次也就差不多了，来点海味河鲜、牛杂羊羶、熊掌驼峰……

大懒　那我俩一定尽职尽力，慷慨赴宴，视醉如归，万死不辞！

钱秀才　有那好地方，我早自己去了，还等着二位？真正岂有此理！

【钱秀才拂袖而去。

小懒　走就走，不过一个酸秀才，有什么了不起的？啊呀，有点饿了……

【两人立马都伸手抢鸭屁股，争抢后各得一小块。

大懒　让他搅了半天，肚子又饿了，还有什么东西可吃的？

小懒　没了，家里什么都没有了，不想动弹就只有饿死……

大懒　（找半天，突然眼睛一亮）这件裘皮袄是谁的？

小懒　一定是那个酸秀才落下的。

大懒　快看看里面藏着钱没有？

小懒　（摸了半天）没有，半个铜板也没有。

大懒　（眼睛盯着裘皮看）要不咱们吃了它？

小懒　这裘皮袄也能吃？

大懒　听说过苏武牧羊的故事没有，在匈奴那边一困就是三十八年，大冬天的，吃什么？把旌节顶上的毛蘸着雪都吃下肚子里去充饥……这旌节的顶上是用羊毛做的，这裘皮也是羊毛的，苏武能吃，我们为什么不能吃？

小懒　是呀，要不咱俩试试？

大懒　（对着皮毛咬了一口）……唔！

小懒　你蘸点酱油。

大懒　（蘸了酱油吃）行，譬如吃涮羊肉！

小懒　少吃两口，你的胃不好。（与大懒抢着吃裘皮上的羊毛）

【两人吃得满嘴都是白毛。

【没有多少时候，一件皮袄只剩下皮，没有了毛。

大懒　苏武不辱使命，归来时，汉文帝下诏在凌霄阁给他画像。凌霄阁么，我怕是没有指望去了，顶多在村头土地庙里给粘张红帖子，耀祖光宗谈不上，多少有点名声罢了。

小懒　裘皮袄是咱俩一起吃的，红帖子不能忘了我的名字！

大懒　我是长兄，长兄为父，我就是家长，一家人只有当家长的，才能上帖子，写那么多名字别人也记不住。

小懒　有好处你就独占，还家长呢？我成年了，我跟你分家，我也当家长！

大懒　你这么懒怎么当家长？分了家谁养活你？

小懒　我怎么懒了？你又有多勤快？你哪是养活了我，纯粹是剥削我！我现在觉悟提高了，要打倒剥削阶级，今天咱们非分家不可！

大懒　分家就分家，这田地，这房子，这竹榻都归我……这个打碎的酱油瓶归你！

小懒　凭什么？这田地、房子什么的都归我，这酱油瓶……大方点再加上两根灯芯草，归你！

【两人争夺竹榻，一下子把竹榻折散，一人抢到一条竹片，气喘吁吁地跌倒在地上。

【钱秀才又上。

钱秀才　我忘了一件皮袄……这是我的皮袄？（发觉两人嘴上都沾着羊毛）二位怎么把我的皮袄给吃了？

大懒　家里没吃的了，就这皮袄……又肥又鲜！

小懒　不是我们嘴馋，是学苏武，不辱使命。做人可以穷，可以懒，就是不能没有气节！

钱秀才　这怎么能吃？

大懒　味道还可以，要不您也尝尝？

钱秀才　（无奈中想出一个主意）我倒不是心疼我的皮袄，过两天请过来，我让二位尝尝我的狐皮大袄、我的丝棉坎肩……内人别的不会，做两个菜还在行，什么冰糖靴子、醋熘稠褂、白切裤兜，保二位吃得舒心，吃得满意。可别的什么都吃得，就是皮袄不能吃！

小懒　为什么？

钱秀才　这是西洋进口的火羊皮，吃下肚去会自已生火，身体越来越热，越来越烫，火从心头起，热从胆边生，把人的五脏六腑都烤熟了，慢慢地就成了一整个烤全羊，又香又脆，就等着上席给别人当菜吃了！

大懒　你这不是吓唬人吧？

小懒　你唬弄别人去，我可不怕！

钱秀才　干嘛我要吓唬你们，二位现在觉得怎么样，是不是有一股无名之火从心底往外热出来……

大懒　（将信将疑）……有火怕什么？我这个人本来就爱升火……

小懒　（想想也有点后怕）好像是有点热起来了。

钱秀才　还会一点点往外透热气……也就一个时辰吧，我就等着吃二位的烧烤大餐。这里还有一点点酱油，顶好再来点辣糊，加点花椒、桂皮、茴香、葱花、陈醋……暖一壶五年醇的绍兴老酒，（拿过大懒的手闻闻）滋味是没得话说啦！

大懒　不不，钱兄……钱大爷，我们对不起你，我们不该把你的皮袄吃了，来世做牛做马卖身为奴加倍偿还！

小懒　钱爷爷，您大人不记小人过，千万救救我兄弟俩……我这里给你叩头了！

钱秀才　我可救不了你们，要想活命，二位自己想办法。吃了火羊皮，除非自己发散，让身体出汗，火从汗出，排泄体外，兴许还能有救。

大懒　汗是什么东西？

小懒　我从小就没出过汗，不知道怎么把汗弄出来。

钱秀才　听我说话？真想出汗？

大懒　你是我亲爷爷，爷爷您好好教训教训我们这些不争气的孙子！

小懒　孙子要都死了，将来谁给爷爷你养老送终披麻戴孝？

钱秀才　去去，嘴里没一句好话。来！把这河滩的土方抬起来……一刻不停地走，走得快，越来越快……

【二懒无奈抬起土方转圈。

大懒　累死我了。

小懒　这不是存心捉弄死我？

钱秀才　二位要是不抬，我可走了？

大懒　抬！抬！……爷爷千万别走。

小懒　这要抬多长时间？

钱秀才　出汗了没有？

二懒　（异口同声）出汗！

钱秀才　出汗的感觉怎么样？

小懒　别说，也挺新鲜的……

钱秀才　工地上干活去！别人不歇你们也不许歇，别人歇着了，二位继续干……什么时候觉得不懒了，那火也散得差不多了，要是懒，还得发散？

大懒　（面露难色）这要多长时间？

钱秀才　是活下去，还是遭火烤，二位自己看着办吧？

【钱秀才扬长而去。

小懒　我们怎么办？

大懒　谁让咱们嘴馋呢？现在只有到河滩干活去，总比抬着扁担在屋里转圈子强吧？

小懒　（长叹一口气）没想到咱也有今天这种下场……

【二懒人抬起土方，由轻到响，哼着夯歌下场。

【满台都是苦力的夯歌声……

【剧终

1999年2月

5. 讨　债　难

人物：钱秀才、钱妻、西瓜皮、王伯伯、李嫂、一要债壮汉

场景：钱秀才家；西瓜皮家

【某日，钱秀才家中。钱秀才与一绰号叫“西瓜皮”的男子交谈。

钱秀才　这笔银子我就交给你了，你收收好，当心！

西瓜皮　我知道了。你就等我好消息吧。你别送了。

【西瓜皮说着出了门，钱秀才送行。钱妻外出归来，两人擦肩而过。

钱妻　(进门)钱国斗！

钱秀才　哟，你回来了。我刚想告诉你一个好消息呢！

钱妻　好消息？说来听听。

【钱秀才与娘子耳语。

钱妻　(吃惊)啊，你买到金矿啦?!

钱秀才　(一把捂住妻嘴)嘘，轻点！

钱妻　这到底是怎么一回事，你快点告诉我！

钱秀才　今天你出门以后，来了个远房亲戚，他说他叫“西瓜皮”，就住在邻村。他说我们竹家庄后山是个金矿，还拿了一块矿石给我看。真的，亮晶晶的、黄灿灿的。他说，趁着还没别人知道，就用买土地的价钱把矿买下来，我们就发财了！

钱妻　这种好事，人家凭什么告诉你?！他一个人独占，不是更好吗？

钱秀才　他说，他银子不够。

钱妻　银子不够？这么说来，他是让你摸银子喽！你哪里来的银子？……(突然)钱国斗，你是不是把人家还来的银子给了他了!?

钱秀才　不就是五百三十两，我还想多给他点呢。你知道吗。西瓜皮他说他把全部家当都押了上去！

钱妻　人家说什么你都会相信的。好了，银子也已经给了人家了，这凭据要交给我保存的。

钱秀才　什么凭据？

钱妻　咦，你把银子交给他，他不写字据给你吗？

钱秀才　没有啊。我们是君子协议。他连后山有金矿的事都对我说，我这几百两银子算什么?!

钱妻　口气大，力气小！相信这种人，你胆子大的！

【字幕：一个月后，西瓜皮家门外。

钱妻　钱国斗，你看看，已经过去一个月了。我到后山去看过了，根本没有人在采矿，会不会那个“西瓜皮”在骗你？

钱秀才　不会的！你想想，他拿了银子要先买地，还要找人做工，哪会那么快?!

钱妻　这都是你一厢情愿的想法。赵秀才是这里的老土地了，我试探过他，他说我们庄根本就不可能有矿产的。

钱秀才　西瓜皮他是不会骗我的。我们别到处打听，当心走漏消息！

钱妻　这件事，我总觉得蹊跷。走，西瓜皮不是住邻村嘛，找他问问。

【转场。钱妻拖着钱秀才找到了西瓜皮的住处，敲门。

西瓜皮　谁呀？来了！（开门见是秀才夫妇，一愣）咦，是你们？请进，请进！

钱妻　我家钱秀才把银子交给你，已经有一个月了，怎么不见动静呢？

西瓜皮　你先坐，容我慢慢道来。

钱秀才　（低声对妻）你稍微客气一点，听他讲嘛。

【只见西瓜皮滔滔不绝讲了一堆，秀才夫妇听了一头雾水。

西瓜皮　好，我将筹备开矿的情况也向你们讲了，想必，你们也晓得了我的辛苦。你们放心，就回家等我消息吧。

【秀才夫妇稀里糊涂地被送出门，门“砰”地关上了。

钱秀才　怎么稀里糊涂就出来了？

钱妻　依我看，这个西瓜皮靠不住，我们还是早点把银子要回来的为好！

【钱秀才二次上门，没一会儿又被送出来。钱秀才第三次上门，西瓜皮在门口把他拦住，两人没说几句，西瓜皮就把秀才关在了门外。西瓜皮越加趾高气扬，钱秀才反倒越来越低声下气，且带的礼物越来越重。

【秀才夫妇再次上门找到西瓜皮的门口。

西瓜皮　叫你们别来，怎么又来了？我有许多重要的事要做！

钱秀才　那你让我们怎么办？银子丢到水里，还能听到个声音，我这五百多两银子就这样没有了？

西瓜皮　怎么会没了呢？看你这么猴急，这样吧，只要我手头一有银子，就先还你本钱！你总可以放心了吧?!

钱妻　那好，我们就先回去了。过一阵子我们会再来的。

【西瓜皮转身掩门。

【数月后，秀才夫妇再次登门。钱秀才手提礼品，敲门。

西瓜皮　来了！

【西瓜皮开门，见又是钱秀才夫妇，面露不悦，秀才娘子将厚礼提到西瓜皮面前。

西瓜皮　（笑脸相迎）是钱秀才和钱夫人啊，里面请——

【三人进屋。

西瓜皮　今天你们来是……

钱妻　事情倒也没什么特别的事情，就是……

西瓜皮　哦，没关系，没事也可以来坐坐嘛！

钱秀才　（对妻）你干吗不对他直说啦。

钱妻　别急！

西瓜皮　你们喝茶吗？我去倒。

钱妻　不用了，不用了。哦，最近我和钱秀才又到后山去过了，好像还没什么动静。不知道事情怎么样了？

西瓜皮　哦，你问这件事啊。唉，讲起来我也伤透脑筋啊！

钱秀才　啊！怎么啦？

【西瓜皮端起桌上一茶杯欲饮，发现里面没水。

钱妻　你坐着，我来倒。

【钱妻给西瓜皮倒茶。

西瓜皮　（喝一口）好像水不大烫。

钱妻　哦，我去烧水。（对夫）钱国斗，把事情问清楚！

西瓜皮　辛苦你了。唉！

钱秀才　到底出了什么事了，你倒是讲呀！

西瓜皮　事情是这样的，为了早点拿到地契好动工，我亲自到外省去找那个卖地的人。

【西瓜皮说着从椅子上坐起来。

西瓜皮　我收拾收拾行李，打了个包裹就上路了。我把包裹往身上一背（作背行李状），走啊，走啊，找啊，找啊。我找到东，他们说他走掉了，我追到西，别人又说他又换地方了，等我赶到，又听说他动身回乡了，我又跑过去，就这样我跑到东、跑到西……（作气喘吁吁状）喔唷，吃力啊！我腿跑得酸死了！（倒在椅子上）

钱秀才　真是辛苦了！

西瓜皮　这里，这里。（指着自己搁起的双腿）

【钱秀才不解，妻在一旁打手势，钱秀才照做，给西瓜皮捶腿。

西瓜皮　哟，好多了，好多了。再用点力，这里……这里……

【钱秀才卖力地替西瓜皮捶腿，不一会儿，钱妻提着水壶进来。

钱妻　来来，喝茶，水刚刚烧开。

【钱妻给西瓜皮倒茶。

钱秀才　那后来呢？

西瓜皮　（喝一口茶）后来，我总算是把他找到了。谁知道他对我说，地契不在他手上。他给了我个地址、一封信，叫我自己去拿。

钱妻　那你去了没有？

【西瓜皮咳嗽一声，钱妻忙给他杯里加水。

西瓜皮　（喝口茶）我当然要去。我拿着他给的地址，我就上路了。这地方真难找，我走啊，走啊……

钱秀才　（嘀咕）他又来了。

【钱妻示意替西瓜皮捶腿，钱秀才只好照办。

西瓜皮　好，好。（伸手指肩膀）这里，这里。

钱秀才　你是跑腿，怎么肩膀也会酸的？

钱妻　（把钱秀才拖到一边低语）你没看出来，他这是存心的。不管怎么说，现在银子在他手里，我们顺了他的心思，他好早点把银子给我们，否则不知要拖到什么时候了！

钱秀才　你不说我怎么知道？

钱妻　快去，快去！

【钱秀才回到西瓜皮身后。

钱秀才　你刚才说那里？

【西瓜皮用手指指，钱秀才替他捶背。

钱妻　舒服吗？

西瓜皮　可以，可以。再上面一点……好，好。

钱秀才　那你后来找到那个地方了吗？

西瓜皮　讲到这件事，我的气就不打一处来。（一看茶杯空了，示意钱妻添水）

钱秀才　你慢慢讲。

西瓜皮　我好不容易找到了那个地方，他们……（钱秀才停下来）你别停，继续，继续。

钱妻　他不会停的，你讲呀。

西瓜皮　他们说，光凭一封信是不能把地契交给我的。

钱秀才　那怎么办？！

西瓜皮　怎么办？我只好和他们讲道理。我对他们说，我为了这份地契，我是历尽千辛万苦,好不容易拿到这封信,现在你们又不承认。这信上还有印章为证!

钱妻　那他们怎么说?

西瓜皮　事情本来就是我有理,他们当然把地契给我了!

钱秀才　拿到了就好,拿到了就好!那后来呢?

西瓜皮　后来?后来我就回来了。

钱秀才　回来以后呢?

西瓜皮　回来以后么我就休息了。

钱秀才　(与妻)啊?!

西瓜皮　忙了那么久,我总归要休息休息的。

钱秀才　那你准备什么时候找人开工呢?

西瓜皮　这一阵是农忙,过了这段时间再说吧。

钱妻　(发急)还要等啊?你到底准不准备开工了?!

西瓜皮　喂,你那么凶干什么!别忘了银子现在还在我手里!

钱秀才　西瓜皮,你对我娘子那么凶干什么!我告诉你,不要以为我们对你客气是怕你。我们是……

西瓜皮　是什么!

钱妻　是因为我相公是秀才,不和你一般见识。你以为我们真的那么在乎这几百两银子。你站起来!

钱秀才　(气势汹汹)站起来!

【西瓜皮吓得从椅子上跳起来。

西瓜皮　你们可没证据,说我拿过你们的银子,你们这种腔调,银子是不想要了?!

钱妻　你用不着神气。我相公把银子给了你,我就从来没想过能赚到铜钿!

钱秀才　但是万万没想到,你居然连这五百两银子也想吞掉!

西瓜皮　你现在才担心?不过只要你们态度好,我还是会考虑的。

钱妻　你以为凭这区区几百两银子……(气得说不出话)

钱秀才　你就能对我们吆五喝六的!你这个西瓜皮,听名字就不老实,滑到东来滑到西,怎么让人相信?

【几人的吵声引来西瓜皮的邻居,其中有二人来到敞开的门前。

西瓜皮　(看见来人)来来来,王伯伯,李嫂,你们来评评理!

李嫂　怎么回事啦?这么吵!

西瓜皮　这个人呀，为了点铜钿银子，三天两头地往我家跑。

李嫂　是吗？有这种人?!

西瓜皮　有，而且他还是个秀才呢！谁知道一身铜臭啦！

钱秀才　你说什么，我要的是我自己的银子……

西瓜皮　（打断钱秀才的话）你别看他是个秀才，把这银子看得比天还大！老实讲，银子算什么，有许多东西不是有银子就买得到的！

王伯伯　这话倒不错。

李嫂　你这个秀才也真是，还不如他明白事理！

钱妻　我相公是不明理。他听信骗子的花言巧语！现在倒好，银子交给人家，字据也不叫人家写。你是活该被人骗！

西瓜皮　喂，你这话是什么意思，谁是骗子！你看看你，穿金戴银，何必为了几两银子为难你相公呢？

钱妻　我穿的，戴的，是我自己的！你倒好，花银子花到我们头上来了！

钱秀才　老伯，大嫂，你们知道吗，他骗了我们几百两银子，讲拿去开矿，算算也半年了。事情一件也没见他做，不还银子的借口倒有十七八条！

西瓜皮　你们不要听他乱讲。你说我拿了你的银子，你有证据吗？

钱秀才　证据……证据，难道我给了你几百两银子会有假的?!

西瓜皮　无凭无据，我也能说你欠了我银子，你还不还！

钱妻　你！

钱秀才　唉，这真是应了一句老话，站着放债，跪着讨债啊！

西瓜皮　（得意洋洋）嘿嘿，没证据不要乱说话！

【邻人一时难辨真伪，忽有大汉还夺门而入。

大汉　（一声大喝）谁说没证据！（一把揪住西瓜皮）我在门口停了好久了，你以这样的手段到处骗人钱财。你骗了自己村里的人不算，还骗到外头去了！

西瓜皮　你，你想干什么……

大汉　告诉你，现在村里被骗的人都已聚到了衙门口。我就不信，那么多人就告不倒你！走！

【西瓜皮闻听此言，还想争辩，却架不住被大汉往门外拖。

西瓜皮　（求饶）大哥，你松手，有话好好说！什么事不可商量！

大汉　别花言巧语！当心被债主们扒了皮！

西瓜皮　(恐惧)别这样,别这样,我还钱还不行吗?

钱妻　嘿嘿,我看你还能骗人到何时?钱国斗,我们也到衙门去告他!

钱秀才　这次,不达目的决不罢休!

1999年3月

6. 对面人家

人物:赵秀才、钱秀才、林秀才、李员外、员外娘子、县官、衙役二人

地点:竹家庄村头;赵家门口。

【春意盎然,桃红柳绿,翠竹环绕的竹家庄村头。两处宅院大门相对,一处是李员外家旧式黑漆大门,青砖灰瓦,雕栏玉砌,显得古朴殷实;一处是赵秀才家新式宅院,朱红大门、新砖新瓦,透出新房的清新。

【赵秀才手执折扇,站在门口恭候,钱、林二位秀才喜滋滋地上。

钱秀才　赵兄呀,"满园春色关不住",恭喜赵兄新宅落成。真是青山绿水,翠竹环抱,你这地址选得好;好风景、好心情呀,(唱)"轻风如水、美景无限………"

林秀才　(接唱)"晓色云开,春随人意"呀,我们是不请自到,瞻仰你赵兄在这风水宝地上盖起的新房,果然是大开眼界。

赵秀才　(笑着作揖)两位仁兄取笑了,你们看我这房子盖得还行吗?

钱秀才　不要太好哦,朱门青瓦、飞檐雕窗,朴实大方,气度不凡哪!

林秀才　院落不大,设计之精巧,在我们竹家庄也是首屈一指了。

【"哐啷",对面李宅的窗户被重重关上,里面传来鸡飞狗跳的追打声:"叫、叫,你们这两只瘟鸡,还不死回家里去,大清早在我门口鬼叫,作死啊?"

钱、林　(不解地)他这是啥意思?

赵秀才　(轻轻一笑)两位仁兄不知,这李员外本也是咱们竹家庄数得上的富户,祖上福荫不浅,单看传到他这一代的宅院,已知他的家底了。

钱秀才　可我听说此公心胸狭窄,性情暴躁,见不得别人比他好,为人极不厚道。赵兄啊,与他为邻,我看你是凶多吉少!

赵秀才　钱兄果然一语中的,我已多次领教。你看我这新房修了一层飞檐。

林秀才　这是今朝最时兴的样式。

赵秀才　他李家的老宅本是平檐的，那几日突然叫来工匠大兴土木，修出两层飞檐，搞得不伦不类，说不上是个什么东西？

钱秀才　哈哈，赵兄，这是压你一层啊！

林秀才　（夸张地摆动折扇）此乃画蛇添足也！

赵秀才　更有意思的还在后面；眼下新房都兴朱漆大门，这李家老宅突然漆成绿色引人注目，岂不招人耻笑？这李员外还叫人打了一对石狮坐镇门口，龇牙咧嘴，像是要吃了我呢！

钱、林　不能输给你啊！（三人一阵哄笑）

赵秀才　哈，他生气，我不生气，这等心胸狭窄之人，看我逗他一逗；（钱、林二秀才会意，赵故意大声地）两位仁兄，我这新房，盖得可还适宜？

钱、林　（大声地）好、好，当今最时兴的样式，比对面的老房子看上去气派、舒服多了！

【李员外站在大门边偷听，闻言气得翻白眼。李娘子走出，二人撞在一起。

李娘子　哎呀！老爷，干什么鬼鬼祟祟的？撞死人了！

【李员外示意她住嘴，指指对面人家。

赵秀才　我想，这大门口还差一副对联，二位仁兄帮帮忙？

钱、林　甘愿效劳。

赵秀才　（拿出纸笔，摇头晃脑，略加沉吟）有了，上联是“窗外千枝竹”。（边说边写）

钱秀才　我给你对个下联“室中万卷书”。

赵秀才　妙、妙哉！

林秀才　横批是：“赵氏精庐”。

钱秀才　巧借竹林春色，方显新宅生机呀！

【三人嘻嘻哈哈，“高一点”、“歪了”、“低一点”地贴对联。

【李员外满脸怒气冲出门来。

李员外　（念）“窗外千枝竹”（他扭头看看自家竹林）借我家的景色？！我，我让你借竹不成！娘子，拿砍刀来！

李娘子　拿砍刀做啥？

李员外　帮我把竹子砍断，让它竹不成林！

李娘子　（不满地）好好的，为啥啦？我不拿！

李员外　你这个女人……好、好，我自己拿！

【李员外跑去拿来砍刀，一阵乱吹；李娘子左阻右拦，叫苦不迭。

李娘子　作孽啊！你脑子有毛病？好端端的竹林惹你了？都砍成竹桩子了，这可是老祖宗留下来的呀！

李员外　（得意地）我让他们"窗外千枝竹"，竹林没啦，哪来"千枝"的景色！（开心地返回李宅）

【赵、钱、林相视一笑。

钱秀才　赵兄，竹林变竹桩了，看你如何是好？

赵秀才　我自有办法。上、下联各加一个字！

【赵秀才在上联加一个"短"字，下联加一个"长"字。

林秀才　"窗外千枝竹短，室中万卷书长。"哈哈，还是好对子！

赵秀才　二位仁兄，房内喝酒去，请、请。（三人下）

【李扛着大板锄跑出来，李娘子紧随其后。

李娘子　今朝你脑子真出毛病了！

李员外　娘子，快帮我一起把竹子连根挖出来，我叫他们无竹可对！

李娘子　为啥跟自家竹子过不去？我不挖！

李员外　你这个女人养不家的，老是向着外人，我让你吃生活！（追打娘子）

李娘子　打人啦，杀人啦！救命——

【三位秀才跑出来阻拦。

赵秀才　慢来，慢来，她一个弱女子如何打得？李员外，你这是何苦？好端端的一片竹园非要毁它不成？

李员外　我家的事，外人少管！

钱秀才　方才一片翠竹，现在一堆废柴，可惜呀！李员外，为何要自毁竹林呢？

李员外　我、我愿意……

钱秀才　这一大堆竹子做什么呢？

李员外　（硬着头皮）我有用处，我用竹子做成竹门、竹椅、晾衣竿……

林秀才　李员外，莫非你要开竹器店哪？

【三人一阵哄笑。

钱秀才　看来李员外今朝横竖横了，赵兄，你这副对联……

赵秀才　再加它一个字，（他提笔加"无"和"有"）

林秀才　窗外千枝竹短无，室中万卷书长有，好啊，李员外还是赢不了！

李员外　（气极）这、这……（气得晕了过去，众人连忙过来抢救李员外，对他脸上喷水、掐他的人中）

钱秀才　赵兄，是否过了？我们要把李员外气坏了！

赵秀才　算了算了，我们免战牌可以高悬、鸣金收兵了！（见李员外已缓过气来）李员外，我家也无竹可对了，你赢了，好吧。我另写一副对联，与你浑身不搭界。省得你生闷气！听好，上联是“一代至尊”，下联“几朝英杰”，横批“赵氏门庭”，二位仁兄怎么样？

李员外　（突然精神起来，他一阵奸笑）好，蛮好；（旁白）报仇的机会来了，我要把你告官去！（定格）

【转场至县衙门。

【李员外、县官、二衙役上。

李员外　县官老爷，赵秀才这个老头子一向狂妄自大、目中无人，如今更是胆大包天，竟敢自比天子，他把当今皇上置于何处啊？

县官　你是讲赵仕飞么？这个书呆子有这等胆量吗？

李员外　县官老爷，你朝这里看，白纸黑字写得明明白白、清清爽爽。

县官　（读对联）“一代至尊”，“几朝英杰”……

李员外　哼，“一代至尊”，知道“至尊”是什么意思吗？“至尊”就是天子、皇帝！他赵仕飞想做天子？配吗?！我看这可是犯了杀头的罪了！还有这里，“几朝英杰”？他连个举人都没考上，“英”在哪里？“杰”在何方啊？这等狂妄之人，皇帝都没放在眼里，能把你县官老爷放在心上？你能坐视不管吗？

【县官被李员外挑唆得有些生气了。

县官　唔……待我捉拿这个老秀才，你就是人证！

李员外　别，别，我作证人不方便，我们乡里乡邻的……

县官　（不快地）噢，你背后使坏，当面没种！

【转场至赵秀才家门口。衙役带着县官来到此地。

衙役　赵仕飞，赵仕飞，出来！

【三秀才迎出。

赵秀才　哎呀，本县父母官到此，有失远迎，失敬，失敬啊！

县官　赵仕飞，你可知罪？

赵秀才　这话从何说起？我何罪之有啊？

县官　我来问你，这新房子可是你的？

赵秀才　正是鄙人的。

县官　这对联可是你亲笔所书？

赵秀才　正是鄙人亲笔所书。

钱、林　（得意地）此联为我们三人合作。

县官　杀头也三人都有份！

三人　是啊……啊、不！不！我们犯了什么法？

县官　赵仕飞，你胆子不小啊，竟敢自比天子？现在，人证、物证俱全，还有你的口供；来呀，将此人给我捆起来带走！

【衙役欲捆赵仕飞，李员外在一旁高兴得搓手，三秀才看在眼里，突然爆发一阵大笑。

县官　你们笑什么？

赵秀才　我们笑你被人愚弄了！

钱秀才　竟有这等小人，害得你县官老爷在众人面前出丑！

林秀才　可恶哉！可恨哉！

县官　（不解地）唔……

赵秀才　县太爷，你可知宋朝太祖皇帝是何人啊？

县官　宋太祖赵匡胤！

钱秀才　大宋几朝天子都姓赵。

赵秀才　正是。我说的是我们赵氏门庭里出过一代天子，又没说我自己。

【县官恍然大悟，点头称是

赵秀才　再说这下联，历史上我们赵氏家族里更是英杰辈出啊！三国时的赵子龙，一员武将，辅佐刘备打江山，征战疆场，所向披靡，忠心耿耿，有口皆碑，可算得是英杰吗？

县官　算得算得！

林秀才　文的，我们说宋徽宗赵佶，虽不是个好皇帝，却是个书画大家，精通琴棋书画，宋代的诗书文章也是登峰造极啊！

赵秀才　老朽虽然不才，却是姓赵，赵氏门内出了这么多人，我为他们自豪，我也借点光罢了。

钱秀才　县太爷，这前来告密之人甚是可恶，他骗得你当众出丑，让乡里乡亲耻笑你不懂历史、不通诗文、不学无术，草包一个！

【县官圆睁怒目冲到李员外面前，抬手欲打，李吓得簌簌发抖。

县官　（自觉失态）你敢愚弄本县？来人！把李员外给我捆到县衙去重办！

【衙役捆李，李拼命求饶；三秀才会心一笑，上前阻拦。

赵秀才　慢来、慢来，县太爷息怒。

林秀才　你堂堂父母官不要跟他一般见识！

钱秀才　念他偶犯，饶他一次！

县官　(留有余怒)要没有这三位开明绅士出来为你开脱，我定让你尝尝铁窗的味道！哼！(拂袖而去，衙役尾随其后，下)

李员外　多谢三位秀才搭救之恩！

林秀才　李员外啊，你这个人实在是心胸狭窄、小肚鸡肠，还心术不正、暗地使坏！

钱秀才　本来没什么事，就是你这坏脾气、不肯输不肯让，好端端的房子弄得不伦不类，好好的竹林毁于一旦！

赵秀才　刚才我们是逗逗你，没想到弄出这么大的事体来；大家一起住着，该和睦相处才是。

李员外　秀才们讲话句句在理。我无地自容、无地自容啊！

赵秀才　正是……“礼数周全君子宅”。

钱秀才　唔……“乡风醇厚竹家庄”。

林秀才　我来个横批：“太平盛世”也！

【众人大笑。

【结束。

1999 年 8 月

7. 自食其果

人物：钱秀才、钱妻、赵秀才、摊主

地点：竹家庄路边菜市；摊主家门口

【竹家庄路边一菜摊，摊前摆放鸡、鸭笼，地上摆放各色蔬菜。一小贩在摊前张罗。

【钱妻挽一菜篮上。

钱妻　(快步走到摊前)哎，卖菜的！

【摊主不理不睬。

钱妻　(从篮里拎起一只鸡,在摊主面前晃了晃)喂,叫你!

摊主　(吓了一跳)喔呦,什么事?

钱妻　你看看,我在你这里买的东西。怎么像是从水里捞起来一样,滴滴嗒嗒的?

摊主　这是很正常的嘛!这东西虾米吃吃、小鱼吃吃,水里游……

钱妻　喂,喂,你看看清楚。这只是鸡,你当是鸭子啊?

摊主　呦,我给你搞糊涂了。你早讲是鸡呢!

钱妻　是鸡,你也有话讲的!

摊主　你听我讲,人嘛,要讲点人道!你看看,现在天气多热,你每天洗几次澡?同样的,我这几只鸡嘛,我怕它们吃不消,中暑……

钱妻　啊?!

摊主　就是热得昏过去。所以,我给它们淋点水,降降温。大嫂,像这种经过我特殊处理的鸡,可是有名堂的!

钱妻　啥名堂?

摊主　这叫"落汤鸡"!

钱妻　就算这样,那这青菜呢(又从篮里抓起一把青菜)?难道也是因为天气热,怕它们昏过去?

摊主　这倒不是。我卖的是青菜。当然是水分多的好。要是干瘪瘪,变成霉干菜了!好了,今天没时间教你学问,大嫂,走吧,走吧!不要影响我做生意!

钱妻　你这个人!……(一时无言以对,不满地离去)

摊主　(暗笑)拎不清的。我这生意这样做法,赚头不要太好!不过,我只会赚钱,不会算账、记账,这可如何是好?而且字也写不来,时间长了也不是个办法,最好……(忽然眼前一亮)

【钱秀才东张西望上。

摊主　(迎上前去)钱秀才!

钱秀才　咦,你是谁?我好像不认识你的!

摊主　钱秀才,我刚到竹家庄不久,是卖菜的。听别人说秀才你学问大,我有点事想请你帮帮忙。

钱秀才　你就是那个新到庄上卖菜的?嘿嘿……(上下打量摊主)蛮好,蛮好!

摊主　钱秀才,事情是这样的。我做小生意。要记点账。我光会赚,不会算和写,实在不行。今天正巧遇到钱秀才,想请你教我写字。

钱秀才　请我教你这些?

摊主　是的,是的。我知道秀才也不在乎银子,不过,只要你肯教我,我一定不会让先生吃亏的!

钱秀才　(不假思索)那好吧。

摊主　钱秀才你答应啦!太好了,走,我就住前面不远,到了那儿我们再细谈。

【摊主收摊,与钱秀才下。

【摊主家门口。

摊主　来,钱秀才,到了。

【门一开,只见地上搁着几个麻袋。

钱秀才　地方不大,东西倒是蛮多的。

摊主　全是好东西。钱秀才,这边坐。

钱秀才　你准备学点啥?

摊主　我要求不高的,只要学会写点鸡啊、鸭啊,这个菜那个菜的;算术嘛,学会加加减减,够我记账用也就差不多了!

钱秀才　晓得了。

摊主　那我明天就开始来上学。到时我会把银子付给你的。

钱秀才　好,事已谈妥,我先走了。

摊主　秀才别忙啊,既然来了,就多坐一会儿。钱秀才见多识广,不妨跟我多聊聊。

钱秀才　我秀才只会读书、做文章,实在没什么可讲的。倒是你,生意好像蛮不错,有啥诀窍?

摊主　秀才要听?那好,我就讲讲。刚才门口那几个麻袋看到吗?

钱秀才　看到的。

摊主　晓得那里面装的是什么?

钱秀才　是啥?

摊主　黄沙、石子。

钱秀才　咦,你是菜贩,还卖黄沙、石子这样的建筑材料?

摊主　对。不过,我这黄沙、石子,不是用来造房子的,而是当肉卖的!

钱秀才　当肉卖?开玩笑。谁会相信黄沙、石子当肉卖?你以为天下人都是傻子啊?!

摊主　嘿嘿,直接当肉卖,当然是不行的。

钱秀才　那你怎么卖?

摊主　我呀……(凑近钱秀才)我把黄沙、石子掺到水里,抓牢鸡、鸭的喉咙,连水带沙往它们嘴里灌进去(摊主连说带说)塞到塞不进为止。另外,毛也要浇浇湿,分量重了才住手!(说着顺手拿起一盆水要往秀才头上浇)

钱秀才　住手,你干吗往我身上浇水?

摊主　习惯性动作。对不起,对不起!

钱秀才　噢,原来是这样的呀!

摊主　这下你明白了吧?这黄沙、石子不是可以当肉卖了?!

钱秀才　灵的,灵的!

摊主　这鸡、鸭身上的水,多少也可以增加半斤多分量!解释起来么,天热降温!

钱秀才　对的,看来这水也好当肉卖的!

摊主　到底是读书人,聪明的。还有呢!

钱秀才　还有啊?

摊主　(说着从椅子上站起来)那些蔬菜,浸在水里,称给人家的时候,从水里捞出来。立刻一称,这分量又重了几两,看上去水汪汪的。又新鲜又漂亮,招人喜欢!

【摊主越讲越得意,忘乎所以,钱秀才暗暗记在心里。

钱秀才　你办法倒是蛮多的!(一看天)呦,时间不早了,我也要走了。明天下午我在家里等你。

摊主　好,好。钱秀才走好。

【摊主送钱秀才出门。

钱秀才　(低声地自语)对你这种唯利是图的黑心肠,我自有办法!

【次日下午,钱秀才家中。钱、赵两秀才围桌而坐,钱告诉赵昨日之事。

赵秀才　(听罢钱语)噢,竟有此事!这个黑心肠的小贩实在是太坑人,太可恶了!我已经听到不少乡邻都在讲他做生意不老实,这次定要给他个教训!

钱秀才　等一会他就要来了。

【摊主边看边找,到了钱秀才家门前。

摊主　(敲门)有人吗?钱秀才在家吗?

钱秀才　来了,来了。(一开门)进来。我给你介绍,这是才高八斗、学富五车的赵秀才!

摊主　(低语)听不懂。不过"八斗、五车"好像蛮厉害的!

钱秀才　你知道,我今天为什么要请他来?

摊主　为啥?

钱秀才　我问你，你以前写过字吗？

摊主　没有。

钱秀才　你从来没学过写字，现在一下子要教你，不是那么容易的事。赵秀才是我特意请来帮忙的。有他在，我才能教会你。

摊主　一定要的？那好吧。（低语）恐怕银子又要多交了！

赵秀才　来，告诉我，你要学些什么？

摊主　我要学，鸡、鸭、青菜……

赵秀才　停，够了，够了。

摊主　啥？一天就学几个字？

赵秀才　嫌少？我告诉你，能学会鸡、鸭这两样就不错了！

摊主　那么难啊？

【赵秀才取出笔墨纸砚，挥笔作画。摊主想看，被钱秀才挡住。

赵秀才　（画完）来，看一看。（举起两张纸，分别画着一鸡一鸭）

摊主　哟，这个我认识的。这是鸡，这是鸭子。

钱秀才　（对摊主）我对你讲。你从来没写过字，让你一下子写那么复杂的字，你肯定不行的。

摊主　那怎么办呢？

赵秀才　办法当然有。你知道我们老祖宗写的是什么字？是象形字。

摊主　没听说过。

钱秀才　就是字像画。想写什么就画什么。

摊主　这倒好的。

赵秀才　所以从现在开始，你就照着我的画练，等你啥时候画得和我一样，再练字就容易了。

摊主　好的，好的。

钱秀才　来，这里有纸笔，你来试试。

【摊主拿笔，照样画了老半天，搞得满脸墨汁，终于表示画完了。

钱秀才　我问你，你这哪是鸭子，哪是鸡？

摊主　（看看画）我画的时候心里蛮清楚的，不过……现在看看倒也差不多了。

赵秀才　我说不容易吧！这样，你现在就开始学画，画到分出鸡、鸭为止。

【摊主埋头苦干，两秀才一旁暗笑。

【数日后，往钱秀才家的路上。

摊主　付掉的学费倒也不少，可我每天除了画鸡、画鸭，别的都没学到。真是急煞人了。今天得问问钱秀才。(说着到了钱家门口)钱秀才，我来了。

钱秀才　进来！进来！

摊主　(一看赵秀才也在)今天两位老师该教我写字了吧！

钱秀才　你坐一会儿，别急。

摊主　(低声)你收钱，你当然不急！

赵秀才　你的鸡，鸭子画得怎么样了？

摊主　我是一停下来就画。你叫我每天画一百只鸡、鸭，我忙得脚也举起来了。还不如杀几只活鸡、活鸭来得容易。

【两秀才窃笑。

摊主　钱秀才，你倒讲讲，过了那么些天，我还一个字不会写，这算啥名堂？

钱秀才　看来你是太笨了，算了，算了。还是教教你算术吧！

摊主　好的，好的。

钱秀才　我先问问你，你上个月赚了三两银子，这个月赚了七两，那你一共有几两银子？

摊主　一共嘛……(抓耳挠腮)

赵秀才　这个简单。三、七嘛……二十一，一共是二十一两银子。

摊主　对的，对的。

钱秀才　对啥！三、七……一十！

摊主　(一摸头)对了，对了，刚才糊涂了。(嘀咕)我要是知道，还要请你教？

赵秀才　看来要从“一”开始教了。

摊主　喔唷，写不动了。今天就到这儿了吧。

钱秀才　不行的，你还什么都没学会呢！

摊主　时间不早了，我饿得不得了。让我回去吧。

钱秀才　饿啦？我这里还有碗面，你吃吧。(示意赵秀才拿面来)

【摊主接过面来就吃。

摊主　哟！这面里什么东西呀？

钱秀才　没啥特别的，就是点黄沙、石子。

摊主　(一下跳起来)啥！这种是什么面？这种东西也能吃的！

赵秀才　怎么不能吃？来，来(对钱秀才)，帮帮忙！

钱秀才　来了！(对摊主)鸡、鸭都能吃这些，你怎么不能吃？

【钱秀才说着按住摊主，赵秀才拿面就要塞。

摊主　救命！(挣脱了钱秀才，绕着桌子跑，二秀才追)

钱秀才　别走啊。吃这个也会重的！

赵秀才　是呀，而且省银子的。

摊主　两位秀才呀！我看出来了，你们是专门冲着我来的！我跑得热死了，放过我吧！

赵秀才　(对钱秀才)听见吗？他热了。

钱秀才　晓得了。

【钱秀才拿起桌下一水桶，追着朝摊主泼水。

摊主　哎哟，这又是在做什么？

钱秀才　你不是说热吗？我帮你降温呀！

赵秀才　(从另一边围上)来，吃面！

摊主　(哭丧着脸)两位秀才，饶了我吧！我知道错了！

1999 年 3 月

8. 包治百病

人物：钱秀才、赵秀才、林秀才、牛三、陈大

地点：林秀才家院子里；陈大家

【某日清晨。赵、钱两秀才在林秀才家院子里同行，钱秀才双眼半开半闭。

钱秀才　大清早，你叫我到林老弟家去做啥?！我还没睡醒呢！

赵秀才　好醒醒了！听说，他这阵子在替人看病，侬晓得吗？

钱秀才　(一拍头)侬一讲我倒想起来了，最近庄上伤风咳嗽的人特别多。我前天碰到林老弟，他告诉我，他在"行医治病，分文不取"。真是个热心人呀！

赵秀才　他会医术？我怎么从没听他提过。倒要看看究竟是怎么一回事！

【二秀才来到林秀才家门口，见门开着，便叫了起来。

赵秀才　林老弟！林老弟！

林秀才　(应声而上)来了！哟，原来是两位兄长，里面请！却不知，你们俩，是谁生病了？

赵秀才　啊？你真的在替人看病！

林秀才　（得意地）正是！

钱秀才　你会治病？我和赵兄怎么从来不晓得呢？

林秀才　不瞒你们讲，前不久，我从我的老爷叔那里学了一个治病的良方，现在正用得上。

赵秀才　不知你葫芦里卖的什么药！

林秀才　（如街头吆喝状）各位，我林秀才近日得高人真传，学得一治病的良方。我是轻易不用，一旦出手，能治百病！

钱秀才　好了，好了。侬这副腔调，我集市上见得多了，比侬讲得还要好！

林秀才　怎么能拿我和那种人相提并论?！我和那种人不是一个档次的！

赵秀才　哟，侬关子么也卖过了，现在总好讲了吧！

林秀才　请看！

【林秀才举起一调羹，两秀才还没弄清是怎么回事，忽听得门外有人喊。

画外音　不好了，不好了，林秀才……

【牛三满头大汗，气喘吁吁奔上，瘫在地上。

林秀才　牛三！

钱秀才　林老弟，看他这副样子，好像病得不轻，赶快替他治病吧！

林秀才　好！钱兄帮帮忙，快，把他衣服解开！

【牛三累得上气不接下气，双手直摇。

林秀才　别怕，我一定治好你。包在我身上！

【林秀才举起调羹，对着牛三身上就刮。牛三痛得大叫，挣扎着要站起来。

林秀才　别跑！钱兄，帮我按住他。牛三，我这毕竟是把调羹，又不是菜刀！

【牛三挣不脱，被林秀才又一阵刮，情急之中，牛三还是不住地摆手。

赵秀才　（对林）侬慢一慢，侬看他一直在摇手嘛！

林秀才　他这是抽筋了，要赶快医治呀！

【林秀才又要动手，被赵秀才拦住

赵秀才　侬等一等，让他讲句话。（对钱秀才）侬也放开他。

【牛三哭丧着脸站起来。

赵秀才　牛三，侬到这里来究竟是为了什么事？

牛三　事情是这样的。昨天晚上天蛮热，我和陈大睡在屋檐下。今天早上醒过来，陈大嘴巴歪掉了，话都讲不出。

赵秀才　那陈大人呢？

牛三　他在家里不敢出门，怕别人笑他的怪样子！

钱秀才　牛三，侬寻我们开心呀！忙得我出了一身汗。

牛三　侬以为我想呀，我看看我身上，红一条白一条，当我是五花肉呀！

赵秀才　不像，不像，我看，像一条火赤链蛇！

林秀才　哎，牛三，侬没毛病要刮痧做啥？

牛三　我一进门，你们就捉牢我，拼命地刮，我啥辰光有机会开口啦?!

钱秀才　好了，我们还是去看看陈大吧！

赵秀才　勿要搞，林老弟又不会治这种毛病的！

林秀才　怎么不会，我这套方法，能治百病。

赵秀才　这刮痧嘛，治疗中暑、内热、风寒可以，治其他毛病，我看是不行的！

林秀才　是毛病，就可医，走，看看去！（拎起一药箱便走）

赵秀才　好，我们也去见识一下林老弟的医术！

【三秀才跟着牛三到了陈大家，推门而入，陈大歪着嘴迎上。

牛三　阿哥，我把医生请来了。

【陈大歪着嘴一阵比划。

牛三　大家看呀，本来蛮标致的一张面孔，现在变成这副样子！

林秀才　喔唷，像一只发酵没发好，僵掉的馒头！

【林秀才从药箱中拿出用具。

赵秀才　侬这套办法，给他驱驱寒还可以，要治好他的嘴……

林秀才　（对陈大）侬勿要相信他的话。牛三，帮我抱住他，别让他逃掉！

牛三　晓得了！（牛三上前往陈大身上试抱）哟，不行！

钱秀才　侬看陈大块头那么大，牛三一个人怎么挡得住呀？

牛三　对的。再讲，万一，他到辰光发起猪猡脾气来，我一个人怎么行？

林秀才　那钱兄，侬也来帮忙！

【钱、牛二人上前抓住陈大，林秀才开始给陈大刮痧，陈大痛得歪着嘴直嚷嚷。

赵秀才　隔壁邻舍听到，真当是杀猪猡了！

林秀才　（吆喝）良药苦口利于病，医术高明痛煞人！

【陈大被刮得脖子通红，浑身是汗。

林秀才　（对钱秀才）帮我看看，好了没有？

钱秀才　喔唷！

林秀才　好啦？

钱秀才　还没！

林秀才　还没好！看来要到面孔上试试。好，再来！

【林秀才在陈大脸上一阵乱拧、乱捏、乱刮。突然，陈大喊起来。

陈大　救命呀！

【林秀才停下来。

陈大　痛死了，我吃不消了，你们干脆给我来个痛快的……

牛三　来个痛快的？阿哥，侬的嘴巴好动啦！

陈大　（一摸嘴）唉，好了！真的好了！

【陈、牛二人乐得手舞足蹈。

林秀才　看见吗，手到病除！赵兄，怎么样？

赵秀才　你这是歪打正着。刮痧，有满面孔瞎捏、乱刮的？又不是包饺子！刮鱼鳞！

林秀才　不管怎么样，陈大是被我治好的！（讲着右手一挥，突然在半空中刹住）喔唷！

众　怎么啦？

林秀才　手，我的手抽筋了！

钱秀才　啊，这抽筋也会传染的？

赵秀才　嗳，肯定是刚才用力过度了！

钱秀才　是呀，秀才嘛，手无缚鸡之力。今天又是捉牛，又是杀猪猡，肯定吃不消的。

陈大　对的，林秀才，侬辛苦了。

牛三　对什么对，本来勿属于侬接的活，侬接得介快！

林秀才　你们怎么只顾着讲话，我的手现在动也动不了了，快想想办法啊！

赵秀才　这还不简单。

众　啥办法？

赵秀才　刮痧！我来帮他刮痧！

林秀才　侬也会的?!

赵秀才　来，来。陈大，牛三帮我捉牢他。（陈、牛二人立刻行动）钱兄，把他衣服解开！

林秀才　（一脸无奈）好像碰到强盗抢！

【赵秀才一刮，林秀才立刻大喊——

林秀才　吃不消，吃不消！

牛三　林秀才,吃不消你就唱!

林秀才　我只会唱苏州评弹,用在这里不合适的!

陈大　那就叫,叫出来就好了。

林秀才　大喊大叫,有损我秀才形象,不好叫的。

钱秀才　这样看来,你只好咬咬牙了。

【赵秀才又是一阵忙。

赵秀才　林老弟,好了吗?(见林秀才摇头)没好,再来!

林秀才　慢!赵兄,这刮痧用在我身上好像不行嘛?

赵秀才　怎么会,侬勿是讲能治百病的!这样,侬手抽筋,我帮侬手上刮一刮。

钱秀才　手上不好刮的,否则手不像手了。

众　那像什么?

钱秀才　像猪蹄。

赵秀才　林老弟自己讲的,是毛病,就可医!

陈大　对,林秀才,侬再忍一忍,我看差不多了。

钱秀才　差不多,再刮下去,他的命就要差不多了!

林秀才　看来这个刮痧疗法也要看对象的。赵兄,还是让我去找个治跌打损伤的大夫看看吧。

赵秀才　这就对了。求医治病,讲求辨正施治、对症下药。像你们这种小毛小病倒也算了,要是急毛病,耽误了要出人命的!

林秀才　赵兄,侬言之有理,我是替人治病心切,心太急了。

陈、牛　林秀才,侬就一句心太急,看看我们两人,变成什么样子了!

林秀才　你们也别说了,看看我!

【林、陈、牛三人站在一起,每个身上都是红一条白一条

赵秀才　虽说受了点皮肉之苦,不过现在你们的身价上去了。

众　为啥?

赵秀才　你们这样一道走到街上,人家一看,清楚的。

众　哪能?

赵秀才　别的国家进贡的珍稀动物——三匹斑马!

1999年3月

9. 斗　智

人物:钱秀才、赵秀才、歪头阿三、赵寡妇、赵秀才之妻赵范氏

地点:竹家庄某处路口;赵秀才家里

【钱秀才一路闲逛,被歪头阿三迎面拦住。

阿三　哇!这位先生好相貌,——天庭饱满,地角方圆,眼目清亮,两耳垂肩,鼻孔向下,嘴角朝天……

钱秀才　去去……别套近乎!烦不烦?

阿三　这位先生好相貌,文有经世治国之智,武有卫国安邦之勇……大智大勇,大富大贵……你且留步听我说,奉送看相,分文不取!

钱秀才　走开,我又不认识你……(端详阿三面相)好哇,我认识你,你不是老在关帝庙前变戏法的歪头阿三吗?怎么,改行当相面先生了?还是我给你看个"相"吧……你要改不了这装神弄鬼胡说八道的毛病,一辈子不会有出息!(说罢,拂袖欲去)

阿三　去!还秀才呢,孙子才当秀才!

钱秀才　(听见回头)你说什么?

阿三　我是秀才孙子!怎么样?您满意了吧?

【钱秀才下。

【赵寡妇上。

阿三　(脱口而出)这位娘子好相貌!

赵寡妇　是歪头阿三?!

阿三　赵寡妇?对不起,回见!

赵寡妇　别走!给我看个相……

阿三　你?(急于脱身)印堂发亮,气色不错……

赵寡妇　就这么点?鼻子,鼻子怎么样,中年行大运,鼻子是不是最有讲究?

阿三　我的姑奶奶,你就饶了我吧!

赵寡妇　(上前揪住阿三的衣服不放)借我一两银子!

阿三　一句话!(摸出一两银子)你看够不够?

赵寡妇　一两还真不够,再拿一两过来!

阿三　（发觉不对）凭什么我要借你银子？（把已经拿在赵寡妇手里的一两银子夺回来）我自己的银子也是来之不易！岂可轻易放弃！

赵寡妇　（向四周大嚷）歪头阿三又在骗人喽……

【歪头阿三朝着赵寡妇连连作揖。

赵寡妇　我这两天没钱了，你得给我想个办法解决困境！

阿三　你那堂弟……赵秀才，不是很富裕吗？

赵寡妇　别提他，我借了他不少回，有借没还，再借就难！

阿三　你上门去借钱，当然是难，这回你……（对赵寡妇耳语）

赵寡妇　（十分新鲜）帮他驱鬼？

阿三　嘘！天机不可泄漏！

【赵秀才家。

赵秀才　关关雎鸠，在河之州，窈窕淑女，君子好逑……

赵寡妇　兄弟啊，开门！

赵秀才　（从门缝朝外看）赵寡妇？

赵寡妇　（手里高高举着一只大公鸡）这会，我这不是向你借钱，是给你送鸡来了！

赵秀才　（满腹狐疑把门打开）大姐，你……这鸡多少钱，我给你！

赵寡妇　瞧不起我？是吧？我现在交好运了！发大财了！赶明儿，你把过去我欠你的旧账算算，我加上利息，统统还你！

赵秀才　（口气不坚决地）自家人嘛，说什么还不还的?!

赵寡妇　瞧你这一屋子……寒酸的样子，哪像个秀才的书房？过两天去买套红木的家具来，再弄点字画，要名人的，什么唐伯虎、文徵明之类的挂起来！你虽然不在乎，可我不能让人背后说闲话，说某某穷秀才是我的弟弟！

赵秀才　大姐啊，这么大口气，莫非是发了横财了？

赵寡妇　（作财大气粗状）发财干嘛？钱嘛，生不带来死不带走，有得花，就行呗！

赵秀才　就是，就是！

赵寡妇　（环顾四周，不无感慨）我说弟弟，你也老大不小，都六十出头了吧？怎么混到这种地步？功名嘛，屡试屡败，屡败屡试，一领秀才头巾便是封了顶了。这家财呢？原先好歹撑着个门面，自打娶了房聋子媳妇进门，真应了一句老话，王小二过年，一年不如一年。而且这么一把年纪了，也没个儿子生出来，你是读书人，知不知道“不孝有三，无后为大”的道理?!

赵秀才　惭愧惭愧……

赵寡妇　嗨,当年你可不是这模样的？小时候,方圆十里,谁不知道咱们赵家出了一个神童？八岁能就把四书五经背得滚瓜烂熟,十岁就在城隍庙给人写大字,一副对联卖到八分银子？

赵秀才　哪辈子的事,我自己早就忘了！

赵寡妇　这屋子阴气太重,你住着一点没感觉到？

赵秀才　祖传的房产,都住了几辈子的人,不都活得好好的？

赵寡妇　别人活得好好的,到了你手里就惨到这种地步,你就没有找找缘故？

赵秀才　找过,没找出来。

赵寡妇　想不想我帮你？

赵秀才　姐肯帮忙,自然感激不尽！

赵寡妇　不是我,我给你引荐个高手……张半仙,怎么样？

赵秀才　我是读书人,和仙界人物向来没有往来。

赵寡妇　你也开开窍,瞧瞧我……认识张半仙才半月,不一样就是不一样了吧？赶明儿我每天给你送个鸡过来,过神仙般的日子！

【门外传来一阵阵摇铃声。

赵寡妇　这张半仙,只要我心里一想到他,他就会在你眼前现身……你听,来了不是？

【歪头阿三扮女装,涂红抹绿,疯疯癫癫上场。

阿三　初一十五庙门开,神仙下凡鬼出现,前面走的是铁拐李,后面紧跟我张半仙……(手舞足蹈,满身仙气)前门堂堂开,后门堂堂开,全仙半仙走进来……

【钱秀才正巧经过,见有"仙人"下凡,十分诧异,便躲到一旁看个究竟。

赵寡妇　仙人来了,快快请进呀！

【歪头阿三跳跳蹦蹦进入室内。

赵秀才　(把赵寡妇拉到一边,压低嗓音)请"仙人"下凡一次,要多少银子？

阿三　(背对着秀才,大声地)"仙人"不要铜钿！

赵秀才　(大吃一惊)未卜先知？

赵寡妇　凡人不用开口,你心里一想,仙人就知道你要说什么。

赵秀才　那……现在我心里在想什么？

阿三　(学赵秀才方言)"会不会……赵寡妇和张半仙串通好了来蒙骗我？"

【赵秀才吓得差一点趴下。

赵秀才　罪过罪过，我倒没什么，得罪仙人，马上要遭天火烧的！

阿三　我倒没什么，欺负孤寡妇道人家，走路要被车子撞死，过河要掉在水里淹死，坐轿要闷在里面闷死，吃饭要被鱼刺鲠死！

赵寡妇　张半仙，我兄弟读书读呆了，你千万不要生气。

阿三　我不生气，与一个书呆子计较什么？不过这里不是久留之地，你我赶快走！

【歪头阿三扬手掷足，向屋子四角发功，突然一仰脖子满嘴喷火。

【赵秀才看得目瞪口呆。

阿三　（拉了赵寡妇作慌不择路状，似乎恨不得立时离开）走，走！

赵寡妇　我兄弟是老实人，你就是要走，也要说个明白！

阿三　你没看出来？这屋子阴气太重……呆久了，别说你们凡夫俗子，就是我们这样有点道行的仙人也受不了！（一脸恐怖）

赵秀才　别别，你把话说清楚，我家里怎么有阴气了？！

阿三　（他细端详赵秀才）哇……（指着秀才的脸，吓得浑身哆嗦）

赵寡妇　我兄弟是老实人，你害怕他作甚？

阿三　他……他……他有恶鬼附身！（张口朝赵秀才喷火，喷完火，拉了赵寡妇又要走）快！

赵秀才　大姐慢走，你我好歹也是亲眷，帮我想想办法！求你了！

【赵秀才和歪头阿三，一人抓住赵寡妇的一只手，拔河似的来来回回，一个朝屋里拉，一个朝屋外拉。

赵寡妇　都放开！（对歪头阿三）他总是我兄弟，你不看僧面看佛面，就帮他这一回！

阿三　我一个仙人，怎么管你们凡人的闲事？

赵寡妇　大慈大悲，救苦救难，你就做做好事吧！

赵秀才　救我一命，一定重谢！

阿三　（拉了寡妇就走）咱们走……

赵寡妇　（埋怨秀才）你怎么说谢？一个仙人还在乎你谢？你就是倾家荡产，谢得起人家吗？

赵秀才　我错了，我不谢，行了吧？我求仙人保佑！

阿三　我这可是看在你姐的脸上，凭你？八人大轿，都不能将我抬来！

【赵秀才、赵寡妇好说歹说，把歪头阿三请到屋里，在八仙桌前重新坐定。

【赵范氏端茶水上桌。

【歪头阿三看见赵范氏，神色大异

阿三　(等赵范氏离去)尊夫人是个聋子？

赵秀才　这你也知道？

赵寡妇　废话，人家是仙人。

阿三　你要变成个瞎子！

赵秀才　(大惊)近两年眼睛是越来越不好……

阿三　最终你会双眼失明，算你幸运，今天让你遇到了我……毛病就出在尊夫人身上！

赵秀才　她怎么啦？

阿三　九尾狐狸在她身上附身，轻则耳聋眼瞎，重则倾家荡产、家破人亡！

赵寡妇　兄弟好运气，幸亏遇到张半仙，否则转眼间大祸临头！

赵秀才　谢谢！谢谢！！千万想办法驱赶走狐狸……

阿三　闭嘴，狐狸是你嘴里叫的么？要称大仙！

赵秀才　大仙大仙，只不知大仙？半仙？哪一位味道"仙"一点？

赵寡妇　称呼是无所谓的，要看各人本事……

阿三　(起身作法)天灵灵地灵灵，人灵灵鬼灵灵，玉皇大帝来显灵，牛鬼神蛇露原形！

【歪头阿三披头散发，手舞足蹈。

阿三　阎王举起追魂牌，妖魔鬼怪出来了，妖魔鬼怪出来了……

【歪头阿三双手招展，似乎要把鬼引出来。

【没想到，顺着歪头阿三的手势，真的出现一个装扮奇异，非人非鬼的"妖魔"。

【歪头阿三乍一见，吓得魂不附体；赵寡妇也吓得钻到桌子底下，不敢出来。

【赵秀才惊诧不已，一时竟也没看出进来的"妖魔"是钱秀才装扮的。也钻到了桌下。

妖魔　俺乃梨山老母架下的独角大王！

【歪头阿三毕竟见多识广，很快让自己镇静下来，从容应对。

阿三　俺乃南极仙翁背后的铁面大圣！

【"妖魔"与歪头阿三开始斗法。

妖魔　独角大王道行高超，随梨山老母修炼，九千九百年脱形，九千九百年练功，九千九百年升天，九千九百年成仙！

阿三　铁面大圣法力无边，得南极仙翁亲授，九千九百零一年出世，九千九百零一年点火，九千九百零一年炼丹，九千九百零一年成精。

妖魔　我独角大王翻江倒海，上天入地，炼就火眼金睛，一抬头可以看到昆仑山！

阿三　我铁面大圣腾云驾雾，采集天地精气，长成八卦神掌，一伸手能摸到南天门！

妖魔　我朋友多，三十六神明，七十二星宿随叫叫！

阿三　我人缘好，十八层地狱，冤魂怨鬼，一百零八尊天兵天将随差差！

妖魔　我力气大，上个月，赤脚大仙一起打猎，一巴掌打死三只黑熊！

阿三　我胃口好，大前天，太上老君请我吃饭，一口气吞下六只大象！

妖魔　我……（拼命动脑筋）

阿三　我……（也在拼命动脑筋）

【两人挨近，相互对视。

妖魔　我说伙计，这是干嘛？咱俩较什么劲？谁不知道谁呀？

阿三　江湖上混口饭吃，老哥给兄弟留点情面！

妖魔　骗多少是多少，一人一半？！

阿三　（有点不舍得）一人一半？（见“妖魔”又要作法）一人一半，就一人一半。（两人伸出小指拉钩）

【赵寡妇、赵秀才战战兢兢地从方桌下面爬出来。

妖魔　前门堂堂开，后门堂堂开，大仙半仙抬出来，歪头阿三跟进来。橱门堂堂开，箱门堂堂开，用的吃的拿出来……

赵秀才　怎么要吃的用的东西？

赵寡妇　狐狸大仙要尝鲜啊，该死该死，吾辈失礼失礼！大仙喜欢吃点用点，弟弟，你不犒劳犒劳他点，就能这么轻易地送客出门？

赵秀才　有道理，有道理！

妖魔　大红蜡烛点起来，大红台面摆出来——

阿三　红烧肉、白斩鸡，油氽果肉霉干菜。牛肉干、素火腿，臭豆腐干茶叶蛋……

妖魔　好酒好菜小乐胃，送客出门破小财！

【赵秀才和赵寡妇张罗满桌好菜。

阿三　统统闭上眼睛……（作法）嘘——嘘——嘘——

【一眨眼功夫，好酒好菜都藏进歪头阿三的宽袖大袍。

【连“妖魔”——钱秀才也看得目瞪口呆。

赵秀才　大仙好胃口？！

赵寡妇　（悄悄拉歪头阿三袖子）等会儿，分点给我。

阿三　梳妆镜子竖起来……

妖魔　胭脂花粉摆出啦……

阿三　皮大衣、丝棉袄，绣花裙子压发帽。红肚兜、碧玉簪，透明丝袜嘴唇膏。

妖魔　红红绿绿巧梳妆，奇出怪样上花轿。

【赵秀才和赵寡妇抱出大捧衣服。

阿三　统统闭上眼——(作法)嘘——嘘——嘘——

【一眨眼功夫，全部衣物都进了歪头阿三的宽袖大袍。

【赵寡妇眼疾手快，抢回一条裤子，误以为上衣穿在身上。

【赵秀才怎么也看不懂，这究竟是怎么一回事。

阿三　(继续作法)书中自有黄金屋，家中黄金作何用？

妖魔　珍珠项链翡翠戒，白玉如意金元宝。

赵秀才　怎么还要金银珠宝？

【赵寡妇迫不及待入内室取来首饰盒，赵范氏跟在后面紧追不舍。

赵寡妇　大仙不走，全家都要天火烧，有得统统烧光，不如花钱消灾！

【歪头阿三顺手把赵范氏身上的首饰都摘下。

赵范氏　(对赵秀才大发雷霆)你这个死秀才、烂秀才！驱什么鬼啊？家里遭了强盗抢了！

阿三　啊?！她不是聋子！

妖魔　狗急要跳墙，聋子急了要开腔！

【赵寡妇打开首饰盒，先伸手捞了一大把。

阿三　(抓住赵寡妇的手不放)你怎么敢偷仙人的金银财宝？

赵寡妇　你算什么仙人？说好一人一半的！

妖魔　(对赵秀才)他俩要一人一半，你听到没有？(对歪头阿三)一样分，就分个赤脚地皮光——大家闭上眼睛——这名人字画一人一幅；古玩摆设一人一个；这红木家具一人一件；这秀才夫妇，干脆也一人领一个回去养?！

赵秀才　(恍然大悟)你们是谁？

妖魔　你先别管我是谁，你来瞧瞧他是谁？

赵秀才　他不是张半仙？

【妖魔扯下“半仙”头上发饰。

赵秀才　原来你男扮女装？

【一把扯开歪头阿三的袍子，里面挂满瓶瓶罐罐，简直像一个杂货铺。

赵秀才　（气极）你这半仙，是从哪里来的？

妖魔　他哪里是半仙，他是关帝庙前变戏法的歪头阿三！

阿三　你是谁？

钱秀才　（拿下面具）连老朋友都不认识了？

众人　啊？！是钱秀才！

赵秀才　（怒视赵寡妇）我们不是亲戚吗？兔子还不吃窝边草呢！

【赵寡妇见事情败露，想溜之大吉。

阿三　（一把抓住赵寡妇）你别溜啊，你走不了，送官司打板子，我们也一人一半……

1999年3月

10. 员外求墨宝

人物：赵秀才、钱秀才、林秀才、金员外、家仆二人

地点：金员外大宅门口及其客厅

【一日，三秀才边走边聊，往一大宅而来

钱秀才　赵兄，金员外这种人请我们去赴宴，会有啥好事吗？

林秀才　就是嘛，这金员外门槛精，这是尽人皆知的，推掉不是蛮好！

赵秀才　我也不想去，但这个员外一而再、再而三、三而……（边说边板手指）咳，总之，派人来请了好几趟了。我们一次、两次不去还行，多次来请，不去也讲不过去！喔哟，到了！

【说话间三人到了大宅门前，赵秀才举手欲敲门，金员外在门缝内窥见，忙开门。

金员外　（作揖）哟，是三位秀才，久仰！久仰！

【三秀才赶紧还礼。

赵秀才　员外！让你在门口久等，真是不好意思！

金员外　没啥，没啥。主要因为我这门是花梨木做的，多敲要敲坏的。怕劳驾诸位敲门脏了手，所以我……算了，不说了，里面请！

【三人随员外入得厅内，屋内红木桌椅，墙上字画若干，摆设考究。仆人送上茶水。

金员外　请坐，请坐！请用茶。（端起茶盅）诸位秀才，这些茶盅，都是祖上传下来的，均为

古董,值钱得很!请用茶——

【三秀才端起杯,揭开茶盅的盖子,却是一愣,然后面面相觑。继而偷眼看别人杯中,只见杯中都仅有茶叶一两片而已。

赵秀才　员外,不知这一两片茶叶是……

金员外　是好茶!

林秀才　铁观音?

金员外　铁公鸡!这可比铁观音名贵多了。你们想呀,那铁公鸡是一毛不拔,这种茶叶一两银子还买不到一钱。

林秀才　(嘀咕)什么人喝什么茶。

钱秀才　(呷一口)好像品不出什么味道?

金员外　怎么会?我这龙井是茶中的极品!你慢慢地仔细回味回味(作回味无穷状)啊,满口清香!

林秀才　(与钱秀才低语)香味没闻到,清爽倒是真的清爽!

【三秀才打量墙上字画,金员外忙作介绍。

金员外　三位请看,这是点秋香的唐寅,唐伯虎的真迹!

三秀才　(纷纷起身)这倒是要好好欣赏一番。

【三秀才走到画前观看,员外挤到画前

金员外　你们知道吗,我这幅画得来不易啊!

钱秀才　肯定的!(继续看画)

金员外　这幅画,我是从一个古董商手里买来的,这个人心黑得不得了,你晓得他开价多少银子?

林秀才　勿晓得!(自顾看画)

金员外　讲出来吓你一大跳!赵秀才,你猜猜看,你肯定猜不到!

赵秀才　(自语)晓得我猜不出,拼命还叫我猜!啥个路道?

【金员外左闪右闪,干扰秀才看画,不断催问。赵秀才无意中一摆手。

金员外　(猛一拍赵秀才)你怎么知道的?!

赵秀才　(茫然)我知道了?

金员外　(对三秀才)你们讲这个人黑心吧!要我五百两,也不看看我是谁!

林秀才　这倒是的!

金员外　你们知道后来怎么样?

【三秀才看看他，一起摇头表示猜不出。

金员外　后来，我硬是和他讨价还价，最后我狠狠地斩了他一刀（作砍状），你们知道我付给他多少银子？

【三秀才再看看他，还是摇头猜不出。

金员外　二百五！

赵秀才　（对钱、林）就这种赝品?!（转身对金员外）二百五？差不多！

【三秀才窃笑。

金员外　还有，这些也是名家之作……

【员外回头见三秀才并无兴趣。

金员外　喔哟，只顾着讲话。时间差不多了，我去看看，厨房准备好了没有？三位，你们先稍坐片刻。我这是红木桌子，红木椅子。是我托人买的上等红木，专门请了县城里有名的木匠师傅定做的。你们先坐一会儿，我马上就来……（下）

钱秀才　讲讲是请吃饭，我怎么觉得他是要请我们吃红木家具？

赵秀才　错也！是要请我们闻红木家具散发的酸味！

林秀才　言之有理！言之有理！

【员外兴冲冲上。

金员外　三位秀才，菜都备好，我已吩咐上菜了。

【有人上菜。只见一银盘上加一盖，三秀才满脸疑惑。

金员外　来，我来介绍，这第一道菜，叫做"嫦娥奔月"！（摆造型）

【三秀才欲笑不能。

金员外　请看。（揭盖）

【三秀才一看，个个瞠目结舌，只见盘中半只蛋黄，外加青菜几棵。

金员外　看这道菜，秀色可餐，实在是不可多得啊！

钱秀才　员外，这"嫦娥奔月"我听说过的，至少么要一只蛋黄，你怎么只有半个？

金员外　咦？今天又不是中秋，哪来的满月？半个足矣！

【第二道菜上，乃一精致小锅。

金员外　第二道菜叫"八仙过海"！（揭盖，只见汤上面有葱少许）

【钱秀才用勺一舀，汤里不见他物。

林秀才　员外，这道菜叫啥？

金员外　"八仙过海"！

林秀才　那我怎么只看见海，这八仙呢？

金员外　咦？八仙过海，八仙过海，八仙嘛，已经过去了呀！（手一比画）

三秀才　啊！

金员外　不过这汤还是很鲜的，一定要尝一尝！来来来，再看这个（指另一盘）这是"鱼米之乡"。

【三秀才一看，乃一盘炒饭，上有虾米几只。林秀才夹起一只虾。

金员外　当心，当心，这是洞庭湖的虾做的！

【林秀才小心翼翼将虾米夹到碗里，擦了一把汗。

金员外　三位秀才，这最后一道菜不同凡响，（吩咐下人）端上来！

赵秀才　不同凡响？我们已经有心理准备了。

【来人端一精致大汤盆上。

金员外　我这道菜，名字叫"咏鹅"。

钱秀才　"咏鹅"？这是首诗嘛，怎么变菜名了？

林秀才　总算有道像样的荤菜了！

【员外揭开盖子，三秀才伸长脖子，欲看个究竟。

金员外　来，大家请看！

【三秀才按捺不住，都站起身来，只见泛绿的汤面上有一羽毛，用筷子一撩，不见有鹅肉存在。

赵秀才　员外，你这道"咏鹅"里的鹅呢？

金员外　鹅？汤里怎么会有鹅？

钱秀才　那你这汤何以得名呢？

金员外　《咏鹅》这首诗，你们总应该知道吧？

赵秀才　那是！

金员外　倒是背来听听？

钱秀才　小菜一碟！听好——鹅，鹅，鹅，曲项向天歌。（边说边做动作）

金员外　你不是说了，"我，我，我"，伸长了脖子看这道菜。

钱秀才　你……

金员外　接下去。

林秀才　白毛浮绿水，红掌拨清波。（伸手做划水状）

金员外　这不就对了，你们方才不是拿着红木筷子，撩了半天了吗？

林秀才　啊？这就是红掌呀！

金员外　（指汤）看到吗？这就是“白毛浮绿水”（夹起一羽毛），红掌拨清波！

三秀才　啊?!（三人目瞪口呆）

金员外　三位秀才，菜都上齐了，大家别客气，动筷——

赵秀才　（一脸尴尬）好，吃，吃。

金员外　钱秀才，林秀才，吃啊？

【三秀才举筷，对着这桌菜，面露难色，只得点头。

金员外　三位秀才，我还准备了一份薄礼。（高声地）来啊，把礼盒拿上来！

【只见有人抱一精美的大礼盒上，员外上前接过盒子

金员外　（低语）早听说三秀才的字画能卖银子，尤其赵秀才的字相当值钱。今天饭也请他们吃了，现在礼盒送上去，不怕弄不到他们一幅字画，嘿嘿……

钱秀才　（低语）请吃饭，还送礼给我们，看来必有企图！

金员外　来了，来了。区区薄礼，请务必收下。

赵秀才　使不得，使不得。

金员外　一定要的，一定要的。我晓得一般的东西你们看不上眼的，不过这是我珍藏多年的前朝的宣纸。

林秀才　那可是好东西啊！（对赵）他会舍得啊？

赵秀才　金员外啊，你已经请我们享受了如此盛宴，我们哪里能再要你的礼啊？倒是我们，应该送……（礼字还未出口）

金员外　（迫不及待）礼就不必了。这样，就请三位秀才留下墨宝一二，我这就去拿文房四宝。来人，撤宴！（兴冲冲下）

【赵秀才愣在客厅。

林秀才　喔唷，一气呵成，讲得那么顺，练了不止一遍两遍了。

钱秀才　趁他不在，看看这盒子里到底什么名堂？

林秀才　对，对，对。

【三秀才开盒，只见大盒套小盒，最后竟只有旧宣纸半张。

钱秀才　辣手的！我还以为是什么宝贝，原来仅是半张纸头，叫我们三个人怎么分啊?!

【耳听得脚步声，三人匆匆收好盒子。金员外上。

金员外　（放好纸墨）请秀才赐墨宝吧？（递笔给钱秀才）

钱秀才　我这两天风湿毛病犯了，手痛，无力写字。以后再说！

金员外　林秀才，请！

林秀才　我，我……实不相瞒，刚才本人不小心被你恩赐的“咏鹅”汤把手烫伤了，抱歉，抱歉！

金员外　那么赵秀才，你就不要推辞了吧！

赵秀才　（稍加思索）好，那我就献丑了！

【钱、林两秀才一旁摇头阻止。

赵秀才　（对两秀才）我自有妙计。（转身对员外）金员外，我写字之前一定要先焚香的，而且这香炉必须是银制的！别人不能去碰，所以，烦劳你先把这银制香炉去拿来。

金员外　噢，好。我去。（对仆人轻轻嘱咐）看住他们，只有字写好了，才能放他们走！

【仆人点头，站立一旁，员外匆匆下。

【赵秀才见员外已走，拿起桌上毛笔，迅速写好三个大字。

赵秀才　（对仆人）来，写好了，墨迹未干。你举着，等你老爷来。

【仆人一看，虽不认识，但见字已写好，也不敢拦阻他们了。

【三秀才大笑，扬长而去。

【金员外捧着香炉疾步赶来，只见仆人高举字幅，上面“吝啬鬼”三个大字触目惊心；三秀才踪迹全无，他顿时气得瘫倒在地。

1999年4月

11. 看　牙

人物：赵秀才、林秀才、江湖郎中、赵秀才之妻赵范氏

地点：竹家庄，赵秀才家

【一天清晨，林秀才捂着腮帮，摇摇晃晃地呻吟着上。

林秀才　（含糊不清地嘟囔）哎哟，哎哟！人人都说牙痛不是病，可是痛起来真是要人的命！像我林德清，相貌堂堂、风度翩翩、英俊潇洒、一表人才，今朝竟输给一只病牙，真是出大洋相咪！哎哟，哎哟！

【赵秀才快步上，差点与林秀才撞个满怀。

赵秀才　（吓了一挑）喔唷！谁走路这么不当心？（认出林秀才）哎呀，这个不是林兄吗？几

天不见，你怎么弄成这副样子，——走路么，东倒西歪；手么，托牢下巴。（关切地）是吸毒了？还是吃饱老酒？

林秀才　哎呀赵兄，你在搞啥格末事?!

赵秀才　这到底是怎么回事呢?

林秀才　唉，说来话长啊。赵兄……（拉开架势预唱）

赵秀才　（忙阻止）慢，慢！长话短说，长话短说。

林秀才　事情是这样的，我这只牙齿么本来就蛀坏脱格，头天晚上我在家里吃饭，一不当心咬到一块石头，这下糟了，昨天一晚上痛得我觉也没睡好，天一亮就起来了，到处找医生看。

赵秀才　我倒是知道一个牙医，他是我老婆的一个远房表弟的三阿姨的堂姐的妹夫的娘舅……

林秀才　这个圈子兜得太大了。

赵秀才　我还没讲完呢，不是他，是他的至交好友，住在木家庄的。医术高明，手到病除。

林秀才　离得倒不远，我马上去寻他！

赵秀才　（忽有所觉，一拍脑门）啊呀要死，你看我这个记性，前两天他到爪哇国白相去了，要过半个多月才能回来。

林秀才　（闻言双脚跳）赵兄啊，你讲了半天，都是在吊我的胃口啊！哎哟，痛死我了！

赵秀才　林兄，你不要跳，听说最近我们庄上来了一个江湖郎中，专看牙病，你不妨找他看看。

林秀才　你倒是早说呀！好，赵兄，（拱手）我先走了，告辞，告辞。

赵秀才　（拱手）告辞，告辞。

【赵秀才下，林秀才捂着腮帮继续寻医。江湖郎中挑着担子上，担子一头挂着一个大药箱，另一头捆着一卷铺盖和一个小板凳，担子上还挂着一块小匾额，上面镌刻着“妙手回春”四字，但“手”字刻倒了。郎中远远望见林秀才走来，赶紧放下担子，取出小板凳放在地上，拦住林秀才的去路。

郎中　（满脸堆笑）这位秀才，可是牙齿痛啊？快请坐，请坐。

林秀才　（连连点头）是，是。（一屁股坐在小板凳上）

郎中　（一拍大腿）冲头送上门来了，好！

林秀才　你在说什么？我牙齿痛得要死，还好呢?!

郎中　没没没，我是说你碰到我就好了；（手舞足蹈）我是专治牙病，祖传秘方，包看包好……

林秀才　你好不要讲了，快给我看看！

郎中 好的好的，嘴巴张张大。

【林秀才顺从地张大了嘴，让郎中看。江湖郎中打开药箱，竟拎出一把大铁钳，不等林秀才反应过来，随手钳住一颗牙就拽了下来，林秀才痛得哇哇大叫。

林秀才 喔唷哇！你做啥，拔牙齿还是起钉子?！这么大的一把钳子，还用了这么大的力道！要死，牙拔掉不算，还带下来这么大一块肉，血流了这么多！（忽觉不对）啊呀，不对，我左边的牙齿痛，你怎么拔了右边的牙齿?！

郎中 秀才你有所不知，这个不好怪我的，谁叫你催我快点拔?！再讲，我心肠多少软，看你痛成这样，总归想快点给你医医好嘛，你也没讲哪个牙齿痛！

林秀才 我没讲，你就可以乱拔啊?！

郎中 这个你就不懂了，你的这个牙齿有点晃动，现在不拔，将来总是要出问题的，不如先拔掉算了！

林秀才 对的，倒是蛮有道理！（反应过来）不对呀，你在讲什么啊?！

郎中 好好好，那么我现在再帮你看看，刚刚那个牙就算我奉送的，不收你银子了，好吗?

林秀才 现在要看看清爽，是下面的牙齿在痛！

郎中 拔下面一只一两银子！

林秀才 这么贵啊？便宜点好吧？

郎中 那你讲愿出多少？

林秀才 减脱一半，半两银子。

郎中 辣手！好，减半就减半，今朝我看你是读书人，我就大出血，跳楼价。半两银子拿来。

【林秀才摸出半两银子给江湖郎中，郎中接过银子，揣进怀里，拿起大铁钳把林秀才上排的一颗牙拔了下来。

林秀才 （痛得不住地呻吟，一摸又得觉不对）不对了，我讲的是下排的牙齿痛，你怎么拔掉上面的牙?

郎中 谁叫你贪便宜的，我们郎中的规矩，拔上面的牙，半两银子一只，下面的一两，一口价，谢绝还价！所以听到半两，习惯性地就拔了你上排的牙齿！

林秀才 好好好，我今天倒大霉了！算你厉害，一两就一两。（摸出一两银子给郎中）

郎中 既然真的要看，我要问问清爽了，你是打算一次看好呢，还是留点尾巴，以后可以经常有点事情，解解闷呢?

林秀才 那当然是要一次拔清爽的！

郎中 再要加一两银子！

林秀才　哪能又要一两?

郎中　加急费。

林秀才　什么?还要收加急费?!

郎中　闲话不要多,要看病就得拿银子来!

林秀才　(边掏银子边嘟囔)看一只坏牙齿,先拔掉两只好牙齿,从来没有碰倒过这种看牙病的!

【江湖郎中拔掉了林秀才的坏牙,起身收拾东西。

林秀才　哎,你干什么?

郎中　干什么啊?看也看好了,坏牙齿也给你拔掉了,银子也收进了,我不走,还留在此地陪你白相啊?

林秀才　哎,你不能就这样走了,给我的牙齿开了个天窗,你总归要给我补好吧?

郎中　要再镶一只是吧?这个好办,银子拿来!

林秀才　多少?

郎中　二十两。

林秀才　二十两?!这么贵啊?

郎中　秀才,你这话可就外行了。俗话说,一分价钱一分货,我镶牙用的材料比象牙、宝玉贵多了,都是访遍了天下名山大川,历尽了千辛万苦,才采集到的。吸收日月之精华,天地之灵气,烧制了九九八十一天才成型的,古色古香、价值连城!

林秀才　你在卖皇宫里的宝贝是吧?

郎中　(忙改口)噢,没没没,我是说,我镶的假牙比古董还精致,还坚固,吹毛发断、削铁如泥、砍瓜切菜(作切菜状),样样都行!

林秀才　怎么又变成卖宝刀的了?

郎中　好了好了,我也被你搞糊涂了!

林秀才　那么闲话少讲,快点镶吧,银子给你。(摸出银票给江湖郎中)为了这只牙齿,今朝大出血了!

【江湖郎中在药箱中摸索一阵,竟然拿出一把榔头和一把凿子。

林秀才　你这个不是药箱,是木匠师傅的工具箱嘛!你是要给我镶牙齿,还是要改行做木工?

郎中　你不懂不要瞎讲,这是我家里祖传的工具。来,嘴巴张开,我要给你镶牙了。

【林秀才无奈,只得张开嘴巴,江湖郎中拿起榔头凿子装模作样,煞有介事地凿了一会儿,最后拿起一颗假牙给林秀才镶上。

郎中　不要动喔。好了好了,恭喜秀才,这样,你又有一口好牙齿哉!(大躬作揖)

林秀才　(试着咬咬牙)喔唷,有苗头,倒是真格蛮好嘛。不过我关照你,出了什么事,我还要来找你的!

郎中　出了事体你尽管来好了,放心,不会有事体的!(低语)等你来寻我,我老早就不在此地了!

【暗转为赵秀才家。桌上摆着一壶酒和几个菜,赵秀才和林秀才正举杯劝酒。

赵秀才　来,林兄,为庆祝你看好牙齿,我敬你一杯。

林秀才　谢谢,谢谢!

【两人一饮而尽,夹菜吃起来,林秀才忽觉口中有异,往桌上一吐,才发现镶上的假牙已然脱落。

林秀才　啊呀,哪能介快就落下来啦?

赵秀才　(拿起假牙仔细细审看)林兄,你上当来,这个庸医根本没给你镶上,他是拿胶水黏上去的。

【赵范氏端菜上桌,见状拿过假牙审看。

赵范氏　哎呀,这个是狗牙齿嘛!

林秀才　啊?!这个骗子,我要去找他算账!

赵范氏　林秀才,你勿要去找了,我洗菜的辰光,看到他出了村,现在已经走了一个多时辰了。

林秀才　啊,这个江湖骗子!骗术也不算高明,我读了这么多书,竟然还是被他骗了!真是惭愧啊!(看看桌上的狗牙)这口气,怎么咽得下去啊!

1999年4月

12. 鸡毛蒜皮

人物:钱秀才、林秀才、赵秀才、婆婆、钱符氏、赵范氏

地点:钱家大院

【天蒙蒙亮,婆婆骂骂咧咧从里屋往外走。

婆婆　别人家都娶得好媳妇,就我钱家抬了个扫帚星进来。年纪轻轻的,什么事都不肯做,就爱睡懒觉!可怜啊,我七老八十,风烛残年,还得没日没夜给儿孙做牛做马!前世也不知作了什么孽,今世受这种报应,我的命怎么这么苦哇!(一不留神撞

在一张椅子上，痛得龇牙咧嘴）这椅子怎么可以放在这里，知道每天早上我打这里经过，存着心想谋害我？（端起椅子，重重一放）我们这里，男人不像男人，女人不像女人，丈夫不像丈夫，妻子不像妻子，我眼不见为净，今天就回乡下老家去！……瞧瞧这院子，都成了垃圾场了，我的儿媳确实是个懒婆娘，一年到头，并未见她在院子里，扫上一回……（磕磕碰碰找到扫帚，一边喷水，一边扫地）"黎明即起、洒扫庭除……"这是圣人的教训，你秀才不记得，偏我一个老婆子记得，这不成了笑话吗？岂有此理！

【幕后，钱符氏从床上发出的声音："外面是谁呀？天还没亮，就来骚扰！还让不让人睡觉?!"

【婆婆扫到鸡窝前，一把就把栅栏捅开。

婆婆 出来，统统给我滚出来，太阳都晒到屁股上了，懒鸡婆睡懒觉，懒汉子、懒婆娘也睡懒觉？统统给我滚出来！嗬嘘……嗬嘘……（撵得满院都是鸡）真不会过日子，我好心好意从乡下带了一窝鸡来，瞧瞧都养成什么样子了？不统统得鸡瘟死掉才怪呢！

【幕后，还是钱符氏的声音："妈，这么早你在院子里干什么?!"

婆婆 我在干什么？我在帮你喂鸡！

【婆婆看见了一大桶菜皮。

婆婆 这么粗的烂菜皮怎么给鸡吃？不当它们是鸡，当它们是猪啊！（把菜皮倒在桌上，用一柄剁肉刀使劲地剁起菜来）

【剁菜声："咣咣咣……"震得屋子都摇摇晃晃。

【钱符氏从内室出来。

钱符氏 我的妈吔，我以为，一大清早闹起地震来了呢！

婆婆 我在帮你剁菜喂鸡呢！

钱符氏 （看到满地都是鸡）谁让你把鸡放出来，弄得一地鸡屎，叫人家怎么走路？

婆婆 这，你们城里人就不知道了，我在乡下养了几十年的鸡，哪有把鸡圈起来养的？散养着长肉，将来宰了吃，味道又鲜又香！

钱符氏 妈，你难得到城里来，不带别的，光带了这些鸡来。带鸡来也罢了，自己不出去玩玩，倒来伺候这些鸡，那你干嘛到城里来呢？还不如呆在家里舒坦！你说是吗？

婆婆 我是放心不下儿子！我得亲自来看看，儿子在城里，可怜他，一年不知能吃得几回鸡？鸡肉的滋味还记得没有？

【咣咣咣……继续剁菜。

钱符氏　(突然警觉)你剁的是什么？我这是请人搞来的名贵草药，你怎么都当菜皮剁了?!

婆婆　你说什么？

钱符氏　你瞧瞧，我这桌子是红木的，红木你知道不知道？让你剁成什么样了？

婆婆　你们城里人也真是讲究，桌子不用来剁菜，还做什么用？

钱符氏　哇？这么冷的天，你就穿着单裤出来?!你儿子不是给你买了条丝绸棉裤？

婆婆　穿绸裤折寿，我不稀罕……

【幕后钱秀才声音："吵什么，我读书到半夜，一天能睡几个小时？这不存心捣乱!"

【钱符氏不悦，也不打招呼，竟自回房睡觉去了。

【婆婆坐在椅子上生闷气。

婆婆　好心当成驴肝肺！我才不管你们闲事呢，我今天就回乡下去，气死我了！

【赵范氏上。

赵范氏　婆婆，我这里有点霉米，给你喂鸡要不要？

婆婆　要要！

赵范氏　天凉了，你穿得太单薄，老人自己要保重点！

婆婆　有人巴不得我早点死掉！

赵范氏　(嘟哝着责怪钱符氏)自己一身绫罗绸缎，让老人挨冻受凉，真是作孽！(愤愤而下)

【婆婆看见了霉米喜欢不已。

婆婆　这是上好的大米，我早就想好了，把好的挑出来煮了自己吃，霉的才去喂鸡。过日子不容易，能省点就省着点。否则，就是罪过！……那么，这些米放在哪里呢？

【婆婆在房内找了起来。

婆婆　这是红木桌椅，放了霉米，又要多嘴多舌……现在的媳妇都爬到婆婆头上来了！

【婆婆没找到放米的簸箩，见墙上挂着画，爬上椅子顺手将其摘下，铺在地上盛米。再把供桌上一个青花瓷瓶拿来盛放挑出的米。

婆婆　(仔细挑米，挑出的霉米顺手就扔了喂鸡)啃嘘……啃嘘……

钱秀才　(伸着懒腰从内室出来)至于吗？一大早，家里吵得像集市一般，还让人休息吗？真是！

【钱符氏跟着出来，凭着女人眼尖，一眼就看到地上的画卷。

钱符氏　(震惊)妈吔！瞧你把什么放地上了？

婆婆　(头也不抬)一张画,别大惊小怪的!

钱秀才　(不知该怎么办才好)一张画?还别大惊小怪?

钱符氏　那可是唐伯虎的仕女图,名画!(赶紧把画从地上抽出来)

婆婆　(惜米如命)我的米!我好容易问人家要来的!你干嘛呀?

钱符氏　你没见着吗?名画让鸡屎都沾上了!

婆婆　不就一张画,我赔你不成?老家有个张哑巴,专替死人画像。别瞧他是个哑巴,画的死人脸可像了!你爸死的那回,想请他来画,可是那时候,手边没钱……唉,说这些干什么,现在条件好了,妈手边有钱了!回去我就让他画一张赔你,不比你那唐什么虎的强?

钱符氏　一张唐伯虎的工笔仕女,你就赔我一张死人的画?

婆婆　怎么?你还想讹人不是?(回过头来骂儿子)你给我死过来,我说不要娶什么千金小姐,你就是不听,现在怎么样?果然遇上了扫帚星母夜叉不是?整天穿金戴银,好吃懒做……这种婆娘要她干嘛?

钱秀才　妈,都说些什么呢?

钱符氏　你死过来,你装什么马虎?这画不是你的命根子吗?敢情不是花你银子买的,所以你不心疼!今儿要不说个明白,我可没个完!(伸手过来揪钱秀才耳朵,钱秀才避让,一不留神把脚下的瓷瓶踢翻,瓷瓶滚了几滚,砸在桌腿上,碎了)

钱秀才　我的宣德青花瓶谁给放在地上?

钱符氏　这可是要了我的命喽,这是我家祖传的明瓷,价值连城,没法估算!

【婆婆自觉理亏。

婆婆　(抹点唾沫,想把碎瓷黏上)要不找个锯缸补碗的来修修?

钱符氏　你一个乡下婆子,我不跟你说话,我找你儿子!(死死揪住钱秀才耳朵不放)

【钱秀才好容易从妻子手里挣脱,又被婆婆揪住耳朵。

婆婆　你这个不争气的,我从小养到这么大,没舍得打过你一下!今天,我倒要动一动家法了!有得给别人教训,还不如我自己教训!

【两人都拉住钱秀才的耳朵,从屋子这一侧拉到那一侧,又从那一侧拉到这一侧。

钱秀才　罢了罢了,这成何体统?

【赵秀才、赵范氏、林秀才闻讯赶来。

赵秀才　都放手,有话好好说!

【三人费尽九牛二虎之力才把搅得一团糟的钱氏及婆媳三人分开。

钱符氏　(对钱秀才)这种日子没法过了！还我一纸休书来！我要回娘家去！

婆婆　(对钱秀才)别拉我，让我走，譬如没生这个儿子！

钱秀才　整天吵吵吵……我还怎么读书？你们别劝我，让我走。

钱符氏　一个男子汉，都分不清好歹，那你还读什么书？你也想范进中举？你有哪命吗？中举当老爷的，都是祖上积德！(对钱秀才)你再瞧瞧你家的状况，这也算有德？

婆婆　现如今，你总该明白了吧？你为什么中不了举？你娶了扫帚星，还能中举吗？男子汉大丈夫，就这么怕老婆？扫帚星有克夫运，你还不得倒霉一辈子！

【婆婆的手，指到了劝架的赵范氏脸上，弄得劝架的赵秀才、赵范氏都十分尴尬。

钱符氏　(对钱秀才)你到底写不写休书？

婆婆　(对钱秀才)我找棵树上吊去！

钱秀才　别拉我，我得找个清静地方歇着去！

【三人大吵不休，吵着吵着又开始扔东西，扔的东西都砸在劝架人赵秀才、赵范氏的头上身上。

【三人互扯衣服，但没能够着对方，却把劝架人的衣服统统扯烂。

赵秀才　这算是怎么一回事？

林秀才　(声色俱厉)别吵了！都听我说……三位今天是不想在一起过日子？那也好，天下没有不散的筵席，一样分手，晚分不如早分，早分不如现在就分！

钱秀才　林老弟，你说一句话，怎么分，我听你的？

林秀才　分手容易，可得给三位安排个去处。分手后，怎么才能又体面又滋润地活下去？

婆婆　听听！人家也是秀才，句句话说在理上。

林秀才　先说嫂子，二哥休了你以后，你一个人住在这里是不方便的，而且你靠什么吃饭？

钱符氏　我有家产我怕什么？

林秀才　坐吃会山空，不是个办法，我看一个年轻女子，有才有貌，去教坊倒是合适……

钱符氏　教坊是什么地方？

林秀才　管吃管住，空下来，琴棋书画，陶冶性情，唱歌跳舞，练练筋骨……

钱符氏　那好，我就去教坊。

林秀才　婆婆年纪大了，既然想一个人清静清静，最好到王善人办的粥厂去，那里专门收容老弱病残，有吃有穿，日子过得再清静没有了……

婆婆　那好，我就去王善人的粥厂。

林秀才　钱哥是个男人，总得有个前程，休妻离母，这书我看是念不成了，做别的又不会，我和赵大哥商量了一下，您不如就去做了太监，辛苦几年，让哪个娘娘或者皇上疼上了，当个总管二管，那一辈子吃香的喝辣的，一人之下万人之上，有享不完的荣华富贵，比读书当官可神气多了。

钱秀才 （糊里糊涂）行呀，只要耳朵清静，当太监就当太监吧。

赵秀才 既然说好了，三位也都同意了，咱们就这么办吧。

赵范氏 夫妻一场，婆媳一场，现在要分手各奔前程了，再见上最后一面吧，以后再见到就难了。

【三人被推到一起，不禁感慨万千，相对惨然。

林秀才 走吧走吧！还磨蹭什么？

钱秀才 我先走了，我当太监去了，二位多多保重……（走到门口，猛地醒悟）我干嘛要当太监？这太监是人当的吗？我有妻子有亲人，去当太监？

钱符氏 我想起来了，这教坊不就是妓院吗？你这林秃子，你怎么把我往妓院送？

婆婆 我也想起来了，这王善人办的粥厂，是专门收容乞丐的，我有儿子有媳妇，我怎么会是乞丐呢？

钱符氏 谁家没有一点是非？牙齿和舌头还经常打架呢！有点鸡毛蒜皮就想拆散我们一家，你这是安的什么心？

【三人颠倒过来斥责劝架人。

【婆婆一怒之下拿起椅子要砸三个劝架人，吓得林秀才等抱头鼠窜。

钱符氏 （不好意思地）妈……

婆婆 媳妇……

【钱家和好如初。

【剧终

1999 年 2 月

13. 代　　考

人物：赵秀才、钱秀才、考官、公差

地点：告示前；林秀才家门口；县衙公堂

【某朝某城的某天上午。县衙门的外墙上贴着一张告示，内容是：县衙将招税吏一名，薪俸优厚，当场遴选录用。

【赵秀才急匆匆上，来到告示前。

赵秀才　（摇头晃脑地念告示）“本县招税吏一名，承担征收全县商税之责。薪俸优厚，有意者速到县衙应试。知府大人派员监考，当场遴选，择优录用。”啊呀，这确实是个美差！于是，我那大哥极想为他的儿子赵小山谋到这个位子！所以找到我家里，要我帮忙。啊呀，此事叫我怎么办才好呢？老婆也真是的，不跟我商量商量，就答应下来了。这下可好了，想推也推不掉，竟然叫我代小山去考税官！作为秀才，我赋诗、对联、画画样样在行，可是，对于税收却一窍不通！不过，想想大哥也挺可怜的，一世受穷，老来得子，只有小山这一根独苗！再说小山，也是我赵家唯一可以继承香火的人。但那小子也太不争气，年纪不小了，不好好读书，整天游手好闲，吃父母、用父母，我看他离开了父母，踏上社会后怎么办？

【钱秀才一路嘀咕着上，赵秀才赶紧躲到一边。

钱秀才　这算什么名堂呢？人家家里都是男主外，女主内，我们家倒过来了，女主外，男……噢，我什么都做不了主，在外面要听她的，到家里还得听她的，她说什么就是什么。我那侄儿钱小狗还真找对人了，几句好话一说，我的女人就骨头轻得没有四两重了，硬逼着我代侄儿去考税官。这个钱小狗平常想不起我，要我办事时就想起还有我这个爷叔来了！你也不想想看，我钱秀才平时只玩玩琴棋书画而已，管钱的事又轮不到我的，叫我去考税务官，比叫我考状元还难。不过话又说回来，要是不去的话，又要给她揪耳朵，又要跪洗衣搓板了。算了，这次豁出去了，去碰碰运气！

【赵秀才隐约听见钱秀才边看告示，边说话，便从隐僻处走出来。

赵秀才　钱兄，你在这里做什么？

钱秀才　（吓了一跳，忙掩饰）哎呀，赵兄！没什么，我只是路过此地，看到有张告示，心里好奇，随便看看。

赵秀才　随便看看？那我刚才，怎么听见你说钱小狗要你代他考税务官什么的……

钱秀才　（大惊）没有，没有的事！（似乎想起什么）哎，赵兄，你在这里躲躲藏藏的，干什么啊？

赵秀才　呃，我也是路过……随便看看，看看。

钱秀才　真的？那我先告辞了，改天趁我老婆不在时，到我家里去喝酒。

赵秀才　好好好，一定去，一定去。

【两人匆匆下。

【当天午后，林秀才家门前。钱秀才拎着礼品，东张西望地上。

钱秀才　没想到，真是没想到，知府大人派来的考官居然认识林老弟！中午，他们还一起喝酒呢，这下有门了。

【钱秀才正要上前敲门，赵秀才拎着礼品上。

赵秀才　咦，钱兄，你怎么也在这里？来找林老弟有事？

钱秀才　不不不，没事，我来看看林老弟，顺便带点东西给他。

赵秀才　（细看礼品）哎哟，钱兄，这次，你老婆怎么这么大方？让你送来这么好的字画，还有老酒。

钱秀才　这个……那个……（忽然发现赵秀才拎着的礼品）咦，赵兄，你也带着礼品，来找林老弟有事？

赵秀才　是。喔，不是不是，我也是来看看他，顺便给他带来点东西。

赵、钱　（自语）嘘，好险，差点给他发现了。

钱秀才　赵兄，既然我们都找林老弟，那就敲门吧。

赵秀才　对对对，敲门，敲门。

【两人上前敲门，无人应门。

赵秀才　钱兄，看来林老弟不在，我还有点急事，先走一步了，告辞。

钱秀才　你这么一说，我也想起来了，我也有点事急着要办，我也走了。告辞，告辞。

【第二天上午，县衙内，考官正边踱步、边自言自语。

考官　这个知县老爷也太不像话了，明明晓得今天要招考税官，昨天晚上还去喝酒，又搓通宵麻将。到现在太阳都晒屁股了，还在睡大觉，派人叫了他几次都醒不过来。算了，不管他，我自己来考。来人啊，把竹家庄的应试者赵小山和钱小狗给我叫上堂来。

【赵秀才、钱秀才先后走上公堂，两人见面，都大吃一惊。

钱秀才　（凑近，压低嗓门轻声问）咦，你不是赵氏飞，赵秀才吗？什么时候改名叫赵小山了？

赵秀才　（同样压低嗓门）这你就不知道了，我在家里排行老三，从小，大家就叫我赵小山。你不是叫钱国斗吗？什么时候改的名字？

钱秀才　我从小就叫钱小狗，我们家乡流行这个，起名叫小猫、小狗，好养活啊。钱国斗是别名，后来起的。

考官　你们俩在下面叽叽咕咕说些什么？

赵、钱　(连忙掩饰)没,没说什么。就请大人出题吧。

考官　好,我先问你们,汉朝开国时有个皇帝,为了休生养息,提出了一条法律叫"十五税一",后来又发展到"三十税一",这"十五税一"和"三十税一"是什么意思?

赵秀才　这个容易,"十五税一"就是收十五斤粮食要交一两银子的税,"三十税一"就是收三十斤粮食要交一两银子的税。

考官　啊?!

钱秀才　大人,你别听他胡说。"十五税一"就是收一斤粮食要交十五两银子的税,"三十税一"就是收一斤粮食要交三十两银子的税。

考官　(一拍惊堂木)呸!(指赵秀才)你胡说!一两银子就能买到三十斤粮食了。(指钱秀才)你更是一派胡言!收一斤粮食要交几十两银子的税,这不是要人的命吗?!再给你们一次机会,来人,把算盘搬上来。

【公差搬上两个大算盘。

考官　我来问你们,有一个人挑着五十斤冬瓜到街上去卖,一斤卖二十文钱,每卖掉一斤二成交税,那这个人卖完了冬瓜以后,该交多少税?你们给我算算看!

【赵、钱二人对着算盘面面相觑。

考官　(发怒)快算啊!

赵、钱　(慌张)是是是!

【赵、钱伸手去拨算盘,但谁也不知道该怎么打。

钱秀才　(满头大汗)要命了,过去看人家打起来挺简单,想不到自己打起来这么难!(乱拨一气)

赵秀才　(手足无措)这下糟糕了,怎么办呢?(乱拨一气)

考官　你们算好了没有?卖完冬瓜该交多少钱的税?

赵、钱　(支支吾吾)这个……冬瓜……

考官　冬瓜?你看你们是冬瓜缠在茄门里了!

赵秀才　(指钱秀才)大人,他说谎!他不是钱小狗,他是本庄的秀才钱国斗,家里都归老婆管,这次是他老婆叫他来代侄儿钱小狗考税官的。他根本不会收税,上次去买个葱油饼,把十两银子当一两给了人家!

考官　啊!冒充的!

钱秀才　(气急败坏)好啊!赵氏飞!你不给我面子,我也让你下不了台!(对考官)大人,他也不叫赵小山,他是本庄的秀才,叫赵氏飞。他是个书呆子,根本不会算账,更别说收税了。是他侄子赵小山求他来代考的，他还想要林秀才来走后门，我看见他去给林秀才送礼了！

赵秀才　(打断)钱国斗，你也去了！我看见的！我……

考官　(一拍惊堂木)好了，都别说了！其实，你们一踏进这个公堂，我就知道你们的来历了！装都装不像！作为秀才，你们枉读了这么多年的圣贤书，竟然做出这样的丑事！本来是要严办的，念你们都是读书人，我就不深究了。回家去好好读书，准备赴京赶考。别再动什么歪脑筋了，下次再让我碰上，就没这么客气了。你们可以回去了。

钱秀才　(哭丧着脸)回去好好读书？我回去肯定又要被家里的雌老虎揪耳朵了！

赵秀才　唉——这真是偷鸡不成反蚀米啊！

1999 年 3 月

14. 千金买药

人物：钱秀才、赵秀才、林秀才、祝老大、伙计几个、头陀

地点：祝家庄“祝大祥布庄”；

【祝家庄“祝大祥布庄”，在一片鞭炮声，庆贺、欢笑声中开张迎客。

【三秀才前来祝贺，赵秀才当场书写贺联一对——

上联：“绫罗绸缎辉映四季美景”

下联：“粗布麻葛结交江湖豪杰”

横批：“衣被天下”

祝老大　(满脸喜气)谢谢！谢谢！！今天小店开张，承蒙各位乡亲前来捧场，三秀才大驾光临，已经不胜感激！更蒙书赠对联，大才子大手笔，令人喜出望外！来啊，把对联挂起来，让大家开开眼界！

【伙计挂对联。

【丝竹齐奏，锣鼓喧天。

三秀才　(拱手作揖)新店吉祥，恭喜发财！

祝老大　今天小店摆了几桌薄宴酬宾，还请秀才赏脸，进来小酌一叙。

赵秀才　布庄新开，千头百绪。我等书生，也要回家用功，酒宴就请免了，彼此乡邻，改日再上门打扰。

祝老大　三位仁兄不肯留宴，自不敢强求。来人，赠上等湖锦三匹、细麻三匹，略充润笔。一点心意，敬请笑纳。

【三秀才商量了一下。

赵秀才　祝老大的好意，不敢违忤！只是湖锦奢华，书生不宜。细麻虽雅，三匹也太多，这可如何是好？……

钱秀才　我看收细麻一匹，敬领老大心意吧。

林秀才　付您细麻市价，外加碎银半两，请勿推卸！

【祝老大不肯收，秀才们硬是塞到他手里

赵秀才　新店开张，大喜之日，断无赔本之理。

三秀才　学生告辞！

【三秀才拱手而下。

祝老大　（手持碎银不知所措）啊呀，这帮书生甚是客气，让我说什么好呢?!

【赖皮阿三上。

阿三　祝老大，恭喜恭喜！

祝老大　你来做什么？

阿三　老大新开布庄，四乡八邻，都来祝贺，秀才都来了，我能不来。

祝老大　（息事宁人）想怎么样？实话实说。

阿三　我想怎么样？我想有什么用？我想当老爷，坐八抬大桥？我想当老板，也开一家布庄？想得就能得着啊？

祝老大　也罢，今天是好日子，来者是客。来人，切一盘牛肉，温一壶好酒，请阿三爷叔饱餐一顿，如何啊？

阿三　我没见过肉，还是没喝过酒啊？打老远的跑来，就为的吃啊？难道我是饿死鬼投胎？你这是开饭铺呢，还是开布庄？

祝老大　好，我是开布庄的，你看得起我祝老大，我送你一身衣料，布帛丝麻，随你挑？

阿三　我要你的衣料做什么？我又不是裁缝。再说，谁不知道我阿三赖皮？好衣好料穿得出去吗？穿了又怎么样？你招我当女婿？

祝老大　（咬咬牙）这里有一点碎银，你拿去用，算我请客，也算你帮帮我忙！

阿三　（看都不看祝老大手心里的银子）你……是不是以为我是乞丐？你就这样打发

	我走?
祝老大	你、你……你总得开个价,是不是?
阿三	新店开张,老板有了,伙计也有了,独缺掌柜,老大,你看我阿三如何?
祝老大	你是说,想到我店里当掌柜?
阿三	合伙开店,四六拆账,我分四成,你拿六成。你有本钱,我有力气,这叫有钱出钱,有力出力,祝老大你看如何?
祝老大	(正色)阿三,今天是我的好日子,不想生事!可你这无赖,竟敢得寸进尺,不劳而获,真是岂有此理!
阿三	敬酒不吃吃罚酒,今天我就得寸进尺了,看你能把我怎么样?!
祝老大	赖皮阿三,你是讨骂,还是讨打?
阿三	我这个人从小生活吃惯(意:被打已成习惯),是骂是打,老大请便!
祝老大	(气极)你以为,我不敢打你吗?
阿三	(挺身上前,一副无赖腔)你打你打,今天,阿三我骂不还口,打不还手!

【祝老大用力一推,赖皮阿三趁势倒地。

阿三	(大叫大嚷)打死人喽!祝大祥老板打死人喽!救命啊!救命!……

【众路人、邻居闻讯赶来,扶起阿三。

阿三	不要扶我,你们看,一只手打坏了,一只脚也打坏了!……(赖皮阿三左手一抖一抖,右脚一拐一拐)我今年才二十五岁,可怜从此成了废人,我上有八十岁老母,下有十八个月的小孩。乡亲们呢,祝老大这是害了我一家,我也不想活了……(呼天抢地,大吵大闹)

【众人明知无赖,但也束手无策。

【一头陀背葫芦经过此地。

头陀	(一路吆喝而来)祖传秘方,秘制膏丹,专治跌打损伤,疑难杂症……
阿三	郎中先生来了,郎中先生救命啊!
头陀	如何伤得如此厉害?罪过罪过!
伙计	这病你治得了?
头陀	悬壶济世,包治百病。
祝老大	也罢,你惹能看好,重重有奖!
头陀	此话当真?
祝老大	当真!

【头陀取出丹丸一颗。

头陀　此是太上老君八卦炉中炼就“九转还阳丹”，药到病除。

【伙计取来黄酒，让阿三将“九转还阳丹”和着吞下。

【丹丸果然灵验，阿三当场站起，四肢活动如常。

头陀　出家人不打诳吧?!

祝老大　请教大师父，这丸丹多少铜钱一颗?

头陀　这太上老君宝物，岂能以铜钱计算?

祝老大　依你说值多少?

头陀　也罢，出家人救苦救难，就作纹银一千两罢!

祝老大　(大吃一惊)一千两?阿三是个无赖，他明明是诈病!

头陀　阿三何人，是不是无赖，与贫僧无涉!贫僧只管治病，你也答应酬谢，如何反悔?

【祝老大知道中了连环套，有口难诉，有理难辩，欲哭无泪。

祝老大　我小小一家布庄，即便拆梁卖锅，一时也挣不了一千两银子!

头陀　写一纸欠条来，慢慢偿还便了!

【赖皮阿三起劲地找来三个秀才。

阿三　秀才兄弟!秀才爷叔!秀才亲爹!我不识字，请帮忙写欠条一张，白银一千两!重谢!重谢!

【三个秀才都十分纳闷。

赵秀才　祝老大新店才开张，生意还被没做呢，怎么就欠下了一千两银子呢?

【祝老大已气得说不出话来，拿了个酒瓶，只会喝闷酒。伙计把三个秀才拉到一边说了个大概。

阿三　来呀!笔墨伺候!!

钱秀才　原来是这么回事!

【林秀才当场就要发作。

钱秀才　(赶紧拖过林秀才)阿三是什么人?你得罪得起么?莫非你囊中也有一千两银子等着送人?!

赵秀才　太上老君的丸丹，才一千两银子?便宜便宜。而且不必付现银，还能赊账，不是出家人大慈大悲，祝老大你怎么碰得着这等好事?

【赵秀才当场写下一千两银子的欠条，交给头陀收起。

祝老大　(没想到秀才会不分是非，助纣为虐)罢了，罢了!统统给我滚出去!

赵秀才　老大喝醉了，休要理他！

【赖皮阿三和头陀悄悄要走。

赵秀才　慢！我有风湿痛，浑身上下，行走不便，不知吃你这“九转还阳丹”，看看灵不灵？

阿三　这“九转还阳丹”，一千两银子一颗，你买得起吗？

赵秀才　只要毛病好，费再多银子也值得！

【赖皮阿三和头陀商量了一下。

头陀　银子拿来。

赵秀才　我也写一张欠条，改日，你到舍下收账，我又不会赖你的！

钱秀才　我和林老弟作中人签押，担保还银！

阿三　（怂恿头陀卖药）三位仁兄既然这么说了，我也当个中人，保还你银子便是！

【赵秀才又写了欠条一张，与头陀一手交钱，一手交货。

赵秀才　（买到药，高兴得手舞足蹈）拿酒来。

【赵秀才当场将老君丹吞下。稍顷，便口吐白沫，倒地咽气。

钱秀才　死了？啊呀赵兄，你死得好冤，一点风湿痛，你吃什么药呢？可怜你上有八十岁老母，下有十八个月的孩子……乡亲们，这秃头害了我们的兄弟，我们要他偿命！

【众人揪住头陀不放。

头陀　（惊恐不已）这“九转还阳丹”，不过是当归、白芍，几种活血中药蜜炼合成，怎么会吃死人？

钱秀才　你刚才还说什么……

伙计　太上老君八卦炉炼就的“九转还阳丹”，没想到把活人还转到阴间里去了。

头陀　我说了实话吧，都是阿三想出来的歪点子，说祝老大新店开张，串通了，去诈几个钱来用用，这断子绝孙的赖皮阿三，诈也诈他个一吊二吊钱，怎么一下子就是一千两？这不？弄出人命官司来了？快把这欠条当众撕毁，我等再也不敢胡作非为了！

钱秀才　拿笔来，当场写下“认罪书”，免得日后又反悔生事！

林秀才　用大红香烛给祝老大赔罪，从今而后，周围百步，不许进入！

头陀　照办！照办！阿三，过来，给祝老板叩头！

【赵秀才也从地上起来。

阿三　赵秀才，你怎么又活过来了？

赵秀才　去……去，滚远点！你们这两个蠢货！又是赖货！叩出来的头也是赖头，谁家稀罕？还不快滚！

【赖皮阿三和头陀赶紧抱头鼠窜。

赵秀才 众乡亲，咱们开开心心给祝老大贺喜，新店吉祥，和气生财！

钱秀才 步步高，节节高，一年四季赚元宝！

【剧终。

2000 年 1 月

五幕多媒体情景喜剧

忍无可忍

人物表：

马　虎——在X国麻雀市学习、生活的中国大陆的留学生，男，20多岁。以下简称“虎”。

玛丽雅——X国WWC电视台主持人，马虎的同班女友，20多岁。以下简称“雅”。

赖　聪——马虎的同学和邻居，男，20多岁，来自中国台湾。以下简称“聪”。

华　芳——当地华侨，20多岁，赖聪的女友，X国麻雀市某公司白领。以下简称“芳”。

约翰·贾丈敏——欧洲某国的白人，藏独分子，30岁。以下简称“敏”。

杰克·达最巴——X国WWC电视台特约评论员，男，40多岁。以下简称“巴”。

华侨、留学生、藏独分子、外国人、警察等男女群众演员20名左右。

注意：五幕剧中，都有一块LED清晰的电视大屏幕（以下简称“大屏幕”）。除了播放剧本中或导演指定的创意、内容外，可以根据剧情播放①各幕片头，各幕的时间和地点，相当于字幕机；②北京奥运会标板；③可作为电脑、电视机、手机和媒体屏幕；④虚拟的奥运火炬传递路线图；⑤燃烧着的北京奥运会的祥云火炬……

第一幕　惊　　变

时间：2008年4月初某日晚上

地点：X国麻雀市两间租来的卧室（一主一次）

【幕启，主卧室是马虎的房间，中间有一张写字台，上面有一台笔记本电脑。马虎正趴在那里起劲地玩电脑游戏“反恐精英CS”（以下简称“CS”），边玩边喝听装可乐。

墙上悬挂一大屏幕，此时正播映着马虎玩的游戏画面。强烈、刺耳的游戏音效。（大屏幕应与笔记本电脑同步，至少表演上要反映出这点。）隔壁是赖聪的次卧，墙上有只电子大挂钟，钟下有张单人床，赖聪正斜躺在床上，一边吃着薯片，一边看着书。

虎　老虎不发威，还当我是 Kitty 猫！堂堂电脑高手马虎在此！小赤佬，看你往哪里跑?! 毙了你！

【大屏幕展示相应游戏画面和音效。

【突然，大屏幕显示 QQ 软件弹出消息对话框，并伴有“滴滴滴滴”典型提示声。马虎不情愿地将游戏退出全屏，转为窗口模式，旁边还显示 QQ 对话框。

虎　（撅着嘴嘟哝道）讨厌！哪个菜鸟这么晚还来找我？破坏我玩游戏的兴趣！

【平板电视消息显示 QQ 对话框字符：你这么晚还在网上干吗？

虎　（注意力还在窗口游戏中，随手输入一行字符：“我在看新闻呢！”一不小心，虎点击了“语音聊天”按钮，随即开始和对方语音聊天。）糟了！碰到“语音聊天”按钮了！

虎父　（OS）儿子，这么晚还在看新闻？不要命啦！

虎　（悄悄倒吸一口冷气，自言自语）是爸爸！（马上强作镇静，油嘴滑舌地）爸爸，不是跟您说了吗，我在浏览新闻呢！

【游戏里厮杀正在进行，音效加强。

虎父　哎，那你说说，在看什么新闻？

虎　爸，新闻有好多呢，我看都看不过来。您想啊，新闻有体育的、艺术的、政治的……您要我说哪条？是刘翔又得冠军了，还是 A 国总统当选了？（突然，游戏画面显示为马虎操控的游戏角色，被对手冲锋枪子弹击毙，马虎忘情地拍桌子大吼）混蛋！哪个卑鄙的家伙放的冷枪?! 我看你往哪里跑！

虎父　小子，你骗我！我早就猜出你在玩游戏！肯定又在玩 CS!

虎　爸爸，你怎么知道的？

虎父　你的那点鬼把戏，我会不知道？可你不应该啊！我砸锅卖铁，每年花 10 万血汗钱，把你送到 X 国念书，你却不用功学习，成天玩游戏。你对得起我吗?!

【此时，一声“叮咚”，门铃响了。

虎　（不耐烦地）知道啦，知道啦！从此以后，我不玩游戏了行不！有人来了，我先下了。（大屏幕显示马虎关闭了所有软件窗口，定格。）

【马虎打开门，女友玛丽雅冲进来拥抱马虎。

雅　达令，我来了！想我不？咦，你在干吗？又在玩游戏了吧?!

虎　(神色不自然地抓耳挠腮)没,没有……我……我怎么会玩……玩游戏呢……

雅　(放开马虎,打量状)你骗人,你的表情已经告诉我,你正在撒谎！你们中国人怎么都这样?！

虎　(忿忿地)说我就行了,为什么要扯到中国人?

雅　可是你看看,你们中国人干的好事,难怪西方都鄙视你们！国际社会给你们一次机会,让你们搞一届奥运会,可你们呢?不去好好办奥运,却去侵略一个邻国——西藏！……

虎　(脸色顿时变得铁青,惊讶不已地)多么荒唐！亏你还是电视台主持人呢！

雅　纠正一下,仅仅是个实习主持！

虎　都一样！你是多么无知啊！在你们西方人嘴里,西藏居然成了中国的邻国?！地球人都知道,从元朝以来,西藏就是中国领土不可分割的一部分！

雅　好！就算西藏是你们的国土,那你们为什么仗着人多,就去肆意杀戮人家少数民族呢?这样做对吗?！

虎　(浑身颤抖地)不会吧,怎么可能?

雅　(鄙视地)你的中国名字叫马虎,想不到生活中也是马马虎虎！只知道整天玩游戏！一点儿都不关心政治！白白花你父母的钱！打开网页看看吧,你就知道最近世界上,以及中国究竟发生了什么！

虎　看就看！

【马虎打开网页,大屏幕显示:“西藏 3·14 暴乱”,3 张照片——扔石块的、急救车的、尼泊尔警察事件。以及中国的网站予以的说明和批驳。

虎　(看明白了,随即哈哈大笑)我还在想,这事咋那么奇怪,怎么可能?原来如此！玛丽雅,没想到,你是一只……菜鸟！不幸啊,被你们西方媒体带有偏见、扭曲的报道欺骗了！

雅　啊?我成菜鸟了?！不跟你争论,就算这些照片是我搞错了,那么法国人对你们奥运火炬的传递,表现出的抗议和反对,那总是真的吧?你可以看一下。

虎　(蔑视地)恐怕仅仅是一小部分偏激分子所为吧?！

【大屏幕播放巴黎市政府悬挂的巨幅五个手铐的黑旗;奥运圣火在法国的传递过程中,遭遇藏独分子疯狂干扰的经历,尤其突出金晶保护火炬的那段视频。

【马虎不看则已,看罢义愤填膺,拳头握紧,浑身颤抖不已。

虎　(从牙缝中迸出)居然对一位残疾姑娘敢下如此毒手！体育就是体育,奥运会是全世界的盛会,不过是委托中国举办而已,为什么要执意破坏呢?!

雅　马虎,你中的毒实在太深了! 人家这是在抗议你们的政府侵略西藏,镇压少数民族啊! ……你曾经跟我说过,选择来X国留学的重要原因,是向往和羡慕我们西方的言论自由、民主和尊重人权!

虎　不错,过去我确实崇拜过西方的价值观念。但是现在,我要重新评估这一切! 你们连一位残疾姑娘都要去侵犯,博爱何在,人权何在,民主、自由又何在呢?!

雅　(语塞地)你,你! ……

虎　(暴怒打断)够了! 玛丽雅,玛丽雅,以前我爱你,并非因为你是电视台的实习主持人,而是以为你纯洁、聪明和善良! 没想到你是如此的无知和愚蠢! 看到抢夺金晶的奥运火炬这样卑鄙、恶毒的事情,竟然也能容忍、认同! 真是不可思议! ……甚至是不可救药! 我俩的关系算是完了,你走,你走吧!

雅　啊?! 太夸张了吧? 我只是告诉你一些外界发生的事情,你竟然这样! ……

虎　(激动地)够了! 你可以侮辱我,但决不能侮辱我的祖国! 我不需要你来给我上课、教训我!

雅　(终于意识到问题的严重性,怯生生地)我侮辱、教训你了吗? ……

虎　(怒不可遏地)你们以为抢夺奥运火炬只羞辱了中国人吗? 其实更是在羞辱你们自己! 知道什么叫奥运圣火吗? 就是因为她是神圣不可侵犯的! 我为金晶的坚强不屈感到骄傲! 而你,却是一个没有是非观念的人,我再也不想看到你了!

雅　(掩面哭泣地)你好狠心啊! 分手就分手! (摔门而去)

虎　(自语)幸好她跑得快,再晚一分钟,说不定我会狠狠地揍她一顿! ……哼! 简直让人忍无可忍! (随手拿起一个可乐罐,往墙上砸去。)去你的民主自由!

【隔壁赖聪的卧室。电子挂钟因易拉罐的撞击而从墙上掉落,正好砸在赖聪的脑袋上。

【大屏幕播放动画:一只滴汗的人脸电子钟掉下,砸在一人头上,立马鼓起一个夸张的大包,此人气得嘴巴快速开合,发散出一串乱七八糟的字符充斥整个画面。

聪　(自语)哎呦哇啦! 地震啦? 地震啦! ……不对,前面听到隔壁有男女的吵架声,看来那个叫马虎的无耻家伙对弱小女子动手了。我去找他理论!

【赖聪气冲冲地跑出房间,"嘭嘭"地敲打主卧的房门。马虎走了出来。

虎　什么事,什么事啊?!

聪　你为什么要砸墙壁?!

虎　我砸自己的墙，关你什么事？

聪　啊呀，你们大陆人怎么那么粗鲁！前面就听到你和女朋友争吵，没想到居然还对她动起手来了！

虎　（冷笑）怜香惜玉了是不是？！哦，原来你们台湾人都有偷窥癖，是不是？

聪　（气愤地）谁有这种喜好？！你不知道，你一砸墙壁，害得挂钟掉下来，砸在我头上了！

虎　挂钟掉下来，是你自己没有挂好！是在贴墙偷听吧？不小心碰着挂钟了！是不是？这叫不打自招！（见对方举拳欲打）来啊！来啊！我正想跟别人打架呢！

聪　（气愤地）粗鲁啊！凭着自己身体强壮，就耀武扬威！我才不会上你当呢！

虎　我想，你总不至于以卵击石吧？

聪　我终于找到了原因，为什么我们邻居两年没有交往的历史！

虎　（不屑地）要费这么长的时间吗？我可是第一次看到你，知道你是个"台巴子"，就失去了与你交往的兴趣！

聪　（又举拳欲打，但马上就放下手来）算了，不跟你一般见识！

虎　极其好战！还自我标榜文明呢！！好了，我要回去睡觉了……（欲进门）

聪　等等，一点儿不道歉就想走？

虎　嗳，我干吗要道歉？

聪　（自语）明白了，大陆人就是这么粗鲁！哼，对自己的女朋友都能动粗！

虎　你嘴巴放干净点！这跟大陆人有什么关系？这事啊，谁遇着都会动武的！

聪　有这么严重吗？以至于对一位女主持也那么没风度？！

【两人争吵的同时，大屏幕播放两个Q版人物（动漫），站在一上一下的跷跷板上争吵，同时唾沫横飞，跷跷板下渐渐形成"口水河"。

虎　（拉赖聪进屋）你来看看这个就知道了！

【马虎打开网页，大屏幕上快速切换了几张西方媒体造假的照片：扔石块的、急救车的、尼泊尔警察事件。中国的网站予以的批驳说明。随即播放奥运圣火在巴黎的传递经历，突出金晶遭袭的那段视频。定格。

【看完，赖聪拍案而起。

聪　太气人了！（拿起杯子欲扔）

虎　（鼓励地）哎，哎，扔，扔啊！不就是一个杯子吗？

聪　对不起，对不起！（恍然大悟状）你就是为这事儿打那个WWC主持人？

虎　是啊！

聪　那是该打！

虎　她还说中国侵略西藏，镇压藏民，说阻挠奥运圣火传递是为了反抗侵略！

聪　（更加坚决地）这么无知啊！那是该打！

虎　（越说越激动）说实话，我当初出国留学，就是由于羡慕西方国家的言论自由，讲究民主和人权。现在看来，我真是太幼稚、太天真了！

聪　我也是！看不惯台湾如今混乱的局势和所谓的民主政治，才来西方学习的。没想到，这儿的现实居然是这样！说句实话，西方有些人就是妒忌你们大陆越来越强大！

虎　你也感觉到啦?！真是太好了！（赶紧与赖聪握手）你叫什么名字？

聪　（紧握马虎的手）我叫赖聪！偷懒的懒字，拿掉一个竖心，聪明的聪……

虎　（捧腹大笑状）怎么听上去像是"懒虫"！怪不得，一天到晚都听到你在打呼噜！

聪　父母取的名，总是对的吧？你呢？

虎　我叫马虎！马匹的马，老虎的虎！

聪　（大笑状）啊?！也是个搞笑的名字！不过，兄弟啊，我看你做人一点儿也不马虎！为了原则，连这么漂亮的洋妞都舍得抛弃！

虎　一个人的底线是不能突破的！既然你这么认同我，那咱们交个朋友？

聪　好啊！两岸人民，同宗同祖，血浓于水嘛，这个朋友我是交定了！

【两人热烈拥抱，华芳上场，见此状，惊讶。

芳　赖聪！你跟这位先生在干吗？你们会不会是……有"同志"情结吧？

【马虎、赖聪赶紧松开。

聪　（难为情地向马虎）这是我女朋友，叫华芳！（对华芳）这是我邻居马虎！

芳　（还是有点狐疑）哦，但邻居也不必要好成这样！

聪　哎，说来话长……

【随着赖聪的嘴巴无声地开合，大屏幕播放刚才发生的故事的动漫，基本为快动作。最后，是关于华芳的动漫：怒火中烧，义愤填膺。

虎　芳芳，你说，我有错吗？

芳　（非常肯定地）你做得对！像个男子汉！确实，祖国是决不能任人宰割、任人侮辱的！

聪　马虎，你看，芳芳虽然是一个华侨后代，但比我更爱国！

芳　我并不是要讨好谁！我热爱自己的祖国，是有原因的！这些年来，中国越来越强大，我们华侨也扬眉吐气，腰板也越来越硬朗！再也没人敢小看我们，随便欺侮我们了！

聪　是的，是的。那么，接下来，奥运圣火后天就要来X国，然后，还要在几十个国家传递，我们得想想办法，一定要确保她的安全！你们说是不是？

虎　对！我们得赶紧行动起来！通过网络、短信、电话……反正，通过一切通讯手段，动用尽可能多的人际关系，发动全球的华人和国际友人一起来保卫圣火，让她胜利抵达北京！绝不能让藏独分子和西方反华势力的阴谋得逞！

芳　对，对！我们要让全世界都知道，中国人民一定会举办一届成功的奥运会！中国人民是不可战胜的！

虎　事不宜迟，我们明天一定要在市中心，召开X国华人护旗策划会！

聪　好，我这就联系在X国所有的华人，明天上午到玫瑰咖啡馆集合，商量团结一致、保护奥运圣火的大事！

【在急速旋转的音乐声中暗场。大屏幕出现滚屏："《马虎日记》：爸爸，儿子再也不会把精力放到游戏上了！……由于政治分歧，我和玛丽雅分手了，这也符合您一再叮嘱的，男人应先立业，后成家！……我和赖聪、华芳正把一条又一条帖子、彩信，通过网络、手机传向四面八方……紧急召集令：希望X国所有华人代表，明天上午8点整，在麻雀市玫瑰咖啡馆集合，共商保护奥运圣火在X国顺利传递大事"……

第二幕　急　商

时间：第二天上午

地点：X国玫瑰咖啡馆（墙上有大屏幕）

【大屏幕上显示动漫：

① 一辆门上印有五星红旗的轿车冒着尾气"突突"地翻过一座座小山赶来。

② 一架飞机上伸出两个人头和一面中国国旗，像火箭般"嗖嗖"飞来。

③ 一位大汉头扎五星红旗，骑着带人的摩托，满头大汗地赶来，车后的人挥舞着五星红旗。

④ 一望无垠的蓝色海面传来马达声，一艘游艇由远及近破浪而来，远远的就能望见艇上五星红旗迎风飘扬。

【一位华人青年甲，坐着喝咖啡，走进来一位华人老汉乙，环顾四周，坐在甲的旁边。

甲　（不为所动，闷头看报纸）先生也来喝咖啡？

乙　（压了压帽子）是啊，但是，说句老实话，我平时不喜欢喝咖啡，因为它的味道远不如家乡的茶叶那般香浓。

甲　(抬起头)老土啊,拿刀叉吃饭会吗?好,问一下——口令?

乙　(脱下帽子)"爱我中华!"你呢,口令?

甲　(伸出手)"保卫圣火!"

【两人击掌,哈哈大笑,然后起身热烈拥抱。

甲乙　自己人!自己人!

【甲乙坐下讨论,周围越来越多的华人来到咖啡馆,坐下谈论。一老妇拄着拐杖上场。

老妇　(喃喃自语)赶上了,赶上了!没有白白在火车上坐了这四个小时!

丙　大妈,您是特地坐火车赶到这里来的?

老妇　是啊,昨天远在Z国的小孙女在BBS上看到了你们的召唤,特地通知在X国的我。听说她也计划连夜乘飞机赶来,应该快到了吧!

孙女　(急促的高跟鞋声由远而近,匆匆上场)奶奶,您已经来啦!(环顾四周)哇!来了这么多人啦!老板不让我请假,于是,我递交了辞职书,来到X国也值了!

【马虎、赖聪急匆匆进来。

甲　问一下两位,口令?

虎　"爱我中华!"你呢,口令?

甲　(伸出手)"保卫圣火!"

【双方击掌,分别拥抱。

【此时,两个看似藏民的人——贡丈敏和一个女人鬼鬼祟祟地进入咖啡馆。众人警觉地看着他俩。这两人也意识到气氛紧张。

敏　(故作镇定,满脸堆笑)这么多中国人突然喜欢喝咖啡了!难道不喝茶了?

虎　(冷冷地)可以吗?!

敏　哥们儿,看你还挺面善,告诉你现在有个发财的绝好机会!(偷偷凑上去)

虎　(推开敏)这里都是我朋友,有发财的好机会,你就在这里直接说吧!

敏　(得意洋洋地)大家都知道,明天奥运火炬就要传递过来了,绝对不能让它在这里太太平平经过!所以,明天,能破坏现场秩序的,我发给他100欧元;能抢到五星红旗的,一面300欧元;抢到奥运火炬的,我赏他1 000欧元!够刺激、够意思了吧?如果到场为自由西藏助威的,每个人我给50欧元!怎么样?绝对是个发财的好机会!

【马虎愤怒地攥紧拳头站起,被赖聪按下。

聪　（笑眯眯地）请问这位兄弟，你为什么要这样卖力地支持藏独呢？

敏　因为我是个藏民！

聪　哦，你是藏民。那请问西藏在中国哪里？

敏　（心虚地）……西藏在哪里？……我不是太清楚……我们头儿说了：只要能够给火炬传递制造点麻烦，或者混乱，甚至还可以追加上万欧元的奖金！那么美的差事谁不眼红？哈哈哈……兄弟你就和我好好干吧！准保你发财！

虎　哦，原来如此！前面一两个国家支持藏独的队伍就是这样被收买、凑拢起来的！（讽刺地）你当然劳苦功高啦！可你为什么要这样做呢？

敏　（咬牙切齿地）我就是看着中国强大不舒服！

聪　请问您的尊姓大名？

敏　我叫约翰·贾丈敏。

虎　假藏民？不打自招！告诉你吧，我们都是非常热爱自己祖国的人！宁可委屈自己，也决不让祖国受半点儿委屈！所以，你死了心吧！快滚！

【众人嘘他俩走。

【贾丈敏灰溜溜抱头下场。

【大屏幕上显示动漫：一条小毛毛虫蠕动着，灰溜溜地往旁边逃蹿，一只只各式各样的脚相继踩上去，吓得它四处躲闪。

甲　原来西方所谓的自由，就是这种见不得人的、肮脏的金钱交易！

乙　这些幕后黑手，用他们卑鄙、罪恶的手段来破坏即将举行的北京奥运会！

老妇　（愤怒地用拐杖敲击地板）从前，西方殖民主义者就曾经成群结队地掠夺我国的财宝。如今，中国强大了，他们还是不死心，连举办奥运都要阻挠！真正是岂有此理！

虎　（过来紧握老妇的手）所以，我们一定不能让他们的阴谋得逞！我们要邀请全球华人，大家有钱出钱，有力出力……

【警笛响起，众人纷纷坐下。贾丈敏带着警察推门而入。

警　（拿着警棍环指四周）你们都在干吗？

聪　（抿一口咖啡，缓缓回答）喝咖啡。

警　我怎么听说你们在搞非法集会？（用警棍指着赖聪）

聪　（推开警棍，掸掸衣服）证据呢？

敏　（从警察身后伸出脑袋）警察先生，就是他们！就是他们在这里，在这里说……在这里说……要破坏治安，要搞恐怖活动，要造反！（说完立即缩到警察身后）

【大屏幕播放动漫:毒蛇吐舌,口水四溅。

【警察上去欲抓赖聪,被马虎一把推开。

虎　警察先生,你们这个自称尊重人权、言论自由的国家,怎么可以凭一面之词就轻易抓人呢?请拿出证据来!

警　(转过身狠狠看了看贾丈敏)因为这位藏民来报警,揭发你们非法集会!我只是按照规定办事。

虎　这儿是咖啡馆,不是广场、街头!在咖啡馆里,难道没有言论自由吗?我们一边喝咖啡,一边在这里谈论如何防止像他(指着贾丈敏)这样的恐怖分子破坏奥运火炬传递,难道不可以吗?

警　我可不管,有人来举报了,我就要管!所以,你(指马虎)跟我到警察局走一趟!

聪　你到底收受了他(指了指贾丈敏)多少欧元?

警　(脱口而出)也不多,才四千啊……噢,我没说什么!(对马虎)你,跟我走!(欲拖马虎走)

【众人上前阻挠,相互推搡中贾丈敏的假发被拉下,露出金色的头发。

芳　这位藏民怎么长的是黄头发?

【众人停下,马虎一把扯下贾丈敏的藏衣袖子,露出贾丈敏白色的皮肤;赖聪抹开贾丈敏脸上涂的油彩,也露出白皮肤。

老汉　警察先生,这个才是你们要抓的恐怖分子呢!

众　(有节奏地)抓住他,抓住他!

【大屏幕上显示动漫:两条小毛毛虫蠕动着,灰溜溜地乱窜,一阵风过,一片树叶飘落下来。两条小毛毛虫如惊弓之鸟,瞬间逃得无影无踪。

【贾丈敏、警察在众人的指责下灰溜溜地溜走了。

【大家又热烈地讨论了起来。

【一些华侨扛着许多面五星红旗气喘吁吁地跑进咖啡馆。赖聪也拿出许多面台湾小区旗。

【华芳分发国旗。发好后与赖聪挽臂并肩站立。

虎　同胞们!感谢大家克服种种困难,从各处、各国乘坐大巴、火车和飞机,从几百,甚至上千公里以外自费赶来!最近,相信大家一定通过各种媒体,看到了有的国家听任藏独分子疯狂破坏奥运火炬传递的消息!

芳　(马上接过话茬)西方列强就是害怕中国的迅速崛起!所以,拼命破坏奥运会在北京顺利举行！今天召集大家来，就是要商议一下如何发动旅居海外的所有华人，以及各国对华友好人士，共同来保护奥运圣火在接下来各国的安全传递！

芳　大家听说了吗，达赖喇嘛明天会在X国的两万人体育场举行演说，大家务必要赶过去，揭露他！

聪　对！再也不能让他通行无阻！但是，你是怎么知道这件事的？

芳　听我的一位X国警察局的朋友说的。

虎　他们的话你也相信？

芳　虽然有很多人被蒙蔽了，但是重事实，讲道理，对中国友好的外国朋友还是大有人在！他们会全力支持我们的行动，并利用他们的人脉关系，为我们提供重要信息和各种帮助！

聪　太棒了！

芳　那我们一定要作好各种准备！

众　一言为定！

聪　虽然我来自台湾，但我们是一家人，决不能容忍藏独分子来破坏北京奥运！我建议大家在跨出这扇门之前，先唱一首《义勇军进行曲》，好吗？

众　好！好！

聪　“起来，不愿做奴隶的人们……”

众人　（低声、坚定地吟唱）“中华民族到了最危险的时刻，”（声音由轻到响）“每个人被迫着发出最后的吼声，起来，起来，起来……”

【收光，暗场。

【大屏幕出现《马虎日记》：“亲爱的老爸：在我们的发动下，一条又一条帖子、彩信和短信，继续通过互联网、手机、电话，把华人团结一致，同仇敌忾的声音传遍全世界。”这些帖子是——“我们号召在X国工作、学习的同胞们互相通知，发动大家都来参加保护奥运火炬的活动”；“紧急征集五星红旗令”；“1. 本次活动预计参加人数超2 000人，请11:00准时到达现场，并参与我们的准备和整队工作。11:30准时开始活动。用我们的组织和纪律展现华人精诚团结之决心。2. 本次活动急需志愿者参与。希望中国人能够积极参与到这次活动的组织之中。中国需要你。有意者请通过官方电话和邮箱速与组织者联系。3. 活动材料：本次活动的标语、口号、国旗已经由组织者统一制作。活动当天还会有材料发放。参与者如有意带标语，请事先和组织者联系以免标语内容不符。活动当天也会发放小国旗，也欢迎参与者自带中国和X国的国旗。4.游行者尽量不要带包和过多的物品。以下物品严格禁止：有杀伤性或者可能带来杀伤性的硬物、重物；打火机、火柴、烟花等可燃易燃物；鸡蛋、西红柿等各种投掷物。并尽量不带饮料，尤其是易拉罐。5.当日活动细则，将在到达现场后发放，希望各位参与者遵守……”（伴有电脑击键声，然后化为深沉、雄壮的爱国音乐。）

第三幕 斗 魔

时间：第三天下午

地点：X国体育场的门口（背景墙上有大屏幕）

【X国体育场的门口。一批华侨高举五星红旗和许多横幅、标语在候场。横幅上写着：“西藏自古以来就是中国的领土！”“达赖集团必须停止一切分裂祖国的活动！”“反对将奥运会政治化！”“撼山易，撼中华民族难！”……

【华芳带领着大家呼喊上述口号。刚停下，马虎匆匆走过来。

虎　华芳啊，你能够确定达赖一定来吗？

芳　这是我在X国警方的一位友好人士提供的消息，估计不会有问题。

虎　那好，我们再也不能让达赖舒舒服服地在外国发表分裂中国的言论！

芳　火炬传递那摊事呢？

虎　（得意地）没问题！来了五千多华人，而藏独分子只有一百多人，赖聪刚才发来消息，说局面完全在我们的掌控之中！

芳　好极了！

【孙女陪伴着白发苍苍的老妇又拄着拐杖挤了过来。

老妇　马虎啊，你可马虎不得啊！今天我们在这里集会，你预先向警察局申报过吗？

虎　老奶奶，您放心，申报过了，也获得批准了！我虽然名叫马虎，但正经做起事来，可从来是不马虎的！

【赖聪上，神色紧张地匆匆奔跑过来。

虎　兄弟，情况怎么样？

聪　估计达赖在警方也有内线，所以，他不从这儿正门口进去了！而是悄悄从后门进去的！

【大屏幕播放动漫——一只人头狐狸贼头贼脑地掰开一扇门,溜了进去,还回转身,得意地奸笑了一下。

虎　(沉吟片刻)这个老狐狸,看你往哪里逃?!我们马上实施第二方案!

芳　哇!你们还有第二方案瞒着我啊?

聪　(赶紧解释)亲爱的,谁敢瞒你啊!我们租了一架直升飞机。

芳　那要花多少钱啊?

聪　也不太贵,每小时400美金。我们通过网络已经把钱凑齐了。

芳　(幽默地)你们不会用直升飞机再制造一次"9·11"事件吧?!

虎　全世界都知道,我们华人是最反对恐怖手段的!我们只不过是租用直升飞机拉一条标语,在体育场上空飞过,让达赖和全世界都看到!

芳　(拍手)这个主意太妙啦!那么标语上写些什么呢?

虎　"坚决反对分裂中国的阴谋,打倒达赖!"

聪　这是某些愤青的口气,不妥不妥!

虎　也有道理!那你觉得怎么写好呢?

聪　我看这样吧:"奉劝达赖停止分裂中国!"

芳　也太硬啦!外国民众恐怕也难以接受。

聪　你这个华侨才女,毕竟在外国生活的时间比我们长,说说看,写些什么,外国人最能接受?

芳　我觉得标语上应该这样写:"达赖,你的笑容很吸引人,但是你的行动很伤人!"

【马虎、赖聪和周围的华人纷纷鼓掌、点头表示赞同。

虎　华芳啊,你太有才了!

【赖聪激动地上去拥抱华芳,并在其脸颊上吻了一下。弄得华芳有点不好意思。

聪　哎呀,如果不是有这么多人在场,我肯定就要向你下跪求婚了!

芳　(嗔怪)都什么时候了,你还说这种笑话!赶紧去落实吧!

聪　(作揖)遵命,未来的夫人!

【众人大笑,赖聪下场。

【大屏幕上出现动漫视频——

① 动漫:一架直升飞机,慢慢地放出一条横幅,上书:"达赖,你的笑容很吸引人,但是你的行动很伤人!"

② 正在发表演说的达赖喇嘛看到空中的标语后一脸的尴尬,照片或视频。

③ 动漫:仓皇失措的达赖钻进一辆豪华轿车,在逃出体育场时不小心撞到门上,倒好后,撞瘪的车子拖着长长的尾气,落魄而逃,连汽车都在滴汗。

【所有在场的人都欢呼拥抱,特别是赖聪和华芳狂吻起来。

虎　(激动地拿着对讲机)长江、长江,我是黄河！你们的标语已起作用,现在达赖溜走啦！你们在本市上空多兜几个圈子,把租费用足后再开回机场!

聪　(松开华芳)你们大陆人真注意节约啊!

虎　我们有一句俗话:“少花钱,多办事,办大事!”一定要让外国朋友看清达赖的真面目,让他无处躲藏!

芳　你们知道吗,这是达赖在海外游说挑拨时,第一次遇到的当面抗议!

聪　我们胜利啦!

众　我们胜利啦——

虎　(严峻地)我觉得现在谈胜利还为时尚早,火炬接下来还要在Y国传递,大家绝对不能松懈!

芳　对对。我刚在网上看到,本地的WWC电视台一档著名的真人脱口秀节目叫《大辩论》,明晚的辩题是《抵制北京奥运》,正在网上征集正反方辩手,我觉得我们应该去参加,让这里的观众也能够听到我们中国人的声音。

虎　说得好！虽然这是玛丽雅主持的一档节目,但我觉得还是应该马上到网上报名,中国人再也不能羞羞答答了！谁愿意跟我一块儿去?

【众人纷纷举手响应。

聪　我跟你一起去,开弓已无回头箭!

【众人热烈鼓掌叫好。

【收光,暗场。

【大屏幕上,马虎父子的QQ信息——“爸爸,这几天,我突然觉得自己长大了10岁!作为90后的我,从来没有像现在这样深爱自己的祖国!”

“孩子,你的事迹,爸爸通过互联网都知道了。爸爸为你的所作所为大哭了好几次!不过,不是因为失望,而是极度的感动和骄傲！对于玛丽雅姑娘的事情要慎重,人的认知改变是会不断修改的,不要一棍子打死,要团结一切可以团结的人！……”

【来自全世界的雪片般的赞扬“空中标语行动”的帖子……

第四幕　舌　战

时间:第四天晚上

地点:X国WWC电视台的演播室

【背景墙上有大屏幕。舞台上有一张六七米长的弧形桌子,正中间,坐着电视台主持人玛丽雅小姐。右侧端坐着以学者自居的X国WWC电视台特约评论员杰克·达最巴,约翰·贾丈敏。左侧则坐着马虎、赖聪和华芳。

【戴着耳麦的现场导演正忙碌地指挥着电视台的各部门工作人员。

导　舞美、灯光、音响、摄像、大屏幕……各工种都准备好了吗?请大家赶快各就各位!

众　都准备好了!

导　(看了看手表,对玛丽雅)主持人,可以开始了。(见玛丽雅点头)好,五、四、三、二、一,开始!

雅　(强装笑容)Good evening ladies and gentlemen!您现在收看的是WWC电视台最火的栏目《大辩论》,我是你们的老朋友玛丽雅。今天的论题是《抵制北京奥运》。先为大家介绍一下今天到场的嘉宾:正方是,执教于纽啤大学的著名学者,也是我们WWC电视台的特约评论员杰克·达最巴先生,纽啤大学学生约翰·贾丈敏。反方辩友是,被中国网民封为草根英雄1号的马虎先生、草根英雄2号的赖聪先生和他的女友——同时也是草根英雄3号的华芳小姐。大家欢迎!(掌声一片)我们先听听正方辩友抵制北京奥运的理由。

巴　首先要感谢美丽的主持人玛丽雅小姐,给了我先说话的权利!如大家所知,我们WWC是全球瞩目的最敢说真话的媒体!作为一个著名的学者,我本来应该温文尔雅,但是,这些天来,我气愤!我发怒!我甚至莫名其妙地揍了我的太太……

雅　(阻止)杰克·达最巴先生,请言归正传——

巴　希望玛丽雅小姐不要打断我,要懂得,这是幽默!我为什么生气呢?因为在3月14号,中国发生了一件令全世界震惊的事情——它一面在筹备北京奥运会,一面竟然去侵犯小国西藏!对那里的土著居民实行烧、杀、抢的三光政策!……这就导致了我义愤的烈火在胸中燃烧!也导致了我的老婆受到了侵犯!(说毕,与贾丈敏会心地狂笑)

【大屏幕动漫：长着狐狸脑袋，蛇舌头的怪物，唾沫四溅地在摆地摊，推销假的世界名牌鞋、包……以下，也会不断播映跟内容相关的 Flash。

雅　(不悦地)达最巴先生，我不反对幽默，但反对不尊重女性的人权！

巴　别急，被我打的，仅仅是我太太的照片！(又是一阵狂笑)

【而马虎等三人却从气愤转变成极度的冷静。

雅　(摇摇头耸耸肩自语)我一点都不觉得好笑！(对马虎)好，请反方辩友发言！

虎　请问达最巴先生，你知道，西藏在哪里吗？

巴　我知道你要让我说，西藏是中国的领土！但，作为学者，我必须告诉你，西藏就是西藏，它不属于中国！它不容许别人侵略！

虎　达最巴先生，我感到惊讶，像您这样的著名学者也会出现如此低级的常识错误！其实，在你们的国家诞生前 600 多年，中国的元朝已经对西藏行使有效的管理，列位达赖和班禅喇嘛都是由中国中央政府册封的。

敏　历史，我们不去管它，中国政府在 50 多年内，至少屠杀了西藏 100 多万土著居民！骇人听闻！简直是种族灭绝！

聪　在我们反方的一辩发言之前，我要向大家介绍这位贾丈敏先生，他连西藏在哪里都不知道，但昨天又恰恰把自己打扮成藏民，拿着阴谋集团的经费，在社会上招募藏独分子！

【在场的人一阵躁动。贾丈敏恼羞成怒，欲制止赖聪的发言，被玛丽雅阻止。贾丈敏挥拳抗议。

虎　达最巴先生，那么你到过西藏吗？(见达最巴否认)噢，也没有去过！其实，只要学过小学算术的人，就可以明白下列数字的意思：1950 年西藏人口仅为 100 万；到了 2007 年，西藏人口总数达到 284 万，是 1950 年的 2.8 倍，其中藏族人口占 92%。西藏人均寿命从 1959 年的 35.5 岁提高到目前的 67 岁。以上数字，联合国都承认。而且，汉族实行计划生育，而藏民则可以自由生育，有这样的种族灭绝吗？!

巴　(自语)完了，碰到高人了！(对玛丽雅)请主持人控制他的发言长度！

雅　让他讲完嘛——

虎　首先感谢 WWC 电视台给了我们今天这次机会，让我们中国人讲话！傲慢和偏见，使得西方的媒体天天在对中国进行妖魔化的扭曲报道。我们，全世界的中国留学生，感觉很痛，但是我们不怪西方各国人民，造成这样结果的是一些不负责任的媒体和职业煽动家！他们违背了公正、客观的职业道德，奉行的是双重的新闻报道标准！他们可以对发生在伊拉克、关塔那摩、阿富汗监狱里不断重复的酷刑和虐囚，沉默不语，而对中国政府平息暴乱的正当做法横加指责！你们可以对欧美自己的资产阶级革命和废除奴隶制的南北战争无限崇尚，却对中国政府废除达赖喇嘛在西藏实行的农奴制大加指责，这是不是一种选择性的失明呢？一种媒体暴力呢?!也许你们完全没有料到，在持续不断抵制北京奥运的喧嚣声中，中国人民对西方世界的审视和不信任正在与日俱增！全世界的华人越来越团结得像一个人一样！像我们这些90后、80后的年轻人，从年幼起，就一直生活在中国不断改革开放，生活水平和自由度不断提高的环境中。我们很惊讶，当中国的一切包括我们的生活，都在向好的方面发展时，西方却有越来越多的人想把我们从所谓的"世界上最大的独裁者"手中"拯救"出来！在我们看来，这是非常荒谬和滑稽的！观众朋友们，到中国去吧！去看看一个真实的、完整的中国。到西藏去吧！用你们的眼睛来见证那个所谓的"文化灭绝"是否真的存在？藏语是否正在"消亡"？那些喇嘛们是不是可以自由地信仰他们的宗教？西藏人民是不是比在达赖神权农奴制的统治下过得更好?!奥运是属于谁的？奥运是属于您的，属于我的，属于全世界人民的！即便是在古代，参加奥运的交战双方都会休战！而现在，奥运火炬在号称世界上最发达、最文明的地方传递时，却受到最野蛮、最卑鄙的阻挠！这使得一向崇敬你们的华人顿时感到无比的心寒！请让我们好好沟通吧！让我们在北京相见吧！中国欢迎大家的光临！谢谢大家！

【现场一片掌声。

【贾文敏几次要去夺话筒，都遭到赖聪和玛丽雅的制止。

巴　(歇斯底里地挥动手臂)真是中毒太深了！顽固不化！你们中国人都是呆子！都是暴徒！顺便提一下，你们中国生产的东西，也都是垃圾！垃圾！

雅　(敲了敲木榔头予以制止)达最巴先生，请不要用侮辱性语言！请注意自己的形象！

虎　你可以侮辱我，但是不能侮辱我的祖国和人民！为此，你必须道歉！

巴　(不屑地)没门！(威胁地)马虎先生，你难道不怕发表了这篇演讲后，自己在这儿的前途、处境吗？

虎　告诉你吧，自从报名参加这档节目后，我就不断接到暗杀和其他恐吓！

巴　那你为什么还不知趣呢？

虎　中国有句老话，叫做：民不畏死，奈何以死惧之！我如果因为保护奥运圣火而死，那就死得很值！绝对是重于泰山！

巴　你的表现很反常，你们肯定拿了中国政府给的活动经费！

虎　多么可怕的偏见啊！现在全球的华人都起来支持奥运，决不是钱能收买的！而破坏圣火的那些人，恰恰领了阴谋集团发给的经费。贾丈敏先生，你就曾试图向我们发放过此类经费！需要我们拿出录像来证明吗？

敏　（心虚地）造谣，造谣！哪有这种事啊！

巴　导播，快放广告啊！难道你们不怕被老板炒鱿鱼吗？

聪　电视机前的你，看清了西方所谓的民主和言论自由吧?!

芳　是啊，当中国人在搞计划经济时，西方有些人就逼迫你一定要搞市场经济，要全球化。当你搞市场经济了，它又对你的产品百般挑剔，甚至说这些产品是"垃圾"，不断地进行限制或抵制！这完全是霸道！你们俩也听着，一个果然是个大嘴巴！一个是只藏独小爬虫！我们华人不会放过你们的！

【马虎激动地与赖聪和华芳紧紧握手，表示感激。

【大屏幕上出现动漫 Flash Q 版人物：一条马路上，两只老鼠窜过，人人拿着棍棒在追打。

【大屏幕上 Q 版郎平形象，手中拿个榔头说："谁敢抢我火炬，我抡他！咚，一锤定音。"

【Q 版成龙说："哪个坏蛋破坏奥运，我用中国功夫打得他落花流水！"

【随后，大屏幕显示：烈火熊熊燃烧，烧得小爬虫们纷纷逃窜。

【暗场。

【大屏幕上，网上的 QQ 对话和短信在频繁交换着——玛丽雅写道："亲爱的，这几天来，我非常失落。我料想你会来参加我的节目！但我万万没有料到，你成熟得这么快！你在演说时，太帅了！我的心被你彻底征服了！我们有没有和好的可能？""玛丽雅，我已经看到了分歧的鸿沟有多深！但是，你的主持是公正的！……""亲爱的儿子，听说你和几个伙伴明天将赶到 Y 国去保护圣火，我对你的义举表示坚决的支持！我这儿，几乎没有太多的发动，1 000 面五星红旗已经筹集好，快递公司答应免费送到你们手中！爸爸会立即借笔钱汇给你！但一定要注意安全！因为我们的敌人很恶毒！……""谢谢爸爸！我们华人的爱国示威已经做到了遵守当地法律，高度理智、自律，甚至过后不留一张小纸片！我要用行动来证明：我永远是值得您放心和骄傲的儿子！……""华芳告诉大家，由于害怕中国老百姓的抵制，'卖得好'跨国超市公司的总裁公开声明不再支持藏独！这确实证明了全球华人网民的巨大力量!”……

第五幕 团　结

时间:第五天的上午(寒风凛冽)

地点:Y国首都中心广场(有喷水池,背景墙上有大屏幕)

【附近一片欢腾,留学生们、华侨挥舞着五星红旗,迎候奥运圣火的到来。

【马虎和赖聪也在其中。华芳举着“北京加油”的标语牌。

【大屏幕显示动漫 Flash,一片中国红的海洋中烟花朵朵绽放。可加入舞龙、秧歌等中国传统元素。

聪　虎哥,今天好冷啊!

虎　你如果衣服少穿了,我可以把外套脱给你!

聪　不必,不必。注意到了没有?今年的政治气候更冷!春节刚过,欧美的一些主流舆论不断地拿我们中国开涮!客观、公正的声音十分微弱,一些媒体以诋毁中国为荣!

虎　是啊,生活是最好的教科书!我们大陆来的留学生都在说,长久以来我们对于西方的所谓自由言论、提倡民主和人权的崇敬,是有问题的,值得认真反思!看来,将这些东西照抄照搬,是绝对行不通的!

聪　这方面,我们台湾同胞体会最深!(笑)岛内的反复折腾,都让大陆跑到前面去了!不过,也让我的一些到大陆做生意的亲友发了大财!

虎　肥水不外流,海峡两边谁发财都值得庆贺!

芳　再这样下去,马虎快变成大思想家了!

虎　(看了看表)时间差不多了!(对在场所有的华人)大家静一下,今天是奥运圣火在Y国传递的神圣日子,我们还是要高度警惕,共同防止藏独分子的破坏!要保证圣火绝对安全地通过!

芳　火炬马上就要到达、经过,让我们一起挥舞国旗,用五星红旗来保卫圣火!

聪　用我们的旗杆挡住藏独分子捣乱的步伐,用旗面蒙住他们企图抢夺圣火的罪恶双眼!

众人　(齐声,有节奏)好——加油!中国!加油!北京!

【华芳过来,拉了拉赖聪和马虎,并用眼睛示意,贾文敏悄悄地带着一群藏独捣乱分子试图冲进华人队伍。

【随着一声嘹亮的号角，奥运火炬手高举祥云火炬在护卫队的簇拥下来到台中。围着水池兜了几圈。

敏　火炬来了！兄弟们，快上！去抢、去夺，去打！会有重赏的！

【几个藏独分子冲过人墙上来哄抢火炬和国旗。聪护着国旗，情急之下，跳入广场喷泉水池中，挥舞国旗。

聪　休想抢走五星红旗！

【众藏独分子站在边上，不敢下池。

敏　（推搡着藏独分子）你们下去抢啊，快下去把旗帜给我抢过来呀！

独甲　太冷了，下不去！

独乙　是啊老大，我有腿病！那么冷，下去以后准成残疾！

敏　行了！行了！你们这群没用的东西！

独丙　才给几十块钱，还要求这么高！老大，那你自己下去呀！

敏　你们都不下去……那我……我（蹲在地上）我也不下去！给个100万，倒可以考虑，考虑！

【众人哄笑。赖聪在冰冷的水池里继续挥舞着五星红旗，汗都出来了。

【大屏幕播放李洹、周岫等男女留学生的镜头，以及在英国的华人留学生站在水中挥舞国旗的照片或视频。配上字幕："数英雄人物，还看今朝！"

【贾丈敏挣脱人墙欲扑向奔跑中的火炬手，马虎靠近，一下子用红旗蒙住了贾丈敏的头。

敏　（被红旗蒙住，团团转，挣开后，认出马虎）啊？又是你！快来人啊，揍他！

【众华人、众藏独分子都被叫声吸引。纷纷聚拢，他们围着马虎准备出手。

【屏幕上显示动漫Flash场面为格斗游戏。

【摆脱了红旗的贾丈敏直冲奥运火炬，试图抢走火炬。

聪　（喊）小心！那个假藏民去抢火炬了！

【马虎一把推开身边纠缠的藏独分子，直冲贾丈敏，死死地抱住贾丈敏的腰不放。

【奥运火炬队伍终于顺利离开。

【众华人上前保护被藏独分子围殴的马虎，用红旗将藏独分子赶走，警察这才赶到，抓住了贾丈敏。

敏　不要抓我，不要抓我，我不是藏独分子，他们给我钱，要我这么做的！……

【警察将贯文敏拖下场。

【马虎头部在滴血，赖聪撕下自己的白衬衫递了过去，华芳帮着包扎伤口。

虎　(头部血流满面，手中仍紧握着国旗)奥运圣火一定会胜利传递到北京！

【玛丽雅拨开人群，向马虎冲去。用手帕帮马虎擦干血迹。

雅　马虎，对不起，其实前几天，我就知道是我错了！只是不好意思承认……

虎　没关系，其实那天在电视台我就感觉到了！

雅　大家都看到了，我们这儿号称是最安全的地方，我们的警察镇压起骚乱来毫不手软！但是今天，在护卫奥运火炬通过时，反应却是如此迟钝！是大意呢，还是故意的，大家心里明明白白！

芳　(挤过来与玛丽雅热烈握手)说得好！以前，都说华人是一盘散沙，可这次，华人却是空前的团结一致，所有的人都是赔了钱来保卫奥运火炬的传递！

虎　或许，这也是西方意识形态战略家事先万万没有估计到的结果！

【玛丽雅接过马虎手中的旗帜，紧挨在他身边。

雅　马虎，知道吗，自从那次电视直播后，我收到几千条短信，我国的许许多多同胞开始怀疑我们的宣传是否真实。他们希望了解真实的西藏！

虎　这样很好！经过风浪，中国跟欧美人民的友谊肯定会进一步加深！

雅　希望你能原谅我这个分不清是非，被蒙在假象中的傻姑娘！

虎　一定的！你永远是我最心爱的姑娘！

【两人紧紧相拥，众华侨鼓掌相庆。

【屏幕显示：2008！让我们相聚北京奥运！

【全场通亮，有人递给马虎一个仿制的祥云火炬，他激动地将它点燃(用电池照明的，最好里面装上小电扇，吐出红色绸穗，禁用明火)，将它传给玛丽雅。玛丽雅又把它传给了赖聪、华芳……火炬又传给台下的观众，于是，祥云火炬在观众中不断地传送。无数面五星红旗在观众席的上空挥舞，顿时，观众席变成了一片红色的海洋——

【大屏幕上火焰熊熊，打出片尾字幕。全体演员谢幕。奥运歌曲和《我爱你，中国》在响亮地播放。

【全剧终。

2008 年 5 月

狗眼睛传奇

（根据黄永生同名上海说唱改编）

一只充满画面的眼睛。瞳孔里，变幻着各种光泽；后面故事里的一些有趣的场面在其中叠现；最后，推出片名——《狗眼睛传奇》，以及演职员表。

艳阳普照下的一片开阔的农田。不远处，是一个江南村落。

画外音："我们的故事，发生在莲花乡的王村。主人公就是这一位农民兄弟，他的名字叫王阿狗。"

村子边上，一座废弃的碉堡旁，王阿狗和一帮村民，正在挖着埋在泥地里的废钢铁。他，五十岁上下，头顶微亮，不时喜欢傻笑，一副老实巴交的样子。在他的脚旁，已经堆了不少挖出来的生锈的钢筋、弹片、子弹壳等东西。

丰满、壮实的女青年阿花刨出了一颗旧炮弹，刚要弯腰，瘦猴般的村民胡三已窜了上去，一把将炮弹抱起，用手一捋，显出黄铜的光泽。胡三眼睛一亮。

阿花哪肯吃亏，上来拉扯："是我刨出来的，应该归我！"

胡三冷笑了一声："笑话！明明是我发现的，当然是我的！"

阿花："好！你不讲理，你是癞皮狗！"

旁边的一些村民也围了上来，七嘴八舌。

胡三气呼呼地说："好了，别争了！好男不和女斗。咱们把东西凿开，一人一半，谁也不吃亏！"说完，从一个村民手里夺过一把榔头和一把凿子要凿。

在一旁几次想上来劝阻的阿狗这会儿终于忍不住了。只见他从怀里掏出一个小酒瓶呷了一口酒，然后一个箭步跨进人堆，喝道："都给我放下！这炮弹碰不得，弄不好会爆炸的！"

胡三一把推开他："老酒鬼！关你什么事？快滚！"他蹲下身子，凿了起来。

阿狗急了:“扔河里去,快别碰它!”

胡三停下揶揄道:“哼,扔到河里,让你晚上偷偷地把它捞起来……”他猛一甩臂,只听得一声震天的爆炸。

硝烟渐渐散去。震倒的人们一个个满身尘土,软弱无力地爬了起来。只有阿狗和胡三倒在血泊之中。

阿花姑娘哭着拼命摇晃阿狗的身子:“阿狗大叔!你醒醒!阿狗大叔,你听见了吗?……”

阿狗那双蒙住眼睛的手上,满是鲜血。他把手移开,眼眶里还在淌血。他看了好一阵子,什么也看不见,他发急了:“怎么,啥都看不见?!……啊?!是不是我的眼睛瞎了?!”

乡长和乡武装部队长带了几个民兵匆匆赶到。乡长怨恨地跺了跺脚:“唉!你们这些人啊!”然后立即下令,“快把他俩送省城大医院抢救!”

救护车上的警灯在转动,警笛在嘶鸣。车子在乡村的尘路上呼啸而去,急驶在蜿蜒的山道上,行进在湍急的河流旁。

省医院。眼科办公室。一位戴着窥视镜的眼科专家和蔼地对阿狗妻说:“你的恳求,刚才我已经向院长汇报了,他很同情,要我征询一下你的意见。”

阿狗妻急切地说:“只要能让他重见光明,随你们怎么办!”

专家:“有一项科研,我们搞了好几年。就是把狗的眼珠换到猴子身上。”他拿出一张猴子的照片递给阿狗妻看,“基本上获得了成功!”他用钢笔轻轻拍打着掌心,“不过,给人换上狗眼睛,世界上还没有先例。所以,把握不大……”

阿狗妻用手绢抹着热泪:“总比变成瞎子要好……”

手术室的无影灯下。阿狗脸上蒙着纱布,躺在手术台上。旁边的手术台上躺着一条狗。

一个白色的瓷盘,一对带血的眼珠滚落在里面,然后被传走。随着几声狗吠,另一个盛有一对血淋淋的眼珠的白色瓷盘递了上来。

一群医生护士神态严肃,有条不紊地做着传送刀、钳、纱布等工作。有的在操纵仪器。

手术室门外,阿狗妻坐立不安,不时凑近门缝张望。

一辆躺着阿狗的推车被一护工推了出来，他身后是开刀专家和护士。阿狗妻赶紧迎上去询问。

专家对阿狗妻说："放心吧，手术进行得很顺利！"

病房里，妻子正在为眼部缠着纱布的阿狗喂饭、喂菜。

莲花乡乡长办公室。乡里一批主要干部都在场。从他们脸上，可以看到会议的气氛不仅严肃，甚至有些紧张。

坐在主持席上的乡长一声不吭，他下意识地将一根带嘴的香烟折断，然后将烟丝一点一点地从烟纸里面抽出来……

穿着白大褂的乡卫生院院长，拿着一份《内部通报》，有些激动地说："看到县里这份通报批评，我的心情要比大家沉重。作为卫生院院长，我对没有抓好计划生育工作深感内疚！"

乡武装部长讥讽道："要你内疚什么？我看，乡里对生第二胎的人只罚两千块，也太轻描淡写了吧！要罚就罚它一万块，或者更多！要罚得他倾家荡产。我倒要看看，谁还敢再生第二胎！"

院长鼻孔里轻轻地"哼"了一声："说说容易，做起来难啊！就说你夫人吧，最近到本院作妇科检查，发现又怀孕了。叫她人流，硬是不肯。说想要个儿子，以便家里有一男一女的后生，花色品种齐全。你说说看，这一万块，你是否准备拿出来？"

武装部长脸色极尴尬："这不可能！"几次要站起来申辩，都被乡长示意制止。有几个干部在交头接耳，掩嘴发笑。

乡教育局长忍住笑，站起身，严肃地："所以，重要的问题在于教育农民！要通过举办各种类型的学习班，破除有些农民重男轻女、传宗接代的封建观念。我们教育局可以提供一批教师作为办班人员。对于计划生育的问题，要年年讲、月月讲、天天讲！"

乡粮食局长反驳："算了，乡下人不爱听这一套的。再说，办班的经费根本没人肯承担。我们的粮食局，今后要制定一条规定，对于生第二胎的家庭，不再提供商品粮。"

武装部长愤愤然："那怎么行?！人民政府哪能不给人家饭吃?！"

教育局长："那只有提倡独身主义了。从现在起，号召乡里二十岁左右的青年都不要结婚，这就从根本上解决了问题。知道吗，这种生活方式目前在欧美很流行！"

粮食局长惊叫道："哇！我的教育局长，你自己是光棍，现在叫别人也去做和尚、尼姑……"

"啊呀！都扯到哪里去了！"乡长立即严肃地打断了他们的议论，"每次开会都是这样，漫无边际！现在需要的是，大家开动脑筋，想一些切实可行的办法！切实可行的办法……"

王阿狗家的庭院。篱笆上青藤蔓缠。四周都种满了蔬菜。屋前空地上放着张桌子，蒙着绷带的阿狗正在吃妻子用汤匙递上来的馄饨。

阿狗妻亲切地问："好吃吗?"

阿狗笑道："好吃，还吃，就是没有酒！"

"你这张嘴啊，一喝酒，就乱说话！"

阿狗不服："我从不胡言乱语，我说的都是真话！"

一辆吉普车在庭院门口停下，下车的是和蔼可亲的乡长。

"你呀，苦头永远吃不够！"阿狗妻埋怨完丈夫就疾步去开庭院的门。

阿狗趁机从怀里掏出小酒瓶，有滋有味地呷了一口，藏好酒瓶得意地说："应该说，是老酒永远喝不够！"

乡长走到阿狗眼前，热情而又关切地问："阿狗同志，我代表乡政府来慰问你了。感觉怎么样?"

阿狗受宠若惊地站起身："是乡长啊！请坐，请坐。我眼睛好多了，再过几天，就可以拆去绷带了。"

阿狗妻怨恨地拉了拉阿狗的衣服："乡长，别听他瞎说！好什么呀？每天晚上，他眼睛痛得在床上直打滚！"

"噢。"乡长认真地听着。

"您是知道的，我们家经济上很困难，根本没钱买些营养品来补补他的身子！"阿狗妻补充道。

乡长诚恳地说："是啊。所以我今天带来一笔钱，补助给你们。这次事故，你们家的损失太大了。这点钱，也只能是意思意思了。"他把一叠钱放在阿狗手里。

阿狗推托道："哎呀，谢谢乡长的大恩大德！其实，也没多大的损失。因为这次手术是什么……科研项目，所以是免费的……"

"别听他胡说！"阿狗妻断然插话，"医院里现在哪还有免费治病的事?！都是因为见你病重，有意骗骗你、安慰你，你倒当真?！"她一把抓过乡长给的钱。

阿狗急了："不会吧？昨天，我还摸到了咱们藏钱的那个包。数了数，还是一千二百块，一分钱也不少！”

阿狗妻气得直跺脚，上去狠狠地拧了阿狗一把，怒骂道：“你这个瞎子！你知道个啥？那是我妹夫寄放在我这儿，准备买耕牛的钱！”

阿狗痛得直吸气，不停地捋着被拧痛的臂膀。

乡长劝和道：“嫂子，他眼睛不好，有些事不清楚，你就原谅他吧。以后，有什么困难，再提出来，我们尽量帮助解决。好啦，我走啦。”

阿狗妻赔着笑脸：“是啊，是啊，太感谢您乡长的大慈大悲了。请走好啊！”

见乡长走远，阿狗妻呵斥道：“你真是头蠢驴！差点把到手的钱给丢了！以后，再不许你在乡里的头头们面前放屁！”她手指沾了一下唾沫，飞快地点起了钞票。

阿狗摇了摇头：“把说真话当放屁?！唉，老太婆越来越不像话，越来越不讲文明！”

王村，在葱绿的庄稼掩映之中，显得格外的宁静。村边小河里的水在哗哗流淌。

画外音：“又过了两个星期，王阿狗眼上的绷带终于拆掉了。一向平静的王村，又起了一场风波……”

一辆吉普车向王村驶来，进了村子，在乡长家门口停下。许多村民便离得远远地望这儿瞅。

乡长招呼来村里几个后生，帮忙从车上卸下一台洗衣机。

乡长太太得意洋洋：“还是我弟弟见识广。这玩意儿是城里人用的，要五百多块一台呢！”

几个搬洗衣机的后生都惊讶得吐了吐舌头，他们啧啧称赞道：“王村也现代化了！”“现在的人就是聪明，连洗衣服都可以不用动手！”“听说将来啊，人只要整天躺在床上，用不着干活，就有吃有穿！”

乡长的爹从内屋出来，看不惯地说：“都是懒汉的念头！”

那几个后生赶紧禁声，将洗衣机搬放好，见乡长把纸板箱取走，就想摸摸这新鲜玩意儿，立即被乡长太太阻止：“别碰！会弄脏的。今晚有了电，就用给你们看看！”

夕阳西下。村道上，男女老少三三两两朝乡长家走去，像在赶庙会。

阿狗和妻子也从家里出来。被眼尖的阿花姑娘和其他几个女青年发现。

阿花惊讶地：“阿狗大叔，您眼睛好啦？”

阿狗忙答道：“是啊，是啊，不光能看清东西，还能……”

阿狗妻急忙踩他的脚,才中断了他的话。这下子痛得阿狗叫了起来。阿狗妻埋怨道:“你看你,走路总是不小心点儿!”

有个老汉打他们身旁经过,侧过身子,对阿狗说:“阿狗,你真是好运气!眼睛刚治好,就赶上看好东西!”

另一老太也停住脚步,叮咛道:“狗弟弟,往后,你可要当心啊,眼睛这东西最娇嫩!”

阿狗妻不以为然:“我看呢,他最要当心的,是他那张嘴!”

乡长家。华灯初上。村里的男女老少把客厅四周站满了。他们都压低着嗓门说话,显得既兴奋,又很拘谨。

几个手脚麻利的后生将洗衣机接上了电源。然后便提着木桶到院子里的井中取水。他们排着队接力般地将水倒进洗衣机。乡长太太神气地搬来一脚盆脏衣服,有滋有味地卷起袖子,将衣服一件一件投入洗衣机内。接着又放了几勺洗衣粉,然后似乎很内行地一按电钮。机器里面装的水果然转动了起来。乡亲们不由地“噢”了一声,越看越出神。阿狗和几个村民竟忘情地走上前来,往洗衣机的水缸里打量。

看热闹的人还在络绎不绝地往客厅里涌。

院子里。唯有乡长的爹,一个人坐在大树下,闷闷不乐地喝茶。

客厅里,那几个帮忙的人又排着队,提着满是肥皂泡沫的水桶出得屋来,先后往阴沟里倒。乡长太太指挥着这帮人,俨然成了一个将领。她一招手,突然发现自己少了一样东西,脸色顿变。她往脚盆里瞅了瞅,然后急匆匆进了内房。

村民们还是饶有兴趣地观察着这“现代化”玩意儿。

村民甲:“这东西好是好,就是太费事。还不如手洗方便!”

村民乙:“很费电吧,那不是在玩钱么?”

村民丙:“都懂个屁!”

乡长太太惊恐万状地从房内奔了出来:“我的金戒指不见了!我的金戒指不见了!”

在场的人面面相觑。

乡长的爹出现在洗衣机旁,脸色阴沉地说:“我早就说了,买这种劳什子干吗?又费钱,又费电!这不,闯祸了,这是老天爷对你们这帮懒人的惩罚!”

看客们开始移步,想要溜走。武装部长已经站在他们身后,喝道:“一个也不许走!金戒指没找回来之前,谁溜就是谁偷的!还愣着干吗?快揭石板,掏阴沟。”

于是,在场的乡亲们便捋起袖子忙乎开了,大家显得都很积极。

乡长太太哭着嚷着坐在地上:“啊哟,我的金戒指啊——”

众人翻了一阵,一无所获。于是,大家的眼睛里都弥漫着猜疑。

武装部长猛一挥手,果断地下令:“搜身!”

村民们互相对视了几眼,也乱哄哄地叫道:“对!对!应该搜身!”“知人、知面、不知心嘛!”

阿狗正盯着乡长太太看。

乡长也被人喊来了,这会儿他从人们身后挤到中间,显得很沉着地摆了摆手:“不能胡来!我看这样吧,我喊‘一、二、三’,胡部长,你就把灯熄了;我再喊‘开灯’,你就把灯开亮。只要把金戒指扔在地上,咱们就算完事。”

胡部长正色补充道:“否则,就只好不客气了。”

乡长:“唉,谁没有一时糊涂的事?”然后严肃地扫视了一下四周的村民,喊道:“一、二、三!”

暗场。

又听得乡长喊:“开灯!”客厅里又亮堂了。人们全都焦急而满怀希望地猫着腰往各个角落搜寻。结果,一无所有。

乡武装部长又一次威严地扫视了一下所有在场的人。人们一个个都像贼似的耷拉下脑袋。

唯有阿狗壮了壮胆,掏出小酒瓶呷了一口。

胡部长一挥手,厉声说道:“那我就不客气了,搜身!”乡长默认了,也注视着众人。

阿狗按捺不住,叫了一声:“且慢!且慢!”

在场的人都抬起头,满腹狐疑地瞅着他。

阿狗问:“乡长太太,您有几只金戒指?”

乡长太太用手绢揩着不断涌出的泪水:“哪有几只啊,我只有这一只!还是我姆妈的外婆传给我的。”

“要死!”阿狗笑道,“早知道你只有一只金戒指,我就不会跟着大家一起到处去找了!”

乡长不解地问:“你这是什么意思?”

阿狗:“乡长太太,你的金戒指在你的夹袄袋里!”

“啊?!”在场的人都不由自主地惊叹道。

乡长太太将信将疑,撩起外罩,一摸夹袄口袋,喜出望外:“金戒指找到了!原来在这儿!”她把戒指朝乡长扬了扬,“大概是在洗衣服前,我随手脱下放在这里的。”她戴好戒指。

乡长不满地瞪了她一眼。

在场的人又“噢”了一声，如释重负。

阿狗洋洋得意地向众人扫了一眼。

乡长随即一愣，用布满疑云的眼光打量着阿狗：“你怎么知道，她的金戒指放在夹袄的口袋里？”

胡部长也怀疑的问：“怎么，你的眼睛已能看清东西了？是不是趁大伙没到之前，就偷偷溜进乡长太太房里，偷看人家？”

阿狗顿时张口结舌涨红了脸。

阿狗妻狠狠瞪了他一眼，咬牙切齿地说：“谁叫你多嘴多舌！”

阿狗咬了咬牙，狠狠心说：“乡长，诸位父老乡亲，事到如今，我只好把实话告诉你们，我原先的眼睛已经挖掉，换上的是一对狗的眼睛。”

大家再次“噢——”了一声，惊愕异常。

王阿狗开始叙述，叠化成画外音：

（画面）

王阿狗在窗前拆着绷带。王阿狗渐渐睁开双眼。虚幻的树木渐渐变得清晰。阿狗笑了。回过头，见阿狗妻端了一只碗进房间来。阿狗妻穿着薄如蝉翼的透明衣服。阿狗狠狠地打了她一记耳光。阿狗妻捂脸逃走。阿狗走出院门。一群在地上打架的小孩，全穿透明纱衣。阿狗一惊。忙往屋里走。他走到了镜子跟前。看到镜子里的自己也是全身穿着透明的衣服。阿狗恍然，其后笑颜逐开。从邻居家里将妻子叫出来，凑耳告诉实情。其妻严肃地叮嘱他。

（王阿狗的叙述——）

“前两天，我拆下一层又一层的白纱布。我发现自己能看见东西了。我高兴极了。这时，我老太婆端了一碗面条进来，我见了，吓了一跳：要死！她怎么穿着一身透明的衣服？我想，我才瞎了个把月，你就瞒着我风骚成这样！于是，我狠狠地掴了她一记耳光。我骂她：‘你这不要脸的东西！’老太婆从未被我打过，这一打，倒把她吓得捂住脸逃出门去。我去把她叫回来，去在门口见一群在玩耍的娃娃也穿着透明的衣服。我觉得不对劲，想想这么短的日子里，世界也不至于变化得这么快，老老少少都穿透明的衣服？于是，我去照照镜子，一看，自己浑身上下也是透明的。这下，我才明白，我的眼睛有了特异功能。我悄悄告诉了老太婆，老太婆劝我无论如何不要对外人讲，否则会招来祸害！”

王阿狗真诚地说着。客厅里所有人都惊呆了。几个见过世面的人,对此信疑参半。

阿狗继续申辩:"不瞒你们说,乡长太太口袋里的那只金戒指,我早就看到了。我还以为她去找另一只呢!"

胡部长问:"你怎么证明,刚才讲的是真话?!"

阿狗急了:"我讲的当然全是真话!我现在不但能看清别人口袋里的东西,连……连别人肚皮里的东西我也能看得出来!喏,就说阿花吧,她肚皮里就怀了一个小孩,而且还是个男的!"

"啊?!"众人大惊。

阿花捂住脸,哭着奔出门外。

阿狗妻急拉阿狗的衣服:"人家阿花还是个黄花闺女!"

阿狗大惑:"咦——那她肚子里怎么会有孩子的?!"

胡部长冲上来,一把揪住阿狗的衣领:"你竟敢诽谤人家大姑娘!"一个耳光打得阿狗捂住了半边脸。

阿狗妻急忙地把胡部长拦开:"凭什么打人?!"随即责怪阿狗道,"这就是你讲真话的好处!"

胡部长仍不罢休:"王阿狗,你越说越不像话!走!跟我到乡政府走一趟。其余人可以散了!"

乡长一直在冷眼观察,这会儿出来讲话:"慢。"他看了一下四周,视线在胡部长的手提包上停下,说了声:"借用一下",就将这只包放在王阿狗跟前,平静地问:"阿狗同志,你看看这里面是什么?"

"一副麻将牌,而且是用绿色有机玻璃做的。"

乡长打开包,果然如阿狗所言,人们哗然。妇女们突然有所醒悟,纷纷将双手抱在胸前。

胡部长尴尬至极,一把夺回皮包。他对阿狗意味深长地说:"你当心点!"说毕,拂袖而去。

阿狗妻拉着丈夫就往外走:"你啊,连武装部长也得罪了,不知道你图个啥?!"

阿狗:"可我没说一句假话,讲的全是真话!"

第二天,太阳刚刚升起,王村上空笼罩着的雾霭还未散去,田埂上,卫生院院长骑着自行车往乡长家驶去。

乡长家里。乡长爹满意地看着乡长将一袋白花花的米往洗衣机里倒。

卫生院院长急匆匆直闯进来："乡长，啊呀，那个阿花啊，果然不争气……"

"怎么啦?"

"今儿一早，就闯进我家门，要我悄悄地为她打胎，据她讲，是胡部长干的……"

乡长脸色陡变："有这样的事?！荒唐！不过，不许乱传！"

卫生院长："噢，对了，昨天下午，县里开会，又把我们乡的计划生育批评了一顿，扣了我们卫生院的一万块奖金不算，还要限期整改！唉，我这个院长真不想当了……"

乡长沉吟了一会儿，突然一拍脑袋，笑道："有一个人能帮助我们摆脱困境！"

"谁?"

"王阿狗！"乡长胸有成竹地说。

几天之后。早晨。王村边上那条河波光粼粼。几个村民正在河里摸鱼捉蟹。阿狗背着鱼篓也走来凑热闹。

村民甲涉着水问："阿狗，逮住几条啦?"

"开两桌鱼宴，也足够有余！"阿狗得意地扬了扬手中的鱼篓，十几条鱼在里头扑腾。

几个村民瞅见了，妒意油然而生。

村民乙捡起一大块泥巴往阿狗那儿扔去，溅了他一脸的水。阿狗怒道："王二麻子，你这是干吗?"

王二麻子瞪着眼珠："你小子仗着一双狗眼，存心欺侮我们，没门！"

村民甲："你到别处去摸鱼，这段河，我们占了。你快离开，不然，小心你的鱼篓！"

阿狗只好爬上岸。他定睛往河里一看，笑着说："你们这两头驴！这段河里鱼早没了，还在摸！我可以跟你们打赌，谁能在这里摸出一条两条以上的鱼，我就爬着叫他声爹！"说罢得意地扬长而去。

村民甲："这小子倒从来不说假话，咱们走吧。"

王二麻子："唉，我要是也有这么凶的一对眼睛多好！"

一群在田里锄草的妇女，见阿狗背着鱼篓走来，就紧张地议论开了："阿狗老头来了！咱们快躲起来，免得将身子给他看了去！"

妇女中有的忙捂住自己的胸脯，有的吓得蹲在地上。

有个妇女冷笑道："啃，都不是黄花闺女，干吗自作多情？他也是有老婆的人，咱们又不比阿狗嫂身上多长点东西，哼！"

阿狗走近了，笑着说："这个妹子的话在理，我才没闲工夫打量你们，除非有谁要我看看有没有怀上孩子……"

几个蹲在地上的妇女嚷道："快走开！不然，我们要扔东西了！"

阿狗呵呵笑着走开。一辆摩托远远驶来，乡政府通讯员大声叫道："王阿狗，乡长叫你去一趟……"

阿狗有些怕："啥事儿？"

"去了，你就知道啦！"说罢，通讯员骑着摩托驶远了。

乡长家客厅。阿狗怯生生地跨进门来。

乡长太太正在吃香蕉，见了阿狗忙下意识地捂住胸口，神色紧张地问："你来干什么？"

阿狗刚要解释，乡长笑道："是我请他来的。来来来，请坐。"

阿狗惊魂未定，哪里敢坐。乡长上来把他按在椅子上。"阿狗同志，你真的能看清孕妇肚皮里的小孩是男是女？"

阿狗尴尬地点点头："无意当中发现的，凡是三个月以上的，我想，都能看得清！"

乡长兴奋地："很好，很好！祝贺你有了一双好眼睛。你知道的，眼下的部分村民中重男轻女、传宗接代的封建思想还很严重，这给计划生育工作造成了很大的损害。因此，我们决定把你调到乡卫生院，让你担任优生咨询科的医生！"

阿狗连忙摇摇手："不、不，我不懂医道啊！"

"这没关系。重要的是，你的眼睛现在名气很大，很神！咱们乡十六个自然村的乡亲们，都对你的这双眼睛非常信服。"

阿狗不解了："这与计划生育有什么关系？"

"关系可重大了！今后，凡是怀了第二胎的孕妇到你这儿来，要你看一下是男是女，你呢，统统都说是女婴！"

"啊？这……这不是叫我说假话吗？！"

乡长笑道："哈哈，你这个人哪！世界上的事情，本来就是真真假假的嘛！"乡长亲手倒了杯茶递给阿狗，"好，咱们约法三章：第一，绝对保密，就是自己的老婆也不能告诉她；第二条，不开后门，不论干部家属，还是亲戚朋友，一律不卖面子；最后，每个大肚皮看一次，你就收十元。其中五块，你留着自己用。另外五块钱，你就交给我。以后，我们会根据你的表现，再决定给你多少。"

阿狗为难地："这件事……兴许不妥当吧？"

乡长拍拍胸脯："一切由我负责！这是利国利民的好事情，你尽管大胆去做！怎么样，答应不答应？"

阿狗无奈地点了点头。

阿狗沉重地在河边走着。他突然停下脚步，从怀里掏出酒瓶子，揭开盖，嗅了嗅，然后很不舍得地抛进河里。他的画外音："从今天起，只能戒酒了，否则，万一说漏了嘴，我怎么对得起乡长的栽培、信任……"

乡武装部胡部长带着两个背着枪的民兵来到王阿狗家，把他叫了出来。

胡部长严肃地对阿狗说："你知道了吗？现在乡里的妇女反映，都吓得不敢出家门。就因为你的这双狗眼睛！"

阿狗说："哎呀，我难得出门，她们何必怕成这样？再说，我这个人生活上一贯本分！"

胡部长冷笑道："这就很难说了。反正，我已下令，中午12点到1点，晚上9点以后，为妇女停止户外活动时间，这时，你尽管到户外走走，散散心。其余的时间，你就呆在家里，绝对不许外出！"

"怎么回事？我换了双眼睛成坏分子了？"由于胸有成竹，阿狗开始变得不驯服和油滑了，"哎呀，这事儿，你最好去跟乡长说一下，他已将我调到乡卫生院工作。其实呢，我的眼睛现在也退化了，只能看清肚子里的小孩是男是女，其余地方都看不清楚了。人老眼花嘛！"

胡部长"噢"了一声，马上改口道："既然乡长对你另有重任，那我就取消这条命令。"

阿狗对着站立在一旁倾听的妻子挤挤眼，得胜似的笑了。

乡卫生院门口，新竖起一块醒目的广告牌，上书："莫失良机！一眼便能看清生男或育女！本院特邀特异功能者——王阿狗先生担任优生咨询科医生。其确诊率超过任何现代化透视仪器，达100%！"围观者甚多。

在写有"优生咨询科"的门牌前，许多孕妇挺着大肚皮排成了长队。她们都显得很急迫。

在门内，王阿狗坐在桌前，一边看病卡，一边打量孕妇的肚子。然后自信地说："是女孩!”

一孕妇扫兴地将一张大团结掷于阿狗面前,说:“我觉得这回反应与上回不同,上回爱吃酸的,这回爱吃咸的。以为怀了个男孩、结果还是……唉!”

“下一个。”阿狗不以为然地喊道。

于是,在“是女孩”、“是女孩”的画外音里,一个个孕妇愁眉苦脸地在收费处扔下了一张张大团结快速走过。而隔壁“人工流产手术室”门口。这批孕妇又排成了长队(以上采用快动作处理)。

一孕妇疑心地对排在她前面的人说:“哪有这么巧,我们怀的全是女婴?”

前面那一位煞有介事地解释道:“没听说吗?今年是寡妇年,所以怀的都是女婴!即使生下来,将来也成寡妇!”

后面那一位也肯定的说:“至于王阿狗医生,那是名不虚传,绝对不会看错!”她还用神秘的口吻,小声说,“听人说,他是神仙下凡呢……”

旁边的妇女及家属都纷纷表示赞同。

“优生咨询科”内,阿狗还在看大肚皮。他漫不经心地说:“是女孩。”

那孕妇高兴地拍起手来:“太好了!我正盼一个女孩儿呢!这样,一男一女,太称我心了!”

阿狗吃了一惊,忙问:“你不怕罚款吗?!”

“你真傻!姑娘将来出嫁时,有谁不赚它几万块聘金呢?”

“哦!”阿狗明白了。只见他眼睛一转,用钢笔敲了敲桌板:“嗯,因为这儿是优生咨询门诊,所以呢,胎儿有些情况,还须讲明。”

孕妇紧张起来:“胎儿体质怎么样?快说啊医生,我经受得住!”

阿狗故意说得慢条斯理:“脑子嘛,比一般胎儿小了许多。生下来嘛,多半是低能儿!”

那孕妇吓得哭了起来:“啊?!是傻子!那我可要苦一辈子了!都怪那死鬼,跟我睡觉前,老是要喝好几杯白酒……”

“我建议你呢,还是去流掉!不过,世上也有那种父母,喜欢养个傻子当作终生玩具的!”

“呸!”孕妇发狠地说,“除非自己也是傻子才会喜欢这种活玩具!”她哭哭啼啼地往隔壁走去。

“下一个!”阿狗掩嘴硬性克制住自己的笑声。

乡长站在后窗外,也屏住笑,赞许地点点头。然后,放心地离开了。

农户、机关、工厂、商店等各处的广播喇叭里,播送着一条新闻:"县广播电台记者李普报道:莲花乡乡长带领乡政府一班人,上月起狠抓计划生育、优生优育工作,终于取得辉煌成果。有108名怀第二胎的妇女自觉地做了人工流产或绝育手术。目前,这个乡的先进事迹,已经引起上级主管部门的高度重视……"

乡长家的喇叭里,也报着这条新闻,被乡长的爹关掉。乡长的妻、哥嫂、侄女等正围着一张大圆桌吃饭。

乡长爹重新入座:"儿子媳妇同志们,不管喇叭里怎么说,我心里憋着的一件事今天非说不可了!"他用筷子指了指乡长的大哥,"老大呢,给我生了四个孙女。"又指了指乡长的二哥,"老二结婚七八年,又一屁不放!"他顾不上二媳妇白了他一眼,对乡长说,"你呢,去年也养的是女儿!唉,这样子,咱们王家的香火就要断在你们身上啦!"

乡长埋怨道:"爹,养女儿也一样嘛!"

"一样?你女儿将来生的孩子也姓王?"乡长爹反驳道,"你在外面是乡长,在家里,你是我儿子,得服从我这个家长!我有两万块存款。我不想搞平均主义,谁给我生下孙子,我就奖给谁!"

乡长厌烦地说:"我们是干部家庭,得注意影响!"

乡长太太抢白道:"放屁!正因为是干部,爹的话才对呢!没听说吗?——'有权不用,过期作废'!咱们就是再生个儿子,谁又敢说三道四!?"

大媳妇、二媳妇嫉妒得瞪了她一眼,开始嘀咕:"哼,天下的事情都是命中注定的!""别想得美!"

"优生咨询科"门外,仍坐着一支孕妇排成的队伍。胡部长带着夫人也来看门诊。他们径直走进了门。好几个妇女都站起身,欠了欠身子,对他们恭维地笑了笑:"胡部长来了!"胡部长夫妇俩都以"有重要事情要调查几分钟"为由,将她们全都赶了出门。

等孕妇们走完,胡部长恳切地说:"老王啊,你或许不知道,我家的亲戚都在唐山。那年大地震,全死光了。所以,我想请你看看,我老婆怀的到底是男孩还是女孩。我们这族人的香火,不能断在我手里!否则,我将来无脸见列祖列宗!"

阿狗倒吸了一口气,朝他的女人肚皮上看了好一阵。他的耳畔响起了乡长的叮嘱:"第二条,不开后门。不论干部家属还是亲戚朋友,一律不卖面子。"于是,他清了清嗓子,一本正经地对武装部长说:“你爱人怀的是个女孩。”

部长夫人迸出了眼泪:“这不可能! 我找过好多医生、郎中,都说我这次怀的是男孩!”

胡部长恳求道:“阿狗大伯,请你务必讲实话!”

阿狗肯定地说:“是女孩。信不信全由你!”

胡部长真诚、感动、沮丧……百感交集地握住阿狗的手说:“我相信,你说的是真话! 谢谢,谢谢! 我呢,决定把孩子流掉,也省得为这事被停职检查!”见自己爱人还不死心,便用力将她拉走,“算了,阿狗还会看错? 这次不成,来日方长! 走——”

待他们一走,阿狗摇摇头自语道:“以前,我对他讲真话,他不信,现在我说假话,他倒深信不疑。天哪! 这是怎么回事?!”

王阿狗家庭院。桌上放着一大盘骨头,还有其他几道菜。王阿狗下班回来,其妻马上招呼他坐下吃饭。

“这个不急,”阿狗从怀里掏出一叠钱来,“我先把工资交给你。”

阿狗妻眉开眼笑地接过钱一点:“乖乖,有五百块!”

阿狗笑眯眯地啃着骨头说:“嗯,真香! 以前我真笨,明明骨头这么好吃,偏偏就看不上眼!”

“想喝几口酒吗?”阿狗妻讨好地递上毛巾,关切地问。

“以前,我想喝,你不让我喝。眼下,为了控制住自己,我不想喝,你倒反劝我喝……”

阿狗妻忙打断他的话:“对、对,是我昏了头! 是的,不能喝酒,不能喝酒!”她凑近阿狗的耳朵问:“看你学乖了,有件事我想问一下,给你看肚皮的那些女人,怀的都是女娃?”

阿狗沉吟一下,然后认真地说:“一点没错,都是女的,我可以对天发誓!”

阿狗妻捂住他的嘴:“不用发誓,我相信你。这么看来,春节那阵子,外面传说今年是寡妇年,一点没错!”

阿狗吃了口菜:“老太婆,过几天,乡长叫我跟他一起到县里参加计划生育会议。你瞧,你男人现在思想也进步了!”

阿狗妻惊喜地说:“是吗?! 那太好了! 去几天?”

“大概两天吧。接下来,乡长还要到外地去传经送宝两个月呢!”

县里大会场。乡长拿着奖杯向鼓掌的人们挥动致意。

一辆贴有“计划生育先进人物考察团”横幅的大客车在某风景区停下，受到当地官员的欢迎。乡长捧着花束，红光满面。

王阿狗呢，在家里喜气洋洋地将一张奖状——“计划生育标兵”——贴在墙上。妻子也乐呵呵地在一旁勤快地侍候。

乡长太太走进屋来，神色诡秘地将阿狗叫到一边。阿狗妻知趣地走开。

阿狗问：“乡长回来了？”

乡长太太答道：“还没呢。他拍来电报，说还要走南闯北两个月。不去管他。有件事想烦劳您。”

“哟、哟，不敢当，有事您尽管说。”阿狗受宠若惊。

“我呢，又……又……有喜了。”乡长太太支支吾吾，脸涨得绯红，“如果到你的门诊去看，怕影响不好……所以，就在这儿，你帮我看看，是男……还是女。”

阿狗吃了一惊，感到好为难。他犹豫了好一阵：“这个……唔……”

“您大胆地说，任何结果，我都能接受，能挺得住！”

阿狗眨巴着眼睛，朝乡长太太的肚子瞅了瞅。乡长的话画外音又在他头上轰鸣：“第二条，不开后门！”（回声效果）他愣在那儿。

乡长太太惊问：“怎么，你的眼睛失灵了？”

阿狗吞吞吐吐地回答：“像男的……又像是女的……”

“阴阳人?!”乡长太太如五雷击顶。

阿狗胡乱地点点头，踉踉跄跄地去搬凳子给乡长太太坐。

可怜乡长太太泪水哗哗流下来，绝望地捂住脸，一溜烟奔跑回去。此时，室外正雷雨交加。阿狗拿了把油布伞追出去想借给她，可惜已不见踪影。阿狗垂着头，默默地淋在雨中。

第二天，在“人工流产手术室”门外的长凳上，乡长太太神色呆滞地坐着。她被叫到号，跟着护士进了门。

一辆小车越过阡陌，经过王村边上的小河，开进乡政府的大门。乡里的几个主要干部纷纷奔出办公室，鼓掌迎接凯旋而归的乡长。

乡长神采奕奕地与大家握手：“同志们辛苦了！”

"乡长辛苦!"大伙乐呵呵地齐声答道。

在与卫生院长握手时,乡长问道:"我不在的这段时间,计划生育工作没放松吧?"

院长自豪地回答:"哪里会呢。由于您的英明决策,一切都很正常。包括尊夫人,也以身作则,到本院作了人流手术。"

乡长一惊,忙把他拉到一边轻声急问:"流下来的是女的?"

院长凑上去小声回答:"不,是男的。"

乡长陡然变了脸色,差点晕倒。旁边的几个干部赶紧抱住他。乡长稍稍清醒,直起身子,也顾不得谢谢四周的人,果断地对司机说:"快送我回家!"

汽车开走,留下的人们丈二和尚摸不着头脑。

乡长家里客厅。老太爷将一把茶壶砸碎在地,铁青着脸,咬牙切齿地吼道:"王阿狗这个老杂种,断了我家的香火! 他不得好死!"吓得几个孙女赶快逃走。

乡长太太披头散发,哭嚷道:"两万块钱流掉了! 两万块钱流掉了!"奔出门外,乡长紧追劝阻。

乡长的两个哥哥扶老太爷回房,被其拒绝。老太爷咳嗽不止,他们只得为其捶背,拿痰盂。他们的两个老婆,嗑着瓜子,喜滋滋地看着这一切。

王阿狗家庭院。王阿狗拿了个大酒瓶直往嘴里灌,被奔过来的妻子一把夺过酒瓶。阿狗只好啃一块大骨头。其妻摇晃他的肩,问他怎么回事,他就是不吭声。

这时,乡长太太冲进来,一把抓住阿狗的衣服,用头往阿狗腰里撞。被乡长拉开。乡长太太见阿狗妻在她身边,撩起一记耳光。打得阿狗妻捂住脸,退了几步,不敢还手。

乡亲们围了上来,怯生生地看着热闹。

乡长抱着哭哭啼啼的老婆,把她拖出人群。

阿狗抓起酒瓶,又猛喝了一口,撕开胸襟,袒露胸膛。他愤慨地说:"我王阿狗所做的一切都是在执行乡长的命令! 是的,乡长太太肚子里怀的是男孩,许许多多孕妇怀的也是男孩,可是……"

村民们惊讶地在听着这个"天方夜谭",不时地交头接耳。有的立刻奔跑离开,将消息传开。

全乡的人都在议论纷纷。农宅、商店、学校、工厂等等,都有一些人围在一起谈论此事。

一些头上裹着防风布片的产妇，在自己丈夫、兄弟姐妹的陪伴下，义愤填膺地往王村赶路。她们纷纷在说：“我流掉的肯定是儿子！”“把王阿狗吊起来打！”“挖掉他的狗眼！”“扒了他家的房顶！”

王阿狗家的庭院。回乡里来的妇女及其亲属将王阿狗家团团围住。许多人还拿着锄头、扁担等农具。群情激昂，一片喧闹。

胡部长带来的几个荷枪实弹的民兵布岗在庭院的各个角落，不许农民们冲进来。胡部长爬上桌子，手提电声话筒，声嘶力竭地说：“乡亲们，我们乡政府对王阿狗的问题迅速作了调查。现在，我把结果公布一下：第一，乡长太太流掉的是女婴，这是从太平间里拍下的照片。”他把两张光屁股女婴照递给就近的民兵，他们立即拿给村民们看。他继续说，“第二，我们对王阿狗同志的血液作了化验。结果是：严重的酒精中毒。也就是说，这几天，他由于喝酒过量，基本上处于神志不清状态。所以，说话颠三倒四，漏洞百出。现在，王阿狗同志，已要求收回在这两天说的全部错话，”他从口袋里掏出一个微型放音机，“听，这是他的录音——”

录音机里播送王阿狗的一段话：“你们不应该相信一个醉汉说的话！你们不应该相信一个醉汉说的话！”（回声效果）

一对妇女在交换看法：“真相大白，咱们也别闹了，今年本来就是寡妇年嘛，还能生得下儿子！”“就是啊，照片上不也明明白白是个女娃！”

村民们渐渐地散去了。

乡政府接待室。各方来宾纷纷拿出介绍信，紧张地围住乡长。

一妇女干部说：“我是县禽蛋公司组织科的。我们想把王阿狗同志借去。因为我们那儿老是混进大量臭蛋、坏蛋，需要像他这种人去质量把关……”

一瘦子干部不屑一顾地打断说：“你们不老在涨价嘛，这点损失还怕消化不了？”

妇女干部反问：“那你有什么更重要的事情来找王阿狗？”

瘦子不理她：“我是地委直属家电公司的。近年来，买进的家电产品往往是闷包，使我们损失了几百万元。为了保护广大消费者的利益，我们准备请王阿狗同志去担任采购员……”

一胖子一把将瘦子拉开：“哟、哟，鸡毛蒜皮的事，一边去！本人是省文物开发局的。由于本省地下埋藏着大量珍贵文物，而我们又买不起先进的仪器去发掘，这等于使本省上百亿资金冻结在那里,无法利用!所以我们要求商调王阿狗……”

另外几个人也挤着、嚷着:“我是省反走私研究所的!”“我是海关的!”“我是……”

乡长站起来猛一挥手:“都别叫了!想必你们都清楚,培养、发掘一个人才,需要付出多大的代价……”他声音颤抖、神情黯然。

还没等乡长说完,那帮来宾纷纷像拍卖行里的主顾那样报起价来:“我出五百块!”“我出两千!”“我出一万!”“我出十万!”……

王阿狗突然闯了进来,他神情呆滞地说:“你们,都别叫了。”他从口袋里掏出小酒瓶,喝了两口,“我哪儿也不想去,我只想做一个太太平平的人!这对狗眼睛我挖下来,谁要谁拿去!”说毕,从口袋里掏出一把小刀,往自己眼睛刺去。乡长和众人慌忙上前去夺刀。定格。

1988 年 8 月一稿

1989 年 6 月二稿

故事梗概

城隍庙恩仇记

[原创电影(电视连续剧)故事梗概]

1. 楔子

这是盛华市孙悟空大型主题公园的建筑工地。这里将建造一个高达 30 多米的雕像——孙悟空。彩旗飘扬,几十个巨大的红色氢气球高悬空中。大型的仪仗乐队演奏着雄壮的乐曲。十几个高管剪彩之后,几十台庞大的挖土机、打桩机开始工作。但是,还没等领导离场,工地上的工人们都惊叫起来。原来,埋在地下的许多石兽、石翁仲被挖掘了出来！人们惊讶、愕然。一个高官模样的人紧张地下令:"停止开挖！快把市文管会的专家请来！现场立即实行军管!"

警灯闪烁、警车呼啸而至。穿过大批武警组成的警戒线,人们看到一批考古专家下到泥坑里,围着石翁仲等文物在探讨。这些专家经磋商后认定:"这是明朝霍长亭大将军的墓地,俗称'石人码头'!"

2. 祸起祝寿礼

霍长亭,乃明朝某年浙江都指挥使,大致相当于现在的省军区司令。此人精干超群,深得老皇帝的赏识。但他为富不仁、性格暴戾。他的胞弟霍金亭就是受不了他的贪婪和忤逆——疯狂敛财,又恶待父母、弟兄,也包括部下。所以,当霍长亭飞黄腾达之时,霍金亭为避恶魔和可能会有的各种麻烦,就携父母一起出逃,远离故乡,隐居在盛华府近海的芦花港。正当霍长亭仕途处于上升期时,适逢老皇帝因病驾崩。老皇帝膝下无子,所以其弟顺理成章地继位。这个皇帝与其兄因非同母所生,故关系长期冷漠,这使得霍长亭非常担忧自己的政治前途。为了搞定刚刚登基的皇上朱震宇，又想谋取中央的兵部尚书一职，霍长亭受高人指点，急忙置下丰厚的生日礼物，准备秘密运往京城，以祝寿的名义，去孝敬皇帝。经他提携的副职——都指挥使同知巩思海，表面上对霍长亭唯唯诺诺、感恩不尽，其实私底下却很想取而代之，甚至暗地里还跟霍长亭的相好——名妓蒲倩英有一腿，而霍长亭却一切蒙在鼓里。巩思海用贵重的首饰买通蒲倩英，从她那里得知了霍长亭将往京城运送生日礼物之事。于是，巩思海便心生毒计，竟悄悄将这一绝密情报，通过特殊管道，火速通知了当时出没于盛华府的强盗头子——吴大麻子，以坐收渔翁之利。

3. 海滩血夜

盛华府远郊靠近海滩的芦花港。霍金亭夫妇隐居于此。为规避风险，霍金亭早已改名为郝金挺。时值初冬的一个黄昏，郝金挺夫妇在家舂糯米粉，准备过年。这时，突然闯进来杀气腾腾的八个壮汉。他们的衣服上，似有斑斑血迹。但因天色已晚，也看不清楚。为首者，正是吴大麻子。吴大麻子要求郝金挺拿出家藏，烧一桌酒菜招待他们八人。郝金挺爽快地答应了下来。连忙与老婆杀鸡宰鸭，淘米打蛋，很快做好了一桌丰盛的晚餐，并端出一坛自己酿制的上好黄酒，供他们畅饮。这八个壮汉如恶狼扑羊，吃得津津有味。酒足饭饱之后，他们便要告辞。吴大麻子告诉郝金挺，身无分文，只能用停泊在半里之外，芦苇荡里的两船白萝卜相赠。并再三关照，不要向任何人谈及今日之事。郝金挺一一允诺。待八个壮汉离去，郝金挺的老婆邵氏大光其火，破口大骂，却被郝金挺拦住。

月黑风高，郝金挺夫妇打着灯笼赶到海边的芦苇荡，果然发现有两条装满萝卜的木船。让他们大吃一惊的是，船体四周，竟然全是血水，好多具船民模样的尸体浮动在水草中。他们将靠近的那条船上的装满萝卜的箩筐一筐筐往岸上搬。干累了，便跨到另一条船上去看看，不料，竟发现，这条船上的萝卜特别重，掰开一看，他们惊呆了，里面竟然藏着好几个金元宝！翻开舱盖，里面的萝卜还要厉害，个个都藏有精美的玉器和珠宝！

郝金挺立即命令其妻通知村里的父母及几家儿孙，收拾好金银细软，抛弃全部家当，连夜随船急赴盛华府城内，经几天日夜兼程的航行，终于赶到最热闹的城隍庙附近，靠岸后，卸下货，在妻子的亲戚家里潜居了下来，并将那些宝贝藏在那里的地下密室里。

4. 京城疑云

紫禁城。皇帝在妃嫔的陪伴下，正在作仕女裸画取乐。内侍鲁公公面容紧张地禀报：

送来皇城的生日礼物，已被江湖大盗或倭寇劫走！护送生日礼物的船工八人均被杀死，弃尸河中！皇帝震怒，下诏，命浙江都指挥使霍长亭于二月之内，一定得将强盗捉拿归案，并将物品追讨回来。几天后，京城的消息已经传来，霍长亭如遭五雷轰顶。在他惊慌失措之时，便有谋士出主意，收买东厂特务为其效力。再说皇帝边上，也有内侍冷言相讥曰："霍长亭的生日厚礼中途遭劫，说不定是个托词而已，自娱自乐！"皇帝听后，对霍长亭更加反感，他们之间的裂痕也进一步加深，这就为日后霍长亭的命运埋下了祸根。

5. 千里追杀

为了尽快摆脱困境，霍长亭气急败坏地作了紧急部署，一方面在盛华府及其周边地区布置了层层关卡，检查所有来往客商和路人；一方面派遣了大批捕快，在东厂特务的带领下，挨家挨户地进行搜查。他们随便抓人、并残酷地进行刑讯逼供，结果弄得人心惶惶、民怨沸腾。郝金挺藏身的城隍庙一带，也不能幸免，只是因为捕快们正好遇上：郝金挺的父亲因病去世，郝家所有人在披麻戴孝，烧着纸钱，捕快们觉得不吉利，才不去深究和追查。这让郝金挺吓出一身冷汗。而吴大麻子那帮人恰恰以厨子的身份，平平安安地躲在金陵东厂的大厨房里做着各种豆制品和可口的饭菜。霍长亭抓了成千上万的嫌犯，施以严刑拷打，有些人实在扛不住，只好"招供"，结果，被杀被关无数。一些有刑事在身的人，只好选择逃亡或自杀。这样，全国上下，"庆父不死，鲁难未已"的舆论甚嚣尘上。皇宫里，也不断收到各地官员递呈的讨伐霍长亭的奏章和檄文。

6. 崛起城隍

随着国内局势逐步趋向稳定，霍长亭开始在皇帝那里失宠。霍长亭由于杀人过多，生怕被人报复，所以，越来越深居简出，整天长吁短叹。这时，郝金挺却在城隍庙从买下一个柜台卖梨膏糖开始，逐步做大做强，吃下了好多旺铺。后来，又神不知鬼不觉地买下了一处又一处的房产。几年之后，由于郝金挺为人谦恭、低调，又天资聪慧，极善交友和经营，郝氏家族已经拥有了盛华府最富裕的城隍庙地区将近一半的财产，人称"郝半城"。郝金挺开始乐善好施，朴实处世，他的子女开始向海外拓展生意，因为他们对国内的政治环境存有疑虑。

7. 八汉被擒

有一天,郝金挺拎了一个鸟笼去城隍庙湖心亭茶楼喝茶,品茗时听新来的茶客说:菜市口刚刚张贴了告示,说霍长亭将军的部下已将当年打劫生日贺礼的八个强盗捉拿归案,并于后日在菜市口斩首示众。像是心灵感应,郝金挺颇感不安,便付了银子,匆匆向菜市口走去。来到那里,抬头一看,果然有杀人的告示,下面画着八个强盗的头像。为首者,脸上布满麻子。郝金挺大惊失色,认定此人就是当年送我两船萝卜的那帮强盗的头子。说起来也是我们郝家的恩人!于是,郝金挺在百感交集和恍恍惚惚中回到家。立即备下车,来到了近郊重兵把守、关押死囚的监狱门口。在向衙役贿赂了可观的银子后,郝金挺紧急求见监狱长官。正巧其人乃郝金挺的老乡,也知道郝金挺现在的身价。郝金挺要求在八大强盗被处决之前,请允许他明日设宴款待这批死囚。监狱长官在收下了郝金挺的重金之后,也不去探究各种奥秘,允诺同意。不过要求他此事不宜声张。于是,郝金挺又驾车前去城隍庙中最好的鸿长鑫酒楼,重金聘请了平时与他最要好的厨子领班,请他明日务必带上各种食材。郝金挺告诉他,自己会驾车带着领班悄悄赶去监狱设宴。

第二天中午,在监狱长官的密室,郝金挺设下了一桌丰盛的菜肴,衙役把八个死囚带到这里。吴大麻子等人见了酒菜又惊又喜,问在场的郝金挺:"吾等已是临刑之人,缘何无功享宴?"郝金挺当场下跪,泪如雨下实告:"吾乃当年芦花港为尔等做菜之人,无缘无故受尔等恩惠,将到手的无价财宝转赠与我,使我成了当下城隍庙最富之人。昨日见了尔等受刑的布告,心痛不已。故买通了衙役,备下薄酒,以表感激于万一也!"吴大麻子等人面面相觑,皆唏嘘不已,扶起郝金挺,感激涕零。吴大麻子长叹曰:"天赐尔富,吾等又有何法?"一喽啰发问:"你不怕我们揭发此事,进而连坐?"郝金挺笑曰:"我已年过花甲,死不足惜!儿辈早已分赴海外经商,已无大碍矣!设此宴,只是为了报恩也!知恩不报,岂为人乎?!"吴大麻子喟然叹曰:"如先生这样的重情重义者,现在世上,恐怕已不多见矣!罢了!我有一贴身背心,赠汝,以表对尔人品的敬重,万勿推辞!回家后方可细看。"郝金挺立即将其背心藏于胸内,连忙命厨子端上美味佳肴。众强盗转而喜笑颜开,举杯畅饮,尽情品尝,连呼:"此等佳肴,吾辈平生第一次吃到也!"

郝金挺回到家里,用利刃割开吴大麻子的背心,大惊!原来里面全是猫眼、夜明珠、祖母绿、古代皇家印章等宝贝……又是价值连城!郝金挺立刻把这些宝物藏于密室,准备日后投入房地产和发展其他商业。

8. 皇城惊变

朝廷。霍长亭躬身向皇帝报告八大强盗被处决详情，不料刑部尚书欧阳箔弹劾曰："此乃杀人灭口也！当年的生日贺礼是否追回？这些东西的来历请交代清楚！"霍长亭语塞。吏部尚书潘成杰讥曰："恐怕是盛华府的半数国税私吞而成！"皇帝震怒，对霍长亭下了死诏。

9. 两地处决

午门口。举行了隆重的对霍长亭的处决仪式。一辆装饰豪华的兵车缓缓驾来，从车上押下戴着镣铐的霍长亭。霍长亭官帽已摘，仍穿着二品铠甲。虽神情沮丧，但威严依旧。官兵伫立，角号悲鸣，刽子手和霍长亭同饮烈酒。一声"对不住"的话别，举刀而起。

菜市口。草民围观，众多衙役押着八辆破旧的囚车，飞速来到。囚车的笼子里关着戴着沉重枷锁、赤裸半身的八个强盗。鸡蛋、番茄和菜皮不断地向囚车砸去。八个威风凛凛的刽子手拿起水酒，喂了八个强盗之后，大吼一声"娘的"，便举刀劈下。

10. 黑夜收尸

月明星稀。午门口。霍长亭的管家用一辆豪华的灵车载着金丝楠木棺材，把尸体入殓，在一帮官兵的护送下，悄然离去。但是霍长亭的脑袋还悬挂于午门口城头之上的木笼里示众。霍家的人星夜兼程，将尸体运往盛华府的郊外。

乌云遮月。菜市口。野狗狂吠。郝金挺雇了八辆马车，指挥家人为八个强盗收尸。然后匆匆运往郊外。

11. 石人码头和八大坟头

盛华府郊外的老鸦树下，一边是几百个民工、石匠，在打造一段两百多米豪华墓道，两边是苍松翠柏，一溜排开。墓道两旁各竖立着八尊石翁仲，八尊石神兽。占地近亩的花岗岩的墓台，和汉白玉石雕栏，高十丈的墓碑……无不尽显诸侯的尊严！当地人给它起名，“石人码头”。

另一边也是几十个衣衫褴褛的民工，正在打造的八大坟头整齐两两排列。现场垒起一块高约一米的墓台，铺满青砖，没有墓碑。墓台之大能容四桌酒席。这是为日后的祭扫准备好条件。当地人也给它起名叫“八大坟头”。

每逢清明时节，石人码头开始还有少量亲属前来祭扫。几代之后，便被人遗忘，变得杂草丛生，牛羊出没。石翁仲及石神兽，被盗的盗，倒的倒，惨不忍睹。

而八大坟头每到冬至、清明，便有郝家的海内外大批人马前来祭拜。他们乘坐多辆马车和轿子，赶到此处，往往要闹腾一天。先是给村民和围观者分发馒头、水果和衣物。继而，架起行灶，煮起酒菜，摆好桌椅，磕头跪拜后便进行野餐。

这墓地的一冷一热，当地人视为奇观，每年到这个时节便有四乡里的村民蜂拥而至。胆大者上去帮忙料理各种祭祀之事。胆小者收受各种小礼物，并席卷残羹剩菜和祭品。

12. 公社毁墓

公社化大炼钢铁之时，便有年轻激进的公社社员，将石人码头的墓地砸开，将衣冠冢内霍长亭金属浇铸的戴头盔的头颅和各种墓地中的钢铁拿去炼钢。而大炼钢铁的高炉，恰恰设置在八大坟头之上。那里打造了八个土质的炼钢炉。一位身着中山装、教师模样的长者痛心疾首地叹曰：“这是在毁坏文物啊！”而八大坟头上的祭扫从未中断。一直到了“文革”，那八大坟头终于被铲平。这使得周边的农夫再也看不到此处的祭扫奇观。

13. 掩卷长叹

阿联酋的迪拜市。高耸入云的迪拜塔。游人如织。在较高的某个层面的大门口，醒目地写着中文大字“郝氏国际石油总部”。一群中国旅游者在参观该楼面的业主——华裔石油大王郝长城的办公室时，意外地发现了一张发黄的大照片，一群清朝服饰打扮的男女站立在八大坟头前合影。石油大亨郝长城先生向来访者介绍：“这就是我们郝家第八世先祖在旅居北美前，告别故乡恩人墓地时的留影”。上面明白无误地印着：“饮水思源——第八世郝氏家族合影于八大坟头之前”。

14. 尾声

这是盛华市的孙悟空大型主题公园的建筑工地。准备开工的建筑工地。几十个巨大的红色氢气球高悬空中。大型的仪仗乐队演奏着雄壮的乐曲。一高官喜气洋洋地宣布："根据本市文管会的专家的考证和建议，我们四套班子决定，这儿不再建造盛华市孙悟空大型主题公园的建筑工地。将建设'明代石人码头博物馆'！相信这一工程将给本市的旅游业带来上亿元的收益，还会有良好的社会效益！"几千与会者鼓掌、欢呼。随后，十几个高管剪彩。爆竹升空，鼓乐高奏，几十台庞大的挖土机、打桩机开始工作。几十辆载重汽车浩浩荡荡地开来，卸下原来少数几尊埋在此处地下、和多尊重新仿制的石翁仲、石兽！人们惊讶、愕然，更多的是载歌载舞。然后穿着西装的白发老人叹曰："唉，没有了八大坟头总觉得少了点什么……"

2010 年 4 月

把生的希望留给他人

——记在“7·30事故”中救人牺牲的英雄沈意平

夏天的早晨，一缕金色的阳光投射在日历上，今天是7月30日。

退休警官周永良家中一片欢声笑语。周家的三个女儿，大女婿、三女婿以及他们的子女纷纷提着蛋糕、水果进门。

周永良抱起二女儿周燕雯的宝贝儿子沈志宏，笑着问：“宏宏，你爸爸怎么没来啊？”

周燕雯忙笑着催促儿子：“快回外公的话，爸爸上哪儿去了？”

“爸爸在煤气工地上加班。他说会来参加莉莉的生日的。”宏宏一字一句认真地回答。

周永良笑了：“我的两个女婿都到了，就缺你爸爸。”

“不要紧，不要紧，”大女婿自告奋勇，“今天杀鸡杀鸭的事，由我承包了！”

三女婿也不甘落后：“烹调的事由我负责，我做的菜，属于黄河路乍浦路水平。”

大女儿笑道：“你们两个就喜欢吹，要说最能办事的，就数沈意平了！爸爸，你说对不对啊？”

宏宏抢在外祖父前表态：“对对，完全正确！”

众人都大笑。

（以下是，在欢快的乐曲声中，大家努力干着家务的几组快动作镜头。中间穿插电子钟从8点到11点的指针运动过程。）

一桌丰盛的菜肴。小女孩莉莉正在往一个生日蛋糕上插小蜡烛。众人围坐在圆桌旁，谈笑风生。周燕雯站在窗前不停地在向外眺望。

周永良看了看手表：“已经十一点半了，意平他……”

周燕雯嗔怪道：“他这个人就是这样，一工作起来就忘了一切。我看别管他了，我们吃吧，小孩子们都饿坏了！”说完，她不快地坐了下来。

燕雯的姐姐：“这怎么可以？全家福，全家福，要等全家的人都到齐了，大家一齐动筷，这才叫幸福！”

其他几个大人点头表示同意。大女婿说：“一定要把我们的共产党员等到才开饭！”

几个小朋友却同声抗议：“啊，不行，不行！我们饿！”

周永良心疼地说：“好好，小外孙们身体要紧，你们开始吃吧！”

燕雯的姐姐：“那也好，因为今天是莉莉的生日，大家先吃蛋糕吧！”

大女婿总是带头响应，他一面打着节拍，一面唱起《祝你生日快乐》。大家立即响应。

周燕雯又一次走到窗前，向外眺望。一脸的焦虑。

突然，有人在敲门。

大女婿笑着嚷道：“肯定是沈意平！我去开门。”他快步过去开门。

门打开了，来者不是沈意平，而是沈意平单位的领导及其他干部。他们的脸色是那样的凝重、那样的沮丧。

周燕雯顿时感到了不祥之兆已经降临，连忙迎了上去：“出了什么事？沈意平他怎么了?!”

除了小孩，饭桌旁所有大人都全神贯注地盯着这些不速之客。

一位两鬓染霜的中年男子沉重地说：“我是煤气公司第一管线工程公司经理，今天上午，我们在中山南路董家渡路煤气管工地施工时，发生了重大事故……”

周燕雯及其家属大惊失色：“沈意平伤着了没有？”

“沈意平他……”公司经理终于憋不住，眼泪夺眶而出，“他为抢救他人，英勇地……牺牲了……”

“啊?!”周燕雯几乎晕倒，泪如泉涌：“这不可能！这不可能！”两个姐妹哭着忙来搀扶。

周永良老泪纵横：“天哪！这是怎么一回事啊?!”孩子们这才停止用餐，惊愕地看着大人们。

公司经理哽咽着继续缓缓地诉说：“事情经过是这样的，今天清晨四点多钟……”

(回忆)煤气管工地。晨曦微露。劳累了一宿的施工人员从挖好的深坑里爬上来休息。他们一边大口大口地喝着茶水，一边开着各种玩笑。

副队长陶国荣说：“接下来，我们要安装大三通管，大家千万要小心啊！”

工人甲：“陶队长，一晚上干下来，我的眼皮已经睁不开了。”

工人乙：“最好请个歌星来唱一下，让大家提提神！”

工人丙：“最好来个时装表演队，让大家开开眼。”

工人甲：“唉，不要远来和尚好念经，我们身边有一个本市的健美冠军，我们为什么不请他来给我们表演?”

工人乙:“你说的是沈意平,对了我们把他叫下来。”

于是,大伙就冲着十米外的大吊车喊:“沈意平!快下来!”

英俊、潇洒的沈意平从吊车司机室里探出半个身子:“什么事?”

工人甲:“大伙儿叫你来段健美表演——”

沈意平风趣地伸出右臂,稍稍用力,一组漂亮的肌肉群立刻凸显,他笑呵呵地说:“今天没涂橄榄油,就表演这一下,以后再弥补。”

陶队长想起什么,忙说:“咱们快干活吧,待会儿,沈意平还要去老丈人家参加他外甥女的生日宴会。”

工人甲:“好咧!干活啰——”

陶队长关照:“打洞,安放阻气袋千万要小心啊!”

工人们在300毫米煤气管上打了两个洞,迅速塞入橡皮阻气袋,输入压缩空气。阻气袋快速膨胀,阻塞了管道两头,使煤气不能漏出。工人们立即切开管子,把一个“大三通”镶接上去。

沈意平把一根150毫米粗的管子吊到作业区上空,准备接到“大三通”上去。工程已进入最后阶段。

恰恰在这个时候,只听得“啪”的一声,塞在300毫米管道里的橡皮阻气袋自然破裂,一下子成了一个泄了气的皮球,被煤气的压力吹出管道,随即一股浓烈的煤气毫无阻拦地冲出管道,开始向四周弥漫。在深坑里的陶队长急了:“四周都是居民,快堵!”他立即拣起跑了气的那个阻气袋冲上去堵管道口,但没走几步,就被强烈的煤气熏倒,晕了过去。

就在陶队长倒下的瞬间,在作业坑周围的另外17人没有一个人逃跑,大家拼命将陶队长往外拖。陶队长拖上来了,又有人一头栽进坑内,于是又有人下去救。一时间,工地上出现了悲壮的一幕,虽然他们来自五湖四海,虽然大家都懂得吸入大量煤气的可怕后果,但是,没有人舍弃战友,而是千方百计抢救他人,把生的希望毫不吝惜地让给别人。

沈意平从10米外的吊车驾驶室里看到了作业区发生了事故,立即停下机器,跳下吊车,飞速冲向深坑。此刻,现场所有的人都歪歪倒倒,沈意平看到坑里还有4个人,就一把拉出了一个,又一把拖上来另外一个。当他想拉第三个时,自己也栽进坑里。健壮的沈意平显然还有能力爬出来逃生,但是,他用生命最后剩下的这点能量托起了同事的身体,将别人拼命往上推,往上推……他终于倒下了,永远地倒下了。他那健美的身躯上,沾满了渣土,双手仍保持着推人往上的姿势……

不久，公安、消防和煤气公司大批救援人员赶到了现场。人们把沈意平放上担架，跑步往救护车那儿送。沈意平的脸是那样的安详，与旁边人们焦急、沮丧、哭泣的脸形成强烈的反差。（回忆毕）

周燕雯听毕，如遭雷击，泣不成声。她扭头奔向门外，趴在墙上痛哭。他的妹妹和煤气公司有关领导赶紧过去安慰。

周燕雯用拳敲击着墙壁，呜咽着说道："意平！你讲好要回来吃午饭的！你讲好要带一样礼品给莉莉的！意平！……"

屋内。公司领导赶紧握住周永良老人的手，流着泪说："请老人家放心，我们公司将会竭尽全力安顿好沈意平同志的爱人和儿子的！"

周永良颤动着嘴唇，半晌才说出话来："我的二女婿是我们家的依靠，平时不管是谁的家里出了什么事，他都有求必应。对于邻居朋友，他也同样火热心肠。"

大女儿哽咽道："二妹夫真是个好人，他无论对自己的父母，还是丈人丈母都同样尊敬、孝顺……"

公司经理："作为一名共产党员，他在单位里也处处以身作则，哪里有困难，他就出现在哪里；谁要求他帮忙，他从不推辞，所以人缘极好。我差点忘了，刚才接到电话，市里领导这两天会来看望你们。"

沈意平的儿子哭嚷着挤进大人中间："我要爸爸！我要爸爸！……"众人无不掩面。

夜深人静。周燕雯独坐在写字台前，流着不尽的泪水，翻看着丈夫生前的照片。那一张张珍贵的照片，都蕴藏着一个个美丽动人的故事。尤其是沈意平获得健美冠军的那些照片，更是光彩照人。

宏宏轻手轻脚走过来，伏在母亲怀里，然后抬起头来，圆睁着一对闪亮的大眼，天真地问："爸爸还会回来吗？……"

周燕雯泪眼模糊："妈妈不相信他已经走了！"

这时，周永良来到了女儿身后，他抚着女儿的肩膀说："他永远活在我们中间，因为，他是一个真正的美男子！"

（本文根据1995年8月1日、2日上海报纸有关报道创作）

1995年8月

电视系列短剧

《小小海鲜馆》之心灵似花

人物表：

顾大路——男，30多岁，“小小海鲜馆”业主。简称“顾”

曲冰玉——女，27岁，顾的小姨子。简称“玉”

戴桂花——女，18岁，顾的雇工，来自安徽小城镇。简称“戴”

胖阿姨——女，50多岁，里弄干部。简称“胖”

【某日下午，“小小海鲜馆”店堂内。曲冰玉正在收听电台广播。顾大路从厨房进入店堂。

顾　(看表)冰玉，你到底让桂花做啥去了？

玉　我不是告诉过你三遍了吗，我让她去花店订一束鲜花，我晚上要去看一个病人。

顾　怎么去了这么长时间？

玉　你问我，我问啥人？

顾　你！(关上收音机)

玉　我看你是不是对桂花太关心了一点！

顾　(脱口而出)那是应该的……(突然感到曲玉冰话中有话)你这是什么意思？

玉　瞎子吃馄饨——你自己心中有数！

顾　(似乎明白了曲的话意，忙打岔)唉，你说你今晚上要去探望一个病人，他是谁？是男的，还是女的？

玉　你既要“关心”桂花，又要“关心”我，是不是觉得太累了一点？

【桂花捧着一盆盆花上。

戴　冰玉姐姐，老板。

玉　桂花，我让你去订一束鲜花，你怎么捧这么大一盆花回来？唉，真是想得出的，不会办事情！

戴　冰玉姐姐，你要的鲜花我已经订好了，等一会花店会派人送来的！

玉　那，还要这盆花做啥？

戴　我觉得我们的店堂里，如果能摆上两盆盆花，看上去会更加漂亮些。（见冰玉冷笑，向顾大路）老板，你说对吗？

顾　想得周到！

戴　这是应该的。我既然在店里打工，就要以店为家嘛！

顾　“以店为家”，好，好！

戴　老板，还有一盆花是胖阿姨帮我拿来的。她怎么还没来？我去看看。（下）

顾　“以店为家”，桂花这话说得好！

玉　（讽刺地）是啊，她以店为家，你是这店的老板，从此以后，你们俩就是一家人啦！

顾　（脱口而出）我就是这样想的。

玉　（大惊）什么？你说什么？好，你这只如意算盘打得快的！我原以为你和桂花目前还处于朦朦胧胧，眉来眼去的阶段，想不到你已经有这么明确的想法和态度了！你这样，怎么对得起我的阿姐？

顾　（急于辩白）我——唉……

玉　（脱口而出）怎么对得起我？

顾　你！

玉　（接口）我……我的阿爸呢？（哭）

顾　（大喝一声）好了！你一定是哪一根神经搭错了，到目前为止，我和桂花是小葱拌豆腐——清清白白的！

玉　小葱拌豆腐，你们两个人拌在一起，还有啥清白好讲呀！

【顾大路被缠得只能摇头叹气。桂花的胖阿姨端着一盆花进店堂。

胖　喔唷，顾老板，这盆花重呀，搬得我吃力煞了！

顾　谢谢你，胖阿姨！

胖　谢我做啥？这是桂花的一片心啊！现在，做老板的能寻到这样贴心的姑娘真是不容易！你看她对别人那么真心、关心、有良心！冰玉妹妹，你说是吗？

玉　真心、关心、贴心、一片心！（走近顾大路，轻声但清晰地）再下去你们两个可以心心相印了！

顾　哎唷！胡说些什么啊！（抱头转身进厨房，下）

胖　哎，顾老板怎么啦？

玉　胖阿姨，他听了你的话心里非常“窝心”！

胖　噢——“窝心”就好，“窝心”就好！冰玉妹妹，桂花姑娘，再会。（下）

戴　（送胖阿姨至门口，返身把盆花放在店堂显眼处）冰玉姐姐，这两盆花，你看放在啥地好呢？

玉　（言不由衷地）好，桂花，你还是去关心关心你的老板吧，问问他是不是在发啥毛病？

戴　嗯。（入厨房，下）

【冰玉跟至厨房门边偷觑一眼，又返回独自在店堂内走动，显得烦躁不安。她打开收音机，收音机里传出播音员的声音：“……为了庆贺杨高路开拓工程竣工通车，园林部门在杨高路两旁，放置了两万多盆盆花，把开拓一新的杨高路打扮得更加美丽漂亮。可是通车仪式刚结束，过路人纷纷将盆花私自搬走。到目前为止，两万多盆盆花已所剩无几。……我们希望做了错事的朋友们将盆花归还原处。归还盆花就是归还你们的良心……”冰玉关上收音机，仔细地察看花盆。

玉　花盆上有字。（读）“浦东园林管理处”。这是桂花偷来的？！好个“以店为家”！（喊）桂花，桂花。

【桂花上。

戴　冰玉姐，什么事？

玉　我问你，这盆花是哪来的？

戴　是我从……

玉　（打断桂花的话）告诉你，我不是顾大路，我是曲冰玉，你给我说实话！

戴　冰玉姐，……

玉　（打断桂花的话）你别叫我姐姐，我没有当小偷的妹妹！

戴　小偷？谁是小偷？

玉　当然是你咯，总不见得我是小偷。我们看你可怜，才收留了你。想不到你竟然会去偷两盆花来花花我姐夫！

戴　我没有偷，我是……

玉　（打断桂花的话）把公家的东西私自搬来便是偷！

戴　你？（哭）

【门外传来胖阿姨的叫喊声：“居民同志，请注意了。谁拿了杨高路上的盆花，请马上送回去。送还盆花就是送还你的良心！……”

玉　(走到店门口)胖阿姨!

【胖阿姨进店堂,冰玉上前与其耳语。

胖　喔哟,桂花,你怎么会做这种事情的啊! 这两盆花弄到这里来,是谁和你一起搬来的?

戴　是你相帮我一起搬来的。

胖　要命,我变成了你的同党了,我是受蒙蔽的,受蒙蔽者无罪。

玉　你自己偷东西,还想牵连别人。

胖　小姑娘不懂事,犯点错误是难免的。只要讲讲清楚,知错改错,拿花送回去,就可以了。

玉　哼,没有这么便宜!

【顾大路步入店堂。戴桂花见顾,含着委屈的泪水欲走向顾诉说。

玉　(见戴欲走向顾,忙叫道)刹车!

顾　怎么回事? 你怎么可以这样对待桂花!

玉　她偷了东西,你还护着她?

顾　她偷了东西? 不可能吧!

玉　刚刚东海电台广播,今天杨高路上被人偷走两万盆左右的盆花。你看看,这两盆花的盆上就写着"浦东园林管理处"七个字呢。

顾　哦——真的!

玉　真的假不了,假的真不了!(讪笑着)顾老板,这位桂花姑娘不错! 对你是贴心、关心、一片心呀! 你寻到这样真心的姑娘真是不容易的! 她要"以店为家"。你想跟她做一家人,我可不敢再往里面插一脚!

顾　冰玉,你不要瞎七搭八好不好?

玉　我没有瞎七搭八,你倒是七搭八搭! 搭了一手烂污泥! 好呀,我们这"小小海鲜馆"成了"小小窝赃馆"啦!

顾　桂花,你真的……

玉　(接口)别舍不得把"偷"字说出来。

戴　我没有偷。这两盆花我是从别人手里买来的。

胖　买来的?

玉　一共多少钱?

戴　5块钱。这两盆花是那个在天桥下卖外烟的阿六卖给我的。不信的话,你们可以马上去问他。

顾　哦——

胖　哎，想起来，刚刚我送来的这盆花，就是桂花让我从阿六手里接过来的。

顾　闲话少说！我们先把这两盆花送回杨高路去。

玉　也好。反正送回去的时候要路过天桥的，我倒要问问阿六，到底是不是这么回事!?

胖　对呀，归还盆花就是归还我们的良心！

顾　谁的良心？不是我的。

戴　（怯生生）也不是我的。

玉　更不是我的。

胖　我的意思是——谁私自拿的，我们就帮着归还他的良心！

众　对！

【戴搬盆花，顾上前帮忙，两人搬着出门而去。

胖　哟，还要我一个人搬呀，我怎么吃得消?!

玉　我相帮你搬——（咕）哎呀，不好，他们两个单独在一起了。胖阿姨，我们俩快点追上去！

1994年2月

电视喜剧小品

专业户家中的笑声

人物表：

小兰——23 岁，一位农村姑娘

福根——50 多岁，小兰的父亲，养鸡专业户

张锐——25 岁，某厂技术员，小兰的男朋友

时间：1988 年的大年初一的上午

地点：上海市郊的一户农民家的客厅

【客厅内，放置着彩电、冰箱、洗衣机、收录机、单人沙发、三人沙发等高档品。屋外传来零星的鞭炮声。小兰正用鸡毛掸子掸沙发。福根身穿新的硬衬领衬衫、羊毛衫、一套笔挺的西装，脖颈上还系着一个领结。端着一只大砂锅从厨房出来，将砂锅放入饭窝中。福根笑眯眯地打量小兰。

福根　嗯，化了妆，更加漂亮了。小张看见了肯定更加要爱你了！

小兰　（害羞地）啊呀，爹爹！

【福根弯下腰，拿去小兰裤脚上的线头。

小兰　爹爹，你头颈后面怎么这样红？

福根　（来回摇头）这套衣服，穿着不太舒服。（浑身扭动）

小兰　那你去换一套吧！

福根　这怎么行？你男朋友小张今天是第一次上门，他是城里人，我不能坍你的台，也要讲点“外表美”，否则他要认为我们土里土气的！（边说边摇头）

小兰　爹爹，头颈都快要出血了。还是换一套吧！

【小兰帮福根脱去西装上衣，解开羊毛衫的纽扣，拿下领结。正在这时，有人敲门。

小兰　谁？

张锐　（在门外应道）是我，小兰。

小兰　（对福根）不好，张锐来了。爹爹，你快点把衣服穿起来！

福根　你慢点开门！（边说边急忙穿衣服）

小兰　还有领结！

福根　（忙带上领结）：好了，好了。

【小兰开门；张锐进屋。小兰见张锐手里只有两袋水果。

小兰　（轻声地）你怎么只买两袋水果？

张锐　（委屈地）你不是叫我少买点东西的吗？

小兰　你啊，真憨！（开始作介绍）好了，张锐，他就是我的爹爹，他就是小张。

张锐　（朝福根一鞠躬）爹爹，新年好！祝你身体健康！

福根　祝你发财！喔……祝你进步！

【张锐抬头见福根衣衫不整，领结歪戴，差点笑出声来。福根一边打量张锐，一边又摇起头来；张锐见福根摇头，不安地问小兰。

张锐　你爹爹好像看我不中？

小兰　没有，我爹爹摇头么，是在表示欢迎你呀。爹爹，你讲对吗？

福根　（停止摇头，尴尬地）对，对……

张锐　（咕）摇头是表示欢迎啊？从来没有听说过。

小兰　这……这是我家的祖传礼节。而且，头摇的越结棍，表示越欢迎！爹爹，你讲对嘛？

福根　对、对……（趁机大幅度地来回摇头）

张锐　（学福根的样，摇头）谢谢，谢谢。

小兰　张锐，你坐呀！爹爹，咖啡烧好了吗？

福根　老早烧好了！（走到饭窝旁，拿出砂锅）

小兰　乖乖，烧了这么一大砂锅啊？你放了多少咖啡？

福根　一大瓶咖啡统统倒下去了。

小兰　多浪费啊！

福根　（轻声地）在城里人面前，派头要大点，小张年纪太轻，否则，我就烧点人参汤给他当茶喝。你快拿几只大碗出来！

小兰　我去拿吃咖啡的杯子。

福根　那种杯子太小了。倒咖啡比吃咖啡的时间还要长！（接过小兰递过来的碗。往碗里盛水潽蛋和咖啡，递给张锐）请吃！

张锐　(咕)啊？咖啡烧水潽蛋！

福根　毛脚女婿第一次上门，按我们农村的规矩，是要吃水潽蛋的！但是，考虑到你们城里人欢喜喝咖啡的，我来了个土洋结合，合二为一。

小兰　(轻声地)你这样的烧法，不怕小张笑你？

福根　什么，我已经这样赶时髦了，他还会笑我？小张，你坐一会儿，将就吃一点。我去换套衣服。(下)

张锐　小兰，你爹爹老风趣的！唷，这个彩电倒蛮大的嘛！

小兰　28吋的。

【小兰打开电视机，屏幕上出现黑白画面。

张锐　怎么是黑白的，不是彩色的？

小兰　这是因为我们农村的电质量差，所以彩电放出来是黑白的；你们城里的电质量高，所以放出来就是彩色的。要不，怎么会农村的电费比城里的电费便宜呢。不过，碰到电质量好的时候，它也会有颜色的！

张锐　不对，这是因为电视机没有调节好的缘故。小兰，你电视机的说明书有没有看过？

小兰　看过的……就是看不大懂。

张锐　看不懂么，可以问问人家的呀。

小兰　这多少坍台。被人家讲起来连得电视机的说明书也看不懂，难听吗？

张锐　小兰，其实，只要调节一下这个"饱和度"旋钮就可以了。(说毕，动手调节，果然电视机变成彩色的了)

小兰　(兴奋地)咦——变彩色了！

【福根换了一套中山装，手里拿着一只铝锅上。

小兰　爹爹，让我来淘米。

福根　你还是陪陪小张吧！(福根来到洗衣机旁，打开洗衣机面板，量米)

张锐　小兰，洗衣机里怎么放米啦？

小兰　这儿还没有通自来水，机器用起来不方便。

张锐　那也不能当米缸派用场呀。

福根　小张，这你就不懂了。上次，电视机里介绍讲，家用电器如果不经常使用，很容易坏掉的。

张锐　爹爹，你理解错了。

小兰　(夺过福根手里的铝锅)我去淘米。爹爹，你看，小张把电视机修好了，有颜色了。(下)

福根　倒看不出,你倒蛮有两下子的。你在大学里是学什么专业的?

张锐　电气自动化。

福根　电气自动化?哦,对了,上次我到国营养鸡场去参观,他们就是用电气自动化来控制的,这么说,那个养鸡场的设备是你研究出来的咯?

张锐　不是的。不过,那种设备我懂。

福根　(拍案而起)太好了!你能不能帮我办一个电气自动化控制的养鸡场?

张锐　完全可以。

福根　太好了!在不久的将来,我就不再是一个万元户,而是十万元户,百万元户……对国家的贡献更大了!

张锐　什么?你家现在是万元户?!

福根　啊。怎么?小兰没有与你提起过,我家是养鸡专业户?

张锐　(站起告别)再见了!

福根　咦,你怎么?……小兰,小张要走了!

【小兰上。

小兰　爹爹,你说什么?

张锐　(难过地)小兰,祝你幸福,我……

小兰　你这是……爹爹,你跟他说了些什么?

福根　没有说什么……小张,你不会开玩笑吧?

张锐　真的。(返身欲走)

小兰　这……这到底是为了什么呀?

张锐　不瞒你们说,自从单位里的同事知道我与小兰谈朋友后,是议论纷纷。我再三向他们解释,我寻农村姑娘,是因为我在上大学前,一直是生活在农村的,我习惯农村生活。可他们不信,说我找农村姑娘,是为了贪财。我对他们说,你家不是万元户。可眼下事实却……

小兰　(责怪)连这点风浪都经不起,还算男子汉?

张锐　“人言可畏”啊!我还算坚强的呢。电视剧《阮玲玉》看过吗?她最后都自杀了!

福根　小张,你不要走。我们农村现在别的都不缺,就缺像你这样有学问的人。建设新农村,需要科学文化知识啊!

小兰　我也不让你走!

张锐　你们真的这样需要我?

福根、小兰　哎！

张锐　好，那我留下！

【小兰兴奋地走到张锐面前，伸出双手，欲拉张锐的手。

福根　慢！等我走开了，你们再握手！

小兰　爹爹！

福根　(笑)哈哈……

众人　哈哈哈……

1987年11月10日晚

电视小品

旅游受骗*

人物表：

竹林——男，外地某大学的学生

拉客人——男

踏黄鱼车人——男，拉客人的弟弟

个体户——女，旅馆主人兼服务员，拉客人的妹妹

时间：1988年4月某夜

地点：本市火车站附近

【竹林身背书包，手拿旅行袋，一身学生打扮，在马路人行道上走着。

竹林　（嘀咕）旅馆都客满了。今天晚上，我只好在马路上走一晚上了。

【拉客人上。

拉客人　（说洋泾浜普通话）同志，旅馆要住吗？

竹林　旅馆！要的……不过，旅馆的设备怎么样？

拉客人　一级咪，旅馆是一幢楼房，前面是山，背后是水。旅馆里彩电、空调、电话、淋浴、卫生设备是应有尽有啊。

竹林　太好了，那旅馆离这近吗？

拉客人　离这儿只有五六站路，而且，我们有专车送你去，你坐在车上，沿途可以看到高楼大厦，那是我们市内最高的建筑物，比国际饭店高，赛过美国的摩天大楼。

竹林　行，我就去这家旅馆。

拉客人　这张住宿证你拿好！

---

* 本文第二作者为李树民。

竹林　(读)“环球旅游开发中心旅馆部”,名字听上去就有气派！太好了。谢谢你,再见!

拉客人　咦,你怎么走了?

竹林　不走,你准备请我吃夜点心啊。

拉客人　搞什么,你钱还没有给我呢!

竹林　什么钱?

拉客人　介绍费。

竹林　要介绍费啊?

拉客人　我不收介绍费,我去喝西北风啊!

竹林　多少钱?

拉客人　十块。

竹林　要十块啊?!

拉客人　十块钱还包括专车送你去的车费。你想想看,我们旅馆环境幽静,设备齐全,另外还有专车接送,称得上是一流服务水平,够得上四星级。你看,我手上的住宿证一张也没有了,你是最后一个了。快点付钱吧,过了这个村,就没有这个店了!

竹林　算了,算了。(嘀咕)出来只要玩得开心,舒服,价钱贵点就贵点。给,十块。

拉客人　爽气的。(转身欲走)

竹林　哎,专车停在什么地方?

拉客人　前面十字路口,靠左面停着的那辆就是。

竹林　好,谢谢你!

【拉客人下,竹林走到了十字路口。

竹林　(嘀咕)咦,十字路口到了,怎么不见有小轿车的影子嘛！十字路口的左面……(见十字路口的左面停着一辆黄鱼车)啊！是辆黄鱼车啊。

踏车人　小同志,你要上哪里?

竹林　(嘀咕)十块钱已付掉了,算了,就乘黄鱼车去了。老师傅,我要到“环球旅游开发中心旅馆部”去。

踏车人　请上车。

【竹林跨上黄鱼车坐好。

竹林　我坐好了,请你快踏吧!

踏车人　要我踏啊?

竹林　当然你踏咯,总不见得我付了钱我自己踏!

踏车人　那就请你付钱吧！

竹林　车钱我已经给那位介绍人了。

踏车人　车钱怎么给介绍人呢？要给我的呀！

竹林　这倒是，车钱不能给介绍人的，应该给介绍人十八只蹄髈！搞什么呀？我被你搞糊涂了！

踏车人　一点也不糊涂，蛮清楚的。你给那介绍人的钱，我一分也拿不到的！

竹林　那你要多少？

踏车人　十块。

竹林　十块啊?！我自己不会乘公共汽车去啊。啊呀！旅馆的地址……不要紧，住宿证上肯定有地址的……咦，住宿证上没有地址嘛！……老师傅，这个旅馆部在什么地方？

踏车人　不知道。

竹林　咦，不知道，你怎么送我去呢？

踏车人　地方，我认得的；地址，我不知道的。

竹林　那我去寻那个介绍人退住宿证……（嘀咕）对了，这是他手上最后一张住宿证。现在，他肯定走掉了呀……我假使不乘这辆三轮车，那十块钱介绍费泡汤了。老师傅，十块太贵了，八快去吗？

踏车人　八块就八块，坐好，我踏了。

竹林　（得意地，嘀咕）总算讨了个便宜。

竹林　老师傅，你踏到现在，高楼大厦我一幢也没有看见，只看见建筑工地！

踏车人　这建筑工地就是在造高楼大厦嘛，不过，昨天刚刚动工。

竹林　（嘀咕）那个介绍人牛皮吹得大得不得了嘛！

【踏黄鱼车人将车刹住。

踏车人　到了！

竹林　给你车钱。你踏了一个多小时，辛苦你了。旅馆在哪一间啊？

踏车人　喏，这是这间。

竹林　草棚棚啊！搞什么呀，介绍人讲“环球旅游开发中心旅馆部”是一幢楼房啊！

踏车人　是楼房呀。下雨天要漏（楼）的房子叫漏房。

竹林　这个漏房啊！

踏车人　我走了，再会！

【踏黄鱼车人踏着车离去。

竹林　(左右前后打量,嘀咕)刚刚介绍人讲,旅馆前面是山,后面是水。原来,旅馆前面垃圾堆成山,后面是条臭水浜嘛。(从包里拿出一张地图)这条是什么路?(看门牌)新疆路……(看地图)啊,新疆路就在北站附近吗?他怎么踏了一个多小时?对了,他肯定是带我绕圈子,怪不得刚才尽在建筑工地附近。今天,算我倒霉,碰到了两个滑头人。算了,天已晚了,还是早点进旅馆吧!(走进旅馆门口时,头被门框撞了一下)啊唷,这门怎么这样低?……同志,这是我的住宿证。请问,住一晚上,要多少钱?

服务员　席梦思的床,十块。

竹林　又要十块啊?我刚才给介绍人十块,踏黄鱼车人八块,现在又要十块,我住一晚上要二十八块啊!

服务员　(嘀咕)喔唷。老阿哥,你的赚头比我好嘛。

竹林　同志,便宜一点的有吗?

服务员　厕所隔壁的一间,八块一只床铺。

竹林　我宁可要十块的。(付钱)

服务员　请你去2号房间第4号床休息。

竹林　好的。同志,浴室在哪里?我想洗个澡。

服务员　汏浴,你吃得消哦?

竹林　洗澡有什么吃不消的。

服务员　那行,你把这根橡皮管接在自来水的龙头上。

竹林　要我洗冷水浴啊?

服务员　你刚才不是说吃得消的吗?

竹林　算了,我不洗澡了。同志,彩电在哪里?我想看一会电视。

服务员　完全可以,你自己去把那扇窗门打开。

【竹林打开窗门。

竹林　没有彩电的,只有一片农田。

服务员　田里种的是什么?

竹林　田里种的都是菜。

服务员　喏,这下面就是彩(菜)电(田)。

竹林　彩……这个菜田啊!介绍人的话都是滑头闲话嘛!算了,我还是打个电话,询问一下明天的天气情况。同志,电话机在哪里?

服务员　电话机在电话局呀。

竹林　你们这儿没有电话的啊?

服务员　谁说的,我们怎么会没有电话机呢!

竹林　在哪儿?

服务员　在墙上。

竹林　墙上没有电话机,只有一本挂着的年历嘛!

服务员　你再看看,年历上的画面是什么?

竹林　一个姑娘在打电话。

服务员　阿是有电话机的。

竹林　搞什么,年历上的电话机又不可以打的咯!

服务员　不管的,总归是电话机,总不见得年历上的那只电话机不叫电话机,叫拖拉机。

竹林　今天我霉头总归触到哈尔滨了。算了,还是早点去睏吧!(下)

服务员　(嘀咕)这种外地朋友最好骗了,外加骗起来草稿也不要打的……

【竹林复上。

竹林　同志,我睏的那张床,怎么是稻草席子铺的?

服务员　我们这儿都是用稻草席子铺床的。

竹林　你不是讲:床是席梦思的吗?

服务员　咦,席子用床单蒙起来,睏上去老会睡着的,因为老舒服的,这就叫席蒙(梦)舒(思)呀!

竹林　这个"席蒙舒"啊!

1995年4月

电视小品

美好的记忆

五月的外滩，花团锦簇，游人如织。

来自东北的张律师、李律师和冯律师（女），对三年大变样的上海恋恋不舍。

一张张的照片在咔嚓咔嚓拍摄。

每一个角度都试图留下一份对上海的深刻的记忆。

拍完一卷柯达。

张律师笑了："咱们要打道回府啰！"

张律师在马路边招手，一部海民出租汽车公司的桑塔纳轿车立即开了过来，司机很年轻。三人上车。

车门关好后，张律师轻声吩咐司机："请开到飞机场，我们是 11 点 30 分的飞机。"

司机看看车上的电子显示钟："才九点一刻，放心好啦！"

司机见到红灯就停下车来："听口音，你们好像是东北的。"

张律师："是的。干司机这一行的，总是见多识广。"

绿灯亮了，汽车的长蛇阵开始爬动，速度越来越快。

最后，车子开进潮水般的车流中，消失在东方第一大都市的人流里。

虹桥国际机场，气派而洁净。

海民公司的桑塔纳稳稳地停在候机楼门外三十米处。张、李、冯三位律师拎着各自的行李下车，朝司机挥手致意："谢谢您，司机同志！"

司机是个英俊的小伙子，笑了："不用谢，欢迎你们下次再到上海来白相！"车子开走了。

冯律师："白相？真想在上海再白相白相，可是咱们东北那边的官司，迫使咱们这帮律师早点回去，只好不白相了。"

张律师看表："十点一刻，该进去换登机牌了。"

去吉林的3609航班的换牌处，许许多多旅客已排好了队，忽然，前面有一些轻微的“骚乱”。

正好三位律师也走了过来，看到有大约十几个人在围观一个戴口罩的人，同样有些奇怪。冯律师挤上前去，她听见人们私下在议论：“赵本山！是赵本山！”“瞧，老赵边上的媳妇多水灵！”“这是人家的福分噢！”“咦，不对呀，前回在吉林看赵本山和媳妇在街上手挽手走路，不是这一位小姑娘啊？”“咳！你没听说，现在的男明星，出场费越来越高，尽管身体越来越苗条，但那几张老脸越来越丑，所娶的媳妇的年龄也越来越小……”

众人大笑。

笑声中，那个“赵本山”一下子拉下口罩和鸭舌帽，大怒：“俺闺女陪俺来上海治酒糟鼻子和秃顶的，你们当我赵本山，瞎闹个啥？”

众人立即散去。

笑得阳光灿烂的人们，多可爱啊！

冯律师用手帕擦笑出来的眼泪水，对张律师：“中国出了个赵本山，对安定团结有好处喔！”

张律师：“人们需要笑声。喔，开始换登机牌了。”

张律师摸出三张机票，问李律师：“昨晚从杭州到上海登记住招待所，身份证在你那儿，快给我。”

李律师想起来了：“对，是在我这儿。”

可是他翻遍了口袋，抖开了包，也没找到身份证。

张律师大惊：“不会丢失了吧？”

冯律师大惊：“别的无所谓，身份证少了，可上不了飞机啊！”

李律师急得满头大汗。再找，未果。突然想到：“坏了！我的一件茄克衫掉在出租车上了！身份证三张，还有几十元钱，统统在口袋里！”

张、冯二律师面如土色：“真的？”

李律师：“清清楚楚，我刚才上车后感到热，脱下来的，在外滩拍照时，还穿着。”

冯律师哭出来：“天哪！还有一个小时就要起飞了！偏偏身份证丢了！你叫我们怎么回去？”

张律师：“家里后天要开庭，审理一桩几百万金额的经济案，就等我们今天赶回去交调查材料，万一今天这班飞机上不了，要影响那个涉外经济案，日本人是最遵守时间的啊!”

李律师:“我去追出租车!”说着要往外奔。

老张拦住他:“车号记住没有?”

李摇摇头。

老张:“这部车现在开到了哪里?”

李摇摇头。

老张:“你用什么车去追?用直升飞机?”

李捶胸顿足:“我是千古罪人啊!”

冯律师:“账回去找你算!关键是我们现在即使留在上海,也没钱了。我首先声明,钱都买了服装,只有五十元零花钱了。”

张律师:“我这儿有三百元,但要付机场建设费。”

李律师:“我只有两个硬币在裤袋里,其余的,全给媳妇买了化妆品……”

冯律师:“你叫我们三人怎么办?”

声音又大了点。

几十个人朝他们围观。

张律师一冷静:“走,找机场值班室去。”

三人远去的背影。

旅客们在交谈。

甲:“上飞机,少了身份证,甭想!”

乙:“这三人麻烦了!听上去,他们好像是法官、律师。”

丙:“飞吉林的班机,一星期才两班,今天漏了,要等到三天以后,听说下一班的票也售完了。”

甲:“哎!可怜的三位律师!”

乙:“用上海话讲,这叫老鬼失匹!”

丙:“他们是外地人,上海人能帮忙吗?”

值班室里,机场客管处的程先生耐心听完三位满头大汗的律师焦急的诉说。

他把三个易拉罐拉开:“别急。急也没用。先喝点饮料吧?”

老程抓起电话吩咐:“是驾驶班吗?我是客管处程伟森,你们有多少辆机动车在家?

三辆？好，听着，立即出动这三辆车，在机场周围的各个路口要道寻找海民出租公司的出租车，问问每一个司机，有没有旅客遗留的一件紫红色茄克衫和三张身份证。十万火急啊！"

三位律师感动得不知如何是好。

冯律师激动得一张脸捂在两只手心里，不让人瞧。

老程又拨外线："喂，是海民出租车公司吗？我是机场，请你们紧急传呼你们的所有出租车司机，刚才有三个旅客把一件茄克衫遗忘在车上了，上面有身份证，现在上不了飞机，务必在11点25分之前送到机场……拜托！拜托！……"

老程放下电话："我能做到的只能这些了。"

老张紧紧握住他的手："谢谢你！不管身份证在起飞前能否送到，你们上海同志的深情，我感受到了……"

候机室的大型电子钟。

候机室的广播声："请乘坐上海飞往吉林的3609航班，还未办理手续的旅客，马上去托运口检票，领取登机牌……"

广播用英语再重复一次。

三位律师不时看表，汗如雨下的表情。

值班室里的电子钟指向11点整。时钟走动的声音开始放大。

电话突然响了。四个人同时跳起来。

老程抓起电话，急促地等待好消息："喂，我是程伟森……"

电话声扩大，(或者放出门外公用电话)："喂，侬是值班室哦？我是到深圳去的一个旅客，我脚郎响着一双500元洋钱的进口皮鞋，勿晓得哪能，坐在候机室里打一个瞌睆，两只鞋子少脱一只，介哪能来三？我只有一只鞋子，变成跷脚了，再讲，一只皮鞋250元啸，相帮我找一找……"

老程急得跺脚："对不起，你少脱一只250元的鞋子，人家少脱三张身份证！"他放下电话。三位律师急得头头转。

候机室的巨大电子钟。时针指向11点15分。

电子钟走的声音继续放大。

广播员亲切的声音："请乘坐3609飞往吉林的旅客，依次排队，从3号登机口验票登机。”

英语又重复一次。

值班室。

电话急响。老程接:“什么?三部车找一辆海民出租公司的车也没找到?”

老程揩汗,焦急地看手表:“看来,你们三位只有去退……”

正在这时电话又响。老程接:“喂,我是机场?啥?你们是海民公司。好极了,请问茄克衫,……什么?今天送旅客到机场的车子一共有三部,两部找到了,都是女司机,也没有茄克衫;唯独那部8080号车没有呼叫到?估计是停在什么地方吃饭去了,留一点点小胡子……(见三位律师在点头)对对对,就是他……好,等一等。我们再等一等……”

老程放下电话,对三位:“现在是11点25分早已经停止验票,不放客了,我看,你们快去退票!”

老张拍拍脑袋:“误了大事!误了大事啊!”笑不出哭不出地往外奔去。手里捏着三张机票。李律师抱头悲叹:“如果因为我的失误,使一桩300万巨款的经济案输给日本小老板,我李为民今生今世怎么当律师!”

忽然传出飞机的轰鸣声。

李、冯二律师推开窗户,仰望蓝天,正是他们该乘坐的波音之鸟凌空腾飞,呼啸而去!

冯大声地呼喊:“波音737!我的波音737!”

她捂住脸哭了。

海民出租车8080停在弄堂口的小饭店里用餐。

女朋友在埋怨:“昨日夜里你答应我去夜宵,可是你居然做到12点半,今天一早你又出车了,你这么做,要累垮的!”

小金:“个人承包了,还不是多扒几张分?再讲,这一阵出车任务紧,我也要解决公司困难。”

女朋友:“咯你也要注意劳逸结合呀!万一分扒到了,劳模也当着了,可是身体坏脱了,还结屁个婚!今天好好交吃顿中饭,下午睡三个钟头再出车。”

小金的BP机响。拿出来要看,被女朋友抢过:“又是公司呼叫!你们公司经理只晓得创收创收,不知道职工身体!来,吃虾仁……”

小金咽下一口菜，喝半杯啤酒，看看墙上的电子钟：11点15分。

BP机又叫了。小金一把抢过，看到中文机上显示的字，大吃一惊："车上有旅客的一件茄克衫，速速送机场值班室。"

小金大步流星冲出小餐厅，开车而去。

女朋友追出："你回来！你吃了两口菜！你……！"

汽车融汇在车潮中。

小金一边开车，一边叹息："咳，刚才为什么没有仔细看一看。"他瞧了一眼已放在身边的紫红色茄克衫，想起上午与旅客的对话声。

"我们是11点30分的飞机。"

"现在才九点一刻，放心好啦！"

小金再看看驾驶台上的电子显示钟，已经11点20分。

他欲开足马力冲，但又刚好碰到塞车。车子只能如蜗牛般行驶。偏偏又连吃三只红灯。

小金急得敲打方向盘。

对讲机中又急响调度的声音："8080，8080，快点去机场，送三张旅客遗留的身份证，十万火急……"

可是他刚要加速，又吃了一只红灯。

时钟显示：11点30分。

天空有飞机声。

小金抬头："我失误了……"

机场客运值班室内，程伟森捧来三盒客饭。

老程："票退了，只能另想办法。先吃饭。"

张律师等三人虽然非常感激，但是实在不想吃饭。

忽然有值班员带来一个男子。

值班员介绍："这位是海民汽车公司的许经理，为了三位旅客的身份证，他特地上门道歉。"

张律师等三位泪如涌泉。

张律师："是我们自己失误，怎么可以让您来道歉？"

李律师:“走遍大江南北,办了几百个案子,从来没有像今天这样感到人间的冷暖如此真切。许先生,您请坐,我们该向您道歉!”

许经理:“不对了!明明是我们的司机没有工作到位。如果在你们下车时他认真查看一下后座,如果他出了机场后不离开车子,现在这一切不是都不会发生吗?”

程伟森:“我倒是怕车子在机场又接了一宗生意,那件茄克衫落在贪小利者手中,那就麻烦了……”

许经理:“所以我要来呀!我们再等一个小时,8080号车再不出现,我送你们到宾馆去住下,你们的一切费用,都由我们公司承担。”

小冯是个多血质型,北方的女人也柔情似水。她眼泪汪汪地握住老许的手:“三年前,我曾来上海,上街买东西,因为是北方人,常常碰到冷遇。如今古道热肠回归腾飞的新上海,我真想多住几天才好,可惜,我的那个案子不允许耽搁时间……”

许经理:“人是会变的,世道不也变了吗?来,别说了,吃饭,吃……”

小金在开车,头上汗津津的。偏偏好事多磨,开到定西路,又被铁路上的火车拦住了。

他机灵地把车子开到路边。

他奔向一个交通警。

他拿出所有的证件和那件茄克衫以及三张东北旅客的身份证诉说一切。

他哀求民警道:“为了三个律师能早日回到东北,您能不能破例为我警车开道?”

民警上上下下打量这个满头大汗的小青年,先是不可思议地,后是掂着了分量地,最后是别出心裁地:“我无权为你警车开道,但是我可以用我的警察摩托车一路通行地送你到机场!”

我们的小金终于落泪了。

火车隆隆开过。

道口恢复通行。

民警让小金坐上摩托,飞也似的穿梭在车流人潮中,向虹桥机场冲去。

值班室里,张律师在打长途电话:“喂,你是吉林市第一律师事务所吗?你是于所长吧!对,我是老张!老于啊,我们在上海由于身份证不当心遗失,今天回不了家,什么?今天晚上等我们开会?外商刁难?可是,到目前为止,我们还没有找回身份证……”

突然,值班室的门重重地被推开,司机小金上气不接下气地冲了进来,把三张身份证交到老张手里,还有那件衣服。他连声说:“对不起!对不起!”

李律师二话没说，一把拉过小金，抱得紧紧的：“好兄弟，好兄弟！”

小金挣脱了拥抱，指着立在门口的民警同志，：“是他，破例用警车送我来机场的！”

所有的人都想谢他，而他感到没有必要，他只是催促小金：“快走呀！我要值勤，你要开车。”

在场的人们大声地喊了句：“谢谢你们。”

民警的回答是一个标准的敬礼。

他载着小金飞也似的走了。

许经理松了一口气：“如此说来，我们该再见了。”

小冯握住他的手，说不完的话。

而老张则兴高采烈地在长途电话中报告身份证已找到的好消息：“老于，老于啊！奇迹发生在虹桥机场啦……”

程伟森带着他们去找售票处负责人。

机场负责人带着他们去找售票处负责人。

程伟森：“三位东北的律师，为了祖国的几百万经济不受损失，一定要在今晚赶到吉林，我们无论如何要让他们今天飞抵东北。”

负责人问票务：“大连的票还有没有？”

回答：“没有。”

“丹东的票有没有？”

回答：“没有。”

“那沈阳的票呢？”

“也没有。”

“请问，从深圳飞往长春的飞机上，你们有没有熟人？”

票务回答：“飞机是上海的，机组人员也是上海的，可是我没有熟人！”

“到达时间？”

“如果正点，15 点 40 分左右。”

负责人表情极为认真：“都说开后门不好，今天我就要利用一次职权，向我们上海的机长，向我们的上海空姐开一次后门，请他们让出空中小姐的座位，安置我们的三位东北律师！”

张律师不知道如何是好，只感到眼睛一阵潮湿。

负责人关照票务:“办三张飞长春的机票。”然后关照老程,“打个长途到他们单位,派最好的小车到机场接客！接定了!”

他与老张握握手,大步流星走去,走了又回头,提醒老程:“飞机一到,立即提醒我到飞机上去开后门!”

他走了。

三位东北律师噙着泪,望着他消失在人流之中。

斜阳西坠的时候,巨大的东航波音客机停在候机楼旁。

飞往长春的旅客们干干净净喜气洋洋地登上舷梯,进入飞机。

美丽的空姐如白玉兰开放,点缀在飞机左右,当然,还有我们上海的机长和机场的那个不肯报出姓名的负责人。一支四个人的小队,从不远处踏着迷人的阳光,激动地向舷桥走去。

四位空姐用掌声向他们表示欢迎。

机长说:“欢迎你们乘坐我们的飞机!”

空姐之一说:“坐我们的工作椅,委屈了。”

老程和三位律师紧紧握手。

张律师:“上海给我们留下了美好的记忆!”

负责人向他们举手致意。

当三位律师荣幸地走到机舱门口再回首致意时,那姿势,是那样的潇洒?

三人的眼睛里,闪出六点七彩的水光。

三个人一齐喊道:“谢谢上海！谢谢阿拉上海人!”

这大兴水平的上海话,居然是那么好听。

掌声响起。飞机震动并滑行。

当波音之鸟带着人间温情飞向蓝天的时候,我们应当听到这么一首歌:

天是那么的宽,
地是那么的深。
黄浦江,上海人的母亲呵,
你是那么的多情,
只因有了阿拉上海人,
高楼挽着彩云;
只因有了阿拉上海人,

大桥连接四方知音。

啊，上海，您好！

啊，上海，您好！

（本文取材于1995年7月16日新民晚报《感谢你们，上海人》）

1995.7.24

电视小品

阿凡提售书

人物 阿凡提——男，六十多岁

阿　宝——男，四十岁

古　丽——女，三十多岁

【幕启。阿宝在声嘶力竭地叫卖着，但无人问津。他拿起茶杯喝口水润了润嗓子。

阿　宝 来来，买好看的书哎！——唉！叫了半天没有人来买，我这些书投资了十几万元钞票，卖不出去的话，就要倾家荡产！怎么做，才能把老本赚回来？真是急煞人！

【那一边传来新疆人卖烤羊肉串的声音，阿凡提和古丽推着简便的小推车，一边叫，一边上。

阿凡提 嗳！新疆阿凡提正宗烤羊肉，味道好得咪！都是正宗的新疆羊肉！

古　丽 我们这个羊是从新疆空运来的！一元钱一串，两元钱卖三串的咪，味道不好不要钱！来来！尝尝味道！

阿凡提 先生！来！来一串，尝尝味道，鲜得咪，但不会掉眉毛！

【阿宝上。

阿　宝 那就来一串(付给古丽钱，拿起羊肉串)这位新疆姑娘长得好美丽！

古　丽 真的吗？我美丽？来，送你一串！

阿　宝 不仅美丽，而且好看！

古　丽 噢！我好看？太高兴了，再来一串！

阿　宝 (得意)不仅好看，而且漂亮！

古　丽 漂亮？噢，阿爸！他讲我漂亮！

阿凡提 那就再来一串！(古丽递上羊肉串)

阿　宝 这个“捂心”！讲伊漂亮，好再吃几串，噢！(肉麻地)你长得太好看，太美丽，太漂亮，太……

阿凡提　（打断）不要太那个了，请你付钱！

阿　宝　付什么钱？

阿凡提　羊肉串的钱！（指他手中的羊肉串）

阿　宝　这几串是你们送我吃的！

阿凡提　她只送你一串，后面两串，我们没有讲“送”过，是“再来一串”。

阿　宝　哎哟，我上当了，那我两串还给你。

阿凡提　噢不行，你手里拿过了！再说食品出柜不能退货的。

阿　宝　（刚要发火，且又忍住）好好！会做生意格！再付你两元！（走到边上，做手势，叫古丽，她回头看见，刚要过去）

阿凡提　慢，你的干什么？想花嚓嚓，动伊坏脑筋，朋友，你帮帮忙！

阿　宝　不是的，我想和你们谈笔生意。

古　丽　什么生意？

阿凡提　我们不跟他谈生意。

古　丽　为什么？

阿凡提　伊只面孔贼忒兮兮，不是好东西！

阿　宝　阿唷！阿凡提，你搞错了，我没有动她的脑筋，我想请你们帮帮忙。

古　丽　要帮什么忙？

阿　宝　请你们帮忙做生意！

阿凡提　我们自己在做生意，没有空。

阿　宝　你们这是小生意，我是大生意！你们帮我的忙，我付劳务费，这个劳务费比你们做生意的钱多，而且做的事情很轻松，不用花力气！

阿凡提　那你是做什么生意？你要我们帮什么忙？

阿　宝　签名、卖书、跳跳舞啊！（见两人惊疑）这就是，阿凡提大叔，你是新疆名字，只要你签签名卖卖书，就可以了。古丽，你是新疆姑娘会跳舞，只要在边上跳舞，就行了！

阿凡提　只要签签名，那很容易，那劳务费是多少？

阿　宝　每人每天500元。

古　丽　500元?！要卖好多好多羊肉串啊！两人1 000元，太好了！那我跳舞，要有乐队伴奏！

阿　宝　那不要紧，我给你伴奏。

古　丽　那有没有乐器。

阿　宝　不用乐器，就凭我们的嘴巴就能模仿各种乐器。

古　丽　真的，那我们新疆的冬不拉会吗？

阿　宝　会。挺好！（吹出冬不拉）

阿凡提　像蛮像的，就是这个嘴巴像鸡屁股，那这个喇叭会吹吗？

阿　宝　会的！（吹一段小号乐曲）

古　丽　像！这个爪子很灵活。

阿　宝　这不是爪子，这是脚爪……搞什么，好吧，你们跟我来吧！（三人一起走到书摊边）

阿凡提　慢一点，请问这是什么书？

阿　宝　这是一套青少年万宝全书。

阿凡提　让我看看目录（翻书）"如何贪小便宜"、"如何处理孽债问题"、"涂改液制作秘方"、"如何没有请帖赴宴会"、"怎么充当第三者"、"三十六种自杀法"……搞什么名堂？都是什么玩意儿？！

阿　宝　万宝全书，就是什么东西都要有！

阿凡提　那你这书怎么卖？！

阿　宝　我们不谈经济效益，只谈社会效益，所以请你这个名人来签字，要有一个轰动效应！

阿凡提　还有，这本书怎么发黄的？

阿　宝　这是防冷涂的蜡。

阿凡提　那这几本怎么又白啦？

阿　宝　这两本不怕冷！

古　丽　那么这半边是正印的，这半边怎么倒印的？

阿　宝　这是为了让两个人一起看，你这么看他这边看。

阿凡提　那这两张怎么印的字都是一样的。

阿　宝　温故而知新，加强你的记忆能力。

古　丽　那么这当中怎么缺页的，这是58页翻过来是158页。

阿　宝　那是因为少儿不宜，当中都撕了。

阿凡提　这两页怎么并在一起了？

阿　宝　培养孩子从小爱劳动，自己动手裁开来！

阿凡提　裁开来里面没有字。

阿　宝　是让孩子写学习心得的。

古　丽　这一页怎么缺只角。

阿　宝　这就叫万宝全书缺只角。

阿凡提　噢！我懂了。

阿　宝　那就开始吧，你在这边签名卖书，我们在这边做广告宣传。

【阿凡提走向书摊一边。

阿凡提　来来！新鲜的，尝尝味道，尝尝味道！

阿　宝　这是卖羊肉串，不对！

阿凡提　来来！新疆阿凡提来卖书了！

【阿凡提吆喝，阿宝和古丽开始吹拉跳舞，一会儿摊头前人头拥挤，很快就把书售完了。

阿　宝　（累得大汗淋淋）谢谢、谢谢，今天总算卖完，阿凡提、古丽，你们太好了，太会做生意了，下次一定再次合作！

阿凡提　下次卖什么。

阿　宝　下次卖人……不不！下次卖人家的书，好了，书钱呢？

阿凡提　没钱。

阿　宝　你书不是卖完了，怎么会没有钱？

阿凡提　你不是说不谈经济效益，只谈社会效益。

阿　宝　没有收钱，你签什么名?!

阿凡提　你不是说，要起到一个轰动效应，所以我签的是这个！（拿起书）

阿　宝　“伪劣书样本”，啊！（昏过去）

1985 年 4 月

电视小品

吃　蟹

某新村某单元3楼。

301室住着某厂厂长吴可信夫妇。302室为厂总工程师许坦然一家。

星期天的上午。

吴厂长在厨房中,突然听见地上放的一只铝锅中有响声,一惊,喊老婆:“黄贞,快点来!出大事体了!”

黄贞从房间里窜出:“啥事体,介吓人?”

“钢精镬子里在呼落呼落响?里厢阿会爬进一条赤练蛇?叫人吓势势格!”

黄贞释然:“啊呀,一做厂长胆子介小?”她掀开锅盖,“刚才你出去早锻炼辰光,厂里的青工李大毛,送来六只大闸蟹,我说勿要勿要,他丢下来就走,说是乡下亲眷送上来的!”

吴厂长大怒:“混账!自从我当厂长的那天起,我就与你约法三章,任何人来送礼,都不许收!”

夫人回敬:“李大毛把六只大闸蟹使劲放在镬子里。我拖也拖不动,小赤佬二米零六的块头,九十九公斤重,打过篮球的人,你去拉拉看?”

吴厂长不语。

吴厂长看锅中六只蟹。

蟹只只可爱,正在吐泡泡。

钢精锅中一阵淅沥索落的声音。

吴厂长点数:“一、二、三、四、五、六。”他一下子把锅盖盖上:“黄贞!你务必在今天上午,把六只蟹给我送还李大毛!这个同志,肯定是听说厂里刚办了个三产,他们几个下岗工人马上要上岗,所以……唉!一个下岗工人,要买这六只大闸蟹,真是汗淌淌滴!”

黄贞有火气:“要还,你去还!我勿认得他家!”

吴厂长请求:“这种事体,一般由太太去办,较为妥当。地址嘛,可以打只电话问问厂办张主任。我嘛，今天上午还有一个接待任务。”说着听见楼下汽车叫，看表，“喔唷，辰光到了，车子过来接我了。”

厂长边穿外套边出门：“我走了，六只蟹，我中午回来吃饭时，一定要按我的意思处理掉！”

黄贞摇摇头：“一本正经，真拿你没办法！”

302家，李工程师在看电视，妻子彩凤在厨房门口拣菜。

李工程师看到一条新闻，感慨万分：“啧啧啧！作孽作孽！真是难为情……”

妻子问：“阿是有人到夜总会里去，出事体啦？”

李工叹息不已：“唉！这个人连面子都不要，只值一只甲鱼啊？不可思议！不可思议！”

妻子又猜：“阿是有个干部吃人家一只甲鱼啊？这事体老正常格！……”

李工讲：“刚才电视里放出来，有户人家窗门开着，突然，隔壁人家一只甲鱼，从网袋里钻出来，爬哦爬哦，从窗口爬到他家，他们明知这甲鱼是邻居的，硬劲把窗门一关，夫妻两个一道，杀了甲鱼，放好佐料，送进微波炉，一个钟头之内，连皮带肉全部报销！”

妻一惊：“啊？居然连甲鱼壳也咽到肚皮里去？恶形啊！”

正在这时，开着的大门有些许声音，彩凤一看，一前一后，一大一小，居然从防盗门的栏栅中，爬进来两只大闸蟹。

彩凤失声：“啊哟……”

丈夫在房间里回答：“啊是！你也叫啊哟了？算算你过去也喜欢讨点小便宜的人，在马路上拾到一只洋葱头也要拿转来的小儿科，有啥好大惊小怪的！”

在丈夫的叨叨絮絮中，彩凤惊喜交加，悄悄地把两只大闸蟹，迅速丢到他家的塑料脚盆里，并且用另一只面盆盖上。

丈夫在里面问：“彩凤，你在做啥？汏头啊？算算你昨天刚刚汏过。”

彩凤说：“勿，我在拣菜，拿只面盆咯。你管你看电视好啦！用勿着你过来帮忙的……”

丈夫有点奇怪：“咦？今天好像对我特别亲热，体贴入微，而且礼拜天勿要我做事体？主动要我看电视？彩凤，阿是你们单位昨天又发了一笔奖金，开心得勿得了？”

正在这时，一前一后又爬进来一大一小，一雌一雄两只大闸蟹。彩凤更加吃惊：“啊呀喂！”

丈夫“猜”对了，笑嘻嘻踱出来：“阿是被我猜对了！你们单位……”他突然不说话了，因为，结婚十来年，他第一次看见在客堂间靠门的位置上，两只塑料盆合在一块，上面坐着老婆。更奇怪的是，面盆里，还有声响。也就是说，老婆的屁股下有动静。

老夫子这一惊，非同小可，几乎惊呆："彩凤……你做啥？在发气功？"

"拣菜！你勿看见？拣鸡毛菜……"

老夫子不解："现在勿行坐小板凳了？改坐面盆了？"

彩凤尴尬地："对对！坐面盆比较适意，面积大……"

老夫子拍拍脑门："算算坐小板凳，总归比坐面盆适意，况且……好像，面盆里厢有啥个声音……"工程师要走过去。

妻子大叫："不许动！"

丈夫彻底呆住："什么意思？"

妻子："给我坐到房间里去看新闻。"

"新闻片老早完了，现在在放卡通片。"

"刚才你说的那条新闻有什么结局？"

"结局，就是夫妻两个把飞进来的甲鱼连皮带骨一塌刮子吃下去。"

"没有了？"

"有！有报应咯！由于甲鱼肚皮里厢没有汰干净，加上那个丈夫的肠胃对高蛋白吸收功能不好，妻子那几天又刚好有点皮肤过敏。结果，甲鱼吃下去后，出事体了！"

"啥事体？"

"男人肚皮泻，从下午三点钟，到夜里九点钟进医院吊盐水，六个钟头一共泻了十三趟！基本上是裤子刚系好，吃口菜，又要进卫生间。"

"那么他女人呢？"

"女人发风疹块，痒啊，从头顶心一直痒到脚底心，痒到她哭出来！"

"结棍咯……"

丈夫又听见她坐着的面盆内有声音："我想，还是有必要提醒你一下，你屁股底下有敌情！"

妻子挥挥手："开什么玩笑！快点进去做你的事体，等歇叫你吃饭就是了，到时给你一个意外惊喜！"

"那好吧！反正我们家不可能吃甲鱼。"李工进房内写字去了。

这边，彩凤悄悄地把蟹又放到锅中。她关上大门，上了保险。收拾好鸡毛菜。进了厨房，神秘地关了小门。挽起袖管，在水龙头上冲洗起大闸蟹来。

不料，丈夫毕竟对面盆里"索落索落"的响声有疑问，轻轻地走出客厅，在门缝里朝厨房间一看，先一呆，后一喜："我的天！怪勿得今天屁股底下会响？怪勿得刚才介兴奋，是她们单位发了奖金,买转来四只大闸蟹……”

李工在客堂间里算账:“四只,一只算它三两,三四一斤二两,二百五十元一斤,乖乖,三百块哪!这个女人,昨天一定发了不少钱!唉,还是在金融系统就职好啊!现在企业难啊!我这个总工程师,也只有几十元奖金!”

301家,黄贞在打电话,一边听,一边记录:“对,李大毛家,喔,解放路16号,平房,有数了,谢谢你啊,老张……”

黄贞放下电话,看看表:“十点半了,中饭算弄好了,去把六只大闸蟹还掉吧。”

她走进厨房,注意那只放在一角的铝锅,忽然大惊:“什么时候盖子开了?”她一看,彻底失望:“还剩两只……另外四只……越狱逃走了!”

她看看自己的门,大门洞开,防盗门关的,防盗门上半段是拉的布帘子。

她细看痕迹:“这里有一根小小的稻草……”她开了防盗门,顺着水迹形成的蟹踪,一路找去,在302室门口断了线索。“会不会……”她欲敲门,又住手。摇摇头,回家。

302室热气腾腾。妻子的蟹已蒸好。

老夫子敲厨房门:“开开门哪,夫人!”

夫人开门:“什么事?”

李工冷不丁刮了妻子一个鼻子:“你不闻到香?我可受不了啦!凭我的直觉,我该准备点香醋、食糖和姜末……”

妻子一喜:“你一点也不怀疑?”

李工:“如果要怀疑,我还会准确地说出要准备醋和姜吗?太太,是什么使你高兴得买大闸蟹给我吃啊?我可是已有五六年与此物断绝了外交关系!”

“所以,我觉得应该在今天,让你与大闸蟹恢复外交关系。这也是天意!”

李工一锤定音:“夫妻感情到了一定的时候,比较纯,比较浓!就像放了五年的花雕酒!”

他主动切姜丝。

301室,黄贞在电话里向吴厂长报告:“情况就是这样。我又不可以去问人家……”

吴厂长:“什么?问问也无所谓,反正李工是本厂的同事。”

“……要问,你去问,我难为情……”妻子放下电话。

302室,老夫妻俩美滋滋地吃蟹。

在吃蟹前,还要举行一个仪式。

老夫子:“能不能让我亲你一下……”

妻子:“不要肉麻了！吃吧!”

老夫子:“你这个人学雷锋学到成精了！做好人好事一点都不做声,直到快要吃的时候才放我进厨房,让我来一个惊喜!”

“今天的蟹,我花很多功夫洗,蒸也蒸得透。你放心吃好了,肚皮绝对勿会泻。”

“那当然了！又不是像电视里说的吃甲鱼!”

“要是水产的品种勿同,但来源是同一只故事呢?”

“啊?！我是不会吃的！至少不会白吃!”

“你啊,怪不得人家叫你‘老夫子’!”

两人乐融融地进入“鲜”的境界。

吴厂长急匆匆地回到家。吴厂长站在两只蟹的面前,沉思。

妻:“你去问问对门吧！有痕迹过去的……”

夫:“我刚才也想过了,人面碰人面,是有点难为情的!”

妻笑了:“这就对了！六只蟹四只给别人吃去了。剩下的两只也就不必还了,我来洗洗干净,开足煤气蒸……”

“我完全同意！既然只有两只了,我们夫妻两个就消灭它吧!”

黄贞跷起拇指:“老兄,你城府深得很！你终于进步了,我今后倒要留心你才是。哈哈……”

妻子笑呵呵地弄蟹去了。

丈夫打电话:“喂,一楼宋秘书吗？立即上来一趟……有重要事体。”说完,悄悄地进了房间,打开妻子的包,取出三百块钱放进口袋……

而这一小节过程,又被细心的黄贞偷看到了。她脸色陡变,坐在客堂间。

等吴厂长出房间,到门口,年轻的女秘书小宋已来到:“厂长,有什么事体要我办?”

厂长把手里的三百块钱给小宋:“现在就给我去买六只三两重的大闸蟹,立即拿去送给李大毛。你什么也别问,一定要完成这个任务!”

小宋灿烂地笑了:“放心吧,厂长!”

等到小宋的声音消逝,厂长若有所思,问黄贞:“蟹在蒸吗?”

黄贞大怒大吼:“吴可信！你太不近情理了!”

厂长亦怒:“你怎么变得这么不懂……这么不懂道理?”

黄贞:“自从你当厂长！你几乎变了一个人呢！你好像不食人间烟火？你打听打听外面的行情没有？几只蟹会把你撑死？拖下水?”

302室。夫妻俩正在品尝大闸蟹，对门的争吵惊动了老夫子："不好，厂长与夫人干起来了！我要去劝劝！"

夫人急拦："不要管别人的闲事了！"

李工奇怪："平时，你不是这样的呀？这幢大楼里，只要有一点点事情，你都要出面调解……"

他们越吵越激烈。

老夫子一下子开门。妻子没拉得住。

301室门口，黄贞气得要往娘家走："好，为了六只蟹逃掉四只，就这么一眼眼小事体，你给我上纲上线，我服帖你！我回娘家去！"

黄贞要冲出去，李工拦住："有话好讲，请你再说一遍！"

黄贞看看他，看看脸红了的站在门口的彩凤，又看到他们台子上的蟹壳，一愣，直说："有四只蟹，从我家勿晓得爬到哪家去了，害得我们家里爆发了波黑战争……"

四个人都愣住了。

四种不同的表情。

厂长感到为难了老夫子。黄贞看到了胜利的曙光。彩凤无地自容又不想说。老夫子伸出手指向彩凤："亲爱的妻子，借两百元钱我用用。"

厂长急忙要上前制止，被黄贞拉住。

彩凤从口袋里摸出两张一百元的人民币，递给丈夫。

老夫子把钱给了黄贞："请你无论如何理解当厂长的苦衷！"

老夫子突然360度大转身，指着楼梯对妻子大吼："该回娘家去蹲脱一阵，清醒清醒的是你！给我走！"

老夫子愤怒的定格。

1996年5月

电视小品

看 晚 报

一对父子面对面隔着桌子在吃饭。桌上放着一份晚报。

他俩几乎是同时扒完最后一口饭,同时放下碗筷,同时将手伸向那份晚报,两人都拿到了。

儿子:“我先拿到!”

父亲:“我先拿到!”

儿子:“你不遵守规定,饭没吃完就抢了。”

父亲:“你饭也没吃完。”

儿子:“我吃完了。”

父亲:“你嘴巴边上还留着饭粒呢。”

儿子松开拿报纸的手,去摸嘴巴。父亲拿过了报纸。

儿子没摸到饭粒,嚷:“你采用欺骗手段!”

父亲不无得意地:“要击败对方,除了速度,还要靠智慧。按规定,你洗碗,我看报。”

儿子不服:“不行,我不能助长你的不诚实行为,尤其是对自己的儿子!”伸手去抢夺报纸。

两人争夺,结果把报纸撕成两半。各人拿了半张。两人都愣了愣,相互不满地看了一眼,坐下来看报。

父亲看着看着哼起了哀乐:“来哆来哆来咪哆……”

儿子被打扰了,不满地:“你什么歌不能唱,唱这玩意儿!晦气!”

父亲:“有人死了,是个大亨。”

儿子:“谁?”

父亲:“外国的一个总统。”

儿子:“外国人关你什么事?就是开追悼会也不是用这种音乐。”

父亲："用什么音乐？"

儿子哼起了一首轻松的外国乐曲。

父亲："你这不是让死人安息，而是请他们在太平间里跳舞。"

两人又各自看报。

儿子看了一会，口中"啧啧"起来。

父亲瞧着儿子，问："你那儿发生了什么事？"

儿子："有个外地民工，因为看滑稽戏，大笑一声，脾脏笑破了！"

父亲："有这种事？死了没有？"

儿子："我怎么知道，我还没往下看呢。"

父亲："快看，告诉我。"

儿子看报："没死，输了3 000 CC血，活了。"

父亲："看起来，笑也不是件好事！要少笑，尽量做到不笑。"

儿子："你用不着担心，你这个人死板得很，从来不会笑，已经忘记怎么笑了！"

父亲冷笑一声。

儿子："看，笑得多不自在。"

父亲语塞，低头看报。

这时，窗外传来叫喊声："402，402室有人吗？今天晚报来了！"

儿子兴奋地："爸爸，王阿姨来了！"然后赶紧打开窗口，对下面喊道，"王阿姨，稍等片刻，我马上来取！"回转身对其老子，"爸爸，人家讲，王阿姨是你的女朋友对哦？"

父亲边说："不要瞎讲！报纸嘛，我自己去拿！"边穿外衣。

"哪会瞎讲呢？人家的报纸都是塞在邮箱里的，王阿姨每次都要故意哇啦哇啦叫你去拿！她盯得你老紧的，对哦？"

父亲："大人的事，不要你管！"

儿子已经跨到门口："怎么可以不管？晚报嘛，还是我去拿，我年纪轻，否则人家要讲我不孝敬父亲！"关上门，下楼去取。

父亲自语："小鬼落手快的！假装孝敬，其实想先看到晚报！我也有对策！"他立即拿出一只缚着绳子的篮子，抛出窗子，另一只手攥住绳子的一头，他探出身子："王阿姨，放篮子里吧！"

一边是儿子飞快下楼梯的步子，一边是往下坠的篮子。

王阿姨笑问："不下来了？"

父亲说谎："在煮牛奶，对不起了！"

王阿姨把报纸放入篮子，儿子刚要去拿，老子已经将篮子提升到树冠那么高。儿子埋怨："爸爸耍赖！"

父亲："姜总是老的辣！"

王阿姨："这对父子在搞什么名堂？"

儿子对她做鬼脸："王阿姨，你要当心，你的男朋友，狡猾狡猾的！"

王阿姨："在说什么啊？！"

父亲拿了晚报，得意地坐下来阅读。

不一会儿子气喘吁吁地进门。

儿子："好啊，采取作弊手段，先拿到报纸！"

父亲故意装得像没听到似的，忿忿然说道："世界上怎么会有这种父亲！"

儿子："是啊，世界上怎么会有这种父亲！爸爸，什么事，惹你这么生气？"

父亲："儿子成绩不好，父亲竟然把他关在冰箱里。"

儿子："儿子冻死了？"

父亲："还好，冰箱买的是伪劣商品，那天没制冷。"

儿子："看起来伪劣商品倒也是有好处。"

父亲又笑了："好了好了，看你可怜，给你一张'动物世界'看看。"

儿子苦笑："小气鬼！"接过报纸马上浏览。

父亲："这儿子也真有本事，你看，他被关了一天，居然把冰箱里生的熟的都吃光了。"他朝儿子扬了扬报纸，"你看看人家的老子，再比比我，还老是不满足！小时候你留了一年级，我也没把你塞到冰箱里。"

儿子："我小时候家里没冰箱，只有饼干箱。而且你连棒冰都不肯买给我吃！"

父亲没词了。

儿子："爸，把你的体育新闻给我。"

父亲："你拿动物世界来换吧。"

两人撕下一半手中的报纸，交换，看报。

儿子看着看着，脚在桌子底下渐渐地活动起来，有几下踢到了父亲的小腿上。他脸上的表情也跟着一会儿紧张，一会儿愤怒。

父亲用惊诧的目光盯着儿子看。突然，他腿上重重地挨了一脚，痛得扭歪了脸。他愤愤地喝道："你发什么神经病！"

与此同时，儿子骂道："妈的，这一脚又没踢中！芝麻足球队真臭！"

父亲："踢中了！"

儿子："没有。"

父亲："踢中了！"

儿子："我说没有！"

父亲撩起裤脚管，小腿上露出一块乌青："你看！"

儿子奇怪地："你是怎么搞的？看报也会受伤？"

父亲恼火地："是你踢的！"

儿子疑惑地："我没踢你呀！"

父亲："踢了！你刚才在桌底下这样……"他一踢脚，脚碰到了桌腿上，疼得"唷唷"直叫。

儿子："我明白了，是桌子踢你的。爸，把你的另外半张给我。"

父亲哼了一声，不理睬，看报。

儿子把手上的一张报纸撕下一块："我跟你换，这里有篇好文章。"

父亲依然不理。

儿子没法，看报。突然说："我这儿有条谜语，你想猜吗？"

父亲不语，自顾看报。

儿子激将："对，你不懂谜语，最简单的也猜不出。"

父亲上当了："谁说我猜不出，你说。"

儿子照着报纸念："乌鸦咬住狗尾巴。你猜，打一件日用品。"

父亲猜："铁锅。"

儿子："不对。"

父亲："煤球炉。"

儿子："不对。"

父亲："抽水马桶。"

儿子："不对，不过已经接近谜底了。"

父亲又想，想不出，说："你说是什么？"

儿子："不告诉你。"

父亲："你把报纸给我。"

儿子："你的也给我，我们换。"

父亲看看儿子手上的那一张报纸："你那张这么小，我不合算。"想了想，"换！"

父子交换报纸。

父亲在报上寻找谜底："谜底在哪儿？"

儿子大笑："别找了，报上没有谜语，我是骗你换报纸！"

父亲气得直瞪眼："你这小子……笑，笑破你的脾脏！"

儿子："想击败对方得靠智慧！"

两人看报，不断地撕下一块来和对方交换。报纸被撕成了一小块一小块。

儿子被父亲正看着的那块报纸的反面的一篇文字吸引住了。渐渐地将脑袋凑了上去，因为看不清，索性在父亲面前蹲下，从下望上看。

父亲故意移动报纸。

儿子的脑袋跟着报纸移动。

父亲站起身，一边看报一边走动。

儿子也弯着腰，盯着报纸走动。

父亲："你这是干什么？那么多报纸你不看，就盯着我手上的。"

儿子："爸，我看你这篇东西，对你大有用处啊。给我，我来念给你听。"

父亲："给你？我不上当了。"

儿子："真的，糖尿病的新疗法和自我护理，你有糖尿病，正需要这篇文章。所以我想看看仔细。"

父亲翻过报纸来看："是真的。哎唷，不好，只有半篇。"

儿子："我们快找。"在桌上报纸碎片里寻找起来，找得十分认真。

父亲怔怔地看着儿子，若有所思。

儿子终于找到了那半篇文章，兴奋地："找到了，找到了！"

父亲突然一阵感动："儿子唉！"

儿子："怎么？"

父亲："儿子啊！"

儿子："干什么啊？这样叫。"

父亲："原来你心里也有我。"

儿子："废话，儿子心里没老子，还叫什么儿子，快把这篇文章黏起来，藏好。"

父亲："对，对。"

两人动手用饭粒把撕成两块的文章黏在一起。

父亲:“从明天起,不要再撕报纸了,你先看吧。”

儿子激动地扑在父亲怀里。

桌上碗筷狼藉,还有被撕得七零八碎的报纸……

1997 年 8 月

如此美食家

甲 我与孙明都是五十几岁的人了，体形开始变了，特别是孙明，年纪轻的时候身材苗条得不得了，他去报考芭蕾舞演员，因为体重太轻，身体太败，被筛了下来。现在，他不谈了，我可以做一套衣服的衣料，他拿去只能做一条平脚裤。

乙 大家一看筱声咪这副身材，就可以知道世上有的地方还在闹饥荒。

甲 大家一看到孙明这副身材，就可以知道世界上闹饥荒的原因了！

乙 这句话倒听不懂了。好像话中有话，让我回去好好研究研究。

甲 老实告诉你，我并没有碰到啥饥荒，你不要看我瘦小，我筋骨好，从来不生病，外加特别吃得落。

乙 讲到吃，你根本不是我的对手。

甲 谈也不要谈，我这个当厂长的，什么东西没吃过？天上飞的，水里游的，草里爬的，我都吃过。

乙 怪不得有人对我讲，最近筱声咪吃头势结棍，就连天上飞的飞机，水里游的航空母舰，草里爬的装甲车都要吃的。

甲 喂，你当我是变形金刚是哦？我讲的是天上飞的飞禽，水里游的鱼虾，草里爬的田鸡呀。

乙 那你也不如我。我这个办公室主任，像什么川帮，湘帮，广帮，本帮，苏帮，锡帮……连得杨京帮(洋泾浜)我也吃过。

甲 有得吃洋泾浜，倒不如吃肇嘉浜。

乙 搞什么呀，杨京帮就是杨帮和京帮。

甲 那你也不如我。像什么炒的、炸的、拌的、熏的、卤的、烤的、醉的、腌的、泡的、酱的、烘的、霉的、氽的、焖的……就连煎糟风(鸡爪疯)我也尝过的。

乙 你倒不去尝尝“人来疯”？

甲　我讲的是煎的、糟的、风干的，这个“煎、糟、风”。不瞒你讲，全国其他地方的名饭店不讲，就拿上海来讲，几乎所有的有名气的饭店我都去吃过了。

乙　（咕）乖乖，碰到天吃星了！（装作不屑地）这有什么稀奇？上海有名气的饭店的每一只台子上，都有我扔下的餐巾纸。

甲　上海有名气的饭店的每一张椅子，我都坐过。

乙　不要讲每一张椅子，就是饭店里的扶梯台阶，我也坐过的。

甲　啊？

乙　我吃醉后坐上去的。

甲　你不可以少吃点嘛。

乙　横竖不花我一分钱，不吃白不吃。

甲　（严厉地）孙明同志！亏你还是一位领导，怎么能说这样的话？我们怎么能吃国家的白食？

乙　我一不贪污，二不受贿，吃点国家的，算得了什么。难道你上饭馆，还要自己掏腰包？

甲　这是当领导最起码的准则嘛！

乙　那么你在有名气的饭店里吃一顿，付多少钱？

甲　（做了一个“一”和一个“七”的手势）这个数？

乙　一百七十元？

甲　一角七分。

乙　一角七分？那是市内出差伙食补贴呀。

甲　我们当领导的就是要按规定做，决不能搞特殊化。

乙　喂，一角七分，那是过去的标准，现在已经涨到一元了。

甲　我们当领导的就是要带头抵制乱涨价的歪风。

乙　那你付了一角七分，都吃些什么？

甲　吃得不算多，像那次庆祝厂中心浴室建成的宴会上，我只吃了一只冷盆，两只热炒，半斤黄酒。

乙　那次欢送王书记回乡探亲的宴会上，我一个人就吃了一只什锦大拼盘，四只热炒，一只沙锅，两斤黄酒。

甲　喂，这么多菜，你一个人吃得下？

乙　吃得下。不瞒你讲，我这只胃比一般人的胃要大得多。

甲　多少大？

乙 医生说，我的内脏除了胃，其他几乎没有什么了。就像面包车里塞了一尊大象，其他东西已经放不进去了！

甲 那你的心肝呢？

乙 只要有得吃，心肝小一点无所谓，就是没心肝也不要紧，它们在体腔内占地方，真讨厌！

甲 那你还是不如我，我曾经一个人吃了一桌酒水。

乙 你吃得下吗？

甲 咦，吃不了可以兜着走嘛。我公文包里带着马甲袋，饭盒子。

乙 什么，去吃饭还带马甲袋和饭盒子？

甲 带着十几个呢。虽然是吃国家的，但也不能浪费，要知道，浪费是极大的犯罪。像这次我们单位的产品在质量检查中，被评为劣质产品。为此，我在"庆功楼"里办了八桌，大家吃得一点也没有剩下。

乙 喂，被评为劣质产品，还要办酒啊？

甲 这很有必要嘛，大家可以在酒席上更好地找出产品质量差的原因。实践证明，我这个办法还是行之有效的。大家在酒足饭饱之后，得出的一个结论。

乙 什么结论？

甲 今天酒席上的茅台酒是假的。对了！这次质量检查团来我厂时，我们招待的也是假茅台。所以我厂的产品理所当然的被评为劣质产品。

乙 如果招待的是真茅台呢？

甲 真茅台是优质产品，那我厂的产品当然也应该获优质产品的称号。通过这件事，我明白了一条真理。

乙 什么真理？

甲 要想厂里的产品质量过关，首先要把住茅台酒的质量关。明天我重新宴请质量检查团，请他们再来检验一下茅台酒的质量，这就叫做，要知道梨子的滋味，还得亲口尝一尝。

乙 你还真的愿意下本钱！

甲 有什么办法呢？不瞒你说，最近我们单位产品积压，每次到月底，连工资也发不出。

乙 你们这样穷，还要请客吃饭啊？

甲 目光不能这么短浅嘛！要站得高，看得远嘛！越是穷么，越是要吃，这就叫——穷吃。

乙 （严厉地）筱声咪同志！亏你还是一位厂领导，怎么能说这样的话，难道你不明白这个道理：越吃越穷嘛。

甲　(嘀咕)他六月里的债还得快的。

乙　上次,我带了一个工作组到一个濒临倒闭的企业去开展工作。他们准备了两桌酒水,我知道后,非常气愤:我们不是刚刚学习了上面的文件,文件上不是要求我们大大减少台子上盆子的数量嘛。现在,酒席上放着那么多菜,让别人看见影响多不好。我当机立断,叫服务员立即把菜带回厨房统统装进几只大的盆子。

甲　有这个必要吗?

乙　怎么没有这个必要。经过这样一改,台上只剩下四五只盆子了。我们当领导的就是应该带头执行上面的政策。

甲　你那些盆子有多大?

乙　也不算大,直径二尺,跟面盆大小差不多。

甲　我有五只像垃圾桶盖头那样大的盆子。

乙　太小了。前几天,我特地到镇江预定了五只火车轮盘一般大的盆子。

甲　我已经从外国进口了五只像浴缸一般大的腰盆。

乙　喂,你到底是吃饭还是洗澡?

甲　吃了饭洗把澡,更能增强食欲。

乙　就增进食欲而言,浴缸里洗澡有什么稀奇。我们单位第三产业办的大酒店里有桑拿浴室。

甲　啊?! 你们一家工矿企业,还开大酒店?

乙　啊呀,不要大惊小怪。你没有看见,现在四面八方、上上下下,各行各业,有一些人都在"吃"上面做文章,你如果没有熟人,饭店里订不到酒席。自己办了大酒店,就方便多了。再说,工矿企业办酒店,也不是我发明的,现在菜场里面办餐厅,厕所门口开饭店,机关当中办酒家,可说是"百花齐放"。

甲　你们的酒店,最贵的多少钱一桌?

乙　五百元。

甲　太低了。明天中午,我在华侨饭店订了一桌酒。价格八百元,宴请一位香港老板。

乙　你们厂不是连工资都发不出吗,哪还有钱宴请香港老板?

甲　我卖掉了厂里的一台机器。

乙　卖掉了家当请客啊?

甲　这叫竭诚相待,感情投资,如果那位香港老板一高兴说不定会请我去香港吃饭呢。这样吧,明天中午,请你也来助助兴。

乙　这不好意思。

甲　这有什么关系。你以后也可以请我嘛,我俩请来请去,这就叫加强横向联系。

乙　那好。这个周末,我儿子结婚,请你去喝喜酒。

甲　我一定去。

乙　我向你打听一件事。现在吃喜酒,得送多少礼?

甲　(嘀咕)他在甩领子嘛。老孙,周末我正好没有空,下次等你孙子结婚时,我一定来。

乙　你真的没有空?那怎么办?

甲　那你明天中午华侨饭店也不用来了。

乙　不去就不去,我根本不在乎吃一顿。

甲　你吃的机会再多也没有我多。(从衣袋里掏出一封信)。这是我秘书刚刚给我的。又有得吃啦!(拆开信封,读)"筱声咪同志,鉴于你厂流动资金均被招待费用光,已面临倒闭,故请于明天上午到公司纪委交待利用公款吃喝的问题……"啊?!

乙　哈哈,我叫你吃得开心,明日到纪委,后天怕要给公安局找去了!

甲　(木然,又继续读信)"并请通知孙明同志一同前来交待吃喝问题"。好啊,你也逃不脱!

乙　啊!

1989 年 3 月

独脚戏

心　　声

——纪念中国民主促进会成立60周年

表演者——甲：杨元道　乙：姚琪儿

【甲在培养感情。

乙　杨一笑，今朝阿拉两个人来表演。侬是上手，说相声把这个叫“逗哏”。懂吗？“逗哏”啊，好开始讲了。（见甲仍在培养感情，再次催促）朋友，好讲咪！

甲　（仍不为所动，嘴未动，而从牙缝里吹起口哨曲子《真是乐死人》。）

乙　（环顾四周，大惑不解）啥人在吹口哨，抢阿拉的生意？

甲　（笑眯眯地继续把口哨曲子《真是乐死人》吹完。）

乙　噢，杨一笑要欣赏完口哨《真是乐死人》才开始表演。

甲　琪儿，你耳朵是否重听？刚刚的口哨曲子《真是乐死人》，就是本人演奏的。

乙　贪天之功！刚才，我看得清清楚楚，你连嘴都未动过。

甲　这就对了！今天是啥格日子？

乙　这个我晓得，今朝是中国民主促进会成立60周年的纪念日。

甲　我是民进会员，今朝是阿拉的大喜日子！所以我要演奏《真是乐死人》。

乙　可是，我没看到你动过嘴呀！

甲　这就对了！这是我的心声。心声懂吗？就是发自内心的声音。

乙　（大惊）对对，哎哟！想不到杨一笑，你还有这种绝招！我一定替你去申报吉尼斯纪录！

甲　千万不要大惊小怪，我们民进会员中藏龙卧虎，专家学者比比皆是，精英能人多得不得了。我只不过是玩玩雕虫小技而已。大家讲，是吗？

乙　钦佩、钦佩！杨一笑，看来，你今天是有备而来，还有什么生活要奉献给大家？

甲　不敢班门弄斧。

乙　这就是你的不对了！民进是你的娘家，在自己的娘家人面前，你还要留一手，这是不可以的！大家讲，是吗？

【场内："是的！"

甲　今朝把我弄僵了。

乙　就是要弄僵侬！"逗哏"介好当？现在，不许再吹口哨，要来实实在在的演奏。

甲　我没带乐器啊！

乙　这个嘛，只能怪你自己！当兵的，出来不带枪，终归没道理。

甲　要想弄僵我，谈也不要谈！我们民进会员，个个都是钢铁汉，爱党爱国，困难永远压不倒我们！

乙　好了，大话不要多说了，来吧！

甲　各位前辈，各位朋友，下面，要我演奏……可是……

乙　（打断甲）不要啰嗦了，快演奏呀！

甲　要想弄僵我，谈也不要谈！困难永远压不倒我们民进会员！

乙　口气超过力气，快演奏呀！

甲　各位前辈，各位朋友，下面，我演奏的节目是《×××》。

乙　乐器呢？

甲　带来了，全在我的脸上！

乙　（讽刺）哦，晓得了，杨一笑的嘴巴是小喇叭，伊格耳朵是小锣，伊格鼻头是小号……

甲　（打断乙）不要挖苦我，情况差不多就是这样！

乙　口气大格！快演奏呀！

【甲表演曲子《×××》。演毕，全场报以热烈的掌声。

甲　谢谢！

乙　（惊讶）杨一笑真是多才多艺！是超级男生，真有两下子……

甲　难道本人只有两下子吗？

乙　难道侬有三下子？

甲　岂止是三下子。

乙　杨一笑，骨头不要轻，我跟你同事这么多年，对你还不了解吗？你就会这两手！如果侬有第三手，我倒过来用手爬出去！

甲　（哼起曲子，脱掉上衣，跳起喜庆的伦巴。）

乙　跳舞，这有什么稀奇？里弄阿姨妈妈全会跳！

甲　那么，今朝豁上了！

乙　慢，来套太极拳是吗？这儿的老师全会！

甲　那么……

乙　慢，唱歌是吗？这儿的歌唱家有几十位！

甲　那我表演三管齐下的书法，怎么样？

乙　什么是三管齐下的书法？

甲　就是左右手各拿着一枝毛笔，嘴里还要咬一枝毛笔，同时写字。

乙　这是妖怪！一般的人，没办法做到的。

甲　算算你们姚家也是大户人家，连三管齐下也没见过，可惜可惜！

乙　不要为我可惜，我倒在为你担心！不要弄僵自己！来来，大家鼓鼓掌，叫他表演“三管齐下”，我们把他弄僵！

甲　笔墨伺候！

【工作人员搬上纸板、笔墨。

乙　看看他怎么出洋相。

【甲“三管齐下”写下：“民进一甲子，光辉六十年。”

【全场热烈鼓掌。

乙　厉害！果然是三管齐下，我要告辞了……

甲　慢！不要溜走，刚刚大家讲好的，只要我能三管齐下，侬就要爬出去的！……

乙　奈我弄僵来……

2008 年 3 月

独脚戏

意外收获

【甲和乙分别从台的两侧上场，甲似有积怨，见了乙故意不睬。

乙　××，好久不见，你好吗？

甲　（不睬）……

乙　××，是不是跟你太太吵架了？

甲　（还是不睬）……

乙　噢，他大概是得了小儿百日咳，多打了几针青霉素，耳朵聋了。

甲　啥人聋了?！我看你变戆了！

乙　我怎么一点都没觉得？

甲　没看到我在生气吗？

乙　没看出来，我还以为你在发毛病呢！对不起，对不起！老兄，为啥生气？

甲　我结婚，请你们一家来吃喜酒，你为啥不来？

乙　（支吾其词）这个……

甲　阿是为了节约几张大团结？也太小儿科了，其实，即使你来吃白食，我也高兴，多年的老朋友嘛！……

乙　（打断）好啦！我也不至于那么小气，我不来是有原因的！

甲　难道你当时也在发毛病？

乙　我没毛病。是我爱人面孔上有病……也不是有病，就是难看得不得了，跑不出门。

甲　××，你这是在瞎讲！你爱人明明长得很好看，人称“黄浦江边一朵花”，怎么讲她难看?！罪过！阿是有了新方向，忘记了糟糠妻？

乙　你想到哪里去了！你知道，女同志到了四十岁左右，面皮下色素极容易沉淀下来，形成色斑。皱纹呢，也会向蜘蛛网一样慢慢布满面孔。你再去看看我太太那张脸，远看像乌贼鱼，近看像橡皮鱼！

甲　也不会介难看。只要原来的底板好，总是不怕的。最多去刮点老粉，再拿砂皮打打，然后上底色，上腊克……

乙　喂喂，你不拿我太太的面孔当面孔，你把它当家具是不是？

甲　要命，要命。我这个油漆工，讲讲要讲到老本行。但是我的意思是不错的，人要涂脂抹粉，这样可以把缺陷遮盖掉不少，使得脸上重新焕发青春！

乙　这是不可能的。我爱人最怕热，她是蒸笼头。如果来吃喜酒，几杯酒下肚，几道热炒一吃，脸上的粉全部剥落，像唐僧一下子变成了猪八戒！

甲　这个倒是难看的！这么说，你爱人现在怕出门？

乙　不是！正在我们焦急之余，盼来了及时雨。

甲　及时雨？

乙　我家隔壁的李医生介绍我爱人服用了几盒"丽质多宝"口服液，两个月下来你猜怎么样？

甲　我怎么猜得着？

乙　效果大大的好！她的皮肤比过去做姑娘时还白嫩细腻，色斑消退了，皱纹不见了。你再看她，远看像细瓷白碗，近看像山口百惠。

甲　勿要太漂亮噢！这样吧，我再补办一桌喜酒，请你们阖家光临。

乙　（面有难色）还是不行啊……

甲　小气鬼，算我请客怎么样？

乙　不是小气，我那儿子……

甲　你的儿子是戆大，这有什么关系？

乙　不是戆大，是弱智儿童。

甲　叫法不一样，意思差不多！上次我到你家来，你儿子居然叫我"奶奶"，还拿出一瓶墨水叫我当可乐喝……

乙　不谈了，不谈了。这种小孩怎么带得出去？

甲　只要我和我太太不计较，不嫌弃，有什么关系呢？！你们全家尽管来。

乙　不行，不行，我们家最近失窃了一些宝贵的东西……

甲　什么东西？是金银财宝？还是港币美钞？

乙　都不是，是几盒"丽质多宝"！

甲　哎哟，大惊小怪！以后窗门关关好就可以了。

乙　算算我家安全工作做得蛮好！我家有铁门，铁锁，机关枪；飞机，大炮，原子弹……

甲　喂喂，你阿是国际军火商？这次海湾战争中一定发了大财……

乙　什么呀！那是我儿子的玩具。算了，算了，既然“丽质多宝”效果那么好，我只好自认倒霉，再去买一大箱。但是不出两个礼拜，发现只剩下半箱了。

甲　有没有撬窃的迹象？

乙　没有。

甲　那一定出了内贼。

乙　（自语）算算我每天悄悄吃一小瓶，也不至于消耗得这么快……

甲　噢，原来是你自己在偷吃！

乙　也不算是偷吃，只不过我太太不知道而已。

甲　那你吃下来，效果怎么样？

乙　我过去失眠，现在困得着了，胃口也好多了。

甲　所以，夜里就是有人偷吃“丽质多宝”，你也一点没反应，这个人会是谁呢？

乙　是我儿子！

甲　就是那个戆大啊！

乙　不是戆大！

甲　对对，是弱智儿童……

乙　早已不是弱智儿童了。

甲　“瘌痢头儿子自称赞”。你有什么证据说明你儿子已不是“山瑞哥哥”了？

乙　你记得哦？过去我儿子叫我不叫爸爸，叫“孙子”，叫他妈妈，“妹妹”。

甲　那么现在呢？

乙　现在你看——（扮自己儿子，将甲当作自己的爸爸）爸爸。

甲　（扮乙）哎——宝宝，你怎么刚刚拎清，想到叫我“爸爸”？

乙　你不喜欢是不是？那我重新叫你“孙子”。

甲　我是想晓得，你怎么一下子聪明多了。

乙　爸爸，我也不知道为什么。

甲　你吃过什么药片吗？

乙　我没吃过药片。我吃的是“丽质多宝”。一天吃五瓶……

甲　噢，丽质多宝原来是你偷吃的！

乙　爸爸，请你不要用“偷”这个词，要是再用这个字眼，我就要重新叫你一声“孙子”……

甲　这可万万使不得！

1996年11月

滑稽小品

卫生之窗

人物 高、矮科员各一

布景 由三个窗子(大小不一,中间一扇较大些)组成的一个窗户。旁边墙上贴了一张标语“热烈欢迎局卫生检查团!”还挂着一个扩音小喇叭。一张办公桌旁,有三个靠椅。

【矮个子坐在办公室抽烟、喝茶、看报。

【高个子匆匆进来。

高 主任说,局卫生检查团马上就要来突击检查,你知道不知道?

矮 知道!(他用手指了指墙上的标语。)

高 知道,你为什么不把这扇窗户擦一擦呢?

矮 我在等你和老李,众人拾柴火焰高嘛!

高 (自语)他这个人啊,一点都不肯吃亏!(对矮)那好吧,我们一起等老李来了以后再动手吧!

矮 这就对了,“三个臭皮匠,顶个诸葛亮。”我们只有两个人,就凑不成诸葛亮,不能硬撑。

【高给自己泡了杯茶,点上烟,拿了张报纸看起来。这时,扩音喇叭响了起来“紧急通知!紧急通知!现在,卫生检查团已经乘上车子,在来本单位的路上。还没有打扫过的办公室应赶快动手打扫!违者罚款!”

高 (对矮)我们单位的情报工作还真灵。那儿一出动,这儿就知道了。

矮 (看看表)老李老迟到,太不自觉了,影响了我们的步调一致!

高 不去管他了,我们先把两扇窗子擦干净,留一扇给他擦就是了。唉……

【矮个和高个都非常不情愿地各自拿了块抹布。

【矮个突然想起什么,跑到窗户跟前,用手去量一扇玻璃的尺寸。

矮　(自语)这中间的玻璃,面积最大,当然留给他们两位去挑。(他又去量左右两扇玻璃窗。)

【高个见了,明白是怎么回事了,就去拿了一把尺子递给矮个。矮个接过尺子,将两扇小窗子反复量了几次。

高　量好了没有?告诉你,两扇小窗子尺寸一样大小。随你挑一扇好了。

矮　你倒挺大方。好吧,我就拣左边这一扇吧。左总归比右好。

高　我就拿右边的这一扇吧。"座右铭"总是个好字眼吧。可见,好的东西总是放在右的地方。中间这扇大的,就留给老李吧,谁叫他来得这么晚!

矮　(埋怨)老李身体不大好,你就体谅体谅他,让他擦你选中的那块玻璃吧!

高　一样,一样,你把"左派"留给他当吧,你就当个中间派吧,我是甘愿当"右派"了!

矮　我是坚决反对中庸之道的!宁可左一点。

高　好啦,废话少说,咱们开始擦吧。晚了要罚款的!预备——开始!

【两个人立即擦起左右两扇窗子。矮个擦的动作像机器人,又像在跳迪斯科。高个有气无力,像是电影里的慢动作。

高　喂,你在干什么?

矮　干什么?!——擦玻璃!

高　不像,不像,像是跳迪斯科!

矮　你呢,有气无力的!像打太极拳。

【他俩擦了一会儿玻璃后。

两人　(欢呼)噢——擦好了!我们解放了!

高　这下我们又可以定定心心看报学习啰!

【高个和矮个欲坐下。喇叭里又响了起来:"紧急通知!紧急通知!检查团的车子,离本厂只有200米了,快查一下。还有什么地方遗漏掉,没打扫过,违者罚款!"

矮　啊?!要罚款?好,让他们罚老李的!

高　我们肯定也要被追究责任,弄不好,也要被罚掉些钱!

矮　说得有道理!那你就发扬点共产主义风格,帮老李擦掉中间那窗子算了!

高　反正你比我左,那你就多树立点为人民服务的思想,再动动手算了!

矮　你报纸看得不少了,总应该看到,现在还是在提倡学习雷锋的精神吧?(唱)"学习雷锋,好榜样,多擦一扇玻璃窗!"

高　《霍元甲》,你不至于没看过吧,要助人为乐!(唱)"昏睡百年,国人渐已醒。帮助老李,擦块玻璃，你应该义不容辞！”

矮　我多做，你给奖金？

高　你思想比较左，怎么开口就是钱？

矮　你不讲钱，那你擦！

高　我不讲钱，但是劳务费嘛，还是要的！

矮　好嘛，脚碰脚，一路货，还唱什么高调？！

高　（拿出尺子）我看别争了，再争下去，要被罚款了！我们把窗子量一下，各擦半扇窗子怎么样？奖金嘛，以后向老李算！

矮　好，都是炎黄子孙，要团结！我来测量吧。

高　不要短斤缺两，那儿有公平秤的。

矮　你当这是买小菜啊？（矮个量好后，用粉笔在玻璃上画了一条直线，一分为二）

【高个不放心，拿过尺子也量了一量。

高　果然左边短了一公分。还好用“公平秤”称了一称，果然短斤缺两！（他把粉笔擦了，重新画了一条线）

矮　（又去量了一下，一边嘀咕）这么小气，斤斤计较，怪不得人这么瘦！

高　（反嘲）你总是短斤缺两，所以个人也短了一截。

矮　好了，不跟你一般见识。预备——擦！

【两个人又重复刚才的动作。那条粉笔线始终无人去擦。擦毕，两人疲惫地坐在椅子上。

矮　啊，总算擦好了，这个该死的老李！

高　啊，好吃力啊！昨天晚上白睡了！

【喇叭里：“欢迎！欢迎！热烈欢迎！”

矮　检查团进厂了！喂，那条粉笔线，你去擦了。劳务费由老李追加。

高　你是老李的什么人？口气这么大！还是你去擦吧。我那份奖金里，拿出两分钱给你！

矮　两分钱？掉在地上都没有人捡！

高　（仔细听状）听！检查团已经上楼来了。

矮　是嘛?！那你去擦掉那条线算了！我这两天关节炎又发了。

高　我这两天胃有毛病，是硬着头皮来上班的。你就发发慈悲吧！（仔细听状）听，检查团已经在门外了。

矮　有了，我有办法了！

高　(凑上去)什么办法,快说给我听!

【矮个凑在高个的耳朵上,眉飞色舞说了几句。高个高兴得连连点头。这时,响起了“笃笃笃”的敲门声。矮个用抹布包在手上,一拳将玻璃砸碎。(强化音响效果)高个连忙将标语覆在窗上,并用图钉钉牢。

矮　(跷起拇指)高,实在是高!你真是老谋深算!

高　你才是绝顶聪明,才高八斗!

矮　看,他们进门来了。(他拉高个站在窗下)

高、矮　欢迎,欢迎!热烈欢迎!

【两人热烈鼓掌,笑容可掬(定格)。

1986年10月

滴水的悲剧

人物(6人):

薛水　中年男子

小俞　邻居小孩

由演员扮演的彩电、电扇、大衣橱、金鱼(女演员饰)各一

布景:

市民薛水的家,单室户。有一桌、一椅、一床。一鱼缸放在桌上。靠浴室门,有一自来水龙头在"嘀嗒,嘀嗒……"滴水。龙头底下是个浴缸,里面蓄着一半的水。墙上有一日历:"6月7日"。

薛水开门进来,"彩电"、"电扇"、"大衣橱"等众家什立即立正,显得很恭敬。(金鱼暂不出场)

薛水环顾众家什,笑道:"心爱的伙计们,你们这么恭恭敬敬地把我当皇帝来迎接,使我这个钻石王老五深受感动,我就要出差去了。我一定会想念你们的!"

众家什弯腰道谢。

自来水龙头在滴水,"嘀嗒,嘀嗒……"

薛水:"先向大家作个自我介绍,我姓薛,薛宝钗的薛,大名叫水,自来水的水!单身好男人。我的最大优点就是节约!否则,将来哪来那么多钱去娶女人?对吧?所以,我用滴水的办法来节约水费开销。"

薛水见浴缸中的水已经很满,就立即拿来一个塑料桶舀了一桶水:"哎,不用掉些,将来水就会漫出来!好吧,临行前,拖一下地板!"薛水用遥控器打开"彩电","彩电"哼起地方戏。薛水皱皱眉头:"听不懂啊!换频道——"顿时,"彩电"唱起了现代流行歌曲。随着歌曲的节奏,薛水做起了拖地板的动作。节奏太快,薛水忙得上气不接下气,"关了,关了!看

你还能疯狂吗?!”薛水用遥控器往“彩电”方向一点,“彩电”做一个定格动作。

自来水龙头在滴水,“嘀嗒,嘀嗒……”

薛水来到“电扇”跟前,拍了拍“电扇”:“朋友,帮我吹掉点湿气!”

“电扇”:“愿意竭诚为您服务!”随即舞动双手,做电扇吹风状,嘴里还有“呼——”的声音相配套。

薛水:“我得把门窗打开,把湿气赶出去!”薛水做推开门和窗的虚拟动作,惊叫:“哟!蟑螂——”薛水脱下一只皮鞋用力去拍,蟑螂似乎在逃,薛水拼命追,他用力一拍,然后缓缓揭开鞋子,仔细一看:“要死!是一摊墨汁!让蟑螂溜了!”

薛水突然想到了什么,自语:“哎,我得在门窗四周钉上橡皮,免得出差期间,这里成为蟑螂集中营!”

自来水龙头在滴水,“嘀嗒,嘀嗒……”

小俞从窗口探进头来:“薛水叔叔,我妈妈叫我来统计一下自来水数字,你这个月水表走了几个字?”

薛水:“哟,是小俞啊!我用水嘛,老规矩,半个字。你还是算一个字吧!我这个人一向大方得很!”

小俞:“叔叔,你用水真节约啊!”

薛水:“我本来就叫薛水嘛!珍惜用水,知道不?不过,也有窍门,滴水的窍门知道吗?……”自知失言,赶紧捂住自己的嘴。

自来水龙头在滴水,“嘀嗒,嘀嗒……”

小俞:“还有窍门啊?”

薛水:“没有没有,小俞,我是说,我的房门没有人能撬得开!”

小俞:“是这样啊!好,叔叔,那再见了。”小俞下。

自来水龙头在滴水,“嘀嗒,嘀嗒……”

薛水自语:“要死,差点说漏嘴!”他忙背上旅行袋,拎起包就要离走。

“电扇”叫道:“哎,哎,主人,别走!我累得快趴下了,把我关掉再走!”

薛水:“哎,差点忘了!瞧我这个人,就是有点丢三落四!”薛水立即跨步上去,按了一下“电扇”,“电扇”立即停止了甩手运转,然后垂头喘气。

自来水龙头在滴水,“嘀嗒,嘀嗒……”

薛水走动时碰着了鱼缸,他马上想起:“哦,对了,还得给金鱼喂点食料!否则,它们会饿死!”薛水掀开一个瓶盖,向鱼缸里倒了一些食料。然后一看表,惊叫:“哎呀!时间很紧了，还要去赶飞机呢！拜拜——”说完，薛水匆匆出门，关上门，奔跑而下。

自来水龙头在滴水，“嘀嗒，嘀嗒……”叠日历一页一页掀着。混入渐渐声音响起来的波涛声。

“金鱼”游了出来，一边游泳，一边嚷嚷道：“我是一条金金鱼，今天游到大海里。奶奶曾经告诉我，金鱼祖先在海里。”

“金鱼”游到“大橱”前，掀了掀“大橱”的衣服：“咦？大橱伯伯，您怎么像我们动物一样，会脱皮的？”

“大橱”晃了晃庞大的身躯，苦恼地说：“唉。金鱼小妹，我本来就是用胶水黏的！现在长时间泡在水里，还能不脱皮？！水再涨上来，我也要游泳了！”

“彩电”说：“我已有一半泡汤了！这样也好，我可以提前退休了！享享清福啰！”

“电扇”表现出被水流冲得站不住的样子，干脆跳起现代舞来。当它要摔倒时，“彩电”、“大橱”、“金鱼”忙上去扶住“电扇”。“电扇”说：“谢谢！谢谢！我算完了！唉，这个薛水啊，真是聪明一时，糊涂一世啊！为了节约几块钱，竟让我们遭受水灾之苦！快成植物人！”

“彩电”和“大橱”舞动着一根四五米长的蓝线由低处往高处升（大约1米多）。叠日历在翻动，最后定格——“8月13日”。

“彩电”：“哎唷，水涨得越来越高了，我差不多要窒息了！”

“大橱”：“我早就头重脚轻了！”

“金鱼”：“那干脆，咱们跳舞吧！”

“金鱼”和众家什手拉着手一起跳起舞来。“电扇”一个趔趄，将窗子撞碎（配上强烈的音响效果）。

小俞上，凑近薛水家的窗户，大叫：“谁啊？！”

众家什急忙惊叫：“有人来了！”他们躲到了墙角处。

小俞推开窗户，拍手叫道：“薛水叔叔家快成游泳池了！乌拉——也省得我到远处去游泳了！”他脱下衣服，爬进薛水的屋内，游了起来，他惊喜地叫道：“啊？还有金鱼！”他去追逐“金鱼”，“金鱼”拼命逃跑。

“金鱼”大叫：“饶命！饶命！”

“大橱”、“彩电”、“电扇”一边朝小俞处游，一边去拉小俞的身子，目的是要保护“金鱼”。

薛水回到家门口，不解地自语：“什么怪声音？”他又紧张地环顾四周：“别来了小蟊贼！早知道，我就不出差了！”

他掏出钥匙去开门，只听得一声巨响（配上强烈的浪潮的声响），“大橱”、“彩电”、“电扇”、“金鱼”、小俞蜂拥而出，撞在薛水的身上，转了几个圈后，纷纷翻倒在地。

薛水爬起身来，摔掉脸上、身上的水，上前把小俞抓起身来，悲号般地问道：“这是怎么回事？怎么回事啊?!”

小俞一脸茫然：“我以为叔叔家变成游泳池了，才进去玩玩的！好了，我得回去换衣服了！”

薛水沮丧：“这下好了，家具什么的全泡汤了！节约了点小钱，赔了大钱！”

“大橱”、“彩电”、“电扇”、“金鱼”一下子爬起来，围着薛水跳起舞来，边跳边唱：“拣了芝麻丢了西瓜，实在是个大傻瓜！羞！羞！羞！……”

（1984年6月创作，在《大舞台》的《“阿东门的街”幽默小品集(2)》中播出）

劳模咏叹调

甲　首先，我给大家介绍一下。（指乙）这位是我们单位里的劳动模范——×××同志……

乙　（紧张地）×主任。（用手捂住甲的嘴，往四处看看）嘘——

甲　（不解地）怎么啦？

乙　我这个劳模怕人宣传！像你这样大声嚷嚷，说不定会给我带来麻烦，弄得不好，会使我打一辈子光棍呢！

甲　有这么严重？

乙　不瞒你说。前些日子，我谈了一个女朋友，眼看就要成了，可是，半道上她母亲站出来，坚决反对。

甲　那她要把女儿嫁给谁呢？

乙　也是老……

甲　劳（老）什么？

乙　老（劳）外！

甲　嘿，嫁给外国人啊?!

乙　她母亲还说呢，（学女腔）“劳模太苦了，一点都不实惠，就知道没日没夜地工作，我女儿如果嫁给他，他能照顾得好吗？这种人一点都不懂生活；你看人家外国男的高鼻子，多懂得生活啊！”

甲　怎么见得？

乙　“你没看过外国电影？电影里的外国男同志……”

甲　（抢口）外国男同志?!

乙　“人家整天地带着自己的妻子，在外面游山玩水的。你看仔细了没有？他不仅带自己的太太在外面玩，还带着他的丈母娘呢！”

甲 这老太太也太爱玩了。小×，别理她这一套。我说，你能当上劳模……

乙 (急，大叫)刹车！×主任，我告诉你，如果我真的摘不掉“光棍”这顶帽子，我非去找你的爱人……

甲 啊?!

乙 叫她把她的妹妹嫁给我！

甲 (咕)好嘛，这位说话大喘气的，吓了我一跳。小×，虽然社会上有一小部分人不理解你们劳模，可绝大多数的人对你们还是挺尊敬的，许多人还把你们当作自己学习的榜样。你看(从衣袋里掏出一叠信)这些都是邀请你去作先进事迹报告的信件。

乙 ×主任，由于我老是在外面作报告，嗓子都哑了。

甲 一点小伤，算不了什么。你知道吗？大伙都爱听你的报告！

乙 是吗?

甲 所以你必须有那种精神……

乙 什么精神?

甲 “伤了我一个，激动万人心；死了我一个，自有后来人；生得伟大，死得光荣；生命诚可贵，爱情价更高，若为自由故，两者皆可抛；砍头不要紧，只要主义真……”

乙 都什么呀?

甲 劳模嘛，本来就讲究奉献精神。好了，既然你嗓子哑了，出于关心和同情，我替你想了个办法，你先在家里把你的报告录好音，到了会场你就边放录音，边在台上动嘴，对对口型就行了。

乙 这能行吗?

甲 怎么不行。现在有的歌星就这样！同志，都20世纪80年代了，不要死脑筋了！得讲科学、讲效率！

乙 照你说的，那样，对来开会的人挺不尊重的。

甲 没那回事儿！你没注意吗？现在来听报告的人，也提高了工作效率，好多人都带着录音机呢！他们把电线接在你的放音机上，你放录音，他们会原封不动地录下来，这比速记强多了，这叫配套工程！

乙 都在偷工减料呢！我怀疑，这样作报告，能有几个人来听?

甲 你的这种担心是多余的，领导上早就对此作了布置，为了提高大家的兴趣，动员更多的人来听报告，我们在会议通知上带了一笔。从而，大幅度地提高了到会率。

乙 是什么“一笔”呀?

甲　会后，免费放映一部“儿童不宜”的电影！

乙　什么片名？

甲　《寡妇门前事儿多》。

乙　没听说过有这个名儿的影片，只听说过有一部叫做《寡妇村》的片子。你们尽拿寡妇做文章，不应该啊！

甲　哎哟，差点忘了提醒你，作完报告，你就得离开。

乙　为什么？

甲　不是说“儿童不宜”吗？你还没结婚呢，基本上还是属于大儿童一类！

乙　去你的，轮到看电影，就把我排除在外了。

甲　喔，对了，既然你还没结婚，那这次厂里分房就请你再发扬一次风格吧！

乙　这可不行。（急）×主任，我都三十出头的人了，你知道我有多急，社会舆论太大了。（又一转念）说不定今天我表演完下场后，就有姑娘主动向我求爱，我就会毫不犹豫地——嫁给她……

甲　啊？！

乙　娶她！所以，这次分房我不想让了。

甲　啊呀，你三十出头有什么稀奇，人家金副厂长都快六十了……

乙　金副厂长都六十了，还没结婚？

甲　他孙子还没有结婚！这次，你的房就让给金副厂长吧。

乙　他的孙子多大啦？

甲　不小了！

乙　多大了？

甲　在念小学一年级。

乙　小孩啊？！

甲　有什么办法呢，要敬老爱幼嘛，如果金副厂长这次分不到房，她就不肯退休。你叫我这个主任怎么办？

乙　倒也是的，现在当领导的也不容易。

甲　就是嘛，不瞒你说，这几天我都不敢回家。

乙　怎么啦？

甲　上星期，不是宣布了这次加到工资的人员名单吗？那个绰号叫“刺猬”的，因为这次没有加到工资，这几天是天天上我家来。

乙　上你家干什么？

甲　他要和我实行“三同”，就是，同吃、同睡、同看电视。

乙　真是头“刺猬”！这种人谁见了，都拿他没办法。

甲　在我家吃几顿，我倒不在乎。可他晚上非要和我睡在一起。

乙　为什么呢？

甲　他说，他如果不和我睡在一起——他害怕。

乙　怕点啥？

甲　他说，他怕孤独，怕得忧郁症！

乙　真会耍无赖！

甲　你说说，他一个小青年的，和我非亲非故，天天晚上和我睡在一起。了解情况的人，知道他在和我无理取闹；不了解情况的人，还以为我和他在学外国人的时髦玩意呢！——叫……同什么恋啊？

乙　咳！那是万万使不得！

甲　不过从昨天起，他不纠缠我了。

乙　太好了。

甲　他去纠缠我侄女了。

乙　那怎么办呢？我记得你侄女刚进中学呢！

甲　就是嘛，所以我想来想去，还是化消极因素为积极因素，同意加他一级工资。可是将谁的名额让给他呢？

乙　×主任，这事你可要慎重，一定要做通那个人的思想工作，否则谁肯让出一级工资？

甲　我现在不就在做你的思想工作吗？

乙　你是说，将我的名额让给那个叫“刺猬”的同志啊？

甲　你是劳模嘛，要发扬一下风格，这也是为领导分忧吗。否则，你叫我怎么办？

乙　好吧，谁叫我是劳模呢？这点风格总是有的！

甲　当然咯，有的事儿叫你让，有的事儿还是要为你争取的！

乙　什么事儿？

甲　我们经过反复讨论，觉得有一个名额让给你比较合适。

乙　真的？

甲　厂里给了我们一个名额。

乙　什么名额？

甲　义务献血!

乙　义务献血啊?

甲　听说你干活时,经常要流鼻血?

乙　医生说,那是干活干得比较卖力的缘故。

甲　小×,这也说明你的血太多了,过剩了,与其出鼻血浪费掉,不如将血流到该流的地方去。比方说,你去献血中心,请医生用针筒将血抽出来,那该多好啊,一来,能完成我们厂的献血指标;二来呢,又能给你带来一定的经济效益;三来,可治好你的多血症!

乙　我哪有多血症啊! 主任,既然是义务献血,总要有人站出来的,这点觉悟,我是有的,不过我不要这钱。

甲　不要没关系,可以用这钱买国库券嘛。今天,厂里买国库券,我就决定认购 3 000 元。

乙　真不少。

甲　主任嘛,应该带个头。刚才,我打了一个电话回去,向我妻子请示了一下,决定买它了——(伸出一只手)

乙　5 000 块?!

甲　5 块。

乙　说得这么热闹,只买 5 块啊?!

甲　我妻子太小气,没法子,我只能决定,这个头,我不带了。

乙　那叫谁带啊?

甲、乙　(异口同声)你带啊。

乙　我知道他准会说这句。×主任,这个头……我……我……

甲　小×,你是一个劳模,过去,你一贯处处地方积极带头的嘛! 现在呢,对自己人更要高标准,严要求。最近,就有不少人向我反映,你现在很少到车间上班了。

乙　(嘀咕)我也为这事伤脑筋呢,可你老叫我到外面作报告! ……

甲　作为一个劳模,决不能忘掉自己是一个工人。工人的岗位就在车间,绝不能当了劳模,就脱离群众,高高在上,躺在成绩簿上睡大觉,更不能有了一点成绩,就到处乱吹,生怕别人不知道……

乙　×主任,我……我一定注意戒骄戒躁! ……

甲　好了,时间不早了。我陪你去作报告吧!

乙　去你的!

1989 年 3 月 19 日

荒诞电视小品

佛 庙 新 徒

古庙。古鼎，香烟袅袅，钟磬回荡。

庙门旁黄色的墙上，赫然张贴着一张广告，书曰：“本寺招收新徒十名，有志者今起报名。报名费五十元……”云云。

门旁，石狮圆睁怒目，还是吓不退前来报名的小伙。队伍中有神情黯然的失恋者，有衣衫褴褛的农民，有刚出监狱，头发和服饰尚留犯人痕迹的新公民，有赤膊穿西装，输得几无所存的赌徒，有……

这时，他们的视线都突然朝着一个方向投去。那里走来了一个不满十岁的小孩！

这个小孩的头发，被剪得如同乱割过的韭菜地。不知从哪里弄来的一件老人的大襟衫，被他当成袈裟穿在身上。他神情沮丧，边走边哭，排在庙门外报名者的行列之后。

报名者们面面相觑，或惊、或乐、或议、或疑。

一老僧出来叫号。见队伍末排着一个孩童大惊。便匆匆来到孩童旁问个明白。

老和尚：“阿弥陀佛。小施主，叫什么名字啊？”

小孩答曰：“我叫童童。大伯，快收下我吧！我再也不想回家了！”

报名者们一哄而上，围上来听个端详。

老和尚忙说：“不行，不行！本寺从未招过像你这样年幼的孩童！”

童童发誓：“你们不要我，我就去死！”

“万万使不得！童童，快快告诉老僧，为什么你要当和尚？!”

童童泪水直流：“大伯，大人们太坏了，一点都不让我玩！……”

（回忆）

时钟嘀嗒。清晨。东方泛起鱼肚白。雄鸡啼完，便互斗于庭院。

童童的父亲便来到童童的小床旁，摇其细臂：“童童，醒醒！童童快醒醒！起来练书法！”

童童翻了身，依然睡去。童父便挠其脚底。童童几次双腿抽搐后，便揉开睡眼微醒。童父便将其扶起，一边替他穿衣，一边开导曰："童童，俗话说，少壮不努力，老大徒伤悲。练书法呢，一定要早起。中国古代有个大书法家叫王羲之，每天天不亮就起床练字，练干了十大缸水呢！"

童童往其父端着的痰盂里撒尿，边发问："爸爸，你练干了几缸水呢？"

"我吗……"童父面有羞色，喃喃地答道："我们那时候搞文化大革命，专门搞斗私批修，知识越多越反动，根本不提倡练字。所以我的字写得像蟹爬。现在不同了，你再不能走我老路，你要练出一手好字，出人头地！……"

说话间，完成了给孩子梳洗，吃巧克力，人参蜂王浆等一系列练字前的准备。随即将童童带到写字台前，那儿已经磨好了墨水，铺好了宣纸，放好了字帖。

童童恳求道："爸爸，今天是星期天，放我一天假好吗？你带我去玩！我保证平时天天一早就起来练字！"

童父严肃地："不行！你怎么这么贪玩！常言道，'玩物丧志'，玩有什么意思？哪个成名家的人是靠玩玩出来的?!"便将童童拖上凳子，将毛笔硬塞在童童的手里。

童童昏昏沉沉地写起毛笔字。其父看了一会儿，便说了声："写完两百字，我奖励你两块！好了，我买菜去！"离开了房间。

时钟嘀嗒。毛笔在宣纸上缓缓走动。

童童写着写着，突然灵机一动，便在宣纸上胡乱写道："大人有休息天，为什么我没有？"然后扔下毛笔，扬长而去。

马路上。洁道车慢慢沿路边行驶。树上鸟儿鸣唱，花旁蝶儿飞翔。童童欢奔乱跳地追赶蝴蝶。一老者提着鸟笼走过，见童童在追飞虫，便喊道："童童，过来，过来。"

童童走到近旁便问："爷爷，叫我干吗？是去逛公园吗？"

童爷爷道："正是，正是，快跟我走。"

公园。一帮老人随着录音机里放出的曲子，在练太极拳。爷爷开导童童道："你跟着我们练。别看太极拳慢悠悠的，对身体可有帮助呢！你练好了，兴许也能参加亚运会比赛呢！"

童童无奈，只能跟着爷爷打太极拳。由于无心学习太极，童童的手势是乱来的，做着做着，竟做起广播体操来。众老人掩口发笑，当然也有摇头叹气的。

爷爷见了怨道："你这个孩子，一点都不争气！这样吧，给你十块钱，你给我好好练，别再胡闹！"

童童收下钱,用心地学了几招。

时钟嘀嗒。童童便无精打采起来,终于趁人不备,悄悄溜走。

爷爷打完拳,见童童不在,捧着鸟笼直叹气。

童童来到街上,无聊地沿街看橱窗,被在路上设摊的婶婶撞见:"童童,我的好侄子,你来得正巧,快帮我剁馅子。你看,今天生意多好!"

只见馄饨摊上,人头攒动,男女老少都在美滋滋地吞食一个个饱满的馄饨。

童童操着双刀剁菜。童婶乐滋滋地走了过来:"这孩子就是乖嘛! 婶婶不会亏待你!"掏出两张"大团结",塞进童童的口袋,"好好干,晚上收摊时,我再给你点钱!"

童童无精打采地剁着菜。其母背着一架电子琴,骑着一辆女式自行车远远赶来。她性急火燎地停好车。奔进馄饨铺,夺下童童手里的刀,气呼呼地嚷道:"童童,我就知道你在这儿!"对童婶说,"他婶婶,你怎么叫我儿子干这种下贱活?!"

婶婶涨红了脸:"童童妈,这怎么是下贱活?! 再说我也没叫童童白干,我给了他二十块钱!"

童母:"钱在哪儿?"

童童掏出钱来。童母一把接过钱,扔给了童婶,对童童说:"走,练琴去!"

时钟嘀嗒。"儿童电子琴培训班"牌子格外醒目。教室外站满了家长,教室内,女教师高声说道:"指法呢,我们讲完了,现在开始练琴。"她走出教室,"请家长到校门口去行不行,你们站在这儿,小朋友们还有心思练琴?"

家长们不放心地离去。童童趁女教师不注意,躲到了教师用的电子琴旁,用剪刀将电子琴的插头线剪断,然后,回到座位上。

女教师走进教室:"请打开琴,跟我练《小夜曲》。"

女教师按了按琴,没有声音,便惊奇地检查起琴来。小朋友们按捺不住,笑出声来。

女教师正色:"是谁破坏的?!"

时钟嘀嗒。太阳下山。童童家里气氛严峻。

童父厉声道:"给我跪下!"童母想要阻止,被童父示意别护。眼泪汪汪的童童只得跪下。

童母小声对童父说:"他晚上还要去念英文呢,跪坏了腿怎么行?!"

童父点点头,对童童说:"好吧,这次就饶了你,快去吃晚饭,晚上念英文,千万不要再胡闹了,否则就对你不客气了!"

时钟嘀嗒。童父陪着童童坐电车前去读书,电车路过一站,童童悄悄离开其父从中门溜下。其父发现,试图下车追赶,一腿一手被夹在刚关的车门缝里。

童童跳上出租车,来到游乐场。

童童玩碰碰车,笑得多欢畅。

童童玩游戏机,笑得多甜蜜。

童童玩套圈圈,笑得合不拢嘴。

急坏的,是童童一家子,他们互相埋怨,分头寻找。有的去公安局报案,有的去河里打捞……

童童见到"搜索部队"立即爬上一辆外地卡车。于是便到了古庙。

(回忆毕。)

说罢。老和尚将其领到庙里的庭院中,给童童吃刚出笼的馒头,此时,童家一大帮人赶来。

童童跳上井沿,大声道:"别过来!再过来,我要跳井了!"

童母哭着哀求道:"童童,我的祖宗,你千万别跳井。你有什么要求,我们统统答应!"

童童:"我要玩!我要玩!我要玩!"

童母埋怨其父:"都怪你!谁叫你一早就把他吵醒练毛笔字!"

童父:"你没责任了?你叫他练琴,又读英文,他怎么受得了?!"

童婶:"我可没有责任啊,我是让他干点实惠的!"

童爷爷:"屁话!这么小的孩子,就叫他干活,不是要累死他吗?"

童婶反唇相讥:"你叫他练慢吞吞的太极拳,他就不累死了?"

……

童童:"你们别吵了!给我一个自由的休息天!否则,我就跳了!"

众人讨饶地:"好!好!一切都依你了!好不好?"(定格)

1992 年 9 月

小品

空座的魔力

公共汽车车厢内。售票员前只有一只座位。座位旁，有一个戴着高度近视眼镜的男子站着看书。他的脸，离书本非常近，看得也是非常入迷。车子在摇晃，他的头跟着摇晃，以便目光追踪书上的那些文字。售票员笑道："本领倒不小，看起书来，像在甩拨浪鼓！"

随着一声刹车，售票员叫道："阿南门的街到了，请下车。"

座位上的乘客站起下车，他惋惜地自语道："要不是上班，我就一直乘到终点站，——抢到一个座位多不容易！"

"眼镜"没有听到、看到这些，仍然瞅着他的书。这时，一对五六十岁的老年夫妇（女的很胖）上车。

售票员叫道："上车请买票，月票请出示！"

胖妇脸色冷漠，只是轻轻地哼了一声："月票。"当她看见有一个空位，就尖声叫道："唷，老金！一个空位，快！"

她扭动着肥胖的臀部，刚要坐下。老金急忙跨上一步，拉住胖妇的胳膊，脸色紧张而又神秘地说："慢！柳丝，这个座位……恐怕有问题！"

柳丝埋怨道："看你疑神疑鬼的！会有什么问题？再不坐，要给别人抢去了！"

老金因此担心地瞅了瞅"眼镜"，见他毫无反应，就自信地说："别慌，没人会抢！大概，这座位被人弄脏过，否则……旁边那位也不是傻子！"

柳丝拍了拍胸口："啊呀，还算好！说不定上面小孩撒过尿，或者呕过什么。"她像真的嗅到了什么臭味那样，又皱眉又捂鼻。

老金马上从口袋里掏出一个小瓶递给她："闻闻风油精，抵消掉一点臭气！"

柳丝接过瓶，做了一个表示感谢的动作。突然，又抚了抚自己的两条腿："人家都说'望梅止渴'，我怎么看着这只空位子，越看越觉得腿酸！"

老金："你别垂涎三尺，熬一下吧，就当是早上打太极拳站马步吧！"

柳丝："也只好这么想了。"

随着汽车又停下来的声音，售票员叫道："阿南门到了，上车请买票、月票请出示！"

一对年轻情侣半搂半抱地上了车。男青年见有空位，就'嗖'地窜了上去，将包放在空座上。惊喜地叫道："琴琴，快来坐！""眼镜"的书被他撞落，柳丝也被他撞的差点跌倒。"眼镜"在地上摸寻书本。

"眼镜"："我的书！我的书！"

柳丝："哎唷，我的腰！我的腰！哪里来的戆胚！"

男青年："你嘴巴干净点！"

老金："怎么？你撞痛人家，还有理?！"

柳丝："这个空位，我们没有一个人要坐，用不着这么猴急！"

琴琴挤到男青年身边，拉了拉他小声说："强强，不要上当，快把包拿起来！"

强强："你赶快坐，管他们说什么！"

琴琴："你真笨！这个座位要是没问题，这个大胖子，那个老头子，再加这个书呆子会不坐?"

强强："有道理。到底还是你的脑子活络！"

随着一声尖利的刹车声，车上的人前俯后仰。

琴琴大叫道："啊唷哇！你这个大块头，干吗踩我的脚啊?！"

柳丝："急刹车，有啥办法？你要舒服，坐轿车去！"

强强大怒："啊？你非但不打招呼，还损人?"他举手欲打。

老金惊叫："怎么？你要打人？你敢动她一根汗毛，我的气功是不吃素的！"做发功状。

琴琴按下强强的手："好男不与女斗。老实讲，轿车也不是没坐过！嘲笑别人，算你有钱！"

柳丝："我们穷，你们坐轿车的，是阔佬！"

售票员大喝一声："好了！"然后气愤地说，"吵来吵去，总是这句话，有什么意思?！车子这么挤，明明有空位，偏偏不坐，吵得倒起劲！"

柳丝："就是嘛，我们留个空位给他们，他们却不识好人心！"

琴琴："你还在骂我们！瞧你这德性，就不会安什么好心！"

强强满脸堆笑："胖阿姨，你年纪大，分量重，还是请你坐。"

柳丝："小鬼嘴倒挺甜的。不要叫我……那个阿姨。我叫柳丝。杨柳的柳，丝棉的丝，叫我柳阿姨好了。"

老金:“座位嘛,你们抢到的,就你们坐。你们逛马路,腿也够酸的了。”

琴琴:“讲的比唱的还要好听。哎——会不会是传染病人坐过?”众人都吓得退了一步。

强强连忙将包拎起:“对,完全有可能,什么肝炎啊、疟疾啊、麻风啊、梅毒啊……”

众人面面相觑,都有些恐慌。

“眼镜”放下手里的书:“你们这对小夫妻(强强和琴琴摇手否认,但‘眼镜’没看见)逻辑学得不错,符合推理规律……”他翻看着书,“公共汽车上,坐在座位上,舒服得好像吃蜜糖。现在这么拥挤,座位更稀奇,偏偏无人坐,说明有问题,对不对?你们看,前提,判断,推理,全实实在在的!”

众人都点头称是。

老金:“到底是读书人,讲起来头头是道!可惜已经是马后炮了,我早就有先见之明!”

“眼镜”:“别急,我还有话呢。让我猜猜看……”突然醒悟,“哎呀!会不会是艾滋病人坐过?!”

琴琴紧张的说:“唔,有可能。听说美国以后五年,要死掉十七万个得这种病的病人!”

众人吓得面如土色,又往后挪了几步。

强强大惊失色道:“啊?——那我这个包不要了!”说毕,将包往窗外一扔。

琴琴阻止已晚,她哭叫道:“里面有你给我的十三份情书!”

强强愣了愣说:“只好算了。我再给你补写四十份,行了吧?明天晚上就交给你!”他哄着琴琴。

人们像躲避凶神一样,拼命往那座位远一点的地方挤。老金和柳丝大叫吃不消,“眼镜”的书又掉了,趴在地上,边嚷嚷,边寻找。

售票员苦笑道:“目前,中国还没发现艾滋病呢!你们大惊小怪干吗呢?我敢担保,这个座位绝对没有问题。都挤成这样,还不快来坐!”

“眼镜”:“没艾滋病?谁说的?”

柳丝:“她又不是卫生部长,担保有屁用!”

琴琴:“等到得了这种病,就晚了!我们,可是连婚都还没结呢!”

强强:“在公共汽车上站站,练练脚劲也挺不错。坐着不运动,反而对身体有害!”

售票员:“如果我们这个社会,都像你们这样疑神疑鬼、畏畏缩缩就完了!连一个空位都不敢坐,真是!”

老金:“那你为什么不去坐呢?”

售票员:“我是售票员,有自己的座位!”

老金:“你如果不是售票员呢?”

售票员:“我,我也许会坐。”

老金:“也许? 你也不过是‘也许’而已,哈哈——”

1985 年 10 月

小品

发廊杀手

人物：

屠富——威虎山美发廊的老板

杨小姐——顾客，演员

地点：

威虎山美发廊

【豪华的理发厅。招牌上赫然写着：威虎山美发廊。有一个放各种药水瓶的镜台。一个顾客坐的转椅。镜台上的收录机正播放着《大刀向鬼子们的头上砍去》的乐曲。身穿白大褂的屠富拿着剃刀，在磨刀皮子上划了几下后，便踩着节拍，边舞边挥着剃刀，犹如骑兵在冲杀。

【屠富见杨小姐提着包上，就关掉了收音机。

杨　(看招牌)威虎山美发廊。

屠　(陪着笑脸)哎，正是、正是。

杨　这店的名字起得怪吓人的！店里好像藏着老虎。

屠　你当这是动物园啊?！哪来什么老虎，只有屠富！

杨　(惊慌)屠夫？乖乖，胸口有毛的，会杀人的！

屠　(厌烦地)我姓屠，名富，富裕的富，不是杀人杀猪的那种屠夫！

杨　对不起，听上去差不多。屠师傅，我想问一下，这儿是国营的，还是个体的?

屠　这个问题提得很有水平，一下子接触到要害问题……

杨　(打断屠话)是不是国营的?

屠　当然是国营的。在国内营业做生意，就是国营的！你连这个都不懂?！文化素养啊……

杨　那么多个体户不都是在国内做生意吗？难道都成了国营的？

屠　小姐，你的口才不错。但是只知其一，不知其二。个体、个体是个人开店自成一体。我们发廊呢，有好几个职工，自然不能说是个体户，是多人组成的集体，当然是国营的。

杨　是国营的？

屠　是国营的。请问小姐，有何贵干？

杨　我是来做头发的。

屠　（一股压制不住的喜悦之情，浮上眉梢）好，欢迎，那么请坐！

杨　（心有余悸，不敢就座）请问，这儿价钱贵不贵？

屠　这个问题提得很有水平，一下子接触到要害问题……

杨　又来了，到底贵不贵？

屠　价钱是很公道的，国营的嘛，绝对不会让你吃亏的！

杨　理个发，多少钱？

屠　最多5块。

杨　5块?！这么便宜？

屠　如果你嫌便宜，再加5块也可以。

杨　好，5块就5块。我在这理发了。

屠　非常欢迎！我开始给你理发。请坐好。

【杨坐好，屠给她脖颈围上一条小小的餐巾。

杨　怎么围餐巾的？

屠　像你这样漂亮的姑娘，围上一块大白布，有碍你的形象。知道的，以为你是在理发，不知道的，就认为你得了传染病。比如麻风病什么的……

杨　（愤怒地）你才生了那种毛病呢！

屠　你这个人缺乏幽默感！用小的围兜呢，是为了不遮掉你那漂亮的衣裳。而且能体现出美发师的高超水平。围兜越是小，美发师的水平越是高。他能保证不弄脏你的衣服……

杨　（不耐烦）你也够啰嗦的，快理吧！

屠　（用梳子在杨的头上理了几下）小姐，您贵姓？

杨　我姓杨。

屠　（旁白）噢，一只小绵羊，碰到我这个屠夫，看你往哪儿逃！（屠梳了几下杨的头发，然后左右端详了杨的头发，示意她，已经理完了发。杨没有明白过来，等待着屠的进一步

操作。屠不耐烦了。示意杨从座位上下来）

杨　屠师傅，打什么哑语。动作快一点好吗！我马上还要去参加晚会呢。

屠　晚会嘛，你现在就可以去参加了！我早就帮你理好发了。你连手势都看不懂！还是素养问题啊……

杨　（惊讶）啊？就这么梳几下，就算理好发了？头还没洗过呢！

屠　我知道像你这样档次的漂亮小姐，不会仅仅梳理几下头发就算完事的。好，我来帮你洗。（仔细观察杨的头）哎，你怎么有头皮屑的？

杨　唉——我什么药水都用过了，就是没办法。

屠　不要紧，用"埃及艳后洗发精"就可以药到病除。

杨　从来没有听说过。

屠　怪不得老话讲女人是头发长，见识短。连意大利进口的"埃及艳后洗发精"都不知道！

杨　这种洗发精有些什么特性？

屠　洗发时比较实验，用"埃及艳后洗发精"的这一边，头皮屑就没有了。好，咱们洗头了。（拿起瓶子往杨的头上洒了几滴）好了，头洗好了。

杨　（惊讶）呀——这么快?!

屠　这个，你就不懂了，"埃及艳后洗发精"是采用阿尔卑斯山雪水，加上大西洋鲸鱼熬出来的油做成的，采用高科技混合而成的。滴那么几滴，头就洗好了。咱们这是干洗，不用落水，更不用熨烫。

杨　你当我是旧衣服啊！

屠　头洗好了。再给你上点从美国进口的"东方魔药007生发水"。（拿起药瓶便往杨的头上洒）

杨　"007"？好像是一个外国间谍的代号？

屠　好了，还需要什么服务？

杨　我头发好好的，干吗搽生发水？

屠　杨小姐，我又要讲你见识短了。没听说吗，人的头皮像地皮，肥料经常浇，庄稼长势好。年纪轻的时候，头上浇足肥料，那么到老的时候，依然黑发垂肩，风姿倬约。一些秃头，毛病就出在青年时，死节约，不肯花钱买进口生发水。我相信，你不是这样的人。

杨　话倒是不错。不过，你一会儿用这种药水，一会儿用那种药水，会不会另收费用？

屠　这个问题提得很有水平。一下子接触到要害问题。

杨　会不会另外收费？

屠　干我们这一行是搞艺术的。怎么可以动不动把钱放在嘴上呢?

杨　屠师傅,你的精神真可嘉!

屠　应该的,应该的,还需要什么服务?

杨　通常,我们洗好头,都要烫发。

屠　这是叫你们受罪。说穿了,那是世界上的男人们报复女人的一种方法。

杨　这话倒新鲜。

屠　怎么不是呢,烫发时,头上套了一个马桶。

杨　那是烘发桶!

屠　你说说看,样子跟马桶有多大区别? 戴上它,热的要命,温度在40度以上,头在里面,像是在烘山芋。报纸上讲了,烫一次,要死掉一亿只脑细胞。这是会缩短寿命的。把人烫成戆大的! 所以,我说,这是男人报复女人的一种方式!

杨　(有点急)那怎么办呢?

屠　不用怕,使用日本产的"三口百惠强力冷烫精",蟑螂死光光……(自觉失言)要死,说错了。我意思是:洒上一些,达到烫发的同样效果。

杨　那你洒吧。(等屠在洒时)我今天的整个感觉是:我成了一碗豆腐脑,你爱洒什么佐料,就洒什么佐料。

屠　(洒完药水后,揉搓起杨的头发)杨小姐,你这个姓很有意思。

杨　怎么讲?

屠　比如现在吧,我这么抓啊抓的,人家就会说"羊头上抓抓,狗头上摸摸"。

杨　什么?! 把我当羊头,狗头?! 你在侮辱我?

屠　(假装抱歉)要死,都怪我多嘴多舌。对不起。(整理几下杨的头发,然后走到杨的对面端详她的面容。)

杨　(不满地)你在干什么?

屠　我会看相,我看你这个人蛮有福气的。

杨　是吗? 何以见得?

屠　你看,你的额角很宽敞,这就说明,你这个人福气好,住得很宽敞。

杨　瞎说,我家里头只有40个平方,却住着祖孙三代。

屠　我说你的目光有问题嘛,我是说你的住房前景将是很好的,很宽敞的。面包会有的,牛奶也会有的,宽敞的住房终究是会到手的。

杨　谢谢,但愿如此。你看看,本人的相貌还能看出些什么问题?

屠　你的口型略带方型，嘴角略略有些翘，这说明你很有吃福。你目前享受的可以说是每日一小宴，三天一大宴，已经尝遍了山珍海味。

杨　谢谢恭维。可惜啊，我是信佛的，从十岁起，就吃长素。不要说山珍海味，就是一般价钱贵的蔬菜，我也从不问津。

屠　一个人的观念，信仰是会改变的。在不远的将来，你是会吃山珍海味的，大鱼大肉的！

杨　无稽之谈。这是下辈子的事了。

屠　信不信由你。我想，你一定还要定定发型。

杨　那是当然的啰。不过呢，我的嘴有些干了，你们这儿有没有开水？

屠　（大惑不解地打量杨）像你这样漂亮时髦的姑娘怎么能吃开水呢，那是对美的一种摧残！白开水那东西没有营养。本店向你隆重推出的是从英国进口的"女王雪水茶"。

杨　什么叫"女王雪水茶"？

屠　《红楼梦》看过吗？里面有个很有才气的尼姑，叫妙玉，她呢，每年都要在腊月下雪天把白雪收拢来，放进罐里埋在地下。一年之后，拿出来煮了喝。这种水啊，清热解火，能治百病。味道真是好极了！（从冷水瓶里倒了一杯水给杨喝）后来，英国女王将此学过去，专门叫一帮皇宫里的太监生产这种茶水，供应全世界。

杨　真有此事？英国也有太监？（喝了一口）味道好像很一般，跟自来水没有什么两样！

屠　怎么可能一样呢？黄金和黄铜放在一起，能有几个人分得清呢？

杨　倒也是的。那我再倒一杯喝喝。（走过去倒水喝。结果因地滑，扭了一下腰。）哎唷唷，这地板怎么这么滑？我的腰扭伤了。

屠　没关系，我会气功推拿。来来，你坐坐好（等杨坐好后，做发功状）呼—哎—赫赫！（然后做出在杨身上用气功疗病状）觉得怎么样？有没有感到有一阵阵热传到身体里面？

杨　好像有一点，又好像什么都没有！

屠　保证你回到家就好了，需要有个过程。你现在不要想任何事情，我用气功给你测量一下，你究竟有哪些毛病。

杨　我身体好好的，哪有什么病？

屠　一个人的毛病，自己往往感受不到。否则哪来那么多癌症晚期病人？

杨　（欲争辩）……

屠　（神乎其神了一阵子）不要怕，你肚肠旁好像有根老鼠尾巴一样的东西。

杨　（紧张地）什么东西？

屠　一根像蚯蚓一样的东西。

杨　那是阑尾吧。

屠　对啰,好像在发炎。

杨　(笑道)怎么可能呢,在我吃奶的时候,医生就把我的阑尾切除了。

屠　喔,我看清楚了,那是你昨晚吃的一根萝卜干。

杨　昨晚我是吃过萝卜干,可是我嚼得很碎。

屠　那是会聚拢来的,没听说过吗,"分久必合"嘛,总之,现在看相结束。接下来呢,让我用"玛丽安娜定型水",给你的头发定定型(边说边用药水往杨头上喷),再用"麦考尔眉笔"给你画画眉毛(用眉笔在杨的眉毛上画了几下)。最后用"安娜·卡列尼娜粉饼"给你扑点粉(用粉饼在杨的脸上抹了抹)。照照看(拿起镜子搁在杨的后脑勺)。多美啊。简直像诗一样。这会使全世界的美女都黯然失色!

杨　(看了半天)我看自己像是忘了带伞,被大雨浇成落汤鸡了?说句老实话,头发好像没有做过的一样。

屠　唉,女人好找,知音难觅。懂艺术的人就是少嘛。告诉你,当今世界流行发式一共有13种。我们做的就是最流行的,叫美国纽约式。我们发廊呢,专门做美式头发,所以叫美发廊。好了,大功告成,我们来结算一下。

杨　(摘下餐巾递给屠)还结算什么?你不是早有言在先:一共5块。喏,拿去(递给屠5块钱)。

屠　(不去接)小姐,这点钱是远远不够的。

杨　(吃惊)你不是说过,理发只要5块吗?

屠　是的。理发确实只要5块,可你理完发后,还要洗发,烫发,看相,推拿,定发型,画眉,扑粉。这就属于美发的内容了。

杨　天啊!原来理发与美发不是一回事!

屠　当然不是一回事。

杨　那你说说看,一共要多少钱?

屠　大概不会超过1 000元。

杨　(大惊)啊?!这么贵!这是怎么算出来的?

屠　好。让我一笔一笔算给你听。一上来,我就告诉你理完发,可你偏偏要洗头。于是我们采用了进口的"埃及艳后洗发精"。一瓶的价格是112元。

杨　呀,这么贵!

屠　贵什么?小姐。你这么漂亮,档子放在那儿,不用这种药水用什么?总不见得拿点碱,浇点开水，化开来洗头！

杨　真啰嗦！还花了点什么钱，快说！

屠　接着又是进口的“007 生发水”一瓶要卖到 416 元。这样，就已经是 528 块了。

杨　可你只是洒了几滴。

屠　一瓶药水洒几滴就扔掉，这就是派头！跟在宾馆里请客一样，吃剩的，哪怕是一只澳洲大龙虾，也决不能倒进食品袋带了走。让人笑话！好，再说下去，后来，我们用的是“三口百惠冷烫精”，价格是 300 块。这样已经是 828 块了。

杨　（愤怒）简直是天方夜谭！你说说看，还有什么开销？

屠　忘了？我帮你看过相。看相这玩意儿是很贵的。在香港每次收费 1 000 港币。我呢，只收你 100 块，捞完点成本也就算了。这样就是 928 元。

杨　这还有成本？我今天碰到吃人的老虎了！

屠　你没有碰到老虎，你碰到的是开发廊的屠富。

杨　是啊，是屠夫！一把刀快得叫开刀剪店的张小泉也自愧不如！

屠　啧，啧，越说越难听了！像你这样雍容华贵的姑娘，照理是不应该这么小气的。好了，谁叫我是个软心肠的人呢，其余各项服务，就算我是学雷锋见行动吧，只收你 70 块钱。这样，总共 998 元。

杨　理一次发要 1 000 元！你不是要我的命吗？……况且，我只带了几块钱。

屠　哪里是 1 000 块，只收 998 块！

杨　（咽下口气）好，我今天终于认得你了。请把你们领导找来！

屠　我就是本店领导，我也是这个意思，998 块，一分不能少。要知道这里是五星级美发廊，少收了钱，本店的身价就没有了。

杨　那请你开个发票吧。

屠　发票呢，一般是不开的，如果你一定要，那么我们就要收 1 700 块。

杨　为什么？

屠　因为一开发票，国家就要来收各种税。这些税和 998 元加在一起，就是 1 700 块。

杨　天文数字！我怎么承受得起？

屠　你如果不付钱，那么就别想走！

杨　你想拘留我？误了我要参加的晚会，一切后果，要你来负责！

屠　我负什么责任，谁叫你没带钱来做头发的？对了，你口口声声说，今晚你要参加什么晚会？

杨　电视台的文艺晚会。

屠　(同情地)那倒是不应该缺席的。难得有机会,进这种地方去开开眼界。这样吧,我看你的金项链大概值800元。拿来!(一下子摘下杨的项链)谁叫我见了女子心肠就软呢,现在咱们两清了。你可以走了。

杨　告诉你,我是演员!我在电视晚会上,一定要把你的丑行演给大家看!

屠　唷唷,这个我又不怕的。你帮我一宣传,等于给我做广告,提高我的知名度,谢谢!

杨　那好,我走了。

屠　(马上醒悟)对了,你不能走。电视里这么一宣传,税务局,工商管理所就要到我这儿来找我麻烦。那不是在断我的财路吗?(下跪)哎哎,姑娘,项链还给你,你可千万别把事情声张出去,我是跟你闹着玩的。今天算我免费服务行了吧?

杨　(冷笑,讥讽)这么说,我今天运气好极了?

屠　如果你到电视上正面帮我作些宣传,比如讲我手艺怎么怎么高,服务怎么怎么好,这样我可以终身为你免费服务!

杨　谁还会相信你的鬼话。老实坦白,你那点药水究竟是用什么做的。

屠　这是天机,永远不可泄漏!

杨　那就到某些机关去说说清楚吧!

1987年7月

跳

时间:当代盛夏

地点:海边

人物:下海者、小贩

【喧嚣的海。有笑,有闹,有惊呼,有赞叹,间或还伴着海鸟的叫。

【那是一个人声、水声汇成的海。

【海滩一隅有一顶硕大的太阳伞。伞下,小贩悠闲地坐在沙滩椅上。他的面前,竖着一只三脚架,架端有一架照相机。他的边上,堆着些物品——救生圈、矿泉水、防晒霜、望远镜、洋河大曲等。

【舞台另一侧竖有一块牌子,上书:"下海入口处"。

【一着沙滩裤、光着膀子的青年背着渔网,手拎虾篓兴冲冲地上。

下海者　(看牌,激动地读)下海入口处!

【小贩见有人来,赶紧掏出一张纸。

小贩　(念)天热了,海边开始热闹起来,我们欢迎每一个人下海活动……活动什么骨……

下海者　筋骨。

小贩　对。(向下海者)还行。活动筋骨,祝愿各位各尽所能,捕鱼捞(念"劳")虾……

下海者　捞虾!

小贩　捕鱼捞虾,大获全胜。

下海者　谢谢!

小贩　但我们也谨慎地奉劝各位,没有风平浪静的海,没有……

下海者　打住,打住!我这人迷信,好不容易找到海边,可不想听倒霉的话!

小贩　(委屈地)这是原先贴在墙上的布告,我撕下来认字的。

下海者　(观望)往哪儿下海啊?

小贩　海岸线长着呢,哪儿都能下。

下海者　好,那我就从这儿往下跳。

小贩　预备……

下海者　等等。(他走至一边,用手在沙滩上比划。)

小贩　(好奇地)你在干什么?

下海者　我在写字。

小贩　写字?

下海者　×××的下海处!(自我欣赏)呵,字体遒劲,挥洒自如啊!

小贩　可你说了半天,人还在岸上呢!

下海者　急什么,这不就要下海了嘛。

小贩　预备……

【下海者做好了一切准备。

小贩　跳!

【下海者正欲往海里跳,大海发出一阵咆哮!

【下海者赶紧往后退。

小贩　怎么啦?

下海者　你没见这海突然变脸了吗?

小贩　唉,我说你还是准备不足呀!

下海者　准备不足?您瞧,我不是都带来了。(他显示渔网虾篓)

小贩　你是不该带的都带来了,该带的,却一样没带!(他扔个救生圈给他)

下海者　谢谢!

小贩　不用谢,给个四十块钱就行了!

下海者　这,这是卖给我的?

小贩　我跟你非亲非故,凭什么送你?

【下海者一怒之下,将救生圈扔回给小贩。

【他走到海边,欲跳,又传来汹涌的浪声。

【他只能捡起救生圈,递上钱。

小贩　预备……

【下海者紧闭双眼,准备不顾一切往下跳。

小贩　跳!

【下海者欲跳。

小贩　(惊呼)等等!

下海者　怎么啦?

小贩　你没见这海水变红了吗?

下海者　(睁眼一瞧,大吃一惊)天哪,那是……

小贩　鲨鱼……

下海者　鲨鱼吃人哪!鲨鱼吃人哪!(他转身就跑,跌坐在地)

小贩　您还在岸上呢,怕啥?

【小贩见下海者感到口渴,扔过去一瓶矿泉水。

下海者　谢谢,您真体谅人!(揭盖就喝)

小贩　付五块吧。

下海者　(喝了一半,愣住)好……好吧,算我倒霉,已经喝了一口了。(递钱)

小贩　谢谢。天热了……

下海者　我这不是在晒日光浴吗?得,来的时候细皮白肉的,回去时,别人准怀疑我去过非洲了。

【小贩拿起一瓶防晒霜。

小贩　爱萝丽防晒霜,阳光下的绿荫……

下海者　(高兴地接过防晒霜,突然想起)多少钱?

小贩　便宜。就这玩意,高档商厦要卖八十到一百元一盒。咱这"沙滩商厦",今天闪亮开张、优惠酬宾,才五十元。

【下海者掏钱,涂油。

小贩　我说,你还是回去吧。别在这海边活受罪了,不敢下海,就别吃海鲜,就别玩海王宫夜总会,就别坐两百元一位的海上摩托艇……

下海者　(跳起)哼,就凭我这模样,像是只能呆在家里,吃吃咸菜萝卜干的命吗?(他坚定地走到海边,向远处观望。)

【小贩递上望远镜。

下海者　哎,好看好看……

【小贩不将望远镜取走。

小贩　一百元。

下海者　什么？就这破望远镜值一百元。

小贩　这不叫望远镜，这叫信息仪。懂吗？通过它，你可以将海里的信息尽收，尽收……嗨，就是尽收了！

【下海者禁不住诱惑，递上钱，取过望远镜。

【海里人的嬉笑声。

下海者　（看得起劲）哇，小平头，这小子也在海里？好像还活得挺自在，抱了一个漂亮妞啊，真是人不可貌相啊！信息好，好信息……啊呀呀，那老太要淹死了，怎么就没人救救她呢？……

【他边看边往前移，快要掉进海里了。

小贩　喂，你要掉下去了！

【他吓了一跳，赶紧往后退。

小贩　瞧你紧张的，你不是本来就要下去吗？

下海者　我是要主动地跳下去，而不是被动地掉下去，懂吗？

小贩　懂了，那你就主动地跳吧。

下海者　哎，先来张照片。（他摆好架势）

小贩　宝丽来快照，二十元一张。

【下海者怒目瞪着他。

【快门响了。

下海者　今天被你竹杠敲到底了，有酒吗？

小贩　有，酒久归一，正宗大曲。（他递上一瓶）八十元一瓶。

【下海者掏钱，他将酒猛喝几口，然后用酒涂满全身。

下海者　哥们儿来个精彩的，向后翻腾二周半屈体，难度系数3.1。

【下海者做着跳水前的准备动作。

小贩　预备……跳！

【下海者跳不起来。

小贩　预备……

【下海者又准备。

小贩　跳！

【下海者依然跳不起来。

【小贩不叫口令了。

下海者　你怎么不叫了？

小贩　预备……

【下海者再次准备

小贩　跳！

【下海者还是跳不起来。

小贩　跳！——跳！——跳！——

下海者　请告诉我，下海出口处在哪儿？

小贩　出口处？下了海自己去找。

下海者　要是找不着呢？

小贩　听说过海葬吗？

下海者　海葬？

小贩　（立即）预备……

【下海者立即准备。

小贩　跳！——跳！——跳！——（火了）哎，我说你跳还是不跳?!

下海者　（彻底泄气）不跳了，不跳了……

小贩　我说你究竟知不知水性，晓不晓得风向？

下海者　不知！不晓！

小贩　那你瞎折腾啥？

下海者　你都知道？

小贩　那还用说。（他打开胸前的一只接收器）

（广播的声音：现在播送沿海天气预报——今明两天，气温38度，风向，偏西，风力，8—9级，阵风10级，天气情况，多云转阴，有时有阵雨。希望近期内下海者注意安全）

下海者　（丧气）唉，看样子是白来了。

小贩　没白来，（他递上一件汗衫）穿上，这是送你的。

【下海者穿上汗衫。汗衫上赫然写着——“海边留念”。

【小贩走到一边，掏出大哥大。

小贩　喂，老板，我是小癞子。这几天货色不要太好出手噢，明天再进一批。（他走至台口，突然想起）忘了，忘了，这用来认字的布告这张纸，也留给你吧。

下海者　（接过，念）但我们也谨慎地奉劝各位，没有风平浪静的海，没有自投渔网虾篓的鲜鱼活虾，所以你不仅要有下海的决心，也要有下海的勇气和不怕淹死的胆魄，更要能识水性辨风向，这样才能在宽阔的海洋里自由驰骋成为一个搏击风浪的强者……

【海声渐起。

1988 年 8 月

电视青春偶像短剧

海 的 骄 子

1. 晨曦中的码头，裕鑫轮的雄姿。

穿着海员制服的大学生，排着整齐的队伍，站立在轮船旁，他们佩戴着“长海海运学院”的校徽，显得英姿勃发。

海运学院院长正在队列前面讲话。船长、政委和教师代表站在他身后。

队列中，“贝利”(因酷爱足球，故有此雅号)悄悄问身旁的“唱片”(歌曲爱好者)道：“唱片，昨晚，你人到哪儿去了?”

唱片：“我在写诗。贝利，这首诗可以说是我一生中的最得意之作！题目叫《游泳池与大海》。”

“什么意思?”

唱片轻声朗诵道：

“昨天，我们把游泳池当作大海。

今天，我们把大海当作游泳池。”

贝利笑道：“口气比力气大!”

院长严肃地说：“不要开小会了！……总之，我们要争取这次航海实习的圆满成功！(全体鼓掌)下面请裕鑫轮船长讲话。”

掌声中，船长微笑着说：“我只有一句话：希望你们都成为大海的骄傲的儿子!”

在雄壮、豪迈的主题音乐中，学生兴致勃勃地蹭上舷梯。推出片头字幕。

2. 舷梯。

兴致勃勃的大学生带着各种行李依次上船。他们中，有的怀抱吉他，有的肩背手风琴，有的提着画夹……他们中也有人在向岸上招手。

3. 甲板上的舷梯口。

贝利背着足球，提着一只沉重的旅行包走上来。唱片哼着小曲奔到前面："贝利！我帮你拿。（由于没料到包非常沉重，故包刚拎起就掉在地上。）什么鬼东西这么沉？"他打开包，里面露出了一对哑铃。唱片和其他同学都笑了。唱片又要去提旅行包，被贝利谢绝了，他说："唱片，根据你的表现，我决定发展你为……"

唱片没等他讲完，就接过话头："足球队员！"

贝利："不，不，拉拉队员！"

唱片惊愕地张大了嘴。女生郭英见唱片背包里露出一只小脚丫，就把它拉出来，原来是一个塑制的裸体娃娃。众人又笑了。

唱片又气又急地问："这是谁捣的鬼？"

4. 驾驶台。

船长正用电话与船上各部门联系，作开航前的最后检查。三副匆匆跑了进来："船长，真糟糕，跟我的那个见习三副到现在还没回船！"

"哦？怎么搞的？！"船长眉头顿蹙，略微沉思后，他猛一挥手："不等了，准时启航！如果漏船，要处分！"

5. 裕鑫轮。

汽笛一声长鸣。船头开始起锚，解缆。

6. 驾驶台。

拿着望远镜焦急地在眺望的三副，放下望远镜，惊喜地说："他来了！"

7. **裕鑫轮边码头。**

见习三副一手提着两条大鱼，一手提着四瓶白酒奔向裕鑫轮。快步跳上正准备吊起的舷梯。几个船员在喊："小高！快！快！"

8. **舷梯旁甲板。**

小高刚上船，老炊事员和几个船员围住他："怎么东西又带回来了？"小高脸色阴沉，一言不发，把鱼往老炊事员怀里一丢，扭头就跑。

9. **驾驶台。**

船长正在发布开船的各种指令。小高推门进来，船长狠狠地瞪了他一眼。

10. **船头。**

唱片、贝利等学生在看大副带领水手做离码头的各项工作。唱片问大副："大副，听说你才28岁。"大副点点头。贝利："你是我们学院哪一届的？"

"八二届。"大副回答。

同学们露出惊羡的神色。

唱片又问："刚才小高怎么回事？"

大副："还不是想认丈母娘，却碰了壁呗。社会上有些人，就是不理解我们的工作。"

唱片等同学不由一怔。

郭英说："啊呀，你们管的事也多了！想想吧，我们都快要见到真的海了！"

唱片："这倒是的。这几天，想海都快想疯了。"

贝利笑道："那你唱个歌，庆贺一下。"

唱片："好。"

唱片唱《你是春天的故乡》。

歌声中，裕鑫轮在黄龙江中劈浪前进。高大的江边建筑物、塔吊、万吨巨轮，集装箱码头一一移后。船的驾驶室里，人们在井井有条地忙碌着。在驾驶台的顶上，各色船旗在江风中猎猎飞舞。机舱里，轮机长等人在认真、严肃地执行着来自驾驶台的指令。甲板上各处，有同学在照相、画画、交谈。船到入海口，水面无限开阔。远处，外轮驶来，白帆点点；近处，海燕翱翔，浪花飞溅。

11. 船舷边。

唱片刚唱完，郭英递上一壶水："给。"

唱片说："喝这个不够刺激。要喝，就喝我从未尝过的海水！"

他拿了一个吊桶打起海水。

贝利给他一个杯子笑道："听说，喝了海水，才能成为海的儿女。"

"哦，是吗?!"唱片喝了一口就吐出来，皱着眉头说："又苦又咸！"

政委走来，抚着唱片的肩膀："怎么样，尝到大海的滋味了吧？要成为大海的儿女，可要吃得起苦啊！"

12. 见习三副房间。

小高正埋头写诗。政委轻轻地走到小高身边，顺手拿起桌上的诗稿。

画外音朗诵，衬音乐，渐渐又变成歌曲——

《问海》

如果命运要我在
爱情和信念中作出选择
坦白地说，我将拒绝
不是我的
我绝不奢望
属于我的
我决不放弃
当我回过头来
发现被抛弃的是爱情
我会后悔得落泪

当我发现失去的竟是信念

我会痛苦得死去

大海啊，请你告诉我

究竟该怎么回答生活的挑战

……

歌声中。一组小高在发奋、努力工作的镜头：小高面色严峻地在海图室绘图；在带领学生用六分仪定位；暮色中，在检查雷达等仪器……另外，船长与他在甲板上散步谈心，政委和大副拉他去看电影、一起用餐。

13. 船舱教室里。

大副正在上消防安全课。有些学生在认真听讲；有的在打瞌睡；有的在画船、画妇女；唱片坐在后排在看歌谱，手还在轻轻打拍子。

突然，教室门口出现了郭英等几女生。她们探头探脑朝里张望。男生们顿时显得精神起来。

唱片、贝利与郭英她们打手势。郭英做了一个跳舞的动作。

大副发现学生们眼光老是瞟后面的门，就走了过去。几个女生扮了个鬼脸，一溜烟跑开了。大副回到讲台："我讲的内容，许多书本上没有。不好好听，以后很可能在工作中闯祸。总之，与大海打交道，一点也不能疏忽！"下课铃声响了，学生们蜂拥而出。

14. 男生寝室。

凌乱不堪。贝利在床上练哑铃。唱片等人则在穿着整洁的衣服。唱片捏了捏贝利的鼻子："别练了，跳舞去。"

贝利："你这家伙，趁火打劫！"他放下哑铃。

"笃、笃……"郭英等女生敲门，"可以进来吗？"

唱片叫道："女生来了！"顿时，房间里乱成一团：铺床的铺床，藏袜子的藏袜子，由于一时找不到扫帚，唱片用乒乓板在"扫地"……

郭英等推门进来，笑弯了腰："简直像垃圾桶，一股臭味！"

男生们面面相觑。唱片强辩道："据说这味道还颇有吸引力，小姐们，你们说呢？"

郭英嗔怒:“去你的!”

15. **乒乓室里。**

郭英和贝利在欢快舞曲声中,跳着恰恰舞。

舞毕。乐曲又响起来了,学生们都上场跳了起来。

16. **海面上。**

天空阴沉,风声大作,浪涛翻卷。轮船在狂风恶狼中艰难行进。

17. **乒乓室里。**

由于船在不停地摇晃,女生们头晕了,纷纷靠在墙板上,不跳舞了。一些男生也脸色苍白地蹲下了。唱片笑道:“小姐们都晕过去了。”几个男生也在旁取笑。唱片语音刚落,情不自禁地捧住自己的脑袋:“唷,我的头也有点重了。”他奔到痰盂前,竟呕吐起来,几个男女生也纷纷想要呕吐。他们开始神情呆滞,一个个踉跄地返回自己的房间。

18. **驾驶台。**

巨浪冲击着玻璃窗。船长手持望远镜,神情自若地在指挥。小高迅速、果断地在传达和记录船长发布的各条指令。

19. **餐厅里。**

每张桌子上都放着四菜一汤。但是学生席上却空无一人。一些中老年船员在艰难地咽食。

贝利摇摇晃晃地走进来,坐下用餐。老炊事员关切地问:“大学生们怎么到现在还不来吃饭?”

贝利:“都瘫倒在床上,在呻吟呢。”

20. 学生寝室。

老炊事员端着一些饭菜进来:"小伙子们,快起来吃饭! 老是不吃东西,要伤身子的。"

学生们都精神萎靡地躺着不动。唱片说:"老炊事员,我们是:一身冷汗,两眼发花,三餐不进,四肢无力,五脏翻腾,六神无主,七上八下,九(久)吐不止,十分难受。"

有个学生问:"您不难受吗?"

老炊事员:"怎么不难受。"

唱片:"那您这么大年纪,干吗还留在船上遭罪?"

老炊事员:"嗨,我在船上干了一辈子,对海可以说有了感情。人嘛,乐在苦中。"

政委进来,诙谐地说:"喝,将大海当游泳池的人都躺倒了,这不行。快起来,都到值班岗位上去。英雄,狗熊,现在见分晓。"

唱片哀求道:"政委,求求你,开开恩吧!"

政委:"一晕船就躺倒,是永远当不了海员的。如果都像你们这样,那船就要葬身海底! 记住,大海只佩服强者!"

学生们只得陆续起身下床。

政委:"风浪过后,把寝室收拾干净,我要检查。"

21. 驾驶台。

唱片脸色严肃地操舵。突然,他恶心得想呕吐,小高接过了他的舵。唱片急速奔出门外,吐了一口,抹了抹嘴,又接过舵操了起来。海浪又一次扑向驾驶台。

主题歌《海的骄子》唱起。歌声中——

浪袭甲板,贝利等同学跟随政委、大副在固定货物。

海图室里,几个学生在紧张地绘制海图。在监视雷达显示屏幕……

郭英等几个女生在协助厨师拣菜、洗碗、打扫、美化食堂……

贝利等学生赤膊在轮机舱里配合轮机长排除机器故障……

唱片等学生不顾头晕目眩在打扫寝室……

22. 清晨，甲板。

学生们涌了过来，站在船舱板上，站在船舷旁，观看美丽的朝霞，眺望日出奇景，饱览晨晖照耀下的瑰丽的海景……

郭英对唱片说："在校时，我最讨厌起床号了，嫌它搅散了许多好梦，现在听不见了，反倒很想听听……"

唱片说："我也是，学校生活真让人留恋，还记得那首歌吗？"

音乐起。歌曲《早晨的校园》。随着歌声，在波光中，叠现海运学院的教学、科研、生活等种种场景……其中常常出现唱片、贝利、郭英等同学的身影。

曲末，为大海中破浪行驶的裕鑫轮。

23. 船长室。

许多人围在那里看船长与贝利下棋。旁边不断有人出主意。

贝利发急道："两军交战，旁观者不得多言，违者罚款！"

船长说："我赞成。但得胜者也应获奖。"他向右跳"马"，喊了一声："右满舵！"旁边的人都笑了起来。

贝利将"炮"沉到对方的底说："我可要发角球了！"

24. 乒乓室。

一场船员与大学生的乒乓赛正在激烈进行，记分簿正在不断地掀动。小高和男生们赤膊、赤脚上阵。

25. 甲板上。

学生与船员的拔河赛刚结束，郭英等八个女生提出要与男子比一下高低。

唱片笑道："我们六个与你们八个比怎么样？不过，输了可别哭鼻子唷！"

郭英："比就比，你们的口气啊，总是比志气大！"

政委做裁判："准备，开始！"他一挥旗子，于是男生和船员组成的联队与女生展开了拉锯战。经过几秒僵持后，男队被女队一下子拉了过去。女生们拥抱、欢呼，唱片和队员懊丧无比。

26. 船长室。

船长将贝利"将"死，然后喊道："我赢了！奖品！"

唱片正好进来，听罢说："噢，你等着！"

27. 大副房间。

一场扑克比赛也在进行。有的人耳朵上已夹了好几只木夹。

28. 船长室。

唱片一本正经地捧着一个裸体洋娃娃进来，然后当众宣布："奖给本船中国象棋冠军：船长同志。"

船长也态度十分严肃地说了声："谢谢！"然后做了一个运动员领奖杯的动作。

众人大笑道："船长领了一个儿子啰！"

29. 乘风破浪前进的裕鑫轮。

船上的警报器突然响起。船长、政委在驾驶台命令全船："赶快扑灭火灾！"

船舱里，轮机长对着话筒报告："轮机部分已经检查过了，没有发现任何问题。"

大副奔进驾驶台报告："甲板及上层建筑检查完毕，没有发现什么火情！"但是警报器仍在响。船长沉吟："这就奇怪了，再仔细检查一下。"

30. 唱片所在房间。

唱片和贝利等学生在打扫房间。唱片在哼小调。大副急匆匆推门进来，一眼就看见了挂在报警器上的晾衣架，他问："这是谁挂的?！知道这是报警器吗?"

唱片："我挂的，可我不知道。"

大副批评道："上课时不好好听讲，现在闯了祸！"

唱片羞愧地垂下了头。

31. 傍晚，甲板上。

大雨初歇，还留着摊摊水迹。满天是锦绣般的彩霞。郭英等几个女生拿着脸盆等物，刚洗完澡出来。他们一边梳理着秀发，一边眺望天际美景。郭英唱起了《雨后的斜阳》。唱片等几个男生入神地听着。有的男生在挥毫泼墨，画下这奇异的海景。只有贝利一个人在回头不断地顶悬挂的足球。奔腾的海，似乎也被吸引来倾听这美妙的歌声。

32. 暮色中的驾驶台。

船长对涌进来的唱片、郭英等学生说："同学们，我们已经到了台湾海峡，"他拿起望远镜递给学生们，说，"远处那条海岸线，就是台湾岛。"

同学们纷纷争相持镜远眺。

船长："贝利呢?"

唱片同情地说："他在船头上。他有两个姐姐在那儿。他对我说，希望能成为通航后第一批到达台湾的海员。"

33. 月色中的船头。

贝利噙着泪花，凝视薄云中的月牙。他深情地唱起《问月》。

歌声中，船长、政委和同学们默默地走到他身旁；食堂里，唱片等几个男生在制作一艘简易的小帆船，几个女生正在将月饼装入塑料袋，然后密封好，固定在小帆船上，郭英则将一些日记本，长城、黄河的图片和钢笔装入塑料袋，并附上一纸，上书："赠给台湾海运学院的同学们"；甲板上，举行了庄严的漂船仪式，贝利和唱片缓缓地将小帆船吊放入大海。大家凭舷目送远去的小船。

34. 南方某港口。

吊塔林立,吊杆纵横。各种轮船鳞次栉比。裕鑫轮在引水汽艇的带领下,缓缓驶入。

35. 码头。

裕鑫轮刚刚靠好码头。贝利就背着足球飞奔而下。一些同学、船员紧紧尾随。

唱片和另一个男生从舷梯上搬下自行车。

小高也在贝利他们当中,他大声问唱片:“哪儿去啊?”

唱片:“有急事!”他俩骑车一溜烟走了。

36. 沙滩上。

微风拂面,海潮抚岸。远处椰林婆娑,青山连绵。

以贝利为头的学生队正与船长为首的船员队展开一场足球赛。欢声笑语,响彻天空。女生也来观战助威。

赛毕,大家散坐在沙滩上喝汽水。船长提议:“听说你们中有人舞跳得很好,来来,给大家看看。”

一对男女同学跳起现代舞《海浪》。

舞蹈刚了,唱片和另一同学骑车,驮了厚厚两叠报纸、杂志赶到。同学们纷纷上去争抢来看。唱片拿了好几张报纸坐下,他对郭英说:“几天没看报纸,像丢了魂似的,难受极了。”

郭英笑道:“可你错过了一场精彩的球赛。”

贝利大声提议:“怎么样,我们一起踏浪游泳去!”

于是,身穿游泳衣裤的男女同学一起手拉着手,唱起《海的骄子》,奔向大海,他们嬉水、游泳,爽朗的笑声连成一片。

歌声中,学生和船员谈笑着回到了裕鑫轮。裕鑫轮解缆返航。学生们在船长等干部的指导帮助下,熟练地工作在驾驶台,轮机舱等各处;他们还参加了船上举行的消防和军事训练;唱片、贝利等同学还向老船员学习接绳,油漆等技术;食堂里入团宣誓仪式正式举行。唱片、贝利等站在团旗下，举手宣誓。他们的神情是那样的认真、激动；教室里，学生们认真听讲、记录。

37. 学生寝室。

窗明几净。被褥折叠得非常整齐。贝利在做作业，唱片在制作一只电铃。贝利："你做电铃干吗？是用来跟女朋友联系的？"

唱片："去去，我是给我母亲做的。以后，我在船上工作，我母亲万一身体不好，就可以按一下床边这个铃，把我弟弟叫来……"

贝利惊喜道："唷，看不出，你这个当惯少爷的，现在成了孝子了！"

38. 甲板上。

船员、学生、带队教师围成一圈，小高和唱片在手风琴、吉他的伴奏下唱起了《海燕与铁锚之歌》。

曲终时，船已驶入黄龙江。

39. 长海港码头。

裕鑫轮渐渐靠岸。岸上，一个漂亮的姑娘正翘首等待船上亲人。

40. 船头。

唱片等同学几次掷缆失败。大副笑道："我来。"他拿起沙绳，挥了几个圆圈，猛地一抛，缆绳飞上码头，被码头工人接住。学生们钦佩地鼓起掌来。大副在码头上发现了什么，他惊喜地叫道："你们看，谁来了？！"

41. 码头。

小高三步并作两步跳下舷梯，来到姑娘面前，他和姑娘默默地相视而立。

小高低声问:"你怎么来了?"

姑娘垂下目光,继而又望着他,深情地问:"这次遇上台风,没事吧?"

这时,老炊事员捧着两条大鱼和酒瓶急急忙忙跑来,笑呵呵地说:"可别忘了带上这个……"

可以看到,站在船舷上的船员和学生们露出欣慰的笑容。

42. 市郊公路。

在主题歌旋律伴衬下,几辆大型客车急驶而去。

43. 出海口的海滩码头边。

举行了舢板远航典礼。唱片、贝利等同学在接受了院领导授予的远航队队旗后,登上了舢板。裕鑫轮船长、政委、小高及郭英她们到码头欢送。舢板队扬帆而去,准备接受大海给予的新的考验……

主题歌中,叠本片演职员表。

1985年7月

电影故事

带泪的红玫瑰

一朵带有水珠的红玫瑰。上面叠着题记:“我们这个国际大城市,自从在空中架设了广播、电视的条条热线,大家的视野开阔了许多,一向小市民气比较浓重的人们,似乎开始关心起别人的事和别人的命运来,爱心像一个个圣洁的小天使在千万条大街小巷中飞翔……下面讲述的是一个经过艺术加工的真实故事。”推出片头字幕——《带泪的红玫瑰》。

东方明珠电视塔,正在向夏夜那深蓝色的苍穹投射着多情的光芒。

外滩马路,车水马龙,人群熙熙攘攘。

电台大楼,灯火通明。有一扇窗户灯光特别明亮。“这里是《都市热线》。我是主持人荷英,”端丽热情的女主持人在播音,“夏夜,并不是对每一个人来说都那么富有诗意,哪位听众如果有什么困惑、惆怅可以大胆告诉我,可以相信广大听众和我主持人都会向你伸出援助之手。”见热线电话的指示灯在闪烁,荷英紧接着说,“好,我们先接听第一个电话。喂,这里是《都市热线》,请讲。”

电话里传来了一位少女的声音:“我是一个高一的学生,今天我碰到了一件非常痛苦,同时也是非常尴尬的事,我不知道如何是好……”

“噢……同学,先不要着急,”荷英真诚地劝慰道,“能不能告诉我一下您的姓名?”

居民新村中一间卧室。一位少女边打电话边朝房门小心翼翼地瞅了几眼,显然,她生怕父母走进来:“我姓李,名字嘛……请允许我保密。今天上午,我接到一个电话……”

(回忆)居民电话服务站,身着白色长裙的李小姐在接电话:“喂,你是谁?”

医院,公用电话亭。一老头沉重地拿着电话:“我是你初中的同学潘刚的祖父。潘刚现在得了重病,住在医院里,他想……在临终前能见你一面……”老人几乎在哭泣。

摩肩接踵的人流。李小姐提着水果焦急、痛苦地在匆匆赶路。她多么想拨开人群疾走,马上赶到医院。但是,如同逆水行舟,她拼命地挤,还是跑不快。在她的眼前,浮现出她与潘刚交往的一幕情景:

倾盆大雨之夜，李小姐听到有人敲门，立即去开门。“潘刚！你怎么……”李小姐见潘刚浑身上下都湿透了，非常心疼。潘刚从塑料袋里拿出一本笔记本交给她：“这是你刚才忘在我家里的复习笔记。明天就要考试，没这个还成？李馨，祝你交好运！”李馨感动地答道：“也祝福你！”“我？……”潘刚苦涩地摇摇头：“我的命运很糟糕，从小就失去父母……算了，不说了，再见……”潘刚转身走了，消逝在雨幕中。

李馨流着泪在疾走，耳畔不时响起潘刚的声音：“我的命运很糟糕！我的命运很糟糕！……”

18 楼病房。李馨推门进来。

潘刚躺在病床上，见到李馨，兴奋地想坐起来。但是，没有成功。李馨将水果交给了站在病床旁的祖父母。他们是那样的沮丧。

“谢谢你来看我！”潘刚讲话时有些吃力，“李馨，你把水果带回去，这些对于我已经毫无用处了……”

“为什么?！为什么?！”李馨几乎要哭了。

潘刚的祖母流着泪哽咽地回答：“我们小刚得了血癌！……医生说他已经没有几天好活了……唉，我的孙子命为什么这么苦啊！”

“白发人又要去送黑发人！我前世造了什么孽啊?！”潘刚的祖父老泪纵横，愤慨地说。

李馨摇着头，咬着自己的嘴唇：“不……不，这不可能！你才 19 岁啊！”

潘刚平静地说：“记得上政治课时，老师常说，世界上一切事物的发展，是不以人的意志为转移的。所以，不相信医生的话有什么用？在临走之前，我想把自己几年来埋藏在心底的一句话告诉你……”

李馨泪流满面，困惑地望着潘刚。

“我想说的是……我，我爱你！”潘刚闪亮的眼里充满真诚和希冀，“我希望你现在就回答我，你是否也这样想?”

李馨的家里。她的父母烧好了一桌丰盛的菜肴，等待她回家来吃。父亲有点生气地在看报纸，母亲则把碗盖盖好，免得菜凉，还不时地看表。

见李馨进门，母亲连忙高兴地喊道：“馨馨！快洗手吃饭！哎呀，怎么这么晚才回来?！”

“……”李馨呆呆地在桌边坐下，一动不动。

父母开始动筷，而李馨仍然沉思默想。

李母见状，关切地问：“出了什么事？快告诉妈妈，快说啊。”

李馨焦躁、不耐烦、哭着嚷道：“我不知道！我不知道！”

“你太过分了!”李父把筷子往桌上重重一放,“你怎么可以这样跟你母亲说话?!”

“我不知道! 可以么?!”李馨吼叫道。说完,她就奔进了自己的卧室,重重地关上门,趴在床上抽泣起来。

她的父母对视了一下,不知所措。(回忆毕)

李馨卧室。李馨拿着话筒轻声讲:“我真的不知道该怎么回答他。如果拒绝他的要求,等于重重地打了他一拳,让他带着失望和痛苦离开这个世界;反过来,如果违心地对他说一句他想听的话,他带着幸福的回忆离去了,而我就要违反中学生守则。因为中学生守则中规定:中学生是不能谈恋爱的。……真的,我不知道如何是好?”

电台《都市热线》直播室。

主持人荷英:“啊呀,这倒是个棘手的问题! 在人情和理性之间,有时确实难于抉择,贸然行动,难免会带来不良后果……好在,我们的听众总是那样的热情,他们水平高、办法多,让我们听听他们的意见。”荷英拿起电话筒:“这里是《都市热线》,吴先生吗? 请讲。”

一市民家庭,餐桌上酒菜未撤。青工模样的吴师傅拿着无绳电话筒,气愤地说:“这位李小姐太不像话了! 都什么时候了? 你还在讲什么中学生守则! 你的同学跟你关系总不错吧,否则,为什么他临死之前不叫别的女孩子去,而偏偏叫你去呢? 现在他人都快要死了,他有这点小小的要求,应该讲也很正常。而你连一点小小的安慰都不愿意献给他,让他带着痛苦和失望离开这个世界,这未免太残酷了! 中学生守则算什么东西?! 出于人道主义,即便你不爱他,也完全可以对他讲他喜欢听的那三个字,反正又不会变为现实!”

另一市民家庭。一位女中学生躺在床上在打电话:“我觉得刚才这位先生讲的有道理,有一位哲人曾经讲过,善意的欺骗,有时还是需要的!”

“你们这样讲不对!”一位老干部模样的人左手拿着书,右手拿着话机,从躺椅上倏地站了起来:“特别是吴先生的话是错误的,中学生守则是经过几十年的教育实践,总结出的行为规范,怎么可以随便破坏呢?! 如果大家都可以随意去破坏一些行为准则,那么后果不堪设想! 医生可以给自己的亲属乱开补药,看守可以把正在蹲监狱的朋友悄悄放走,等等,等等。这样,我们这个社会必然大乱! 所以,我觉得,李小姐不必因为怕得罪要好的同学而去犯错误,相信对方最终还是能谅解的。”

“我倒有个主意,”一位白领小姐坐在沙发上拿着话机说。她的男朋友拥坐在她身旁,一起在想方设法。“李小姐,你下次去医院探望,先去花店买一支红玫瑰,红玫瑰意味着什么,不说,大家都心里明白。如果你那位男同学又要逼你表态,你不妨将红玫瑰献给他。这样,他可以无怨无悔离开人世,而你也不必担心违反纪律,因为中学生守则中没有这样一条规定:不能向异性同学献花!”

李馨感动地流下了热泪,他手捧半导体收音机,轻轻地连声说道:“谢谢!谢谢!”

清晨。李馨在大街上匆匆赶路。她终于发现有家花铺已经开门,她推门进去。

李馨问店主:“红玫瑰有吗?”

店主:“啊呀,刚开门,货还没送到呢。”

“附近还有其他花店吗?”

“穿过三四条横马路,在书报亭边上也有一家。”

李馨连忙赶去。由于她走得太快,精神又很紧张,路人纷纷不解地看着她。

她又走进了一家花铺:“有红玫瑰吗?”

女店主放下正在修剪的花枝,答道:“有啊,要多少?”

“只要一朵。”

“一朵?我们不卖的。要买就买一束。”

李馨急得流出了眼泪:“那我就付给你一束花的钱。但我只需要一朵!”

女店主不解地问:“送给男朋友?”

“不!是男同学!”李馨哭喊道,“他快要死了!”

女店主歉疚地:“噢……原来是这样!”她抽了一支红玫瑰递给李馨,“不收费了,送给你!”

李馨流着泪,向她深深地鞠了一躬,转身要出门。

“等等!”女店主拿了一个喷水壶,奔过去往李馨手中的红玫瑰喷了几下。

李馨在那路边上小步奔跑,耳畔又传来潘刚的话语:“我的命运很糟糕!我的命运很糟糕!”

她来到医院。病房电梯前竖着一块板,上书:“电梯维修,敬请谅解!”于是,她只能改登楼梯。一种不祥的预感笼罩着她,她拼命往上攀登,脚步是那样的慌乱。她剧烈地喘息着,声音越来越响。汗水与泪水汇集在一起流淌。

终于,她到达了18楼。只见潘刚所在病房的门打开了,一辆蒙着白色床单的床车推了出来。边上,潘刚的祖父母泣而无声,被神情沮丧的亲友搀扶着,医务人员也个个默默无言。

李馨立刻明白潘刚已经走了,永远地离她而去,于是,泪水像断了线的珍珠直落下来,滴落在紧紧拿着的那朵红玫瑰上。

潘刚的祖父颤抖着,将一张纸条递给李馨:“这是潘刚在临走前写给你的……”

李馨透过泪水阅读这张纸条，“（潘刚的画外音）李馨同学，昨天，我向您提了一个非常不应该的问题，我希望能够得到您的原谅！别了，我将远在天国，永远地为您祝福……”

李馨呜咽着，虔诚地将那朵滴满泪珠的红玫瑰轻轻地放在床车那白色的被单上……（定格）

1994年9月

电影故事

毅　力

秋夜。热闹非凡的南京路，流光溢彩。充满都市情韵的钢琴曲，如凉爽的秋风，飘荡在繁华的商业街的上空。

随着这引发人们思绪万千的乐曲声，我们的镜头伸向了市中心一条弄堂的某间陋室。我们的主人公雷强正在一边听着广播，一边用毛笔在雪白的墙壁上画一对对张开的眼睛。收音机里正传来亲切的话语："改革开放以来，上海这个国际大都市日新月异，许多看得见和看不见的景观，正在逐步改变着这个大城市的形象和市民的素质。'空中热线'的开设便属于看不见的景观，但她同样温暖人心，值得市民们自豪!"

雷强仍然认认真真地在画眼睛。

电台直播室。主持人方珍带着耳机正在播音："今天我们《都市热线》讨论的议题是：'毅力'。我对这个题目的解释是这样的：某件事情，某个信念，只要你认为是正确的，那就要坚持，你最终很可能是会成功的！……"

"是吗？是吗?!"雷强挥动着毛笔，冲着收音机吼道。

直播室。方珍继续在播音："现在，主持人方珍想知道听众们对于这个问题的见解。"

雷强激动地拨打电话。

方珍见电话按钮在闪烁，就说："我猜，第一个打热线电话的听众应该是位先生。"

雷强提着话机兴奋不已："一点不错，我是个男人，一个充满困惑、失望的男人，一个被社会抛弃的男人……"

"喔？这不大可能吧……"方珍不解地问，"能否说得具体一点。"

"我落到现在这种境地，说出来也没有什么可以难为情的。10年前，我因为犯了经济罪，被判了18年徒刑。我想，我这一辈子彻底完蛋了……"雷强陷入沉思。

(回忆)年轻的雷强在新疆一所监狱里服刑。

画外音："我开始想方设法犯错误，以便让司法部门进一步重判我，我可以尽早了此残生，离开人世……

“有一天，我突然收到我曾经暗暗爱慕过，但从未向她挑明过的一个女朋友的一封来信。她的名字叫文竹。她在信里劝我不要自暴自弃，要表现积极，争取减刑。并说，她将永远地等着我……我猜想，这一定是里委里和派出所干部动员她写的，不值得认真对待。

“第二个月，她又寄了一封信来。我看看跟上次内容差不多。我心想，你要是真的想跟我好，有本事你下个月再写封信来……”

画面：雷强在石料工地上，故意将铁锹折断，然后扔进峡谷，被看守发现，受到呵斥，被带走……

犯人食堂，人们正在排队领取饭食。雷强将一缸烟蒂倒进一桶汤里。于是，几个犯人与他进行搏斗。一时间，食堂里碗筷横飞，乱成一团……

雷强被戴上手铐，关在牢房里……

一看守将一封封信交给雷强，雷强迅速拆开来看。

他一边看，一边冷笑。

最后，他愤愤地把信撕了个粉碎。然后，扔出窗外。那些纸片宛如一只只小蝴蝶在峡谷中飞翔……

看守又交了一封信给他。他连忙拆开。读完后将信将疑。随后将信纸撕成面条般的碎片，调皮地用唾沫沾在自己的下巴上。（回忆中止）

雷强拿着话机继续说道：“到了第三个月的某一天……”

（继续回忆）菜园子。雷强正有气无力地施肥。他不时将肥料浇在树根上，石块上，而不去浇在蔬菜上。

看守停下车，高声叫道：“1418！”

“有！”雷强立正作答。

看守将一封信和一个邮包交给他，然后狡黠地笑道：“你小子虽然被判重刑，嘿——艳福还不浅！那小妞每个月都给你写情书，这回还寄补品给你！你可要对得起人家才是。”

雷强回答：“是！李管教。”

看守环顾一下菜地，骂道：“你小子怎么施的肥?!”

雷强顶嘴：“我没学过，只会这么干!”

“你还有理？等着瞧吧，呸，贼心难改的东西!”看守气恼地骑车走了。

雷强忙拆信阅读。文竹的画外音：“雷强，我希望你不要回避我的期待，你要振作起来，只要有毅力，人的命运是完全可以改变的!”

雷强陷入沉思:“这信,不像是有人每个月都去逼她给我写的。”

大漠孤烟,广袤苍凉。

雷强头枕金沙,仰望蓝天。在深邃的天宇中,他仿佛看到了文竹那秀美的面容。文竹真挚、深情地重复那句话:“雷强,只要有毅力,人的命运是完全可以改变的!”回声响彻四野,雷强感动得热泪盈眶。

雷强用一木棒在大面积的沙土上写下誓言:“重写人生!!!”(回忆中止)

雷强继续拿着话机对主持人讲:“从此,我只有一个念头,我要用自己的行动来改变监狱当局对我的印象,我要力争减刑,以不辜负文竹对我的厚望。”叠映:雷强在采石场、车间、农田、食堂等各处拼命干活、汗流浃背的情景;在犯人小组会上,李管教将一朵大红花披戴在雷强的胸前。

雷强继续对主持人诉说:“我跟文竹每月一次的书信往来,也整整坚持了七年。她每一次都在信中对我痛改前非的毅力大加欣赏,并且明明白白告诉我,她非常爱我,永远等着我。终于等到了那一天……”

(回忆)监狱大操场。犯人们列队听训话。监狱领导宣布:“根据雷强的实际表现和多年来对他的考察,劳改局党委报请司法部门同意:将雷强的服刑期减为九年。让我们热烈鼓掌表示祝贺!”

犯人们热烈鼓掌,纷纷转过身来羡慕地看着他。

李教官大步走过来与噙满泪水的雷强热烈握手拥抱,他激动地劝告:“快把这个好消息打电报告诉文竹姑娘!”

雷强感激地点着头,热泪纵横。

北风呼啸,羌笛幽怨。沙漠上的枯草在索索抖动。

雷强披着棉大衣,在监狱的门口等候邮递员的到来。当他看到邮递员骑车来到时,满怀希望地迎了上去:“马师傅,有我的信吗?”

“没有。”

“这不可能!求求你,帮我查找一下!”

邮递员火了:“没有就是没有!我核对过三四遍了!真是!”

雷强像遭雷击一样瘫倒在地。

监房。医生给发烧卧床的雷强注射完退热针,离去。李管教端来中药,用汤匙喂给他喝:“雷强,其实你得的是心病。打去电报,没有回音,是吗?”

见雷强默不作声,李管教又真诚地问:“文竹姑娘多长时间没给你写信了?”

“已经足足有五个月了!”雷强强忍着悲痛回答。

“作为一个女孩子能够与一个囚犯保持七年的通信,等你等了这么多年,很不容易了!你也要客观、冷静地为她的处境和前途想想。即使她想等你,她的亲朋好友也不会同意的! 所以,你应该想开一些,应该理解她的选择……明白吗?”李管教语重心长。

雷强流着热泪点头道:“李管教,你放心吧,我会熬过这一关的。我不会半途而废,没有毅力的人,不能算得上是个真正的男子汉!”

两人紧紧握手。李管教:“快睡吧,下半夜我再来看你。”(回忆中止)

雷强继续拿着话机:“九年的刑期终于满了,我从新疆回到了上海。一下火车,我就直奔文竹的家。好不容易才找到她家。她的父母跟我聊了半天,却只字未提文竹的事情。”

(叠映)雷强提着旅行包,穿街走巷。终于来到一石库门前。按过门铃,一老人开门把他迎进家门。两位老人请他入座,并给他倒茶,然后坐下来与他聊天。

(回忆)雷强终于发问:“文竹现在在哪儿?”

文竹的父亲惊讶地问:“啊? 文竹的事,你到现在都不知道?”

文母在一边开始抹泪。

雷强见此状大惊:“她现在到底怎么样了?!”

文父悲痛地缓缓说道:“她在两年前一次车祸中……不幸去世了!”

雷强听了此言,如同五雷轰顶:“原来是这样! ……她现葬在哪里?!”

文母呜咽道:“她的坟在苏州郊外……”

雷强悲伤至极,转身奔出文竹家。

雷强在马路上疾步如飞。他乘坐各种车辆,恨不得立即赶到文竹的坟前。

姑苏城外,芳草萋萋,坟茔座座。雷强来到文竹坟前。他终于按捺不住巨大的悲恸,伏在文竹的坟头上痛哭:“文竹啊文竹! 你不是说好要等我一辈子的吗? 后来,我听了你的话,提前九年释放,而你却先走了,天啊! 这是为什么?! 为什么?! ……”

他的双手拼命刨着新坟上的泥土、青草,指甲出了血都不知道……(回忆毕)

雷强哽咽道:“我趴在文竹坟上哭了整整三天,心情才稍稍平复。从此,我总觉得有无数双眼睛在看着我,那是文竹的在天之灵。我从苏州回到上海后,我在自己的墙上不断地画一对对眼睛,我要永远记住文竹就在我的身旁。当然,目前我的情况很糟糕,去了许多单位找工作。当他们知道我是刑满释放人员,没有一个单位肯收下我。难道一个人犯了错误即使改正了,这个社会还是不能容纳我吗?”

电台直播室。主持人方珍用手绢抹去泪花:“雷强先生,你的故事很感人。既然,你的毅力使你在监狱里能够减去九年刑，有如此巨大的威力，那么我相信，你寻找工作刚刚碰到一点困难，绝不能退缩，你的'重写人生'的毅力一定要坚持下去。作为主持人，我肯定会来帮助你，我们听众也一定会向你伸出援助之手。你看，已经有听众打电话进来了。喂，请讲。"

一合资企业经理室。一中年男子兴奋地在打电话："刚才雷强先生讲述的事情，我们听了都非常感动，董事会让我通知你，本公司非常欢迎你前来工作。希望你的毅力能永远发扬光大……"

雷强激动地对着收音机说："谢谢！谢谢！"（定格）

1995 年 8 月

支　柱

某医院眼科手术室外的走廊。

长椅上，坐着期待而又不安的盲人宏达和女儿小华。

“爸爸！”小华攥着父亲的手，显得异常的激动，“妈妈的眼睛做完手术后，真的就能看见了吗？”

“噢，医生是这么说的。”陈宏达的回答充满了信心。

小华闪着明亮的眼睛，央求道：“爸爸，那么你也去做手术呀！”

宏达叹了口气，遗憾地摇摇头：“爸爸的眼睛，医生说是青光眼加续发性白内障，没指望了！只要你妈妈的眼睛能复明，就够爸爸高兴的了！”

手术室的门开了，护士小姐正扶着眼蒙纱布的红枫走了出来。

小华与父亲急切地迎了上去。

小华抓住母亲的胳膊叫道：“妈妈！”

宏达迫不及待地问道：“红枫！你，你看得见了吗？”

红枫：“我不知道。”

“不要这么急，”护士微笑地回答说，“你们回去后，过24小时再把纱布拆去。”

小华一手扶着母亲，另一手搀着父亲，宏达右手持盲棍，一家人有说有笑地走出医院大门。

宽敞的人行道上，小华一家子缓缓地向前走去。

日落时分，两边的云彩被映得一片通红。“咚！咚！咚！”不远处建筑工地上传来的打桩声，在这都市的傍晚，更显得苍劲、有力。

“爸爸！”小华仰起头稚气地问，“造楼房为什么要打桩呢？”

“打桩就是给房子建立一根根正直的支柱，”宏达讲话时若有所思，“一座楼房没有了支柱，或者，支柱歪斜了，是要垮掉的。”

依旧是“咚！咚！咚！”响亮而令人奋发的打桩声。

红枫放慢脚步，喃喃地说道：“这一次再医不好我的眼睛，我这一辈子就只能做一名瞎子，我的一生也就完了，我的精神支柱肯定是要垮的！”

宏达侧过脸，轻声地劝慰道：“不会的，你的眼睛肯定会治好的！”

“咚！咚！咚！”打桩声铿锵有力，仿佛是他们三人的心脏在跳动，富有节奏，随着小华一家人远去而渐渐隐没……

宏达简朴的家。

夕阳透过窗户，洒下一片柔和的光。

衣柜镜子前，红枫端坐在椅子上，小华小心翼翼地为母亲解开层层纱布。一旁的宏达搓着双手，焦急地期待着幸福的降临。

渐渐地……镜中出现了三个人的面庞，从模糊到清晰……

“妈妈！”女儿望着母亲的双眼激动地嚷道，“你看见了吗？”

“看见了，看见了！”红枫欣喜若狂，她看见自己的面容是那么的妩媚，身材是那么的姣好。蓦地，她站起身来，双手紧紧搂着女儿和丈夫：“宏达！小华！谢谢你们，谢谢！……”

宏达枯涩的双眼，泪如泉涌。

宏达摸索着，走到木琴前。兴奋地敲击起来。《盲人俱乐部的春天》欢快而热烈的旋律从宏达灵巧的手指间流泻而出。

满屋是幸福、喜悦的氛围。母女俩踏着木琴的节拍，翩翩起舞。

小华悄悄地告诉妈妈：“妈妈，今天，你终于知道，你长得有多美！”

红枫故意地：“别瞎说，妈妈长得很一般。你才是美丽的！”

木琴的旋律依然回荡在空间。传来红枫幽幽的内心独白，“我不再是盲人了，我不再是盲人了！我是一个健全的女人了！我应该拥有女人应该有的一切！”

奔腾而欢快的木琴曲子。

红枫美丽的双眸，明亮而欣喜。叠映着林立的摩天大楼，夺目的霓虹彩灯，娇艳的奇卉异花，赏心的小桥流水……她在都市繁华的景色中穿梭，引来了无数羡慕的目光。

时装店里。红枫接过服务员小姐递来的一件件时装，对着衣帽镜试穿着，不时地转动着身子，打量着自己的倩影，欣喜不已。

豪华的酒吧。红枫举杯狂欢，醉眼蒙胧，最后忘情地依偎在衣冠楚楚的绅士怀中。

幽暗的舞厅。红枫浓妆艳抹，花枝招展，与一个个邀舞的男子，翩翩起舞。

宏达居室。“当……”五斗橱上的老式台钟敲响了十二下。

红枫轻声地打开房门，蹑手蹑脚地走到五斗橱前，脱下耳环、项链，放入抽屉。黑暗中，她全身疲乏，和衣躺在宏达身旁。

时钟的"滴答"声。

脸朝外侧身而睡的宏达，泪水夺眶而出。

（回忆）

窗外，一轮寒月高悬天宇。

宏达装配完了最后一个别针，用嘴哈了几下冻僵的手，又开始糊纸盒。

室外的寒风呼啸着。

"宏达！"躺在床上的红枫微微扬起身子，心痛地说："时候不早了，早点睡吧！我都睡过一觉了！"

"不，手术费还差几百元钱，再让我干一会儿吧。"宏达的话语里透着几丝倦意。

红枫摸索着走下床，紧紧抱住丈夫，泪水犹如断了线的珍珠……

（回忆毕）

宏达的画外音："唉！人是会变的啊。"

红枫转过身，警觉地："怎么，你没睡着？"

繁华的南京东路，商店鳞次栉比，人群摩肩接踵。

红枫搀着宏达，蹒跚地行走其间。宏达一个踉跄，差点摔倒在地。

"你怎么搞的，路也不会走！"红枫怒火中烧地嚷道。

"你不要忘了，"宏达爬起身来，火气十足，"以前你也不是靠女儿搀着走的吗？"

"可我不是你的女儿！"

"唉——真是好了伤疤忘了疼！"宏达哀叹道。

路人驻足，投来诧异而惋惜的目光。

红枫脸色一阵红，一阵白，众人的眼光犹如针锥一般，直刺入她的心扉，耳畔传来围观者的窃窃私语。

"看样子，这肯定是一对夫妻。"一青年男子对身旁的女友说道。

女友附和道："是啊，怎么她肯嫁一个瞎子?! 只可惜一朵鲜花插在牛粪上！"

……

宏达愕然。红枫委屈而又急切地拉着丈夫向前疾走。

日历，一张张翻过。

终于在某天傍晚，宏达的居室。

木琴声传出宏达的不平和愤慨。

窗外，轿车停下的刹车声。不久，走来妻子熟悉的脚步。木琴声戛然而止。

"宏达，我有事要和你谈谈。"

宏达咬了咬嘴唇："哦，好的。现在就谈吗？"

门外，楼梯上，小华背着书包放学归来，走近门边。

"宏达，我们离婚吧！"红枫带着几分恳求。

"你终于提这件事了。"宏达显得很平静。

"不……不！"小华推开门，"我不要你们离婚！妈妈你不能这样！"小华呜咽着，泪流满面，迷惘地瞅着父亲。

宏达摸着女儿的头，声音很沙哑："小华，不必再留她了，留得住人，也留不住心。"

小华不知所措，扯住母亲的衣衫："妈妈，你不要走，你不要走啊！你为什么眼睛刚治好，就要离开我们呢？"

"小华，你还小，许多事你不懂。"红枫低着头，嗫嚅着，"妈妈对不起你！"

窗外，轿车的喇叭声催促着。

"小华，你让你妈走吧！她的出走，拆掉的仅仅是我们这个家庭的某个墙角，决不是我们这个家庭的支柱。"宏达愤慨地说。

轿车的启动声，渐行渐远。红枫终于远离曾与她共度患难的亲人而去。

"妈妈的良心在什么地方？在什么地方？！为什么要这样？为什么？"小华扑在父亲的怀里，泣不成声。良久，抬起头缓缓地说："爸爸，你经受了这样大的打击，明天的全国盲人音乐大赛，你还去参加吗？"

宏达的声音充满坚定和希望："一定要去参加！爱好音乐，这是我的精神支柱。当然，我还必须拥有其他的生命支柱。"

某中医学院课堂里，宏达全神贯注地在听课。

学校的实习教室，宏达摸着人体模型的各个穴位，嘴里默念着什么。老教授手把手地教他推拿。

鞭炮声中，一块写有"宏达推拿诊所"的木牌被挂在沿街的小屋门边。

病床边，宏达为病人推拿着，挥汗如雨。

一个病人送来"妙手回春"的横匾，表示感谢。

报社记者手持采访本，询问着宏达。叠映报纸的文字宣传。

电视台工作人员手持话筒，采访着宏达。叠映电视中宏达神采奕奕的镜头。

推拿诊所门庭若市，宏达应接不暇。

深夜。宏达的诊所。

电话铃响。

“喂，我是宏达。请讲。”

“宏达医生，我是你的病人，小陈。谢谢你治好了我的颈椎病。有一事想麻烦你，我有一位朋友姓王，前几天被人打伤，又扭坏了腰，现在一动都不能动，伤得很重，想请您出诊去推拿。”

“好的。她住在什么地方？”

“她住在西班牙花园18号。呆会儿，会派小车来接您的。”

风高月黑。

豪华的西班牙花园，全是刚建成的一幢幢带庭院的小别墅。附近，传来阵阵打桩声，告诉人们别墅群在延伸。

小陈搀着宏达，进入了豪华、宽敞的别墅。走上别墅二楼漂亮的卧室。

富丽堂皇的席梦思大床上，侧卧着贵夫人打扮的红枫。

宏达来到床边。“太太，身子还能转动吗？”

红枫一惊，吃力地转过身子来，看到是宏达，简直不知所措，无限酸楚的泪水夺眶而出。

宏达的手开始在红枫身上按动。他马上明白了一切，惊叫道：“啊！你是红枫！”

室内的空气顿时凝滞，双方都感到尴尬异常。

“为什么会伤成这样？告诉我。为什么？”宏达激动地追问。

红枫终于抽泣起来。

过了许久，红枫才呜咽地哭诉道：“我现在的丈夫是个台商，一年中难得回来几次。他在外面不是酗酒，就是嫖娼，我稍有怨言就挨他的毒打。前几天，我说了他几句，他就用脚狠狠地踢了我的腰……我已成为他笼中的金丝鸟，完全失去了自由。我，我真的不明白怎么会落到这种境地？”

宏达一边给她推拿，一边感叹道：“唉，可悲的是，你不仅失去了自由，而且失去了你人生的支柱。”（定格）

此时，又传来不远处建筑工地上的打桩声：“咚！咚！咚！”，由轻变响，一直延续着，延续着。

1995年8月

随笔集

论《红楼梦》的立体结构

——曹雪芹在长篇小说结构艺术上的独创性

一、《红楼梦》的结构：一座四壁生辉的迷宫

迄今为止，恐怕没有一部我国的长篇小说的结构像《红楼梦》那样，曾引起如此广泛的赞叹和众多的争论。有人干脆把它称为一座童话中四壁生辉的迷宫①。

不过，文学评论家们在有一点上，意见几乎是一致的，那就是都认为《红楼梦》的结构形式同它以前的章回小说迥然不同，是十分复杂的而又浑然无痕的。然而，在如何准确、科学地概括它，给它命名的问题上，或者望而却步、陷入不可知论的泥淖；或者模棱两可，含混不清。譬如，有人对它这样评价道：好像跳入大海一般，前后左右波涛澎湃，而且前起后涌，大浪伏小浪，小浪变大浪，也不知起于何地，止于何时，使我们兴茫茫沧海无边无际之叹②。另一位专家在作了类似的感叹后，接着说它实在是不可思议的事③。

蒋和森先生一方面十分正确地指出，《红楼梦》的结构，向人们呈现了一个纵横交错，万象纷呈的生活整体；另一方面，他把这种多面地，立体式地反映现实生活的艺术结构，称之为多线结构④。而我们知道，长篇章回小说《三国演义》也是一个多线结构。这样一来，就容易使两者混淆起来，从而使人们看不清它们在本质上的不同。

张春树先生把《红楼梦》的结构称为网状结构。可是，他未介绍这种网状结构有哪些特点。张先生认为，《红楼梦》中颇有不接榫的地方⑤，并将原因归结为书未成，芹为泪尽而逝。这种说法很值得商榷。众所周知，曹雪芹曾对此书披阅十载，增删五次，难道这位天才的艺术大师竟粗心到这等地步，连许多不接榫的地方都始终没有发现？我们是否可以作

①⑤ 张春树：《〈红楼梦〉结构简论》，《红楼梦学刊》1981年第3辑。
② 韩进廉：《关于曹雪芹的美学观》，《红楼梦学刊》1981年第2辑。
③ 邸瑞平：《尺水兴波》，《红楼梦学刊》1981年第4辑。
④ 蒋和森：《〈红楼梦〉的艺术特色和成就》，《〈红楼梦〉研究集刊》第一辑。

出这样的推断：这种不接榫的地方，恰恰是曹雪芹在长篇小说结构上的匠心的体现？

另外，有一个事实值得我们深思：为什么其他章回小说一般都能被说书人采用，唯独《红楼梦》就不能呢？这难道同《红楼梦》的结构的独特没有任何关系吗？

总之，《红楼梦》的结构形式同它以前的章回小说究竟有哪些本质的不同？到底应该如何科学地给它命名？它的特征具体有哪些？笔者想就这些问题谈谈自己的看法，以就正于各位专家。

为了说明我的观点，有必要先对《红楼梦》以前的章回小说的结构特征作个简略的考察。

二、 单线式、可分性：古典章回小说的总的结构特征

我国的古典章回小说，由于滥觞于话本和拟话本（当然也受到了戏剧等艺术形式的影响），因此在其结构上，一般都是一个总的故事，由若干个小故事串联而成。这种小故事或几个连成一回；或一个一回书；或一个数回书。尤其是小说中的主要人物，一般都有相对独立的几回书。在这几回书中，这个人物始终处于舞台的中心，以他的活动作为情节发展的主线，连续几个波澜，一气呵成一个较完整的艺术形象。换言之，这几回书，就是某个人物的性格发展史。然后，又以这个人物与处于从属地位的另外一个或几个人物的关系，引出下面的以他人为主的小故事。基本上可以依此类推。这种结构的单线式是十分明显的。而且，由于小故事大多具有相对的独立性，即使抽取出来，一般也不至于损伤整部小说的脉络或别的多数小故事的情节发展，其可分性也是毋庸置疑的。

《水浒传》的结构形式是有代表性的，它有点像接力赛跑，一个人跑完一程，就把接力棒传给另外一个人。一个接一个，前勾后联，总的轨迹犹如一根链条。过去，素有宋十回，武十回之说（即宋江十回书，武松十回书），便是这种结构之可分性的证据之一。《西游记》的结构也大致类似。《三国演义》的结构同上述作品有较大的不同，它基本上采取了魏、蜀、吴之间的政治、军事斗争三股绳交叉着拧在一起的结构形式。虽然复杂了一些，但它在本质上同其他章回小说一样，也是一个大故事由若干个小故事串联而成；其可分性同样很明显，如刘备三顾茅庐、孔明三气周瑜等。至于《儒林外史》，正如鲁迅先生所说：全书无主干，仅驱使各种人物，行列而来，事与其来俱起，亦与其去俱讫，虽云长篇，颇同短制①。因此，也就谈不上总体结构上有什么单线式、可分性的特征。

---

① 鲁迅：《中国小说史略》，《鲁迅全集》第八卷第182页。

应当承认,单线式的结构虽有它明白流畅、不蔓不枝的优点,但对于更深入地表现人物的性格,人物之间的错综复杂的关系,故事情节更密切的关联和呼应,以及更深刻地反映广阔、丰富多彩的社会生活,是有较大的局限性的。这就是为什么《水浒传》在梁山聚义后,好多人物便失去了它们原有的异彩的原因之一。而《西游记》结构的直线性,也使它的内容有时显得单调、重复,缺少复杂曲折的变化,节奏感不强。《三国演义》到了最后部分,也有类似的缺陷。

上述情况,反映出了中国古典章回小说这种艺术形式在其刚刚独立发展时期,受话本形式的束缚而带有的稚气。这就给后来的作家提出了改革它的结构形式,突破它的局限,另辟蹊径的任务。

三、 立体结构:长篇小说结构艺术上的一次革命

《红楼梦》所要表现的是贾府由盛到衰的历史,促成这个大家族衰败的多种多样的矛盾,有主仆之间、嫡庶之间、派系之间、奴仆之间、正统者与叛逆者之间……以及贾府与外部社会的种种矛盾。书中写到的人物达四百数十人之多。还要广泛地涉猎到诗词、音乐、绘画、建筑、医学等多方面的专门知识。既然如此,它就不能回避去正面描述一些规模宏大的大事件、大场面。特别是它不可避免地要去描写许许多多琐细而又平凡的日常生活。而我们知道,这种日常生活中间存在着多种多样的联系,大多要在相当长的时间内,才能从它们的由于交错发展而显得断断续续的过程中,看出一点脉络及其一定的情节性。因此,它就不可能对每一个人物都采取有头有尾的性格发展史的写法,它必须对故事情节作非常精确的选择和提炼,并且作匠心独运的适当安排。旧的单线式的章回小说的结构显然对于反映这种恢弘而又细腻的社会生活束手无策。

曹雪芹以其深邃的哲学思想,对生活的广阔视野和洞察力,以及他的罕见的艺术匠心,极其卓越地完成了这一艰巨、宏伟的任务。他所创造的《红楼梦》的立体结构,在兼收并蓄前人在文学结构上的精华之外,还具有如下特性——整体性、相反相成性和多面性。这些特征有机地统一在一起,把小说所反映的生活活生生地呈现在人们面前,使人如临其境。

为了论述的方便,我把这几种特性分开来剖析。

(一) 整体性

也许有人看到这里会问:哪一部章回小说的结构不是一个整体呢?

是的，如果我们讨论的是章回小说故事情节的完整性，那就没有什么意义了。可是我们这里所说的整体性是指《红楼梦》结构中情节的整体发展、运动，用现在流行的说法是系统工程。而在它以前的章回小说的情节发展，如前所述，一般都是呈单线式的。

这个说明，在下面的分析中将进一步得到证实。

这种立体结构的整体性，又是由不可分性和非连续性对立统一而成。

先论述不可分性。

黑格尔在谈到事物发展的辩证法时指出：某一事物是可能的，还是不可能的，要取决于内容，也就是说，取决于现实的各个环节的全部总和，而现实在自己的展开中，表现为必然性。①曹雪芹是深谙生活的辩证法的。他正是通过发生在一个封建大家族内外的无数矛盾的运动，来表现这个大家族衰亡的必然性的。所以作者在描写时，不是沿着一个具体事件的线索照直写下去，常常是许多事件涌上笔端。在若干个事件的纵向发展过程中，又从横的方面穿插许多其他的事情或情节线索的截面。举两个简单的例子：如第十六回写贾琏从苏州接林黛玉回来后，凤姐与平儿在家里拨冗接待的场面，虽只是贾府生活中的一个小场景，却牵动着这个大家族整个生活的许多方面。凤姐向贾琏炫耀了她协理宁国府时与管家奶奶们的较量，暴露了宁荣两府间的一触即发的尖锐矛盾；平儿为了掩盖旺儿媳妇进来送利银的事，随机应变地用“香菱妹子来问我一句话”的谎言来欺瞒贾琏，这既表明了平儿和凤姐的特殊关系，又暴露了贾琏夫妇的同床异梦，隐伏了许多后文；借平儿之口提及旺儿媳妇送利银一事，则揭出了凤姐放高利贷的罪恶活动，也为后文伏线；平儿虽然只是借香菱的名字来敷衍贾琏，但作者笔无虚文，又顺水推舟地描写了贾琏对薛蟠占有香菱的羡慕，和凤姐对他的嘲讽，暗示了这对夫妇经常发生争斗的一个问题，也可以看作是为后来的尤二姐事件作的铺垫之一；更重要的是补叙了香菱被薛蟠抢去后的遭遇——来到贾府，并做了屋里人，开了脸。这既和作为总纲的一部分的第四回相照应，又为香菱以后的活动打下基础。很明显，如果把这个小小的生活场景从全书中割舍，那就会损一动百，触动《红楼梦》整个结构的筋络。又如第三十七回也是这样，作家在短短的篇幅里，把秋爽斋成立海棠社等五六个情节交织在一起；同时还把通过对话补叙的晴雯给探春送荔枝，秋纹给王夫人送插瓶，王夫人赏衣服给袭人、秋纹等事件穿插其间。所有这些情节、场面之间，彼此贯通，前呼后应，旁敲侧击，虚实关照，将生活的整体活生生地端在纸面上。

---

① 黑格尔：《逻辑学》，转引自列宁《哲学笔记》。

对此，蒋和森先生曾正确地指出，《红楼梦》几乎没有什么可以单独抽取出来而不损伤周围的筋络的故事。[①]鲁德才先生也说，《红楼梦》浑然形成有机的整体，我们很难把其中的故事情节抽出来，独立成章。[②]是的，《红楼梦》就是这样一个不可分割的整体，其中的每个情节，既是人物发展史上不可或缺的环节，又是整个结构中的一个有机组成部分，它们纵横交错在一起，散布于小说的各处。每个人物的性格，都是在同其他人物的广泛联系中展开的。无论是主线还是副线，除非改写，否则不可能完完整整地从《红楼梦》中截取出来。

事实上，章回小说的格局在《红楼梦》中已徒有虚名。习惯于单线式故事结构的说书艺人，之所以对《红楼梦》望而生畏，不敢问津，其中的奥妙难道还不清楚吗?

古罗马美学家朗吉弩斯曾经这样论述文章的整体美：文章要靠布局才能达到高度的雄伟，正如人体要靠四肢五官的配合才能显得美，整体中的任何一部分如果割裂开来孤立看待，是没有什么引人注意的；但是，所有各部分综合在一起，就形成一个完美的整体。[③]这用来赞美《红楼梦》，不是很妥帖吗?

接下来，我们再来分析整体性的另一要素——非连续性。

《红楼梦》中，几乎所有的情节都不是一贯到底、一气呵成的，而是时隐时显、断断续续、纵横错杂地交织在一起的。它们在极有限的时间和空间中显现出各自轨迹的端倪。即使像宝黛爱情这样重要的线索，也是散见于整个结构的某些地方，并没有用若干章回进行单一性的描写。这种情况，为其他古典章回小说所无。

我们不妨对十至十五回进行一番分析。中心事件是秦可卿之死。作者是这样结构的：第九回闹书房，金荣忍气吞声给秦钟磕了头。消息传到了他姑姑金寡妇耳里之后，第十回，金寡妇便去找尤氏评理，却从尤氏那里引出了秦可卿生病的消息。于是，闹书房一案自然了结，去写秦氏之病了。秦氏服了张太医的药，第十回末尾，正不知病势如何，且听下回分解，十一回开始，却是话说是日贾敬的寿辰。秦氏线暂时隐伏，写了半回宁府排家宴，中间也蜻蜓点水般地提到一两句秦氏的病情，可是，这条线索又不见了。却引出了其他情节的断断续续的发展。特别是王熙凤设计害贾瑞的情节，一时推到了舞台的中心。十三、十四两回书，作者才又接上秦氏之死的线索，用墨如泼，淋漓酣畅地描写了秦氏的丧葬。第十五回，铁槛寺这秦氏的停灵之处，却又成了王熙凤弄权害命，贪赃枉法，包揽诉讼

---

① 蒋和森：《〈红楼梦〉的艺术特色和成就》，《〈红楼梦〉研究集刊》第1辑。

② 鲁德才：《重视〈红楼梦〉艺术创作经验的研究》，《红楼梦学刊》1981年第1辑，第80页。

③ 转引自《西方美学家论美和美感》，商务印书馆1981年版，第48页。

的地方。请看,在这短短的六回书中,从时隐时显的纵向的主线,横生出多少条贾府罪恶的丝缕!

再比如晴雯这条线,书中着眼于她的主要有四处:撕扇、补裘、反抄检、夭亡。这几处并不集中于相连的几回书。她的死,发端于七十四回王善保家的暗算,王夫人的提审实际上已经把她定了死罪,她敢于反抄检更是死有余辜。但是,她的死却写在七十七回,中间插了开夜宴、赏中秋和感凄清、悲寂寞整整两回书。在我们看来,晴雯之死完全可以一气呵成。可是不,曹雪芹的目的,是要牢笼百态、漱涤万物。因此,他总是显得那样的从容不迫,那样的视野开阔。

当然,所有线索的非连续性发展,并不是漫无目标的。实际上,它们各自体现了贾府由盛到衰,总的质变过程中的所有的量变过程。正如黑格尔指出的那样:非连续性也像连续性一样是量的环节。①不过,采用这种结构方法,弄不好就会留下断裂或弥合之痕,给人以生硬或别扭之感。而曹雪芹凭着他横空当时的艺术匠心,将这种非连续性的结构勾联得如同行云流水一般,晓畅自然。

这种非连续性的结构方法的优点是:一方面,它忠实于生活的真实(如前所述,日常生活中的各种联系,一般都要经过相当长的时间,错综复杂的交替发展,才能显示其一定的意义,它们的发展过程才具有某种情节性);另一方面,也可以在节省许多笔墨的情况下,设置无数的悬念,做到此呼彼应。从而给读者以充分的想象、回味的余地。把这种非连续性看作是不接榫,显然是一种误解。

相对来说,在《红楼梦》里,非连续性主要表现在情节的外在关系上,而不可分性体现在情节内部的关系中。这两者结合而成的整体性的结构特征,使人触摸到了千头万绪、丰富多彩的社会生活。

(二) 相反相成性

长篇小说主要是写人。曹雪芹对人的个性发展,对那些因条件不同的境遇和生活的冲击,而在人的个性中发出的不断变化的研究,以及对如何将这种变化给予高度概括的反映,表现出永不衰竭的兴趣。他在结构上创造性地出神入化地运用了相反相成的手法,从而辩证地、深刻地揭示了人们精神世界的丰富与复杂性,真正表现了无穷无尽、多种多样

---

① 黑格尔:《逻辑学》,转引自列宁《哲学笔记》。

的人类感情，使书中的人物一个个都成了立体的、栩栩如生的了。

首先，作者极善于把思想意义不同的情节安排在一起，使人在黄钟大吕之中常闻羽调商声，在羽调商声中仍听得到黄钟大吕的袅袅余音，从而感受到浓郁的生活气息。如十六回中，贾元春被封为凤藻宫尚书，加封贤德妃。贾家一下子由国公变成了皇亲国戚，故贾兰等人一时皆喜见于面，而且宁荣两处上下内外人等，莫不欢天喜地。但是，作为元春兄弟的贾宝玉却对这种轰动两府的锦上添花的大喜事，置若罔闻，毫不介意，却一心为同窗之友秦钟的父亡和病症怅怅不乐。因此众人嘲笑他越发呆了。这种对比，何等强烈！再如，第四十三回和四十四回，写王熙凤的生日，由于贾兰的倡导，荣宁两府都沉浸在喜庆的气氛中。但作者偏偏让贾宝玉遍体纯素去祭奠一位地位与王熙凤天悬地隔的丫头。同时，又安排一幕凤姐撞见贾琏私通女人的闹剧。把如此对立的情节安排在一起，产生的艺术效果堪称一绝。不仅所涉及的一些人物的性格揭示得淋漓尽致，而且使得贾府中虚伪地点缀起来的一点欢乐景象，就这样被无情的现实的波浪冲荡殆尽。这种相反相成的情节在小说的回目上也可略见一斑。这种手法运用得如此广泛，为古典章回所仅见。

其次，作者就是在一条情节线索中，也常常融进两种相反的感情基调。举例来说，宝黛爱情的缠绵悱恻，曾使多少人深受感动，但仔细回味一下，宝黛之间不常常是刚刚有些情意绵绵，转眼即被龃龉的乌云所笼罩，搞得不欢而散。在这条情节线索上，误会丛生，往往是一方的爱情的火焰正旺，另一方的怨恨、妒意正浓；一个在失望，另一个却在希冀……

另外在人物性格的塑造上，作家也广泛地运用了相反相成的方法。如宝玉的情不情与黛玉的情情互为映衬；黛玉的叛逆执拗又与宝钗的安分随时恰成对照；晴雯的强烈的自尊自爱与袭人的随和、奴性形成对比……

还有，如果我们从结构安排的虚实变化这个角度来看，同样可见这种相反相成的手法。从小说的总体上说，前五回是虚，第六回开始才是实。这种先对描写对象来一个鸟瞰，列一个总纲，然后一下子深入进去，进行多方具体的描写是史无前例的。在每一个局部中，也是实中有虚，虚中有实。其巧妙每每使人不由得拍案叫绝。比如，曹雪芹对秦可卿之死的原因，并未直接交待。他是通过描写另外一些人前前后后的反应，让读者去揣摩其中的奥妙：老公公贾珍为秦氏之死，哭得泪人一般。他说，这媳妇比儿子还强十倍，要尽所有料理后事——显然，在封建社会中，老公公对儿媳之死痛惜得如此失去常态，是令人生疑的；人们马上会联想起焦大骂宁府的那些话来：……每日偷狗戏鸡，爬灰的爬灰……书上特别点明，这些骂话，连贾珍都说出来了……这种虚实相生的情节，把隐藏在形象背后的宽广、复杂的社会、空间，绝妙地暗示给了读者，使人浮想联翩，并给人以节奏感。

人们在看了《红楼梦》后，之所以都觉得耳目一新，深感满足，难道与作者如此广泛地运用这种相反相成的手法没有关系？黑格尔在他的《美学》中这样说过：在符合规律的关系中所见到的既不是同一定性的抽象的重复，也不是同与异的一致性的交替，而是本质上的差异面的同时并存。我们看到这些差异面完全会合在一起，就感到满足。这种满足现出这样一种理性：只有通过整体，而且只有通过事实的本质所要求的差异面的整体，感官才能得到满足。①这里说的差异面的同时并存，实际上就是指的事物之间的相反相成的辩证关系。当然，这种关系只有同整体性、多面性配合在一起，才能完全显示出它独特的艺术魅力。

（三）多面性

它包括两层意思：一是每一个比较主要的人物，每一条较重要的情节线索，乃至整个贾府的兴衰史，作家都是以很多的侧面予以描写的。第二，某些情节的描写，往往给人以多方面的意味和暗示。

前面那层含意，为红学家们所公认。《红楼梦》所描写的生活场面之广，所取的视点之多，是其他章回小说所望尘莫及的。由于这一点是显而易见的，这里就不去说它了。

后面那层意思，试举两例予以说明。如上文提到的元春归省，贾府所举行的那一场大庆祝，从一个方面来看，它确实是特大的喜事；但从另一个方面来看——正如书中所说的——它又是骨肉分离，终无意趣的真悲哀。又如，刘姥姥游大观园，从一方面来看，是贾府的太太、奶奶、小姐们将这个老农妇当作消闲破闷的玩物，戏弄了一番；但是换一面来看，又何尝不是世情上经历过的刘姥姥把贾府那帮子闲得发愁的贵妇人们逗趣了一番呢？这真是横看成岭侧成峰，妙趣无穷。毋怪乎戚蓼生要作如此之感叹：吾闻绛树两歌，一声在喉，一声在鼻；黄华二牍，左腕能楷，右腕能草，神乎技乎！吾未之见也。今则两歌而不分乎喉鼻，二牍而无区乎左右，一声也而两歌，一乎也而二牍，此万万所不能有之事，不可得之奇，而意得之《石头记》一书，嘻！异矣。②其实，《红楼梦》又岂止两歌二牍，像上面举到的两个例子，如果细细分析，还可以看到生活的许多方面。总之，《红楼梦》所具有的那种注彼写此，如同转动着的舞台那样地多面性表现艺术，即使在世界文学史上，也是很少见的。

上面，我们分别论述了《红楼梦》结构上的整体性、相反相成性、多面性。实际上，它们

---

① 黑格尔：《美学》第一卷，商务印书馆 1981 年版，第 179 页。

② 戚蓼生：《石头证序》，有正本，《红楼梦》卷首。

是有机地联系在一起的。《红楼梦》的结构一反以前章回小说基本上为单线式结构的陈套，在具备了上述属性后，呈立体式的了。这种立体结构呈现在人们面前的是一个生活的海洋，它的每一朵浪花都与整个海洋息息相关。小的浪花簇拥成大的波澜，大的波澜又逐步形成全书的高潮，一直推动贾府这个封建大家族走向落了片白茫茫大地真干净的结局；这种立体结构把一大批活生生的典型人物推到了千千万万的读者面前，使读者不可能不为他们的命运而喜怒哀乐；这种立体结构带给人们对世界的全新的视觉，从而使一切普通的、传统的、习惯的东西，都在作者创造性的领悟中表现出全新的色彩；这种立体结构的容量之大是空前的、惊人的，《红楼梦》借助它获得了中国封建社会的百科全书的美称。

总之，曹雪芹独创的《红楼梦》立体结构，是我国长篇小说结构艺术上的一次革命，是曹雪芹对中国乃至世界文学宝库的一项重大的贡献。

1981 年 12 月

论戏剧的电视录播的导演技巧

戏剧的电视转播一般分两种方式，一种叫现场直播，另一种叫录播，即录像播出。本文将着重探讨后者的电视导演技巧。

众所周知，中国戏剧，作为世界戏剧宝库中的一朵奇葩，早已名扬全球。在中国，几乎每家省级电视台都有戏剧节目，中央电视台甚至辟出了一个频道，每天播放大量的戏剧节目。确实，中国戏剧在弘扬中华民族的优秀文化传统、传播华夏文明古国的道德观念、增强民族凝聚力等方面，一直起着重要作用。20 世纪中叶，自从中国有了电视以后，很快就开始了对各类戏剧的电视转播。但是，毋庸讳言，这种电视转播的质量会因戏、因导演、因转播的其他技术条件的不同而良莠不齐。全国范围内，从事戏剧转播的导演队伍人数也少得可怜，据估计，最多不会超过 1 000 人。以笔者曾经工作过的上海电视台为例，20 年前的戏剧电视导演们在转播一部大戏之前，既要去看戏，又要索取剧本反复阅读，然后写出分镜头剧本分发给摄像等相关人员。而摄像师都要事先跟导演一起去看戏。转播时，每台摄像机上都装有一盏小灯，下面夹着剧本，摄像边通过耳机听取导演的调度，边看剧本，拍摄完整台戏剧。这样录制的戏剧节目，一般质量问题比较少。但是到了现在，随着电视台转播工作量的逐年增加，戏剧上演场次的明显减少等诸多原因，一般情况下，在转播戏剧之前，电视导演和摄像师都很少去看戏，更不用说去看剧本，并写出分镜头剧本了。基本上都是靠电视导演和摄像的现场发挥来进行录播。这样的录制质量就参差不齐了。所以电视观众常常在收看戏剧片时，发现镜头没有切在说话和演唱者的身上。许多演员的重要表情和动作都被遗漏了。镜头的节奏与音乐的节奏明显脱节，等等，录播中的毛病不一而足。

那么，戏剧的电视录像要达到什么程度才是对原作忠实的，原汁原味的记录呢？或者，进一步而言，怎样的画面切割才称得上是既抓住了原作的精髓，又大胆地运用镜头语言，画龙点睛般地强化了人们对戏剧中人思想感情的了解，深化了该戏的主题呢？在戏剧录播的前前后后，电视导演究竟该做些什么？……这些问题正是笔者想要探讨和阐述的内容。

三度创作：戏剧电视导演应追寻的艺术目标

习惯上，人们将剧本的问世称之为一度创作。把戏剧导演对剧本的艺术加工，使之从书面文字变为活生生的舞台剧，称之为二度创作。我认为，戏剧电视录播的导演，如果在把握原作精神的基础上，通过对剧中人演唱画面的准确、多变和流畅的切割，对剧中重要细节和气氛的及时而又恰当的反映和渲染，那么必然在刻画人物，揭示人物的内心世界活动、深化主题等方面有可能超过舞台剧的艺术成就。观看电视戏剧片的审美感受甚至会超过剧场中观看该戏的艺术感受。这就是三度创作带来的收获！这应该是戏剧的电视导演追求的崇高艺术目标。电视导演尽量不要成为戏剧的机械记录者，而应该在三度创作上下大功夫。那么，要搞好戏剧的三度创作，我们应该在录播前和录播时做些什么呢？

三度创作的基础：录播前充分的准备

要想使戏剧的录播具有三度创作的效果，那么电视导演必须做好以下一些准备工作：

1. 录播前应该看一下戏，借以了解剧情，以及剧中人上下场的一些情况。特别是要关注这样一种情况：现在好多戏，人物不全是从舞台的上场门或下场门处出来或是退下，而是从观众席边出现或消失。如果不是先看戏，遇到上述情况，电视导演会措手不及，造成情节和画面的遗漏。当然，顺便提一下，看戏时，还应核对一下唱词，便于做好后期制作。

2. 如前所述，现在的电视导演多数是在未看过戏的情况下进行录播的。摄像人员看戏更是凤毛麟角。弥补的办法是，电视导演应该在事先向剧团成员了解剧情，剧中人物的多少及在舞台上的特殊走向，以及其他诸如灯光、音响、舞美等相关情况。以便胸有成竹，事先就准备好应付的办法。这就如同军事上所谓的“不打无准备之仗”。

3. 在大致了解了该戏剧的情况后，决定机位（通常是三个）是否要增加。对于剧中人特殊的上下场等情况，究竟由哪个摄像机去捕捉等录播中的具体问题，也需要事先告诉摄像师，安排落实好任务。

4. 关于是否架设高机位和吊臂拍摄的问题。应该视剧情而定。一般来讲，舞台上人数比较多，舞蹈规模比较大的戏剧，在剧场有条件的情况下，可以架设高机位。近年来比较风行的吊臂拍摄兼具高机位和轨道移动拍摄等诸多优点，但是，它也有遮挡其他机位的负面作用。所以，戏剧录播时，基本可以不采用。实在需要采用，应与其他机位的摄像师协调好彼此的运作关系，尽量避免互相遮挡镜头的问题。在多数情况下，吊臂放置在舞台靠近下场门的地方。

5. 喜剧，京剧等需要融入观众笑声、喝彩声的戏剧节目，录播之前，可以考虑在观众席安置声音效果话筒。以不遮挡三个机位的镜头和观众的视线为宜。

6. 由于摄像机的感光性要比人的肉眼差，因此，可以事先要求剧团的灯光师在全剧录播时，适当提高光的亮度，以适应电视录播的需要。

三度创作开始：戏剧电视导演画面切割的一般规律

笔者从事戏剧和综艺节目的电视导演工作已有18年了。至今一旦坐在转播车的切割台前还是小心翼翼、全神贯注，不敢稍有懈怠。因为这项工作极富挑战性，对导演艺术感受、心理素质、应变能力等各方面要求都很高，需要做到眼、脑、口、手四到位。

首先所谓"眼到位"，就是要同时观看三个或三个以上的摄像机提供给你的画面。这样才能纵观全局，决定镜头如何变化、运用和取舍。刚刚从事这项工作的导演，往往只盯着一个画面看，以至于把舞台上重要的情节，重要的说话人的镜头遗漏。更严重的，不能及时给另外两个画面的提供者——两位摄像师以正确的捕捉对象及其景别的指令。

录播时，当然还要"脑到位"。也就是全身心的关注这三个摄像机提供的画面。排除一切杂念，集中精力思考如何对舞台剧进行三度创作。不断采用推、拉、摇、叠化等手段，让景别变化起来。要充分调动起三个摄像师的积极性，在准备及时地捕捉剧中人的表情、话语、动作上下功夫。在深化主题上花力气。要提前想好镜头的一个个衔接，要求三台机器拍摄同一人物时，景别必须拉开，适时地把指令及时地通知摄像。不应该一声不吭地、被动地跟着摄像提供的画面走。

"口到位"，说起来容易，做到、做好、做准不容易。口令要及时，准确地发出，先报机号，然后通知拍哪个剧中人，景别怎样大小，随后要求是哪台摄像机将再拍谁，景别是怎样的？都要明白无误的告诉摄像。千万不要叫错。对于表现好，工作主动的摄像师，也要在合适的时刻给予口头表扬，这样才能使三度创作善始善终，使整个摄制组充满强烈的三度创作的欲望。

"手到位"，是指左手的无名指、中指、食指分别悬在一、二、三号画面选择钮的上方。一旦指令发出，其中一个指头就按下去，不要犹豫不决。还须做到以下几点：

1. 首先是电视导演的口令须规范统一，准确。

现在全国各地电视台的导演的口令五花八门，极不规范、准确、统一。即使在一家电视台内,导演的切割指令也是千差万别。有时甚至到了令摄像师无所适从的地步。有的电视导演甚至把推拉过程说成是“大一点”、“小一点”,令人啼笑皆非。

在景别上,笔者主张,口令只准叫出:大全景,全景,人全,中景,近景,特写。

三个机位的序号,应以舞台为基准,靠近舞台上场门的叫1号机,靠近下场门的叫3号机,正对着舞台中央,能够拍摄舞台大全景的叫2号机。1号机拍摄上场门处的人物,3号机拍摄下场门处的人物叫“对打”,反之称为“交叉”。

口令一般应在摄像机运动之前2至5秒发出,以便摄像师有调整角度、景别、焦距的时间。

2. 扬我所长,大胆、细致地拍摄剧中人物的面部特写,以完整、准确地反映人物的感情变化。

人们常说“眼睛是心灵的窗户”,人的思想感情,大部分都是通过眼睛和紧靠它们的脸部来体现的,戏剧要征服观众,剧中人的命运要使观众信服,离开角色的思想感情表演怎么行。而这一点,恰恰是舞台剧的弱项。即使坐在第一排的观众,距离剧中人都有两三米之遥,更不必提坐在十米、二十米、三十米之外的后排观众群了。而电视录播,在这点上的得天独厚是无与伦比的,她甚至可以拍摄到演员的眼睛大特写。至于拍摄脸部表情,那更是轻而易举。所以,在拍摄感情戏时,千万要少用大全景,人全甚至是中景。而应多用近景、特写。在两人以上的情况下,要抓住最主要的人物的面部反应,这就是所谓的“戏眼子”。如果导演把这类戏全用人全或全景去拍摄,那简直是对原作的糟踏。如果抓住了剧中人的细微眼色和表情变化,那就是抓住了三度创作中的精髓。

3. 演唱和对话时的画面处理。

角色在对话和演唱时,一般以中、近景来体现。演唱开始,唱词的第一个字的镜头,原则上一定要切在演唱者身上。不应该切在周围的其他角色身上。万一切在别的角色身上时,千万不要慌张,应该指导摄像师将镜头摇到演唱者的身上。不可立即硬切到演唱者身上,否则就会给人以明显的切错镜头之感。如果是边唱边武功表演,或舞蹈表演,这时宜给“人全”景别。

对话的切割,导演的反应一定要快。对话的两个人物一般都给中、近景甚至特写。这也是录播的优势。它可以明白无误地体现说话者的思想感情,这种地方也就是“戏眼子”之所在。万一切在听话者的身上,只要将镜头拉至两个人的景别就可以了。然后迅速给说话人一个近景。如果遇到几个人或十来个人的对话的情形,可先用1、3号机交叉拍摄全景,然后调动2号机拍摄说话人的中景。应该了解,2号机不是全用来拍摄大全景的。2号机位往往在1、3号机难以顾及的情况下,起关键作用。

确实,让观众看清楚说话和演唱者的面部表情,是电视的绝对优势,它可以帮助人们更深入地了解剧情,挖掘戏剧的主题,更细致地塑造人物,这是电视导演中进行三度创作的重要环节。

4. 抓住重要动作和道具的特写。

电视录播还有一个强项不应忽视,那就是,摄像机能清晰地拍摄到角色的细微动作和小道具。而这一点正是舞台剧导演最头疼的地方。像婚姻场面中的戴结婚戒指,剧中人的暗号动作,纸面上的重要文字等。这些有关剧情发展的重要线索,只要电视导演指挥恰当,摄像师反应敏捷,都可以在特写镜头里得到很好的体现。这时候,千万不要用大全景和人全景,否则,录播的优势就丧失了,根本谈不上再进行三度创作。

5. 其他注意事项。

首先在切割戏剧人物演唱画面时,还要注意音乐的节奏,画面的变化要与之结合好。尤其是京剧中的锣鼓点,一般用镜头硬切来体现。

同一人物的改变,绝对要避免同景别相接。剪辑点要选在台词和唱词中句子和句子的交接处。这些都是三度创作所要求的镜头节奏。

反应镜头的运用既要谨慎,又不能遗漏。举例来讲,最近笔者在录京剧《借东风》时,有一个情节是周瑜在唱自己的计谋全被诸葛亮识破,因此气得浑身发抖,而此时诸葛亮却边摇鹅毛扇边饮酒,全然无事一般。这时我就采用反复对切的方法来体现这两个人物一张一弛、一紧一松的内心世界。其实诸葛亮没有一句台词,没有一句唱,但我还是不断把他的反应镜头切出来,从而把握住了人物的特性,使剧情更加显而易见,取得了比较好的艺术效果。另外,反应镜头不宜过长,1 到 2 秒左右。太短了视觉上会不太舒服;太长了,把正在说话和演唱的人的镜头遗漏了。

对话或快节奏的演唱,以硬切镜头为宜,比较舒缓的演唱,宜用画面叠化。叠化的过程通常设定在 10 帧至 20 帧左右。特殊情况下可另外设置叠化过程的长度。

在录播的整个过程中,转播车上的技术员一定要始终全神贯注地用光圈调节器跟踪摄像机送过来的画面。发现舞台上灯光过暗或过亮时,应及时使用光圈来进行调整,确保画面的高质量和清晰度。

以上这些,都是笔者对戏剧的电视录播的导演技巧的心得,难免有挂一漏万之处,还望得到有关专家的指教。

1998 年 10 月

期待电视戏剧艺术的创新和突破

我国的戏曲艺术有着悠久的历史和传统，但自20世纪80年代中期以来，由于科技的进步，经济的繁荣，特别是电视的广泛进入家庭等原因，戏剧市场开始逐渐萎缩。以人称“戏剧大码头”，拥有1 600多万人口的上海为例，20世纪50年代，市区拥有剧场132个，可是，到了今天，只剩下14家。即便这14家剧场，除了三四家外，上演戏剧的状况也只能用“惨淡经营”来概括。全国其他城市的情况也大同小异。同样，戏剧院团在明显收缩、减少，观众在大幅度减少。这些都是不争的事实。于是，许多有识之士试图通过电视媒体来传播戏剧，并以此来发展、振兴戏剧。但是，严酷的现实是，除了央视和上海东视设有专门的戏剧频道外，各地电视台的戏剧节目都少得可怜，有的电视台干脆不播戏剧。由于历史及市场经济等诸多原因，时下较之于电视综艺节目，各地电视台对电视戏剧的投入极少，甚至于为零。因此，电视戏剧无论在规模上，还是内容、形式和质量上，都比电视综艺节目逊色得多。各地电视戏剧的制作人员在不断地老化、转岗和萎缩，大多数业内编导们对电视戏剧也渐渐失去信心和热情，缺乏对此问题的实践和理论的探讨、研究的兴趣。这些，都是圈内有目共睹的事实。人们不得不对中国电视戏剧的前景表示忧虑。

尽管上上下下的领导和专家都承认戏剧在传承中华民族文化上的重要作用，但是，一落实到具体问题，中国戏剧总是举步维艰，电视戏剧也同样如此。这里需说明，有关中国电视戏剧的战略把握和投入与否，主要应由决策层考虑、定夺的事情。本文所要阐述的是有关我国的电视戏剧工作者如何练好内功的问题，即关于电视戏剧艺术的创新和突破方面的思考：如何使戏剧和电视有机地结合起来，既要记录戏剧舞台剧，又要建立具有自己特色的电视戏剧，既要把戏剧艺术的优秀技艺通过电视记录保存下来，又能以多种现代电视手段和多种艺术样式对戏剧进行电视化的诠释、改造、创新和突破，以此来争取电视观众，特别是年轻观众，这无疑是当今摆在中国电视戏剧工作者面前的一项光荣而艰巨的任务。在论述电视戏剧艺术的创新和突破方面的思考之前，绝对有必要正视电视的全球化问题。

一、电视的全球化：既是挑战又是机遇

中国的电视戏剧人往往会忽略关于“电视的全球化”问题，以为这是一个与我们无关的问题。当然，也有人对此过分担忧，以为“电视的全球化”，敲响了中国电视戏剧的丧钟。笔者认为，其实这些担心都是因为不了解情况所致。确实，当今世界上，人们关注较多的是经济全球化。经济全球化是世界各国在全球范围内的经济融合，是各种资源、商品在全球范围内的流动、配置和消费。世界经济一体化和贸易自由化，使经济全球化成为一种不可抗拒的潮流。

电视传媒业在这样的大背景下，同样面临着全球化问题。应当承认，在所有的媒体形式中，最突出地表现全球化意识的是电视。从1984年美国新闻署开办“世界电视网”，首次把电视节目推向全球以来，英国、法国、德国、意大利、澳大利亚、日本等国家相继实施了“发展卫星电视”的全球战略。一些发展中国家如印度、马来西亚、韩国和拉美的一些国家也纷纷发射或租用卫星，进行节目跨国乃至跨洲的覆盖。电视传播的全球化趋势，表现在五个方面——

第一、电视传播的内容具有国际性。通过电视，人们越来越受遥远地区所发生的事情的影响。无论是新闻节目，还是其他类型的节目，其内容在有些方面的范围和影响越来越具有了国际性。电视最终培育出全球观众。

第二、电视传播可以在国际范围内收看到。原因在于“节目供给新手段”发挥了重要作用，卫星的辐射、互联网等高科技的快速发展，成为电视传播全球化的重要推动力量。

第三、电视制作和传播的所有权越发国际化。这种变化主要表现为媒体集团之间的跨地域、跨国度的兼并、整合和重组。

第四、电视全球化还推动了电视节目和产品的进出口。电视节目国际贸易在世界贸易进出口中所占的比重在不断增加，美国是世界上最大的电视节目出口国。据报道，我国的各类电视台（其中包括30多家卫星频道），是美国的2倍，是日本、英国、法国、德国、印度等11国电视台的总和。遗憾的是，我国如此庞大的电视传播业每年生产出大量的电视节目，尚未真正通过贸易打入国际市场。

第五、电视制作也越来越具有国际性。由于电视戏剧制作成本日趋升高，世界各地电视公司因此也就产生了开展合作的意向。这些联合制作采用各种形式，小到简单的分担成本，大到全方位的共同制作（通常利用相关国的场地）。目前国内各台之间的联合制作

规模正在日益扩大。我们东视戏剧频道已多年参与的《全国16省市电视台元旦戏曲晚会》,即是此种合作模式。但国内电视台与外国电视公司的合作尚属于起步阶段。不过,它迟早会发展、扩大。

在电视传播的全球化趋势面前,中国电视不可能脱离世界电视的发展潮流,它也不可避免地要受到国际传媒竞争的影响。中国电视必须进入世界电视传播格局中,参与国际传媒市场的竞争,才能更快更好地发展自己,否则将陷于封闭落后的状态。

实际上,中国电视也正在走向世界,并在世界电视的发展和竞争中占领一席之地。1991年9月1日,中央电视台通过亚洲一号卫星,将第一套节目送上卫星,覆盖东南亚、东欧、中东、南非等地的国家以及港、澳、台地区。此后各省市电视台陆续上星,在海外都有不同程度的覆盖。中央电视台第9套英语频道节目,从2002年2月1日起,已经在美国的纽约、波士顿、洛杉矶、旧金山等东西沿海城市落地。可以预见,在不久的将来,全球华语卫星平台将搭建成功。同样,这几年美国的一些科普节目(如Discovery),也正在逐步进入中国各地的电视台播放。

现在,世界各国越来越多的有识之士在关注电视的全球化和文化的本土化之间的关系问题。国外不少学者认为,“电视的全球化实际上是一种文化扩张的过程”;电视的全球化似乎意味着由美国公司制作的美国电视将一统天下。结果,各国本土文化将被美国文化所吞没。这种“文化扩张”的论点,或许有点夸张,但应引起我们的足够重视。

对于中国电视传播业来说,在电视全球化的背景下,怎样保护本民族文化的特性当然也是一个很重要的问题。相信全人类都有这样的共识:各国的主权、文化和传统必须得到应有的尊重。全球化应当与多样化相结合,要体现文化的多样性。因为,正如全世界所公认的:“越是民族的,就越是世界的。”在弘扬本土文化方面,中国的电视戏剧将发挥无可替代的巨大作用,这是我国有关部门在制定电视的全球化战略时,必然抉择的重要一块。中国的电视戏剧工作者应该前瞻性地认识到这一点,并迅速恢复起自信心。所以,我们说,对于中国电视戏剧工作者来说,电视的全球化:既是挑战又是机遇。

二、 电视戏剧与舞台戏剧的几大冲突

把中国的电视戏剧与舞台戏剧的几大冲突放到明处,可能有利于大家澄清对一些问题的模糊认识,从而找到解决电视戏剧艺术发展中的一些问题的方法和电视戏剧创新的突破口。

我们应该看到:电视戏剧与舞台戏剧确实存在着冲突,它们之间不能画等号。

第一、观赏条件迥异。电视已经改变了原来进剧场的观众的戏剧欣赏条件:首先,电视进入家庭为观众提供的,不再像剧场那样一个封闭、黑暗、全靠灯光营造的欣赏空间,它也并没有显示出聚合观众集体意识的强烈意图。电视机被摆放于家庭中,其设置的空间是熟悉而亲切的,在观众欣赏电视节目时,并不会正襟危坐于电视机前,他们可以随心所欲地变换频道,或是处理其他的事情。

第二、观赏途径不同。舞台戏剧是观众的直观视觉感受,而观众看到的电视戏剧图像是间接的视觉感受。后者一般是借助多台摄像机拍摄,经过电视导演切割处理,再经后期剪辑、做特技、上字幕等手段合成的。

第三、观赏的效果两样。中国的戏曲艺术原本是舞台艺术,是在长期的舞台实践中形成发展起来的。舞台形态的东西,只有在舞台上才能游刃有余,获得原有意义上的完美体现。适合剧场观赏的戏剧艺术,一旦经过拍摄,在家庭里播放,就不一定完全适合观赏了。比如,电视可以展现演员的中景、近景直至特写的情感的细微变化,而在剧场里,大多数观众很难看清演员的脸部表情;舞台剧大多应该遵循亚里士多德提出的"三一律"原则,那么,电视戏剧恰恰可以打破"三一律"原则,进行N次的时空变化。电视导演的审美观和艺术水平,借助电视戏剧直接影响到电视观众的观赏感受。否则,就谈不上扬电视所长,避电视所短。所以,同样一部戏,在剧场里看和在家看电视,效果可能会有较大差异。电视画面的冲击力和信息量都是舞台戏剧所望尘莫及的。

第四、舞台戏剧的虚拟性和电视的真实性的冲突。戏剧经过电视的拍摄,它原有的演出环境、传播媒介、表现方式、观赏方式都发生了变化,电视戏剧既要保留戏剧的基本属性"虚",又要对"实"宽宏大量地接纳,甚至求助于"实"来改造丰富自己,才能使戏剧在新的条件下有立足之地,才能在电视戏剧这一新的艺术形式中发扬中国传统戏剧艺术的优势和特色。其实,如何使戏剧的虚拟性和电视的真实性和谐统一,长期以来,一直是戏剧电视化的一道难题。反映现实生活的戏,虚实结合比较容易。传统戏,特别是一些戏剧程式,如须生是挂胡须还是黏胡须?骑马是骑真马还是用马鞭代替?坐轿是用真轿还是虚拟表演等?完全用舞台表演程式,距离生活太远,尤其是放在实景中,写实和写意就会不协调;完全按生活真实,又破坏了传统表演程式的美。这些,都是电视戏剧工作者亟待解决的实践和理论问题。电视戏剧与舞台戏剧的根本区别在于:"电视以其现场感和直接性取代了舞台戏剧的虚拟状态,以其即刻感和当下性取代了虚拟、舞蹈和诗化。"电视的大特写,往往使得演员的许多假定性动作无法施展(比如,舞台上的打耳光,一经拍摄,就变的虚假、可笑),

同时它又强化了角色的各种表情和动作，这是舞台戏剧自叹不如的地方。

第五、电视科技手段的突飞猛进与舞台美术发展的迟滞之间的冲突。这些年来，电视科技手段在突飞猛进，已经使得电视艺术无论是前期拍摄还是后期制作，都发生了革命性的变化。从而使舞台美术的发展愈发显得滞后了许多。由于下文还将论及，这里就不展开了。

三、目前电视戏剧的几种常见形态和发展前景

在弄清了电视戏剧和舞台戏剧几大冲突之后，我们来对目前播出的电视戏剧进行分类，然后再来归纳一下这些形态的发展前景。

1. 戏剧综艺晚会。上海东方电视台戏剧频道的《东方戏剧大舞台》、河南电视台的《梨园春》、安徽电视台的《相约花戏楼》等栏目即是。现在，前者是以深入浅出地介绍新戏为主。后二者，则以专业或业余演员戏剧竞技为其主要内容。就市场运作而言，河南电视台的《梨园春》最为成功。几年来，她不但在该地区掀起了一股豫剧旋风，还给台里带来大量的广告收入。但，有两点不容回避：其一，这种范例恐怕仅为个案，在经济发达地区难以奏效和推广；其次，晚会上的作品大多不具保留价值，营销面极其有限。当然，平心而论，前者尽管制作精良，但由于种种原因，她的收视率不高，作品的保留及营销价值也并不大。

2. 戏剧录像片。这类节目占有相当大的比例。可以分成两类，一类是剧场录像，转播车停在剧场外，用多台摄像机拍摄、记录戏剧表演的全过程。电视导演在这类节目中的创造作用是被动的、有限的。另一类是把全剧及其布景请到摄影棚里，根据电视拍摄要求重新布光、调整乐队配器，甚至可以进行先期录音，然后在对口型的情况下进行拍摄。这种拍摄方法，使电视导演的创作主导作用凸现，使各种电视技术手段都有了极大的发挥余地。但是后者在处理传统戏剧的“虚化”问题上，常常显得举棋不定。由于这两类节目特别受到中老年戏迷的青睐，所以在电视中播放有一定的收视率，做成的音像产品也比较畅销，但在电视节目市场上销售状况不甚理想。

3. 戏曲电视剧。业内有不少人往往将这类节目戏称为“加上唱戏的电视剧”。与其他电视剧一样，戏曲电视剧导演是创作的核心人物。戏曲电视剧在反映和处理现实题材时游刃有余，而一旦拍摄将传统的古装戏改编成的戏曲电视剧时，常常遇到诸多麻烦，主要集中在是否要沿用戏剧的程式化表演，是否要采用髯口、勾脸等舞台化妆等等。如果全部采用古装电视剧的拍法，那么戏剧中的几百年形成的表演艺术除了唱腔外将丧失殆尽。如果全部采用舞台戏剧的表演、化妆等程式，那么势必与舞台戏曲录像片相等同，电视拍

摄给人的真实感将大打折扣。目前,戏曲电视剧由于拍摄成本高,节奏较拖沓,虚和实的处理往往不甚理想,所以产量和市场占有率都很小。

4. 戏曲 MTV。严格地讲,应该称之为戏曲 TV,因为 M 是英文中音乐(Music)的缩写。这类节目在中国方兴未艾,甚至已经有了这类节目的全国性和区域性的比赛,但是总体上来讲,规模还是比较小。从事电视戏剧的导演往往在做这类节目时,在创意、电视技术手段的运用上普遍存在着过于老套、单调、呆板且缺少变化等问题。总体给人的印象是缺少想象力、缺乏诗意,画面缺少青年人所喜欢的冲击力和时尚感。虽然,戏曲 TV 目前还不大有市场,但相对而言,青年人还是比较喜欢的,前景看好。

5. 肥皂剧(或者叫情景剧)。一部肥皂剧是一出连续的,或者系列的、虚拟的电视戏剧节目,每周安排成连续剧,或多集系列剧播出。在国外,它的叙事由错综的情节线索组成,聚焦于某个特定社群中多个角色之间的关系。"连续"的概念是相当之长,一部肥皂剧有可能持续数年、甚至十几年之久,例如由美国广播公司制作的《总医院》从 1963 年就开始制作,它的播放却一直持续到了 1991 年。而在国内,鲜见这种"连续"的节目。往往是一剧只讲述一个故事,基本上不具备大剧的架构,写到哪里是哪里,称之为系列剧。目前,此类系列剧在全国各地电视台中越来越红火,它一般集中了当地最受欢迎的笑星和戏剧明星来加盟,剧中的人物一般都比较固定,反映的题材也大多取自于当地的凡人小事,经常采用一些流行方言混合着普通话来进行演绎。毋庸讳言,此类作品的总体品位一般都比较庸俗低下,小市民气息过于浓重,缺少真正意义上的幽默感、睿智感和哲学感,在宣传传统美德和人类高尚的情操,传播科学、民主等先进的思想情感方面几乎无所作为,这是十分令人遗憾的。但是它的收视率在各台都名列前茅。这类作品因为相当有市场,所以各台都在加大投入。如在上海的十一个专业频道中,已经开出了近十个情景剧的栏目,广告效应相当好,它的销售市场正在逐步打开,前景一片光明。但是,不少有识之士纷纷提醒制作人注意肥皂剧题材的正确选择,加强作品的思想性、哲理性、科学性和积极向上的品格,努力克服低级庸俗、迎合小市民的创作倾向。

6. 各种电视戏剧的专题片。有戏剧知识、剧情、人物、编导演的介绍等等。这类节目,能将戏剧节目资源反复利用,成本极低,且有一定的收视率,但在市场营销上一般不受青睐。

四、 对电视戏剧创新和突破的设想

在上文的论述中,我们已经看到了电视戏剧已有的一些艺术形态的发展前景,从中我们可以发现一些市场机遇。下面我们将探讨在电视戏剧艺术的创新和突破方面所作的一些设想。应该看到,现在的观众见多识广,理解能力正变得越来越强,所以我们不应该再停留在电视的连环画时代,而应进入到电子信息化时代。当然要尽可能多地把高科技手段运用到电视戏剧的拍摄中来。因此笔者提议,除了在电视戏剧内容上不断出新之外,对电视戏剧的样式应该进行诸多的创新,以适应新世纪、新时代观众的审美要求。具体设想:

1. 虚景拍摄。根据传统戏改编成的电视戏剧,在拍摄时应该尽可能多的保留它原来舞台剧的表演程式。与此相对应,可以考虑将它的布景设计制作成虚拟的、写意的,而非具象的,也就是说,寥寥数笔、几根线条就能勾勒出一个特定的场景。实践证明,经过这样的处理,两者在风格上就比较统一,而且,虚拟、写意的布景可以节约大量制作经费。只要灯光处理得当,电视观众还相当欣赏这种简约的布景。

2. 虚拟演播室拍摄。我们可以在电脑中完成布景制作,然后将其带到虚拟演播室里作为背景来拍摄。这类节目在声、色、光、时空形态、画面造型等方面,都经过了电视艺术的再度创作,较多地运用了电视艺术的表现功能和电视特点,在后期制作时又可以将大量现代的电子特技合成技术运用进去,以扩大情节、信息量,深化该剧的思想内涵,而且制景费用极低。国内个别电视台已经有了这方面的设备,一些综艺节目已经在作这方面的尝试。但电视戏剧的导演基本上还没有涉足这一领域。电视戏剧的生产方式不像舞台戏剧,可以长期地排练和演出,而是一次性创造。电影和电视戏剧都属于一次性创造的艺术。舞台戏剧,每次演出时,对于音乐和唱腔,发现有不合适的地方,可以在演出过程中随时进行调整和修改。以往国内的一些古装的戏曲电视剧和电影,都是由舞台剧转拍而成,经过长期的舞台演出,演员对人物和唱腔都非常熟悉。而电视戏剧则是由文学脚本直接摄制完成的。由于先期录音时,演员对剧中角色还比较陌生,所以对如何运用唱腔来表现人物、抒发感情,还找不准感觉,更谈不上自己的演唱具有韵味和特色了!所以,结合电视戏剧的"一次性"创作特征,今后我们应该在制作电视戏剧过程中,精细再精细。特别是演员的演唱一定要熟练到位,声情并茂。只有这样,才能不断提高国内电视戏剧的质量。应该承认,在虚拟演播室内拍摄,是电视戏剧拍摄史上的一次革命。此外,我们也完全可以将现在发生的事情,迅速改编成戏剧,放在虚拟演播室中拍摄,这样既节约了拍摄成本,又改善了各院团经费紧张的现状。虚拟演播室,也为戏剧 TV 的拍摄提供了极大的便利和发挥空间。同时由于它的制作成本较低,市场前景也相当看好。笔者可以预言,这将是未来电视戏剧发展的主要途径。我们期待着一些戏剧大省尽快作这方面的尝试。

3. 动漫戏剧。适合用动漫来表现的一些戏剧加入现代动漫元素,会使得节目生动而充满情趣，容易为广大青少年所接受和喜欢，也容易扩大戏剧爱好者的队伍。目前有两种可以采纳的方式：一种是纯动漫的戏剧，它是运用电脑软件和电子绘画合成的。但是它的制作成本高，周期长，而且动漫导演和绘制人员都要有相当深厚的戏剧功底。另一种是虚拟拍摄成的电视戏剧，后期制作时再加入部分的动漫戏剧人物或动物。笔者已经作过这方面的尝试，艺术效果相当不错，它的制作周期短，成本也比较低，市场前景乐观。

4. 电视章回戏剧。指的是将中国的古代或者现代著名小说改编成几集乃至上百集的电视戏剧来拍摄。其中根据剧情，需要加入一定数量的流派唱腔。如果是现代戏就可以摒弃戏剧程式化的表演和化妆。如果是古装戏，可以适当地加入程式化的表演和化妆。在舞台布景上完全可以采用虚拟演播室的拍摄方式，以节约舞美制作成本。这恐怕是未来电视戏剧生产的一个重要的走向，可惜目前鲜有尝试。

* * * * * * * * *

从以上的分析中，我们不难得出这样的结论：电视的全球化既给了电视戏剧相当大的压力，也赋予了它同等的机遇。我们电视戏剧工作者应该抛弃自卑情绪，与时俱进，博采众长，积极地对电视戏剧艺术进行创新和突破，不辜负广大观众对我们的殷切期望，在激烈的市场竞争中有所作为。

2002 年 6 月

回来吧，我的布谷

——寄给远方的他

(一)

积雪消融，
阵阵暖风吹拂，
百鸟陆续从南方归来。
唯独不见
我心爱的布谷！

我的心中
无限惆怅，
我奋力攀上
高高的山冈，
极目眺望
那遥远的南方。
千山啊，
割不断爱情的丝缕；
万水啊，
冲不去对心上人的深深思念……
我饱含着热泪
对着远方呼喊——
回来吧，
我的布谷！

回来吧，

我的布谷!!

(二)

美丽的卡雅俄港①，

一派热带风光，

令人陶醉，

引人神往。

迎着海风

椰树起舞

波涛歌唱。

看,看，

那摆动着的椰树长枝

多像爱神维纳斯

迷人的臂膀。

透迤的沙滩上

有一个中等身材的青年，

这就是你——

常布谷，

正在踌躇、彷徨。

你的父亲

是秘鲁赫赫有名的华侨巨商。

你当时才刚刚十九岁，

长着一张

端正的脸庞——

严肃、诚实，

---

① 卡雅俄港:是离秘鲁首都利马城很近的一大海港。

英俊、善良。
一对明澈的大眼
放射出智慧的光芒。
你酷爱报刊、书籍，
你喜欢思索、幻想。
对那些在你父亲矿上
流汗劳作的工人，
你给予了极大的同情。
为百姓效力
是你虔诚的愿望。
花园、别墅，
你早已厌倦，
百万富翁的家产，
你视若粪土一筐。
有关中国的报道、消息，
勾起了你奇伟的想象。
安第斯山脉高耸入云，
再也挡不住你
对于祖国的向往。

此刻，
你终于决心
让哗哗扑到腿上的海浪，
冲尽你对豪华家庭的
最后一丝依恋——
返回祖国故乡……

（三）

1964 年 7 月
你汇同一批

从印尼归来的华侨青年，
踏上了故国
辽阔的土地。
个个争先恐后啊，
捧起一把把泥土，
亲吻起来如醉似狂！
双手不停地抖啊，
泪水不断地淌……
泥土的芬芳，
即刻吸到了心底。
同胞们笑脸相迎，
孩儿们叫我们“叔叔、阿姨”。
啊——
处处是鲜花、掌声和彩旗，
处处是姐妹、兄弟和首长！
你顿时觉得
自己生活在
真善美的海洋！

八月的北京
赤日炎炎，
天空中只有
云彩几片。
你们那一颗颗年轻的心啊
比这天气更热——
在等待着一位
伟人的接见。
这是多么难忘的时刻，
誉满全球的周恩来总理
百忙中抽空

来到了你们的面前！
笑吧，尽情地欢笑，
把无限的幸福
填满胸间！
哭吧，放声地痛哭，
在总理温暖的怀抱里
游子感受到了
从未得到过的爱怜……
你当即表示
要到最艰苦的地方去，
受到了总理的赞扬，
他老人家同意并支持了你
扎根大兴安岭的
梦想。

（四）

峰峦叠嶂的大兴安岭
覆盖着茫茫的原始森林。
每逢春夏，
鸟群中常有新伙伴加盟。
林场的伐木班里
添了个华侨青年。
从此
你就像米斯蒂火山①那样，
毫无保留地将自己
全部的热情，全部的爱恋，
所有的智慧，所有的才华，
统统向祖国母亲贡献！

---

① 米斯蒂火山：是秘鲁境内最著名的活火山。

为了来个“脱胎换骨”，
你给自己开了一张
矫枉过正的药方——
工作上，
你抢挑重担，吃苦在前。
生活上，
你比任何人都要穿得更破旧，
有享受了，
你总是落在最后面。
清晨，
你起得最早，
烧好开水，
足够同伴喝上一天。
夜间，
你又睡得最晚，
往战友们的炕灶里
添加结实的木材，
好让大伙儿睡得
暖烘烘，香甜甜……
你得到同志们的信赖，
理所当然！
大家亲切地叫你——
“布谷鸟”！
因为你把友情的种子
在班里播遍！
你被大家选为班长，
你的名字
上了先进生产者的红榜。

你打了几次

入团报告，

但是，我的父亲——

农场的场长，

一再说："不急，不急！"

"还要考验，考验。"

而你，

从无半句牢骚和怨言，

你仍然处处

一马当先。

你的父母从秘鲁寄来

西洋参、炼乳、衣服件件，

你都一一退回；

你母亲从广交会拍来电报，

希望重逢相见，

你连看都不看，

常布谷的心啊，

已扎根在林海中间。

根据你的突出表现，

我的父亲终于敦促

林场团委，

考虑你的入团志愿。

然而，

哪里料到

一场政治大风暴

突然把神州搅翻……

（五）

人们离开了学校，

离开了车间，

离开了实验室，

离开了万顷良田……

呼、呼、呼——

要把“文化大革命”烈火

在全国点燃；

哗、哗、哗——

要将红卫兵、造反队的战旗

在华夏各个角落插遍！

为了保证无产阶级的江山

红上千秋万代，

必须挖尽阶级敌人和“嫌疑犯”。

据说，

社会主义国家

是一块纯洁的水晶，

不能允许有

任何杂质的存在！

从此，

人们都好像掉进污泥浊水的

漩涡中间。

你

茫然不知所措

认为只要坚守工作岗位，

总不致有错。

至于对别人的文斗、武斗，

只能袖手旁观。

但是

现实生活啊，

从来不是笔直、舒坦的柏油马路，

树欲静而风不止的

阶级斗争
像空气那样
到处弥漫!
“人民”与“坏人”,
究竟有什么界限?
我的父亲
突然成了“万恶的走资派”!
你的“严重政治历史问题”,
也被赤裸裸地端了出来。
说你是
“大资本家的孝子贤孙”,
“走资派保护伞下的洋奴才”!……
说什么
要不是“文化大革命”及时举行,
你这样的“阶级异己分子”,
定会被“走资派”拉进
团内、党内来!
啊呀呀,啊呀呀,
一顶顶的大帽子
如黑云般地压了下来。
肆意的污蔑和对人格的侮辱,
使你感到无法忍耐!
但,很快你就觉得,
这样的磨炼
完全应该,
——真金要由火来炼嘛。
孙悟空不也在炼丹炉里
烤了整整四十九天!
有抵触情绪,
正好说明

自己的资产阶级思想
尚未肃清。
作为“黑九类”子弟，
舆论要求你脱胎换骨，
你岂能半途而废、怕痛怕痒！
于是——
你坦然地接受
政治风暴的考验……

（六）

一九六七年四月，
严寒竟把春天
堵在门外。
我，
这个“走资派”的女儿，
又多了一个恶名——
“团内的走资派”！
被我的县立中学的一批同学
遣送回林场
和“反动老子”一起，
接受群众的监管。
我这个养尊处优惯了的女孩，
哪能忍受
忍受这般的奇耻大辱?!
一个强烈的念头
浮上了我的脑海……

遣送我的汽车
在环山公路上猛然刹车，
原来，

红卫兵们看到了
路边的一块石碑，
上面写着三个大字
——“凤凰山”。
如同眼中吹进了沙子，
好比发现了重大敌情，
“他妈的，四旧！”
“封资修的玩意儿！”
“赶快把它砸烂！”
押送我的人
七嘴八舌、蜂拥下车。
我也趁机溜下了汽车，
一直奔上了不远的悬崖。
我仰头看天，
天空中乌云漫漫；
我俯身看地，
峡谷里流水呜咽。
“不是我沈倩霞不想活啊！
实在是我怕
怕这个残酷的人间！
青春的美好
肯定是诗人编造的谎言！
毁灭
才是我青春的唯一归宿！”
我咬咬牙
闭上眼，纵身投入
万丈深渊。

（七）

“啊呀，

我究竟在什么地方？”
我发现自己
竟躺在一块
背风的草地上。
“姑娘，
这儿是东方红林场。”
一个陌生的小伙，
蹲在我的身旁。
庄严、和善的脸庞，
浓眉底下，
有一对纯净无邪的大眼，
“姑娘，
你怎么会跌进
这深水大涧？
要不是有棵枯树
唉，
真不知会怎么样？……”
我的目光变得呆滞，
泪水啊，
再也不能抑制，
嘴唇，被我咬破，
殷红的鲜血
伴随着我说的每一个字：
“我就是你们林场
走资派的女儿。
我是一个‘黑九类’，
我的存在
只会使‘无产阶级专政’
感到讨厌，
于是……

于是毁灭

成了我唯一的选择!”

“姑娘,

你不应该这样想。

暴风雨能够荡涤污浊,

但是也会打坏

庄稼、花朵和牛羊。

然而,这一切很快会过去,

幸福定会降临在

心底美好的人们身上!”

多么亲切的话语啊,

多么悦耳的声响,

犹如美妙的音乐

飘浮在水上,

给了我安慰,

给了我力量。

当我看到

自己身上竟穿着男人的一件棉衣,

对面小树枝上晒着的

才是我的那身撕碎的衣裳。

我的脸

刹时感到滚烫、滚烫,

你好像觉察到了

我的慌张:

“请原谅,姑娘!

我,我不能让你

穿着露体的湿衣

一个人躺在草地上……”

（八）

回到了林场，

发现我的父亲不在家里，

听说进了一个什么“学习班”。

我——

“畏罪自杀的坏分子”，

你——

“大资本家的狗崽子”，

我们两个

都是“黑九类伐木班”的成员，

呆在一起受人监督。

我们终于彼此了解，

姓名，身世……

甚至某个细小的生活习惯。

共同的遭遇，

使我们互相体谅；

繁重的劳动，

促使我们相互帮忙；

严密的监视，

嘿，

竟使我们的两对眼睛

能够交流各种复杂的思想！

爱情的种子，

就这样播进了我们

各自的心房……

这是黑夜中的火把，

这是痛苦中的蜜糖！

在困厄中共同度过的这四五年啊，

并没有使我们感到

时间特别漫长！

（九）

在那个年月里，
不幸啊，总是冲着正直的人们袭来；
快乐啊，老是为火箭人物所独占。
一个巨大的灾难，
就这样
就这样把我的布谷摧残：
农场革委会主任潘财，
命令你晚上开着拖拉机，
往佳木斯运送
一批优质木材。
货要送到
市里某要人的家里。
由于这要涉及一项“备战工程”，
所以，此刻必须绝对保密。
一个跟潘财争权倾轧的常委，
悄悄地告诉了你其中的一个奥秘——
林业局正要添个党委书记，
小意思送走，
表表心意。
塔松不向粪土去弯腰啊，
好汉能让狗熊来欺负?!
你断然拒绝
为这种交易出力！
真是，
好事不出门，
坏事传千里。
才短短几天，
潘财的这笔生意，

传到了林场每一个人的耳里。
潘财恼羞成怒，
决定在你身上，
抓一抓阶级斗争的新动向……
一个星期后，
你值班的那天晚上，
场部电话总机机房，
突然火冒三丈。
等你疾步赶到
房顶已差不多烧光。
大家奋力救火，
指挥人正是潘财的心腹，
"群众专政队"的队长。

第二天的下午，
批斗现行反革命大会开了场。
"纵火犯"竟会是你！
被……
被五花大绑押到台上。
你浑身都是血迹，
我眼眶里泪水直淌。
他们污蔑你是
"美国中央情报局派遣的特务！"
你回国后拼命工作，
竟被说成
是为了骗取领导信任的
一件伪装！
说你千方百计要钻进团内、党内，
"文化大革命"粉碎了你潜伏的梦想。
于是

暴露了的你就去放火，
真是“狗急跳墙”！
……
冤枉如天啊，
天大的冤枉！
此刻，你再也受不了
这种莫大的侮辱，
挣脱押解人的手，
一脚把潘财踢伤！
刹那间，台上扭作一团，
六七个彪形大汉
把你按倒在地上。
拳头密如雨点啊，
我的心好像掉进了沸汤！
我扑上前去大声呼喊：
“住手！你们不能打人，
要文斗不要武斗，
毛主席的教导
千万不要遗忘！”
可是，
咆哮声笼罩着会场
一个女孩的呼喊又有何用？
苍天啊，
快打个霹雳，
将这批打手扫荡！

（十）

拷打、诬陷，
没有能把我们隔开；
阴谋诡计，

却把我们拆散。
当他们知道了我们的关系，
竟想出了毒辣凶狠的一计
……

一个月后，
我被送到了另一个林场的囚室里。
在几个看守的监视下，
照料父亲——
他已经奄奄一息。
你也被释放，
因为拿不出经得起推敲的
任何“罪恶”证据。
你到处打听我的下落，
我日夜把我的布谷惦记。

又过了两个月，
我的父亲离开了人世！
这闪电般的打击
使我精神恍惚。
我们家前世造了什么孽啊，
今天要遭到
要遭到这样没完没了的报复?!
我决定离开这个世界，
写下了一张绝命书。
但，
当我想起了布谷。
我开始徘徊、踟蹰，
几天后，我的绝命书突然不见，
这真叫我既惊讶又糊涂。

想不到啊，

怎么能想到，

有人拿着这张绝命书

和我的一件衬衫，

一本正经地交给了你。

绝命书里包着

你赠给我的一张照片。

他们说我又一次投河，

真是本性难改。

还说尸体不好找啊，

费了好几天。

乌云有时能够遮蔽太阳，

我可怜的布谷

竟听信谎言，泪如涌泉！

吻着这张纸

哭了三整天。

你要去看看我的尸体，

他们说不许反革命分子

外出自由串联。

这正是在

尼克松访华的前夕。

一年一度的秋季广交会开始了，

你又收到了母亲的电报。

这次啊，

你看完电报，

立即申请要去广州。

回来后，你向外交部

呈上了你要求归国的报告。

几个月后，

你得到了出国的护照。
啊呀呀,啊呀呀!
我不幸的布谷啊,
你竟撇下了我,
像候鸟一样飞往南方,
躲避着这儿寒冷的冬天。
你在临走之前,
写给林业局一封信,
那样简短,
那样辛酸——
“来时,我满怀热情和希望,
离别,我带走的是痛苦和厌倦。
当初,祖国到处有亲人,
现在,我处处遭冷眼。
一切都已幻灭,
一切都那样凄惨。
我甚至不想说——
再见……”

就在你走后不久,
我被释放回到自己林场。
想到马上就要见到你,
我的腿好像插上了翅膀。
但,想不到竟会是
好梦一场——
我的布谷啊,
你到底飞到了何方?!
老天啊,
你为什么对我如此心狠?
你究竟要多少次,

多少次惩罚
我这不幸的姑娘?!
……

(十一)

四年过去,
四害揪出,
四季皆冬的历史终于结束,
四海五湖开始复苏,
祖国的春天真正来临。
我多么思念
我的布谷!

农田里又开始春耕,
工厂中机器又飞快转动。
伐木班的伙伴想念你啊,
勤劳善良的布谷!
父亲的追悼会刚开完,
我终于打听到你的信息。
你果然没有回秘鲁,
在香港的一家理发店里学生意。
好马不吃回头草啊,
大丈夫就该有这点志气!
暖风吹得百花盛开,
国内的形势已经剧变。
真理面前人人平等,
经济建设已成为国家的工作重点。
民主、自由提了出来,
法律、秩序定能扫除
封建专制的黑暗。

英雄有了用武之地，
爱国受到了一致的称赞。
科学，技术，
文明，和善……
一切美好的东西，
正重新回到
华夏儿女的身边！

爱你的倩霞没有死啊，
她多么盼望你的归还！
布谷啊，你应该明白，
过去，赶走你的是人为的冬季，
现在，欢迎你的是永恒的春天！
受伤的心灵须要治愈，
爱情的种子亟待浇灌！
啊，
既然祖国迎来了播种的春天，
你理应来参加这春天的播种。
看到百鸟都在飞回，
布谷啊，
你千万不能再犹豫不前！
我满怀着热血，
再呼喊一遍——
回来吧，
我的布谷！！

（此诗创作于1978年11月）

叙事诗

快乐的网络斩恶魔

小时候，
老人们曾经给我讲述过，
这样一个动人的故事。
一个美丽的小山村，
有一天，
突然闯入了一群面目狰狞的恶魔，
它们磨牙吮血、杀人如麻。
于是，
整个小山村，
笼罩在恐惧和灾难之中。
这时候，
村里涌现出了几个勇敢的猎人，
为了消灭这批恶魔，
他们整天在一起开会商量。
众人拾柴火焰高，
众人团结胆量大。
终于，
大家想出了一个计谋——
每一个村民剪下了自己的头发，
编织成一张大网。
并派出了几个美丽的小姑娘，
终于将这群恶魔们全部吸引来，

一网打尽、全部捕杀。
从此，小山村恢复了安宁和幸福。

长大后，
我们从人们战战兢兢的交谈中，
又听到了另一群“恶魔”的名字，
那就是癌症！
人们害怕它们，
就如同害怕凶猛的野兽。
人们躲避它们，
就如同躲避滚烫的岩浆。
大家多么希望
当年那些勇敢的猎人，
再次能够挺身而出
重新编织出一张大网
为病友们战胜癌症，
将恶魔斩尽杀绝！

可是，
猎人们在哪里呢？
千呼万唤，
始终没有看到！
于是，
病友们经过开会商量，
终于发现——
癌症，固然可怕，
但真正可怕的，
是人们内心对癌的恐惧。
这才是最致命的恶魔！
猎人无处可寻，

要战胜恶魔，
只有让自己当一名猎人！

于是，
我们告别了盲目的恐惧。
终于，
一群病友用理智的头脑，
编织成了一张现代的网——
这就是“抗癌网站”！

我们无比珍爱这张网，
大家天天自觉地在编织她。
于是这张网
正呈几何级数的扩展。
这是一张全天候交流的网——
无论我们相距有多遥远。
这是一张充满关爱的网——
一声声就医的指点和叮咛，
让你的心灵一次又一次的感动。
这是一张不断迸发出笑声的欢乐之网，
所有的交谈是那样的天真烂漫和幽默。

当你感到恐惧的时候，
你会从网上得到无数的鼓励和安慰。
当你被恶魔折磨得痛苦万分时，
你必能得到无穷无尽的逗乐和开导。
当你处于最孤独、最绝望的时候，
你永远可以得到温馨的祝福和强大的声援。

从此，你不是孤单的一个人去面对恶魔，

从此，你成为万里长城中的一块砖千年不倒。

于是，

恶魔开始逃遁，

留下的是一片胜利的欢笑。

于是

我们向世人宣告，

癌症并不可怕，

我们完全可以把它打倒！

战胜自己就是战胜了恶魔，

融入网络就有了强大的依托！

因为，

这里有无数真诚的朋友！

这里有无穷真实的快乐！

灿烂的阳光，

已经穿透这张大网所有的空隙，

把大地装点得如此色彩斑斓

那就是，

我们自己经过春播秋收，

收获的实实在在的希望，

无穷无尽的欢乐！

2001 年 4 月

白衣天使

你是一片白云
蔚蓝的天空中有你绚丽的身影
梦中我爬上高高的云层
却始终无法触摸到你
耳边只有你甜蜜的问候
因为有你
万物得以茁壮成长
因为有你
我们享受着生命的美丽
因为有你
世界上充满着爱的气息

你是一朵棉花
无边的田野里有你温柔的体态
困境中我重重的跌倒
是你轻轻地将我扶起
抚摩我受伤的心灵
因为有你
大地饱尝幸福的果实
因为有你
我们不再害怕深夜的寂寞
因为有你

世界上充满着人性的纯真

你是一张白纸
漫长的人生里有你默默的奉献
面对危险和困难你从不屈服
与死神争夺人民的生命
坚定地书写着灿烂的辉煌
因为有你
山川河流充盈着蓬勃生机
因为有你
我们为美丽的人生而喝彩
因为有你
我们可爱的白衣天使

2000 年 7 月

下　雨　了

下雨了。

雨水带着仁慈、带着爱，把梧桐树上微烫的灰尘润湿。不一会儿，大颗大颗带着灰尘的水珠洋洋得意地从树梢、树叶上滚下来，跌落在底下枝桠的叶子上，仿佛顽童在玩滑梯。而那些可怜的叶子，承受不住这么多的小家伙的重压，终因体力不行，狠狠地将身子一歪，把胖墩墩的小水珠抛弃。于是，树丛中到处都是"滴滴答答"的声音，那是摔疼了的小水珠在抽泣。

小草们可高兴啦，他们一边在笑嘻嘻地淋浴，一边贪婪地吮吸着这又新鲜又甘甜的琼浆。刚才，在"赤日炎炎似火烧"时，那副被烤得垂头丧气、疲倦不堪的模样，早已无影无踪了！

癞蛤蟆，本来渴得要命，拖着沉重的步子，慢吞吞地在小草和野花之间来回寻觅，盼望能找到些多汁的小虫子，好吞下去压压腹内的燥火。这会儿，他乐坏了！瞧，他蹲在地上，头高高地仰起，嘴巴张得老大老大，在接玉液喝呢！脖子还一鼓一鼓的，真是狼吞虎咽！过了片刻，他就变成大腹便便了，就开始"呃、呃"地打饱嗝。随后，便"咯、咯、咯"地狂笑起来。嘿，这个容易知足的家伙！

地上，开始出现了小水潭。豆大的雨滴，滴在小水潭里，那是抛进去的无数的银环。慷慨的天公挺爱玩这种"抛圈子"的游戏。这位老人永远保持着童心，一年四季，喜欢跟人类、自然界开各种玩笑！

突然，一道闪电划破长空，紧接着是一阵阵沉闷的轰鸣。别怕，这时雷母在为丈夫的游戏照明击鼓伴奏。她的多情，尽管有些狂野、粗鲁，却也赢得了感情细腻的诗人们的永恒的赞许和崇拜！

当然，大千世界中，对这对老伉俪的我行我素不满的，也大有人在。

你看，麻雀"叽啾、叽啾"惊叫着、抗议着，慌里慌张地在花草间，树丛中窜来窜去，寻找躲避的处所。他们黄褐色的毛衣被雨水打湿,变得又冷又重,贴紧在身上,难受极了。所以,一停下来,就用硬喙梳理自己的羽毛……

小蝴蝶虽然不吭一声,可她们同样有一肚皮的牢骚。这些姑娘们费了好大的工夫,辛辛苦苦把香喷喷的花粉敷在脸上、身上,都被雨水冲光了;轻盈苗条的身子和那两片色彩斑斓的翅膀也被淋得笨重不堪。她们累得“扑腾、扑腾”地在飞,飞得时高时低,好像是在挣扎,可谁能说,这不是在示威游行呢?

……

雨,还在不停地下。整个世界变得朦胧、清新、晶莹……

呵,我总觉得大自然的万物中蕴藏着喜乐哀怒和其他各种情感,只是对此我们实在体悟得太少……太少……

1975 年 8 月

散文

镜　子

镜子，明晃晃、亮晶晶。我们经常要用到它。可是，亲爱的朋友，你可曾探究过这平凡的生活用品所具有的品质吗？如果你没有留心过，那么请允许我告诉你吧：它真挚、诚实——从不阿谀逢迎，永不弄虚作假，只要你愿意接近它，正视它，它就呈现给你看，你身上的美和丑，从而促使你有所发现，并去变革、去进取……然而，我对于镜子品质的真正了解，还是不久以前的事。

那天，我的好友裴勇给我看一面他珍藏多年的镜子——玻璃杯口那般大小，上面贴着几道橡皮膏，显然破碎过。他用深沉的语气，向我讲述了一段往事——

他刚进中学时，顽皮、捣蛋。一次，跟同学打架，滚了一身泥巴，被班主任刘老师叫到办公室谈话。他等着挨一顿训斥，可是出乎意料，刘老师没有训他。刘老师耐心地分析了他的错误，然后语重心长地对他说："裴勇，我这儿有面小镜子送给你，回去后，好好把身子弄干净。新中国的青少年应该讲卫生，爱清洁。不过，裴勇啊，更重要的是，我们应该在思想上树起一面镜子，经常检点自己的言行是否有利于祖国和人民。镜子这东西很好，它从不遮丑，很实事求是……"

裴勇记住了刘老师的话，他开始全神贯注地听课，把刘老师上课讲的和课外书本上看到的一些中外大思想家的至理名言，以及雷锋、王杰等英雄人物的豪言壮语记录下来，作为镜子，时常对照自己，要求自己。裴勇变了，成了班上的好学生。可是，不久爆发了"文化大革命"，裴勇从外地串联回来，又变成了另外一个人，他开始怀疑一切，冲冲杀杀，放荡不羁，把思想上的那面镜子抛得无影无踪。在学校里一次批斗所谓"牛鬼蛇神"教师的大会上，他竟然学着别人的样子，把刘老师和其他几个老师的头发剃成了"阴阳头"，还……还逼迫这几个老师去吃……去吃粪便！！——这是怎么样的一种疯狂、荒唐、伤天害理的兽行啊！

虽然，从 1969 年起，裴勇远离母校，到农村插队去了。但，随时间的推移和现实生活的教育，他对自己在抛弃了思想上的镜子后所干的蠢事、坏事，越来越感到深深的内疚和痛苦。他在家中的杂物堆里找到了刘老师送给他的那面小镜子，可惜已经破碎了。他用橡皮膏把它粘合好，带在身边。他不时地借鉴了这面小镜子去寻找自己的缺点与不足，去发现自己为别人着想不够的地方。这面真挚，真实的镜子啊，促使他在自责中寻求变革，不断进取……

裴勇对往事的追溯，使我悲愤，使我激动，引起了我久久的沉思。是啊，类似裴勇的经历，在我们这一代青年中是很多的。倘若有人说，过去那十多年是一场噩梦，忘了它吧！我相信，我国人民一定会喊：不！不能忘记！忘记了过去，就意味着背叛！是的，亲爱的朋友，为了不使悲剧重演，我们应该把这段浩劫的历史，作为一面镜子，正视其中的淋漓的鲜血，良知、理性和道德的集体丧失！铸造实现中华民族复兴、重新崛起的壮志雄心！为了不让灾难再次降临，我们每一个人都应该在自己头脑里竖起一面镜子，时时检查自己为祖国做了哪些工作，为人民作了哪些贡献……

我赞美镜子的诚实、真挚；我更赞美那些在思想上树立起镜子的人们……

1979 年 2 月

美国的胖子

美国财富居世界第一，这是不容置疑的。但是，一些去过美国的朋友告诉我，美国的胖子也是全世界最多的，我有些怀疑。2006 年的盛夏，我随上海市文联代表团出访美国，虽然，只有半个月的走马观花，所见也有限，但美国的胖子之多，还是给我留下了相当深刻的印象。

先得坦白，本人也属于偏肥之人，所以对“月半”两字颇为关注。然而，到了美国，往人群中一站，我突然觉得自己绝对属于身材适中的那一族。因为，那里的胖子实在太多了！体重两三百斤的中青年男女，大街上随处可见。有些胖子的体重，看上去都在 400 斤左右，他们的手臂甚至比一般中国年轻人的腰围还粗！他们的行动，大多数还算灵活，当然幅度是大了些，极容易出汗，所以一般都穿得很单薄。但是，也有少数胖子行动迟缓，甚至接近瘫痪，他们不得不坐在电动的轮椅上外出办事。根据我粗略的观察，美国西海岸的胖子似乎要比东海岸多。我们无论驱车行驶在连接洛杉矶各城镇的宽敞的马路上，还是游览旧金山繁华的商业街，随处都可见到大腹便便的胖男肥女。

记得有一次，我们去好莱坞环球影城游览。刚跨上观光车坐定，身旁就上来一位白人胖男子。这个人的体重，据我估计，大约有 450 斤重。这儿的观光车，每排本来可以坐 3 个人，此人坐在我边上，就容不得第三者插足了。前排和后排的间距，大约有 90 公分宽，一般人坐起来，会感到很宽敞。然而，这位仁兄坐上来，还是费了很多力气的。由于他的身体太胖，不能很方便地跨上车来。于是，他先将右腿及右边半个屁股挪到我身边的座位上，然后再用双手搬起自己的肚子搁在右大腿上。随后，身体望我这边一倾斜，又用双手将自己的左腿拔上车来。由于体积实在太庞大，他的腹部和背部都顶住了前后座位的靠背。上得车来，只见他已经汗流浃背。由于是大热天，他浑身湿透，并散发着浓烈的汗味，呛得我不敢深呼吸。作为导演，过去我自认为自己对别人的年龄颇具判断力。然而，看着此君鼓鼓囊囊、有三个下巴的脸庞，我很难判断出他的实际年龄。出于好奇，我问他：“How old are you?（你多大年纪了？）”他回答我：“I am 23 years old.（我 23 岁。）”“啊？！二十出头的小伙子竟然胖成这样！”我脱口而出。“都是给油炸鸡腿、薯条害的！”代表团的另一位成员如是说。果然，这个胖小伙很快从手袋中拿出一包薯条，有滋有味地吃起来。

美国的西海岸，阳光、大海、沙滩，给人们造就了享受安逸舒适生活的极佳环境。加州硅谷的 IT 英才们，以及来自美国各地，还有来自我们中国的有钱人，都来到这块风水宝地，购置了豪华阔绰的房地产或度假别墅，人们生活在一种闲情逸致、无忧无虑的环境中。我们特地将车开到富人区去观赏一番，只见身旁经常有顶级名车驶过，好多款式在国内是从未见过的，让人感到眼花缭乱。几个眼尖的女性同道惊呼：“嗬！开好车的都是咱们的同胞！”这里的豪华别墅小区，与国内的很不相同，没有围墙，没有篱笆。一般地面上只有一层，且占地面积相当大。而四周的花园面积更大。一家和一家绿地相连，之间几乎没有什么界限。正当我们仔细观赏时，又被林荫大道旁的景象所吸引，只见一些胖子吃力地跑着步，从我们身边经过。个别的，还友好地跟我们打招呼：“Great China！Great China！”（中国伟大！中国伟大！）我们也挥手向他们致意。同行的某君边走边叹道：“这么胖啊！看来光靠跑步减肥，或许毫无用处，因为生活的过度优裕太容易使人发胖了，而且难以逆转！”

到了美国东海岸，胖子就明显少了些。在纽约，完全是另一种风格。街头、地铁和公共场所，见到的人们都行色匆匆，似乎都在为生存而疲于奔命。漫步在纽约金融区的街头，感觉就像在上海的汉口路、九江路的模样，行人如织、摩肩接踵，让人感到空间的狭窄和压抑。华尔街的股票经纪人、第五大道的名店店员、银行的职员以及众多生活在此地的人们，从早到晚在为生活紧张地奔波着。人们做事争分夺秒，开车速度也极快，中午也就弄几片吐司、三明治，加上杯饮料便随便打发了。如此，较难使人肥胖。

我有两个大学的同学唐伟杰、孙以侃在位于纽约市中心的“绿杨邨酒店”为我接风。他们来美国打拼已经逾 20 载，老同学见了面，分外亲热。聊着聊着，我又问起美国的胖人之事，他们笑着滔滔不绝地告诉我，发胖的原因其实很简单，美国绝大多数胖子，多吃少动，出门就开车；喜欢吃快餐。像汉堡包、热狗等这些营养十足的“垃圾”食品方便又便宜，使得许多工作忙的美国人每周要吃上四到五顿。一个分量足的汉堡套餐才 5 美元，这对于月薪两、三千美金的普通职员来说简直太便宜了。因为他们每天所吃的热量和脂肪远远超过所消耗的热量，这样时间一长，许多美国人脂肪越积越多，很快人就像充气的气球迅速发福起来。加上每年的 9 月 1 日劳工节后，美国所有的体育赛事都开始了。棒球、橄榄球、垒球的联赛全面拉开序幕，人们呆在家里，围坐在电视机旁，从早到晚，饮着啤酒、喝着咖啡，吃着爆米花、冰淇淋和其他的甜食，边看电视边吃零食，不胖才怪呢！美国的胖子中，大部分是穷人，黑人大胖子比白人多得多。因为富人们有自己的营养师。他们平时不吃便宜的“垃圾”快餐，饮食荤素搭配科学。再说，富人们有时间锻炼身体，打高尔夫、登山这需要时间和钱。老同学还告诉我，美国的交通工具之所以都造得相对庞大，当然是充分考虑了美国胖子多的因素。日本汽车的驾驶室比较小，座位与操纵杆之间的距离也比较近，这对美国胖子来说，就比较不便了，即使能一屁股坐进驾驶座，但对一个大腹便便的胖子来说，要想运用自如地找到和操弄操纵杆，都是一件非常棘手的事情。为此，美国的汽车制造厂商为胖子着想，设计出的房车，一般驾驶座位都比较宽敞。而且为了方便胖子，常常把汽车的操纵杆设在了方向盘的边上，这样，不用弯腰寻找，就可轻而易举地摸到操纵杆了。听到这里，我不禁茅塞顿开，“原来这一切都是为肥胖的人考虑的！”其实，几年前本人买的座驾，正是选择了宽敞的3.0别克轿车。目前，美国人口的三分之二属于肥胖范畴，如何减少肥胖症的比例，已经成为摆在美国健康卫生部门面前的一项刻不容缓的任务。

后来，我们又去了一趟拉斯维加斯。我们是傍晚抵达那里的，夜晚的赌城尽管行人熙熙攘攘，但景色依然十分迷人。随处可见造型奇特的LED大屏幕，正在播放色彩绚丽、千变万化的广告片。光怪陆离的霓虹灯，和变幻莫测的音乐喷泉也在冲击着我们的眼球。我漫步在这座真正的不夜城的街头上，有目不暇接之感。路过一个车站时，见一位体重450斤以上的中年妇女坐在一辆迷你型电动座椅上候车，我就好奇地伫足观察。几秒钟后，一辆巴士在那位妇女身边停下，从车门底下伸出了一块厚板，正好搁在轮椅的轮盘底下。那个妇女一发动轮椅车，便开到了车上。巴士关上车门，开走了。我佩服得连连点头，——这就是以人为本！

美国胖子最大的奇处，不在于数量多，而在于胖得坦然。超市里胖胖的女收银员、诊所里的超级胖的女挂号员，都是自信地在自己的岗位上忙着……在大街上，你绝见不到自惭形秽、缩头缩脑的胖子，一个个全都昂首挺胸着，大肚腩随着脚步有节奏地抖动着。在他们眼里，胖与瘦没什么两样，不过是生命存在的外在形式不同罢了，而生命的尊严同样应当受到尊重。

2006年8月

听歌珠江畔

曾经向儿子许诺，统考若考上市重点高中，一定带他去广州旅游。儿子倒是争气，我便在新学期前的最后一个双休日，匆匆忙忙将儿子带到了五羊城。

好友 H 君来机场接我们父子，随后当头泼了一盆冷水："广州有什么好玩的？"见我们尴尬，他笑着说："既来之，则吃之。广州的吃，却是一流的，可以叫你们终身难忘。"

是夜，我们便随他来到了大沙头的西贡美食街。这条美食街建在珠江边的码头上，估计有 800 米长，100 米宽。今夜，虽然没有月色星光，码头上却依然明亮如昼。那大幅的霓虹灯招牌，错落有致、五光十色，宛如一串串璀璨的珍珠钻石，堆砌在珠江之畔。码头上的圆台面大约有 1 000 多张，且绝大多数都坐满了人，估计有 4 000 人之多。仔细观察，坐着的大多是一个个家庭，还有情侣和游客，难见公费请客者。

粤菜中的汤一般有七八种，有鱼、鸡、牛肉、猪骨、甲鱼、海鲜、参药等。这些汤都是用瓦坛装好料，放在液化气灶上当场熬的。所以，汤是特别的浓，特别的鲜。随后端上来的便是一小盘日本芥末。儿子开始不敢吃，后来见大伙吃得很起劲，便也加入了进来。

酒过三巡，先是走来了一个老者，自称阴阳先生，被 H 君撵走。不一会儿，又有一个 30 来岁的男子，抱着一把吉他来到我们桌旁。这个人的装束有些特别，这么热的天，他竟穿着有点厚度的长袖线衫。头的前额有些谢顶，脑后却蓄了一条小辫子。他用普通话、英语和粤语不停地问我们："先生，要不要点歌？"H 君挥挥手让他走开。于是，这位歌手就来到邻桌旁。邻桌坐着一位 50 来岁的男子和一位 30 多岁的妇人。那男子不知是为了取悦于妇人，还是确实钟情于歌曲，便请那歌手唱歌。第一首歌，点的是《莫斯科郊外的晚上》，虽说唱得有点走调，但还不至于倒胃口。后面发生的情形，可真让人哭笑不得。小老头点的是《哎哟妈妈》。接下来便是一段有趣的对话：

歌手："对不起，这个歌我没练过，能不能请您先唱一句，提示一下。"

老头："行，行，实际上这是一个老歌，我们年轻的时候，几乎个个都会唱。"

歌手："时代不一样，现在年轻人会唱的歌，你大概好多都不会唱。"

老头："有道理。那我先哼第一句给你听：'河里青蛙从哪里来？是从那水田向河里游来……'"

歌手跟着唱："'河里青蛙从哪里来？是从那水田向河里游来'……下面一句请再提示一下……"

这下可把邻桌的食客们逗得喷饭，笑得前俯后仰。而他们俩似乎毫无察觉，小老头还是认真地一句一句地教，歌手十分坦然地一句一句学唱。老头教完，歌手也唱完。老头还鼓掌向歌手表示祝贺。

歌手一共唱了10首歌曲，水平很差，感觉却很好。最后，他对小老头说："先生，刚才唱的10首歌，每首歌收费10元，一共100元。"

小老头慷慨地给了他100元，歌手利索地将钱夹在歌谱中，然后，十分友好地说："谢谢，接下来呢，我将为你再唱两首我最拿手的歌曲，这是奉送给您的，不收费的。"

歌手慷慨相赠的两首歌，一首是《在雨中》，另一首是《涛声依旧》。H君听后笑道："应该将最后两首歌统统改称为《走调依旧》。"我们听毕都大笑。美食时，若能大笑，实在是人生一大乐趣也！哎呀，珠江之畔的美食，实在是太有意思了……

（刊于1995年10月16日《新民晚报》第十一版之《夜光杯》）

新闻特写

报效祖国的“最佳时期”

我是被侨联推荐来参加这次娱乐大赛的。并不是我吴玉雷有点架子,以为自己是上海中国旅行社总经理,就不大愿意在这种公众场合轻易露面,不是这样的。我是由于前一阵陪同一些华侨到外地去参观,不知道上海电视台举办这项很有社会意义的活动,所以才差点错过这个机会的。

来来,介绍一下,这位就是我爱人陈若暾,她现在在同济大学担任讲师。我们都不年轻了,我 47 了,她比我小两岁,人到中年了。是的,我们都非常喜欢唱歌。平时,我们俩在家里,就喜欢听听音乐唱唱歌。你听到过了?我们演唱的水平,没你说的那么好,当然也不至于很差。否则,1981 年,我们也就不会被市侨联艺术团接纳。我们加入这个艺术团的第二年,正好遇上第十届“上海之春”音乐会,我们团参加了演出。我们唱的第一首歌叫《永恒的爱》,我和陈若暾担任领唱。当时,我们俩唱得很动情,因为这支歌很能抒发我们对祖国无限眷恋和热爱的感情。

我是 1953 年从印尼回到祖国的。她呢,是 1956 年从新加坡回国的华侨。当时我丈人对那里的殖民统治非常反感,老是对他的四个女儿讲述听来的有关新中国的消息。在他的影响下,她和她姐姐率先回到祖国,后来,她的两个妹妹也一起回来了。

在祖国母亲的怀抱里,我们更多地感受到无限的温暖。我们曾干劲十足地参加了建筑厦门那条大海堤的义务劳动。后来,我们又一起考入福州大学。我在电机系,她在化学系。相似的经历,共同的志趣,使我们颇多共同语言。1965 年毕业,我被分配进上海机电一局,任电焊机厂工程师。我爱人留校任教。1966 年,我终于光荣地加入了中国共产党,从而实现了我多年的愿望。然而不久,十年动乱开始了。我们虽然都受到了冲击,夫妻俩又分居两地,但是谁也无法动摇我们热爱祖国的信念。我们通过“两地书”,彼此勉励着、鼓舞着。“四人帮”被粉碎的第二年,承蒙领导的关怀,我爱人调到了上海工作。从此,一家人团圆了,开始了幸福美满的新生活。当然,歌声也就多了起来。不过,我除了爱唱歌外,还十分喜欢体育，我可是国家一级羽毛球裁判呵。

市侨办、统战部见我精力充沛，就把我调到中国旅行社，负责接待侨胞回国观光的工作。虽然我放弃了自己所学的专业，但想到我的工作有关祖国的统一大业，心里就甜滋滋的。我爱人陈若暾现在正从事水污染分析，她和许多专家一起，在为改善黄浦江水质而辛勤工作。现在确实是我们报效祖国的最佳时期。

（刊于《新民晚报》1986年8月31日，第六版之《十日谈·合家欢》）

互做媒人的姑嫂

姑嫂问题，几乎与婆媳问题“齐名”，它往往是家庭中容易产生矛盾的“热点”。但是，也有处理得很和睦的，参加这次电视娱乐大赛的许多对姑嫂便是如此。请看这一对——

小姑叫于梅，今年27岁。嫂嫂张建新，比她大3岁。她们中学毕业后，分在同一个厂里当纺织女工，已有8年多了。于梅豪爽，张建新忠厚，她俩很快就成了亲密无间的小姐妹。于梅喜欢唱歌，是文艺积极分子。张建新呢，也挺喜欢唱歌。于是两个人只要在一起，常常要合唱。小于有三个哥哥，一个弟弟。父亲十几年前就去世了，母亲用自己微薄的工资，将五个孩子拉扯大，非常不容易。于梅自幼就很懂事，她的一个心愿就是，一定要分担母亲的痛苦，把一家人团结得紧紧的，使家庭生活有条有理。尽管家境贫寒，大哥二哥还是觅到了知音，先后成了家，唯独年近30的三哥，还没有女朋友。三哥人很耿直，就是有时脾气急躁。于梅为三哥的事很着急，她左思右想，觉得只有将张建新介绍给他，才比较合适。于是，于梅在征得三哥同意后，就跟张建新谈了自己的想法。张建新对于梅家没有房子，家境贫寒并不在乎，她跟于梅的三哥开始了接触。不久，他们彼此间都有了好感。但是，半年后，他们突然中断了来往。细心的于梅，很快就看出了问题，她可急坏了。当她了解到，双方都没有改弦易辙的意向后，就动员母亲，一起做三哥的思想工作。三哥想通了，于梅又去张建新那儿“斡旋”。很快，他们和好如初。今年五月，三哥和张建新幸福地成立了家庭。于梅的大哥大嫂，将刚刚分配到手的新工房给他们做洞房。一家人虽散居在几处，但还是喜欢每天晚上聚在一起吃“其乐融融”的“大锅饭”。菜是由于梅一早买的，她喜欢时常做一些合三个嫂嫂口味的菜。看到大家亲亲热热地在一起，吃得津津有味，于梅顿感疲劳烟消云散。哥哥嫂嫂们也非常关心于梅的终身大事。三嫂张建新深知于梅的脾性，帮于梅介绍的男朋友很合她的心意，他们不久将结婚。

这次，姑嫂俩参加娱乐大赛，是二哥二嫂帮她们报的名。为了能在这场比赛中发挥得好些，于梅和张建新晚上一有空就排练。母亲和哥嫂们在一旁做她们的观众和“艺术指导”,大家有说有笑。虽然常常搞得很晚,但全家上下都很快活。

哥嫂们都说,如果咱们的于梅和张建新得了奖,一定要好好庆祝一番。张建新说,咱们得把于梅的婚事办得热热闹闹的,因为她为全家作出了很大贡献。大嫂二嫂听了拍手叫好。

(刊于1986年8月27日《新民晚报》第六版之《十日谈·合家欢》)

新闻特写

两个小“济公”及其父母

这次上海杯娱乐大赛九场电视角逐中，还有一桩趣闻，那就是曾经先后出现过两个小“济公”，其中一个还是个小姑娘。两个小家伙今年都是7岁。在四架摄像机面前，他们都能毫无拘束地“进入角色”。他们都头戴黑僧帽，身披破袈裟，拿着破扇子，趿着破鞋子。那副似疯似癫、踉踉跄跄的神态，将在场的评委和观众们逗得乐不可支，不时报以热烈的掌声。

女“济公”叫邹慧。两相比较，她的脸部表情似乎更丰富一些。她的父母在她的身后伴唱伴舞。父亲叫邹云康，在市内电话局修造厂当技工。母亲叫单韵文，是光辉电器厂的财会。这对夫妻平时一有空就围绕着小孩子唱歌、跳舞。他们为小邹慧买了一架手风琴，现在小邹慧已经拉得不错了。这次参加电视大赛，是邹云康的岳父替他们报的名。老人想，既然女婿一家前不久在市邮电局的家庭演唱比赛中得了二等奖，那么也应该到市里去比试比试。小两口虽然感激老人的一番苦心，但也为想不出力克群雄的参赛节目而犯愁。小邹慧说：“就唱济公吧，我很喜欢济公‘哪有不平哪有我’这句话。”孩子说话的神态像大人，这使她的父母甚感惊讶。小家伙还提出，由她来扮济公。单韵文就说：“那我们俩就给她伴舞伴唱吧。”邹云康听了，可有些犯难，他是中共党员，又连续十一年被评为局先进工作者，在电视里表演“南无阿弥陀佛”的动作合适吗？厂总支负责人知道后，就来做思想工作，打消了他的顾虑。他们说：“这个歌我们也经常唱，只要你不迷信就行了。”他们还热情地说，电视大赛播放那天，一定组织全厂职工收看。邹云康的岳父母也忙坏了。岳父为了买到做济公帽的黑卡纸，跑了许多家文具店，最后还是在一家照相馆里要到的。岳母为了做济公服，将自己的旧衣服拼拼改改。

另一个扮济公的小男孩叫钟炜。他似乎更擅长形体动作。他一会儿掏耳屎、一会儿搓脚趾……动作轻松而流畅，滑稽又可爱。在他身旁伴唱的是他的父母钟永岁和周慧芳。他俩曾经在江西余江县插队落户十年，荒废了学业，吃了不少苦，也播下了深深的爱情。

小钟炜出世后，他们便把希望全寄托在小孩身上。尽管他们经济上并不宽裕，他们还是狠狠心，带着小孩去游览了黄山、九华山、普陀山和绍兴等地，以便让他开眼界，长知识。他们还买来录音机和电视机，让小钟炜听音乐，听故事，模仿演员的表演。当然他们也很注意，不把孩子当成小皇帝供养。所以，一有机会，就教小孩叠被、洗衣物、干些家务。他们想尽快让孩子学会料理自己。

在两个小"济公"身上，人们看到了他们父母的苦心和明智。

（刊于1986年9月1日《新民晚报》第六版之《十日谈·合家欢》）

新闻特写

农村三伉俪

在去年上海电视台举办的家庭演唱大奖赛上，还没有农村选手报名参加。今年情况就大不相同了，兴致勃勃地从郊县赶到市区报名参加“上海杯娱乐大赛”的，竟然还不少呢。这里，我们介绍三对来自农村的伉俪。

陆永明、周恩光夫妇，来自南汇县宣桥乡。原先，他们是在文艺小分队里相互爱上的。可是结了婚以后，有了孩子，就难得在一起唱唱跳跳。这几年，他们赶上好世道，造了三上三下的新楼房，又是村里第一个拥有电视机的家庭。今年初，听说县里举办家庭演唱比赛，他们就去报了名。一家三口一有空就排练，结果得了个二等奖。这下，夫妻俩信心更足了，也更恩爱了。在妻子的支持下，小陆又添了好几件乐器，还常常邀请一批农民乐师来家里演奏。这次，他俩接到电视台复赛邀请书，高兴得不得了。一连好几个夜晚起劲地排练。他俩的参赛节目是歌舞《拥军花鼓》，这个节目充满了陕北民歌的欢乐气氛。

另一对农民伉俪是韩忠明和杜晓英，小韩是奉贤县太白乡广播站的播音员，小杜在乡制盒厂工作。几年前，他俩在乡文艺工厂相识。小韩在那里搞节目创作，小杜是新招来的临时工。小韩发现小杜心灵手巧，富有“音乐细胞”，就决心培养她。他慷慨解囊，几经周折，在上海音乐学院为她找了一位老师，辅导她弹三弦。后来，又请来老师教她大阮和电吉他。为此，两年中，小韩花去了几千元。小杜被他的举动深深感动，她学得很认真，进步也很快。与此同时，小韩通过刻苦学习，创作上也有了长足的进步，被乡广播站物色去了。他们是去年结的婚。这次，他俩排演的富有地方色彩的浦东说书《张冠李戴》，顺利地进入了复赛。

在这次娱乐大赛中，有一个叫做《新家乐》的节目很新颖别致，男的又吹笛子又弹电子琴，女的是一会儿跳舞，一会儿上来演奏电子琴。这个节目反映了本市农场的青年夫妻在分配到新工房后的喜悦心情。表演者是包献国、于金芳夫妇。与前面提到的两对伉俪相似，小包和小于也是在参加业余文艺团体的过程中相爱的。小包是农场局文工团乐队成员，小于是该团的舞蹈演员。文工团后来解散了，他们回到了农场。这时，他们的爱情经受了一次考验。当时小包的在市区工作的母亲快要退休，她帮儿子办好了顶替手续。而小于已无返城的可能。小包看到农场职工纷纷进了场办工厂，职工的各种生活设施飞速建造起来，农场各方面情况一天比一天好；又出于对小于的坚贞不渝的爱，不顾亲友的劝阻，毅然放弃顶替，安心在农场工作。后来，他俩分别被分配进场办工厂和场办中学工作。他俩结婚后，又分到了设备俱全的 35 m^2 的住房。他俩在新居中经常唱歌跳舞、演奏乐器。参赛节目《新家乐》称得上是他们美满生活的写照。

（刊于 1986 年 9 月 3 日《新民晚报》第六版之《十日谈·合家欢》）

新闻特写

婆媳同上演唱台

毋庸讳言，婆媳关系，几千年来，一直是家庭关系中的老大难问题。新中国成立以来，随着绝大多数妇女走上社会生产岗位，经济上能够自立，她们的社会地位有了空前的提高，所以，婆媳关系也发生了较为深刻的变化。婆媳平等、互敬互爱的家庭一点点多了起来。

陈路得和刘健就是这样。陈是一个基督教教徒，她告诉记者，"路得"是圣经中一个好媳妇的名字。不过，她已年过花甲当了婆婆，成了"好婆婆"。媳妇刘健是1982年踏进陈家门的。刚过门，婆婆就对小刘说："我以后延用你母亲对你的称呼好不好？"小刘高兴地点点头。于是婆婆亲热地叫了一声："小妹！"媳妇则甜甜地叫了一声："妈妈！"从此，婆婆将小刘当作自己的女儿，关怀备至。刘健把婆婆视为母亲，尊敬爱戴，她与丈夫去蜜月旅行，特地邀请婆婆与他俩同行。她们手挽着手，游览了许多名山大川。小刘向来喜欢唱歌，连烧饭做菜时也要哼上几曲。这次，她在报上看到了娱乐大赛的消息，就兴高采烈地回家动员婆婆一起去报名。婆婆说："只要你敢去唱，那我也敢。"说来也巧，陈的演唱水平，竟是这几年在教堂唱诗班里迅速提高的。她俩一起唱了《党啊，亲爱的妈妈》和英国民歌《可爱的家》。陈路得说，她选用第一首歌，是为了表达基督教徒对党和祖国的深深热爱。

与这对"歌迷"婆媳稍有不同，施静若、李春妹可称得上是一对"戏迷"婆媳。施和李都是长宁区文化馆越剧队的。施还是李的媒人呢。李春妹过门后，身体不太好，婆婆就经常到媳妇家里，帮助料理家务。而媳妇呢，平时有什么好吃的东西，从不忘记送去孝敬婆婆。不久前，婆婆过生日，小李花了好多钱，为婆婆添置衣服。小李还常常买电影票、戏票，邀请婆婆一同去看。散场后，她们边走边评价，可亲热哩。

参赛的选手中，年龄最大的，要算关德贞老太太了，她今年80岁了，可还是耳聪目明，身体十分硬朗。这次，她也是带着45岁的媳妇蒋杏云来参赛的。前不久，她俩参加电业局家庭演唱会，还得了奖呢。老人说，她之所以能活这么大年纪，与家庭和睦分不开。婆媳俩在电视台大演播厅里，引吭高歌的是《社会主义好》。老人唱毕，告诉记者，她要活到一百开外哩。

（刊于1986年8月26日《新民晚报》第六版之《十日谈·合家欢》）

新闻特写

我们这一家

我是宝钢廿冶物资处的统计员，今年 34 岁，在家排行老二。应该承认，我们没有料到，我们一家祖孙三代十口人，会上电视台表演。当初，我们只想试试。我来介绍一下我家上场的“阵容”：我父母；哥嫂及他们的儿子；我的妻子和儿子；四弟和他的女友。不错，这次大赛所设情侣、伉俪、姑嫂、婆媳四个组。我们除“姑嫂”外，占了三个。是的，我们家确实很团结、很幸福。原因嘛，我想主要是这样两条：一是我们家曾有过一段坎坷的历程，所以我们兄弟四个很团结、很亲密，对父母非常孝顺、体谅，父母对我们小辈也是关怀备至。另外，家里几个女士，气量都比较大，都很讲道理。因此，全家挺和睦的。平时聚在一起有说有笑，还常常唱歌跳舞，像个俱乐部。

这次我们表演的歌舞《衷心地祝愿》采用内蒙古的舞蹈形式，所有的服装也是蒙古式的。《每周广播电视》上头版的那张照片，照的就是我们。作词和编舞，是我哥哥，曲子是我谱的。这个节目，表达了我们对全市人民的良好祝愿。你问我们为啥要采用内蒙古的舞蹈形式？那是因为，我们家曾在那里呆了十几年。我在那里的时间最长，一共呆了 18 年。所以，满脑子马头琴旋律。1957 年，我父亲在鞍钢被错划成右派，从此，我们一家去了内蒙古，度过了非常压抑、痛苦的十几个春秋。后来我进了兵团农场，在那里我拼命干活，打了多年入党报告，可就是“泥牛入海”。每次招工、推荐上大学，都没我的份。在郁闷中，我学会了一些乐器和作曲，加入了文艺小分队。我哥哥的情况跟我差不多，他学的是舞蹈。“四人帮”垮台后的第二年秋天，我终于被单位推荐上大学。原以为这一次能如愿以偿，谁又料到，在政审这一关上又被涮了下来。我知道后，简直五内俱焚，顿时感到前途渺茫。我匆匆赶回家中，把十几年来所受的种种屈辱，一起向父母发泄。父亲默默地听完我的话，很内疚地对我说：“孩子，情况已经是这样了。我和你妈都没什么能耐，也没什么门路，全靠你们自己去力争了。”

三中全会后，我们家的情况，同整个国家一样，变得越来越好。一家人来到了上海宝钢。父亲提高了职称，我们几个都念了大学，三弟被派到西德学习计算机。要是在以前，我们会这样幸运吗？去年，我还光荣地加入了中国共产党。所以，我们兄弟四个都万分感谢党中央，都很热爱祖国。我们在择偶时，都把品德和相互理解放在首要位置，至于外貌什么的，都不大讲究。实践证明，我们的恋爱观是正确的。现在家里婆媳间，妯娌间都非常和睦、亲热。有时，即使有点意见，也很快通过交谈烟消云散。可以毫不夸张地说，在我们家里，能够听到的，是谈笑声、歌声、舞步声和读书声。

（刊于1986年8月28日《新民晚报》第六版之《十日谈·合家欢》）

新闻特写

新劳模和她的男友

这次“上海杯娱乐大赛”，有位市劳模带着自己的男朋友也来参加了。她叫强音，名字似乎很有“潜台词”。她是金山石化总厂的工人。今年才25岁。了解她的，说她既是一个生产上的标兵，又是一个能歌善舞、喜欢穿着打扮的当代青年。可不，她俩参赛的节目是歌舞:《带来的温柔》，她的男朋友手执话筒，十分潇洒地唱着流行歌曲；她穿着一件款式很时髦的橘红色的连衣裙，戴着一根金项链，情意绵绵地围绕着男友翩翩起舞。

说来也好笑，报送她当市劳模时，就曾经有人以她“喜欢打扮”为由，主张换人。但总厂的领导认为，不能再以20世纪五六十年代的劳模的“模式”，来要求80年代的青年劳模了。现在的青年劳模，应是具有强烈的改革意识，洋溢着时代气息，全面发展的人。强音也确实是这样的好青年。有一次，石化总厂举办了一个有相当规模的群英会。别的劳模都是穿着工作服或“常规”服装坐在主席台上，唯独她穿着一套鲜红的西装在台上发言。在此之前，她也生怕被人指责，但她心想群英会是大喜日子，服装应该穿得好看些，她的男友也在一旁极力“怂恿”她这样做。

强音不仅是生产上的行家里手，同时也是做团的工作的内行。她平时很留心当代青年的爱好和追求。她是车间团总支副书记，几年来，她花了大量的业余时间，多次组织青年联谊活动、智力竞赛和舞会等活动。通过这些活动和日常生产劳动，她与车间团员青年打成了一片，她对周围青工的性格、脾气了如指掌。她做政治思想工作的窍门是:理解对方，尊重对方，鼓励对方。有段时间，有个青年女工老是旷工，与一些男青年在舞厅、饭馆瞎混。强音多次去找她谈心，但都未找到她。强音自己家虽在奉贤，但还是专程去路途甚远的虹口区家访。在那个女青年家里，强音仍然没有找到对方。于是她就继续寻找，终于找到了那个姑娘。那个姑娘开始很紧张，以为要受训斥。但强音跟她谈的都是跳舞和时装的事，渐渐地，谈话融洽起来。最后，强音送给那姑娘一张舞会的票子，并答应以后再送舞票给她。条件仅仅是要她能准时上下班。那姑娘欣然接受。经过一段时间的帮助，后来，那姑娘果然改好了。

强音的男朋友叫沈钦硕，也是石化总厂的。他俩是在搞团的活动时认识并且相爱的。小沈毕业于交大，曾是机修厂的团委副书记，他是个事业心很强的青年。他也爱好文艺。他除了和强音常在一起唱歌、跳舞，还常常给强音的工作出主意。他们真是情投意合的一对。有时，因为工作忙，不能经常在一起，双方也毫无怨言。作为他们的“甜蜜的事业”的一部分，强音在小沈的大力支持下，报名参加了这次电视大赛。

（刊于1986年8月30日《新民晚报》第六版之《十日谈·合家欢》）

追　梦

（暨后记）

从小，我就有成为一名文学家的梦想。

促成这一梦想的，首先是我的慈父。他为人极其忠厚老实，一生中几乎没有什么冤家。他除了能写一手苍劲有力的好字外，还能背诵许多古代的诗文。尤其是《论语》的片段和各种成语，他都能信手拈来。可以说，他是我的第一个启蒙老师。我是共和国诞生第二年出生的，刚刚谙事，父亲就开始对我进行学龄前教育，他常常告诫我们兄弟几个："玉不琢，不成器。"父母习惯早起，早晨六点不到，就把我们兄弟几个叫醒，待哥哥们去上学后，父亲就开始手把手地教我学写毛笔字。采用的帖，是柳公权和颜正卿的。说实话，睡眼惺忪的我，当时是有些怨气的。后来懂事了，觉得竟一辈子受用，因此感恩不尽！父亲是2008年夏，因八年来，每天都要去服侍我多病的老母，积劳而成疾，不幸去世的。他俩婚后恩恩爱爱了66年，给我们小辈做出了很好的榜样。不然的话，今年，我们就可以为他做90大寿了……我祈福他的在天之灵！

父亲是开西药房的，我的家就安在店堂的楼上。离我家不远的地方，有一家门面狭窄的连环画书店。念小学之前，我一直是那里的常客。我将父母平时给的几分、几角的零花钱，大多花在那里。一开始，大多数的文字，我并不认识。但是，渐渐地，画面中的人物在我心里都活了起来，我很快看懂了画与画之间的联系和所演绎的故事。于是，看连环画的嗜好变得一发而不可收拾，有点像现在孩子染上了网瘾。为此我经常忘了吃饭，甚至忘了天晚得回家睡觉。常常要等到母亲来叫唤，我才依依不舍地离开。躺在床上时，头脑里尽是连环画里的那些故事和人物。

进了小学，我的功课一直都很好，尤其是语文。到了四年级，我遇到了写作上的启蒙老师，他叫张法洙，来自天津，普通话很好，写得一手好字。当时，他还是单身汉，有些不修边幅，衣服总是粘着粉笔灰，显得有点脏。但教起语文来，眉飞色舞、文采飞扬，思路极其清晰。他给我们讲述了很多古今中外著名文学家的有趣故事，还灌输给我们许多文学常识。

我则是边听课，边在废纸上临摹他漂亮的板书。我写的作文，经常被他当作范文，在班上朗读、点评，这对我的触动和鼓励是前所未有的。我当时就暗暗立下誓言：将来长大成人，一定要当一名文学家。一年半后，张老师就被调走了。离别时，他赠给我一枚精美的散发着香味的书签，上面是他亲笔写下的两行工整的小楷字："莫等闲，白了少年头，空悲切。"这是岳飞《满江红》中的名句。这张书签，我至今还保留着。

我考中学，是在1964年。当时政治运动接二连三，阶级斗争理论的宣扬甚嚣尘上，正所谓："山雨欲来风满楼"。我报考的是本市一所高干子弟云集的重点中学，最后事与愿违，却落到了一所刚刚开办的初级中学——崂山中学。我多少有些沮丧。初一和初二，我的学习成绩，除了语文平均成绩在85分以上，其余各科的成绩全是100分。我是全校成绩最好的三个学生之一，连续两年被评为校"三好学生"。尽管各科成绩都不错，但我最喜欢的还是文科，还是那永远做不到满分的作文！以至于在上其他辅课时，常常偷看放在台板下的《红旗谱》、《牛虻》之类的小说书。我的班主任和语文老师叫陶云凤，当时她刚刚跨出大学校门，执教于我班。她热情奔放，非常敬业。她每一次布置的作文，我都认真对待。先打好腹稿，然后一吐为快。我的作文在陶老师那里，又成了在作文课上常常要朗读和评析的"学生佳作"。陶老师对我的赞赏和鼓励，进一步坚定了我将来走文学创作之路的决心（顺便补充一下，40多年来，我抱着感恩之情，每年都要去看望陶云凤老师一到两次）。我在中学期间，在思想、道德、学习等诸方面，对我教诲颇多，不断帮助我茁壮成长的，还有老校长谈濬和朱企文老师。

然而，一场政治大地震突然爆发，——"文革"来了，几乎把我的梦想彻底粉碎！还差一点完全改变了我的人生轨迹。当时，我刚念完初二，因全国都在停课闹革命，我的学业就此戛然而止。更糟糕的是，因为父亲十年之前开过药房，我们被抄家了。父亲从此得了严重的胃病，三天两头会莫名其妙地呕吐。体弱的母亲一边带他去看病，一边问寒问暖、无微不至地予以了安慰、开导和照顾。我们的家庭，俨然成了父亲最安全最温暖的港湾。当时年方16的我，常常为母亲的贤惠和识大体而感动不已。不过，我自己的情况也不妙，我从校"三好学生"，一下子沦为"黑七类"子弟，和所谓的"团内走资派"。由于要照顾受到凌辱而病得不轻的父母，又要躲避当时汹涌澎湃的政治大潮的打压，我被迫辍学了9年！其中，前8年是在里弄里当"病休青年"。失学又失业，惨不忍睹！虽然十分绝望，但我内心并未认输。在"文革"运动如火如荼的大气候之下，蜗居在家的我，开始努力学习两项技艺：首先，学养活自己的本领——木工和摄影。我买来一本《农村木工》的书，很快就学会了打制家具。我哥哥结婚时，饭桌、写字台、床头柜、靠背椅等都是我亲手制作的，连油漆也是我刷的。另一项，是摄影。我在家里布置了一间暗房，还动手做了底片放大机和印照机。冲洗胶卷、放大照片等技艺，很快都被我"破译"。此外，通过给一家五口人做一日三餐，我还学会了烹调。这样，我就不担心自己将来会因为"四体不勤"和没有手艺而去喝西北风了。其次，便是读书自学，那是我的至爱！一有空，我就把家里没有烧掉的各种书籍拿出来阅读。我悄悄地结交了一些书友，其中有一位叫戴嘉舫（几十年后，听说他先是在音乐学院当教授，后一度又当上了国家文化部艺术司的司长）。我们秘密地交换阅读过许许多多的所谓禁书，比如：《红楼梦》、《复活》、《安娜·卡列尼娜》、《悲惨世界》、《白痴》等等。那是我漆黑的心灵中，迎来的一道道曙光，无比璀璨辉煌，令我心旷神怡！那是落魄于广袤的沙漠中长途跋涉的我，突然喝到的玉液琼浆，难以言述的浑身惬意、满足和幸福！从此，身无分文的我，精神世界却变得越来越富有，身处逆境而心底欢甜。我咬紧牙关，顽强地活着，因为心里充满了憧憬和希冀！在此期间，我有幸结识了来里弄下放劳动、被错打成"党内走资派"的原杨浦区财政部长陈明刚老师。他给了我许多指点和开导。"四人帮"粉碎后，他被重新启用，担任了三届杨浦区副区长。40多年以来，我年年都要去拜访这位良师益友。

辍学的最后几年，1975年1月，我才得以进街道生产组工作。做了41天工人，然后到街道修建队担任会计和队长。盖了包括街道医院在内的好多幢楼房。修建队里的员工最多时有一百几十个。将近半数，是劳改释放人员。这样的人文环境，虽然从未经历过，但以前有过多年当班、校学生干部的经历，26岁的我居然也把位子坐得稳稳当当。我甚至觉得，这样的环境，特别能锻炼我的工作能力。第一年，我得到的工资是每天七毛钱。第二年涨到了九毛。对此，我毫无怨言，我十分珍惜这份来之不易的工作。但空闲时我也想过：从此，我幼年的梦，大概完了。不料到了次年，1976年10月，"四人帮"被粉碎，街道成立了业余中学。我这个只具有初二学历的青年，居然被派去当校长并兼任语文老师。显然，街道革委会的领导看好我的文学实力。于是，我的梦想，又断断续续地萌发了。

1977年底，全国恢复高考。消息传来，只有两个多月的备考时间。我白天工作，晚上恶补数学。我报考的第一志愿，是复旦大学的国际政治专业。结果考分大大超过复旦的录取分数线。体检也通过了，但政审就是通不过。因为，我的爷爷和父亲都被定性为中、小资本家！但是，我没有气馁，反而拥有了前所未有的自信。第二年，我再次参加高考，并放低身段，报考上海师大中文系，结果如愿以偿。我的文学之梦又复活了！大学的四年里，我学习非常勤奋。在我们寝室里，我是每天起得最早，睡得最晚的人。老同学都记得我的习惯性动作：每天吃罢晚饭，张文龙总是拿了个紫色的保暖杯去庞大的阶梯教室自修，子夜时分才摸回寝室休息。那时，我在写作上仍然倾注了满腔热血，也得到了教我们写作的段万瀚老师的悉心指点。他有几次写的评语，甚至比我写的作文都长，使我受益匪浅。入学第一年，在上师大举办的剧本比赛中，我创作的话剧剧本《荷花泪》一举摘得一等奖。

1982年夏，我大学毕业，被分配在杨浦区教育学院教中文。第二年，参加了上海文广局招聘编辑、记者、导演的考试，经过三轮严格筛选，我终于考进了上海电视台，成为一名电视导演。从此，我的人生轨迹彻底改变，我踏上了传播电视文化之路。27年来，在电视台各级领导和各位前辈艺术家和同仁的指点、帮助下，我的业务能力得到了比较充分的发挥，文学才华也得以较好展现。我导演的电视综艺作品在全国的各类电视赛事和评比中，曾四十多次获星光、金鹰、兰花等各种奖项。八年前，经层层考核，我被上海文广新闻传媒集团(SMG)评审会推举为首席导演。借此机会，我要向上海文广局、集团、广播电视台及综艺部的各级领导，指导过我的各位老师、同仁，表达我最衷心的感激！我要说，没有你们的关怀和帮助，就没有我张文龙的今天！谢谢你们的协助，圆了我的文学之梦！

另外，业余时间，我的文学创作也没有止步。半年前，上海人民出版社的《张文龙剧作选》，收录的大部分剧本，都是我在电视台工作期间，利用晚上空闲时间编创的。感谢相关的剧团领导、编导和演职员，使我书中的大部分作品能够立体地呈现于舞台之上。个别的戏，比如滑稽大戏《光明使者》，上世纪90年代初，在全国各地巡演了多达千余场。有的戏，至今还在公演。

《张文龙剧作选》出版后，得到了民进上海市委蔡达峰主委、王慧敏、陈强努、金培基、黄山明、干建达等诸位领导，以及民进浦东区委主委张少波、顾小林等各位领导，及许多民进会员的厚爱和支持。蔡主委还在百忙之中，欣然为我的书作序。我将永远铭记他们的善意、友情和提携！

我还要感谢我的妻子陈国美，是她为我创造了许许多多的写作时间。结婚30多年来，我们一直相濡以沫。在儿子幼年时，我在大学住校读书，孩子基本上都是她一个人带的。后来，我任导演后，在家伏案写作时，她承担了大部分的家务。同时，她又是我作品的第一位读者。她的评价常常能使我得到教益。是她，始终陪伴着我去追梦。

40多年来，除了创作大戏的剧本，我还抽空写了一些小说、小品、诗歌、论文和电影故事等。在电视台，我基本上都在一线担任编导工作。一方面因为熟悉本职，一方面也是为了节约开支，我承担了自己绝大多数节目的串联稿撰写工作。有时自己还创作一些节目中所需要的小品。说实在的，这些年我流失的文章许许多多。因为，使用电脑并妥善存盘还是近十年的事情。感谢上海世纪出版集团的高龙海先生的热情提醒和悉心指导，我花了些时间，将多年的这些作品编纂起来，做成这本集子。书名是龙海兄帮助起的，叫做《浮光掠影——文龙文集》。我有自知之明，这是上海人民出版社的领导和高龙海等朋友在抬举我，其实个中的文字和不少地方，还是缺少打磨和功力的！所以，在退休之后，我一定会在读书和写作上下更大的工夫，继续去追逐我童年的梦。

我还要感谢上海戏剧学院前院长荣广润教授。他是大忙人，经我诚邀，他于百忙之中为我作序。我将铭记他的友情及文中的教诲和指点。

另外，我的好友、中央电视台戏剧频道的领导李纯博在得知我又要出书，便主动提出帮我题写书名。纯博友是中国书法家协会会员，他寄来的题字果然不同凡响，功力颇深，我永远珍视他的友情！我还要感谢帮我整理、校正部分文字的我的儿子张昱坤，和帮助打印稿件的几个年轻朋友，她们是张文琪、唐文韵和卜文隽。

最后，我要对上海人民出版社参与本书策划、设计、校对、印刷等工作的所有朋友，致以最诚挚的谢意！

张文龙　2010 年 5 月于枣树斋

图书在版编目（CIP）数据

浮光掠影：文龙文集/张文龙著. —上海：上海人民出版社,2010

ISBN 978-7-208-09417-8

Ⅰ. ①浮... Ⅱ. ①张... Ⅲ. ①文学-作品综合集-中国-当代 Ⅳ. ①I217.2

中国版本图书馆 CIP 数据核字(2010)第 130787 号

责任编辑　曹怡波

封面装帧　张志全

封面题字　李纯博

浮 光 掠 影

——文龙文集

张文龙 著

世纪出版集团

上海人民出版社出版

（200001　上海福建中路 193 号　www.ewen.cc）

世纪出版集团发行中心发行

上海界龙艺术印刷有限公司印刷

开本 720×1000　1/16　印张 45　插页 9　字数 813,000

2010 年 8 月第 1 版　2010 年 8 月第 1 次印刷

ISBN 978-7-208-09417-8/I·811

定价 150.00 元